NARRATORI MODERNI

Dello stesso autore in edizione Garzanti:

I fiumi di porpora
Il volo delle cicogne
Il concilio di pietra
L'impero dei lupi
La linea nera
Il giuramento
Miserere
L'istinto del sangue
Amnesia
Il respiro della cenere

JEAN-CHRISTOPHE GRANGÉ

IL RITUALE DEL MALE

Traduzione di
PAOLO LUCCA

Garzanti

Prima edizione: ottobre 2016

Per essere informato sulle novità del Gruppo editoriale Mauri Spagnol visita:
www.illibraio.it

Traduzione dal francese di
Paolo Lucca

Titolo originale dell'opera:
Lontano

ISBN 978-88-11-67177-0

Printed in Italy

www.garzantilibri.it

IL RITUALE DEL MALE

Per Ysé e Kaïto

Sole bianco, polvere rossa.

Una camera ardente a più di quaranta gradi.

Politici, pubblici ufficiali, autorità e imprenditori si avvicinavano a turno, si raccoglievano in preghiera per qualche istante e poi si allontanavano, tutti con lo stesso passo marziale, accecati dalla luce di mezzogiorno e dai bagliori crepitanti dei flash. In fondo alla stanza, tenuti a bada dai soldati delle forze armate della Repubblica democratica del Congo, i rappresentanti del popolo, più o meno benvestiti, sventolavano bandierine di plastica con l'immagine del defunto.

Erwan Morvan si domandava che cosa diavolo ci facesse lì. Anche se ci era nato, non aveva niente a che fare con il Congo. Era arrivato in Francia quando aveva due anni e non conservava alcun ricordo di quel paese. Suo padre Grégoire aveva insistito perché lo accompagnasse ai funerali del generale Philippe Sese Nseko, un «vecchio amico» di Lubumbashi, capoluogo della provincia del Katanga. Aveva accettato. Per obbedienza e anche per una strana curiosità...

Morvan padre e figlio aspettavano il loro turno nell'altro gruppo, quello dei bianchi. Il baldacchino sotto il quale era stato posizionato il feretro, con i suoi fiori e i drappi color porpora, ricordava il camerino di una diva. Un ritratto di Nseko inserito in una cornice dorata era posto sopra la bara, avvolta nella bandiera della Repubblica democratica del Congo: campo celeste attraversato da una diagonale rossa e gialla e ornato con una stella, gialla anch'essa. I becchini e i musicisti della fanfara indossavano una livrea vermiglia. Che eleganza!

Tuttavia, a uno sguardo più attento, saltavano all'occhio alcune pecche: le divise erano impolverate e sdrucite; il tendone del baldacchino era storto; la banda stonava, ogni frase musicale terminava con un suono che ricordava quello di un peto e i piatti erano semplici coperchi.

Ma la cosa peggiore era il caldo, che bruciava anche la più minuscola molecola di vita, facendola sfrigolare come un dadino di pancetta sul fondo di una padella.

Erwan allentò il nodo della cravatta. Camicia incollata alla pelle, sapore di terra in gola, occhiaie viola: per la prima volta in vita sua temeva di essere sul punto di svenire.

Accanto a lui, Grégoire, un metro e novanta per centoventi chili, stretto nel suo completo Ermenegildo Zegna tagliato su misura, sembrava indifferente a quel forno. Reggendo la corona funebre sotto il braccio, stringeva mani, dispensava sorrisi e tratteneva le lacrime, esibendosi in quella recita senza mostrare alcun segno di cedimento.

Erwan lo osservava in azione: la faccia del padre ricordava quella di un marinaio bretone, arrossata dagli spruzzi d'acqua e dal profilo che sembrava tagliato con un coltello per sfilettare il pesce. Lineamenti da bufalo e un naso greco. Un ciuffo di capelli grigi gli sormontava la testa come un gomitolo di acciaio galvanizzato. Erwan gli assomigliava, per quanto fosse meno imponente e feroce di lui.

«Ali Bongo, il figlio di Omar», gli sussurrò Grégoire quando un ometto si avvicinò al feretro.

Erwan non era molto informato sulla politica africana ma almeno quello lo sapeva: Omar Bongo, presidente del Gabon per quarant'anni, era stato uno dei più temibili capi di stato africani e un «amico indefettibile» della Francia, che aveva irrigato con il suo petrolio. Ora aveva passato il testimone al figlio Ali.

«Quello dietro di lui è Moïse Katumbi Chapwe, governatore del Katanga...»

A Erwan parevano tutti uguali, ma per fortuna quello era un mulatto e indossava uno Stetson texano. Qualcuno gli aveva detto che Katumbi era una celebrità locale. Milionario, filantropo e presidente di una squadra di calcio, era uno degli uomini più popolari del governo di Kabila.

«Richard Muyej, ministro degli Interni della Repubblica democratica del Congo. Pericolosissimo.»

La sera prima, durante la cena, Grégoire Morvan si era lanciato in una cronistoria del paese. Erwan non ci aveva capito molto, ma qualche cosa comunque gli era rimasta impressa: dopo il genocidio in Rwanda, i tutsi avevano inseguito le milizie hutu fino in Congo, approfittandone per spodestare Mobutu e nominare presidente Laurent-Désiré Kabila, il quale non ci aveva messo molto per rivoltarsi contro gli alleati, dando inizio a una seconda guerra in Congo tra l'esercito regolare, i combattenti tutsi, i profughi hutu, i miliziani ribelli, i caschi blu... Nel 2001 Kabila era stato assassinato e gli era succeduto il figlio Joseph. Dieci anni dopo, la guerra infuriava ancora nella parte orientale del paese e la RDC era il fanalino di coda nella classifica degli stati per indice di sviluppo umano stilata dall'ONU. Il posto peggiore dove venire al mondo...

«E lui è...»

Erwan non ascoltava più. Da quando era arrivato non faceva che *percepire*: gli odori, i colori, il caldo. Erano atterrati a Kinshasa il giorno prima alle cinque del mattino. Scendendo dall'aereo era stato accolto dalle tonalità plumbee dell'alba e dalle esalazioni di decomposizione che l'accompagnavano.

Giusto il tempo di raggiungere la capitale in «autostrada» (una semplice strada sterrata) ed era sorto il sole. L'aria si era fatta di colpo orrendamente asciutta, carica di sentori di mattoni e benzina mal raffinata. Un tempo soprannominata la Bella, Kinshasa ricordava ora un gigantesco bidone della spazzatura rovesciato, un formicaio brulicante di teste nere e tuniche dai colori sgargianti.

Arrivati in albergo, Erwan si era precipitato in camera, aveva impostato il climatizzatore sulla temperatura minima e si era fatto una doccia. Dopo qualche ora di tregua si era ributtato in quella fornace: aperitivo e pranzo a bordo piscina in compagnia del padre. Poi di nuovo in viaggio, con un volo interno. Mentre si dirigevano in aeroporto aveva cominciato a piovere. La polvere era diventata melma, i colori si erano slavati in un fiume porpora che inondava le strade, grondava dai tetti, infangava i muri delle case. «La stagione delle piogge è arrivata in anticipo», aveva detto Grégoire nel tono di un medico che sta diagnosticando un cancro.

Quattro ore più tardi Lubumbashi, la «capitale del rame», li aveva accolti sotto la stessa pioggia battente. A Erwan era sembrato di fluttuare nel liquido amniotico del mondo. Suo padre, battendogli una mano sulla spalla, aveva esclamato senza alcuna ironia: «Questa è la culla della nostra famiglia, ragazzo mio!». Quelle parole gli erano suonate piuttosto strane: solitamente Morvan si vantava di discendere da una famiglia di nobili bretoni, i Morvan-Coätquen. Giunti in albergo, si era ripetuta la medesima routine: aperitivo, cena, piscina. Una serata in onore di Sese Nseko, il caro estinto. Nseko era stato il direttore della Coltano, la società mineraria fondata dallo stesso Morvan.

Erwan era distratto: ascoltava il suono delle zanzare che friggevano sulle lampade al neon e gli inquietanti fruscii della notte. La piscina illuminata era cosparsa di foglie morte e sanguisughe. Non gli ci era voluto molto per capire che in Africa la vita dei bianchi era simile a quella di rospi che gracidano intorno a una pozza d'acqua.

Il giorno successivo, al risveglio, l'aria era già rovente. Il climatizzatore aveva esalato l'ultimo respiro. Indossato in tutta fretta il completo nero, Erwan aveva trovato il padre che reggeva una corona di fiori sotto il braccio, come se fosse un salvagente; l'aveva ordinata quella mattina da un fiorista del posto.

«...Kengo Buluji...»

«E Kabila?» lo interruppe. «Lui non viene?»

Suo padre scosse la testa con disapprovazione. Kabila e Nseko non appartenevano alla stessa etnia. Sarebbe stato come invitare il papa a una convention di spogliarelliste.

Finalmente anche per i bianchi arrivò il momento di rendere l'estremo omaggio al defunto.

«Aiutami», gli intimò Grégoire.

Presero la corona e si misero in fila con gli altri. Morvan, a bassa voce, proseguì con i pettegolezzi, che ora riguardavano belgi e francesi.

«Quello è un massone. È stato ministro per la Cooperazione e...»

Erwan scorgeva soltanto teste calve cosparse di efelidi, colli rugosi, sopracciglia folte. L'età media oscillava fra i settanta e gli ottanta. Elefanti moribondi accorsi per assicurarsi che i loro affari potessero proseguire senza intoppi. Chiudevano quella fila di predatori alcuni cinesi e indiani: il cambio della guardia...

Quando furono davanti alla bara, una mano gigantesca si abbatté sulla spalla di Morvan.

«Come va, carissimo?»

Alle loro spalle si ergeva un africano dalla corporatura massiccia quanto quella di suo padre. Erwan fece un passo indietro. La risata del nero coprì la musica della fanfara, una fila di denti di un bianco smagliante squarciò il suo volto color ghisa. Anche Grégoire scoppiò a ridere, e i due compari si abbracciarono.

«Non dirmi che sei venuto fin qui per quel vecchio farabutto!»

«Un gesto di gratitudine per chi ha provveduto a riempirci la pancia.»

«Mascalzone! Sappiamo bene che qui chi comanda sei tu!»

«Nseko era il nostro comandante nella tempesta.»

«Un cane da guardia, sì. Che riposi in pace.» Il nero rivolse gli occhi arrossati verso Erwan. «Non me lo presenti?»

«Mio figlio Erwan, il generale Trésor Mumbanza.»

Il gigante gli strinse la mano con la forza di una pressa. «Felice di conoscerti!» Passò le dita sulla testa di Erwan, rasata quasi a zero. «Militare?»

«Poliziotto. Mi piace tenere le idee al fresco.»

«Allora sei nel posto sbagliato. Dovresti mettere un cappello!»

Altre risate.

Mumbanza era controsole. Di lui non si distinguevano che i grandi occhi bianchi e neri. Erwan pensò all'*Incantatrice di serpenti* di Rousseau il Doganiere.

«Il nostro amico comanda l'esercito regolare del Katanga», gli spiegò Morvan. «È un po' il Pinochet locale.»

«Così mi lusinghi.»

«Senza di lui la guerra del Kivu sarebbe già arrivata a Lubumbashi.»

Il generale (che indossava un completo scuro privo di decorazioni militari) indicò il feretro e sussurrò in tono da cospiratore: «Lo sai di cos'è morto?».

«Mi hanno detto di una crisi cardiaca.»

«Sì, una crisi cardiaca all'africana... Gli hanno strappato il cuore!»

«Chi?»

«I tutsi, gli hutu, i mai-mai... Fai tu. O forse i banyamulenge o i kadogo. Oppure voi bianchi, di soppiatto. Chi lo sa...»

«Dov'è successo?»

«Nella sua villa. Gli hanno aperto il petto con una sega da traforo e si sono serviti. Sospetto che non abbiano nemmeno aspettato di uscire per mangiarselo.» Mumbanza guardò Erwan e ridacchiò, sbuffando come una locomotiva a vapore. «Qui, ragazzo mio, siamo davvero in Africa!»

«Piantala con queste cazzate», ordinò Morvan. «Non me lo spaventare.»

Tutt'a un tratto udirono un rumore provenire da dietro di loro: stavano chiudendo le porte. Erwan si affrettò a deporre la corona. Per dire una preghiera davanti alla bara sarebbero dovuti tornare più tardi.

«Chi sarà il successore di Nseko?» chiese Grégoire dirigendosi verso la tenda sotto la quale era stato allestito il buffet.

«Voteremo dopo pranzo. Assemblea generale!»

«Hai ottime possibilità...»

Mumbanza fece una smorfia di stanchezza degna di un attore consumato. «Non posso proprio accumulare tutti questi incarichi. Ma se me lo chiedono con gentilezza...» Si voltò di scatto, notando qualcuno tra la folla. «Ci vediamo dopo. Ho qualche altra mano da stringere.»

I Morvan si infilarono sotto la tenda, dove erano stati disposti alcuni tavoli ricoperti da tovaglie bianche. Bevande alcoliche, succhi di frutta, spiedini di carne, polpette di pesce... Nell'aria aleggiava un odore di barbecue.

«È per questo che sei venuto, allora?» chiese Erwan bevendo un succo d'arancia tiepido. «Perché l'hanno ammazzato?»

«No. Nemmeno lo sapevo.»

«Ti informerai?»

Grégoire sputò per terra: stava ridiventando africano a vista d'occhio. «Non me ne frega niente. Affari tra neri.»

«E lui?» chiese Erwan indicando Mumbanza.

«Sarà il successore di Nseko. C'è di peggio... Gli piacciono il buon vino e le passere bianche.»

Erwan non riusciva mai a capire quando suo padre parlava sul serio e quando invece scherzava.

«Lo sai che cosa ha salvato la Francia da quella pagliacciata del maggio '68?» riprese Morvan afferrando un bicchiere di pastis da un vassoio.

«No», mentì Erwan.

Quella storia la conosceva a memoria.

Il Vecchio sollevò il bicchiere contro la luce del sole che inondava la soglia della tenda.

«Il pastis della Ricard. Quando la Francia stava per finire nelle mani dei comunisti, Pasqua e la sua combriccola del Service d'action civique hanno organizzato una manifestazione a sostegno di De Gaulle. Questo lo sanno tutti: duecentomila persone sugli Champs-Élysées e una rivoluzione stroncata sul nascere, notizia da prima pagina! Quello che invece sono in pochi a sapere è che per raccogliere manifestanti dai quattro angoli della Francia il nostro corso aveva scomodato le sue conoscenze alla Ricard, azienda presso la quale all'epoca lavorava come rappresentante. Tutti i commerciali si erano messi d'impegno: avevano noleggiato dei pullman promettendo ai militanti che al loro arrivo a Parigi avrebbero avuto diritto a un giro gratis e a un pezzo di salame, e poi via, in marcia!» Sollevò il bicchiere per brindare a quei ricordi. «Cosa poteva mai fare Mao in Francia contro il pastis?» Lo depose su un altro vassoio (non beveva mai alcolici) e alla fine rispose alla domanda che Erwan non gli aveva ancora posto. «Ti spiegherò perché sono venuto», disse strizzandogli l'occhio. «Per vegliare sulla vostra eredità.»

I

MORVAN
PADRE E FIGLIO

1.

«Hollande è un imbecille, un finocchio, un rammollito!» esclamò Morvan. «Cristo santo, quand'è che questo paese avrà finalmente un presidente con le palle?»

Passati tre giorni, Erwan era a tavola nell'immenso appartamento dei genitori in avenue de Messine, impreziosito da oggetti d'antiquariato del Mobilier national, per il tradizionale pranzo della domenica, al quale nessun componente della famiglia sarebbe mai mancato, non per piacere ma per dovere.

«Non è stato capace di far funzionare il partito e gli hanno messo in mano le chiavi del paese. Che cosa si aspettavano? I francesi sono dei poveri imbecilli. In un certo senso se lo sono meritato!»

Erwan sospirò. La sacrosanta collera domenicale del Padre era inevitabile come i piatti a base di tofu e quinoa preparati da sua madre Maggie.

In realtà quello sfogo era soltanto pro forma. Da più di quarant'anni, infatti, il Vecchio serviva il potere senza colpo ferire, di qualsiasi colore esso fosse. Era solito dire: «A una serratura non importa nulla di quello che c'è dietro la porta».

«Ancora un po' di tabulé?» domandò Maggie chinandosi verso Erwan.

«Sono a posto così, grazie.»

Almeno, finché avesse berciato contro il governo il Vecchio non avrebbe insultato la moglie. E fintanto che la sua collera non fosse degenerata in una lite coniugale tutti quanti sarebbero stati contenti. Erwan ricordava ancora i tempi in cui Grégoire prima di mangiare, posata la pistola sul tavolo, minacciava di buttare giù la moglie dalla finestra se non avesse cambiato atteggiamento.

Osservò i commensali. Il clan era presente al gran completo: Gaëlle, l'ultimogenita, ventinove anni, persa nei suoi SMS; Loïc, il mezzano, trentasei anni, che sonnecchiava sopra il piatto; in fondo alla tavola stavano i suoi figli, Milla e Lorenzo, di cinque e sette anni, obbedienti e silenziosi; la sedia vuota era quella di Maggie, che continuava a servire con devozione la propria tribù.

L'illusione era perfetta: una rispettabile famiglia borghese che si riuniva tutte le domeniche. Ma dietro quelle apparenze si nascondeva una realtà assai meno edificante. Loïc, ex alcolista, era diventato un broker milionario cocainomane che cercava la redenzione nel buddhismo. Gaëlle voleva lavorare nel cinema e andava a letto con chiunque per «far decollare la sua carriera». Quanto a Maggie, una madre ossessiva con un passato da figlia dei fiori, aveva incassato per tutta la vita le botte del marito senza mai lamentarsi né decidersi a divorziare.

«Dove sarebbe il rilancio del paese?» tuonò Morvan, che non aveva ancora toccato cibo. «I provvedimenti che dovrebbero dare una scossa alla Francia? Niente di niente, solo chiacchiere! Sempre le stesse promesse, sempre le stesse balle...»

Erwan annuiva, sperando che quella tirata proseguisse fino al dolce. Morvan era il protagonista indiscusso della riunione di famiglia: quel colosso di sessantasette anni, dotato della forza di un toro e di una salute di ferro, negli ambienti informati era da tempo considerato il primo poliziotto di Francia, nonché il più discreto.

Autodidatta, gauchista fino al midollo, dopo il '68 era stato mandato in esilio in Africa. Ma, quando ormai sembrava che la sua carriera fosse finita ancor prima di cominciare, aveva arrestato in Zaire, da solo e senza mezzi, un serial killer detto l'Uomo Chiodo, che mieteva le sue vittime nella comunità bianca di una città mineraria del Katanga. Morvan era rientrato in Francia coperto di gloria. Aveva scalato i ranghi con Giscard e trionfato sotto Mitterrand. Commissario al 36 di quai des Orfèvres, aveva condotto con discrezione alcune missioni segrete per conto dello Zietto di Francia, assumendo a poco a poco lo status di intoccabile. «Non ho né amici né relazioni», spiegava. «Ho soltanto dossier.»

Erwan non aveva mai indagato sul padre, ma non si faceva illusioni sulle sue attività segrete. Morvan aveva ucciso, rubato, intrallazzato, fatto la spia, ricattato... tutto nell'interesse della Repubblica. E questa era più o meno l'unica cosa che lo rendeva diverso da un delinquente comune.

Nominato prefetto fuori regione all'arrivo di Chirac, aveva continuato la propria missione di sentinella del potere nella sede del ministero di place Beauvau. Squadra che vince non si cambia. Sarkozy l'aveva tenuto e, benché avesse ormai da tempo superato l'età della pensione, era rimasto anche con Hollande, mantenendo l'incarico di consulente del ministero degli Interni, senza peraltro comparire in alcun organigramma. Soprannominato per anni il Pasqua della sinistra, ricordava ora uno di quei vecchi ordigni bellici sepolti che non devono assolutamente essere toccati per evitare che esplodano.

All'improvviso Erwan si accorse che era suonato il segnale d'allarme.

«Brutta scema, e questo lo chiami cibo?»

Sentì un rivolo di sudore freddo scivolargli lungo la schiena. Gli insulti del padre avevano la capacità di riportarlo di colpo agli anni dell'infanzia. Aveva già cominciato a tremare. Sentiva il cuore pulsargli in gola.

«Papà, smettila!»

Morvan continuò a brontolare. Erwan si guardò attorno. Gli altri non se n'erano nemmeno accorti: Loïc dormicchiava, Gaëlle giocherellava con il cellulare e i due bambini avevano il naso nel piatto. Perfino Maggie continuava a servire ostentando indifferenza.

«Potresti anche metterlo giù, il telefono», disse il patriarca a Gaëlle. «Siamo a tavola.»

Lei non sollevò nemmeno la testa. Sotto una nuvola di capelli biondissimi nascondeva una faccia da scolaretta diligente. Volto ovale, zigomi alti, carnagione di un pallore diafano. Come Loïc, aveva ereditato la bellezza che un tempo era stata della madre. Indossava capi firmati, estremamente costosi, ma lo faceva con una noncuranza e un disinteresse che rasentava il menefreghismo.

«Ehi, sto parlando con te!»

«Cosa vuoi?»

«Potresti mostrare un po' più di rispetto per questo momento in cui ci ritroviamo e...»

«È per lavoro.»

«Di domenica?»

«Non capisci niente di quello che faccio.»

«Ho senz'altro più esperienza di te nello show business!»

La figlia ripeté con disprezzo quell'espressione ormai desueta: «Show business...».

«Questi cazzo di attori e produttori sono tutti maniaci sessuali e...»

«Caro, non davanti ai bambini!» Con aria scandalizzata, Maggie passò il raccoglibriciole sulla tovaglia.

«Non ho più fame», disse Gaëlle spingendo indietro la sedia.

«Resta seduta!»

Lei si alzò senza ribattere. Non aveva niente da temere: Morvan non aveva mai toccato i suoi figli. Gli insulti e le botte erano riservati alla loro madre.

«Gaëlle, ti avverto...»

Gli mostrò il dito medio e scomparve. Loïc, con le palpebre semichiuse, rise in silenzio come da dietro un vetro affumicato. Maggie tornò in cucina. I bambini, sempre muti, sembravano affascinati da quel gesto misterioso.

Erwan affondò le dita nei braccioli della sedia. Non era cambiato niente: lui era sempre il solo a non abbassare mai la guardia, il solo a preoccuparsi di tutti. Sempre pronto a intervenire, a lottare contro le forze del male che imperversavano all'interno del suo clan. Era Cerbero, il cane degli inferi.

E, come a conferma, giunse l'ordine di Morvan: «Erwan, nel mio studio».

2.

La tana del Vecchio era un coacervo di mobili esotici e oggetti inquietanti provenienti soprattutto dal Congo: poggiapiedi sfondati, schienali in cuoio intrecciato, lampade a olio montate su lance... Le maschere, le sculture e gli amuleti disposti sulle mensole sembravano tutti usciti dallo stesso incubo: teste con gli occhi sbarrati, bocche irte di denti, donne dai seni letali.

Il pezzo forte della collezione era una serie di statuine infilzate da punte di metallo e cocci di bottiglia, ricoperte di catene, fibre e piume sporche di sangue. Erano *minkondi* provenienti dalla regione del Mayombe, nel Basso Congo, e servivano a difendersi dagli stregoni e dalle loro fatture. Morvan ne aveva spiegato il funzionamento al figlio più di una volta: il *nganga*, il guaritore, le attivava piantandoci un chiodo o un pezzo di vetro.

Quelle statuette nascondevano un'altra verità: avevano ispirato il serial killer che Grégoire aveva arrestato nel 1971, un assassino che trasformava le proprie vittime in *minkondi* crivellandole con centinaia di chiodi, frammenti di specchio e schegge di ferro. Erwan era convinto che il padre le avesse rubate nel nascondiglio del criminale.

Grégoire si tolse la giacca. Anche di domenica non rinunciava alla sua classica tenuta: camicia Charvet celeste con il colletto bianco, cravatta nera e bretelle vecchio stile, a Y rovesciata. Si sedette alla scrivania, su una poltrona il cui alto schienale era sormontato da due teste d'antilope.

«Il nome Kaerverec ti dice qualcosa?»

«No.»

«È un posto vicino a Brest.»

«Un'altra "culla" della nostra famiglia?»

«Non fare l'idiota. C'è un'accademia dell'aeronautica navale. Ci andrai domani per indagare su una storia di nonnismo.»

«Stai scherzando.»

«Ci è scappato il morto.»

Erwan prese una sedia. Suo padre aprì un cassetto e ne estrasse un cablogramma.

«Un cadetto si è nascosto in un bunker su un'isola per sottrarsi alle prove riservate alle matricole. Ha passato lì la notte fra venerdì e sabato. Per sua sfortuna, la mattina il bunker è stato il bersaglio di un'esercitazione di tiro. Non è rimasto nulla.»

«Vuoi dire che il ragazzo si è beccato un missile?»

Il Vecchio gli passò il foglio. «Per ora è tutto quello che sappiamo.»

Erwan lesse velocemente il dispaccio. Non si fidava delle storie di suo padre, e questa gli sembrava ancora più finta del solito. «Non ne sapevo nulla.»

«Nemmeno l'Agence France-Presse è stata informata. Tutti concordano che la notizia non venga divulgata finché non avremo una versione presentabile.»

«E avresti pensato a me per scriverla?»

«Esatto.»

«Perché non la polizia giudiziaria di Brest?»

«Perché si tratta di una faccenda delicata. Una cerimonia di iniziazione finita in tragedia. Un Rafale che ammazza una recluta. Gli Interni e la Difesa vogliono un'inchiesta come si deve, condotta dalla polizia criminale, in modo che non li si possa sospettare di aver cercato di insabbiare la faccenda.»

«E io dovrei infilarmi tra l'incudine e il martello?»

«Senti, tu devi soltanto andare là, accertare i fatti e redigere un rapporto. E *basta.*»

«A che titolo mi mandi?»

«Missione speciale. Me la sbroglierò io con l'ufficio centrale. Lasciami fare. Parti domani mattina e torni mercoledì. C'è bisogno di un poliziotto in gamba e ho scelto te. Quando i militari vedranno il tuo curriculum, chiuderanno il becco.»

Era una chiara allusione al suo passato di uomo d'azione: nelle teste di cuoio Erwan aveva preso parte a tre scontri a fuoco, aveva ucciso, era stato ferito. Abbastanza per impressionare i marmittoni dell'esercito.

«La storia ti convince, almeno?»

«Nei particolari no. Però secondo il colonnello Vincq, il direttore dell'accademia, si è trattato di un incidente. Molto stupido, ma comunque un incidente. Non che sia per forza una buona notizia. È chiaro che hanno fatto un casino e che pioverà merda su tutti. Il tuo rapporto ci permetterà di stabilire le responsabilità.»

Erwan osservò una statuetta con la testa larga e piatta e le braccia spropositatamente lunghe, irta di chiodi. Secondo suo padre avrebbe dovuto provocare le convulsioni agli stregoni o farli deperire fino alla morte. Si era sempre domandato se non fosse stata quella a causare l'anoressia di Gaëlle. «E la gendarmeria?»

«Lavorerai con il reparto investigativo di Brest, ma sarai tu al comando. La procura me l'ha assicurato.»

Nella stanza si udì un ronzio. La telescrivente. Erwan era abituato a vedere il padre in attesa di dispacci inviati dallo stato maggiore. Quando era un ragazzino, pensava che lui fosse una specie di capostazione che gestiva il passaggio dei treni e i loro orari, solo che invece di convogli ferroviari si doveva occupare di omicidi, furti e ogni altro tipo di crimini.

Morvan afferrò il foglio, inforcò gli occhiali, diede un'occhiata al testo e disse: «Ti faccio avere il fascicolo entro questa sera. Partirai all'alba. Prenditi un uomo e compila una nota spese».

Erwan interpretò quell'ultima frase come: "Ora puoi andare". Mentre si alzava, tuttavia, il padre aprì di nuovo il cassetto.

«Aspetta, c'è un'altra cosa di cui voglio parlarti.»

Gli mise davanti dei bigliettini grandi quanto un Post-it. Erwan li riconobbe subito: erano della DCRI, il servizio di intelligence del ministero degli Interni. Informazioni anonime, senza autore né provenienza. Quando si sentiva particolarmente ispirato, suo padre era solito declamare: «Sono le sorgenti più piccole quelle da cui nascono i fiumi più imponenti». Ed effettivamente in diverse occasioni gli erano bastate poche parole su un pezzo di carta per far tremare più di un governo.

Erwan tornò a sedersi e prese in mano i bigliettini: nomi, indirizzi di Parigi, date e orari.

«Cosa sono?»

«Gli spostamenti di tua sorella negli ultimi due giorni.»

«La stai facendo seguire?»

Grégoire fece un gesto di stizza e ripeté a memoria le informazioni scritte su quei fogli: «Venerdì, ore 17.00, società STMS, rue Lincoln, un'ora. Stesso giorno, ore 20.00, Patrick Blanc, rue Dauphine 3, ancora un'ora. Il giorno dopo, ore 16.00, Hervé Leroy, rue Spontini 22. La sera al Plaza Athénée e poi al Fouquet's Barrière».

«E quindi?»

«E quindi tua sorella fa marchette.»

«Possono essere appuntamenti di lavoro.»

Morvan si sporse da sopra la scrivania. A Erwan sembrò di sentire le giunture del trono scricchiolare e un effluvio di *Eau d'Orange verte* di Hermès gli aggredì le narici. «Fai l'idiota o cosa? Leroy e Blanc sono due produttori.»

«Appunto.»

«A volte mi chiedo cos'hai in testa. Il primo organizza orge a Versailles e il secondo è un noto frequentatore di escort.» Batté con forza la mano sul piano della scrivania. «Tua sorella è una puttana, maledizione! E una di quelle che fa le cose alla svelta, anche!»

Erwan si ritrasse, come se qualcuno gli avesse sputato in faccia. Conosceva bene la brutalità di suo padre. A scandalizzarlo era qualcos'altro. «Hai fatto seguire tua figlia dalla DCRI? A spese dello stato?»

«Dovrò pur proteggere la mia famiglia.»

«Gaëlle ha ventinove anni. È libera di fare quello che le pare.»

Grégoire si strinse nelle spalle e sembrò raggomitolarsi tra i braccioli della poltrona. «Non avrei mai immaginato che tua sorella, alla quale ho pagato le migliori scuole e viaggi da sogno e che ho più volte raccomandato per un lavoro, potesse diventare una squillo che lo succhia ai produttori.»

«Non dire così. Vuole sfondare come attrice e cerca di...»

«Per ora l'unica cosa che le riesce è farsi fotografare nuda sulle riviste porno.»

«Non porno, sexy. Niente di più. È il suo modo per farsi conoscere. Dovresti rispettare le sue scelte. Ne parli come se fosse una delinquente!»

«Sei proprio figlio del tuo tempo. A importare non è la sostanza delle cose ma il *modo* in cui vengono raccontate. Morirete tutti di politicamente corretto.» Batté ancora la mano sulla scrivania. «*Bobo* del cazzo!»

Per lui non esisteva insulto più grande. Uomo della vecchia sinistra, detestava i *bourgeois-bohème*: socialisti del consenso, ecologisti, terzomondisti, sempre schierati dalla parte giusta. Ai suoi occhi questi sceriffi del cuore incarnavano il male assoluto: borghesi che avevano integrato la controcultura, digerito il loro stesso nemico, la rivoluzione. Una volta aveva paragonato i *bobo* a quei topi che sopravvivono al veleno che dovrebbe sterminarli, dando così origine a una razza immune ai suoi effetti. Diceva sul serio.

Si alzò per andare a mettersi davanti alla finestra, con le mani dietro la schiena. «Voglio che le parli.»

«L'ho già fatto. Più proveremo a farla ragionare, più lei persevererà. Anche solo per farci incazzare.»

«Allora falle il vuoto intorno. Metti sotto pressione i suoi clienti. Ti darò la lista.»

«Cosa? Non minaccerò mai quei...»

Grégoire tornò alla scrivania. Ora era più calmo. «Non sono così tanti. Gaëlle lo fa solo occasionalmente. È una precaria dello spettacolo... Se non la chiamerà più nessuno, si metterà tranquilla.»

«Ne troverà altri.»

«Allora vorrà dire che è davvero una puttana e che non possiamo farci niente.»

Anche se aveva preso le difese della sorella, Erwan provava la stessa rabbia del padre. Una bambina viziata che sguazzava nella fogna. Si alzò a propria volta. «Dunque cosa devo fare? Spaventare a morte qualche produttore o andare a raccogliere i resti di un soldato?»

«La faccenda più urgente adesso è la Bretagna. All'altra penserai quando torni.»

Erwan uscì dallo studio senza aggiungere altro, provando un'insolita tenerezza per quel vecchio bruto: un uomo che, malgrado le violenze contro la moglie e il suo passato da assassino, nutriva per i figli un amore incondizionato.

«Cosa voleva?»

Trasalì. Sua madre se ne stava nascosta nella penombra del corridoio.

«Cosa voleva da te?» ripeté Maggie a bassa voce, con un'espressione di sgomento negli occhi. Aveva ancora addosso il grembiule da cucina.

«Niente», rispose evasivamente Erwan. «Questioni di lavoro.»

«Puoi riaccompagnare i bambini dalla mamma?»

«E Loïc?»

«Si è addormentato sul divano.»

Quelle domeniche erano tutte uguali.

«Sofia è a casa?»

«Chiamala. Sarà contenta di vederti.»

Milla e Lorenzo erano già pronti nell'ingresso con i loro zainetti, il classico bagaglio dei figli di genitori separati. Maggie aprì la porta. Una manica si sollevò scoprendo una chiazza violacea sull'avambraccio.

«E questo cos'è?»

«Niente, sono caduta.»

Il momentaneo slancio di affetto che Erwan aveva provato nei confronti del padre si trasformò in un moto d'odio. Un sentimento noto, familiare, che lo faceva sentire a proprio agio. L'idea che il Vecchio a quasi settant'anni picchiasse ancora la moglie non lo stupiva nemmeno tanto; la considerazione che fece in quel momento fu molto più pratica: con l'età, sua madre sopportava meglio i colpi; i suoi lividi assumevano una tinta vinaccia che ricordava quella di una voglia.

Uscì dalla porta gridando ai nipoti in tono giocoso: «Chi arriva prima all'ascensore?».

I due bambini corsero via dimenticandosi di dare un bacio alla nonna.

Erwan stava per andare a riprenderli quando Maggie lo fermò. «Lascia stare. Non fa niente.»

«A domenica prossima.»

I piccoli scalpitavano davanti alla cabina. Erwan fece loro un sorriso e poi si immerse nei propri pensieri. Nella sua infanzia non ricordava nemmeno un momento di serenità: aveva sempre vissuto nella paura, nell'angoscia, nel terrore di vedere i genitori prendersi a botte.

Quando le porte dell'ascensore si aprirono, aveva già cambiato idea in merito al giudizio che aveva formulato durante il pranzo: anche Loïc e Gaëlle non ne erano ancora usciti. La droga e le marchette erano il modo in cui fratello e sorella reagivano al trauma subito da piccoli.

Un ricordo gli attraversò la mente: una bimba di quattro anni e un ragazzino di undici che cercavano rifugio tra le braccia del fratello maggiore, tutti e tre nascosti sotto il tavolo della cucina mentre i genitori litigavano. Sentiva ancora la sensazione delle piastrelle fredde sulla pelle e la parete vibrare sotto i colpi del Pasqua della sinistra.

Mentre entrava in ascensore provò uno strano conforto al pensiero di non essere solo: Loïc e Gaëlle erano ancora avvinghiati a lui, sotto il tavolo, smarriti e terrorizzati.

3.

Gaëlle aveva preso l'abitudine di vomitare tutte le volte che usciva dalla casa dei genitori.

Si infilò in un caffè all'angolo tra rue de Monceau e rue de Lisbonne, dove i bagni non erano troppo disgustosi, e fece quello che doveva. Durante l'adolescenza aveva sperimentato ogni tipo di tecnica per rimettere, dall'acqua salata allo spazzolino da denti infilato in gola. Ora ci riusciva a comando. Per avvertire i conati le bastava pensare al cibo immondo della madre.

Quando lasciò il locale si sentiva già meglio. Il mese di settembre sembrava aver deciso di fare gli straordinari, anche se, tra l'estate uggiosa che l'aveva preceduto e un autunno precoce, un paio di pomeriggi soleggiati non erano da considerarsi chissà quale privilegio. Proseguì lungo avenue de Messine, approfittando di quello spettacolo. Le ombre degli alberi tremolavano sull'asfalto; squarci di luce filtravano tra il fogliame. La via era un tipico esempio della Parigi del secondo impero: balconi, atlanti e cariatidi a ogni piano, al di sopra delle rigogliose fronde dei platani. Gaëlle si sentiva come una regina lungo i viali di Versailles.

Percorsa rue de Miromesnil, svoltò a destra in rue de Penthièvre e arrivò davanti a casa. La strada era deserta. Nonostante il sole, le viuzze strette avevano un che di lugubre. Era rimasta incerta a lungo prima di decidersi a prendere quel monolocale a pochi metri da place Beauvau, la tana del mostro. Alla fine però aveva deciso di ignorare il suo nemico: solo così sarebbe riuscita a sconfiggerlo.

Pareti mansardate, abbaini, parquet a doghe larghe che

amava sentire scricchiolare sotto i piedi nudi: non l'aveva arredato perché voleva che quello spazio rispecchiasse la sua vita, una pagina bianca ancora tutta da scrivere. L'unica cosa alla quale teneva era la libreria: i colori vivaci della PUF, le coste marroni, verdi e dorate della Pléiade, le tonalità sigaro dei saggi di Freud. Nei ripiani più bassi trovavano posto le biografie dai dorsi screziati e variegati come le sue passioni. Gaëlle sapeva tutto di Nietzsche e Wittgenstein ma era anche una lettrice appassionata delle vite di Shakira, Mylène Farmer, Annette Vadim... Si sentiva una rivoluzionaria e allo stesso tempo una donna oggetto; frivola e intellettuale. Non aveva le idee molto chiare.

Tè tostato giapponese. Maschera d'argilla sul viso. Scrivania. Dopo il pranzo domenicale e il vomito, il rituale prevedeva di mettere un po' d'ordine nel suo universo professionale: aggiornare i profili sui social network, leggere le e-mail, postare qualche tweet... Per un'attrice era importante mantenersi in contatto con i fan, anche quando non erano troppo numerosi. Inviò un SMS alla sua agente per avvertirla che sarebbe andata da lei il pomeriggio dell'indomani: erano settimane che non le procurava un casting.

Si immerse nel proprio arsenale di battaglia: CV, foto, cartelle stampa... Amava profondamente lavorare seduta alla scrivania come un artigiano, a cesellare il suo profilo biografico, ritoccare foto, copiare le demo, scrivere ai registi... La sua carriera occupava appena poche righe sul curriculum: aveva presentato alcuni tornei di poker su Internet e interpretato ruoli secondari in qualche telefilm. Una volta aveva recitato la parte di una bionda bella e stupida in un vero film, ma poi la sua scena era stata tagliata.

Non era un granché, soprattutto se pensava a tutti gli sforzi che aveva fatto: centinaia di casting, cene, notti in discoteca in compagnia di sedicenti produttori celebri. Al momento non riusciva ancora a guadagnarsi da vivere e il Graal degli attori – le cinquecentosette ore di lavoro annuale che le avrebbero permesso di richiedere il sussidio di disoccupazione – le pareva irraggiungibile. Così si arrangiava in un altro modo.

Quando qualcuno la provocava sull'argomento, replicava: «Il femminismo va bene per le lesbiche e le borghesi. Le donne, quelle vere, quelle che non hanno il becco di un quattrino, fanno di tutto per cavarsela e se ne fregano delle quote rosa in parlamento o di sapere qual è il femminile di "ingegnere"». E se qualcuno le rinfacciava di essere una figlia di papà, ribatteva: «Sono chi ho deciso di essere. Ho ricominciato da zero».

Non mentiva. Compiuti diciotto anni, non aveva più toccato un soldo del padre. Aveva addirittura chiuso il conto in banca e se n'era fatto aprire uno nuovo, intestandolo a un'amica. In quel modo il bastardo non avrebbe potuto nemmeno farle dei versamenti.

Era vero, faceva la puttana, ma solo per difendere la propria integrità morale.

D'altronde, non credeva che la cosa potesse intaccare la sua purezza. La vocazione artistica si era conservata intatta. I suoi modelli erano Brigitte Bardot, Marilyn Monroe, Scarlett Johansson: donne sensuali e *anche* grandi attrici. Certo, il fisico era il loro punto forte. E con ciò? Immaginava di recitare il ruolo di Camilla nel *Disprezzo*, sdraiata a prendere il sole sulla terrazza di villa Malaparte, o quello di Zucchero «Candito» Kandinsky, che seduceva Tony Curtis a bordo dello yacht in *A qualcuno piace caldo.* Doti artistiche, sì, ma accompagnate da belle forme.

Tra i programmi della giornata rientrava anche la preparazione della documentazione necessaria per ottenere un visto di lavoro per gli Stati Uniti. Prima o poi tutte le attrici si dicono che faranno fortuna oltreoceano. Gaëlle non si faceva troppe illusioni, ma voleva comunque crederci e soprattutto provarci. Se avesse fallito, almeno non avrebbe avuto rimpianti.

Prese la pratica e sfogliò le carte che aveva messo insieme per l'appuntamento in ambasciata. Era tutto in ordine. Aveva raccolto una serie di testimonianze che attestavano le sue doti di attrice, la sua serietà e credibilità: lettere di raccomandazione ottenute a forza di fellatio e rapporti sessuali. Inoltre aveva alcune proposte di lavoro negli USA. Ottenerle non era stato difficile: i produttori che conosceva possedevano società *anche* in America. Erano stati loro a procurare tutte quelle carte, sia dall'una sia dall'altra sponda dell'oceano.

Davanti alla mazzetta di contratti e referenze fasulle fu colta da un improvviso moto di tristezza. Quel dossier era in tutto e per tutto uguale alla sua vita: una menzogna. Ma preferiva comunque quella bugia al baratro che le si sarebbe spalancato sotto ai piedi se avesse ammesso anche solo per una frazione di secondo la vanità dei suoi progetti. Rinunciare al suo sogno significava rinunciare a vivere.

Gli occhi le caddero sull'orologio a parete, un ciac cinematografico con quadrante e lancette, souvenir del suo unico viaggio a LA: le tre e un quarto. Trasalì. Si era completamente dimenticata del «casting» delle quattro. Era così che chiamava i suoi appuntamenti da ottocento euro.

Corse in bagno e si tolse la maschera all'argilla del Mar Morto. Si ricordava che il cliente era un uomo d'affari cinese. Il contatto le era stato procurato da una pseudoruffiana di avenue Hoche. Alzò la testa e si guardò allo specchio. Vedendo l'ovale del viso, gli zigomi mongoli e gli occhi da husky siberiano, riacquistò fiducia e strinse i pugni sul lavandino.

Un cinese. Era perfetto per quello che aveva in mente.

4.

Sofia gli aveva dato appuntamento ai giardini del Lussemburgo.

Erwan parcheggiò in rue Bonaparte ed entrò nel parco dall'ingresso di rue de Vaugirard. Tenendo i due nipoti per mano, passò accanto alle piste da bocce e ai campi da tennis. L'italiana gli aveva detto che lo avrebbe aspettato fuori dall'area giochi, poco più lontano. Fremeva di eccitazione al solo pensiero di incontrarla.

La prima volta che l'aveva vista aveva tremato come un bambino, la seconda non aveva spiccicato parola, la terza aveva tartagliato. Soltanto la quarta o la quinta era riuscito finalmente ad assumere un contegno più rilassato. A quel punto aveva potuto osservarla. Sofia non era bella: era perfetta. La sua era un'avvenenza da riviste patinate, da schermo cinematografico, ma quella grazia non era in vendita. Il fatto che fosse milionaria non faceva che accentuare la sua regale aria di superiorità.

Quando Loïc l'aveva portata a casa con sé da New York nel 2003, Erwan si era chiesto come avesse fatto quel coglione di un tossico a conquistare una simile dea. La stessa domanda se l'era posta anche il padre. Da bravi sbirri avevano condotto delle ricerche scoprendo, con loro grande stupore, che Sofia era molto più ricca di Loïc. Suo padre, un ferravecchio di Firenze che aveva fatto fortuna con il commercio dei metalli, aveva sposato la contessa Balducci la quale, per quanto ormai economicamente in rovina, era imparentata alla lontana con l'illustre famiglia Aldobrandeschi. Sofia aveva ereditato la bellezza paterna (un volto dai tratti signorili) e l'eleganza della madre, la durezza dell'uno e l'atteggiamento sprezzante dell'altra. Il resto lo si doveva alla sua educazione: infanzia a Saint-Moritz con precettrice tedesca, scuole private a Milano, Bocconi e IULM. Si era fatta le ossa a Wall Street e aveva infine scoperto l'amore tra le braccia di Loïc.

I due Morvan non ci volevano credere: erano uomini, ma soprattutto poliziotti. Il fascino che un tipo come Loïc esercitava sulle donne per loro era incomprensibile. Non si accorgevano del suo bel viso, delle mani sottili, del sorriso disarmante. E nemmeno capivano il misterioso magnetismo che un drogato esercita sulle ragazze. Quel vizio le seduce perché, grazie alle loro antenne femminili, capiscono che sarà sempre più forte di loro. Per non parlare dello charme irresistibile del ragazzo cattivo che gioca con la morte...

Qualche mese dopo erano cominciati i preparativi per le nozze. Erwan aveva potuto apprezzare la segreta rivalità fra i due padri: alla sua destra, la vecchia volpe africana, il superpoliziotto maneggione che gestiva affari loschi in Congo; alla sua sinistra, Giovanni Montefiori, detto il Condottiero, vicino al clan Berlusconi e senz'altro colluso con la mafia. Due predatori che istintivamente si detestavano perché rappresentavano due facce diverse della stessa corruzione.

I giovincelli si erano sposati a Zermatt, sotto la neve, su una slitta. Una di quelle cretinate da figli di papà. Montefiori aveva affittato tutti gli chalet disponibili e Morvan aveva pagato il pranzo in uno dei lussuosi alberghi della località turistica.

Erwan, relegato in un cottage da guardacaccia, aveva deciso il giorno stesso che si sarebbe preso cura di quei ragazzini che non sapevano nulla della vita. A poco a poco sarebbe diventato per loro una specie di guardia del corpo, un collaboratore familiare, alla pari degli altri domestici. Quel ruolo gli piaceva: il duro che indossava vestiti a buon mercato, il bruto privo di ogni eleganza e incapace di fare conversazione ma al quale la principessa si rivolgeva per proteggere il «piccolino».

Erano diventati alleati: Sofia controllava il marito e tentava di limitare il suo consumo di cocaina (Loïc non toccava più né eroina né alcol); a Erwan spettava il compito di ritrovarlo quando spariva per intere nottate e a volte anche per settimane.

Con il passare degli anni aveva creduto di conoscere meglio l'italiana. A forza di cene eleganti, fine settimana a Portofino e crociere su principesche barche a vela, pensava di avere scoperto i limiti della cognata. Sofia amava Loïc, ma senza sconfinare dall'ambiente sociale da cui proveniva: quel matrimonio era soltanto una tappa come molte altre nella sua comoda vita. Pur non essendo una donna arrogante né conservatrice, in quanto prodotto della borghesia italiana era incapace di rinunciare ai privilegi e alle convenzioni del proprio mondo. Una macchina programmata per essere perfetta e affascinante nella quale qualcuno aveva dimenticato di inserire il pezzo più importante: il cuore.

Erwan si sbagliava. A svelare la sua vera natura sarebbe stata la nascita di Lorenzo. Il grande amore di Sofia erano i suoi bambini. Loïc era stato soltanto un preambolo, un passaggio obbligato. Ma perché scegliere un padre tossico? Per la sua bellezza? Il suo sorriso? La sua intelligenza? Qualche tempo dopo, quando era incinta di Milla, Sofia aveva definitivamente gettato la maschera. Con Loïc ormai tirava aria di tempesta, ma la cosa non sembrava preoccuparla troppo. Il marito aveva adempiuto il suo ruolo: se non si fosse dimostrato capace di assicurare loro un futuro, avrebbe dovuto andarsene; altrimenti sarebbe stata lei a eliminarlo, come i ragni femmina che uccidono il maschio dopo l'accoppiamento.

«La mamma!»

Era seduta su una panchina davanti allo spazio riservato ai giochi. Milla e Lorenzo lasciarono le mani dello zio e corsero verso di lei. Sofia si alzò per andare loro incontro, poi lo cercò con lo sguardo. Gli fece un cenno, pagò il biglietto perché i figli potessero entrare nell'area giochi e si voltò verso di lui.

D'un tratto tutto passò in secondo piano: il brusio che lo

circondava, il viavai della gente, le prime foglie morte che mulinavano nel vento... Sofia gli apparve come in un film, quando l'inquadratura è centrata sull'attrice e lo scenario diventa sfocato.

Si sarebbe detto che i tratti del suo viso rispondessero a una proporzione aurea applicata a ogni minimo particolare: fronte, sopracciglia, naso e zigomi avevano tutti la medesima linea, la medesima splendida perfezione. La pelle bianca ricordava la superficie levigata e regolare di un ciottolo di fiume e le labbra, quasi incolori, sembravano una semplice venatura della pietra. Sofia non si truccava per coprire quel pallore, anzi, lo esibiva con disinvoltura. A incorniciare il tutto, lunghi capelli neri pettinati con la riga in mezzo, come in una vecchia foto di David Hamilton. Sembrava più una contadina amish che una bambola italiana.

Quell'aria austera era tuttavia mitigata da due dettagli. Un rossore diffuso sulle guance le donava un'aria giovanile e sbarazzina. L'altra particolarità era la piega molto bassa delle palpebre superiori, che faceva quasi pensare a un'origine asiatica e le conferiva un alone di mistero, un'espressione di malinconica spossatezza che ti intorpidiva l'anima.

«Come va?»

«Bene», le rispose. Quando parlava con lei, non riusciva mai a essere particolarmente ispirato.

«Hai cinque minuti?»

Obbedì come un soldato chiamato a rapporto.

«Vieni. Voglio tenere d'occhio i bambini.»

Erwan la seguì nell'area giochi dopo che il cassiere gli ebbe impresso un timbro sulla mano. Gli ronzavano le orecchie e aveva il polso accelerato. Sentì la terra cedergli sotto i piedi. All'inizio pensò che fosse a causa dell'agitazione, ma poi si accorse che la superficie dell'area giochi era coperta da una specie di gomma per evitare che i bambini, cadendo, si facessero male.

«Rilassati, dannazione», si disse a bassa voce. «*Rilassati.*»

5.

Sofia trovò una panchina libera.

«Loïc non è potuto venire?»

Gli faceva quella domanda soltanto per il piacere di rimarcare l'assenza del suo ex.

«Aveva del lavoro da sbrigare.»

«Sì, doveva smaltire la coca.»

Ottimo inizio. Erwan le si sedette accanto senza replicare. Sofia osservava con costernazione il caos che regnava nell'area giochi.

«Non so chi ha inventato le domeniche pomeriggio al parco, ma per quanto mi riguarda sono una delle ragioni per cui un genitore potrebbe decidere di rinunciare alla patria potestà.»

Era una madre modello ma le piaceva provocare. Dai parigini aveva imparato a essere acida per affermare sé stessa, a dire sempre il contrario di quello che pensava, anche solo per amor di battuta o per l'imperscrutabile soddisfazione che si prova fingendosi cattivi.

«Il divorzio ha almeno questo di buono», proseguì. «Ci si divide la fatica.» Aveva una voce sottile che mal si conciliava con quel suo viso da *Pietà*. «E tu come stai?» gli domandò in tono cameratesco.

Erwan disse qualche banalità sul suo viaggio in Africa. Lei muoveva la splendida testa senza ascoltare davvero. D'altro canto, nemmeno a lui interessava quello che stava raccontando. In un angolo del cervello non faceva che domandarsi se la cognata avesse indovinato i suoi sentimenti.

Fintantoché era stata con Loïc se ne era tenuto a distanza. Ora che i due si erano separati, invece, si era concesso il lusso di innamorarsi di lei. Non che rispetto a prima avesse molte più chance; anzi, forse ne aveva ancora meno. Eppure amava questa sua passione, tanto disperata quanto vana.

«Lo sai che ho vissuto in Africa?» fece lei in tono indifferente. I suoi capelli neri brillavano sotto le foglie verdi dei castagni.

«Questa mi mancava.»

«Mio padre aveva degli affari laggiù.»

«Di che tipo?»

«Metalli, come sempre.»

«In che paese?»

«Nelle ex colonie italiane: Etiopia, Somalia, Eritrea...»

Erwan provò a immaginarsela da ragazzina, mentre sgambettava su sentieri di laterite all'ombra di frangipani giganti, ma si riscosse subito. Quello che diceva non aveva senso: sapeva benissimo dov'era cresciuta e dove aveva studiato.

Lei scoppiò a ridere. «Scherzo», gli confermò. «Non ci ho mai messo piede. Ma tanto tu hai un fascicolo su di me, vero?»

Le sorrise senza rispondere. Ogni volta che le stava vicino veniva pervaso da un languore irresistibile. Si sentiva privato di ogni energia e risorsa, nonostante la tensione nervosa che avvertiva fremere sotto la pelle.

Milla e Lorenzo abbandonarono i loro giochi e andarono a reclamare la merenda. Mentre Erwan si frugava le tasche in cerca di qualche spicciolo per il gelato, Sofia estrasse dalla borsa (un modello vintage di Balenciaga) biscotti ripieni di crema al cioccolato e yogurt da bere, che i due trangugiarono in pochi secondi prima di correre via. Dopo il lugubre pranzo dai nonni sembravano rinati.

«Quando ero incinta», ricominciò Sofia seguendo i figli con lo sguardo, «come molte altre belle donne non vedevo l'ora che la gravidanza finisse e che tutto tornasse al più presto come prima. Non volevo prendere nemmeno un chilo di troppo né mancare a una festa. Ma soprattutto volevo tenere ogni cosa sotto controllo. In realtà è il bambino che hai in pancia a decidere per te. Forse è lui a scegliere quando nascere, non credi?»

Si accese una sigaretta. Era il posto meno adatto per fumare, ma lui l'amava proprio per questo: l'indifferenza e la naturalezza con cui imponeva agli altri la propria volontà.

Quasi subito una madre si precipitò verso di loro, con il volto teso e i pugni serrati. «È matta?»

Erwan sventolò il distintivo tricolore, senza nemmeno alzarsi dalla panchina. «Polizia. Circolare, per favore.»

Quella restò paralizzata per qualche secondo, non sapendo che cosa rispondere.

«Circolare, o faccio sgomberare tutto il parco!»

La megera diventò paonazza, poi girò i tacchi senza fiatare.

«Che faccia che ha fatto!» Sofia scoppiò a ridere.

Erwan sorrise di rimando. Era contento di quella sua piccola prodezza ma avrebbe preferito riuscire a divertirla con la conversazione. Quando si trattava di provarci con qualche barista o commessa, era imbattibile, ma con lei restava completamente a corto di parole.

«Allora, quand'è che ci presenti la tua fidanzata?» chiese Sofia, come se gli avesse letto nel pensiero.

«Al momento non sto con nessuna.»

«A volte mi chiedo se tu sia un poliziotto o un prete.»

Di nuovo non seppe che cosa rispondere e si limitò a osservare l'orda di bambini che correvano e piroettavano facendo un baccano infernale. Milla e Lorenzo erano sospesi a una fune tirolese.

Sofia, capendo che il cognato non avrebbe reagito alle sue provocazioni, cominciò a parlargli delle vacanze in Toscana e delle sue frequenti puntate a Milano. Aveva in progetto di aprire un'agenzia di design: ideazione e distribuzione di mobili italiani. Erwan sapeva che di lì a poco avrebbe affrontato l'unico argomento che le interessava: la guerra contro Loïc per ottenere il divorzio e la custodia dei bambini. Per qualche misteriosa ragione suo fratello si rifiutava di ufficializzare la separazione.

«Ti ho portato qualcosa», gli disse tirando fuori dalla

borsa una busta formato A4. L'aprì: conteneva delle foto in cui Loïc parlava con alcuni tipi dall'aria losca. Non serviva guardarle una seconda volta per capire che lo ritraevano mentre si riforniva di droga da piccoli spacciatori. Data e ora di ogni scatto erano riportate in un angolo.

«Lo fai seguire?»

«Solo quando è con i miei figli.»

«Sei fuori di testa?»

«No, è lui a esserlo. Secondo i miei calcoli ne prende cinque grammi al giorno.» Gli prese una foto dalle mani e gliela sventolò davanti agli occhi. «La vedi questa? È stata scattata in un parcheggio delle Halles alle undici di sera. Guarda bene: si vedono i piccoli che dormono in macchina.»

Erwan le restituì le foto. Sofia si accese un'altra sigaretta. Tenendola tra le labbra, rinfilò nervosamente le immagini nella busta e gliela mise in mano.

«Cosa vuoi che faccia?»

«Apri un'inchiesta su Loïc.»

«Sono della Omicidi», ribatté lui in tono glaciale.

«Chiedi ai tuoi colleghi della Narcotici. Cinque grammi non sono uso personale bensì spaccio. Può essere incriminato per...»

«Stai parlando di mio fratello.»

«E del padre dei miei figli. Di un tossico che pretende di tenerli una settimana sì e una no, di accompagnarli a scuola, di mangiare con loro, di prendersene cura in ogni circostanza e...»

Lui si alzò di scatto. «Non contare su di me.»

«Vi spalleggiate a vicenda, non è vero?»

«Loïc ha i suoi difetti ma...»

«Difetti? È un relitto umano. Quando so che i bambini sono con lui, non riesco nemmeno a dormire. Un po' di buonsenso, santo cielo!»

Erwan notò che l'angoscia le increspava i lineamenti. Intorno a loro la luce era cambiata: riflessi plumbei danzavano tra le fronde degli alberi. Si preannunciava un temporale. La gomma morbida sotto i suoi piedi sembrava più che mai instabile. «Fa' come vuoi», disse con voce dura. «Hai le foto. Ti serviranno dei testimoni. Queste dalle al tuo avvocato. Lei saprà cosa fare.»

«Il clan dei Morvan, unito nella cattiva sorte.»

«Anche i tuoi figli sono Morvan. Te lo ripeto: non contare su di me.»

Sofia si alzò a propria volta, ficcando rabbiosamente la busta nella Balenciaga. Proprio in quel momento riecheggiò un tuono di una violenza tale da far tremare i giochi. I bambini cominciarono a urlare e molti corsero dalle loro madri.

Erwan cercò con lo sguardo i nipoti per salutarli ma non riuscì a trovarli. Pazienza. All'improvviso le nuvole scaricarono un acquazzone che si abbatté con una furia perversa.

«Chiamami se hai bisogno», disse a Sofia, «ma non per rogne del genere.»

Lei buttò la sigaretta e lo fissò. Quando strizzava gli occhi per concentrarsi, sembrava leggermente strabica. Per qualche secondo la vide per ciò che era davvero, senza alcuna poesia, diversa da come la sognava: una bambina viziata cresciuta negli agi, circondata dagli affetti e noncurante del mondo che ora si ritrovava immersa nel bagno acido della realtà.

Dopo appena qualche passo era già completamente fradicio. Tanto meglio: aveva bisogno di sciacquarsi di dosso tutto quel fango. Suo padre faceva seguire la figlia per tenere il conto dei suoi appuntamenti. Sofia spiava suo fratello per controllare quanta cocaina prendeva.

Tornato alla macchina, si disse che la Bretagna gli avrebbe fatto bene.

Finalmente un po' d'aria! Aria iodata!

6.

Gli piaceva stare lì.

Sotto quello schifoso cavalcavia, immerso nel puzzo di piscio e grasso bruciato.

Lui, Loïc Morvan, enfant prodige della finanza, direttore di uno degli hedge fund più stimati di Parigi, che indossava soltanto completi da cinquemila euro e guidava un'Aston Martin V12 Vanquish costata più di trecentomila euro, si sentiva a casa in fogne come quella, luridi recessi dove i tossici si nascondevano per spararsi una dose.

Un semplice ritorno alle origini. Perché erano quelle le sue radici: la droga. Ormai era quasi riuscito a uscirne («quasi» era la parola giusta, dal momento che stava aspettando il suo spacciatore sotto un binario sopraelevato del metrò all'angolo tra rue de Crimée e rue d'Aubervilliers), ma non aveva dimenticato gli anni bui della sua gioventù.

Dopo pranzo, risvegliatosi dal torpore che lo aveva assalito a casa dei genitori, era stato colto da una di quelle crisi di angoscia per le quali conosceva bene il rimedio. Senso di oppressione al petto, testa in fiamme e due pezzi di ghiaccio al posto delle mani. Si era occupato di Milla e Lorenzo, aveva dato un bacio alla madre e al padre e se l'era filata.

Aveva fatto una telefonata e fissato un appuntamento. In momenti come quello la sola cosa che lo spaventava era finire le scorte. Secondo il suo psicoanalista si trattava di un passo avanti: ora soffriva di un'unica angoscia che, per quanto infondata (aveva sempre un po' di coca in tasca o nel cruscotto, e molta di più a casa), poteva placare immediatamente.

Ancora nessuno sotto il ponte.

Bloccò le portiere dell'auto e si rannicchiò nell'abitacolo. La pioggia si era calmata, ma l'acqua sgocciolava ancora sopra di lui come una gigantesca flebo dai lati del cavalcavia. Regolò il climatizzatore al minimo (voleva avere freddo) e, ispirato dal posto, si abbandonò ai ricordi.

Grégoire Morvan voleva che i suoi figli fossero autentici bretoni, vale a dire provetti navigatori. Iscrizione alla scuola di vela Glénans a sei anni. Corsi intensivi ogni estate. Erwan, che dei due era il più testardo, aveva rifiutato di continuare. Lui, invece, il ragazzo modello, era diventato il migliore nella sua categoria. Derive, cabinati a chiglia fissa, catamarani. Gli anni passavano e i premi fioccavano...

Il Vecchio gongolava: finalmente in famiglia c'era un figlio che sapeva tenere la rotta! Un vero bretone che fendeva i flutti! Loïc invece non esultava mai troppo: vinceva le sue regate con un sorriso distratto, riceveva i trofei con aria umile, accettando timidamente le avance delle figlie di papà che gli ronzavano intorno. Le cose serie erano altre.

Quando si passa tutto il giorno al timone, la sera si finisce sempre in qualche bar. Molto presto Loïc aveva collezionato tutta una serie di altri primati: il più giovane ubriacone della costa (a dodici anni), il miglior trincatore di tutto il Finistère (a tredici), la sbronza più lunga del Conquet (settantadue ore, a quindici anni)...

Aveva portato il vizio con sé a Parigi. La situazione era peggiorata ed era subentrata la noia. Si stordiva nel giro di pochi minuti a forza di shottini, bottiglie, magnum. Le sue serate erano diventate lunghi coma etilici inframmezzati da accessi di vomito. Era stato in quel periodo che aveva scoperto la coca, la sostanza miracolosa che cancellava gli effetti collaterali della sbornia. La polvere che gli consentiva di aumentare le quantità d'alcol ingerite in una notte e resistere fino al mattino, per approfittare appieno di quelle ore di intossicazione.

A diciassette anni aveva strappato per miracolo la maturità e si era iscritto a economia. Suo padre avrebbe preferito scienze politiche e, perché no, l'ENA, la scuola per la formazione degli alti funzionari pubblici francesi. Loïc invece voleva guadagnare un sacco di soldi, e alla svelta. All'epoca beveva come un clochard, solo che lui tracannava vodka invece di vino da discount. Frequentava altri ragazzi nelle sue condizioni, relitti umani con una tessera studentesca che navigavano a vista, con il fegato spappolato e il cervello ridotto a una spugna.

In Bretagna ormai lo conoscevano più per le sue prodezze etiliche che per i trofei vinti in mare. Loïc spergiurava che quando era in barca non beveva. Niente di più falso: nascondeva sotto coperta bottiglie e cocaina e veleggiava in solitaria in preda allo stordimento, completamente incosciente. Le sue vittorie si erano fatte più rare e gli sponsor gli avevano voltato le spalle, lasciandolo a terra, in tutti i sensi.

Lui se ne fregava. Aveva vent'anni ed era preda del fascino delle droghe. Crack, hashish, datura, popper, buprenorfina, trielina... C'erano così tanti mondi da scoprire! In un certo senso era ancora un esploratore. Un cacciatore di paradisi artificiali.

Nei rave aveva cominciato a fare uso di ecstasy. Aveva sperimentato un nuovo tipo di postumi dello sballo: dopo due giorni di trance il ritorno alla realtà era tremendo, un mix di depressione e pulsioni suicide. Anche in quel caso era riuscito a trovare un rimedio: l'iniezione di eroina del lunedì mattina. Grazie alla bianca riusciva a spazzare via ogni effetto e a ricominciare da capo. Ma la bianca non è un'amante da prendere alla leggera. Nel giro di poche settimane era già dipendente. Di lì a qualche mese viaggiava alla deriva verso la morte.

Continuare a frequentare l'università o lavorare era impossibile. Aveva prosciugato il conto in banca e suo padre non gli pagava più l'affitto. Loïc aveva cominciato ad andare a letto con chiunque: uomini o donne non gli importava, bastava che gli dessero la grana per comprarsi una dose.

Finché un giorno, senza spiegazioni plausibili, nessuno

aveva più avuto roba per lui. Era successo come nel film *Giorni perduti*, quando Ray Milland cerca disperatamente qualcosa di alcolico da bere ma trova soltanto negozi chiusi. Di colpo realizza che è *kippur* e che gli ebrei quel giorno non lavorano. Per Loïc era come se tutti i giorni fossero *kippur* e non riusciva a capire le ragioni di quella tragedia. Le avrebbe apprese soltanto più tardi dalla bocca del padre.

Sorvegliare il figlio nelle sue scorribande etiliche non era stato niente di che per un poliziotto che aveva smantellato la rete terroristica responsabile degli attentati di rue de Rennes e arrestato i membri di Action directe. I primi anni aveva lasciato correre: i giovani dovevano pur fare le loro esperienze. Ma una volta scoperto che Loïc si drogava, aveva fatto spargere la voce tra gli spacciatori: chiunque avesse venduto la polvere a suo figlio si sarebbe ritrovato in galera. O al cimitero.

Loïc aveva toccato il fondo. Un'agonia intervallata da periodi di fame chimica, un desiderio smodato e compulsivo di droga, alcol e medicinali che cercava di saziare facendosi di qualsiasi cosa. Un giorno incontra un altro tossico nelle sue stesse condizioni. Quello non fa che ripetere: «Ho la soluzione». Lo porta a casa sua senza smettere di farfugliare: «Ho la soluzione». La soluzione Loïc la scopre una volta giunto nel grande appartamento che i genitori del suo nuovo amico hanno nei pressi del Trocadéro. Il padre non vuole dargli nemmeno un centesimo. Il ragazzo prima lo supplica, poi lo minaccia. Alla fine va a prendere un martello e gli sfonda il cranio. Gli vuota le tasche e poi sfascia i cassetti di un secrétaire alla ricerca di altri biglietttoni.

Tremante, paralizzato dai crampi, Loïc assiste pietrificato alla scena. C'è sangue dappertutto, pezzi di cervello sul parquet e frammenti d'osso sulle pareti. Non appena l'assassino esce, si rifugia nella stanza della sorella minore (è il periodo delle vacanze scolastiche). Quello torna con la roba. Si sparano tutti e due una dose tra le Barbie e i passeggini e si addormentano sulla moquette color rosa pallido.

Quando Loïc si sveglia, Morvan è al suo capezzale. «Va tutto bene, tesoro.»

Uomini vestiti di bianco stanno ripulendo la moquette, lucidando ogni superficie, aspirando ogni granello di polvere. Altri iniettano una dose al suo compagno privo di sensi. Prima di svenire, Loïc capisce che lo stanno uccidendo.

«Va tutto bene...»

L'indomani Morvan gli propone un accordo. Lui ha cancellato il suo delitto con un colpo di spugna, nel senso letterale del termine, ma ora il figlio dovrà andare alle Antille per rimettersi in sesto. Loïc accetta, senza condizioni.

Ma quella volta era stato lo sbirro a peccare di ingenuità, convinto che i paradisi tropicali fossero ancora sinonimo di uno stile di vita sano e sobrio, quando ormai la droga circolava in tutti i porti turistici. Bello, bisessuale, skipper esperto, Loïc era il candidato ideale per un certo tipo di crociere. Pere, sniffate, orge in cabina e pasta allo scoglio...

Era di nuovo in rotta verso l'inferno, e questa volta fuori dalla portata del padre. Una deriva che lo aveva spinto fino alle Andamane e al golfo del Bengala. Si era ritrovato a Calcutta, ancora una volta al verde, disposto a tutto pur di sniffare anche solo un batuffolo di cotone usato per bucarsi.

Era stato allora che un uomo l'aveva salvato...

Qualcuno bussò sul finestrino. Loïc, perso nei propri pensieri, sobbalzò sul sedile. Un tipo con una faccia da faina lanciava sguardi obliqui all'interno dell'abitacolo. Dreadlock, pelle gialla e butterata, denti marci... Con i suoi mezzi e i suoi contatti Loïc avrebbe potuto trovare spacciatori molto più presentabili ma preferiva avere a che fare con i peggiori sballati. La droga era qualcosa di sordido. Era quella la sua quintessenza. Perché ammantarla di rispettabilità?

Abbassò il finestrino e allungò un rotolo da trecento euro in banconote di piccolo taglio. L'altro gli passò una bustina di plastica. Quando cominciò a rialzare il vetro, lo zombie lo bloccò. «Mica male il tuo catorcio.»

«Lasciami andare.»

«Non mi porti a fare un giro, bello?»

Nonostante Loïc fosse il più gran fifone mai vissuto su questa terra, sentendosi protetto dal suo involucro di lamiera e d'acciaio diventò aggressivo. «Smamma.»

Il tizio lo afferrò per il collo e tirò fuori un taglierino. Loïc ebbe l'impressione di spandersi come una diarrea calda sul sedile in pelle, ma con il piede sinistro riuscì a mettere in folle e subito inserì la seconda, premendo sull'acceleratore. La macchina fece un balzo in avanti con un rombo amplificato dalle pareti del cavalcavia, e lo spacciatore si scostò ululando di dolore.

Su boulevard Macdonald, Loïc sporse la testa fuori dall'abitacolo per respirare l'aria rinfrescata dal temporale. Porte de Clichy. Porte d'Asnières. Seguì il traffico fino a boulevard Malesherbes e si fermò in place Wagram, completamente deserta.

Estrasse la roba dal sacchetto da freezer, si preparò una striscia sul dorso della mano come si fa quando si ha fretta e notò che la polvere puzzava di urina e che era asciutta e compatta al tocco. Buon segno...

Aspirò. Una volta. Due volte. «L'unica via è dal naso», gli aveva detto una volta un regista di film porno conosciuto in un locale notturno. «Tutto il resto sono stupidaggini sentimentali.»

Si sentì subito meglio. I muscoli si rilassarono, la cassa toracica si ampliò. Tutto il suo corpo cominciò a iperventilare. L'aria condizionata, sempre gelida, gli entrava da ogni poro della pelle come un vento che soffiasse direttamente dal polo nord. Rabbrividì e fece un altro tiro. Aveva la camicia madida appiccicata al petto. La staccò e si asciugò il collo. Nell'abitacolo si diffuse un puzzo di sudore misto al profumo che portava e all'odore di coca.

Si accorse con un attimo di ritardo di avere gli occhi pieni di lacrime. Anche il naso colava, rilasciando la polvere che aveva appena inalato. "Cazzo." Si asciugò occhi e narici con le dita arrossate. Regolò lo specchietto retrovisore e vide una faccia da clown beffardo, imbrattata di polvere, sangue e lacrime.

Con il gomito (non voleva sporcare la plancia in alluminio) aprì il cruscotto e afferrò un pacchetto di fazzoletti di carta. Ne prese uno e si strinse le narici. Dovette restare così per alcuni minuti, con la testa piegata all'indietro, appoggiata allo schienale.

Quando gli sembrò che l'emorragia si fosse fermata, recuperò dalla tasca un gel antisettico, se ne mise un po' sulle mani e si pulì la faccia come quando era piccolo e sua madre gli sfregava il viso dopo aver sputato su un fazzoletto.

Poi si fece un'altra striscia per il viaggio e inserì la prima.

L'unica via è dal naso...

Fino a quando avrebbe potuto mantenere quel ritmo?

7.

Erwan viveva in un bilocale al secondo piano di un condominio moderno in rue de Bellefond, nel IX arrondissement. Il quartiere lo lasciava completamente indifferente. Non subiva il fascino né di rue des Martyrs né di place Saint-Georges e non sembrava particolarmente impensierito dai vicoli sinistri attorno alla stazione di Saint-Lazare o a place Clichy. Gli importava soltanto che la sua via fosse tranquilla, i vicini invisibili e che nell'affitto fosse compreso il parcheggio.

Settanta metri quadrati organizzati da vero poliziotto: un salotto adibito a ufficio, una camera che era un dormitorio e una cucina a vista, all'americana, dove mangiava in piedi. Pochi mobili, nessun ornamento alle pareti, niente suppellettili. La sua unica ossessione era la pulizia. Pagava profumatamente una donna che andava due volte alla settimana e lui stesso dava una pulita nei weekend. Erano cinque anni che viveva in quell'appartamento e lo aveva già rimbiancato da cima a fondo due volte. Amava l'odore di pittura che restava per mesi: l'odore della novità, della rinascita.

Quando girò la chiave nella toppa, si era già dimenticato di Sofia e si stava chiedendo quale fosse il vero motivo della sua missione in Bretagna. Perché il Vecchio aveva deciso di mandarlo là? Davvero era per imbastire una «versione accettabile» di un incidente occorso durante una cerimonia di iniziazione delle matricole? O forse voleva costringerlo a respirare l'aria del Finistère, la regione di cui sosteneva fossero originari? Oppure era solo per tenerlo lontano da Parigi per qualche giorno?

Secondo Morvan i bretoni avrebbero collaborato e l'inchiesta sarebbe stata chiusa nel giro di un paio di giorni. *Come no.* Di sicuro i militari dell'aeronautica navale sarebbero stati chiusi come ostriche, i gendarmi lo avrebbero considerato un rivale e il procuratore avrebbe preso precauzioni alla minima scoperta. Per affrontare un ambiente tanto ostile gli sarebbe servito un mago delle scartoffie. Philippe Kriesler, alias Kripo, il suo vice, sarebbe stato perfetto. Era il burocrate della squadra, quello che si occupava di redigere i rapporti e i verbali d'interrogatorio, che si sorbiva tutti i mandati, le note spese, le procedure... Bisogna essere portati per quel genere di cose, e Kripo era imbattibile.

Erwan gli telefonò ma trovò la segreteria. Lasciò un messaggio, ricordandosi che il suo vice sarebbe rientrato soltanto quel giorno dalle ferie. Avrebbe ricevuto il messaggio in tempo? Si diede qualche ora prima di contattare un altro poliziotto.

Caffè. Nel silenzio dell'appartamento gli tornarono in mente i bocconi amari di quella giornata: i lividi della madre, le omissioni del padre, le foto di Sofia... Una famiglia di matti.

Si riteneva l'unico membro sano del clan. O comunque il meno fuori di testa. Single, quattromila euro al mese, una routine quotidiana precisa come una dichiarazione dei redditi. Indossava completi Celio, leggeva «L'Équipe» e il suo unico vizio era concedersi una birra di tanto in tanto. Aveva anche altre passioni, molto più raffinate – musica classica, arte, filosofia... – delle quali non riusciva tuttavia a parlare con nessuno. Non che ne avesse voglia, comunque: *questioni private.* Si atteneva a quella che era la sua immagine ufficiale: il miglior comandante della Omicidi, un'altissima percentuale di casi risolti e numerosi premi a livello nazionale vinti come tiratore sportivo.

Come poteva anche solo sognare Sofia Montefiori?

Erwan aveva sempre associato la bellezza femminile al denaro, e ogni giorno nella sua vita di poliziotto non faceva che confermare quanto detto da Frédéric Beigbeder: «Le donne non sono puttane, però non ne conosco nessuna bella che stia con un povero». Nei film la moglie del miliardario di turno finisce sempre a letto con l'eroico sbirro che prende il minimo sindacale. Nella vita vera, invece, preferisce restarsene sdraiata sul bordo della propria piscina.

Doveva accontentarsi di prede meno affascinanti ma simpatiche: commesse, cameriere, estetiste. Non disdegnava affatto quelle sue conquiste; anzi, mostrava loro grande rispetto e le trattava gentilmente per compensare l'atteggiamento di vago disprezzo con cui si dovevano confrontare ogni giorno. Niente gli dava il voltastomaco più dell'espressione «impieghi minori» e trovava irritante qualsiasi qualifica professionale che terminasse con il suffisso -ina o -ista. Si vedeva bene nei panni del difensore delle sartine.

Purtroppo nessuna delle sue relazioni durava mai a lungo. Era come in quella canzone: *Quando una marchesa incontra un'altra marchesa, che cosa si raccontano?* Le cassiere potevano offrirgli soltanto storie da cassiere, non molto appassionanti, e lui snocciolava i suoi aneddoti da sbirro, più interessanti, forse, ma raccapriccianti e perversi. La scintilla non scoccava mai.

Niente di grave. Preferiva sognare. Preferiva Sofia. Dentro di sé pensava che l'amore, quello vero, dovesse restare inaccessibile e non c'entrasse nulla con il sesso.

Si trattava di uno degli insegnamenti del padre. Il vecchio bruto, il campione di intrighi, era un puritano. Amava soltanto le ninfette, e in modo platonico. Le rare volte che Erwan l'aveva visto eccitato era stato per qualche ragazzina adolescente, poco più che bambine. Ne era rimasto affascinato. Vedere quel gigante rubicondo trasformarsi in un Babbo Natale benevolo e premuroso aveva un che di mostruoso. Il ruffiano che aveva riempito di puttane i letti della maggior parte dei politici, l'uomo che riforniva di cocaina i tossici eccellenti, il ricattatore al servizio della Buoncostume, della Omicidi e delle forze speciali della polizia cercava ristoro a quella fonte di purezza senza secondi fini.

Ma proprio perché era figlio di suo padre Erwan sapeva benissimo che in questo mondo il sesso è una forza onnipotente. La prima lezione che ogni buon poliziotto deve imparare consiste nel fatto che il sesso è dappertutto, sempre. Sotto le apparenze della cultura, dei discorsi, delle religioni, delle uniformi pulsa la carne. L'urgenza di toccare seni, di affondare il proprio dardo in una fessura calda e umida. Il resto è letteratura.

Erwan abbandonò quelle riflessioni sui massimi sistemi e si sedette alla scrivania, su cui appoggiò una tazza e la caffettiera. Quando ebbe acceso il computer, diede un'occhiata alle e-mail che gli aveva mandato il Vecchio. La prima riguardava la base aeronavale implicata nella «morte accidentale di un cadetto», l'accademia per piloti chiamata Kaerverec 76 dal nome del villaggio vicino, sulla costa occidentale del Finistère, il dipartimento più a ovest di tutta la Francia; il 76 indicava l'anno nel quale era entrata in funzione.

Suo padre aveva allegato alcuni link sull'accademia, dove gli EOPAN (gli allievi ufficiali piloti dell'aeronautica navale) seguivano un corso biennale prima di passare un terzo anno negli Stati Uniti per completare il loro addestramento come piloti di aerei da caccia. Al ritorno erano pronti per mettersi ai comandi dei Rafale che decollavano dalla portaerei *Charles-de-Gaulle*. Gli ultimi arrivati erano gli allievi della classe Condor 2012.

Ogni anno, all'inizio di agosto, si presentavano alla base una ventina di candidati selezionati sulla scorta del curriculum. Erano tenuti sotto osservazione per un mese: esami teorici, selezione in volo, valutazioni psicologiche, simulazioni... La prima settimana di settembre la dozzina di superstiti subiva le prove di iniziazione riservate alle matricole.

Erwan rilesse il messaggio che Morvan aveva ricevuto dallo stato maggiore. Era stato redatto da Jean-Pierre Verny, tenente colonnello del reparto investigativo della gendarmeria di Brest, e riassumeva i fatti in poche righe. Venerdì 7 settembre, a mezzogiorno, l'accesso alla base era stato chiuso ai visitatori, e ufficiali e corpo docente erano stati allontanati. L'accademia era diventata un gigantesco campo da gioco con un'unica regola: farne passare di tutti i colori ai nuovi arrivati. Alle cinque del pomeriggio le dodici matricole erano state radunate sulla pista. Imbrattamento, prove fisiche, insulti e sevizie fino alle otto. Dopodiché i ragazzi, nudi e insudiciati, erano stati fatti disperdere nella brughiera per una caccia all'uomo con modalità non meglio specificate. Il mattino successivo ne mancava uno all'appello: Wissa Sawiris, ventidue anni, di Le Mans. Di buon'ora, nel corso di una manovra militare, era stato lanciato un missile sull'isola di Sirling, a pochi chilometri dalla costa. A mezzogiorno gli esperti di balistica militare avevano analizzato le macerie del bunker che era stato colpito e avevano scoperto dei resti umani. Non ci era voluto molto per capire che si trattava delle spoglie dello studente scomparso. Era stata la testa, separata dal corpo, a consentire una prima identificazione, nonostante fosse bruciata.

Erwan bevve un altro sorso di caffè e si fregò gli occhi. Tutta quella faccenda era semplicemente incredibile. Già non si spiegava come avessero potuto lanciare un missile a pochi chilometri da una base dove dei ragazzi erano stati liberati come fagiani prima della caccia, ma che quel missile avesse centrato proprio il bunker in cui si era nascosto uno di loro era francamente inconcepibile. Forse quella storia nascondeva un'altra verità?

Il telefono cominciò a vibrare. Kripo.

«Sei tornato dalle vacanze?»

«Ho appena messo giù lo zaino. Sono andato a ricaricarmi un po' le pile nell'Alto Reno. Perché mi cercavi?»

«Domani si parte.»

«Dove andiamo?»

«Nel Finistère. Una storia di nonnismo finita male.»

«Non possono pensarci i gendarmi?»

«È successo in una base dell'aeronautica navale: è richiesta la presenza della squadra Omicidi.»

«I militari sono d'accordo?»

«Pare di sì.»

«E i media?»

«Non ne sanno ancora nulla. Saremo noi a stendere il rapporto ufficiale.»

Erwan immaginava già i titoli dei giornali: *Esercito: ancora problemi*; *Nonnismo: il flagello torna a colpire.* I politici ne avrebbero discusso, vecchie proposte di legge sarebbero state riesumate, si sarebbero susseguite le trasmissioni televisive. Le solite pagliacciate.

Kripo sospirò. «Verrei volentieri ma ho un appuntamento martedì a mezzogiorno.»

«Non puoi rimandarlo?»

«L'ho già spostato due volte.»

«Con chi?»

«L'IG.»

Erwan faticava a immaginare che il suo vice potesse avere qualche problema con l'ispettorato generale – la «polizia dei poliziotti» – e ancor meno che potesse testimoniare contro qualche collega. Kripo, cinquantadue anni, scapolo di ferro a pochi anni dalla pensione, era un dilettante. Nonostante fosse plurilaureato, non aveva mai superato il grado di tenente e considerava il proprio mestiere come un passatempo, perseguendo invece con passione quelli che avrebbero dovuto essere semplici hobby: suonare il liuto, cantare in un coro rinascimentale, studiare le dinastie dell'alto medioevo...

«Come mai?»

«Sai, il mio problemino con la pistola...»

Sei mesi prima Kripo aveva perso la pistola d'ordinanza. Alla stazione era scoppiato il panico, finché non l'aveva ritrovata nella custodia del liuto. La faccenda aveva fatto abbastanza rumore perché venisse steso un rapporto che, a quanto pareva, era stato trasmesso ai «manzi in umido», come venivano chiamati i commissari dell'ispettorato generale. A quel punto sarebbe stato più logico farsi affiancare da qualcun altro, ma Erwan teneva al suo burocrate «personale».

«Farai andata e ritorno in aereo.»

«A spese della ditta?»

«A quello ci penso io. Ci sarà pure bisogno di portare qualche prova a Parigi per farla analizzare.»

«Come vuoi. A che ora partiamo?»

«All'alba. Dobbiamo arrivare prima di mezzogiorno.»

«Con la tua macchina o con la mia?»

«La mia. Alle cinque sarò sotto casa tua. Intanto ti mando il materiale che ho già sul caso.»

Un altro caffè. Erwan cominciò a cercare su Internet qualche informazione sulle pratiche di iniziazione delle matricole. Dall'esterno udiva provenire il frastuono assordante del traffico, la pioggia sferzava i vetri. Rabbrividì di piacere.

Si rese conto di aver già dimenticato le sue vacanze. Si era rifiutato di raggiungere i Morvan sull'isola di Bréhat ed era stato indeciso fino all'ultimo se comprare un biglietto *low cost* per la Turchia. Alla fine era andato due settimane nei Paesi Baschi, dove si era rintanato in un alberghetto con qualche libro e un po' di DVD. La sua unica avventura era stata con la ragazza che noleggiava le tavole da surf sulla spiaggia di Bidart. Non ricordava più nemmeno come si chiamava. Proprio un signore...

Gli bastò scrivere la parola «nonnismo» nella stringa di ricerca per ottenere migliaia di occorrenze. Le definizioni si potevano grosso modo riassumere come segue: «Tradizione che consiste nel far pagare a caro prezzo ai nuovi arrivati l'accesso a una scuola o a una corporazione. Angherie, umiliazioni, insulti, torture e vessazioni, il tutto mascherato da pseudogoliardia». Quella pratica innescava una reazione a catena, in cui le vittime non vedevano l'ora di diventare a loro volta carnefici l'anno successivo e così via.

Non era una faccenda recente: secondo gli storici le origini del nonnismo risalivano ai riti di iniziazione primitivi e alle cerimonie di passaggio dell'antichità. Peraltro era un'usanza diffusa in tutto il mondo: nei college inglesi si chiamava *fagging*, negli Stati Uniti *hazing*, in Spagna *novatada*... L'idiozia non conosce frontiere.

Cominciò a leggere qualche cronaca relativa a singoli episodi e rimase sbalordito dalla frequenza degli incidenti. Nel settembre del 2011, a Bordeaux, nel corso di un «weekend d'integrazione», come venivano chiamati adesso, la situazione era sfuggita di mano: ragazze pubblicamente denudate e umiliate, una croce in fiamme... Due mesi dopo, all'università Paris-Dauphine, avevano inciso sulla pelle di una matricola le iniziali della confraternita. L'anno prima si era verificato uno stupro all'istituto commerciale di Nancy. Nel 2009 erano stati riportati abusi sessuali in un liceo di Poitiers. Nel 2008 si erano registrate «umiliazioni a carattere sessuale» nella facoltà di medicina di Amiens... Ogni inizio autunno si trasformava in un viaggio all'inferno.

Ma la cosa peggiore era che tutte quelle violenze avvenivano con la benedizione dei responsabili degli istituti. Erwan immaginò presidi, professori e sorveglianti mentre sbarravano le porte delle scuole dopo aver liberato i mostri al loro interno, un po' come uno che faccia il palo mentre gli altri componenti della sua gang criminale stanno violentando una ragazza.

Lui, che aveva conservato intatta la sua capacità di provare disgusto, si sentì nauseato. Non era l'unico. Quelle pratiche erano vietate ormai da tempo. Una legge del 1998 dichiarava illegale ogni forma di nonnismo. Esistevano associazioni e comitati che si battevano contro queste usanze. Il ministero dell'Educazione emanava ogni anno circolari in cui veniva ribadito il divieto. Con che risultato? Si era diffusa una nuova prova che consisteva nel costringere le matricole a mangiare quei documenti, come atto di sfida. *No comment.*

Spense il computer e decise di dormire almeno qualche ora. Piegò camicie, calze e pantaloni e li ripose in una borsa da viaggio. Mentre preparava i bagagli, continuava ad avere davanti agli occhi la medesima scena: ragazzi stesi a terra su una pista di atterraggio, tremanti e bersagliati di insulti e uova marce, farina e merda da parte di alcuni figuri mascherati.

Si chiese se davvero quell'inchiesta gli avrebbe dato la boccata d'aria nella quale aveva sperato.

8.

Grégoire Morvan avanzava su una spiaggia: ciottoli scuri, cielo di marmo nero. I ciottoli erano in realtà uova grandi come palloni da rugby che dovevano senz'altro ospitare una qualche forma di vita ripugnante, rettiliana. Procedeva con cautela per non romperle. Si accorse di essersi sbagliato ancora: non erano uova, bensì teste. Teste umane rapate a zero. Si inginocchiò (era ancora giovane) e tentò di liberarle dalla sabbia vulcanica.

Erano vive: donne con i capelli rasati, una croce uncinata incisa sulla fronte, sepolte fino al collo. Alcune avevano enormi occhi bianchi, senza iride né pupilla; altre li avevano leggermente a mandorla, come chi è affetto dalla sindrome di Down; altre ancora avevano una lingua color cenere contornata da un'infinità di minuscoli denti.

Le donne della sua vita.

Le donne della sua morte.

Quando una di loro cercò di morderlo, Morvan si svegliò di soprassalto e si alzò immediatamente dal letto, come per farsi passare un crampo. Barcollò un attimo, poi fu costretto ad appoggiarsi a una parete. Gli girava la testa. Aveva la gola secca. Era sempre stato convinto che durante il sonno l'inconscio si vendicasse della censura che gli impediva di esprimersi nel corso del giorno. Quella teoria in tal caso c'entrava ben poco: il suo incubo non era un sogno, bensì un ricordo.

Guardò l'orologio: le sei del mattino. Non valeva la pena di rimettersi a letto. Brancolando nel buio afferrò il flacone degli antidepressivi. Évian. Pillole. Sorsata d'acqua. Ormai non sapeva più se a fargli ancora tenere botta era il principio attivo o più semplicemente la ritualità di quel gesto.

Fece qualche altro passo nell'oscurità. Dormiva da solo da così tanto tempo che non ricordava più nemmeno di aver diviso una camera matrimoniale con qualcuno. Bagno. Crema idratante. Si massaggiò a lungo la pelle senza accendere la luce. Se tempo prima gli avessero detto che un giorno si sarebbe impiastricciato la faccia con quella roba...

Andò alla finestra e tirò la tenda. A quell'ora non c'era niente di più deserto e vuoto di avenue de Messine. Contemplò la propria immagine riflessa nel vetro. Una composizione degna di Hopper: il blu di una notte di settembre, la luce soffusa dei lampioni, gli spigoli vivi dei bordi dei marciapiedi e lui, in piedi, alla destra del quadro, nella sua tuta Calvin Klein che tratteneva a stento l'adipe incipiente.

Gli spazzini erano già al lavoro: i suoi compagni notturni. Neri che raccoglievano i rifiuti della città senza una parola, senza un gesto superfluo. Solo i sospiri del cassone del camion e lo stridio dei freni risuonavano sotto i platani. Tutti gli anni i residenti chiedevano che la raccolta fosse spostata a un'ora più tarda della mattinata, e ogni volta lui si assicurava che nessuno si facesse carico di quella richiesta di modo che i vicini non dimenticassero il loro pattume e il fatto che c'erano persone pagate per farlo sparire.

All'inizio della sua carriera lo avevano soprannominato il Ripulitore. Aveva raccolto l'immondizia della Repubblica, nettato il culo a tutti i suoi stronzi. E sempre in silenzio. Ora se ne pentiva: avrebbe dovuto fare più baccano possibile in modo che gli scandali finissero sotto gli occhi di tutti e notabili, politici e potenti fossero obbligati a guardarsi in faccia. Ecco perché nel suo quartiere quei fantasmi dell'alba, suoi simili, potevano fare tutto il chiasso che volevano.

Si sedette alla scrivania – un mobile Jean Prouvé che aveva sottratto da una scena del crimine – e accese il computer per controllare la posta. Nessuna novità su Kaerverec. Non che si aspettasse davvero una svolta, almeno non prima che se ne occupasse il figlio.

In quella faccenda c'era qualcosa che non gli quadrava.

Se la versione ufficiale non avesse retto, si sarebbe spalancato il vaso di Pandora. Ma, anche in caso fosse stata confermata, avrebbe causato solo rogne. A preoccuparlo era soprattutto com'era cominciata. A Erwan non aveva raccontato tutta la verità. Prima dell'arrivo del cablogramma c'era stata una telefonata: l'ammiraglio Di Greco, la cui voce bastava da sola a fargli riaffiorare i peggiori ricordi.

Morvan non avrebbe mai dovuto affidare l'inchiesta a suo figlio, ma come sempre aveva agito d'istinto. Erano quarant'anni che passava per un calcolatore, per uno stratega machiavellico. Niente di più sbagliato: aveva sempre preso le proprie decisioni sul momento, senza il minimo tentennamento. Del resto, era giusto che mandasse al vecchio ufficiale il suo uomo migliore: Erwan, sangue del suo sangue.

Passò alle cose serie: i suoi messaggi segreti. Ai bei vecchi tempi gli sarebbe bastato sollevare la cornetta di un telefono rosso o leggere qualche bigliettino anonimo portatogli da un agente dei servizi; ora, invece, doveva connettersi via Skype a un server criptato collegato a un IP cecoslovacco e digitare la serie di numeri che un calcolatore gli avrebbe restituito dopo aver inserito una prima password. Nel giro di pochi anni il suo lavoro era diventato una sorta di astrusa branca dell'ingegneria informatica ed elettronica: gli agenti dell'intelligence ormai passavano la maggior del tempo in formazione o nei negozi di cellulari.

Aprì la sua scatola nera. Ad attenderlo trovò un unico messaggio: «Colpo a segno»; un'espressione laconica che significava che la missione era stata portata a termine. Da circa un mese Jean-Philippe Marot, un giornalista impiccione che conosceva da molti anni, stava investigando sulla Franciafrica in generale e su di lui in particolare. Morvan aveva dato degli ordini. L'appartamento del giornalista era stato messo a soqquadro, il suo computer posto sotto controllo, le persone che aveva potuto interrogare «briffate». Marot era sulla buona strada per riesumare i suoi vecchi scheletri. Le minacce non avrebbero sortito altro effetto che quello di incoraggiarlo. Comprarlo era fuori questione: Marot non si sarebbe fatto corrompere; a interessargli non erano né la grana né la verità, bensì la gloria e la stima dei suoi pari. Grégoire avrebbe potuto anche calunniarlo, ma comunque non sarebbe servito a niente. Chi meglio di un corrotto era in grado di smascherarne un altro?

Alla fine si era risolto a occuparsi del problema ricorrendo a «tutti i mezzi necessari». Quell'espressione di Malcolm X gli era sempre piaciuta, anche se preferiva le ultime parole del leader nero agli assassini che gli avevano sparato più di venti proiettili: «Calma, fratelli».

«Colpo a segno» significava che il pericolo era stato sventato. Una soluzione definitiva: uno sfortunato incidente o un suicidio con un biglietto d'addio. Pernaud, l'incaricato di queste esecuzioni sommarie, aveva senz'altro provveduto a fare scomparire eventuali appunti e documenti manoscritti e a cancellare ogni traccia informatica. Se anche un editore, un parente o un avvocato fossero stati al corrente di quel progetto, nessuno avrebbe potuto provare nulla, e comunque sarebbero stati paralizzati dalla paura.

Morvan non avrebbe chiesto altro al suo boia: ormai era troppo vecchio per interessarsi ai particolari. In compenso gli divenne improvvisamente chiara una delle ragioni inconsce per cui aveva deciso di mandare Erwan in Bretagna: suo figlio non sarebbe stato nei paraggi per ficcare il naso nella morte di un giornalista...

Tornò a stendersi sul letto e chiuse gli occhi. Le palpebre gli bruciavano e avvertiva un dolore alla nuca, oltre naturalmente al mal di schiena. L'idea che qualcuno avesse cercato di ficcanasare nella sua vita lo metteva a disagio. Cominciò a immaginare il capitolo che avrebbe potuto scrivere sui suoi anni giovanili in un'ipotetica autobiografia.

Tutto era cominciato con la violenza. Di sinistra, naturalmente.

1966: Grégoire Morvan ha ventun anni ed è un maoista convinto, tendenza rosso sangue. Si occupa del servizio d'ordine nelle manifestazioni, fa volantinaggio, spacca il muso a chiunque non la pensi come lui. Non è un rivoluzionario utopista: ai lunghi discorsi preferisce il manganello. In realtà non sopporta già più nessuno: quegli stronzi dei fasci, i gaullisti che ammorbano la vecchia Francia, i borghesi che con i loro soldi corrompono tutto, i proletari che non capiscono niente e perfino i suoi compagni gauchisti, tanto bravi a parlare ma senza palle.

Soprattutto detesta sé stesso. Sbucato dal nulla, senza il becco di un quattrino né lo straccio di un titolo di studio, entra in polizia come agente. Un rivoluzionario in chepì, mantellina e fischietto non è certo il massimo...

Il maggio del '68 è la sua grande occasione. I superiori, che hanno sentito delle sue simpatie politiche, gli suggeriscono di infiltrarsi tra i ranghi dei trotzkisti e dei maoisti. Lui li manda a cagare, ma quella proposta gli fa venire un'idea. Si iscrive al SAC – Servizio di azione civile –, la polizia paramilitare gaullista, un'accozzaglia di violenti, ex militari e delinquenti muniti di un distintivo tricolore.

Integrarsi non è un problema. Essere un poliziotto è la sua miglior garanzia. Nel giro di qualche giorno sa già tutto: i blitz, le finte ambulanze (gli sbirri del SAC, in camice bianco, raccolgono gli studenti feriti e li massacrano di botte nella loro sede di rue de Solferino), le operazioni sotto copertura (sempre loro, camuffati da studenti, salgono sulle barricate e provocano la polizia per far precipitare la situazione).

Dopo una settimana incontra Benny Lévy, leader della sinistra proletaria, per passargli queste informazioni. Lévy è entusiasta, ma Morvan vuole essere pagato. L'altro resta deluso. Il poliziotto gli risponde citando Mao: «Lo sterco di vacca è più utile dei dogmi: serve come concime». Lévy brontola, però alla fine capitola e propone malvolentieri una cifra. Affare fatto.

Per settimane Morvan si muove sullo sfondo di macchine incendiate e slogan ridicoli: «La società è una pianta carnivora», «Amatevi gli uni gli altri», «Mi sono rotto della società e la società si è rotta di me». Di giorno è in servizio in uniforme nel V arrondissement. La sera bazzica l'università vestito come un hippie. Qualche ora dopo, nuovo cambio d'abito: camicia bianca e manganello. All'alba vende le sue informazioni ai maoisti e ricomincia.

Non dorme più. I katanga, attaccabrighe accampati alla Sorbona, gli passano delle anfetamine. Una notte un reparto del SAC è chiamato d'urgenza per sgomberare gli uffici del generale De Gaulle. Morvan fa parte della spedizione. Svuota cassetti, trasporta scatoloni, li carica sui camion. E nel frattempo sottrae qualche fascicolo.

Un'altra notte la sua squadra interviene in uno scontro di strada. I ragazzi del movimento di estrema destra Occident hanno scritto su un muro: «A morte tutti i comunisti ovunque essi siano!». E in effetti non sono lontani. I gauchisti si fiondano su di loro. Scatta la rissa. I sicari del SAC si uniscono alla mischia. Morvan è confuso. Con una catena massacra uno stronzo fascista che sta riempiendo di botte uno studente. I camerati del SAC non capiscono più niente. Cercano di fermarlo, lui reagisce, cominciano a picchiarlo e lui scappa.

Si rintana in commissariato, cercando di tenere un profilo basso, ma la faccenda arriva alle orecchie dei superiori, con l'aggravante che l'estremista che ha pestato altri non è che Pierre-Philippe Pasqua, figlio di Charles, all'epoca vicepresidente del SAC. Il corso esige la testa del traditore ma ottiene il risultato opposto: i poliziotti, molti dei quali sono iscritti all'Internazionale socialista francese, non tollerano di ricevere ordini dal SAC. Morvan riesce ad avere salva la pelle, però deve rassegnare le dimissioni.

È in quel momento che si ricorda dei fascicoli rubati a De Gaulle, densi di informazioni su operazioni «clandestine», come venivano chiamate all'epoca. Negozia. Lo tengono in polizia ma lo spediscono in Gabon con l'incarico di addestrare la guardia personale del presidente Bongo. Deve farsi dimenticare.

Grégoire si alzò e andò in bagno. Luce. La solita faccia da coccodrillo. Non aveva la forza di ripensare a quello che era successo dopo. A come in Africa fosse entrato in rapporti con i suoi vecchi nemici, al fatto che la feccia di destra – reduci dell'organizzazione paramilitare OAS, agenti dei servizi in esilio, mascalzoni che sapevano troppo – gli avesse insegnato il mestiere, all'arresto dell'Uomo Chiodo, quando aveva visto in faccia il diavolo...

Si buttò sotto la doccia. Tornato a Parigi non aveva mai più fatto nulla per ragioni politiche. Si era limitato a tutelare l'ordine, a preservare una forma di immutabilità nel cambiamento.

Camicia. Bretelle. Giacca e cravatta. Come ogni mattina, il contatto con quei tessuti raffinati gli trasmise una misteriosa sensazione d'invulnerabilità. Effetto dei soldi? Del potere? O più semplicemente dell'abitudine? Provava ciò che doveva sentire un generale nell'indossare la propria uniforme.

Pensò al breve viaggio in Congo in compagnia del figlio. Come al solito a Erwan aveva detto un decimo della verità. Non gli importava un tubo della morte di Nseko – si trattava di sicuro di una questione tra negri – e il suo probabile successore, Mumbanza, gli andava più che bene. Morvan si era scomodato soltanto per assicurarsi che nessuno avesse fiutato i suoi progetti. Non escludeva che Nseko fosse stato torturato e che per tentare di salvarsi la pelle avesse rivelato alcune informazioni ai suoi assassini. Ma da quanto era riuscito a capire nessuno era al corrente dei suoi piani. Tutto bene, dunque; anzi, la morte dell'africano poteva tornargli comoda: uno in meno a conoscenza del suo segreto. Aveva approfittato di quel soggiorno a Lubumbashi anche per fare qualche telefonata ai suoi uomini sul posto: salvo prova contraria, nel Nord tutto procedeva come aveva sperato...

Mentre si annodava la cravatta, accese la radio. France Info. La sera prima il presidente François Hollande aveva annunciato per l'anno successivo un calo della disoccupazione e un aumento senza precedenti della spesa pubblica. Le bombe cadevano su Aleppo. Zainab, sette anni, sopravvissuta al massacro di Chevaline, era uscita dal coma. Bernard Arnault, prossimo a trasferirsi in Belgio, assicurava che avrebbe continuato a pagare le tasse in Francia. Un giornalista free lance, Jean-Philippe Marot, si era ucciso buttandosi dalla finestra del suo appartamento al nono piano...

Morvan controllò la posta mentre si vestiva. Due buone

notizie. Silenzio totale su Kaerverec. Qualche parola sulla scomparsa di un giornalista...

Infilò il Macbook nella ventiquattrore con le chiusure cromate. In piedi in mezzo alla stanza cercò qualche frase a effetto con cui archiviare quella breve rievocazione del passato.

Non riuscì a trovarla.

Rimettersi al lavoro era l'unica cosa da fare.

9.

«Dove siamo?»

«Abbiamo appena passato Saint-Brieuc. Mancano ancora cinquecento chilometri.»

«Cazzo...»

A Erwan sembrava che quel viaggio non finisse mai. Aveva guidato dalle cinque alle sette prima di cedere il volante a Kripo e mettersi a sonnecchiare, senza però riuscire davvero a addormentarsi. Erano le nove del mattino. L'alsaziano ascoltava a basso volume musiche per liuto di Anthony Holborne, un compositore inglese del sedicesimo secolo, o così gli pareva di ricordare. Non male per conciliare il sonno, ma comunque piuttosto esasperante.

Un ricordo gli attraversò la mente. Il Finistère. *Finis terrae*, «la fine del mondo». Non avrebbe saputo dirlo meglio. Aveva l'impressione di viaggiare da tre giorni.

«C'è una stazione di servizio. Fermati.»

Kripo imboccò lo svincolo e frenò davanti alle pompe di benzina. Mentre faceva il pieno alla Volvo, Erwan entrò nel bar minimarket. Aspettando che gli servissero il caffè, ebbe modo di constatare il degrado del posto: macchie di grasso sulle plafoniere, camionisti che uscivano dai bagni tirandosi su la patta e ubriaconi appoggiati al bancone, già ben lubrificati. Malgrado quel quadro deprimente, sorseggiò con piacere l'espresso. Provava una confortevole sensazione di calore. Con il sapore del caffè in bocca e il corpo ancora indolenzito si rimise al lavoro.

Kripo lo raggiunse e ordinò un macchiato. Posò un fascicolo sul bancone e di punto in bianco si lanciò in una cronistoria del Vallo Atlantico. «A partire dal 1942 i tedeschi cominciarono a fortificare i più importanti porti bretoni per contrastare la minaccia anglosassone. Saint-Malo, Brest, Lorient, Saint-Nazaire...»

Erwan dovette fare uno sforzo per ricordarsi che la vittima, o almeno quel che ne restava, era stata ritrovata in un bunker. Il racconto di Kripo gli fece tornare in mente l'origine del soprannome del suo vice. Quando in commissariato si era saputo che Philippe Kriesler era alsaziano, tutti avevano subito cominciato a chiamarlo Kripo, abbreviazione di *Kriminalpolizei*, la squadra Anticrimine di Berlino. Erwan aveva dato una strigliata ai suoi uomini: quel reparto era noto per aver preso parte allo sterminio dei malati mentali e degli ebrei. Ma al 36 di quai des Orfèvres le cazzate sono dure a morire. Il soprannome aveva attecchito e con il passare del tempo tutti avevano dimenticato il cognome del Trovatore.

«Come all'epoca della costruzione delle grandi cattedrali», proseguì con entusiasmo Kripo, «gli architetti, gli ingegneri e gli artigiani della Todt arrivarono in massa sul litorale e cominciarono subito a darsi da fare...»

Per qualche oscura ragione l'alsaziano nutriva nei riguardi dei tedeschi un odio atavico e irrazionale, pur essendo ferratissimo sulla storia del Terzo Reich. Quella sua breve lezione mattutina ne era la conferma. Stava parlando a braccio: di sicuro non aveva avuto il tempo di prepararsi la notte precedente.

«Guarda cos'ho trovato a casa», disse dispiegando una carta geografica. «La topografia delle costruzioni di Sirling!»

Erwan vide un'isola sperduta a nord di Ouessant, a cinque chilometri dalla costa, di fronte al villaggio di Kaerverec. Su quel fazzoletto di terra alcune sigle indicavano la presenza di edifici costruiti dagli uomini dell'organizzazione Todt. Non meno di una trentina. A ogni sigla corrispondeva un tipo diverso di fabbricato: casamatta, fortino, bunker, bastione anticarro, torretta... Sulla carta c'erano anche delle foto. Alcune costruzioni avevano particolari decisamente stravaganti: travi di acciaio incrociate a forma di stella dette «porcospini cechi», pozzi sormontati da coperchi di ferro e nascosti tra la vegetazione chiamati «tobruk»...

«Queste foto non rendono l'idea del loro aspetto originario. Erano tutte ben mimetizzate. Ci mettevano sopra delle assi bianche, finte finestre. Le ricoprivano di intonaco grigio perché il cemento sembrasse pietra!»

Il numero delle costruzioni presenti sull'isola non fece che ricordare a Erwan l'assurdità di quella tragedia: il missile aveva centrato proprio l'unico rifugio in cui qualcuno era andato a nascondersi. «Bene», disse distrattamente posando la tazzina. «Andiamo?»

«Aspetta, chiedo la ricevuta.»

Kripo aveva un aspetto bizzarro. Alto e molto ben piazzato, con i capelli brizzolati raccolti a coda di cavallo, portava una giacca di velluto color prugna, una sciarpa arancione e un paio di stivaletti scamosciati talmente lisi che avevano i pallini come una vecchia poltrona. Pareva un incrocio tra un motociclista trasandato e un professore d'arte prossimo al pensionamento.

Costrinse la povera cassiera a riempire un modulo per il rimborso spese. Erwan sorrise. L'alsaziano era sia un uomo metodico sia un sognatore. Un intellettuale allergico all'azione. Il genere di poliziotto capace di restarsene cinque minuti a fissare una chiazza di sangue cercando di decifrarla come se fosse una macchia di Rorschach.

Erwan riprese posto sul sedile del passeggero e ne approfittò per dare un'occhiata alle e-mail. Il tenente colonnello Verny gli aveva mandato un altro rapporto. L'identità della vittima era stata confermata: la corrispondenza della mandibola, che si era preservata relativamente intatta, con le impronte dentali di Wissa Sawiris aveva permesso di ottenere un riscontro definitivo. Verny allegava anche alcuni stralci della domanda d'iscrizione che il ragazzo aveva presentato alla scuola. Erwan osservò attentamente la foto: carnagione olivastra, lineamenti regolari, guance di velluto... L'espressione di Wissa aveva un che di dolce, di femminile.

Erwan pensava che per diventare piloti da combattimento bisognasse essere dei geni in matematica. Wissa Sawiris, però, aveva soltanto la maturità scientifica e un brevetto di tecnico superiore in aeronautica. Si era iscritto al BICM, l'ufficio reclutamento della marina, e aveva presentato domanda per essere ammesso all'accademia di Kaerverec. Aveva superato una prima selezione a luglio e poi, a fine agosto, dopo gli ultimi test di volo, era stato definitivamente accettato. Solo allora era diventato un soldato a tutti gli effetti: un OSC (ufficiale contrattista).

«Siamo arrivati.»

Erwan aprì gli occhi: si era addormentato mentre leggeva il curriculum. Si aspettava di trovare una brughiera di un verde intenso disseminata di blocchi di granito, ma vide soltanto campi coltivati, fattorie non molto diverse dalle villette a schiera delle periferie e aree commerciali dai colori sgargianti. Avrebbe potuto essere in qualsiasi altro posto della Francia.

Era deluso, anche se aveva sempre detestato la Bretagna. Dopo aver frequentato la scuola di vela Glénans quando aveva otto anni, facendo del proprio meglio per imparare il meno possibile, battere la fiacca e criticare tutto, aveva sempre cercato di evitarla, nonostante negli anni Ottanta il padre avesse comprato una casa sull'isola di Bréhat. Ciò che stava vedendo in quel momento non fece che confermargli che non si era perso nulla. Un paesaggio rurale, banale, avvelenato dai pesticidi e schiavo delle leggi della produzione industriale.

Ovviamente pioveva. Le gocce conferivano al panorama l'aspetto puntinato di una pietra pomice. Sentì il freddo corrergli lungo la schiena. Le indicazioni stradali bilingui erano l'unico indizio del retaggio celtico del luogo. Brest distava appena qualche chilometro.

«Mi ricorda quando ero giovane», disse Kripo.

«Dove?»

«In Alsazia. Suonavo in un ensemble di musica celtica, gli

Armoricani. Era divertente. Il liuto e l'arpa celtica hanno un sacco di cose in comune che...»

Erwan smise di ascoltare. Si chiese che cosa diavolo fosse andato a fare fin là in compagnia di quel bardo senile. Perché suo padre lo aveva infilato in quel puttanaio?

10.

Dopo i bombardamenti dell'ultima guerra, Brest era stata rasa al suolo e ricostruita in base a un piano più moderno e funzionale. Il risultato era un susseguirsi di strade disposte secondo una pianta ortogonale, come a New York, nelle quali il vento proveniente dalla costa si riversava senza mai incontrare il minimo ostacolo. L'architettura era quella tipica degli anni Cinquanta: facciate spoglie, tetti a terrazza, spigoli arrotondati... All'epoca era sembrata una buona idea, ma ora Brest era considerata la città più brutta della Bretagna, se non addirittura di tutta la Francia.

Lungo il tragitto Erwan era tormentato da un dettaglio ricorrente: un po' dappertutto c'erano cartelli che indicavano la direzione per l'ospedale Morvan. Vedere il proprio cognome ripetuto all'infinito e sormontato da una croce rossa gli sembrava un presagio sinistro.

L'obitorio era nell'altra clinica di Brest: la Cavale blanche (Gazeg Wenn, in bretone). Dopo avere sbagliato strada più volte – Kripo si rifiutava di usare il navigatore –, riuscirono finalmente a trovare il complesso, arroccato su una collina che sormontava una serie di case di edilizia popolare. Anche l'ospedale aveva l'aspetto di una città dormitorio: blocchi posati su piloni che si ergevano in mezzo a prati sconfinati. Era come se ciascuno di quei cubi, su cui campeggiava un enorme numero, ospitasse una diversa malattia della città.

Avevano appuntamento al numero 1. Seduti nella caffetteria Brioche dorée in fondo all'atrio dell'ospedale trovarono ad aspettarli tre ragazzotti in cerata nera. Strette di mano. Presentazioni. Jean-Pierre Verny, tenente colonnello del reparto investigativo della gendarmeria di Brest, quello che gli aveva spedito le e-mail; Simon Le Guen, capitano istruttore presso lo stato maggiore di Kaerverec 76; Luc Archambault, tenente della gendarmeria dell'aeronautica, incaricato della sicurezza militare della base. Le pieghe scure imperlate di pioggia delle cerate davano loro l'aspetto di lugubri becchini adibiti al trasporto delle bare sotto le peggiori tempeste del litorale.

Ordinarono tutti un caffè. I tre si agitavano sulle loro sedie. Erwan li osservò. Verny, il gendarme, aveva un fisico modesto; di bassa statura, tarchiato, si muoveva a scatti, come in una prova di slancio durante una gara di sollevamento pesi, e pareva immerso in pensieri tetri. Simon Le Guen, l'istruttore, era identico a lui, solo più rosso. Sul volto cremisi spiccavano gli occhi azzurri sotto palpebre grinzose come quelle di un pollo. Una testa di capelli biondi tagliati cortissimi gli conferiva l'aspetto di un albino. Sembrava nervoso quanto il collega, quasi stesse sui carboni ardenti. Archambault era il loro esatto contrario: alto, magro, con il viso nascosto dietro un paio di occhiali dalla montatura stretta che ricordavano quelli di un aviatore. A prima vista si sarebbe detto inoffensivo, ma osservandolo con maggior attenzione nel suo sguardo si percepiva uno sprazzo di inquietudine, se non di follia: pareva uno di quei maestri elementari scialbi e occhialuti di una volta, che poi si rivelano anarchici pronti a piazzare bombe sotto le automobili.

Arrivarono i caffè. Erwan aveva temuto di andare a sbattere contro un muro di ostilità. I tre furbacchioni invece erano sollevati che fossero arrivati i poliziotti mandati dalla capitale. Tutto lasciava pensare che non avessero la minima idea di come occuparsi di quella faccenda.

«Ha ricevuto i miei messaggi, signor capitano?» gli chiese Verny.

«Sì, grazie.»

«Ho pensato che quelle informazioni le sarebbero state utili prima di vedere i genitori.»

«I genitori?»

«Quelli della vittima. Stanno per arrivare.»

«E me li devo sciroppare io?»

«Visto che è lei che comanda...»

«Quando è morto, Wissa Sawiris era sotto la responsabilità dell'aeronautica navale.»

«L'inchiesta è stata assegnata alla squadra Omicidi di Parigi. Quindi tocca a lei...»

Erwan fece un gesto di resa. «Parlatemi dell'iniziazione delle matricole nell'accademia», disse senza rivolgersi a nessuno in particolare.

«Qui», intervenne Simon Le Guen, «preferiamo chiamarlo weekend d'integrazione.»

«Come vuole. Che cosa prevedeva il programma di quest'anno?»

Archambault dondolò sulla sedia. «Imbrattamento, pestaggi, inseguimenti...»

«Quando sarebbe dovuto finire?»

«Sabato sera.»

«Come definireste l'atmosfera generale dell'accademia? Soft o pesante?»

«Pesante.»

Erwan non insistette: avrebbe avuto tutto il tempo di entrare nei particolari. «L'iniziazione è cominciata venerdì pomeriggio alle cinque sulla pista d'atterraggio della base. Wissa era presente?»

«Affermativo. L'hanno visto tutti.»

«Dopo le otto le matricole sono state fatte disperdere nella brughiera, esatto?»

«Esatto. I Ratti...»

«Chi?»

«È così che chiamiamo le matricole qui. Un'ora dopo che se n'erano andati, le Volpi, cioè gli allievi degli altri anni, si sono messi sulle loro tracce...»

Ratti, Volpi. Avrebbe dovuto adattarsi.

«Per fare cosa?»

«Io non c'ero, ma immagino che quando riescono a prenderne uno lo fanno morire di paura. Con torce, trombe da stadio... Niente di veramente cattivo.»

«E durante questa caccia nessuno ha più visto Wissa?»
«Nessuno.»
«Dunque è scappato nel corso della notte?»
«Di sicuro.»
«Avrebbe potuto raggiungere l'isola di Sirling a nuoto?»
«È da escludere», affermò Le Guen, rosso come un'aragosta. «Si trova a tre miglia dalla costa e nel mese di settembre le correnti sono molto forti.»
«Quindi ha usato una barca?»
«Affermativo.»
«Dove l'ha trovata?»
Archambault riprese la parola. «La base dispone di una flotta di Zodiac ormeggiati a un molo sulla spiaggia a un chilometro dalla scuola. Sono quasi tutti Hurricane, dotati di motori molto potenti con più di trecento cavalli. Li chiamiamo ETRACO, imbarcazioni per il trasporto rapido di commando.»
Quasi ogni risposta conteneva una parola che non aveva mai sentito: era gente che faceva sul serio.
«E queste barche non sono sorvegliate?»
«No, a nessuno qui verrebbe mai in mente di toccare il materiale dell'esercito.»
«Ma per avviarle ci sarà bisogno di una chiave, no?»
«Wissa era cresciuto in mezzo ai motori. Suo padre lavora in un aeroclub», intervenne Verny. «Sarebbe riuscito a far partire qualsiasi cosa.»
«Mancava uno Zodiac?»
«No», ammise il gendarme.
«Avete rinvenuto una barca sull'isola?»
«Non ancora, ma la troveremo presto. È questione di ore.»
Erwan lanciò uno sguardo ai tre uomini. «E nonostante nessuno Zodiac manchi all'appello e sull'isola non ci sia traccia di un'imbarcazione, sostenete che Wissa è scappato via mare per sottrarsi alle prove?»
«Sostenete?» ripeté Le Guen. «Ma è la verità, per la miseria!» Lo aveva detto in tono particolarmente rabbioso, senza mai smettere di sbattere le palpebre grinzose.

Erwan preferì cambiare argomento. «Chi era al corrente dell'esercitazione aerea di sabato mattina?»

«Nessuno.»

«Nemmeno voi superiori?»

Verny si alzò frugandosi nelle tasche. «Un altro caffè?»

I militari accettarono. Avevano già bisogno di una pausa. Non si aspettavano un primo interrogatorio così serrato. Kripo accompagnò Verny al bancone.

«Nessuno di noi è informato di queste esercitazioni», proseguì Archambault in tono più tranquillo. «Sono segrete, vengono decise ai piani alti.» Si era aperto la cerata. Non riusciva a tenere ferme le grosse gambe, ripiegate sotto la sedia di plastica.

«Da dove venivano gli aerei che hanno sparato?» chiese Erwan.

«È stato sparato un solo missile. I Rafale sono decollati dalla portaerei *Charles-de-Gaulle.*»

«Dove si trova?»

«In questo momento è ancorata a una decina di miglia a nord dalla costa.»

«C'è qualche collegamento tra Kaerverec e la portaerei?»

«Uno solo: l'ammiraglio Di Greco.»

«Chi è?»

«Il capo di stato maggiore della K76. Ha degli incarichi anche sulla *Charles-de-Gaulle.* Fa la spola tra l'accademia e la portaerei.»

«Adesso dov'è?»

«A bordo.»

Gli sarebbe toccato visitare una delle navi da guerra più potenti al mondo. Non riusciva a capire se quella prospettiva lo eccitasse o lo annoiasse a morte.

Nuovo cambio di direzione. «Non è pericoloso organizzare esercitazioni del genere al largo di una costa così turistica?»

«L'isola di Sirling non è accessibile ai civili. È l'ultima zona di tiro rimasta in Bretagna. È tenuta sotto stretta sorveglianza, signor capitano.»

«Per favore, la smetta di chiamarmi così. Prima di tutto

non sono il suo capitano e poi non ho alcun rapporto con l'esercito.»

«Certo, signor...» Archambault si interruppe prima di finire. «Le condizioni di sicurezza erano state verificate, altrimenti non avrebbero aperto il fuoco.»

«Hanno controllato anche poco prima della manovra?»

«Naturalmente. Un elicottero ha fatto un volo di ricognizione.»

«Parlatemi della scena del crimine.»

A quella parola i tre uomini sussultarono.

Erwan si corresse. «La scena dell'incidente.»

«Come le ho scritto», disse Verny, «sono stati gli esperti di balistica a ritrovare... i resti. I tizi delle pompe funebri sono arrivati due ore dopo e hanno raccolto quello che potevano. Mi hanno parlato di cinque o sei... pezzi.»

«Sono stati condotti dei rilievi sul posto?»

«Naturale.»

«È intervenuta una squadra della Scientifica?»

«Inutile. Gli esperti dell'esercito sono stati molto precisi. È il loro mestiere.»

«Il loro mestiere è analizzare calcinacci, non resti umani.»

Il gendarme non reagì. Aprì la cartella che aveva con sé ed estrasse alcune foto. «Dia un'occhiata. Vedrà che hanno fatto un buon lavoro.»

Il punto d'impatto del missile era segnato da un cratere di cinque metri di diametro pieno d'acqua. Della struttura del bunker non restava nulla: i detriti erano stati scagliati a diversi metri di distanza. Gli esperti avevano posato targhette gialle per segnalare le zone in cui erano state proiettate le macerie; altre, di colore blu, che senz'altro indicavano la posizione dei resti umani, erano disseminate sull'erba bruciata. In nessuna foto comparivano le spoglie di Wissa.

«Sicuri che ci fosse un corpo solo?»

«In che senso?»

«I resti potrebbero appartenere a persone diverse.»

Le Guen scoppiò a ridere. Una risata nervosa, carica di disprezzo, che sembrava sottintendere: "Davvero un'idea degna di uno sbirro...". «A cosa pensa di preciso?» sibilò.

«A niente. Solo che prendere in considerazione tutte le eventualità è il mio mestiere.»

«Se è venuto con l'intenzione di riportare a galla della merda che non esiste, non potremo aiutarla.»

Erwan non abbassò lo sguardo. Seguì un lungo silenzio, carico di tensione.

«Il medico legale non ha detto nulla a riguardo», intervenne Verny per placare un po' gli animi. «Ma se vuole può chiederglielo personalmente.»

«Torniamo alla notte dell'incidente: Wissa non è passato in camera?»

«Niente sembra indicarlo.»

«Computer, cellulare, carta di credito... Li avete controllati?»

«Aspettavamo lei per chiedere l'autorizzazione a procedere, ma i suoi effetti personali non dovrebbero essere stati toccati.»

Prima buona notizia: avrebbero potuto analizzare il materiale elettronico e informatico.

Comparve un infermiere. «Sono arrivati i genitori.»

I tre ufficiali si alzarono tutti insieme facendo frusciare le cerate.

«Forse sarebbe meglio non mostrargli le...»

«So fare il mio lavoro. Kripo, tu torna in macchina. Ti chiamo appena ho finito con i Sawiris.»

Non era il caso di lasciare il suo vice a chiacchierare con i tre moschettieri.

«Voi invece», aggiunse, «aspettatemi qui. Andremo insieme dal medico legale.»

«Ma...»

«Io mi devo già sciroppare i genitori. Non voglio che vi perdiate il resto.»

11.

Erwan aveva una certa esperienza in fatto di obitori, un genere di posto dove raramente si presta attenzione all'estetica. Normalmente i corridoi sono in cemento intonacato, percorsi da tubi e condotti. La Cavale blanche non faceva eccezione alla regola, ma un particolare contribuiva a rendere l'ambiente ancora più tetro: nel secondo seminterrato un artista aveva affrescato le pareti con alcuni dipinti monocromi. Il primo, sulle tonalità del rosso, ricordava delle macchie di sangue. Una scelta decisamente infelice. Poco oltre, una sala d'attesa era arredata con un divano e qualche poltrona i cui rivestimenti evocavano le tele di Paul Klee. Un distributore per il caffè, un acquario. I genitori di Wissa Sawiris stavano vicino ai pesci rossi. Erwan andò loro incontro con la mano tesa. Sorridere? Non sorridere? Quante altre volte gli erano toccati incontri come quello? Trovare parole inutili. Simulare un'empatia artificiale. *Cazzo.*

Dalla carnagione scura di Wissa Sawiris, Erwan aveva immaginato che il ragazzo fosse di origine nordafricana. Poiché gli avevano detto che il padre lavorava in un aeroclub, si aspettava un meccanico magrebino in un abito scuro a buon mercato, accompagnato da una sposa velata. Sawiris padre era invece un uomo alto ed elegante. Indossava una giacca nera su una Lacoste blu reale. Abbronzato, lo sguardo penetrante, aveva l'aspetto che più si addiceva a quello che era in realtà: un ingegnere aeronautico in lutto. La moglie, alta quanto lui, aveva sopracciglia folte, la carnagione dorata e lunghi capelli rossi che le ricadevano sulle spalle. Non bella, ma distinta e raffinata. Erwan, che non era certo immune ai pregiudizi, aveva presunto di incontrare una donna di più di cento chili infagottata in un'*abaya*.

Si presentò e fece loro le condoglianze. Gli strinsero la mano guardandolo fisso negli occhi. Quando ci si trova vicini a un'esplosione, per un attimo si perde l'uso di tutti i sensi. In quel momento i Sawiris erano in una specie di buco nero, una terra di nessuno dalla quale sarebbero lentamente riemersi soltanto per provare un dolore che straziava la carne, una sofferenza cronica che sarebbe diventata parte di loro: il figlio non c'era più.

Erwan si sforzò di ricordare le norme che regolavano i funerali musulmani. La sepoltura doveva avvenire entro ventiquattr'ore dal decesso. Poiché la morte era considerata un rito di passaggio, non si poteva cremare il cadavere né riservargli alcun trattamento estetico prima delle esequie. La donazione degli organi era vietata. Il feretro andava orientato in direzione della Mecca...

Nel caso di Wissa simili considerazioni erano comunque completamente inutili.

«Di solito», cominciò, «chiediamo ai genitori di identificare il defunto, ma considerate le circostanze è meglio astenersi. Un riscontro con le impronte dentali ha confermato che...»

«E se noi volessimo vederlo?» lo interruppe la madre.

Voce grave e solenne. Cadenza leggermente strascicata, come Fanny Ardant. Nessuna inflessione magrebina.

«Ora non è possibile. Non è ancora stata eseguita l'autopsia. Dobbiamo determinare le circostanze esatte dell'incidente.»

Avrebbero accettato la versione ufficiale? Chiuso la bara senza protestare? Oppure avrebbero cercato dei colpevoli? Sporto denuncia? Per il momento non reagivano. Forse non riuscivano nemmeno a capire quello che gli stava raccontando.

«Abbiamo sentito al telefono il tenente colonnello Verny», disse finalmente il padre. «Ci ha parlato di un weekend d'integrazione. Ha a che fare con l'iniziazione delle matricole?»

Erwan si lanciò in una serie di spiegazioni confuse, dicendo che le indagini erano in corso, che i testimoni dovevano ancora essere ascoltati, che non si dovevano trarre conclusioni affrettate. Dentro di sé malediceva i militari che lo stavano obbligando a giustificare quella stupida tradizione. Come diversivo, decise di concentrarsi sui problemi pratici legati alle esequie. «Una volta terminata l'autopsia, la procura di Rennes autorizzerà la sepoltura. Allora potrete chiamare l'imam e...»

«Non siamo musulmani.»

«Scusate, pensavo che...»

«Siamo di origine egiziana. Siamo copti», scandì lentamente la moglie.

Erwan strinse le mascelle: non ne stava azzeccando una. «Se volete», disse, provando nuovamente a cambiare argomento, «posso consigliarvi un avvocato per le pratiche dell'assicurazione e...»

«Sono un avvocato», lo interruppe la donna. «Specializzata in assistenza legale alle vittime di incidenti sul lavoro e perito presso il tribunale della Sarthe.»

Alla base di Kaerverec potevano cominciare a preoccuparsi, come pure al ministero della Difesa. Madame Sawiris non avrebbe fatto sconti a nessuno. Anche lui avrebbe dovuto essere irreprensibile.

«Abbiamo già sporto denuncia contro le autorità militari», confermò la donna. «L'esercito era legalmente responsabile per Wissa da quando nostro figlio è entrato alla base, soprattutto considerato che dalla scorsa settimana era diventato ufficialmente un soldato.»

«Nessuno si sottrarrà alle proprie responsabilità, signora. È per questo che sono qui. È nostra intenzione fare luce su questa tragedia.»

«Ha figli?» intervenne il padre.

«No.»

L'ingegnere scosse la testa, come a dire che allora Erwan non avrebbe mai potuto essere all'altezza di quella missione. «Sperava di poter "servire la Francia"», aggiunse con un sorriso malinconico, osservando i pesci.

«Com'era Wissa?»

«Un eroe», mormorò la madre.

«Prego?»

«Diciamo un eroe... in potenza. Non aveva alcuna ambizione economica né professionale. Voleva dimostrare il suo valore. Leggeva libri sulla resistenza francese e sulle guerriglie del ventesimo secolo. Non faceva che domandarsi come si sarebbe comportato se si fosse trovato anche lui in situazioni simili. Avrebbe imbracciato le armi? Sarebbe stato coraggioso?»

Erwan avvertì all'improvviso quel senso di empatia che aveva cercato di evocare fin da quando era partito. Anche lui aveva nutrito i medesimi dubbi, si era fatto le stesse domande. Solo che, essendo un poliziotto, aveva avuto l'occasione di trovare le risposte: si era ritrovato più di una volta in uno scontro a fuoco. «A volte», disse impulsivamente, «questa vita non basta. Voglio dire, questa vita banale, che si riduce a respirare e a cercare di stare bene al mondo. Alcuni hanno bisogno di qualcosa di più bello, più puro, più eroico.»

Si pentì subito di quella tirata. Non era il genere di discorsi da rifilare a una coppia di genitori che avevano appena perso il figlio in quel modo.

Non ottenne alcuna reazione. In un angolo recondito della sua testa si disse: "Un ragazzo ossessionato dal coraggio non scappa al primo uovo marcio che gli tirano in faccia".

Cambiò ancora argomento. «Aveva amici, una fidanzata?»

«No», rispose la madre con voce lugubre. «Prima voleva costruirsi un futuro.»

«Nemmeno un amico intimo?»

Erwan si accorse che quella domanda avrebbe potuto essere interpretata male, ma ormai era troppo tardi: il danno era fatto. Madame Sawiris gli si avvicinò. Il suo volto gli ricordava quello delle grandi attrici drammatiche che a teatro o al cinema avevano interpretato le eroine della tragedia greca: Maria Callas, Irene Papas, Silvia Monfort.

«Cosa vuole insinuare?»

«Proprio nulla, signora, glielo assicuro...»

Mentiva. Non poteva farci niente se il viso di Wissa gli era parso effeminato, e il fatto che sull'isola non fosse stata trovata nessuna barca significava chiaramente che non ci era andato da solo. Due uomini in un bunker? Due amanti?

La signora Sawiris si trovava ora solo a qualche centimetro da lui. Riusciva a sentire il profumo dei suoi capelli come si avverte il calore della fiamma quando ci si avvicina a un camino acceso.

«Se ne vada, prima che decida di denunciare anche lei per diffamazione e violenze psicologiche», sibilò.

Erwan si congedò in tutta fretta, balbettando qualche formula di circostanza e indietreggiando come un usciere spaventato.

Quando fu di ritorno nell'atrio dell'ospedale, era pallido e sfinito. Il debito di sonno cominciava a farsi sentire. Era anche furibondo con i militari. Non sapeva se prenderli a pugni oppure cercare un angolino in cui raggomitolarsi a dormire. Quando vide i tre corvi, capì che la prima opzione probabilmente era quella giusta, ma che avrebbe dovuto accontentarsi di immaginare la scena.

Le Guen aveva una macchina fotografica a tracolla.

«A cosa le serve?»

Il Crostaceo rispose, come se stesse ripetendo una lezione mandata a memoria: «Le autopsie devono svolgersi in presenza di un ufficiale della polizia giudiziaria e di un tecnico della Scientifica. Tecnici non ne abbiamo, quindi sarò io a scattare le foto».

Erwan tirò fuori il cellulare dalla tasca e chiamò Kripo. «Vieni. È l'ora dello spezzatino.»

12.

«Che cosa si aspettava», domandò stupito Michel Clemente. «Questo è tutto ciò che ho da mostrarle. I pezzi separati. E comunque anche quelli sono ridotti praticamente a una specie di pâté di carne.»

Il medico legale aveva appena alzato il telo che copriva il primo dei due tavoli sui quali erano disposti i resti di Wissa. Illuminati dalla lampada scialitica si riconoscevano una mano e un pezzo di tronco o di un'altra parte del corpo dai contorni irregolari e bruciati.

Vincendo il senso di ripugnanza, Erwan si costrinse a osservare con attenzione. Nell'esplosione, il bunker si era letteralmente fuso con il corpo del ragazzo. Alcuni brandelli erano disseminati di schegge di ferro, altri coperti di detriti. Un particolare più di ogni altro lo fece inorridire: sulla parte interna del polso tranciato scorse una croce tatuata. Si ricordò che quello era il simbolo dei copti ortodossi. Sicuramente ce l'avevano anche i genitori di Wissa...

«Abbiamo quasi tutto», riprese Clemente. «Ma rimettere insieme i resti sarà impossibile: molte parti sono bruciate, si sono disintegrate o sono state mangiate dai granchi o dagli uccelli marini.»

Evidentemente al medico piaceva fare la parte del cinico. Il suo aspetto non lo aiutava per niente: viso attraente, rughe profonde, capelli brizzolati, camice aperto su vestiti eleganti (pantaloni di velluto, maglione con scollo a V di Ralph Lauren, camicia celeste a righe), sembrava pronto a impersonare il ruolo di un affascinante primario in qualche serie televisiva. *What else*?

«Secondo me il missile è esploso all'interno del bunker e lo spazio chiuso ha amplificato l'onda d'urto.»

Nessuno gli rispose. Tutti indossavano camice, guanti da chirurgo e cuffia di carta ed erano come paralizzati dall'orrore. Solo Le Guen girava attorno al tavolo per scattare le sue foto. Tra loro era quello che sembrava meno scosso. Si concentrava sulle inquadrature dimenticandosi di quanto aveva sotto gli occhi.

«I resti sono stati numerati sul posto», proseguì Clemente. Allungò il braccio verso un computer appoggiato su una mensola e premette la barra spaziatrice. Sullo schermo comparve una mappa dove si riconosceva il cratere del missile circondato da una serie di cifre che indicavano la posizione dei resti del povero Wissa sul suolo dell'isola. A una seconda pressione della barra apparve il profilo di una figura umana in piedi, vista di fronte e da dietro. Per il momento soltanto alcune parti erano state numerate.

«I ragazzi hanno recuperato dodici pezzi, senza contare i frammenti più piccoli che si sono fusi con i detriti. Sto provando a ricomporli virtualmente con questo programma, poi vedrò cos'è possibile fare con quelli veri. Una decina di anni fa ho collaborato a un paio di inchieste in incidenti simili a questo. L'esplosione dell'AZF a Tolosa e l'incendio del traforo del Monte Bianco. In ogni caso, dobbiamo evitare che i genitori vedano i resti.»

Erwan tornò alla carica con la sua idea. «Siamo sicuri che sia un corpo solo?»

«Prego?»

«Tra le parti che sono state trovate non potrebbe essercene qualcuna appartenente a un altro cadavere?»

«Se fosse stato un monco o un amputato... Non ci sono abbastanza mani e piedi.»

Erwan dovette arrendersi all'evidenza. L'ennesima cazzata. Il rischio più grave per un poliziotto era quello di generalizzare. Il cervello si muoveva sempre a un ritmo più veloce rispetto a quello delle indagini.

Il medico rimise il telo sul tavolo. Erwan avvertì fisicamente il senso di sollievo che si diffuse nella stanza. «In un caso come questo», riprese, «cosa può concludere un'autopsia?»

«Non molto. Glielo ripeto: tenterò soltanto di ricomporre i pezzi prima della sepoltura.»

«E le cause della morte?»

«Se vuole i particolari, le basterà leggere il manuale delle istruzioni del missile...»

«Ora del decesso?»

Il medico lanciò a Erwan uno sguardo carico di irritazione. «Sappiamo l'ora in cui è stato lanciato il missile. Che altro le serve?»

«Vorrei essere sicuro che Wissa Sawiris fosse ancora vivo al momento dell'esplosione. Ha chiesto delle analisi tossicologiche?»

«Che assurdità. Cosa crede? Che sia stato avvelenato? E comunque mi servirebbe uno stomaco... La maggior parte degli organi è bruciata.»

«E gli esami anatomopatologici?»

«Ci vorrebbero tre settimane.»

«Ha qualche elemento per stabilire l'ora del decesso?»

«No. Considerato lo stato in cui si trovano i resti, possiamo anche dimenticarci il *rigor mortis*. E per quanto riguarda le macchie ipostatiche non serve che le faccia un disegno.»

Erwan provò a cambiare strategia. Per contrastare il senso di disagio doveva essere determinato. «Ci sono troppi frammenti di metallo.»

«Ottima osservazione, signor investigatore», replicò sarcasticamente Clemente. «Non ci sono soltanto pezzi di cemento. Immagino che la testata del missile fosse di tipo shrapnel o qualcosa del genere. Bisognerebbe analizzare i residui metallici, ma io non sono autorizzato.» Fece un cenno del capo in direzione dei soldati, come a voler passare loro la palla.

«Segreto militare», disse Archambault. «Gli ordini al riguardo sono molto chiari.»

«Nel mio referto non dovrà comparire alcuna menzione del missile», confermò Clemente.

«Che cazzata è questa?» esclamò Erwan. «Devo avere accesso a *tutte* le informazioni. La legge è uguale per tutti!»

«Impossibile», ribatté l'Asparago. «E comunque il referto verrà mandato prima ai periti dell'esercito. Saranno loro a decidere quali particolari potranno essere divulgati e quali dovranno restare riservati.»

«Ma così perderemo un sacco di giorni!»

Archambault fece un'espressione desolata. Erwan non insistette: un problema alla volta. Si rivolse a Clemente.

«Le chiedo comunque di eseguire un'autopsia il più approfondita possibile.»

«Questo l'avevo capito. Farò del mio meglio.»

«Dovrà aspettare anche la visita dei tecnici della Scientifica.»

Clemente guardò Verny. Verny guardò Erwan.

«Manderemo una squadra di tecnici a raccogliere il raschiato ungueale e a fare altri prelievi», spiegò il poliziotto.

«Che senso ha tutto questo circo?»

Erwan non si prese nemmeno la briga di rispondere. «Tenente», disse rivolgendosi ad Archambault, «lei si fermerà per assistere all'autopsia. Come ufficiale del servizio di sicurezza militare è più che qualificato per farlo.»

«Ma... e le foto?»

«Le Guen le presterà la macchina fotografica. La incarico anche di spiegare la situazione ai genitori. Avranno bisogno di trovare un albergo in zona.»

L'Aragosta si separò a malincuore dalla sua fotocamera e cominciò a spiegarne il funzionamento ad Archambault. Tutti si strinsero la mano senza sfilarsi i guanti da chirurgo. Erwan non riuscì a capirne la ragione, ma quell'intreccio di dita coperte di lattice gli ricordò un'esplorazione rettale.

13.

Gaëlle non aveva dovuto chiamare il suo agente perché le trovasse un casting. Il gioco si chiamava *Chi perde vince.* Non aveva capito nulla del regolamento. C'erano una ruota, delle domande e vinceva il concorrente che otteneva il punteggio più basso. Cercavano una ragazza che girasse la ruota. In costume da bagno, *of course.*

Una cretinata in più alla televisione. Poco importava. Bisognava che la vedessero, costasse quel che costasse. Le ragazze come lei per motivarsi si riempivano la testa di nomi, di aneddoti su attrici famose che agli esordi della carriera avevano partecipato a stupidi concorsi di bellezza o accettato ruoli di secondo piano in qualche insignificante trasmissione televisiva. Louise Bourgoin, ex meteorina di Canal+; Helena Noguerra, ex animatrice su M6; Aishwarya Rai Bachchan, ex Miss Mondo; Claudia Cardinale, ex più bella italiana di Tunisi; Sophia Loren, ex Miss Eleganza...

Gaëlle si guardò attorno. Sedie pieghevoli, distributore dell'acqua, moquette logora. Nessuna sorpresa nemmeno tra le concorrenti. Quelle meno giovani le conosceva già: ragazze che frequentavano il Castel, il VIP, il bar del Plaza. Altre venivano chiaramente da fuori Parigi: provinciali. Ma anche se il loro look lasciava a desiderare, avevano qualcosa di molto più importante: la giovinezza.

Istintivamente le venne da pensare che presto avrebbe compiuto trent'anni e che ormai era spacciata. Ma di nuovo riuscì a trovare alcuni precedenti eccellenti: Cate Blanchett era diventata famosa dopo i trent'anni, come pure Naomi Watts e Monica Bellucci. Per non parlare della regina indiscussa: Sharon Stone, che aveva sfondato con *Basic Instinct* a trentaquattro anni. *Poteva ancora sperare.*

Nonostante la giovinezza fosse il suo unico capitale, conduceva una vita in cui gli anni contavano il doppio, se non addirittura il triplo: locali, alcol, droga... Impossibile tirarsi indietro. Bisognava sottostare alle regole della notte. Anche quel giorno era andata a letto alle sei del mattino. Al VIP era riuscita a sedersi al tavolo di un importante regista che non faceva che bere e parlare, parlare e bere. Quando alla fine era riuscita a metterglisi accanto, quello ormai dormiva della grossa, con la testa sprofondata nei cuscini.

Tirò fuori lo specchietto per controllare di essere in ordine e subito se ne pentì, perché significava ammettere la propria debolezza davanti alle altre. Ma ciò che vide le piacque: a dispetto delle occhiaie, ritrovò il suo visino da bambola russa.

Quando aveva sedici anni, non avrebbe mai immaginato che a trenta avrebbe avuto un volto simile. A dire la verità non pensava nemmeno che sarebbe sopravvissuta fino a quell'età: all'epoca pesava poco più di trenta chili.

Gaëlle aveva preso coscienza del proprio corpo soltanto durante la pubertà e quella scoperta aveva rischiato di distruggerla. Aveva smesso di mangiare, trincerandosi dietro un rifiuto assoluto della vita. Era stato allora che aveva scoperto il piacere del digiuno. Quella sensazione lancinante di fame alla quale si accompagna sempre una leggera vertigine. Ricordava ancora i suoi svenimenti: l'ebbrezza di perdere conoscenza in mezzo agli altri. Una vana illusione: non appena si riprendeva, ritrovava sempre il suo corpo, una massa di carne immonda, un ripugnante contenitore di organi.

Il bagno era il suo quartier generale. Vomitare, evacuare, vomitare... Stomaco e intestino erano perennemente infiammati. Le cadevano i capelli, aveva la pressione bassa e problemi di circolazione. Al minimo urto, la pelle si copriva di ematomi che assumevano strane sfumature color malva. Dormiva con la finestra aperta per fare corrente e teneva il condizionatore impostato sulla temperatura minima.

Un trucchetto noto a ogni anoressica (e a ogni modella): il freddo brucia le calorie. La sua unica consolazione era che anche solo muovendosi, anche solo respirando, *dimagriva*...

Un giorno, dopo avere preso dei lassativi e avere spinto troppo, aveva avuto un prolasso rettale. Era stata ricoverata: la prima di una lunga serie di degenze all'ospedale.

Nel reparto specializzato in disturbi dell'alimentazione trovava ragazze simili a lei: esseri perennemente affamati, giovani che sembravano morti ambulanti. Ammirava i loro grandi occhi febbrili, i corpi scheletrici. Le sembravano risplendere come lucciole, che brillavano alla massima intensità prima di spegnersi per sempre.

Ogni volta che la rimandavano a casa sua madre piangeva, suo padre le faceva una sfuriata. Gaëlle si scusava, prometteva che avrebbe mangiato, ma evitava il cibo che aveva nel piatto allo stesso modo in cui si gira attorno a un tombino della fogna.

A diciannove anni era entrata in coma. L'avevano rianimata e alimentata a forza di flebo. In ospedale era riuscita a trascinarsi dal letto all'armadio per prendere lo specchio che si era fatta portare di nascosto. Nel suo reparto, come in un castello di vampiri, ogni superficie riflettente era bandita. Aveva contato i lividi, accarezzato le ossa che sporgevano da sotto la pelle. E all'improvviso aveva riacquistato la ragione. O quasi. Aveva deciso di affrontare il problema da una prospettiva diametralmente opposta e non aveva più smesso di mangiare.

Aveva cominciato a battere tutti i supermercati, riempiendo il carrello di bistecche o approfittando delle promozioni sui cereali (dodici pacchi al prezzo di sei). Il frigorifero era diventato il suo migliore amico. Mangiava, si ingozzava, ingrassava, navigava in solitaria, con l'ago della bilancia come unica bussola.

Aveva ritrovato il suo vecchio corpo: spalle rotonde, natiche a forma di cuore, seno prosperoso. Un corpo da cospargere di talco o da mangiare. Le erano tornate le mestruazioni. Gli uomini avevano cominciato a ronzarle attorno. Un mix di lusinghiere attenzioni e ostile minaccia.

All'inizio non aveva capito. Gaëlle aveva trascorso l'adolescenza negli ospedali. Nella sua ossessiva guerra contro il peso non c'era stato spazio per il risveglio del desiderio, per la scoperta del sesso. Solo di recente aveva acquisito consapevolezza del suo corpo di donna e dell'effetto che faceva agli uomini. Il proprietario di un bar dove lavorava nei fine settimana l'aveva sbattuta su un tavolo in cucina, sollevandole la gonna mentre grugniva come un animale. Durante un ricevimento, un amico di suo padre, un prefetto o un deputato, l'aveva seguita in bagno e aveva tirato fuori l'uccello. E poi c'era stato quell'attore sposato con tre figli che l'aveva tempestata di SMS, uno solo dei quali sarebbe bastato per ricattarlo.

Aveva capito che non doveva avere paura. Anzi, quella era la sua forza. Li avrebbe fatti impazzire per poi dominare quella loro follia. Aveva cominciato a vestirsi di conseguenza, affinando le movenze e il modo di truccarsi. All'inizio era stata un po' goffa, come un supereroe che avesse scoperto da poco i suoi poteri, ma con il passare del tempo aveva imparato a controllare il suo fascino e a sfruttarlo. Ora, quando entrava in un ristorante, riusciva a percepire il brivido che provocava, l'attrazione sessuale che suscitava.

Era al contempo preda e predatrice. Quel corpo che aveva così tanto odiato era diventato la sua arma.

«Ci facciamo una cicca?»

Si trovò di fronte un tipo rachitico, con una T-shirt sformata dall'aria non troppo pulita. Le stava mostrando un pacchetto di Marlboro come se fosse la proposta dell'anno.

Gaëlle lo inquadrò subito: metà gay e metà ruffiano.

«Non fumo.»

Quello, senza smettere di sorridere, le si sedette accanto. Aveva più o meno venticinque anni, ma nel volto mal rasato si percepiva già qualcosa di marcio. «Avremmo potuto parlare di lavoro.»

«Che lavoro, di preciso?»

«Sei proprio una tipa divertente...» Abbassò la voce. «Sto

in produzione. Potrei darti delle dritte sul tipo di ragazza che stanno cercando.»

«Mi sembrava piuttosto chiaro», disse lei indicando le candidate.

Sogghignando, il tipo le tese una mano ossuta. «Kevin.»

A Gaëlle sembrò di stringere una zampa di gallina. Lanciò uno sguardo alle sedie che una dopo l'altra si stavano vuotando: ancora due e poi sarebbe toccato a lei. «Non dovevi uscire a fumare?» Sospirò.

«Preferisco provarci con te.»

«Okay, ci hai provato. Adesso puoi andare.»

Lui fece una risatina che crepitò come un peto. «No, davvero, ti posso aiutare, raccomandarti al produttore e...»

«Non me ne frega niente di questo casting.»

«Sei davvero eccezionale!» esclamò lui, scoppiando in una fragorosa risata. «Ho proprio quello che fa per te.»

14.

«Non posso firmare nulla senza indicare il motivo dell'inchiesta», obiettò Muriel Damasse al telefono.

«Che ne dice di "omicidio colposo aggravato da negligenza"?»

«Ah. Finora nessuno aveva parlato di omicidio... C'è di mezzo l'esercito e...»

«Se non usiamo questa parola non potremo far intervenire la Scientifica.»

«La Scientifica? Per fare cosa?»

«Effettuare dei prelievi sul cadavere e condurre un'analisi completa della scena del crimine sull'isola di Sirling.»

«La scena del crimine? Non le sembra di esagerare?»

Erwan non stava parlando soltanto al sostituto procuratore. Quelle parole erano dirette anche a Le Guen e Verny, seduti nei sedili posteriori della sua Volvo. I due avevano lasciato ad Archambault l'auto con cui erano arrivati. Kripo, al volante, sembrava divertito.

«La situazione è già abbastanza complicata», provò a lamentarsi il magistrato. «Mi avevano detto che sarebbe venuto soltanto per accertare i fatti!»

«Cosa che intendo fare con il massimo scrupolo. Mi chiedevo anche se fosse possibile rivedere la procedura con lei nei particolari...»

Ora che avevano cominciato a parlare di scartoffie, la Damasse gli parve più a suo agio. Seguì un'astrusa conversazione su assegnazioni, coassegnazioni, autorizzazioni, perquisizioni eccetera. Entrambi cercavano di tirare l'acqua al proprio mulino. Riuscirono a mettersi d'accordo su tutto, o quasi.

«Per il resto», concluse il magistrato, «devo prima sentire i miei superiori. La richiamo.»

Silenzio in auto. Stavano percorrendo la D128 in direzione di Kaerverec. Sotto una pioggia battente di aghi trasparenti lo spettacolo dell'agricoltura moderna sfilava davanti ai loro occhi nella sua deprimente banalità.

Non riuscendo più a trattenersi, Verny prese la parola. «Se vuole che contatti una squadra della Scientifica, bisognerebbe...»

«Non adesso», lo interruppe Erwan. «A che ora posso vedere il pilota che ha lanciato il missile?»

«Philippe Ferniot. Sarà a Kaerverec alle quattro.»

Le Guen infilò la sua faccia rossa tra i due poggiatesta. «Voglio avvisarla che qui da noi è una celebrità. Uno dei migliori piloti della sua generazione. È stato in Iraq e in Afghanistan. Eviti di trattarlo come un sospettato.»

Erwan non replicò. Le Guen esitò un attimo, poi tornò a rincantucciarsi contro la portiera.

«E gli allievi ufficiali?»

«Quali?» chiese Verny.

«Le matricole e quelli degli altri anni. Vorrei interrogarli prima di stasera. Quanti sono?»

«Una ventina i vecchi e dodici i nuovi. Anzi, ora undici...»

«Mi trovi due stanze. Li ascolterò uno alla volta insieme al mio vice.»

«Come vuole, ma non riesco a capire bene la...»

«Sono consegnati nelle loro camere?»

«No. Perché?»

«Possono comunicare tra loro?»

Di nuovo silenzio. Nessuno aveva imposto ai ragazzi la benché minima misura di sicurezza.

«Spero almeno che le lezioni non siano ricominciate.»

«Oggi è tutto fermo», disse Verny, «ma non sarà possibile sospenderle ancora a lungo...»

Preceduto dal fruscio della cerata, Le Guen si fece di nuovo avanti. Quando la sua testa comparve tra i sedili, Erwan pensò a un rosso d'uovo adagiato su un letto di ketchup.

«Non capisco che cosa stia cercando, ma di sicuro ha invertito i ruoli. È stato Wissa Sawiris a scappare. Si è sottratto ai suoi doveri. È morto, ed è una tragedia. Ma non cominci a dare la colpa agli altri.»

«Normalmente», ribatté Erwan, «sto dalla parte del morto. Per il bene dell'inchiesta i testimoni non dovrebbero entrare in contatto fra loro.»

«Ma testimoni di cosa, di preciso?»

Erwan non rispose.

«Giri a destra», grugnì il Crostaceo. «Tra due chilometri siamo arrivati.»

Kripo sterzò e all'improvviso comparve il mare: una vorticosa massa nera sfrangiata di grigio la cui linea frastagliata si fondeva all'orizzonte con un cielo plumbeo. Finalmente la vera Bretagna. Le falesie verdi e bianche che si ergevano a picco sul litorale ricordavano animali mostruosi dalla pelliccia fosforescente che spalancavano fauci smisurate per abbeverarsi alla fonte del mondo.

In quel paesaggio primordiale erano inserite alcune abitazioni tradizionali: tetti d'ardesia e persiane azzurre. C'erano ancora turisti: profili sobri e distinti sotto gli ombrelli, bermuda a righe e maglione annodato sulle spalle.

Girando casa per casa avrebbero sicuramente appreso qualcosa.

Sul sedile posteriore Le Guen borbottava ordini al telefono. Cose del tipo: «Ciascuno nella propria camera» e «Orari diversi per il pranzo».

Kripo aumentò la velocità del tergicristallo e rischiò di tirare dritto a una curva a gomito. Fu come una conferma: oltre la strada, il mare, l'orizzonte, il cielo. Erano arrivati alla fine del mondo. Il Finistère. *Finis terrae.*

«Posso parlare con il medico della base?» chiese Erwan.

Le Guen, ora più tranquillo, riprese la parola. «Non ne abbiamo più uno fisso da molto tempo: questioni di budget.»

«Come fate quando c'è qualche problema?»

«Andiamo al Morvan o alla Cavale blanche, come tutti.»

«E quando c'è l'iniziazione?»

«In caso di bisogno chiamiamo il medico di Kaerverec, il dottor Almeida.»

«Gli voglio parlare.»

«Ma non capisco, abbiamo...»

La fine della frase fu coperta dal rumore prodotto dagli schizzi di una pozzanghera che sferzarono i vetri dell'auto. Le Guen lasciò perdere.

Finalmente un'insegna annunciò: KAERVEREC 76. Ancora qualche centinaio di metri e comparve l'accesso all'accademia, indicato da alcuni stemmi e da una sbarra bianca e rossa come quelle dei passaggi a livello.

«Prima di tutto», disse Verny, «dovrà vedere il colonnello Vincq.»

Erwan aveva già sentito quel nome ma non riusciva a ricordarsi in quale occasione. «Chi è?»

«Il direttore dell'accademia.»

«Pensavo che fosse Di Greco.»

«L'ammiraglio è il capo di stato maggiore. Ma a terra è il colonnello che comanda.»

Una guardia coperta da una cerata sollevò la sbarra. Finalmente avrebbero trovato riparo dalla pioggia, ma Erwan ebbe la sgradevole sensazione di lasciare il rassicurante mondo esterno per infilarsi in un universo chiuso che emanava un tanfo di prigione.

15.

A Erwan, che si aspettava di trovare una base dell'esercito in piena regola, Kaerverec ricordò una scuola elementare: un cortile quadrato, edifici anonimi dal tetto piatto circondati da pensiline a sbalzo come in un villaggio del Far West.

Parcheggiarono e cercarono riparo sotto una tettoia alla loro destra. Le Guen andò subito ad avvertire il colonnello Vincq. Erwan si scrollò di dosso l'acqua. Aveva già capito che quell'umidità gli sarebbe penetrata nelle ossa.

«Oltre il cortile», spiegò Verny per ammazzare il tempo, «ci sono le sale riunioni e gli uffici dell'amministrazione. Davanti a noi le aule, le camere e le docce. Alle nostre spalle i refettori, la palestra e le sale ricreative.»

«Non è molto grande.»

«Kaerverec ospita soltanto una trentina di allievi, ai quali si aggiungono gli istruttori, gli educatori, i membri dello stato maggiore e un contingente di soldati incaricati di sorvegliare il materiale dell'esercito. In tutto meno di cento persone. È l'area circostante che è immensa: dal mare ci separa una striscia di un chilometro per tre. Con quello che costano i terreni sul litorale al metro quadro è un lusso incredibile.»

«È qui che sono stati lasciati gli EOPAN?»

Verny fece finta di non aver sentito. «Se vuole possiamo farle visitare gli hangar e le piste. La base possiede una decina di aerei e...»

Erwan smise di ascoltare. Le bandiere erano a mezz'asta, senz'altro in omaggio a Wissa. Ce n'erano quattro: quella francese, quella europea, quella bretone e una con insegne che non conosceva: un cigno, una spada, una nave... Doveva essere lo stendardo dell'accademia.

Tornò a provare la sua naturale avversione nei confronti delle uniformi. Non sopportava l'ambiente militare e tutti i segni esteriori che gli si accompagnavano. Le poche volte che aveva dovuto indossare l'uniforme – al termine dell'accademia di polizia e in occasione della consegna di qualche medaglia – era stato un calvario. Tanto più che quando era costretto a infilarsi l'unica che possedeva si ricordava di tutti i chili che aveva preso...

«Dove diavolo è andato Le Guen?» si spazientì Verny. «Vado a vedere.»

Il gendarme scomparve. Kripo si appoggiò a un pilastro e si rollò una sigaretta, in posizione da cowboy.

In quel momento due piloti attraversarono il cortile. Sopra l'uniforme indossavano delle specie di pantaloni gonfiabili.

«Sembrano omini Michelin», osservò Erwan.

«È per la forza di gravità», disse Kripo accendendosi la sigaretta.

«Cosa?»

«Sono tute anti-g. In un aereo a reazione la forza di gravità può raggiungere gli otto g nel giro di pochi secondi, il che significa una pressione superiore di otto volte il tuo peso. Il sangue scende di colpo nelle parti declivi del corpo, non riesce più a raggiungere il cervello e si perde conoscenza. È per questo che si vestono così: la tuta contiene un liquido che esercita una pressione sulle gambe per impedire che il sangue venga spinto alle estremità. Le chiamano *babygro.*»

«E tu come fai a saperlo?»

«Cultura personale.»

La pioggia continuava a battere sull'asfalto e sui tetti producendo un suono simile a quello di una mitraglia, interrotto soltanto a tratti dal rumore delle bandiere che si agitavano al vento e dai versi dei gabbiani. Finalmente Le Guen e Verny ricomparvero in compagnia di un uomo di corporatura media, intorno alla cinquantina, vestito con una tuta mimetica il cui disegno si intonava alla perfezione con le sfumature argentate dei suoi capelli corti.

Stretta di mano. Il suo volto ispirava un'immediata simpatia. Sotto il grigiore bretone, s'intravedeva il sole del Sud: pelle abbronzata, quasi dorata, occhi blu che ricordavano la Costa Azzurra.

«Mi dispiace», disse sorridendo dopo essersi presentato, «ma non posso riceverla nel mio ufficio. I lavori avrebbero dovuto essere terminati prima del rientro dalle vacanze, ma le cose non sono andate così.»

«Non si preoccupi.»

Erwan si domandò se quella non fosse una manovra per metterli in imbarazzo o per far loro capire che non erano i benvenuti. L'ufficiale si lanciò in una tirata in perfetto burocratese, deplorando quello «sfortunato incidente», quella «tragedia», senza mai smettere di insistere sull'assoluta necessità di concludere le indagini il prima possibile perché le lezioni potessero ricominciare. Parlava in modo smozzicato, quasi stenografico, tralasciando gli articoli e infarcendo le frasi con espressioni da caserma come «gradi sulle spalle», «spina», «CV ufficiali» e altri termini incomprensibili come *gazier*, *boost* o *over-shooter*.

Erwan capì subito il messaggio senza bisogno di ulteriori spiegazioni: fate quello che dovete e levatevi dai piedi. Vincq continuava a sorridere. Era un uomo attraente e conservava ancora tutto il fascino del pilota capace di fare innamorare le ragazze.

«Quanto tempo le servirà per accertare i fatti e chiudere l'inchiesta?» gli domandò.

«Dipende dai fatti.»

«Cosa significa?»

«Che è ancora troppo presto per risponderle. Potremmo sempre scoprire qualcosa di nuovo.»

Il sorriso scomparve.

«Non c'è niente da scoprire. Il soldato ha voluto sottrarsi alle prove previste dall'iniziazione delle matricole e si è nascosto...»

«Questa è soltanto un'ipotesi. Per ora l'unica cosa concreta che abbiamo è un cadavere rinvenuto in un bunker dopo l'esplosione di un missile. È un punto di partenza, non di arrivo.»

Il colonnello lanciò uno sguardo interrogativo a Le Guen e Verny, poi cominciò a camminare nervosamente a testa bassa, con le mani dietro la schiena. La pioggia tamburellava come un rullante al circo nel momento clou dello spettacolo. «Faccia come crede», concluse. «Ma si dovrà sbrigare. Non fanno che chiamarmi dal SIRPA per sapere quello che potranno o non potranno dire.»

Il SIRPA: servizio d'informazione e di pubbliche relazioni delle forze armate. Strano che Vincq avesse menzionato l'organo di comunicazione dell'esercito prima di ogni altra cosa.

«Per non parlare delle risorse umane della marina nazionale e dei servizi di comunicazione del ministero della Difesa!» aggiunse. «Al giorno d'oggi sono tutti ossessionati dai media!» Sollevò un dito. «Ma soprattutto faccia attenzione a non usare mai il termine "nonnismo" nel rapporto! Dovrà parlare di "tradizioni", "weekend d'integrazione", "pratiche formative". Misuri le parole! Queste cazzo di associazioni contro il nonnismo ci salteranno alla gola quando lo verranno a sapere.»

«Capisco.»

«No che non capisce. Mi faccia trovare un rapporto pronto per domani mattina. Le chiedo soltanto questo. Un incidente è un incidente. Non vogliamo passarci tutto l'autunno!» Si congedò dal gruppo con un cenno della testa e fece per andarsene.

«Colonnello, solo una cosa. Oggi non c'è lezione, vero?»

«No. Perché?»

«Perché sono appena passati due piloti in tenuta di volo.»

«Semplici voli d'addestramento. Il nostro è un programma estremamente rigoroso. Non potevamo annullarli.» Sogghignò in modo sinistro. «Sono sicuro che non intralceranno le sue indagini volando a duemila metri d'altezza.»

Da lontano si udì il rombo dei motori. Il colonnello scomparve. Le Guen e Verny si rilassarono, nascondendo a stento la soddisfazione per il modo in cui Erwan era stato rimesso al suo posto.

«La camera di Wissa», disse lui per riprendere il controllo della situazione.

«Non vuole sistemare prima i suoi bagagli?»

«Non ne vale la pena.»

I quattro uomini attraversarono il cortile in direzione dei dormitori.

«La spazzatura è già stata raccolta?»

«Quale spazzatura?» chiese Le Guen.

«Quella di venerdì, sabato e domenica. I rifiuti dell'iniziazione.»

«Sono passati questa mattina. Perché diavolo le interessa?»

Erwan non rispose.

L'atrio non offriva particolari sorprese: un distributore di caffè, un pannello con qualche annuncio, alcune vecchie riviste sulle mensole di una libreria. Al primo piano, un corridoio completamente spoglio. Il poliziotto apprezzava quello stile spartano, anche se i muri sembravano fatti di cartone e il linoleum si sollevava a ogni passo. Dietro le porte, suoni di radio e televisioni: i piloti consegnati. Erwan e Kripo si scambiarono un'occhiata. Loro erano i profeti di sventura.

Verny si fermò davanti alla grande croce gialla di nastro segnaletico che sbarrava la soglia di una camera. «La procura l'ha autorizzata a rompere i sigilli?»

«Tranquillo.» Erwan posò la borsa e strappò via il nastro. Kripo gli passò un paio di guanti di lattice. Li infilò prima di prendere la chiave che gli stava tendendo Verny.

Un cubicolo di poco più di una decina di metri quadrati. Un lavandino in un angolo. Due letti separati da una finestra in asse con la porta. Come armadi, due scaffali di metallo simili a quelli che si usano negli spogliatoi delle palestre. Una scrivania accanto a ciascun letto. Una era ingombra di oggetti: computer portatile, sveglia, cellulare: gli effetti personali di Wissa.

«Non è stato toccato niente», confermò Verny. «Al suo

compagno è stata data un'altra camera. Ha portato via tutte le sue cose.»

«In attesa che arrivino i tecnici, infilate tutto dentro le buste per la repertazione.» Erwan osservò il pavimento perfettamente lindo e i cestini vuoti. «Vedo che qualcuno ha fatto le pulizie.»

«Se ne occupano a turno gli allievi», spiegò Le Guen. «Ogni mattina due di loro puliscono le camere. L'hanno fatto anche sabato. Nessuno sapeva ancora che Wissa era scomparso.»

«Quindi non erano due ragazzi del primo anno?»

«Certo che no. Per quarantott'ore i Ratti... cioè, i nuovi arrivati, non possono rientrare alla base.»

Erwan ignorò quell'ultima osservazione. «Tu trova due testimoni e comincia la perquisizione», disse a Kripo. «Non devono essere né studenti né istruttori: segretari, personale amministrativo. Controlla tutto con la massima attenzione. Non credo che troveremo molto, ma faremo comunque passare al setaccio la camera dai tecnici.»

«Mi scusi, non so se ho capito bene», intervenne Verny. «Non è quello che si aspettavano...»

Il poliziotto si voltò verso di lui. «Tenente colonnello, ho l'impressione che lei non capisca la situazione e non so come farglielo capire in altro modo. Si riparte da zero.»

16.

La stanza che era stata loro assegnata era identica a quella di Wissa, solo con un bagno interno.

Erwan aveva chiesto a Le Guen e Verny di seguirlo. I due corvi presero un paio di sedie da dietro una scrivania e con aria contrariata si sedettero l'uno accanto all'altro. La pioggia continuava a battere contro i vetri, scandendo il tempo a intervalli ravvicinati.

«Non ho ancora letto i vostri verbali, ma di sicuro saranno perfetti. Solo, ricordatevi che è morto qualcuno. Può essere stato un incidente o qualsiasi altra cosa. Non dobbiamo escludere niente. Nemmeno un omicidio premeditato.»

Le Guen si drizzò sulla sedia. «Ma come fanno a venirle in mente cazzate come questa?»

«È il mio lavoro. Forse Wissa era già morto quando è stato portato nel bunker. Forse sapevano che il Rafale lo avrebbe colpito. Un ottimo modo per cancellare ogni traccia del delitto.»

«Nessuno poteva essere a conoscenza dell'obiettivo prima dell'esercitazione», ribatté il gendarme.

«Verificheremo. Ora però abbiamo bisogno dei rinforzi. Dove sono i vostri TIS?»

«I nostri cosa?» chiese l'Aragosta.

«Tecnici di investigazione scientifica», sibilò Verny prima di rispondere a Erwan: «A Rennes. Potranno essere qui domani».

«Questa sera. Mi serve anche un esperto in impronte digitali e calchi.»

«Abbiamo un analista criminale.»

«Ottimo. E voglio che siano fatti dei rilievi organici. Dovranno mettersi al lavoro questa notte. Prima di tutto la camera di Wissa. E domani mattina a Sirling. Avete qualcuno in grado di lavorare su terreni acquitrinosi o anche direttamente in acqua?»

«Sì, abbiamo una squadra di sommozzatori.»

«Dite che portino una pompa. Voglio svuotare il cratere provocato dal missile.»

Il gendarme cominciò ad agitarsi. Erwan misurava la stanza a grandi passi, con le mani dietro la schiena, imitando suo malgrado il colonnello Vincq. «Per quanto riguarda Wissa, il mio collega si occuperà di controllare i tabulati telefonici, ma gli servirà qualche aiutante. Quanti altri uomini pensa di riuscire a mettere insieme prima di domani mattina?»

«Una decina.»

«Perfetto. Voglio anche l'elenco di tutte le telefonate effettuate nei dintorni. I tabulati di tutti i ripetitori della zona.»

A Verny sfuggì un fischio.

Erwan scosse la testa. «Non credo che dalla brughiera siano partite molte chiamate.»

«E la richiesta da presentare alle compagnie?»

«Se ne occuperà la procura. Per il computer avete qualcuno in gamba?

«Un NTech. Il migliore della Bretagna.»

NTech stava per «nuove tecnologie». Erwan conosceva il gergo dei gendarmi.

«Sta a Brest», aggiunse Verny. «Se non è in vacanza, potrebbe essere qui stasera.»

«Se è in vacanza, ne trovi un altro. Dobbiamo analizzare il contenuto del computer nelle prossime ore. Lui decritterà i dati, poi uno dei suoi uomini li esaminerà e cercherà tutto quello che potrebbe darci qualche informazione sui contatti di Wissa, sulle sue preferenze sessuali e tutto il resto.»

Le Guen sobbalzò. «Che c'entra il sesso?»

«C'entra perché Internet è la più grande macchina per farsi le seghe che l'uomo abbia mai inventato. Soddisfatto?»

«Non riesco a capire il rapporto con la sua fuga.»

«Vediamo di finirla: questa ipotesi non regge. Non c'è nessuna ragione di pensare che Wissa, che non vedeva l'ora di cominciare il corso da pilota e che non mi pare fosse un cacasotto, si sia messo in mare per evitare di fare un po' di flessioni o per non essere costretto a mangiare crocchette per cani. Senza contare tutti gli elementi che cozzano con questa versione.»

I graduati annuirono: non avrebbero più sollevato l'argomento.

Erwan si sporse verso di loro, appoggiando le mani sulle ginocchia, come un allenatore. «E ora quello di cui vi dovrete occupare voi. Verny, lei manderà una squadra al molo per chiarire questa storia della barca. Lì vicino ci abita qualcuno?»

«Turisti. Anche qualche pescatore, ma ora saranno sicuramente tutti al largo.»

«Li faccia rientrare. Avranno moglie e figli, no?»

«La maggior parte sì.»

«Voglio i verbali degli interrogatori entro domani sera. Chiami anche la capitaneria di Kaerverec. Forse loro riusciranno a risalire a chi si è messo in mare venerdì.»

«Non ne sono sicuro.»

«E allora si informi! Voglio sapere anche che tempo faceva, se una barca avrebbe potuto raggiungere Sirling senza troppi problemi. Le Guen, lei prenda due uomini e vada a visionare le registrazioni del circuito di sorveglianza della base a partire da venerdì.»

Il bretone cambiò espressione, lanciando una fugace occhiata a Verny.

«Problemi?»

«C'è una tradizione... Durante l'iniziazione delle matricole le telecamere sono spente.»

«Non ci posso credere», mormorò Erwan. «Nessuna sorveglianza per quarantott'ore? In una zona dove ci sono mezzi dell'esercito?»

«Gli aerei sono sotto chiave negli hangar e ufficialmente le lezioni non sono ancora cominciate. C'è una certa tolleranza...»

«Avete paura di registrare le porcherie delle vostre Volpi?»

«Al contrario!» s'inalberò Le Guen. «Vogliamo proteggere l'onore delle matricole! Se qualcuno di loro dovesse cedere, meglio non lasciare tracce.»

Erwan fece una smorfia di stanchezza. «Allora si dia da fare su Wissa. Non si lasci scappare nulla, frughi nel suo passato: famiglia, salute, studi, amici, presente a Le Mans, origini in Egitto, personalità...»

«Ma... chi posso contattare?»

«Si arrangi. I genitori lo descrivono come un ragazzo entusiasta e solitario, ma ci sarà di sicuro qualcosa che non sanno. Controlli se aveva una ragazza, hobby, manie, nemici... Voglio sapere anche se aveva già qualche esperienza in mare.»

«Pensavo che non credesse a questa versione.»

«Quante volte glielo devo ripetere? Non credo a nulla: sono qui per *scoprire* cos'è successo. Quando Archambault tornerà dall'autopsia, aggiornatelo. Dovrà controllare il curriculum di ciascun allievo ufficiale. Voglio una scheda su tutti i ragazzi presenti quella cazzo di notte.»

«E per le spese?» chiese di punto in bianco Verny.

«Prepari una nota di rimborso per la gendarmeria, noi faremo la nostra per la Omicidi. È un'inchiesta congiunta. A rimborsare tutto penserà la Corte d'appello di Rennes. Avete organizzato un ufficio per noi?»

«Veramente...»

«Nessun problema», tagliò corto Erwan. Aprì la sua borsa e tirò fuori il computer, che appoggiò su uno dei tavoli. «Qui andrà benissimo. Ci procuri delle assi, qualche cavalletto e prese multiple. Resterete anche voi nella scuola. Dormiremo tutti qui fino alla fine dell'inchiesta. Nessuno uscirà prima di avere appurato esattamente cos'è successo. Tutto chiaro?»

Si alzarono senza rispondere. L'espressione impassibile sui loro volti avrebbe potuto passare per un sì.

«Sono le quattro», disse il poliziotto guardando l'orologio. «È l'ora del pilota, giusto?»

17.

Secondo le informazioni che aveva ricevuto, il capitano Philippe Ferniot, trentotto anni, comandante di pattuglia dal 2009 e al momento comandante dello squadrone di caccia Gascogne, aveva partecipato a venticinque missioni di guerra e contava milleottocento ore di volo, di cui millecento sui Rafale. L'eroe aspettava Erwan nella stanza riservata agli interrogatori, un anonimo refettorio con lunghi tavoli e una lavagna a fogli mobili dalle pagine stropicciate.

Seduto in fondo alla sala davanti a un caffè, Ferniot indossava ancora sotto la giacca a vento della marina una tuta ricoperta di distintivi e mostrine colorate che gli conferiva l'aspetto di una vecchia valigia. Erwan lo salutò, gli si sedette di fronte e aprì il computer, mettendosi a scrivere senza dire nulla, come se fosse da solo. Alla fine gli chiese la sua versione dei fatti.

Fin dalle prime risposte capì di avere a che fare con una specie di automa privo di sentimenti. Ferniot non manifestava né dispiacere né tristezza per la morte di un ragazzo di ventidue anni il cui corpo era stato ridotto in poltiglia dal missile che lui stesso aveva lanciato. Sembrava addirittura che su quella faccenda non avesse nemmeno un'opinione.

La sua testimonianza era riassumibile in poche parole: sabato 8 settembre, ore 7.10, decollo dalla *Charles-de-Gaulle*. Direzione: isola di Sirling. Obiettivo: sconosciuto. Con altri due Rafale, Ferniot, pilota operativo e comandante di pattuglia, aveva effettuato più passaggi sul sito in attesa di ricevere ordini. Identificato l'obiettivo, si era limitato ad avviare un programma preregistrato (ogni potenziale lancio seguiva una procedura diversa). Il missile aveva centrato il bersaglio. Attivazione del postbruciatore del Rafale (un impianto che consentiva di imprimere all'aereo una violenta accelerazione, o almeno questo era quanto aveva capito Erwan). Atterraggio sulla *CDG* alle 7.38. Secondo i computer, i radar e i superiori la missione era stata un successo.

«Non ho altro da aggiungere», concluse il pilota. «In questa storia sono solo un anello della catena. I piloti sugli altri due aerei mi guardavano le spalle, il controllore radar si occupava dello spazio aereo e di quello terrestre e gli ingegneri analizzavano tutti i dati. Senza contare che i miei superiori hanno seguito ogni secondo del volo.» Si alzò in piedi e tirò su la cerniera della giacca a vento. «Se ci sono delle responsabilità, le cerchi a terra, tra gli imbecilli che hanno spinto quella povera matricola ad andare a nascondersi sull'isola.»

«Si sieda.»

«Stiamo soltanto perdendo tempo, sia io sia lei.»

«Potrebbe doverne perdere molto di più.»

Il pilota si chinò verso Erwan. Fisicamente era come ci si poteva aspettare che fosse uno che parlava in quel modo: capelli corti, mascella quadrata, volto completamente inespressivo. «Cosa vorrebbe insinuare?» sibilò.

«Non sto insinuando proprio niente. Per il momento lei è tra i sospettati in un'inchiesta per l'omicidio colposo di un soldato. Dovrò tenerla sotto stretta sorveglianza in attesa che si concludano le indagini preliminari. Quindi si sieda, prima che il tono di questa conversazione cambi davvero.»

Il pilota aprì la bocca per mettersi a gridare ma lasciò perdere e sorrise. Osservandolo in volto, Erwan notò che aveva riacquistato il suo sangue freddo.

«Molto bene», acconsentì Ferniot. «Spari pure le sue domande.»

«Qual era la ragione ufficiale della missione?»

«Ogni anno i piloti devono sottoporsi a una valutazione terra-aria, un test che vale anche come addestramento. In qualità di comandante di pattuglia non sono esentato dalla procedura.»

«Non mi sembra particolarmente scosso per ciò che è successo.»

«Le ho già detto che non lo sono per nulla. Ho semplicemente eseguito gli ordini. Se le informazioni che mi sono state date non corrispondevano alle circostanze reali, sono problemi loro. Non posso essere contemporaneamente alla cloche e a terra, per controllare che la zona sia in sicurezza. A ciascuno il suo mestiere.»

Nonostante Ferniot avesse tutte le ragioni di questo mondo, Erwan aveva comunque voglia di provocarlo. «Insomma, fa quello che le dicono di fare.»

«Come lei. Se uno vuole agire di testa propria, è meglio che non entri nell'esercito o nel servizio pubblico.»

«Ha lanciato lei il missile contro il bunker, sì o no?»

«No. Mi ascolta quando parlo? È tutto informatizzato, gliel'ho appena spiegato. Sia il volo sia il lancio. Quando alla base viene individuato l'obiettivo, sono i computer a fare tutto.»

«E chi è che decide l'obiettivo da abbattere?»

«Nessuno. È un programma a sceglierlo in modo completamente casuale. L'informazione ci viene data all'ultimo momento.»

«Se avesse saputo che c'era qualcuno nel bunker, avrebbe potuto sospendere l'operazione?»

«Naturalmente. C'è un pulsante che permette di fermare tutto quanto: IMMEDIATE EXIT. È possibile anche disinserire il pilota automatico.»

«Mi dica qualcosa sul missile che ha distrutto il bunker.»

«La smetta di chiamarlo bunker. Il mio obiettivo era un tobruk.»

«Che missile ha lanciato?»

«Non ha parlato con i miei superiori?»

«Non ancora.»

«Avrebbe dovuto cominciare con loro. Io non sono autorizzato a dirle nulla. Segreto militare. E comunque non ne so niente. Non ci vengono mai date informazioni precise sull'OPIT.»

«Su cosa?»

«Obice perforante incendiario tracciante.»

Nella mente di Erwan riaffiorarono alcuni ricordi. Aveva condotto diverse inchieste nei territori d'oltremare in occasione di morti sospette. Aveva interrogato numerosi alti ufficiali ed era rimasto colpito dal contrasto tra la loro intelligenza strategica, la loro esperienza militare, e la totale imbecillità che esibivano nella vita civile. Individui con licenza di uccidere, capaci di torturare un uomo rimanendo impassibili o in casi estremi di amputarsi una mano o un piede per salvarsi la vita, erano gli stessi che poi pisciavano nella bottiglia dello shampoo di un commilitone e si spanciavano per le barzellette di Pierino.

Ferniot si batté le mani sulle ginocchia e si alzò di nuovo. «Bene. Basta cazzate. E comunque può trovare le informazioni nel mio rapporto di volo. Le dico solo che, per quanto ci riguardava, era tutto a posto. Altrimenti non avremmo mai sparato.»

Erwan lo imitò. Gli era venuta un'idea. «Se qualcuno fosse entrato nel tobruk un attimo prima del lancio, sarebbe stato possibile individuarlo?»

«Certo. Quando l'obiettivo viene selezionato, i radar sono puntati su di lui.»

«Quali radar?»

«Sismici, termici: quelli che ci trasmettono le informazioni prima dell'impatto, che controllano che all'interno dell'obiettivo non ci sia niente in movimento, che sul sito non sia presente nessuna fonte di calore.»

Mentre pronunciava quelle parole, Ferniot cambiò espressione. Si era appena reso conto di un fatto di fondamentale importanza: se le sue strumentazioni non avevano riportato niente, significava che Wissa era già morto.

Erwan non reagì. Prima regola: mai far capire al testimone l'importanza delle informazioni che sta rivelando. Seconda regola: mai mostrarsi sorpresi. «Conosceva Wissa Sawiris?»

«No.»

«E gli altri allievi ufficiali di Kaerverec?»

«Nessuno. È la prima volta che vengo qui. Sulla *CDG* sono in missione. La mia base è a Carcassonne.»

«Andrà al funerale?»

«Come tutti. Ci prenderemo le nostre responsabilità.»

«Non sembra molto contento all'idea.»

«Mi dispiace per il novellino, ma nessuna cerimonia potrà riportarlo in vita. La colpa è solo di coloro che si trovavano a terra: quello che è successo non è professionale e non voglio essere io a pagare per delle teste di cazzo.»

Era la prima volta che tradiva un'emozione. Collera, in questo caso.

Erwan decise di chiudere su un terreno neutrale. «Anche lei quand'era matricola ha dovuto essere iniziato?»

«Ovviamente sì.»

«Dove?»

«In un'accademia dell'aeronautica a Salon-de-Provence.»

«Com'è andata?»

Il pilota scoppiò a ridere. Passava da un'emozione all'altra come un computer che cambi programma: indifferenza, rabbia, divertimento... «Qualche scherzo. Niente di veramente cattivo.»

Erwan accompagnò Ferniot alla porta borbottando qualcosa su formulari da riempire, scartoffie da firmare, superiori da informare.

Una volta rimasto solo, riaccese il cellulare. Durante l'interrogatorio Michel Clemente, il medico legale della Cavale blanche, l'aveva cercato.

18.

«Aveva ragione», disse il medico con voce alterata. «Wissa Sawiris era già morto quando c'è stata l'esplosione. In seguito a un'analisi più approfondita sono emersi ulteriori particolari. Prima di tutto il *rigor mortis.* Dopo avere analizzato i resti e i loro margini di smembramento, posso dire con sicurezza che la vittima al momento dell'esplosione era già molto rigida. Anche in presenza in una simile onda d'urto, un corpo più rilassato non si sarebbe lacerato in quel modo. Ho studiato anche le foto scattate sull'isola. Tra i segni di bruciatura, le tracce di fuliggine e le schegge di ferro ho notato alcune macchie rossastre che erano già sparite quando i resti ci sono arrivati: *livor mortis.* Sa come funziona: quando uno è morto, il sangue non circola più e si formano degli ematomi sottocutanei.»

«Quindi?»

«Le foto sono state scattate sabato a mezzogiorno. È evidente che gli stravasi avevano raggiunto il massimo grado di intensità, uno stadio che sopraggiunge circa dodici ore dopo la morte. Faccia lei i conti: il ragazzo è morto la sera prima, intorno a mezzanotte.»

Nella testa di Erwan si affacciò una prima ipotesi. Nel corso della loro «caccia all'uomo» le Volpi avevano maltrattato troppo Wissa, e il ragazzo era morto. Poteva trattarsi di omicidio colposo: era caduto sbattendo contro una roccia, aveva avuto una crisi cardiaca eccetera. Gli aggressori erano andati nel panico. Avevano preso uno Zodiac dal molo e fatto rotta verso Sirling. Nascondere il cadavere nel tobruk era sembrata loro una buona idea: non avrebbero dovuto seppellirlo. Il corpo sarebbe stato scoperto soltanto dopo qualche tempo. A meno che un missile non lo avesse riesumato il giorno dopo...

«C'è un'altra cosa...» proseguì Clemente, che ormai aveva perduto del tutto la propria arroganza. «Ho notato due tipi di ferite. Quelle che non hanno sanguinato, sopravvenute dopo il decesso, e altre che invece hanno sanguinato. Wissa è stato seviziato e mutilato mentre era ancora in vita.»

L'ipotesi dell'incidente non reggeva più. Erwan fu costretto a prendere in considerazione una versione assai più inquietante: alcune Volpi si erano scatenate sulla loro vittima. «Secondo lei qual è la causa della morte?»

«Difficile stabilirlo, ma di sicuro ha subito violenze tremende. Lesioni, tagli, mutilazioni.»

Alla fine suo padre ci aveva visto giusto: era davvero lui l'uomo adatto per quel caso. Quando si scatenavano le peggiori pulsioni omicide, Erwan veniva chiamato per raccogliere i cocci. Pensò istintivamente ai genitori del ragazzo. Chi avrebbe dato loro la notizia?

«Cosa sa dirmi sul modus operandi dell'assassino, o degli assassini?»

«Per ora nulla, ma analizzerò ogni lesione e cercherò per così dire di ricostruirne la storia. Chiunque sia stato è un vero macellaio. Ho anche richiesto delle analisi tossicologiche e un esame anatomopatologico su quanto resta degli organi interni. Non si sa mai.»

Clemente dava l'impressione di essere molto più motivato di quanto non fosse la prima volta che si erano visti.

Erwan stava per riagganciare quando il medico aggiunse: «C'è un'altra cosa, un particolare piuttosto strano... È stato rapato a zero.»

«Ne è certo?»

«Quasi.»

«Non potrebbe essere una conseguenza dell'esplosione o del fuoco?»

«No. Sono ben visibili i segni di un rasoio. Forse faceva parte del rituale.»

«Perché parla di rituale?»

«Era tanto per dire...»

Erwan pensò piuttosto a una delle prove riservate alle matricole. Si sarebbe informato. «Okay», concluse. «Si faccia sentire se ha qualche novità.»

«E con gli altri come mi devo comportare?»

«Quali altri?»

«Gli ufficiali di Kaerverec, i periti dell'esercito che mi telefonano ogni due ore per sapere a che punto sono.»

«Le hanno chiesto un'autopsia approfondita?»

«No, ma devo trasmettere anche a loro il mio referto. È la procedura.»

«Entro quando? Ce la fa a rimandare fino a domani mattina?»

«Non oltre.»

«Allora ne riparliamo domani.»

Erwan riappese, eccitato e preoccupato allo stesso tempo. Non sapeva ancora come avrebbe utilizzato quelle informazioni né in che modo avrebbe sfruttato le poche ore di vantaggio a sua disposizione. Telefonò a Kripo. La perquisizione della stanza di Wissa era terminata: nessun risultato.

Lo aggiornò sulla situazione. Il suo vice non ebbe alcuna reazione. Dopo venticinque anni di servizio anche ai suonatori di liuto viene la pellaccia dura.

«Cosa raccontiamo ai marmittoni?»

«Per ora nulla. Li interroghiamo come se non sapessimo ancora niente.»

«Ti sei già fatto qualche idea?»

«O Wissa è stato vittima di un linciaggio, oppure la sua morte non c'entra nulla con l'iniziazione delle matricole. Magari l'hanno torturato per altri motivi e hanno sfruttato l'occasione per confondere le tracce.»

Mentre parlava, si diresse vero le pareti ricoperte di foto di Rafale e di EOPAN che avevano ottenuto il loro «paio d'ali». Alcune mensole alloggiavano coppe e coccarde.

«Se Archambault ha assistito all'autopsia», osservò Kripo, «sarà al corrente, no?»

«Me n'ero dimenticato. Chiamalo e digli di tenere la bocca chiusa.»

«Altro?»

Erwan osservò i volti dei piloti diplomati, il sorriso dei sogni a portata di cielo. «No. Contatta Verny. Che passi al setaccio gli schedari delle gendarmerie e delle stazioni di polizia giudiziaria di tutta la Bretagna alla ricerca di casi di morte violenta con mutilazioni.»

«Farà sicuramente delle storie. È ancora convinto che questa faccenda abbia a che fare con il nonnismo.»

«Sii evasivo. Voglio che controlli in tutte le prigioni e gli istituti psichiatrici della Francia occidentale. Non possiamo escludere che in zona uno psicopatico sia stato liberato o sia evaso.»

«Del genere lupo mannaro?»

«Non fare il cretino. Clemente scriverà un referto di quelli che non ci è capitato di leggere molto spesso. Ora tocca a noi due con gli EOPAN. Preparami un misto di Ratti e Volpi. Cominceremo dalle matricole e poi passeremo agli studenti degli altri anni. I miei li riceverò nella stanza dove ho interrogato il pilota.»

«A proposito, com'è andata con lui?»

«Cosa c'è di più idiota di un soldato che marcia? Un soldato che vola.»

19.

«Ci siamo radunati sulla pista alle cinque del pomeriggio.»
«Eravate vestiti?»
«No, in mutande.»
«Chi vi controllava?»
«Le Volpi, cioè gli anziani.»
«In uniforme?»
«Avevano tute nere.»
«Erano riconoscibili?»
«No. Indossavano maschere bianche.»
«Descrivile.»
«Maschere prive di espressione, come in un film dell'orrore.»
«Vi chiamavano per nome?»
«Assolutamente no.»
«Usavano numeri? Soprannomi?»
«Insulti.»
«Di che tipo?»

Il soldato non ebbe bisogno di starci troppo a pensare. «Sacco di merda, stronzo, cazzone, frocio... Ce n'era uno che continuava a ripeterci: "Siete dei rotti in culo! Delle merde... Tutti dei rotti in culo!".»

«E le Volpi avevano dei soprannomi?»

«Erano più specie di gradi: c'era un BS, "boia speciale", un CS, "capo spaccone", un KA, *kick in the ass...*»

Al giovane soldato sfuggì una flebile risata. Malgrado la morte del compagno, trovava ancora irresistibili quei ricordi. L'uniforme del Ratto era impeccabile: camicia bianca con spalline nere, sulle quali campeggiava un'ancora d'argento, e pantaloni immacolati. Appeso al taschino della camicia portava un tesserino con nome e grado. Sembrava uscito dal film *Top Gun.*

«Cos'è successo sulla pista?»

«Dopo averci bendato hanno cominciato a lanciarci addosso di tutto: uova marce, formaggio, liquami, olio di motore, escrementi... Poi ci hanno fatto strisciare sull'asfalto.»

«Sempre con gli occhi bendati?»

«Sì.»

«Quanto tempo?»

«Non saprei.»

«E dopo?»

«Ci hanno obbligato ad andare di corsa in un hangar.»

Erwan aprì una piantina della base che gli era stata procurata da Verny. Ogni pista aveva il proprio hangar. Sulla carta erano indicati anche il numero degli aerei parcheggiati, il loro modello e il numero d'immatricolazione. «Quale?»

«Non ne ho idea. Avevamo ancora le bende.»

«Quando ve le hanno tolte?»

«Una volta dentro. Era terrificante. Avevano messo dei teli neri alle finestre. Al posto delle luci avevano acceso delle torce. Le pareti erano coperte di graffiti: insulti, croci uncinate. Avevano anche appeso delle carcasse di animali. C'erano teste di porco e di montone piantate su bastoni. Un odore tremendo.»

Inutile domandarsi se avessero già ripulito. Erwan era sicuro di sì. «Cosa vi dicevano?»

«All'inizio non si capiva niente. Urlavano tutti insieme. Ci hanno fatto fare ancora qualche flessione, questa volta con loro seduti sulla schiena. Mentre strisciavamo, ci prendevano a calci e ci buttavano rifiuti in testa. Dicevano che era il "girone del sudore".»

Un riferimento ai gironi infernali della *Divina Commedia.* La cultura letteraria di quelle Volpi stupì Erwan, che continuava a prendere appunti. «Quanto tempo è andata avanti?»

«Non ne ho idea. Ci avevano tolto gli orologi. Ma ci sembrava che non dovesse mai finire.»

«Nessuno si è ribellato? Nessuno si è rifiutato di sottoporsi a qualche prova?»

«Non è che avessimo molta scelta.»

Punto e a capo.

«Alla fine ci hanno fatto uscire. Ci hanno costretto a inginocchiarci in un catino pieno di interiora, con le mani sulla nuca, come prigionieri. Dopo ci hanno messo in fila per i bengala.»

«Cosa sono?»

«Granate piene di vernice che ci facevano esplodere sotto i piedi.»

«Qualcuno si è fatto male?»

«No. Eravamo solo ricoperti di terra, oltre che di merda e tutto il resto.»

«Poi?»

«È cominciato il secondo atto: il girone della caccia.»

Erwan si appuntò su un file: «Rileggere Dante». «Quali erano le regole?»

«Un'ora per nasconderci nella brughiera. Dopodiché avrebbero cominciato a cercarci armati di pistole con proiettili di vernice...»

«Che ore erano?»

«Le ho già detto che non lo so. Era già sera. Ci siamo messi tutti a correre.» Scoppiò a ridere. «In un certo senso ci è servito per riscaldarci un po'.»

«Eri solo?»

«Sì, ci avevano fatto partire scaglionati.»

«Dove ti sei nascosto?»

«Sono corso fino alla spiaggia e ho visto un'insenatura. Mi sono infilato tra due scogli, al riparo dal vento. Mi hanno beccato quasi subito. Avevano trombe da stadio e campanacci. Mi sono messo a correre, ma era una spiaggia di sassi. Mi sono slogato la caviglia, sono caduto e mi hanno sparato.» Allargò il colletto immacolato della camicia: aveva ancora alcuni segni blu e rossi sul collo e sulla clavicola destra. «Questa cazzo di vernice è dura da tirar via.»

Il medico legale non aveva accennato a tracce del genere sul corpo di Wissa.

«Avevate qualcosa per orientarvi?»
«No.»
«Come sei arrivato alla spiaggia?»
«Il vento soffiava verso terra, sentivo il rumore del mare.»
«Quando vi hanno fatto disperdere nella brughiera, Wissa era con voi?»
«Penso di sì, ma non sarebbe stato facile riconoscerlo. Eravamo tutti coperti di merda.»
«E i cacciatori? Quando ti hanno preso, indossavano ancora la maschera?»
«No, avevano dei riflettori.»
«Dove li avevano presi?»
«Senza dubbio all'arsenale della base.»
Se la K76 aveva messo a disposizione le sue attrezzature per quella pagliacciata e fosse emerso che Wissa Sawiris era stato ucciso da soldati che avevano utilizzato quel materiale, l'esercito sarebbe stato considerato complice indiretto nell'omicidio. Un'altra buona notizia per il colonnello Vincq.
«Oltre a spararti con la vernice, ti hanno picchiato?»
«No, dopo avermi marchiato mi hanno sbattuto in un hangar dove sono rimasto fino all'alba.»
«Da solo?»
«No. A poco a poco hanno portato lì tutti i Ratti: li buttavano dentro come sacchi di patate.»
«E dopo?»
«All'alba ci hanno preparato la colazione.»
«Immagino che non si trattasse di caffè e brioche.»
Il ragazzo scoppiò nuovamente a ridere. Gli inequivocabili strascichi di quella cazzata. «Crocchette per cani e pâté per gatti. E peperoncini. Niente acqua, nient'altro. Avevamo la gola in fiamme...»
«A che ora è stata ufficializzata la sparizione di Wissa?»
«Abbiamo notato un po' di agitazione. Le Volpi continuavano a fare avanti e indietro. Parlavano a bassa voce. C'era qualcosa che non andava. Mancava qualcuno.»
«Non ve ne eravate accorti prima?»
«No. Eravamo stremati.»
Erwan conosceva il resto della storia. Dopo una perlu-

strazione di tutto il territorio, erano stati informati prima i dirigenti della scuola e in seguito la gendarmeria. A quel punto si era fatto vivo lo stato maggiore della *Charles-de-Gaulle*: i loro esperti avevano scoperto un cadavere sull'isola di Sirling. A pezzi.

Guardò lo schermo del computer e provò a ricapitolare l'accaduto. Se la sua ipotesi del linciaggio era corretta, il crimine era avvenuto nella brughiera approssimativamente tra le dieci di sera e le due del mattino. Poi gli allievi anziani avevano preso la barca e abbandonato il corpo di Wissa a Sirling. Anche se fossero riusciti a rientrare prima dell'appello del mattino, le altre Volpi avrebbero sicuramente avuto il tempo di accorgersi della loro assenza: che fossero loro complici?

Zoom su un particolare. «Durante le prove hanno rapato la testa a qualcuno?»

«No.»

Ritorno in campo largo. «Cosa puoi dirmi sull'iniziazione in generale?»

«Niente di che... Non l'abbiamo finita.»

«Avresti preferito andare fino in fondo?»

«Sì. Questo weekend è una specie di battesimo del fuoco per noi.»

«E a Wissa non ci pensi?»

«Certo che ci penso», rispose il soldato abbassando la voce. «Ma l'iniziazione non c'entra niente. Lui è stato solo sfortunato.»

«Cosa ti hanno detto sulla sua morte?»

«Che è scappato su un'isola e che è stato colpito da un missile.»

«Ti pare plausibile?»

«No. La storia del missile mi sembra una cretinata. Ma soprattutto Wissa non era un codardo. Anzi, probabilmente era il più cazzuto di tutti noi.»

«Qualche idea?»

«No.»

Punto e a capo.

«E adesso come vedi il tuo anno qui in accademia?»

«Ci toccherà far fronte alla cosa. Non ci dimenticheremo mai di Wissa, ma io e i miei compagni dovremo superare questo duro colpo.»

«Pensi che sia normale essere costretti a subire pagliacciate simili prima di cominciare i vostri studi?»

«Non è una pagliacciata. Ci è stata utile.»

«Soprattutto a Wissa.»

«Non era quello che intendevo dire...»

«Cosa intendevi, allora?» chiese bruscamente Erwan.

«L'integrazione è importante per un soldato. È una tappa essenziale. È...»

«Sai quali erano le altre prove in programma?»

«No.»

«Sei congedato.»

Si era messo a parlare come un militare. La matricola si alzò e prese il suo giubbotto. Mentre si allontanava, si sforzò senza riuscirci di assumere un'andatura marziale.

20.

Anche gli altri non gli dissero nulla di nuovo. Due di loro erano timidi, il terzo aggressivo, il quarto taciturno. Tutti erano sotto shock, come sonnambuli svegliati all'improvviso. Interrotti nel bel mezzo della loro iniziazione, non sapevano più dove si trovassero né chi fossero.

L'ipotesi che uno di quei ragazzi potesse essere un sospettato non sembrava plausibile (anche se Erwan gli aveva comunque chiesto se avessero qualche esperienza di navigazione). I carnefici, con le loro maschere e i loro insulti, erano più o meno tutti uguali, fatta eccezione per quello che non faceva che ripetere: «Siete dei rotti in culo!». Su Wissa il parere era unanime: un tipo coraggioso che considerava l'iniziazione la prima di una lunga serie di prove. Un assaggio della guerra. Nessuno era stato in grado di dire al poliziotto dove si fosse diretto quando era cominciato il girone della caccia.

Alle sette di sera Erwan congedò l'ultimo allievo ufficiale e uscì sotto la tettoia. Pioveva ancora, anche se la Bretagna gli riservò una sorpresa: attraverso le minuscole gocce una luce argentea inondava il cortile, e i tetti erano circondati da un alone bruno-dorato, dai contorni iridescenti come madreperla.

«Non male, eh?»

Si voltò. Kripo si stava rollando una sigaretta con due dita. Un piccolo trucchetto da liutista.

«Tu cos'hai scoperto?» domandò Erwan.

«Niente di speciale. Mi hanno ripetuto tutti le stesse cose, chi sorridendo, chi piangendo, ma nessuno ha incolpato le

Volpi o l'esercito. Non credono che ci sia un collegamento fra le loro pagliacciate e la morte del giovane.»

Erwan era d'accordo. Quei ragazzi avevano subito un lavaggio del cervello.

«Sono arrivati i tecnici», lo avvertì Kripo.

«Dove sono?»

«L'NTech ti sta aspettando insieme a Verny. I TIS sono già al lavoro nella stanza di Wissa.»

«Cominciamo con l'informatico», disse Erwan lasciando il riparo della tettoia.

Entrarono in un'aula dove trovarono vecchie sedie di scuola con le gambe di ferro. Accanto al gendarme stava un ometto con la faccia da rospo. Nonostante indossasse il maglione d'ordinanza e avesse i galloni sulle spalle, puzzava di controcultura lontano un miglio. Esile, curvo, con la barba di qualche giorno, aveva gli occhi arrossati che sporgevano fuori dalle orbite, come se si fosse fumato una canna di troppo.

«Mi chiamo Branellec. Bra-nel-lec!» ripeté a voce più alta tenendo le mani in tasca. «In bretone vuol dire "chi cammina con le stampelle".»

Non proprio un nome benaugurante.

«Non si preoccupi», sogghignò notando l'espressione di Erwan. «Con il suo computer non avrò problemi.»

«Quanto tempo ti serve per controllarlo tutto?»

«Dipende da cosa c'è dentro. Tra ventiquattr'ore saprò essere più preciso.»

«Te ne do dodici a partire da ora.»

Branellec scoppiò a ridere. «Devo lavorare qui?»

«Nessuno è autorizzato a lasciare la base.»

«Posso farmi portare l'attrezzatura?»

«Chiedi a Verny. Nessun contatto con gli altri soldati. Voglio un primo rapporto entro stanotte.»

Il tipo si congedò con un ironico saluto militare per sistemarsi in un angolo della stanza, il computer di Wissa sottobraccio.

«Andiamo dai TIS», ordinò Erwan a Verny.

Primo piano. Le travi cigolavano sotto il linoleum consunto. La pioggia batteva contro i vetri. Sembrava di essere su una barca in alto mare.

Nella camera di Wissa si affaccendavano alcuni individui in tuta di carta, con guanti, cappucci e mascherine. Uno spettacolo familiare. Non si poteva più entrare, anche se la stanza era già stata contaminata da un pezzo.

Uno di loro si alzò e raggiunse la porta. «Thierry Neveux», disse, togliendosi il cappuccio e abbassando la mascherina. «Analista criminale e coordinatore della squadra.»

«A che punto siete?» gli chiese Erwan dopo essersi presentato.

«Non abbiamo trovato nulla. Questo posto è più freddo di una cella frigorifera. È passato troppo tempo. Troppa gente. Abbiamo trovato particelle di cannabis un po' dappertutto. Mi sa che ogni sera qui si rollavano un bel po' di canne.»

«E bravi i nostri piloti!» esclamò Erwan rivolto a Verny.

Il Sollevatore di pesi fece una faccia contrariata. «Ehm... Interrogheremo il suo compagno di stanza.»

Neveux, con voce piatta e il volto impassibile, ricominciò: «Stesso discorso per i reperti organici. Bisognerà eseguire il test del DNA su tutti gli allievi della base, gli ufficiali, i soldati, gli addetti alla manutenzione e via discorrendo. È sicuro di voler procedere così?».

«Dev'essere analizzato tutto. Ci sono laboratori privati?»

«A Quimper ci sono dei tizi che conosco che lavorano bene e in fretta.»

«Allora andiamo avanti.»

«Chi pagherà?»

La domanda era sfuggita a Verny. A quanto pareva i rimborsi spese erano la sua ossessione. Erwan aveva fatto bene a portare con sé Kripo, il miglior tesoriere del commissariato.

«Non ci saranno problemi.»

«Stasera possiamo cominciare con l'identificazione delle impronte digitali», spiegò Neveux. «Domani mattina ci occuperemo del DNA.»

Il poliziotto si sentiva più a suo agio con i tecnici della

Scientifica: nonostante fossero gendarmi, erano comunque cacciatori di assassini come lui.

«Cosa stiamo cercando di preciso?» chiese Neveux.

«Lo sapremo quando lo troveremo.»

L'altro fece un gesto vago con la mano – «Come le pare» – e si rimise il cappuccio. «Ci si aggiorna a mezzanotte. Se le dico "scotta", è perché il mio vocabolario è piuttosto limitato.»

Lasciarono il coordinatore dei TIS e tornarono nella stanza adibita a quartier generale. Kripo aveva già collegato i computer, preparato la documentazione e attaccato alcuni fogli alle pareti. Una foto di Wissa in bella vista ricordava a tutti che il caso da risolvere era quello di un ragazzo dalla pelle di velluto e dalla volontà d'acciaio.

Rapido punto della situazione con Verny: il gendarme non aveva trovato fatti simili accaduti in passato né aveva avuto notizia di assassini liberati di recente nella zona.

«E gli istituti psichiatrici?»

«C'è un OPG a una quarantina di chilometri da qui...»

Gli ospedali psichiatrici giudiziari sono manicomi per criminali: al cinquanta per cento luoghi di cura, al restante cinquanta per cento prigioni; al cento per cento agghiaccianti. Nella testa di Erwan cominciò a farsi strada un'ipotesi: un assassino a piede libero senza alcun tipo di rapporto con la K76.

«Li ho contattati: niente da segnalare», aggiunse Verny.

«Come si chiama l'istituto?»

«Charcot.»

«Continui a indagare in questa direzione.»

L'ufficiale scrollò energicamente le spalle, come se il maglione gli irritasse la pelle. «Che direzione? Dev'essermi sfuggito qualcosa, perché a quanto ne so l'indagine è su un allievo ufficiale che è andato a nascondersi in...»

«Ho parlato con il medico legale. Wissa era già morto quando è esploso il missile.»

«Morto? In che modo?»

«A quanto pare è stato seviziato e mutilato.»

Verny si infilò un dito nel collo del maglione. Incredulo, osservava a turno i due poliziotti, in cerca di spiegazioni.

«Per il momento non voglio che si sappia», si limitò a dire Erwan.

«Seviziato e mutilato...»

«Novità sul molo?»

«Eh? No. Abbiamo interrogato i vicini, setacciato il pontile e bussato alle porte di tutte le case lungo la spiaggia. Abbiamo sentito anche la capitaneria: non sanno niente.» Parlava con voce cupa, sembrava stordito.

«Le Guen?»

«Sta indagando sul passato di Wissa e sulle persone che conosceva», rispose il gendarme. «Presto ne sapremo di più.»

«Archambault?»

«Sarà qui tra poco. Seviziato e mutilato... Bisogna avvertire lo stato maggiore.»

«No. Il referto dell'autopsia non è ancora stato redatto. Abbiamo tutta la notte per lavorare.»

«Ma... perché?»

«Per evitare che qualcuno ci intralci: non voglio nessuno tra i piedi, soprattutto graduati, con i loro consigli e i discorsi retorici. Continui a cercare precedenti in zona che potrebbero essere messi in relazione con questo tipo di violenza. E mi trovi la barca che è andata a Sirling!»

Verny si allontanò senza proferire parola. Quando fu sulla porta, si voltò e, senz'altro per farsi coraggio, li omaggiò di un saluto militare.

Erwan non rispose. Tutto quel rigore cominciava a pesargli. Base troppo piccola, uniformi troppo strette, cervelli troppo limitati... Ma soprattutto era dalla mattina che non vedeva una donna. Perfino alla Omicidi, che era tutto fuorché un salone di bellezza, c'era sempre qualche bel culo da sbirciare.

Diede un'occhiata all'orologio e fece un cenno a Kripo. «Riprendiamo gli interrogatori.»

21.

Anche le Volpi non gli dissero niente di nuovo. Non erano nemmeno quei fascisti antipatici che Erwan si era immaginato. Sconvolti quanto gli allievi del primo anno, si aggrappavano ai valori dell'accademia e dell'esercito in generale. Facevano fronte comune, non per solidarietà o senso di colpa, ma per preservare la propria identità.

Era impossibile che tra loro si nascondesse un carnefice capace di torturare a morte un ragazzo. Erwan aveva già escluso i classici moventi cui avrebbe subito pensato ogni buon poliziotto: furto, crimine a sfondo razziale, rivalità amorosa, perversioni sessuali... Sentiva, senza tuttavia riuscire a spiegarlo razionalmente, che quell'omicidio aveva a che fare con la sofferenza pura e con lo spirito del luogo, cioè dell'accademia.

L'unica informazione che era riuscito a ottenere riguardava le prove che si sarebbero svolte se la morte di Wissa non avesse interrotto l'iniziazione. Quel fine settimana era un esempio di estremo sadismo e inutili crudeltà. Dopo il girone della caccia (per ogni proiettile di vernice che si erano beccate, le matricole avrebbero dovuto pagare una specie di pegno nel corso dell'anno), per la mattinata era previsto il girone del mare: una gara in cui i Ratti avrebbero dovuto nuotare per un chilometro zavorrati con pietre e «collane» di alghe e meduse. Erwan immaginò gli EOPAN, nudi e stremati, che cercavano di coprire quella distanza immersi nell'acqua gelida, con la schiena carica di sassi e meduse urticanti.

Nel pomeriggio avrebbe dovuto avere luogo una prova

non meglio specificata chiamata no limit, altrimenti detta girone del sangue. Solo il nome era tutto un programma. Ma in proposito le Volpi si erano mostrate piuttosto reticenti. Alcuni avevano detto che era facoltativa; altri sostenevano che sarebbe toccato ai singoli EOPAN decidere quanto in là spingersi. Erwan pensò che fosse una specie di prova di resistenza al dolore nella quale le matricole avrebbero dovuto testare la propria capacità di sopportazione. Le Volpi avevano concordato tutte su un punto: il girone del sangue era stato ideato e organizzato dal BS – il boia speciale –, un certo Bruno Gorce, il loro leader. Tutti avevano raccontato che era stato il più energico (ovvero il più bastardo) e il più autoritario (vale a dire il più crudele). Erwan aveva capito che si trattava dell'esagitato che urlava: «Siete dei rotti in culo!». Per puro caso era l'ultimo studente che avrebbe interrogato.

Un poliziotto dovrebbe sempre astenersi dal dare giudizi affrettati, ma Gorce aveva veramente un'aria sospetta. Spalle quadrate come gli altri, stessi capelli a spazzola, stesso viso inespressivo, ma sotto le sopracciglia, che si incontravano al centro della fronte come due cime da ormeggio, brillava una scintilla inquietante. Si avvicinò al tavolo vestito con una mimetica da combattimento e un foulard arancione al collo. Si portò la mano alla fronte sbattendo i talloni, rigido come un pezzo di legno.

«Tenente Bruno Gorce, EOPAN del terzo anno presso la base aeronavale di Kaerverec 76, presidente dell'associazione degli studenti e degli ufficiali sotto contratto della...»

«Siediti.»

L'altro storse il naso quando si sentì dare del tu. Dopo due ore di capelli a spazzola e convinzioni granitiche, Erwan si sentiva pronto a calcare un po' la mano. Il capo delle Volpi era il candidato perfetto. Gorce si sedette, mantenendosi dritto come quando era in piedi. Sembrava circondato da una corazza di certezze.

«Quindi saresti tu il famoso BS?»

«Cosa intende dire?»

«Intendo dire il boia speciale, o forse meglio il brutto stronzo.»

Colto alla sprovvista, Gorce sibilò: «Sono io».

«Parlami del no limit.»

Il soldato lanciò uno sguardo interrogativo a Erwan. Sicuramente si aspettava un interrogatorio più formale, imperniato principalmente su Wissa Sawiris e il suo «incidente». «Non posso dirle nulla sull'argomento.»

«Perché?»

«Perché quest'anno non c'è stato nessun no limit.»

«Potresti raccontarmi che cos'era previsto.»

«Non ci sono regole prestabilite», spiegò, con voce tesa. «Le Volpi propongono, i Ratti dispongono. Sono loro a decidere dove mettere l'asticella.»

«L'asticella del dolore?»

Silenzio.

«Dove avrebbe dovuto svolgersi?»

«Sul *Narval.*»

«Cos'è?»

«Il relitto di un incrociatore, sulla spiaggia.»

«Avevate preparato una scenografia?»

«Non ce n'era bisogno. È... perfetto così.»

Erwan immaginò uno scafo arrugginito dal cui soffitto pendevano catene e uncini. C'erano fruste, tenaglie, tavole chiodate... Si riscosse da quella visione degna di un film horror e tornò alla realtà. «Quand'è che gli EOPAN devono decidere cosa fare per il no limit?»

«Dopo il girone del mare.»

«Normalmente gli allievi superano la prova?»

Il viso di Gorce fu solcato da un sorriso. «La maggior parte sì.»

«Tu l'hai superata?»

«Certo.»

«E l'asticella era alta?»

«Molto alta.»

«Sai se Wissa avrebbe dovuto sottoporsi alla prova?»

«Non ne ho idea.»

«Quando una matricola accetta il no limit, viene fatta una segnalazione?»

«No.»

«Gli vengono rapati i capelli a zero?»

«No. Perché?»

Marcia indietro. «Da quanto ho capito, le prove di iniziazione della K76 sono tra le più dure di tutta la Francia.»

«Affermativo.»

«Come te lo spieghi?»

Gorce fece un respiro profondo. Le sue parole, come i suoi pensieri, partivano dal petto, esattamente dove un giorno qualcuno gli avrebbe appuntato una medaglia. «Questa è un'accademia militare. Dovremo pilotare caccia, sganciare armi di distruzione di massa. Il nostro lavoro sarà uccidere, devastare, sconfiggere. E correremo il rischio di essere fatti prigionieri, torturati, piegati. Il giorno in cui qualcuno di noi verrà preso in ostaggio dagli sciiti o catturato dai talebani sarà troppo tardi per piangere e chiamare la mamma. Se gli EOPAN oggi non riescono a sopportare qualche piccola prova, è meglio che se ne tornino a casa loro.»

La macchina si era messa in moto.

«Le nostre prove sono completamente diverse da quelle delle scuole civili. Ci servono per valutare le matricole, per iniziarle. Quando arrivano alla base, i piloti in genere non hanno molta esperienza: sanno un po' di matematica, conoscono solo quello che hanno studiato a scuola e nell'aviazione civile. Noi li costringiamo a prendere contatto con la realtà. Devono morire per rinascere. Solo così potranno diventare veri piloti di caccia!»

Gorce era un poeta. Quella contorta professione di fede nei valori della scuola assumeva nelle sue parole una dimensione mistica, quasi sciamanica.

«A chi vi ispirate?» domandò il poliziotto, mosso da un'intuizione.

L'EOPAN annuì lentamente, come a dire: "Finalmente si parla di cose serie". «Abbiamo un unico maestro: l'ammiraglio Di Greco.»

Era la seconda volta che Erwan sentiva menzionare l'ufficiale. Quindi, contrariamente a quanto gli avevano detto, il colonnello Vincq era il tuttofare incaricato di occuparsi delle questioni logistiche, mentre l'ammiraglio invisibile, il demiurgo che si trovava al largo, a bordo della *Charles-de-Gaulle*, era il vero capo. «È Di Greco che copre le vostre porcherie?»

«Stia attento a come parla.»

«È d'accordo che torturiate e umiliate i nuovi arrivati?»

«Non ha capito niente.»

«Sei tu a non aver capito niente. Te la meni con i tuoi ideali da bravo soldatino, ma questa volta c'è scappato il morto.»

«Lo so, ma quello che è successo a Wissa non c'entra niente con il nostro weekend.»

«E tu che ne sai?»

«Wissa è scappato ed è stato colpito. È la legge della guerra. Non era degno di diventare un pilota.»

A Erwan la versione ufficiale sembrava ormai completamente superata e di certo Gorce era troppo sveglio per crederci. Soprattutto se aveva preso parte all'esecuzione del ragazzo. «Secondo le testimonianze che abbiamo raccolto ciò che dici non corrisponde al profilo di Wissa.»

«Quali testimonianze? Nessuno è in grado di valutare il coraggio di un commilitone prima di vederlo al fronte.»

Per una volta il poliziotto era d'accordo. Fu tentato di rivelargli le novità, anche solo per vedere la sua faccia. Preferì ritornare sulle circostanze della sparizione di Wissa. «Parlami del girone della caccia. C'erano cinque squadre di cacciatori. Tu quale comandavi?»

«La numero due.»

«Niente di particolare da segnalare nel corso della notte?»

«No. I Ratti si nascondono sempre negli stessi posti.»

«Qualche squadra è scomparsa per alcune ore?»

«Perché mi fa tutte queste domande?»

«Rispondi.»

«No. Ogni gruppo riportava alla base uno o due Ratti per volta, a intervalli regolari.»

Il poliziotto incalzò, attaccando l'interrogato ai fianchi. «Sai portare una barca?»

Gorce si alzò di scatto. Erwan fece un balzo indietro sulla sedia.

«Pensa che sia stato io a caricare in barca Wissa?»

«Siediti e rispondi alla domanda», intimò recuperando il suo sangue freddo.

«Ho la patente nautica per tutte le categorie. Sono nato in Vandea e navigo da quando avevo sei anni. Ho vinto diverse regate su imbarcazioni a vela molto famose. Soddisfatto?»

Il poliziotto scrisse qualcosa sul computer, lasciando che il silenzio si prolungasse ancora per un po'.

«Cosa pensa?» sbottò l'altro.

«Che forse l'altra notte tu e i tuoi amici avete deciso di regalare a Wissa un no limit anticipato.»

«Stronzate.»

«Magari vi è scappata la mano e l'avete torturato fino ad ammazzarlo.»

«Stronzate! Wissa è morto nel tobruk!»

«Forse avete caricato il cadavere in barca e l'avete portato sull'isola, e gli altri vi hanno coperto.»

Gorce balzò di nuovo in piedi e gridò: «STRONZATE!».

Ancora una volta Erwan si ritrasse istintivamente. Dalla Volpe si sprigionava una violenza smodata e perversa. Cercando di mantenere un tono di voce fermo, decise di affrontarlo a viso aperto. «Sappiamo che Wissa era già morto quando è stato colpito dal missile. Sappiamo che era stato torturato e mutilato. Sappiamo che gli avevano rapato i capelli a zero, senz'altro per umiliarlo ancora di più. Il suo calvario è durato qualche ora. Siamo certi che sia morto per le torture subite.»

Il tenente non si muoveva più. Era rimasto chino verso Erwan, con la fronte imperlata di sudore. Il poliziotto riusciva a vedere le mascelle che guizzavano sottopelle e a sentire il suo alito caldo, leggermente mentolato. Stava solo fingendo di essere sorpreso, ne era certo.

«Non hai niente da dirmi in proposito?» lo provocò, consapevole di rischiare grosso.

«Vaffanculo.»

Gorce uscì sbattendo la porta. Erwan vide la parete vibrare per il contraccolpo. Nella stanza risuonò un digrignare di denti. Conosceva bene quel suono. Era uno dei suoi tic nervosi: di notte era costretto a portare un apparecchio.

Vedendo un lavandino nell'angolo, si alzò e andò a mettere la testa sotto l'acqua fredda. Quando chiuse il rubinetto, si accorse che aveva ricominciato a piovere. La notte incombeva, accompagnata dal ticchettio delle gocce sui vetri.

Prese il cellulare e compose il numero di Verny. «Può organizzarmi una visita sulla *Charles-de-Gaulle*?»

«Vuole parlare con i responsabili del lancio del missile?»

«Me ne sbatto del missile. Voglio interrogare l'ammiraglio Di Greco.»

22.

Poltrone di velluto rosso e soffitto scuro dai riflessi dorati. Seduto in un ufficio del ministero degli Esteri sotto un enorme lampadario che diffondeva una luce eccessivamente bianca, Grégoire Morvan aspettava. Era stato convocato d'urgenza alle sei di sera da Éric Deplezains, segretario di stato del governo Hollande.

Inizialmente aveva temuto che quella convocazione avesse a che fare con il suicidio del giornalista Jean-Philippe Marot, ma Deplezains si occupava di tutt'altro: quai d'Orsay era lontano dal ministero degli Interni. E se il suo uomo aveva lavorato bene nessuno sarebbe riuscito a collegarlo con quella morte. Era più probabile che Deplezains volesse consultarlo riguardo a qualche questione africana, la specialità di Morvan.

In ogni caso se la stavano prendendo comoda. Altro che urgenza.

Era già più di mezz'ora che stava aspettando. Avrebbe potuto fare una sfuriata a qualche usciere ma non voleva concedere questa soddisfazione a Deplezains. Lo conosceva da quando era un ragazzo, un giovane lambertista che prendeva a sprangate i fasci. Grégoire l'aveva visto imborghesirsi e diventare dirigente dell'MNEF, l'associazione sanitaria nazionale degli studenti francesi. Quando era scoppiato lo scandalo – i socialisti vivevano come nababbi a spese degli studenti –, aveva insabbiato il caso e salvato le chiappe a quella banda di parassiti.

Costringendolo ad aspettare Deplezains voleva fargli capire che quel giorno era lui ad avere il coltello dalla parte del manico. A Morvan non importava. Non aveva nessuna fretta di rivedere quella brutta faccia dai capelli impomatati: lui e i suoi uomini l'avevano soprannominato Coglionanatra laccata.

Facendo buon viso a cattivo gioco, cominciò a sfogliare il taccuino in finta pelle su cui prendeva appunti per un libro che aveva in mente di scrivere, una specie di carrellata sulle morti più ingiuste e assurde della storia. "Vasto programma", avrebbe detto De Gaulle. Ogni volta che trovava un minuto, annotava qualche caso che gli era venuto in mente o rileggeva quanto aveva già buttato giù. Era il suo modo di misurare la vanità dei destini.

Ai funerali di Guillaume Apollinaire, nel novembre del 1918, al passaggio del feretro la folla aveva gridato: «A morte Guillaume!», riferendosi in realtà a Guglielmo II, l'imperatore tedesco, che quello stesso giorno aveva abdicato al trono. Nel 1958 Ruben Um Nyobe, rivoluzionario camerunese, era stato ucciso e sfigurato dai soldati francesi dopo un lungo inseguimento nella giungla. L'unica cosa che era stata ritrovata accanto al cadavere era una cartella contenente un quaderno su cui appuntava i suoi sogni... A Morvan piaceva anche la storia di Sid Vicious, il bassista dei Sex Pistols sospettato di avere ucciso la propria fidanzata e morto di overdose a ventun anni a New York. Secondo la leggenda, la madre era talmente sbronza quando era atterrata a Heathrow per recuperare le sue ceneri che aveva fatto cadere l'urna in un bar dell'aeroporto. Quello che restava del punk era stato ripulito a forza di candeggina e colpi di straccio. *Such a life, such a death*... Altri esempi: il proiettile che aveva ucciso Gandhi era stato ritrovato fra le sue ceneri dopo la cremazione; l'aneddoto dei figli di Rinaldo di Capua, operista del diciottesimo secolo, che alla morte del padre avevano venduto come carta straccia le partiture che questi in vita aveva conservato con la massima cura; il cervello di Einstein, rubato dal medico incaricato della sua autopsia, o quello di Walt Whitman che, scivolato di mano a un inserviente dell'obitorio, era finito per terra, spappolandosi, ed era stato buttato nella spazzatura.

Morvan richiuse il taccuino e osservò il soffitto: fregi dorati, modanature, affreschi. Dopo due secoli di diritto di sciopero e democrazia non era cambiato niente: il magniloquente apparato della pompa regale. Come lo Zietto di Francia, che tuonava contro i fasti della presidenza ma che, una volta eletto, non aveva più preso un aereo se non accompagnato da una scorta della guardia repubblicana.

Al ricordo di Mitterrand ebbe un pensiero per Marot, che aveva voluto riesumare il suo passato. Cosa aveva scoperto di preciso? Era davvero qualcosa per cui valeva la pena di morire? Gli venne in mente un altro episodio che risaliva alla seconda parte della sua vita, dopo le intemperanze giovanili e i successi africani.

Rientrato in Francia, Morvan era diventato uno stimato poliziotto e un agente dei servizi estremamente efficace. Quei due mestieri non erano incompatibili. Anzi, spesso si occupava personalmente di cancellare le tracce che lui stesso aveva lasciato.

All'epoca del mandato di Giscard era stato particolarmente attivo: aveva eliminato un architetto del dipartimento del Var che aveva commesso l'imprudenza di andare a letto con la moglie di un presidente africano. Aveva insabbiato – o comunque contenuto – lo scandalo dei diamanti di Bokassa. Quella faccenda era costata a Giscard il secondo settennato, ma erano riusciti perlomeno a scongiurare il rischio maggiore: che si facesse luce sui traffici francesi nella Repubblica Centrafricana.

Quando il potere era passato nelle mani di Mitterrand, Morvan aveva fatto in modo che nessuno andasse a ficcanasare dalle parti di quai Branly o indagasse sulla figlia illegittima del presidente. Nel 1985 aveva «convinto» Charles Hernu, all'epoca ministro della Difesa, ad assumersi la responsabilità dell'affondamento della *Rainbow Warrior.* Nel 1994 si era precipitato nell'appartamento di Grossouvre quando questi si era suicidato, per aiutare l'amante a raccogliere le proprie cose e ad andarsene. Era anche stato il responsabile di tutte le intercettazioni dell'Eliseo (e all'epoca dello Zietto ne erano circolate di voci...). Al termine del secondo settennato, avevano dovuto usare giganteschi inceneritori per distruggere tutti gli incartamenti, i dossier e i documenti riservati prima di consegnare le chiavi di casa a Chirac. Morvan aveva osservato il fumo di tutte quelle scartoffie levarsi in cielo pensando alla fumata che in Vaticano annuncia l'elezione del nuovo papa. Loro stavano facendo più o meno la stessa cosa, anche se con uno spirito diverso...

Aveva continuato anche sotto Chirac. Era stato incaricato di «smarrire» la videocassetta di Jean-Claude Méry e aveva fatto in modo che la stampa non parlasse che di quello: dov'era finito il nastro? Chi lo aveva perduto? Nel mentre, tutti avevano dimenticato le rivelazioni che conteneva sui finanziamenti occulti all'RPR. A Chirac, che si era complimentato con lui per come aveva saputo confondere le tracce, Morvan, parodiando *L'avaro* di Molière, aveva declamato: «La mia videocassetta? Chi ha rubato la mia videocassetta?». Sorriso tirato del presidente.

Si era occupato anche di molte altre faccende, incarichi ben più sanguinosi. Non ricordava nemmeno più quanti scandali avesse soffocato, quante fogne avesse ripulito. Le sue vittorie più belle erano quelle di cui nessuno aveva mai sentito parlare.

Morvan si era sempre mantenuto incorruttibile. Non votava, non aveva mai accettato alcuna nomina ufficiale né un solo centesimo dal governo per una carica politica. Come Jacques Foccart, il suo modello, aveva conservato la propria indipendenza accontentandosi dello stipendio da poliziotto e dei guadagni provenienti dai suoi traffici in Africa.

Solo una cosa non gli era riuscita: avrebbe voluto restare freddo e distaccato, mantenere una neutralità inoppugnabile, e invece viveva dominato dalla collera e dall'odio. Era cominciato tutto nel '68 e da allora non aveva più cambiato rotta. A muoverlo non erano né il patriottismo né l'indifferenza, bensì la rabbia.

Detestava gli alti funzionari, i dirigenti amministrativi, i colletti bianchi, tutti coloro che sembravano aver dimenticato che la storia, prima di essere scritta nei libri, è fatta da colpi di mano, rivolte di strada, intrallazzi nei bassifondi.

Odiava le associazioni, i clan, le corporazioni. Tutti quelli che avevano bisogno di essere in tanti per sentirsi qualcuno. Partiti politici, massoni, razzisti, antirazzisti, ecologisti, sindacati, lobbisti, magistrati, poliziotti, militari, oltre naturalmente a ebrei, cattolici, musulmani e finocchi... Tutti uguali, tutti miserabili.

Non sopportava i figli di papà, che non avevano dovuto dimostrare nulla per arrivare dove si trovavano, e ancora meno i parvenu, che erano arrivati troppo in alto in troppo poco tempo. Senza contare chi non andava mai da nessuna parte e viveva alle spalle della bestia: cortigiani, imboscati, leccaculo di ogni tipo.

Ma soprattutto detestava i giornalisti. Quelli erano i peggiori di tutti perché non volevano sporcarsi le mani. Segnavano a dito gli errori dei politici ma non si schieravano mai. Accusavano i corrotti e poi avrebbero venduto la loro madre per un rimborso spese. Denunciavano chi tradiva il proprio partito quando erano i primi a cambiare idea ogni mattina sulle prime pagine dei loro pezzi di carta straccia. Quei bavosi sapevano bene che non dovevano nemmeno avvicinarsi a lui. Qualche volta era capitato che un giornalista cercasse di indagare su Morvan o di trascinarlo nel fango. I più potenti – i consulenti in comunicazione – avevano perfino chiesto la sua testa. Dilettanti: era lui il maestro del lobbying, dei giochi di potere, dell'arte della diffamazione.

Lo avevano temuto *fisicamente.* La sua non era una *longa manus* ma un pugno di ferro. Una cosa è vedere arrivare la finanza per un controllo, un'altra è perdere un occhio o una gamba.

Ma ormai non valeva più nemmeno la pena di attaccarlo o minacciarlo. Era sorpassato, come un vecchio ciclostile. Con tutta la sua collera e la sua brutalità, aveva raggiunto l'obsolescenza. Era figlio di un'epoca più spietata, più crudele, in cui De Gaulle era sopravvissuto a più di un attentato e Pompidou girava con in tasca la lista di coloro che avevano messo in giro la voce che sua moglie fosse una frequentatrice di orge. Un'epoca fatta di denti stretti, metodi sbrigativi, scontri violenti. Adesso i presidenti mangiavano *fromage blanc* e non pronunciavano nemmeno una parola senza prima aver convocato il loro gabinetto.

«Signor Morvan?»

Un usciere se ne stava davanti a lui in frac e colletto inamidato.

«Il segretario di stato è pronto a riceverla.»

Si alzò con difficoltà dalla poltrona di velluto. Lo spettacolo ricominciava.

23.

Éric Deplezains era magro e grasso allo stesso tempo. Aveva un aspetto decisamente curioso.

Nonostante fosse alto e snello, sembrava avvolto da un sottile strato di gelatina, come quei pasticci di carne che si trovano in gastronomia. Aveva un viso dai tratti regolari, sempre abbronzato, la fronte alta e i capelli impomatati pettinati all'indietro (altro grasso). La classica faccia da sberle.

«Grégoire!» esclamò spalancando le braccia. «Fratello mio! Mio maestro!»

Il vecchio poliziotto accettò il complimento con un cenno del capo ma si sottrasse all'abbraccio.

«Siediti. Questa è anche casa tua.»

«Lascia perdere. Cosa vuoi?»

Deplezains non rispose subito. Restò in piedi, con il sorriso appiccicato alle labbra come un vecchio vestito appeso a un attaccapanni. Morvan si sedette e l'osservò con la coda dell'occhio. Pensò che faceva bene a non indossare mai giacche a doppiopetto: nel suo completo Hugo Boss il segretario di stato sembrava un gigantesco origami.

Finalmente anche Deplezains si sedette. Piantò i gomiti sulla scrivania e giunse le mani a triangolo. Aveva sicuramente studiato quel gesto allo specchio per sembrare più autoritario. «Volevo parlarti della Coltano.»

«Cosa? La Coltano?»

«I miei agenti mi hanno detto che il suo direttore è stato assassinato.»

Morvan fece un fischio ironico. «Adesso hai anche degli agenti?»

«Piantala. È stato ammazzato, sì o no?»

«Faccende tra negri. Non ho informazioni al riguardo.»

«Sei stato al suo funerale.»

«Solo perché la Coltano è roba mia.»

«Mi hanno parlato di cannibalismo.»

«Faccende tra negri, ti ho detto. Nseko aveva molti nemici: impossibile scoprire che cos'è successo, e completamente inutile.»

«Nessun collegamento con le miniere?»

«Le miniere sono mie. Nseko verrà sostituito. Tutto qui.»

«Da chi?»

«A quanto pare, dal generale Mumbanza.»

Deplezains aprì un elegante cofanetto di legno e ne estrasse un sigaro. Aveva modi da parvenu che risalivano all'epoca dell'MNEF. «Lo conosci?»

«Molto bene.»

«È una persona fidata?» chiese il segretario di stato prendendo un tagliasigari a doppia lama.

«Come tutti gli altri: finché ha qualcosa da guadagnarci...»

Il funzionario troncò l'estremità del suo cubano con un colpo secco. «Quindi la situazione resterà stabile?»

«Nessuno è in grado di prevedere cosa accadrà in Congo.»

«Il presidente non vuole rogne: abbiamo già abbastanza grane.»

«Non mi dire.» Morvan sorrise.

Deplezains prese un lungo fiammifero, lo sfregò e accese il sigaro, espellendo enormi sbuffi di fumo. «Come sai», riprese dopo qualche secondo, «lo stato francese ha investito nella Coltano...»

«Deplezains, stai parlando della mia società. Sono stato io a quotarla in borsa, io a vendervi le azioni!»

«Non vogliamo essere coinvolti in niente di losco: la Franciafrica appartiene al passato!»

«Allora vendete le vostre azioni e levatevi dai piedi.»

La Coltano estraeva coltan, un minerale raro impiegato nella fabbricazione di telefoni cellulari e altri dispositivi elettronici. La partecipazione dello stato francese non era dovuta a motivi di opportunità politica o economica. Era un semplice obbligo fisico e geografico.

«Mi puoi assicurare che il tuo Mumbanza non farà qualche cazzata, che non si alleerà con i tutsi?» insistette Deplezains sbuffando come una locomotiva. «E comunque non vogliamo che ci possano sospettare di finanziare la guerra nel Kivu.»

Anche se si era ritrovato agli Affari esteri, il bell'impomatato non ne capiva niente. La zona orientale della Repubblica democratica del Congo era un ginepraio, lo scenario di una guerra infinita tra l'esercito regolare, i tutsi, gli hutu e le milizie ribelli... La maggior parte delle fazioni si finanziava sfruttando le risorse del sottosuolo della regione, ma i giacimenti della Coltano, tra Kolwezi e il lago Upemba, non erano su quel territorio.

«Guarda su una carta geografica: il Kivu è a più di mille chilometri dal Katanga. Ti dico che la situazione è sotto controllo.»

«Bene, bene...» borbottò l'altro senza smettere di aspirare.

Morvan osservava i suoi gesti. Non sopportava Deplezains né in generale i sostenitori del lambertismo, una corrente del trotzkismo che evitava lo scontro frontale infiltrando i propri uomini negli altri partiti allo scopo di influenzarne la dottrina. Lo chiamavano entrismo. Morvan conosceva anche altri nomi, che avevano tutti a che vedere con la sodomia. «Perché non mi dici la vera ragione per cui mi hai convocato?»

«Te lo ripeto: il nostro governo ha un'etica; non vogliamo avere niente a che fare con i tuoi traffici.»

«Quali traffici?»

«Se si venisse a sapere che fai affari con le milizie o con qualche farabutto corrotto, non potremmo copriti.»

«Sono io a coprire voi, imbecille.»

Deplezains puntò il sigaro verso di lui. «Il tuo problema, Grégoire, è che pensi di essere al di sopra della legge.»

Morvan si alzò di scatto e cominciò a camminare su e giù per l'ufficio. Il segretario di stato spinse indietro la sua sedia girevole.

«Voglio rinfrescarti un po' la memoria, brutto stronzo. Chi vi ha evitato la galera quando l'unica cosa che sapevate fare era riempire di botte i fasci in rue d'Assas? Chi vi ha dato l'MNEF, con le chiavi della cassa, e vi ha permesso di ingrassare come oche? Chi vi ha salvato il culo nel 1995, a te, Cambadélis, Strauss-Kahn e tutti gli altri, una volta scoperti gli altarini?»

Deplezains tremava, rannicchiato sulla sedia. Il sigaro gli cadde di mano, rotolando sulla giacca e finendo sul parquet vicino alla tenda. «Cazzo... Prenderà fuoco...»

Morvan spostò il Montecristo con un tallone e appoggiò le mani sui braccioli della sedia del funzionario. «Se oggi sei seduto qui, è a me che lo devi, stronzo di un trotzkista!»

«Calmati, cazzo», disse l'altro aggiustandosi la cravatta. «Io... volevo solo avvertirti. Tutto qui.»

Grégoire si muoveva per la stanza con passo pesante. Costretto nella sua camicia Charvet, ansimava come un bue. Aveva già perso abbastanza tempo. «Avvertirmi di cosa, esattamente? Non mi hai convocato per sentirti dire che un negro prenderà il posto di un altro negro né per impartirmi la tua lezioncina di morale. Sputa il rospo!»

Deplezains si alzò per aprire la finestra. L'odore del sigaro all'improvviso sembrava dargli fastidio. «Come sai, trattandosi di fondi sovrani, abbiamo accesso a informazioni di borsa riservate... Conosciamo i movimenti delle azioni meglio di...»

«Vieni al dunque.»

«Abbiamo riscontrato alcune variazioni anomale nel titolo della Coltano.»

Morvan restò interdetto. Se Loïc avesse notato anche la minima fluttuazione di mercato, gliene avrebbe parlato. «È normale che la morte di Nseko abbia provocato un po' di instabilità.»

«Le variazioni di cui parlo non sono semplici oscillazioni. Sembrano guidate.»

«Cioè?»

«Non conosciamo ancora i nomi né le quantità, ma sembra che siano stati acquistati interi pacchetti di azioni.»

«Vuoi dire... come per un'OPA?»

«È quello che sospettiamo, sì.»

Morvan afferrò la sedia e si sedette. «È assurdo», sibilò. La situazione gli stava sfuggendo di mano. Era prossimo a perdere ciò che era sempre stato il suo punto forte: la capacità di controllo.

«Non solo. Il valore del titolo è in rialzo. I rapporti di forza stanno cambiando. Sai bene anche tu che il vostro tallone d'Achille è la frammentazione dell'azionariato. Forse c'è un altro gruppo che vuole conquistare la leadership del mercato del coltan. O un altro paese. La minaccia potrebbe anche venire dall'interno: forse sono i tuoi "negri", come li chiami tu, che stanno cercando di mettercelo in quel posto.»

Morvan deglutì. Deplezains poteva anche avere ragione. Si stava preparando qualcosa su un campo di battaglia che mai avrebbe immaginato: la borsa.

«Ecco di cosa ti volevo parlare», disse con voce ferma il segretario di stato. «Se la Coltano cambierà di proprietà, venderemo le nostre azioni. Non c'è nessun motivo per cui dovremmo metterci in società con qualche cinese o con degli assassini cannibali.»

«E dove andrete a prendere il coltan?»

«In Australia, in Venezuela.»

«Sarà più caro.»

«Sarà più sano. Se uno vuole cagare bio, dev'essere disposto a spendere.»

Morvan si alzò a fatica. «Mi informerò.»

«Bene. Tienimi aggiornato.»

Si diresse verso la porta camminando a ritroso. Una volta fuori, fu colto dai sudori freddi. Ora era lui la carne in gelatina.

L'autista lo aspettava all'angolo di avenue du Maréchal-Gallieni. Gli fece cenno che voleva camminare un po', attraversò la strada e si mise a osservare la Senna.

Anche nei momenti più difficili, Parigi c'era sempre stata. Era l'unica presenza sulla quale avesse mai potuto veramente contare. Si appoggiò al parapetto. Nella Coltano aveva una posizione di minoranza: possedeva soltanto il sedici per cento delle azioni. I generali, che nella società rappresentavano lo stato congolese, avrebbero potuto allearsi ed estrometterlo quando avessero voluto: lui era il simbolo di un'altra epoca, quella di Mobutu e della sua dittatura.

Alla peggio avrebbe venduto le sue azioni e si sarebbe ritirato in campagna. Non sarebbe stato poi così male. Si chiese se Nseko avesse cantato prima di morire. L'acquisto di quei pacchetti poteva dipendere dal fatto che fossero state divulgate le informazioni sui nuovi giacimenti. E, se anche non fosse stato così, quel rialzo rischiava di dar fuoco alle polveri. Avrebbero cominciato a domandarsi come mai la Coltano stesse diventando così interessante. E Morvan avrebbe dovuto dire addio al suo progetto segreto.

Prese il cellulare e compose il numero di Loïc. Aveva bisogno di prendersela con qualcuno.

24.

A bordo dell'elicottero Dauphin SA 365N (che chissà perché tutti chiamavano Pedro), seduto accanto a Le Guen, Erwan aveva la testa piena di immagini, miti e visioni dantesche. Si figurava la *Charles-de-Gaulle* emergere dall'oscurità come una città galleggiante sfolgorante di luci, simile a un'avveniristica capitale di un emirato arabo che illuminava la notte con tutti i suoi bagliori.

Durante il volo fece il punto sulle indagini. Non ci mise molto. Al molo non avevano scoperto niente: nessun testimone, nessuna imbarcazione mancante. I gendarmi, che non erano degli sprovveduti, avevano controllato gli indicatori del livello della benzina sugli Zodiac e avevano confrontato i risultati con i registri in cui i soldati segnavano i consumi di carburante: tutto coincideva. Nessun ETRACO era uscito in mare nella notte tra venerdì e sabato.

Dagli effetti personali e dai vestiti di Wissa non si era ricavata alcuna informazione utile. I suoi amici e i professori di Le Mans non avevano avuto nulla da dire. Il copto era credente, morigerato, single. Nessun vizio, nessuno scheletro nell'armadio. Si era impegnato al massimo nella preparazione del concorso per entrare nell'aeronautica navale e l'aveva superato. Punto. L'unico elemento degno di interesse era che non aveva esperienza di navigazione: non sarebbe mai riuscito a raggiungere da solo, e per di più di notte, l'isola di Sirling. Secondo gli esperti, per farcela avrebbe dovuto conoscere i canali, essere in grado di leggere una carta nautica e sapere la posizione degli scogli nella zona.

L'ipotesi dunque restava sempre quella: linciaggio selvaggio, panico dei carnefici, cadavere caricato in barca... Ma quale barca?

Le impronte digitali ritrovate nella camera erano state identificate: appartenevano solo ad allievi del primo anno. Il compagno di stanza aveva confessato: era lui il re delle canne a Kaerverec. I risultati delle analisi condotte sui reperti organici non erano ancora arrivati, ma Erwan ormai aveva perso le speranze.

Era in corso una verifica dei tabulati telefonici di tutte le chiamate passate attraverso i ripetitori della zona e non soltanto di quelle effettuate dai soldati dell'accademia tra venerdì mattina e domenica sera. Si trattava comunque di poca roba: i bretoni non parevano essere dei fanatici del telefono e a Kaerverec durante l'iniziazione era stato rigorosamente vietato l'utilizzo del cellulare.

Avevano anche aperto un fascicolo su ogni studente: i piloti avevano tutti lo stesso profilo, per il quale faceva fede la rigida procedura di selezione della K76. Senza dare troppo nell'occhio, Erwan aveva chiesto a Kripo di indagare sul passato di Bruno Gorce: anche in quel caso, niente da segnalare.

Erwan avrebbe voluto ricostruire i movimenti di tutti gli studenti negli ultimi giorni, ma senza telecamere di sicurezza gli unici testimoni che aveva erano i sospettati. La base aeronavale gli sembrava sempre più un buco nero che assorbiva ogni fonte di luce, ogni informazione.

«Siamo arrivati!» gridò Le Guen puntando l'indice sul finestrino.

Erwan aguzzò la vista. Un'oscurità tempestata di scaglie luminescenti fu l'unica cosa che riuscì a scorgere. Migliaia di denti d'argento sorridevano a perdita d'occhio sulla superficie dell'acqua. Si sporse ulteriormente e vide un'enorme macchia nera profilarsi sul mare. Faceva fatica a muoversi con addosso l'ingombrante giubbotto di salvataggio, tuttavia alla fine riuscì a identificare la gigantesca massa che gli si parava davanti: la *Charles-de-Gaulle*.

Non una luce, non un segnale. Una nave completamente cieca. Un vascello fantasma grande quanto una petroliera.

Il profilo del mostro si distingueva soltanto perché era più scuro del mare e del cielo.

Le sue dimensioni superavano qualsiasi normale ordine di grandezza umano. Una torre di sessanta piani adagiata sull'acqua, che galleggiava come per miracolo. Sulla sinistra si ergeva una costruzione verticale, costellata di antenne e di radar. Erwan si ricordò che quella parte era detta castello. Mai nome sarebbe stato più azzeccato: la struttura era qualcosa a metà fra i deliri di Luigi II di Baviera e il maniero della regina di *Biancaneve*. Una cittadella irta di torrette, cosparsa di feritoie. Senza il benché minimo segno di vita.

«Impressionante, vero?»

Archambault, seduto di fianco al pilota, si era voltato verso Erwan. Questi sorrise per non deluderlo, anche se tra la notte, il baccano dei rotori e l'immensità della nave gli sembrava piuttosto di avanzare verso un incubo.

«Verranno a prenderci dei fucilieri di marina!» aggiunse l'Asparago prima di tornare a girarsi.

Erwan annuì. Le cuffie gli fischiavano nelle orecchie. Si trovavano ad appena qualche metro dal ponte della nave. La pista era illuminata da una soffusa luce rossa. Atterrarono in un gigantesco lago di sangue.

«Dopo il coprifuoco», spiegò Le Guen, «tutte le luci vengono fatte virare sul rosso. Anche quando non sono impegnate in operazioni di guerra, le portaerei non devono avere nessuna luce bianca visibile.»

Si avvicinarono alcuni uomini in cerata gialla, gilet arancione e casco blu. Un manovratore aprì il portello del Dauphin. Erwan sganciò la cintura di sicurezza e balzò a terra.

Nonostante la pioggia che gli sferzava gli occhi, osservò il ponte che si perdeva nell'oscurità. Nemmeno un aereo. Ne rimase inaspettatamente deluso. Gli sarebbe piaciuto vedere i Rafale lanciati con la catapulta, frenati dal cavo d'arresto, e i «cani gialli», com'erano detti gli operatori sul ponte, correre intorno agli apparecchi come fanno gli allenatori di boxe con i loro pugili tra un round e l'altro.

Si avvicinò un capitano d'armi. Saluti, presentazioni, avvertimenti. I volti scomparivano sotto i cappucci. Erwan non capiva nulla di quanto veniva detto: una parola su due si perdeva nel vento o era coperta dal rumore della pioggia.

Si tolsero il giubbotto salvagente e si diressero verso il castello. Porte di metallo si aprirono con un suono simile a quello di scarpe chiodate. Erwan si aspettava un immenso hangar pieno di aerei da caccia ed elicotteri, ma trovò soltanto un dedalo di stretti corridoi, passerelle e scale. Tutto era rosso. Non solo le luci, ma anche la segnaletica e le attrezzature di soccorso.

Presero un primo ascensore, poi un secondo.

«La struttura ha più di dieci piani», spiegò il capitano.

Il silenzioso corteo aveva qualcosa di funebre, di solenne. La porta si aprì con uno scatto metallico. L'ambiente, irradiato di porpora, ricordava un manufatto incandescente appena uscito da una fornace.

Altri corridoi, passaggi, porte a tenuta stagna. Incrociarono alcuni uomini in uniforme che nelle ricetrasmittenti parlavano di «pattuglie» e «papà Charlie».

L'ufficiale si fermò davanti a una porta uguale a tutte le altre. «L'ammiraglio Di Greco le concede trenta minuti.»

25.

Jean-Patrick di Greco era sui due metri di statura.

In quell'angusta cabina sembrava un'aquila costretta in una gabbia per canarini. Non era soltanto alto, era *lungo*: spalle strette, braccia interminabili, gambe a trampolo. Settant'anni, leggermente curvo, dava l'impressione di essere logoro, spossato, nonostante i capelli fitti e neri come quelli di un pellerossa.

Per qualche secondo l'ammiraglio restò a fissare il proprio ospite senza dire una parola, e questo consentì a Erwan di osservarlo meglio. L'ufficiale aveva un volto scheletrico: pochi muscoli, ancor meno carne. Zigomi prominenti, naso aquilino, orbite cerchiate da occhiaie. Il tutto avvolto in una pelle giallastra come un'antica pergamena.

Le presentazioni furono rapide. Nell'appendere la cerata all'attaccapanni Erwan urtò contro degli scaffali di metallo. Lo spazio era illuminato soltanto da una minuscola lampada piatta posata sulla scrivania. Non si poteva fare altrimenti: la cabina era dotata di oblò e bisognava rispettare il coprifuoco.

«È venuto per parlarmi di quello spiacevole incidente.»

Di Greco amava gli eufemismi.

«Si sieda», aggiunse muovendo la lunga mano. «Prego.»

Erwan si accomodò nell'angolo riservato agli ospiti: qualche metro quadrato occupato da un divanetto accanto a una sedia pieghevole e un tavolino poco più largo di uno skateboard, il tutto contornato da pile di fascicoli, raccoglitori e scatoloni. Sembrava di essere nel bel mezzo di un trasloco.

Di Greco parve accorgersi della sua sorpresa. «Non abbiamo molto spazio sulla nave.»

«Non voglio pensare alle cabine dei soldati semplici.»

«Né più grandi né più piccole di questa, solo che loro ci stanno in due. E soprattutto non hanno questo privilegio!» disse indicando l'oblò con l'indice ossuto. «Qui è l'equivalente di un balcone o di un terrazzino... Mi dispiace, non posso offrirle niente da bere.»

«Non importa. Non sono venuto per fare conversazione.»

Di Greco tornò a sedersi alla scrivania, riuscendo a fatica a infilarvi sotto le gambe. Erwan si chiese se fosse stato un pilota: non capiva come quell'uomo di due metri avrebbe potuto trovare spazio nella cabina di un Rafale.

L'ammiraglio si lanciò in una tirata simile a quella di Vincq, solo più solenne. Parlava lentamente e con voce grave, senza ricorrere al gergo militare. Ma in sostanza niente di nuovo: le stesse frasi vuote e banali.

Erwan lo interruppe con un gesto – ne aveva piene le scatole di quel trito linguaggio retorico – e fece il punto della situazione: il feroce omicidio di un EOPAN in una base militare; la cerimonia di iniziazione stupida e crudele; la totale assenza di comunicazione tra un'accademia dell'aeronautica navale e una portaerei distante appena qualche chilometro; l'indifferenza generale di fronte alla tragica morte di un ragazzo che aveva deciso di consacrare la propria vita all'esercito.

La notizia dell'omicidio non parve sorprendere Di Greco (Erwan era sicuro che qualcuno lo avesse già informato). L'ammiraglio non sembrava nemmeno preoccupato dalle numerose falle nell'organizzazione dell'accademia.

«Per il momento che indizi ha?»

«Non sono tenuto a parlargliene.»

Di Greco annuì. La lampada sulla scrivania lo illuminava dal basso, come in un film del terrore. «Sospetterà di sicuro un linciaggio. Una prova finita male.»

«È il minimo che si possa immaginare.»

«Quindi avremmo data carta bianca a degli elementi fuori controllo?»

Erwan decise di cambiare marcia. «Non solo l'esercito ha coperto questi criminali, ma li ha anche ispirati.»

«Non capisco.»

«A Kaerverec ho percepito una cultura di violenza e crudeltà che ha inasprito il naturale sadismo degli studenti.»

«Ne ha le prove?»

«No, è solo una sensazione.»

«Secondo lei chi sarebbe stato a instillare questo veleno?»

«Lei.»

«Sono soltanto il capo di stato maggiore di Kaerverec. È il colonnello Vincq a dirigere la base.»

«Vincq è il responsabile del programma di volo. Ma è lei che incarna lo spirito della scuola.»

«Quindi sarei il diavolo?» L'ammiraglio sorrise.

A Erwan sarebbe piaciuto rispondergli che in effetti del diavolo aveva già la faccia, ma preferì trattenersi. Quegli occhi sporgenti, contornati da cerchi color carbone, lo affascinavano. "L'ho già visto da qualche parte", si disse. Ma dove? O forse gli ricordava soltanto gli zombie dei film horror? «Ci sono già stati altri incidenti simili nella scuola?»

«No.»

«Risse? Episodi di violenza?»

«Mai.»

«Nemmeno durante le iniziazioni?»

«Soprattutto non in occasione delle iniziazioni. Quello che succede in quei fine settimana è tutto regolamentato, verificato e controllato.»

«Mi è stato detto più di una volta, ma abbiamo visto i risultati.»

«Qualcuno ha peccato di negligenza. I responsabili verranno puniti. Ma sappia che cerchiamo di ridurre al minimo i rischi.»

La cabina era surriscaldata. Erwan si sentiva soffocare. Il sudore colava lungo la nuca mischiandosi alle gocce di pioggia che gli bagnavano ancora il collo. «Può garantire per tutti i soldati?»

«Certo.»

«Istruttori? Studenti? Contingente in servizio? Addetti alla manutenzione?»

«Ognuno di loro deve superare una serie di test psicologici e di colloqui. Glielo ribadisco: qui più che altrove, non possiamo permetterci nessuna leggerezza nella selezione dei nostri soldati.»

Di Greco aveva un tono tranquillo. Dallo sguardo e dalla voce traspariva uno strano rigore. Anche la sua figura, infilata in una divisa blu scuro priva di galloni, aveva un che di ascetico.

«Che ne pensa di Bruno Gorce?»

«È il suo sospettato?»

«Risponda alla domanda.»

«È un buon soldato. Un pilota eccellente.»

«E un sadico. Gorce è il presidente dell'associazione degli studenti», ribatté Erwan. «Quest'anno è stato lui a occuparsi di ogni dettaglio dell'iniziazione. Nel corso della cerimonia aveva il grado di boia speciale.»

L'ufficiale incrociò le lunghe dita. Le sue falangi sembravano nodi da marinaio. «Non nego che il tenente sia dotato di un particolare senso dell'umorismo, che però non fa di lui un assassino.»

«Mi è sembrato piuttosto sensibile su un punto preciso: il no limit.»

«Questa prova ufficialmente non esiste.»

«È ciò che mi hanno detto tutti, eppure ogni volta che la nomino se la fanno sotto.»

«Non esiste dal punto di vista dei superiori di Kaerverec. Le Volpi non sono tenute a parlarcene quando ci presentano il programma.»

«Quindi ammette che non siete al corrente di tutto quello che succede durante le prove?»

«Quest'anno non c'è stato nessun no limit. Cosa sta cercando, di preciso?»

Erwan si alzò e si avvicinò alla scrivania. «Il no limit permette agli EOPAN di dimostrare il loro coraggio, la loro capacità di resistenza. È l'apoteosi di una specie di via crucis. Sono convinto che per tracciare il profilo dei vostri studenti teniate segretamente conto dei risultati che ottengono in questa prova.»

Si alzò anche Di Greco. Erwan si rimise seduto. Era uno strano balletto: le loro ombre si proiettavano sulla parete come in uno spettacolo di marionette balinesi.

«Voglio svelarle un segreto», mormorò l'ammiraglio. «Ha ragione. Usiamo l'iniziazione per testare i limiti dei nostri studenti. Ma non di quelli che crede lei. Non abbiamo bisogno di queste prove per sapere che i nostri futuri piloti sono dotati di coraggio e capacità di resistenza. Sono i limiti degli altri che vogliamo conoscere.»

«Gli altri?»

«Le Volpi.»

Pausa. Erwan intuì – lo avvertì fisicamente – che il senso di tutti i segnali che aveva colto fino a quel momento cambiava radicalmente, come se fin dall'inizio si fosse servito di un codice sbagliato per interpretare dei geroglifici.

«Ha sentito parlare del test di Milgram?» riprese Di Greco.

«Sì, più o meno.»

Negli anni Sessanta lo psicologo americano Stanley Milgram aveva ideato un celebre esperimento sociale. Fingeva di testare le conoscenze di un soggetto al quale venivano poste alcune domande. A ogni errore, un altro soggetto veniva indotto a credere di somministrare all'interrogato una scarica elettrica, aumentandone a mano a mano l'intensità. In realtà era proprio la persona incaricata di inviare la scossa a essere valutata, mentre l'interrogato era soltanto un complice che simulava di soffrire. L'obiettivo del test era chiaro: stabilire fino a che punto un individuo si sarebbe spinto nel torturare un uomo se legittimato da una figura autoritaria. Era possibile uccidere qualcuno unicamente perché si stavano eseguendo degli ordini?

Milgram aveva ottenuto risultati preoccupanti: la maggior parte dei candidati, privati della responsabilità personale, avevano obbedito fino a somministrare scariche che nella realtà sarebbero state letali, e dentro di sé avevano sicuramente goduto nel dare sfogo ai loro più crudeli istinti con il beneplacito dell'autorità. Era la dimostrazione scientifica di quello che accade normalmente in qualsiasi guerra.

«Sta cercando di dirmi che la vostra iniziazione è come il test di Milgram?»

«Proprio così. Non posso entrare nei particolari, ma nel corso di queste ventiquattr'ore gli allievi anziani sono tenuti sotto stretta sorveglianza. Studiamo le loro reazioni, i loro eccessi, il loro livello di sadismo. Non vogliamo mettere i nostri aerei in mano a squilibrati che alla prima occasione cedono alle proprie pulsioni.»

Erwan ora sudava per la vergogna. Avrebbe soltanto voluto tornarsene nella propria camera, fare una doccia e mettersi sotto le coperte. *E buonanotte.* «È già capitato che una Volpe non abbia superato il test?»

«Qualche volta. Ragazzi troppo zelanti con una spiccata propensione per la violenza o che hanno dimostrato di non sapersi controllare.»

«Che provvedimenti sono stati presi?»

«Non sono andati negli Stati Uniti per il loro terzo anno. Li abbiamo trasferiti.»

«Con quale motivazione?»

«Abbiamo agito con tatto, nessuno gli ha detto che era stato il loro comportamento a squalificarli.»

Il poliziotto osservò l'ammiraglio tornare alla scrivania e rinfilare sotto il piano le gambe da trampoliere. Ancora una volta provò un senso di déjà-vu.

«Il paradosso», riprese l'ufficiale quando si fu seduto, «è che se l'assassino fosse veramente uno studente, l'avremmo sicuramente identificato alla fine dell'iniziazione.»

«Se aveste sorvegliato meglio le vostre truppe, non ci sarebbero state vittime.»

«Nessuna testa è in grado di prevedere tutto. Altrimenti le guerre durerebbero soltanto qualche giorno.»

Per non perdere la faccia, almeno non completamente, Erwan ripiegò sui fatti. «Era al corrente della manovra di sabato mattina?»

«Ho un ufficio qui ma di fatto non sono io a dirigere lo stato maggiore.»

«Nessuno ha pensato che l'esercitazione potesse comportare dei rischi, dato che era in corso l'iniziazione?»

«Assolutamente no. Il weekend d'integrazione è limitato al terreno di pertinenza della K76. Nessun soldato può abbandonare la base. Al limite avrebbe potuto esserci qualche rischio per i turisti, ma tutto viene controllato con i radar. Ritorni a terra, commissario, è lì che troverà i responsabili della morte di Wissa.»

Erwan si alzò borbottando qualche parola di ringraziamento. Di Greco fece per imitarlo, ma con un cenno il poliziotto gli segnalò che non c'era bisogno che lo accompagnasse.

Archambault e Le Guen lo aspettavano nel corridoio. Il capitano d'armi, in disparte, guardò l'orologio con aria soddisfatta.

Senza volerlo, Erwan aveva concluso nel tempo prestabilito.

Ripensandoci, era stato l'ammiraglio a congedarlo quando era venuto il momento.

Ripresero gli ascensori senza dire una parola e ritrovarono la notte sferzata dalla pioggia. Le pale dell'elicottero erano già in moto. Sulla pista, il poliziotto si rese conto che le condizioni meteo erano ulteriormente peggiorate.

«Una tempesta?» esclamò ridendo Archambault. «Solo un piccolo temporale.» Gli infilò d'ufficio il giubbotto di salvataggio. «Però sì, balleremo un po'.»

26.

Le nove di sera. Nella sede della Firefly Capital risuonavano ancora le voci dei trader (la differenza di fuso orario con Wall Street). Quando Loïc aveva scelto una lucciola come simbolo del suo fondo d'investimenti, gli era sembrata una buona idea: era da solo, microscopico, e voleva brillare nella notte della borsa. Ora, con una trentina di dipendenti e più di cinque miliardi di dollari da gestire, quella lucciola era diventata un enorme verme luminescente.

Si alzò e andò a chiudere la porta. Non sopportava l'eccitazione che regnava nelle sale di contrattazione. Urlavano, si sbracciavano, si agitavano, ma senza mai staccare il culo dalla sedia. Nell'immenso appartamento in stile secondo impero che ospitava il suo fondo in avenue Matignon, Loïc si era concesso il lusso di un ufficio semicircolare, che gli dava l'illusione di trovarsi nella cabina di pilotaggio di un piroscafo. Per quanto sapesse benissimo che si trattava di un cliché, alcune mattine quel pensiero riusciva a infondergli la carica necessaria per affrontare la giornata.

Nonostante fosse già passata un'ora, non riusciva a togliersi dalla mente la telefonata del padre. Una sfuriata, l'ennesima, anche se quella volta era stata piuttosto breve. Morvan non era un esperto di mercati finanziari e chiaramente aveva appena appreso una notizia della quale ignorava l'esatto significato: le azioni della Coltano erano in rialzo.

C'era stata un'epoca in cui Loïc e i suoi colleghi non perdevano d'occhio un minuto l'andamento di certi titoli (a New York, anche durante le partite di baseball, trasmettevano su un tabellone gli aggiornamenti del CAC 40 o del Dow Jones). Oggi passavano tutto il tempo incollati al cellulare per seguire i movimenti di questa o quell'azione. Lui però non si prestava più a questo genere di eccessi ed era ormai qualche giorno che non controllava la posizione della Coltano. In effetti il titolo della società aveva subito un rialzo del venti per cento, un incremento che dipendeva senz'altro da una serie di acquisizioni di pacchetti consistenti a prezzi elevati.

Non riusciva a inquadrare la situazione: si trattava di un aumento spropositato, anche se in teoria la Coltano non sarebbe dovuta interessare a nessuno. Le società minerarie non sono mai un buon affare: investimenti ingenti, andamento altalenante, paesi instabili, corruzione dilagante... Sapere quanto guadagnino di preciso queste compagnie sperdute in qualche boscaglia è impossibile, tanto più che loro stesse non brillano per trasparenza. Lo sapeva per esperienza personale: era stato lui a trasformare la Coltano in una società modello black box. Era riuscito a eludere i recenti controlli della SEC e dell'AMF, le commissioni nazionali americana e francese per le società e la borsa. L'anno precedente aveva addirittura fatto in modo che gli investimenti assorbissero tutti gli utili apparenti.

Una strategia a doppio binario: consentiva alla società di pagare meno tasse ma soprattutto di nascondere gli enormi guadagni futuri, dal momento che le ultime prospezioni sul terreno avevano rilevato alcuni giacimenti promettenti. L'informazione non avrebbe dovuto essere divulgata, a maggior ragione perché era sempre più difficile guadagnare ingenti quantità di denaro nei paesi poveri.

Ma la vera ragione di quella pianificazione era che suo padre – Loïc ne era certo – stava tramando qualcosa di losco. Il Vecchio era stato chiaro: nessuno avrebbe dovuto sospettare dell'esistenza di nuovi giacimenti né interessarsi alla Coltano. Non serviva essere Machiavelli per capire che progettava di sfruttare quelle risorse di nascosto, alle spalle delle autorità congolesi e dei soci. Un traffico con il Ruanda? O qualcosa d'altro?

Scartando l'assurda ipotesi di un'OPA, l'acquisto massiccio di azioni poteva indicare che qualcuno era venuto a conoscenza di quegli sviluppi e voleva la propria fetta di torta. Il rialzo avrebbe attirato l'attenzione dei generali, che si sarebbero domandati come mai il valore della Coltano fosse aumentato all'improvviso.

Anche se Loïc non aveva tutti gli elementi che gli sarebbero stati necessari per valutare la faccenda, era sicuro che la morte di Nseko, direttore storico del gruppo nonché sorridente dittatore, potesse in qualche modo c'entrare. Ma come? Il congolese era al corrente dei nuovi giacimenti? Aveva parlato? Chi era stato a ucciderlo?

Mentre disegnava dei teschi sul suo bloc-notes, ripercorse la storia della società. Quando nel 1971 suo padre aveva arrestato l'Uomo Chiodo, per ringraziarlo il maresciallo Mobutu gli aveva dato in concessione dei terreni ricchi di manganese. Morvan, che non sapeva niente di miniere ed estrazione, aveva creato una joint venture con alcune società belghe, francesi, lussemburghesi e congolesi per lo sfruttamento dei giacimenti.

Per vent'anni non c'erano stati problemi, e Morvan aveva tenuto d'occhio il suo gruzzoletto africano senza smettere di fare il poliziotto in Francia. Alla fine degli anni Novanta, tuttavia, suo padre aveva capito due cose: che presto Mobutu non ci sarebbe stato più per rinnovargli la concessione e che nel suolo congolese c'era un minerale assai più vantaggioso da estrarre, il coltan, utilizzato nella fabbricazione di componenti elettronici per cellulari e console di videogiochi, un settore all'epoca in pieno sviluppo. Prima che il vecchio Leopardo, malato e abbandonato dalle grandi potenze, fosse fatto sloggiare, Morvan gli aveva strappato un'altra firma, convalidata dai ministri delle Miniere, dell'Economia e della Pianificazione, tutti individui che ungeva da venticinque anni con l'appoggio della Francia e le cui teste ugualmente non avrebbero tardato a saltare. La concessione riguardava certi territori ricchi di coltan nella provincia del Katanga, lontano dalla regione del Kivu, dov'erano invece situati i vecchi giacimenti, una polveriera che dopo il genocidio nel vicino Ruanda si sarebbe trasformata in una palude insanguinata.

Nel 1998 Morvan aveva fondato la Coltano, una holding con sede a Parigi che raccoglieva fondi francesi, lussemburghesi e congolesi. I generali erano stati costretti ad accettare l'accordo: a occuparsi ufficialmente dell'estrazione sarebbe stata una SRL congolese, la raffinazione e la distribuzione sarebbero invece state affidate a società europee. Ciò nonostante, suo padre sapeva che la propria posizione nel gruppo non era particolarmente forte e così, per consolidarla, qualche anno dopo aveva proposto di quotare la Coltano in borsa. Grazie a quella decisione erano arrivati nuovi capitali e il suo ruolo nel consiglio di amministrazione ne era uscito rafforzato.

L'OPA, gestita da Loïc, era andata bene, ma Grégoire non era riuscito a sfruttare la situazione a proprio vantaggio: al momento possedeva soltanto il sedici per cento del gruppo; Heemecht, la società lussemburghese, ne deteneva il diciotto per cento e i congolesi circa il ventotto. La parte restante era stata spartita fra altre società minerarie belghe, lo stato francese e un'infinità di piccoli investitori in possesso dalla quota di azioni detta flottante.

La Coltano era l'unica società mineraria di coltan quotata in borsa, nonché la sola a fare uso di tecnologie di estrazione e macchinari moderni (nel Kivu i contadini locali erano ancora costretti a lavorare con il piccone in un clima allucinante di terrore e violenza). La cosa rendeva il gruppo interessante, senza tuttavia riuscire a bilanciarne i punti deboli. Loïc rilesse le analisi che lui stesso aveva prodotto sotto banco per scoraggiare ogni possibile acquisto: utili stagnanti, giacimenti prossimi all'esaurimento, tecnologie datate... Quanto bastava per far passare ogni voglia.

Sollevò la cornetta.

Mark Cesby era analista presso la Blackrock, la più grande società d'investimento al mondo: diecimila soldati che mettevano a frutto un capitale di tremilacinquecento miliardi di dollari. Loïc lo aveva conosciuto quando lavorava a Wall Street. L'inglese, uno specialista di fondi nel settore minerario, era un gigante con basette alla Joe Coker nonché il perfetto esempio dell'eccentricità britannica in fatto di abbigliamento: scacchi, scacchi, nient'altro che scacchi!

«Hai visto l'andamento della Coltano?» gli chiese Loïc senza tanti preamboli.

Lo stava chiamando sul suo numero privato: tutte le conversazioni sulle linee della Blackrock venivano registrate.

«Incomprensibile», rispose l'inglese.

«È tutto quello che mi sai dire?»

«Ragazzo, è la *tua* società. Dovresti essere tu a spiegarmelo.» Cesby, originario di Liverpool, non aveva perso l'accento da operaio.

«Sai bene che è più complicato di così», svicolò Loïc. «Chi sta comprando?»

L'analista scoppiò a ridere. «Ragazzo, non offenderti, ma non riesco a capire a chi potrebbe venire duro per quel tuo buco sperduto nella foresta... Senza contare che il capo dell'azienda si è appena fatto ammazzare. È il solito problema dei mercati emergenti: l'idea in sé non sarebbe male, ma finché ci saranno guerre, corruzione, instabilità politica...»

Loïc conosceva quella tiritera a memoria. «Non hai sentito niente su una possibile OPA?»

«E magari anche sulla terza guerra mondiale?»

«Il titolo è in crescita. Stanno comprando al rialzo.»

«Vuoi un consiglio?»

«Non farti scrupoli.»

«Se c'è qualcuno così idiota da voler investire nei tuoi sassi, approfittane. Vendi al prezzo di costo e buttati sulle rinnovabili. La Coltano è talmente addormentata che riuscirebbero a mettervelo nel culo senza che nemmeno ve ne accorgiate.»

«Grazie del consiglio.» Loïc rise.

Riagganciò, rassicurato sull'immagine pubblica della società: i suoi escamotage per indebolirla avevano funzionato. Ma il mistero non era stato risolto. Diede un'occhiata all'orologio – a Wall Street era ancora pomeriggio – e fece un altro numero.

Arnaud Condamine era un trader, quindi un compratore. Sopravvissuto alla crisi del 2008, godeva ancora della fiducia di numerosi fondi istituzionali. Era un tipo strano, dall'aspetto selvaggio e giovanile. Un nerd che dava l'impressione di vivere incatenato alla sua postazione fasciato in un completo scuro. Lavorava, mangiava e senza dubbio dormiva davanti al suo terminale Bloomberg.

Condamine fu meno negativo di Cesby. L'idea di una scalata non gli sembrava così assurda. «Dovevate aspettarvelo: il vostro azionariato è troppo frammentato. Vi manca un leader, non avete un programma definito... Inoltre, con la morte di Nseko, il gruppo si è indebolito.»

«Non sai chi sta comprando?»

«E come potrei?»

In teoria i nomi dei compratori e dei venditori avrebbero dovuto essere riservati, anche se in pratica, almeno nelle operazioni più consistenti, si trattava di un segreto di pulcinella. I mediatori, per smuovere il mercato, non esitavano a rivelare l'identità di questo o quel compratore «visionario».

«Chiama i tuoi broker. Guarda chi sta comprando e per ordine di chi.»

«Sono cose che non si fanno.»

«E io tiro di coca solo a Natale.»

«Cosa mi dai in cambio?»

Loïc disse in tono misterioso: «Non te ne pentirai».

«Ti richiamo.»

Loïc incrociò le mani dietro la testa e tornò a valutare le due ipotesi: un'OPA lanciata da un grosso gruppo concorrente che operava nel settore minerario, oppure qualche pesce piccolo che era al corrente dei giacimenti e stava facendo insider trading.

Invasione o tradimento: quale delle due?

Decise di farsi una sniffata per schiarirsi le idee.

27.

«Non vuole mangiare qualcosa?»

«No, grazie.»

«In mensa dovrebbe essere rimasto un po' di merluzzo alla basca e...»

«Le ho detto di no.»

Le undici di sera. Erwan si dispiacque di aver risposto male ad Archambault, ma il viaggio di ritorno era stato una lotta per la sopravvivenza. Non sapeva che si potesse avere il mal di mare anche quando si volava. Le raffiche di vento avevano scosso il Dauphin come il ramo di un albero e il suo cuore come se fosse un frutto maturo. Ora si godeva semplicemente il contatto con la terra ferma. Congelato, bagnato fino al midollo, l'unico suo desiderio era quello di rintanarsi in camera.

«Dica a Verny di passare da me tra quindici minuti.»

«A quest'ora? Credo che...»

«Sono sicuro che è ancora al lavoro.»

«Agli ordini, capitano. Devo venire anch'io?»

Erwan aveva rinunciato a lottare contro il lessico militare: si stava lasciando trascinare lentamente dalla corrente.

«No. Briefing domani mattina alle otto e mezzo in refettorio. Ma se dovesse scoprire qualcosa questa notte mi chiami sul cellulare.»

Salutò l'Asparago e si diresse verso il blocco di destra, quello delle camere. Aveva ancora i crampi allo stomaco per la nausea. Salì le scale e raggiunse la sua stanza circondato da un opprimente silenzio: né radio né televisione da dietro le porte; solo le grida dei gabbiani giungevano a tratti a coprire le vibrazioni dei vetri sferzati dal vento. Un'atmosfera decisamente lugubre.

Kripo era all'opera. Due stampanti funzionavano a pieno regime. Una sputava fuori elenchi, l'altra verbali d'interrogatorio. Su una coppia di monitor appoggiati su una scrivania stavano passando le registrazioni della sorveglianza, che il suo vice teneva d'occhio mentre lavorava curvo sul suo Mac. Erwan capì che aveva recuperato i video della settimana precedente nella speranza che potessero servire a qualcosa.

«Ho mangiato alla mensa», lo informò senza sollevare lo sguardo. «C'era un ottimo pollo.»

«Era merluzzo.»

L'alsaziano annuì quasi fosse quello che aveva appena detto. Erwan si domandò per l'ennesima volta come un tipo così distratto riuscisse a essere tanto preciso nel suo mestiere. Il suo vice si era cambiato e ora indossava un gilet di cuoio senza maniche sopra una camicia western, pantaloni di velluto verdi e Croc gialle fluorescenti. «Vuoi che facciamo il punto della situazione?»

Senza rispondere, Erwan afferrò il suo beauty e andò a chiudersi in bagno. Si buttò subito sotto la doccia e cominciò a riscaldarsi. Ora si sentiva più saldo sulle gambe.

«Va meglio?» gli domandò Kripo quando ritornò.

«Nel viaggio di ritorno c'è mancato poco che ci lasciassi le penne. Mi sembrava di essere su una bagnarola in mezzo alla tempesta.»

«E l'ammiraglio?»

«Un cialtrone. E tu?»

«Sempre la stessa solfa. Per quanto riguarda le chiamate non ci sono grosse novità. Abbiamo verificato anche il GPS dei mezzi della base e il traffico marittimo nei dintorni. Nemmeno l'ombra di un movimento sospetto.»

Su uno dei monitor, gli EOPAN, soldati in erba, marciavano al passo sulla pista in maglietta e calzoncini: l'addestramento mattutino.

«Dal tecnico ancora nulla?»

«Sta avendo qualche problema. Wissa aveva preso precauzioni. Il suo hard disc è protetto. Branellec mi ha promesso aggiornamenti domani mattina. Pensa anche di controllare i computer degli altri allievi; vuole sapere chi si è connesso a cosa e come è stato organizzato il famoso weekend d'integrazione.»

«Quanto tempo gli servirà?»

«Almeno tre giorni.»

Erwan annuì senza troppa convinzione.

«L'unica buona notizia», proseguì Kripo, «è che la visita di domani mattina a Sirling è confermata. Sono arrivati i sommozzatori con l'attrezzatura. Imbarco all'alba. Tutti a bordo!»

Erwan ebbe un tuffo al cuore all'idea di mettersi in mare. Intuiva che sarebbe stato ancora peggio dell'elicottero.

Sollevò la cornetta del telefono fisso e chiamò Muriel Damasse, la quale gli aveva lasciato tre messaggi mentre era assente. Nonostante l'ora, il sostituto procuratore rispose dopo due soli squilli. Cominciò a rimproverarlo per non essersi più fatto sentire e per la sua mancanza di cooperazione, ma Erwan la mise a tacere con la notizia che Wissa era stato assassinato. I rapporti di forza cambiarono all'istante: la donna iniziò a supplicarlo di darle qualche pista d'indagine per la conferenza stampa che avrebbe dovuto tenere l'indomani. Lui promise di metterla al corrente prima di partire per Sirling, anche se non credeva davvero di poter scoprire qualcosa di nuovo nella notte. Controllò ancora una volta la segreteria: due messaggi dei genitori di Wissa. Non ebbe il coraggio di chiamarli.

Bussarono alla porta: Verny a rapporto. In zona era da lustri che non si verificava una morte violenta con sevizie. Nei dintorni non c'erano pazzi a piede libero né assassini scarcerati di recente. Nessuna traccia di barche rubate o vascelli fantasma all'orizzonte.

Prima di andarsene il gendarme disse che si sarebbe tenuto pronto per la spedizione del giorno successivo. Erwan capì che gli sarebbe toccata la banda al completo: Le Guen, Archambault, Verny. In fondo cominciava ad affezionarcisi.

«Vuoi che ti faccia un po' di spazio?» gli chiese Kripo indicando la scrivania.

«Va bene così, grazie.»

Mise mano ai verbali già compilati e ne sfogliò qualcuno come avrebbe fatto al commissariato. Non aveva il coraggio di leggerli nel dettaglio; preferì ripiegare su delle foto infilate in buste trasparenti. Qualcosa con cui rifarsi gli occhi prima di dormire.

Kripo aveva già scelto il letto: la custodia del liuto marcava il suo territorio. Erwan si distese sull'altro. Con i capelli ancora umidi, il corpo caldo per la doccia, avvertì la stessa sensazione di sollievo che provava sempre quando era piccolo dopo il bagno, le sere in cui suo padre restava in servizio.

Aprì la prima busta: i resti di Wissa sparsi sulla sabbia. Chissà perché gli venne in mente una celebre battuta di Michel Audiard nel film *In famiglia si spara*: «Vado a fargli vedere io chi è Raul. Lo ritroveranno sparso ai quattro angoli di Parigi, a pezzettini, come un puzzle». Si passò una mano sul viso come a scacciare quel pensiero irrispettoso e si concentrò. La posizione dei resti sembrava del tutto casuale – l'onda d'urto del missile – e il loro aspetto non gli diceva nulla.

Seconda busta: il cratere provocato dal missile. Erba bruciata, licheni anneriti, sabbia vetrificata. Posò i documenti e lanciò un'occhiata a Kripo. Stava lavorando ancora e pareva pronto a farsi la notte in bianco. Erwan frugò nello zaino ed estrasse una mascherina per dormire.

In quel momento ebbe un'epifania: capì perché il volto di Di Greco gli era familiare.

L'ammiraglio assomigliava a Sergej Rachmaninov, il celebre pianista e compositore russo. Quand'era ragazzo, Erwan aveva avuto il suo periodo classico. Trascorreva serate intere ad ascoltare concerti e sinfonie e a leggere biografie di compositori. Rachmaninov era uno dei suoi idoli. Si rialzò e prese il portatile. Kripo gli diede la password del wi-fi della base e nel giro di qualche secondo Erwan, disteso sul letto, aveva già cominciato a guardare foto del musicista.

Non si sbagliava: stesso viso lungo, stessi occhi sporgenti, stesse occhiaie scure. Visionò alcune foto che lo ritraevano in piedi. Altro punto a suo favore: con la loro interminabile figura i due sembravano essere passati davanti allo stesso specchio deformante.

Spinto da uno strano impulso lesse rapidamente la voce di Wikipedia dedicata a Rachmaninov. Il pianista aveva diviso la propria vita fra attività concertistica e composizione, tra Russia e Stati Uniti. Erwan era sempre stato affascinato da questo genio postromantico, che quando componeva aveva fama di privilegiare i tasti neri donando sonorità orientali alle sue melodie.

Non gli ci volle molto prima di scoprire un particolare che ignorava: le sue peculiarità fisiche – con le gigantesche mani Rachmaninov era in grado di coprire un intervallo di tredici tasti – dipendevano probabilmente da una malattia genetica, la sindrome di Marfan. Grazie a un semplice *clic* aprì un articolo dedicato a questa rara patologia che colpiva soprattutto gli occhi, le ossa e il sistema cardiovascolare. La malattia si manifesta esteriormente con una crescita abnorme delle membra, una deformazione dello scheletro e uno smisurato allungamento del viso.

Alle suddette informazioni seguiva una lista di personaggi famosi «sicuramente affetti» dalla sindrome: Niccolò Paganini, Abraham Lincoln, Joey Ramone dei Ramones, il cantante dei Deerhunter Bradford Cox, l'attore spagnolo di film horror Javier Botet... perfino Osama bin Laden. Si assomigliavano tutti: gli stessi tratti allungati, gli stessi occhi malinconici, la stessa immensa statura. Una tribù che forse aveva un'antica origine comune: alcune analisi genetiche avevano dimostrato che già i membri della dinastia di Tutankhamon soffrivano della malattia. Una volta tolte le bende, le mummie rivelavano tutte la stessa figura filiforme.

Erwan pensò a Di Greco. La sindrome di Marfan non gli sembrava compatibile con la sua carriera militare. Allo stesso tempo si ricordò dell'impressione che l'ammiraglio gli aveva dato: un individuo logoro, consunto, sfibrato.

Nuova ricerca, questa volta sull'ammiraglio. Niente, o quasi. Qualche cerimonia ufficiale, assegnazioni di medaglie e *basta.* Non una voce su Wikipedia né una scheda su

Who's Who; nessuna nota biografica sul sito dell'esercito. Di Greco era un perfetto sconosciuto. A meno che tutto quanto lo riguardava fosse classificato come segreto di stato o militare, impedendo la divulgazione in rete di qualsiasi informazione su di lui.

Erwan si fermò. Gli occhi cominciavano a chiuderglisi. Sprofondò sotto le coperte e si rese conto di aver dimenticato a casa l'apparecchio: avrebbe passato la notte a digrignare i denti.

I sobbalzi del Dauphin tornarono ad assalirlo. Gli sembrava di ondeggiare sul materasso. Mentre scivolava nel sonno e i suoi pensieri si facevano incoerenti, l'ammiraglio gli comparve davanti dalle profondità del subconscio.

Era a bordo del castello galleggiante, ma le sue interminabili braccia si trovavano nei corridoi della K76. Quando le lunghe dita furono ad appena qualche centimetro dal suo volto, sentì quelle mani ossute premere sulla pelle e forargli la carne per afferrarlo.

28.

La rosa per l'estate, la bianca per l'inverno. La riga di coca pronta sul tavolino basso si rifletteva nel vetro dell'immensa finestra del salotto, in perfetto asse con la Tour Eiffel. Loïc viveva in avenue du Président-Wilson, poco distante dal suo vecchio appartamento di place d'Iéna, dove abitavano ancora Sofia e i bambini.

Si era fatto fare una cannuccia in alluminio anodizzato con i bordi smussati per non ferirsi il naso. Non se ne separava mai. Inalò la polvere e non sentì niente. Si disse che doveva essere colpa della roba troppo tagliata. O forse, al contrario, era lui ormai a essere merce avariata, talmente assuefatto da non provare più nulla.

Si alzò e passò alla fase due: rapido sguardo ai monitor e ai terminali sulla scrivania. Il titolo della Coltano era cresciuto ancora. *Cazzo.* Da qualche parte nel mondo qualcuno comprava e vendeva quelle maledette azioni. Ma chi? Immaginò che suo padre gli avrebbe fatto una sfuriata come se fosse colpa sua e pensò con un certo timore ai generali congolesi. Perché si era lasciato coinvolgere in un tale casino?

Andò sul sito della Reuters, dove per l'appunto compariva un comunicato sulla Coltano, appena qualche riga per confermare la nomina del generale Trésor Mumbanza a direttore dell'azienda nel Katanga. Originario della regione, di etnia luba, Mumbanza aveva un passato sicuramente poco limpido, ma il profilo biografico riportato dall'agenzia era stato edulcorato. Carriera, esperienza, titoli... Tutto suonava falso. In realtà era un generale sanguinario, un faccendiere, factotum di Morvan con la benedizione di Kabila. Il Vecchio diceva di scegliere i propri direttori come De Gaulle sceglieva i suoi presidenti in Africa: «Uomini fidati, che sappiano almeno leggere e scrivere».

Loïc raggiunse la cucina a vista del suo appartamento per la fase tre: un caffè guatemalteco che si faceva mandare direttamente da Antigua. Per prepararlo utilizzava strumenti degni di un chirurgo; la sua sala operatoria era una cucina Boffi attrezzata in marmo e acciaio. Altra delusione. Anche quel nettare non aveva alcun sapore. Credette di aver perso ogni sensibilità ma fu subito smentito da un reflusso acido. Pensò a un'ulcera. Per associazione d'idee gli venne in mente Sofia. Si era rigirato nel letto tutta notte per colpa dell'italiana, non della Coltano.

L'esistenza umana è regolata da una strana forma di alchimia inversa: non si cambia il piombo in oro ma ci si accanisce per mutare l'oro in piombo. Com'era stato che la sua storia d'amore con Sofia si era trasformata in un simile fiume d'odio?

Nuovo senso di bruciore. Si tolse la maglietta e si massaggiò l'addome, all'altezza del plesso solare. Pensò che avrebbe dovuto fare degli esami. Radiografie, colonscopia... qualsiasi cosa fosse necessaria per scovare quel male e riuscire a curarlo. Già si immaginava i trattamenti che gli avrebbero prescritto per rigenerare la sua flora intestinale. Altra polvere...

Con in mano una seconda tazzina di caffè si sedette sul divano in pelle e gommapiuma creato da un designer italiano. In lontananza, il sole e la sua scorta di nuvole si levavano come un grande esercito di scudi dorati e lance infuocate fra le sculture del Palais de Tokyo. Si ricordò dei peplum che guardava quando era bambino, i film degli anni Sessanta collezionati dal padre. All'epoca nei suoi sogni si vedeva come un eroe intrepido...

Il divorzio era fuori questione. Non perché amasse ancora Sofia – la detestava con tutte le sue forze –, ma perché una separazione ufficiale lo avrebbe allontanato dai suoi figli. Per lei non sarebbe stato difficile provare davanti a un giudice i suoi problemi di dipendenza, e allora non avrebbe più potuto vedere Milla e Lorenzo se non una volta alla settimana. Forse il tribunale gli avrebbe impedito anche di tenerli a dormire a casa sua nei weekend...

Terzo caffè. Lui, che da dieci anni viveva in un mondo dove a regnare erano la grana e il senso di onnipotenza, si trovava ora alla mercé di quella stronza. Gli sembrava qualcosa di tremendamente ingiusto, in antitesi con la sua sfolgorante carriera.

Era in affari dalla metà degli anni Duemila.

Con l'appoggio del suo mentore, James Thurnee, proprietario di un importante fondo speculativo, aveva cominciato come semplice analista. Per mesi non aveva fatto altro che leggere tutto quello che era riuscito a trovare sull'argomento. Aveva redatto le sue prime analisi con una certa prudenza, infilandoci poi alcuni consigli che si erano rivelati corretti. Lo avevano notato, si erano fidati del suo intuito e grazie a lui avevano guadagnato un sacco di soldi.

Ben presto era diventato una specie di oracolo.

Dopo due anni non ne poteva più di dispensare consigli senza trarne profitto. Thurnee gli aveva così affidato in gestione un book di duecento milioni di dollari. Loïc aveva finalmente il volante in mano. Ogni giorno vedeva come gli investimenti aumentavano, ristagnavano, diminuivano... Aveva cominciato a maneggiare immense fortune sui cui rendimenti incassava un bonus del venti per cento. *Un ringraziamento a titolo speciale...*

Voleva di più: un hedge fund tutto suo. Thurnee gli aveva ritagliato una nuova nicchia all'interno della sua società e lo aveva raccomandato ai clienti più anziani. Quei dinosauri, bontà loro, gli avevano dato qualche miliardo perché si affilasse gli artigli.

Lo aveva fatto.

Aveva investito in titoli sconosciuti, interessandosi ad azioni sottovalutate e a società ignorate da tutti. Raschiando il fondo del barile aveva trovato delle pepite d'oro. Si muoveva controcorrente, senza dar retta a mode e voci, giocando sempre a fare l'outsider.

Thurnee lo osservava divertito: sapeva che Loïc nascondeva un segreto. Quel ragazzo aveva vissuto esperienze infernali che lo avevano temprato. Era stato alcolizzato, eroinomane, aveva sfiorato la morte in qualche oscura regione dell'India. Qualsiasi fossero le cifre in gioco, non si sarebbe mai lasciato impressionare dal mercato. Ma soprattutto era buddhista come lui (era stato proprio l'inglese a iniziarlo alla religione). In un mondo basato unicamente sull'avidità, Loïc era indifferente, distaccato, aveva rinunciato a ogni passione e desiderio materiale. Ed era proprio questo distacco che spesso gli consentiva di individuare schemi invisibili agli altri...

Loïc guardò l'orologio: di già le otto. Il sole ormai aveva invaso il salotto. Due ore buttate via a rimuginare. Si alzò di scatto, si concesse un'altra striscia e si infilò in bagno. Doccia fredda. Rasatura veloce. Vestito. Accendendo il telefonino aprì la porta e vide un pacco appoggiato sullo zerbino.

Un cartone beige, chiuso alla bell'e meglio con del nastro adesivo.

Lo afferrò con circospezione – a occhio pesava più o meno un chilo – e rientrò nell'appartamento. Già solo il fatto che quella scatola fosse arrivata fin lì lo insospettiva: lo stabile era una specie di fortezza domotizzata e il servizio di portineria in genere gli teneva la posta fino a quando lui rientrava la sera. Ipotesi sinistre cominciarono a farsi strada nella sua testa. Una bomba. Un dito. Una lettera all'antrace...

Dal pacco proveniva un odore organico, animalesco. Si disse che forse sarebbe stato meglio non toccarlo e chiamare subito il padre, ma la curiosità ebbe la meglio. Andò in cucina, prese un coltello da sushi, tagliò il nastro adesivo con cautela e aprì la scatola.

Trattenendo a stento un grido fece un balzo all'indietro: un'enorme lingua irta di cocci di vetro avvolta in carta di giornale. Il fondo della scatola era zuppo di sangue. Con la punta del coltello sollevò l'organo – un semplice taglio di macelleria – e sotto scoprì un foglietto piegato in quattro inserito in una busta di plastica. Senza prendersi la briga di indossare i guanti, la prese a l'aprì. Il testo era scritto in lettere maiuscole con un inchiostro brunastro, forse sangue:

FINISILA COI TUOI TRAFICI IN KONGO
SE NO TE LA TALIAMO

Si buttò su uno sgabello della cucina all'americana, rilesse più volte il messaggio e avvertì un forte senso di oppressione al petto. La paura aveva invaso ogni cellula del suo corpo, sconvolgendo il suo metabolismo e alterando la sua percezione del mondo esterno. Aveva l'affanno, il cuore gli batteva a centoventi pulsazioni al minuto, era madido di sudore. L'odore del sangue gli montò alla testa fino a dargli le vertigini.

Ora che aveva fatto praticamente tutto il contrario di quello che avrebbe dovuto, gli restava soltanto un numero da chiamare.

29.

Mare nero. Erba azzurra. Rocce verdi. Attraverso la bruma mattutina si intravedeva un paesaggio spettacolare, di un primitivismo quasi fiabesco. Arrivare a Sirling era come passare dall'altro lato dello specchio.

Approdarono sulla costa occidentale dell'isola, dietro uno sperone di granito nero. A detta di Archambault era l'unico luogo dove poter gettare l'ancora. Erwan si disse che avrebbe dovuto mandarci una squadra: anche Wissa e il suo assassino per forza di cose erano approdati in quella cala e forse avevano lasciato qualche traccia. Seguì passo passo i suoi collaboratori: Archambault, Verny e Le Guen (Kripo era rientrato a Parigi in aereo). Superata la spiaggia si inerpicarono su un poggio dal quale si aveva una visuale a centottanta gradi.

Davanti a loro si succedevano basse colline che ricordavano le pieghe di un tappeto grigio e rosso. Su quella più vicina, completamente ricoperti da un manto verde, si ergevano blocchi di granito simili alle lische dorsali di un pesce gigantesco.

"Andiamo." Erwan era soddisfatto. Dopo aver dormito come un sasso, aveva trangugiato la sua colazione alla mensa circondato dai soldati immersi nel più assoluto silenzio per poi imbarcarsi come un pescatore in un romanzo di Henri Queffélec. Aveva sofferto il mal di mare meno di quanto avesse temuto e ora, rinfrancato, camminava nell'aria fredda godendosi il tepore dei suoi vestiti.

In realtà non c'era molto di cui essere contenti. Nella notte non erano emerse novità. Aveva rinunciato a chiamare il sostituto procuratore: che gendarmi e magistrati se la sbrigassero tra loro e tirassero a sorte chi avrebbe dovuto informare i Sawiris. Non sperava nemmeno più di trovare qualcosa di clamoroso a Sirling.

Superarono la seconda collina. Canne e giunchi circondavano pozze nere dai riflessi violacei in un paesaggio che ricordava una tundra monocroma e minacciosa.

Terza collina: cambio di scenario. Cespugli rosa, bianchi e gialli che giocavano a rincorrersi tra i sassi. Ma soprattutto una distesa di erica la cui superficie gli ricordò una specie di *crumble* rosa e viola che sembrava nascondere un'energia misteriosa.

«Cosa fa?» si spazientì Le Guen. «È dì lì che dobbiamo passare.»

Erwan si rimise in cammino. Superata un'altra altura giunsero sul luogo delle operazioni: centinaia di metri quadrati perimetrati, una trentina di persone al lavoro su un terreno cosparso di pozze salmastre e sabbia grigia. I tecnici in tuta bianca si affaccendavano intorno a un cratere di circa cinque metri di diametro. I sommozzatori lo stavano svuotando servendosi di pesanti tubi striati.

«Sta sprecando i soldi dei contribuenti.» Erano le ultime parole che gli aveva rivolto il colonnello Vincq all'ingresso dell'accademia.

Uno dei TIS passò sotto il nastro segnaletico e gli si fece incontro. Indossava un colbacco che gli conferiva l'aspetto di un cosacco. Thierry Neveux, l'analista criminale. «È andato bene il viaggio?» domandò in tono ironico. «Venga, l'epicentro dell'esplosione è da questa parte.»

«Non devo mettermi i copriscarpe?»

«Lasci perdere. In quarantott'ore sull'isola sono caduti più di dieci millimetri di pioggia. È impossibile che in questo pantano siano rimaste delle impronte, e tanto meno fibre o frammenti organici...»

Sta sprecando i soldi dei contribuenti.

Raggiunsero il cratere, dove i sommozzatori si immergevano a turno. Altri tecnici si passavano taniche nere di polipropilene.

«Abbiamo portato radar e sonde. L'esplosione ha spostato molta terra e forse alcuni oggetti sono rimasti sepolti. Ma le ripeto che non dobbiamo aspettarci miracoli.»

«Che cosa sa del missile che l'ha provocato?»

«Non molto, e comunque mi hanno detto che è un segreto di...»

«Quando le faccio una domanda, vorrei che mi rispondesse.»

Neveux sorrise sotto il colbacco, il volto incorniciato dai lunghi paraorecchie di pelliccia. Assomigliava a Pippo, il migliore amico di Topolino. «La bomba è stata innescata da una reazione chimica. Ossidoriduzione o scomposizione. Un lampo incandescente. Tutto è stato polverizzato o bruciato. Ma per dire esattamente quello che...»

Erwan gli prese di mano il pezzo di metallo annerito che aveva appena raccolto. «Secondo lei la bomba conteneva frammenti metallici?»

«Intende come gli esplosivi densi a metallo inerte? No, non penso. Non ne abbiamo trovato traccia qui intorno. E comunque non credo che il nostro esercito usi questo tipo di munizioni. Sono vietate dalla convenzione di Ginevra.»

Erwan si ricordò della carne dilaniata, delle schegge di ferro sottopelle. Aveva immaginato che potesse trattarsi di un missile shrapnel. Che altro poteva essere? «Il medico legale estrarrà i residui metallici presenti nel corpo», disse. «Lei sarebbe in grado di identificarli? Di riconoscere se si tratta di frammenti di armi da taglio o di strumenti di tortura?»

Neveux inarcò le sopracciglia: nessuno gli aveva ancora dato quella versione dei fatti. A forza di fare il misterioso, Erwan stava rallentando le indagini.

«Pensa che il ragazzo sia stato ucciso prima dell'esplosione?» domandò l'analista.

Il poliziotto non ebbe il tempo di rispondere. Un Rafale sfrecciò sopra di loro. Istintivamente, tecnici e sommozzatori incassarono la testa fra le spalle. Non era un semplice rumore – non per un orecchio umano, almeno – ma piuttosto uno squarcio nel cielo. Una lacerazione nella materia più dura che si possa immaginare: il magma originario. Il suono che avrebbe prodotto una montagna fatta a pezzi come un semplice foglio di carta.

L'aereo da caccia sparì. Erwan osservò gli altri: erano stupefatti, immobili. In lontananza si udiva ancora una specie di rantolo, che sembrava dilatarsi nell'universo stesso. Poi il rumore riprese a crescere, condensandosi in un nuovo attacco. Cominciò con un fischio – una gigantesca miccia pronta a far esplodere il cielo – che si amplificò fino a diventare un tuono.

Questa volta Erwan non abbassò lo sguardo. Vide il triangolo nero fendere le nubi. Le scie bianche sotto le ali parevano fiamme di ghiaccio. Le bocche urlanti dei reattori sputavano un fuoco talmente denso da far pensare a un pezzo di sole; una massa così incandescente che gli occhi bruciavano solo a guardarla.

Tutt'a un tratto lui, che da quando era arrivato non aveva provato altro che disprezzo per piloti e soldati, si sentì pervadere da un'ammirazione sconfinata per quegli uomini capaci di controllare motori tanto potenti e soggiogare le forze del cosmo. Dei veri demiurghi.

Il fragore si allontanò e il vento ripulì l'atmosfera. Quindi le manovre con i Rafale continuavano. Nessun lutto sulla *Charles-de-Gaulle.* Il poliziotto ripensò alla figura dell'ammiraglio Di Greco: aveva dimenticato di informarsi su quali fossero di preciso le sue funzioni a bordo della portaerei.

Si avvicinarono al cratere. Sul fondo, i sommozzatori, con le mute di neoprene, ricordavano un branco di foche cosparse di grasso. Uno di loro risalì aggrappandosi a una fune.

Si presentò: era il capo della squadra dei tecnici specializzati in ricerche subacquee. «Abbiamo già trovato questo», annunciò semplicemente. «Le dice qualcosa?»

L'oggetto era infilato in una busta per i reperti. Attraverso le pieghe trasparenti Erwan riconobbe un anello. Afferrò la busta e la espose alla luce iridescente del mare. Era di metallo grezzo, piombo o argento, con inciso uno stemma d'arme celtico.

«Quanto varrà?» chiese il sommozzatore.

Erwan passò il reperto a Neveux senza rispondere. Nel suo petto si era fatto il vuoto pneumatico. Lo aveva riconosciuto, ne era certo.

L'anello con monogramma del padre.

30.

Dopo aver letto il messaggio intimidatorio inviato a Loïc, Morvan aveva subito pensato ai Combattenti, congolesi esiliati che dalla Francia continuavano la loro lotta contro il regime di Kabila. Boicottavano i concerti parigini dei musicisti che avevano appoggiato il governo di Kinshasa, aggredivano le autorità congolesi in visita nella capitale, inondavano il web di messaggi inneggianti alla vendetta e organizzavano manifestazioni nella zona della Gare du Nord o in place des Invalides che nessuno si filava.

Perché ora se la prendevano con Loïc? Lo credevano un complice di Kabila? Assurdo. Suo figlio non era che un amministratore della Coltano; per il momento non possedeva nessuna quota del gruppo e non aveva mai messo piede in Congo.

Stavano tenendo d'occhio i movimenti del titolo? Avevano notato il suo rialzo? Ma cosa ne avevano dedotto? Che la combriccola di Kabila intrallazzava con bianchi e tutsi per depredare una volta di più la loro terra? Morvan faceva fatica a immaginarsi quei balordi seguire l'andamento del mercato. La maggior parte di loro viveva in luridi alloggi occupati abusivamente nel XVIII arrondissement: difficile che avessero anche solo dieci euro da investire in borsa.

Un'altra cosa non gli tornava: il messaggio, pieno di errori di ortografia, non era certo nello stile dei Combattenti, per la maggior parte intellettuali laureati alla Sorbona.

"Lo scopriremo."

Quando Loïc se n'era andato, aveva fatto una doccia, si era vestito e si era precipitato giù per le scale senza nemmeno incrociare sua moglie. Aveva preso anche una 9 mm. Prima di infilarsi in tasca un secondo caricatore aveva cambiato idea: era diretto a Château-d'Eau, non all'O.K. Corral.

Ora stava aspettando negli studi di Radio Katanga, in boulevard de Strasbourg. Odore di tabacco stantio, sporcizia, muri pieni di crepe. Ogni tanto passava qualche nero. Colossi con gli occhi iniettati di sangue. Gazzelle fasciate in abiti di pelle che mangiavano un kebab a colazione (in realtà la loro cena). Nessuno gli rivolgeva la parola. Nemmeno uno sguardo. Eppure un sessantenne bianco di più di cento chili in giacca e cravatta non doveva essere uno spettacolo così frequente in quella stazione radio al cento per cento africana.

Morvan cercava di mantenere la calma mentre rivedeva di continuo l'immagine tragicomica del figlio con il pacco insanguinato sottobraccio. «Chiederò a tua madre di cucinarcela per il pranzo di domenica!»

Sul volto di Loïc non era comparsa nemmeno l'ombra di un sorriso. Morvan era solito dire di lui: «L'audacia non è il suo forte e il coraggio non è la sua specialità».

Riguardo alla Coltano aveva verificato: Deplezains diceva la verità, ma Loïc non aveva alcuna spiegazione convincente. Morvan una ce l'aveva, ma preferiva non pensarci. La sera precedente aveva chiamato Bizot, il presidente del gruppo a Parigi, un indolente funzionario che lui stesso aveva fatto piazzare alla testa della società. Quando era stato informato del rialzo del titolo, aveva esclamato con orgoglio: «È il prezzo del successo!». Che coglione... Gli aveva anche proposto di mandare qualche investigatore privato sul campo per indagare sulla morte di Nseko. Un'altra cazzata. Morvan aveva subito smorzato il suo entusiasmo. A torto o a ragione, era persuaso che la morte del nero non c'entrasse nulla con quell'aumento improvviso nel valore delle azioni.

Poi aveva chiamato i responsabili delle attività di estrazione a Lubumbashi, poveri bianchi con il fisico ormai quasi completamente devastato dalla vita africana. Nessuno era stato in grado di dargli un motivo plausibile. Non c'erano novità: lo sfruttamento delle miniere procedeva con il solito ritmo. Aveva anche tentato di contattare i collaboratori di Nseko, ma evidentemente erano fuggiti, terrorizzati dalla morte del loro capo e temendo i nuovi provvedimenti di Mumbanza (in Congo esistevano mille modi diversi per ringraziare qualcuno...).

Infine, durante la notte, aveva cercato invano di sentire i suoi uomini nella foresta settentrionale. Non aveva più avuto notizie da quando aveva parlato loro di Lubumbashi. Cattivo segno? Cominciò a pensare che questo mistero e la minaccia ricevuta da Loïc potessero essere in qualche modo collegati. Ma no, stava delirando: nessuno a Parigi poteva sapere quello che stava succedendo nei pressi di Ankoro, in piena zona di guerra, nemmeno quelli che si trovavano sul posto...

Le sue elucubrazioni furono interrotte da una voce. Un enorme nero, chino su di lui, gli stava dicendo che avevano avvertito della sua presenza Thomas Luzeko, detto Grancaldo, leader dei Bana Congo, l'altro nome dei Combattenti. Ogni mattina alle nove conduceva una trasmissione radio e di lì a non molto sarebbe uscito dallo studio.

Morvan conosceva il congolese da molto tempo: un luba esaltato che aveva studiato a Bruxelles e a Parigi prima di tornarsene nel proprio paese a seminare il caos. Allontanato da Kinshasa e impossibilitato a rientrare, fomentava i suoi complotti dal X arrondissement. Un intellettuale che citava Hobbes e Marx e celebrava la violenza come unico mezzo possibile.

Apparvero due mastini che gli fecero cenno di alzarsi. Lo perquisirono e gli confiscarono la pistola. Gesti lenti, odore di canna, occhi stanchi: il turno di notte era pronto per andare a dormire. Morvan li seguì in un dedalo di cabine dai vetri sudici fino a raggiungere un magazzino dov'erano ammassati CD, vecchi computer e materiale hi-fi, il tutto ricoperto da uno spesso strato di polvere. In fondo alla rimessa lo aspettava Grancaldo, seduto sulla sedia dritto come un fuso, con in mano uno spinello.

Il nero indossava sempre un busto ortopedico che gli

stringeva le spalle come una specie di armatura. Sosteneva di essere stato torturato dalla polizia di Kabila: a seconda dei giorni i colpi ricevuti gli avevano incrinato una o più vertebre.

Morvan si avvicinò, prese una sedia e gli si piazzò di fronte. Dall'odore sembrava che in quella stanza non facessero altro che fumare marijuana.

«A cosa dobbiamo l'onore della sua augusta visita?»

Luzeko aveva una voce scura e levigata come pelle di Hermès. Ogni sua parola rivelava un grado di istruzione fuori dal comune. Negli ultimi anni Mobutu aveva vissuto con due sorelle gemelle. Luzeko era il nipote di una di loro. Alcune malelingue dicevano che fosse il figlio illegittimo del presidente. Il bambino era cresciuto nel palazzo del Leopardo ricevendo la migliore educazione che si possa immaginare.

Morvan tirò fuori dalla tasca il messaggio. «Leggi.»

Grancaldo aprì il foglietto con movimenti simili a quelli di un automa. Gli piaceva recitare la parte dell'invalido. Si concentrò sul testo per qualche secondo. «Cosa vuol dire?»

«Che i tuoi scagnozzi devono prendere lezioni di ortografia.»

L'altro ripiegò lentamente il pezzo di carta e glielo restituì. «Non siamo stati noi, e lo sai.»

«Mio figlio ha ricevuto questa roba stamattina insieme a una lingua di vitello coperta di cocci di bottiglia. Grottesco. I celebri Combattenti hanno deciso di attaccare i finanzieri del sistema?»

«Ti dai troppa importanza. È sempre stato il tuo difetto. Pensi di essere l'ombelico del Congo-Kinshasa. Purtroppo ti devo ricordare che sei soltanto un intruso, uno sporco bianco venuto a depredare la nostra terra. Un...»

Morvan si alzò in piedi e con un balzo fu sopra l'uomo stretto nel suo busto. «Avete deciso di rompere i coglioni al regime di Kabila con ogni mezzo possibile da Parigi. Per me potete fare quel cazzo che vi pare: a ciascuno la sua merda. Ma se vi azzardate a toccare anche solo un capello a mio figlio, giuro che vengo a strapparvi fuori dai vostri luridi buchi come denti marci e che nessuno sentirà più parlare di voi!»

Grancaldo restò impassibile. Si portò lo spinello alle labbra e tirò una lunga boccata. «Ti ho detto che non c'entriamo nulla», ribatté soffiandogli in faccia il fumo. «La nostra è una lotta politica e...»

«Chiudi il becco! Che mi dici allora di Congo scritto con la K?»

«Non deteniamo il monopolio di questa ortografia. Tutti gli africani del Centro si rifanno al vecchio impero. Sei venuto a rivolgermi una domanda e io ti ho risposto. Addio, Morvan. Non posso fare niente per te e tu non puoi fare niente contro di noi.»

«Ah, sì? Se muovete anche solo un dito, vi carico tutti su un charter a spese di Valls. Cosa credi? Di poterti scopare la Francia a pecorina e poi pulirti l'uccello nelle tende?»

«Devo ammettere che hai una certa classe, Morvan.»

Il vecchio poliziotto lo afferrò per il busto. «Ancora credi che la tua merda non puzzi! Vedremo cosa dirai a Fleury quando ti farai inculare da qualche detenuto frocio ben lubrificato!»

Le labbra di Luzeko furono attraversate da un fugace sorriso. La cannabis e una calma lunare gli impedivano di provare qualsiasi emozione. Lentamente afferrò il braccio di Morvan per liberarsi dalla sua stretta. Il poliziotto non oppose resistenza. Gli avrebbe volentieri spaccato quel naso da babbuino, ma il nero era di sicuro armato.

Fece qualche passo indietro e attese, avvolto in una nebbia di droga.

Senza perdere la sua rigidità, l'altro infilò la mano sotto la giacca. Morvan contrasse i muscoli. Luzeko estrasse soltanto un cellulare e cominciò a giocherellarci.

«Ti pare il momento di metterti a controllare i messaggi?»

«Non i miei messaggi, fratello. I tuoi conti in Svizzera. E quelli di tuo figlio.»

«Dammelo!»

Allungò il braccio, ma Luzeko riuscì a schivarlo con un'agilità inaspettata per un sedicente invalido.

«Credi di essere l'unico ad avere dei dossier, *toubab*?» Cominciò a leggere con calma dallo schermo del telefonino. «Lo sapevi che Loïc ha ancora un conto cointestato con sua moglie? Non mi sembra molto logico, considerati i loro rapporti...»

Morvan sollevò il pugno. «Negro di merda!»

Lo fermò il profilo nero di una calibro 45. Grancaldo gli stava puntando addosso una pistola.

«Adesso siediti e ascoltami bene.»

Morvan si lasciò ricadere sulla sedia.

«Non ci limitiamo a spaccare qualche muso alla Gare du Nord. Abbiamo le nostre reti, alleati, informatori. Abbiamo imparato da te, Morvan.»

«Perché minacciate mio figlio?»

«Ti ho già detto che non siamo stati noi.» Con la mano sinistra afferrò il foglietto sulle cui pieghe c'erano tracce di sangue rappreso e lo sventolò davanti al poliziotto. «Una lingua di vitello? Un messaggio scritto in bingo bongo? Per chi ci hai preso? Mentre tuo figlio faceva la maturità mezzo ubriaco, io ero già iscritto a scienze politiche!»

Morvan si rimise in tasca il foglietto fingendo di gettare la spugna. Si alzò in piedi e si lisciò il vestito. Un secondo dopo sferrò un colpo con il taglio della mano – come uno *shomenuchi* – sul polso dello stronzo. Quello lasciò cadere l'arma senza emettere un suono. Con l'altra mano il Vecchio lo sollevò da terra. "Mica male, per la tua età."

Tirò fuori il cellulare mantenendo la presa su Luzeko, che non fece nulla per difendersi, poi gli sventolò lo schermo davanti al naso. «Anch'io ho le mie informazioni. Lo sai cos'è questo, caro il mio coglione? Le prossime inchieste della Corte penale internazionale. Sorridi: sei in cima alla lista!»

«Che... cosa dici?»

«Nessuno ha dimenticato il tuo passato nella giungla.»

«Sono tutte menzogne!»

Il poliziotto lo lasciò andare e scoppiò a ridere. «Lo sai che il cannibalismo è un toccasana per la potenza sessuale? Con tutto quello che ti sei mangiato in quegli anni chissà quanti bastardi avrai sparsi per la foresta!»

«Brutto stronzo, tu...»

«Chiudi il becco. Se non seguirai i miei ordini, sarà un piacere per me andare a testimoniare all'Aia.»

«Cosa vuoi di preciso?»

«Trovami quei pezzi di merda che hanno scritto il messaggio e datti da fare per scoprire che cosa nasconde.»

Indietreggiò di due passi. Era possibile che Grancaldo tentasse ancora qualche mossa, invece si limitò a sistemarsi il busto.

«Ti do quarantott'ore. Basta una mia parola perché il tuo nome scompaia da questa lista.»

«Ti chiamo?»

«Come no, così m'inguai. Verrò di persona per ascoltare le tue "auguste parole"», replicò dirigendosi verso la porta.

Una volta uscito, si asciugò il viso e il collo con dei fazzolettini di carta. I vestiti puzzavano di sudore e di fumo di canna: sarebbe dovuto tornare a casa a cambiarsi. *Cazzo.*

Erano già tutti in boulevard de Strasbourg, pronti per una nuova giornata, raccolti intorno all'ingresso del metrò. Parrucchieri che lisciavano capelli. Perdigiorno professionisti. Spacciatori di ogni genere, sicuramente armati per non essere rapinati. Un groviglio inestricabile di grana e istinto di sopravvivenza, intrallazzi e fannullaggine, violenza e gioia di vivere. "Negri del cazzo." Anche se in fondo Morvan gli voleva bene.

Cancellò il messaggio che aveva mostrato a Luzeko: un elenco di nomi degli ultimi poliziotti promossi e dei loro trasferimenti. Non era in corso un'inchiesta internazionale sul Katanga. Nessuno aveva fretta di avviare indagini in quel posto. L'unica priorità era lo sfruttamento delle miniere.

Ripensando all'accaduto si disse che quasi di certo anche Luzeko aveva bluffato. Quello che gli aveva fatto vedere probabilmente era l'ultimo scontrino della lavanderia.

Due boss di cartapesta. Due cacasotto con così tante cose di cui pentirsi che a ciascuno di loro bastava accendere un cellulare perché l'altro se la facesse nelle mutande. Pietosi.

In quel momento il telefono vibrò. Erwan.

31.

«Cosa?»

Erwan ripeté quanto aveva appena detto: il cratere del missile, le ricerche, la scoperta dell'anello. Per telefono non poteva agitarlo davanti agli occhi del padre ma era come se lo stesse facendo.

«Calmati», disse Morvan con voce stentorea. «Sei un poliziotto. Il tuo compito è analizzare i fatti.»

«Non capita a tutti i poliziotti di trovare un indizio come questo su una scena del crimine.»

«Non è il mio.»

«Dimentichi che lo conosco bene. Lo stemma di famiglia. L'aquila e la foglia di felce.»

«Il mio lo porto al dito ora.»

«Davvero? Ma se hai sempre detto che ne esiste uno solo! Che è il blasone della nostra famiglia.»

«Ho mentito.»

Erwan tacque. Non tutto il male veniva per nuocere: almeno aveva scoperto un altarino.

«Non vale nulla», confessò Morvan. «Ne vendono di identici in tutti i mercatini del Finistère o delle Côtes-d'Armor.»

«Perché ci hai raccontato tutte queste balle?» Erwan si calmò: meglio una bugia di un omicidio.

«Perché avete sempre disprezzato le vostre radici. Credevo che con quell'anello sarei riuscito a farvi apprezzare le vostre origini bretoni.»

«Quindi la dinastia dei Morvan-Coätquen non esiste?» chiese Erwan in tono sarcastico.

«Esiste, ma non è mai appartenuta all'aristocrazia. Semplici pescatori. Il che non ci ha impedito di partecipare all'insurrezione monarchica contro i giacobini.»

«Perché dovrei crederti adesso, considerato che è da quando siamo nati che non hai fatto altro che raccontarci bugie?»

«Ti dico che ho l'anello al dito. Controlla pure su Internet o su qualsiasi bancarella di souvenir: ne troverai di identici. Io l'ho comprato dopo la nascita di Gaëlle, negli anni Ottanta.»

«Faccio fatica a credere che sia un caso.»

«Tu non devi credere, il tuo compito è scoprire cos'è successo. Farai fare un'analisi del DNA?» Dopo quell'ammissione di colpa, Morvan aveva già ripreso il consueto tono autoritario.

«Sarebbe inutile. Lo hanno trovato nel fango. E comunque tutta la scena è coperta d'acqua. Non riusciremo a cavarne nulla.»

«Non mi hai ancora detto niente: la versione della fuga dall'iniziazione non tiene più?»

«Parlerei piuttosto di linciaggio: Wissa Sawiris è stato assassinato dopo avere subito svariate torture. Era già morto quando il missile lo ha colpito.»

«Altro?»

Non avendo ancora nulla di certo, Erwan lo mise a parte delle sue ipotesi: lo studente seviziato nella brughiera, l'abbandono del corpo all'interno del bunker da parte dell'assassino, o degli assassini.

«Sospettati?»

«Gli allievi di Kaerverec. O gli è sfuggita di mano la situazione o hanno voluto eliminare un testimone scomodo.»

«Testimone di cosa? Secondo te è premeditato?»

«Tutto è possibile. Non escludo nemmeno un assassino proveniente da fuori e passato di lì per caso. Del tipo Francis Heaulme.»

«Non sai proprio che pesci pigliare.»

Erwan non replicò. Prima di tutto doveva chiarire la storia dell'anello.

«Hai già scritto un rapporto?» gli chiese il padre.

«Non ancora, ma lo farò presto.»
«E la conferenza stampa?»
«Oggi è impossibile: non abbiamo ancora niente di concreto.»

Morvan, sempre più Comandante. «Voglio un rapporto dettagliato via e-mail entro questa sera. Non consegnare niente al sostituto procuratore senza farmelo prima leggere. Ci penserò io a lei. Conferenza stampa domani mattina al massimo, a prescindere dallo stato delle indagini.»

Erwan provò a cercare possibili obiezioni, ma il Vecchio aveva ragione: impensabile rimandare ulteriormente l'incontro con i giornalisti. Riappese e lanciò uno sguardo al paesaggio circostante.

Erano appena approdati accanto all'imbarcadero dov'erano ormeggiati gli ETRACO dell'accademia, un semplice pontone circondato da canne, con i pali corrosi dalla salsedine. Lui si era allontanato per telefonare al padre: su Sirling non c'era campo. Archambault stava pulendo il ponte dello Zodiac. Verny e Le Guen aiutavano gli esperti della Scientifica a scaricare le loro valigie. Sembravano bambini al ritorno dalla colonia estiva.

Fece qualche passo verso riva e gli si parò davanti una costa turistica punteggiata di casette bianche con le imposte azzurre e piante di ortensia davanti a ogni porta. Com'era possibile che, con tutti quei potenziali testimoni, nessuno avesse né visto né sentito niente?

Anche se non aveva creduto a una parola delle spiegazioni del padre, non aveva nemmeno motivo di sospettarlo. Se il Vecchio – per qualche inesplicabile ragione – fosse stato coinvolto nell'omicidio, non avrebbe mai lasciato sul posto un oggetto così personale. O, se lo avesse fatto senza accorgersene, non avrebbe mai incaricato il figlio dell'inchiesta. Si trattava di una menzogna? Oppure era davvero un altro anello, come gli aveva detto?

Erwan si diresse verso la spiaggia, si tolse le scarpe e posò i piedi sulla sabbia umida. Con la bassa marea alcune imbarcazioni erano in secca. Offrivano uno spettacolo triste, desolato, ma che rivelava un altro aspetto della Bretagna:

quelle barche non si accontentavano di navigare sul mare, così come alla gente del posto non bastava camminare sulla spiaggia. Un vincolo più intimo li univa: erano saldati alla terra da una sorta di legame ancestrale.

Controllò la segreteria. Muriel Damasse, Vincq, i genitori di Wissa... Non voleva più avere contatti con nessuno. Desiderava soltanto concentrarsi sulle indagini.

Raggiunse una cala circondata da pini e cipressi dove si ammassavano materiali diversi depositati dalla marea: cordami, pezzi di polistirolo, legni marci...

Di nuovo squillò il cellulare. Prima di rispondere controllò: Clemente, il medico legale.

«Ho qualche novità.»

«Su cosa?»

«Le ferite.»

Erwan vide da lontano che i suoi colleghi avevano raggiunto le macchine. Borse e valigie sparirono nei bagagliai.

«Ho esaminato i resti meglio conservati», proseguì Clemente. «Quelli di cui potevo analizzare i tessuti, le lesioni, il sanguinamento. È terribile: ci sono ferite dappertutto, la maggior parte provocate da armi bianche: punte, lame...»

«Ha trovato qualche frammento?»

«In alcune ferite sì.»

«Li ha identificati?»

«No. Il calore ha provocato la fusione del metallo e...»

«Li faccia avere a Neveux, l'analista criminale. Altro?»

«Le confermo che questi atti di barbarie sono stati commessi quando il ragazzo era ancora vivo. Mi ha impressionato soprattutto il suo volto. L'assassino ci si è... accanito. Si direbbe che abbia usato una punta, un cacciavite o un oggetto simile; ha forato le guance e le gengive. Ci sono segni di perforazione anche su una spalla...»

Erwan non sentiva più i piedi, sprofondati nella sabbia fredda. In quel preciso momento il sole squarciò la massa di nubi e invase la cala. Gli scogli si coprirono di scaglie di luce, e gli aghi dei pini, rivestiti di goccioline d'acqua, cominciano a scintillare. «È riuscito a esaminare anche gli altri resti?»

«Una parte dell'addome. Al suo interno ho trovato alcuni tessuti intatti che mi hanno permesso di condurre un'analisi più approfondita. Gli hanno asportato degli organi.»

«Cosa?»

«Ho rilevato dei tagli molto netti nei nervi e nei legamenti. Sono stati fatti con strumenti speciali.»

«Un bisturi?»

«Sì, un oggetto di quel tipo.»

«L'assassino è un medico?»

«Di sicuro conosce un po' di anatomia. Ma non saprei dirle se sia perché ha studiato quindici anni all'università o perché è stato infermiere al fronte.»

«Al fronte?»

«Era tanto per dire... L'ambiente dell'esercito.»

Erwan sentì le ultime portiere chiudersi. Tutti erano saliti in macchina. Dietro i parabrezza vide schiere di occhi puntati su di lui. Fece cenno con una mano che lo aspettassero. «Quali organi sono stati asportati?»

«Difficile dirlo con certezza. Il fegato, la vescica, la prostata... Nella pelvi ci sono troppe lesioni per essere precisi, ma credo che lo abbiano evirato. Quadrerebbe con il resto.»

«A cosa si riferisce?»

«È stato violentato.»

«Come fa a dirlo se l'addome inferiore è danneggiato?»

«Non la parte posteriore. Mi dispiace doverle fornire questi particolari, ma nella regione anale ho rilevato numerose lacerazioni, nelle pareti interne del retto e dello sfintere. Wissa è stato stuprato con estrema violenza.»

«Mentre era vivo?»

«Sicuro: i tessuti hanno sanguinato.»

Si tornava su un terreno che Erwan conosceva bene: violenze sessuali, la morte che si sostituisce all'amore, la lancinante brutalità dell'uomo...

«Ha trovato tracce di sperma?»

«No. Non c'è stata eiaculazione. Hanno utilizzato un attrezzo, un utensile. Alcune incisioni sulle natiche farebbero pensare a un oggetto multilama o a una sbarra di ferro con lame o chiodi. Come le mazze d'arme medievali, che a volte avevano alette molto affilate.»

Conoscenze mediche, asportazione di organi, utilizzo di strumenti assurdi: l'ipotesi di un linciaggio estemporaneo diventava sempre meno probabile, per lasciare spazio a quella del killer psicopatico. Erwan pensò ai genitori di Wissa, che avrebbero chiesto di vedere il referto dell'autopsia.

Tornò sull'aspetto chirurgico, che contrastava con la teoria di un raptus di violenza. «Come mai asportare gli organi? Un trapianto, per esempio?»

«Impossibile. L'ambiente non era sterile. Credo che l'assassino li abbia presi per la sua collezione personale. Dev'essere il tipo che la sera se lo mena davanti a un contenitore in vetro pieno di organi.»

Clemente stava riacquistando il suo cinismo, ma aveva la voce stanca: non c'è niente di più sfiancante della ferocia umana.

Il sole se n'era andato. La spiaggia ora era immersa in un'atmosfera plumbea che incombeva su ogni dettaglio. Il paesaggio sembrava quasi soffocare.

«Può mettere tutto per iscritto e mandarmelo per e-mail?»

«Non ho ancora finito.»

«Pensa di trovare qualcos'altro?»

«Glielo saprò dire domani mattina.»

«Qualsiasi cosa dovesse scoprire mi chiami anche questa notte. Ottimo lavoro.»

«Certe volte uno ne farebbe anche a meno...»

«Si ricordi di mandare i frammenti di metallo a Neveux.»

Erwan riagganciò e raggiunse le auto di corsa. Aveva già ricominciato a piovere.

«Ha chiamato il sostituto procuratore», gli disse Archambault. «Vorrebbe che lei...»

«Non adesso. È una rompiscatole.»

Il gendarme non insistette e si diresse sulla provinciale. La visibilità era inferiore ai tre metri. Enormi gocce si infrangevano sul parabrezza come bombe d'acqua, una marea accecante che faceva il paio con la confusione di Erwan, incapace di produrre un singolo pensiero dai contorni ben definiti.

Si rese conto che Archambault aveva ripreso a parlare.

«Cosa?»

«Philippe Almeida la aspetta alla base.»

«Chi è?»

«Il medico di Kaerverec. Vuole vederla...»

«Sì... certo...» L'aveva completamente dimenticato. «Ma non alla scuola.»

«Dove?»

«Sul *Narval.*»

«Il relitto?»

Erwan aveva parlato senza riflettere. Avrebbe preso due piccioni con una fava: interrogato il medico e visitato un luogo importante per l'inchiesta, il teatro del no limit. Non confidava più di poter trovare una prova determinante, ma la nave abbandonata rimaneva comunque una buona candidata per fare da sfondo a un sacrificio umano. «Tra un quarto d'ora.»

L'Asparago prese il cellulare e lanciò uno sguardo nello specchietto retrovisore. Erano seguiti dall'auto di Le Guen e Verny e da quelle su cui viaggiavano i tecnici della Scientifica e i sommozzatori. «Cosa devo dire agli altri?»

«Che il lavoro continua.»

32.

Il *Narval* era piantato nella sabbia come un pugnale arrugginito. Solo una parte del ponte superiore emergeva da terra con un angolo di venti o trenta gradi.

Mentre si avvicinava dalla spiaggia, Erwan osservò la bestia. Costruita negli anni Sessanta, la nave doveva essere lunga almeno un centinaio di metri. Ai suoi tempi l'avviso scorta, come lo aveva chiamato Archambault, di sicuro era stato un vero e proprio gioiello nella lotta ai sommergibili. Ora non era che una vecchia carcassa in disfacimento. Privato dei cannoni e di tutta l'attrezzatura, il relitto ricordava una gigantesca pannocchia di granturco in autunno. La cosa più strana era che l'avessero abbandonato là, come se fosse la prima lapide di un cimitero marino.

Archambault l'aveva avvisato: presto la marea avrebbe ricominciato a crescere e di lì a un'ora e mezzo la nave sarebbe stata completamente sommersa.

Mentre cercava una via d'accesso, Erwan notò una serie di impronte. Giocando a fare Pollicino le seguì fino a un buco nella chiglia il cui accesso era per metà ostruito dalla sabbia. Penetrò nelle viscere di ferro e accese la torcia elettrica prestatagli da Archambault. Si ritrovò subito circondato da tubature arrugginite e corrose dalla salsedine.

«Almeida?»

Avanzò sguazzando, preceduto dal fascio di luce della torcia. L'acqua sul fondo della stiva fluttuava come se risentisse ancora degli effetti della marea precedente.

Erwan indirizzava la luce sui propri piedi immersi nell'acqua: l'inclinazione della nave rendeva difficile camminare. Intorno a lui, la struttura sembrava colpita da una malattia terribile: i muri, le tubazioni, i portelli recavano tutti tracce di lebbra, ulcere livide, bruciature rosse...

«Almeida?»

Forse quelle impronte appartenevano a un altro visitatore, passato magari nel corso della mattinata. Si avventurò nella sala successiva. Sentiva il mormorio dell'acqua che scorreva in rigagnoli sottili, che si raccoglieva gorgogliando in rivoli più grandi, che sgocciolava nelle pozze...

Una scala. Sarebbe potuto accedere alle cabine o al posto di pilotaggio. Stringendo la torcia fra i denti, afferrò i pioli e raggiunse il piano superiore. Si issò attraverso il passaggio circolare ripensando a tutti quei film di sommergibili in cui i personaggi non fanno che infilarsi in boccaporti e chiudere porte a tenuta stagna.

Un corridoio, anche questo inclinato sulla sinistra ma all'asciutto. Avanzò aggrappandosi alla ringhiera del muro superiore.

«Almeida?»

La sua voce si perse tra lo sciabordio. Procedette puntando la luce nell'oscurità ma non vide che porte chiuse, finché non notò sopra la sua testa un'apertura per cannoni di cui restavano soltanto i cardini. Ancora una volta riuscì a inerpicarsi.

Lo spazio successivo doveva essere stato una sala siluri o una postazione di tiro. Lunghi casseri, enormi rastrelliere. Raggi di luce grigia attraversati da gocce scintillanti di pioggia filtravano da alcuni lucernari. Lì regnava un chiaroscuro affascinante, un gioco di luci e di ombre che ricordava il fondo di un acquario.

«Sono qui.»

Erwan strizzò gli occhi e distinse una sagoma dietro alcuni barili arrugginiti. Avanzò di sghimbescio, appoggiandosi e aggrappandosi per non cadere.

Seduto su una cassa di metallo, il medico, con i suoi baffi spioventi, sembrava un musicista degli anni Settanta: Nick Mason, il batterista dei Pink Floyd. Doveva avere una cinquantina d'anni, portava i capelli lunghi e aveva l'aspetto di un vichingo sconfitto.

«Perché mi ha dato appuntamento qui?»

Aveva parlato in tono aggressivo, ma almeno si erano evitati i convenevoli. Erwan si sedette su una tubatura. «Sono convinto che questo luogo abbia a che fare con l'omicidio di Wissa Sawiris.»

«È un omicidio?»

«Non ne era al corrente?»

Il medico chinò la testa in segno di assenso e si passò una mano tra i capelli.

«Non perdiamo tempo: mi dica quello che sa», aggiunse il poliziotto.

«Non so nulla.»

Non era di certo la risposta migliore per quello che avrebbe dovuto essere un interrogatorio decisivo.

«Era lei il medico di guardia alla K76 questo fine settimana, no?»

«Esatto.»

«È stato chiamato fra il tardo pomeriggio di venerdì e l'alba di sabato?»

«No.»

«E la domenica mattina, dopo la scomparsa di Wissa?»

«Nemmeno. Hanno scoperto i resti a Sirling e li hanno portati direttamente alla Cavale blanche.»

«Era la prima volta che era di guardia durante un'iniziazione?»

«No, sono il medico della base da una decina d'anni. Questioni di budget. Ma soprattutto questo permette all'esercito di non sporcarsi le mani.»

«In che senso?»

«Scrivere o archiviare alcuni referti potrebbe creare qualche imbarazzo.» Almeida si tirò indietro i capelli rivelando un orecchino sul lobo sinistro. «La smetta di girarci attorno: cosa vuole sapere?»

«Il no limit. Le dice qualcosa?»

«Sì.»

«Le è capitato di dover medicare ferite provocate nel corso di questa prova?»
«Sì.»
«Di che genere?»
«Incisioni, tagli, bruciature.»
Erwan aveva avuto fortuna: Almeida era uno che parlava chiaro. «Sul referto che cosa scrive?»
«Mi invento qualcosa.»
«Perché non denuncia i fatti?»
«Dire la verità non servirebbe a niente. Gli EOPAN negherebbero in blocco e io resterei l'unico testimone.»
«Nel corso dell'anno le capita spesso di dover medicare gli allievi?»
«Certo. Il no limit continua per tutto il tempo. Le prove, ossia le ferite, fanno parte della formazione della K76, come le attività sportive e le marce sulla spiaggia.»
«E i soldati si rivolgono a lei?»
«Non hanno altra scelta. All'ospedale chiederebbero spiegazioni, i dottori dovrebbero redigere un referto. E comunque la maggior parte delle volte si arrangiano da soli.»
«Come si spiega che nessuno si sia mai ribellato?»
«Sono plagiati.»
«Da chi?»
«In Africa si dice: "Il pesce puzza dalla testa". È Di Greco a suggestionarli. Alla base lo chiamano il Grande Corpo Malato.»
«Perché è pazzo?»
«No, perché soffre di una malattia genetica che deforma le ossa.»
«La sindrome di Marfan?»
Nick Mason fece un cenno con la testa, come se stesse dando il tempo alla band prima di cominciare a suonare un nuovo pezzo. «È bene informato, a quanto pare.»
«Di Greco è ancora in grado di comandare?»
«Ormai sono dieci anni che è stato rottamato. Nessun incarico, nessuna responsabilità. È quasi cieco e fa fatica a muoversi. Nel 2010 la sua malattia si è aggravata pesantemente. È pronto per il cimitero.»

«Com'è che è riuscito a fare carriera nell'esercito con un handicap del genere?»

«Anche De Gaulle soffriva della sindrome di Marfan e non mi pare che la cosa lo abbia intralciato più di tanto...»

La menzione del generale gli diede il gancio per la domanda successiva. «Che cosa fa sulla portaerei?»

«Incarichi onorari, giochi di prestigio... La sua presenza è più che altro tollerata per riguardo alle vecchie imprese.»

«Quali?»

«Non ne ho idea. Secondo me vuole morire a bordo della nave.»

A Di Greco dunque non restavano molti anni di vita. Per tenersi occupato e senz'ombra di dubbio per vendicarsi del destino quel maniaco addestrava gli allievi della K76 in una spirale di crudeltà.

«Non l'ha mai visitato?»

«Nessuno gli si può avvicinare. Rifiuta di sottoporsi a qualsiasi controllo medico.»

«Perché?»

«Circolano alcune voci. Si dice che una volta abbia fatto una risonanza magnetica alla Cavale blanche. La macchina per poco non andava in tilt per tutto il metallo che ha in corpo.»

«Protesi?»

«No, aghi. Ne ha decine infilzati nella carne. Il no limit vale anche per lui. Non la smette di torturarsi.»

«Come un prete fanatico?»

«Sì, possiamo dire così. L'esercito è la sua religione e il suo dio è il male.»

Il medico era un tipo enfatico, ma Erwan aveva afferrato l'idea. Pensò alle schegge metalliche ritrovate nei resti di Wissa. Poteva essere la stessa cosa? No, Clemente aveva parlato di frammenti di arma bianca con i quali il ragazzo era stato mutilato e ucciso. «Viene ancora a Kaerverec?»

«A volte. Organizza anche delle riunioni segrete con i suoi allievi, di notte...»

«Dove?»

«Qui, sul *Narval.*»

Il relitto dunque non era soltanto il teatro in cui si svolgeva il no limit ma anche il Getsemani del guru. Quella cattedrale di ruggine gli offriva la scenografia perfetta.

«In cosa consiste la sua... filosofia?»

«Io non ho mai assistito ai suoi sermoni, ma gli studenti a volte me ne parlano. La sua grande visione si fonda sul furor guerriero dell'antichità.»

«Cosa sarebbe?»

«Nei poemi epici greci i soldati entrano in una specie di trance che li rende invincibili e incontrollabili. Il gusto del sangue dona loro una forza sovrumana. Di Greco vuole controllare la trance. Vuole preparare alla guerra i suoi soldati facendo in modo che raggiungano questo stato di furore e riescano a dominarlo.»

«Parliamo solo di piloti, vero?»

«Piloti, ufficiali di marina, soldati di fanteria, poco importa. Si tratta soprattutto di forza psicologica. Uomini che hanno una capacità di resistenza dieci volte superiore alla norma.»

«Non ha mai consigliato a nessun ragazzo di parlare della cosa con i superiori?»

«Le ho già detto che sarebbe inutile. Gli ufficiali farebbero finta di niente, si limiterebbero a trasferire gli interessati.»

«Perché non provano a ribellarsi ai loro carnefici?»

Almeida tamburellò con le dita su un barile. Sempre più Nick Mason. «Non ha capito: la maggior parte delle volte si torturano da soli. Chi fa da sé...»

Fin dal suo arrivo alla K76 Erwan sentiva che alla base qualcosa non andava. Quanto stava scoprendo in quel momento spiegava quel suo senso di disagio: Di Greco stava creando dei guerrieri nuovi, indifferenti al dolore e alla morte; e non è detto che non provassero anche una perversa forma di piacere di fronte al pericolo e alla sofferenza. Era per quegli eccessi che Wissa era morto? «Perché ha deciso di parlarmene?»

«Perché ne ho abbastanza di tutte queste cazzate. Dopo

la morte di quel ragazzo non ho intenzione di tollerare altri "incidenti".»

«Cos'è successo secondo lei?»

«Non ne ho idea. Ma la notte di venerdì è stata una vera *Walpurgisnacht.*»

«Crede che gli altri lo abbiano torturato?»

Il vichingo si alzò dal suo sedile di fortuna. «Andiamocene, la marea sta crescendo.»

Erwan non si mosse, «Mi dica cosa ne pensa.»

«Di Greco li ha resi folli come si farebbe con dei cani, affamandoli e picchiandoli. Si sono vendicati sul ragazzo.»

«C'è qualche studente che potrebbe avere delle competenze in campo medico?»

«No.»

«Una Volpe più sadica delle altre?»

«Non saprei.»

«Sarebbe disposto a testimoniare davanti a una corte?»

«Quale corte?»

«La Corte d'assise. La Corte marziale. Ci sarà lavoro per tutti.»

Almeida sparì nel boccaporto. La sua voce risuonò lugubre. «Nessun problema: ne ho avuto abbastanza di tutta questa storia.»

33.

Loïc non aveva ancora smaltito lo shock della lingua.

Alle tre del pomeriggio uscì dallo studio del dottor Lavigne nel reparto di psichiatria dell'ospedale di Saint-Maurice. Aveva cercato invano di concentrarsi sul lavoro. L'angoscia non aveva cessato di tormentarlo. Nel corso della mattinata aveva vomitato, si era fatto qualche striscia e aveva preso una manciata di ansiolitici. Non era servito a niente. A pranzo, in compagnia di alcuni importanti investitori scozzesi, aveva resistito fino al secondo per poi cominciare a sentirsi soffocare, vedere i muri ondeggiare, i volti deformarsi in ghigni beffardi... Se n'era andato senza una parola di scuse.

La sua prima tentazione era stata cercare i suoi vecchi amori: crack, acidi o eroina. La droga era il miglior farmaco per i suoi mali. A meno che non ne fosse la causa...

Alla fine, tenendosi aggrappato al volante per tentare di controllare gli spasmi, era riuscito a mettersi in autostrada. Direzione Charenton, il celebre istituto psichiatrico dov'erano stati ricoverati il marchese de Sade e Paul Verlaine, in seguito divenuto Esquirol e ora Saint-Maurice. *Welcome back home.*

Lavigne gli aveva somministrato d'urgenza del Solian, il neurolettico che tollerava meglio, e gli aveva detto di aspettare un'ora. Loïc aveva atteso che l'amisulpride facesse effetto sedendo tremante su una panchina, poi aveva passeggiato per le terrazze del parco (l'istituto sorgeva in cima alla collina di Gravelle e si affacciava sulla valle della Marna) e si era perduto a fantasticare sull'erba. Amava quel luogo i cui vecchi edifici si ispiravano a Villa d'Este. Lì si sentiva al sicuro, lontano dagli sguardi che avrebbero potuto giudicarlo. Non avrebbe mai incontrato un banchiere, un venture capitalist o un politico. E, se fosse successo, anche lui sarebbe stato in pigiama, nelle sue stesse condizioni.

Non appena si era seduto nello studio di Lavigne aveva subito cominciato con la solita litania: angosce, lamenti, tristi analisi della sua vita e delle sue paure. Aveva vuotato il sacco come si ripulisce una ferita in suppurazione. Poi si era lanciato in un discorso senza capo né coda sul carattere paradossale del buddhismo, che invita al contempo alla compassione e al distacco, all'amore per il mondo e all'allontanamento da esso...

«Mi parli del vero problema», lo aveva interrotto lo psichiatra.

Loïc si era fatto dare un bicchier d'acqua – aveva la gola in fiamme – e aveva raccontato l'episodio del pacco, spiegando il terrore che aveva provato grazie a tutta una serie di luoghi comuni psicoanalitici: l'Africa, il paese di suo padre, terra castrante e...

«Ho detto il vero problema.»

Era scoppiato in lacrime e aveva parlato dei suoi figli, di Sofia, della minaccia del divorzio. Aveva infarcito il discorso con altre considerazioni sulla sua fede buddhista: sarebbe riuscito ad accedere alla Via turbato da simili emozioni? Lo psichiatra non aveva risposto.

Quel silenzio era riuscito a fargli sputare il rospo. Sofia aveva ragione. Era soltanto un ex alcolizzato, un ex eroinomane, un cocainomane. Un uomo perennemente in fuga da qualcosa, instabile. I suoi figli non potevano contare su di lui, era lui ad aver bisogno di loro. Dopo aver pianto e gridato, aveva riacquistato la calma. Come sempre quando usciva dallo studio di Lavigne si sentiva meglio. Non aveva risolto niente ma perlomeno aveva detto tutto ad alta voce. *Era già qualcosa.*

Era immerso nei propri pensieri quando notò due uomini su un terrazzamento che si trovava sotto di lui. Non sembravano né pazienti né infermieri. Tanto meno parenti in visita. Due neri con un giubbotto di pelle, massicci. Due facce da forca.

FINISILA COI TUOI TRAFICI IN KONGO SE NO TE LA TALIAMO.

In un attimo la paura tornò a serrargli la bocca dello stomaco. I Combattenti avevano deciso di passare all'azione. Gli avrebbero tagliato la lingua sotto il berceau del parco. O peggio ancora lo avrebbero castrato. I neri stavano già salendo verso di lui lungo il percorso a zigzag segnato dalle siepi. Loïc indietreggiò sotto la volta del pergolato e si mise a correre. Un altro sentiero, sulla sinistra, portava all'orto dell'istituto. Ci aveva passato intere settimane a zappare, seminare, sarchiare. Girò attorno all'edificio e percorse il viottolo che conduceva alla zona coltivata.

Oltre l'orto, faggi e castagni, dietro i quali si ergeva un robusto muro di cinta. Percorse i camminamenti di gran carriera e raggiunse gli alberi. Nel muro non c'era nemmeno l'ombra di un passaggio. Cosa si aspettava? Quello era un istituto psichiatrico, non un villaggio vacanze.

Poteva già sentire alle sue spalle il fruscio dei giubbotti di pelle dei due inseguitori che strisciavano contro le siepi. Fu sfiorato da un pensiero assurdo: aveva lasciato i documenti in macchina; se quegli stronzi lo avessero ammazzato e buttato nella Marna, nessuno sarebbe riuscito a identificarlo. A quella prima considerazione ne seguì un'altra, se possibile ancor meno coerente: aveva le ossa nasali rinforzate da placche in titanio (un regalo di Thurnee); suo padre gli aveva detto più volte che i cadaveri potevano essere identificati a partire dal numero di serie dei loro pacemaker, delle protesi o degli impianti di silicone. Per quanto lo riguardava, sarebbe stato riconosciuto grazie a quelle placche.

Il suo vizio.

Loïc seguì la recinzione dell'orto. Tutti gli ex pazienti dell'Esquirol conoscono le gallerie che corrono sotto l'istituto. Oggi sono in gran parte murate, ma ci sono ancora condotti che sbucano sulle strade di Saint-Maurice. È lì che avvengono i traffici tra spacciatori e ospiti convalescenti nella casa di cura.

Oltrepassò un riquadro coltivato a insalata e raggiunse un sentiero che si perdeva in un boschetto di querce, in fondo al quale trovò un capanno per gli attrezzi. Sulla finestrella, a sinistra, era appesa una chiave. La afferrò e aprì la porta. Sembrava che il piccone lo stesse aspettando, come ai vecchi tempi. Lo impugnò, uscì, girò attorno al capanno e individuò la lastra di ghisa con incise le iniziali IDC (Ispettorato delle catacombe). Piantò la punta dell'attrezzo nel foro centrale e fece leva. Il disco di cinquanta chili si sollevò.

Loïc lanciò il piccone nella vegetazione e spostò il coperchio. L'erba soffocò il rumore del metallo. Dietro di lui gli inseguitori stavano percorrendo i camminamenti dell'orto. Non avrebbe avuto tempo di richiudere l'accesso dopo il suo passaggio. Si infilò nel condotto sperando che i due non lo cercassero dietro il capanno.

Scese lungo una scala a pioli e nel giro di qualche secondo toccò terra. La prima galleria, in lieve pendenza, conduceva alle altre, situate a trenta o quaranta metri sotto il livello del suolo. Avrebbe sicuramente trovato una via d'uscita prima di raggiungerle.

Avanzava a passo spedito, con il freddo e l'umidità che gli penetravano nelle ossa. L'oscurità si faceva a ogni metro più densa. Accese un interruttore e si guardò attorno. Dall'immensa cantina a pianta cruciforme partiva una galleria a volta realizzata con diversi materiali: mattoni, rocce, malta...

Si mise a correre. Le lampadine gli mostravano la strada. Una nuova sala, altre gallerie. Imboccò la più larga, che era stata costruita per lasciar passare i vagoni carichi di pietre.

La terra battuta aveva ceduto il passo al cemento. Le pareti ospitavano lugubri graffiti lasciati da operai morti sul lavoro o pazienti in fuga. Loïc stava ancora correndo quando gli sembrò di sentire dei passi dietro di sé. Si fermò e cercò di calcolarne la distanza. Impossibile: i suoni rimbalzavano contro le pareti e i suoi sensi erano ottenebrati dalla paura, dai medicinali e dal delirio.

Si sbagliava, non erano passi: era il rumore della pioggia. Il temporale che si preannunciava alla fine era scoppiato. In quel mentre vide dei segni tracciati sul muro per misurare l'altezza dell'acqua. Si ricordò che la rete di gallerie era circondata da una falda freatica, il cui livello variava insieme a quello della Marna. In caso di piena o di violenti rovesci, i tunnel si allagavano anche fino al soffitto.

Loïc ricominciò a correre. Tra non molto avrebbe sicuramente trovato un condotto d'uscita. Gli sarebbe bastato salire una scala e sarebbe riemerso nel mondo degli uomini. Ma il rombo si stava facendo più forte, come se gli venisse incontro. Un'allucinazione acustica? Tornò indietro. Si ricordò di alcune storie: matti che si erano smarriti lì sotto e non ce l'avevano fatta a sfuggire alla violenza dell'acqua. Poveretti annegati, le cui ossa ora venivano bevute insieme all'acqua del rubinetto.

Accelerò. Si era perso. Riprese a correre nella direzione opposta non sapendo se stesse andando verso la salvezza o verso la morte.

Altra cantina a forma di croce: davanti a lui si aprivano tre gallerie. Ne prese una a caso e si rimise a galoppare, sempre ignaro se si stesse allontanando dal pericolo o se gli stesse correndo incontro. Impregnato dall'odore delle pietre umide, del salnitro, gli sembrò che anche il suo corpo si stesse decomponendo...

Finì con la faccia nel fango. Mentre tentava di alzarsi, fu bloccato da una pistola alla nuca.

«La festa è finita, bello.»

Era ancora in ginocchio, ansimante, quando un nero entrò nel suo campo visivo. Davvero quella brutta faccia sarebbe stata l'ultima cosa che avrebbe visto prima di morire?

Pessimo karma.

Chiuse gli occhi e tenendo le mani giunte recitò una preghiera del *Bardo-Thödol*, il Libro tibetano dei morti, per facilitare il proprio passaggio nel mondo intermedio. «"Buddha e Bodhisattva che risiedete nelle dieci direzioni dello spazio, voi che avete grande compassione..."»

Il nero scoppiò a ridere, subito imitato dal compagno

che gli stava alle spalle. Tutti quegli anni passati a cercare la Via, tutti quegli sforzi per arrivare all'assoluto, e sarebbe crepato in una grotta per mano di quei due stronzi.

Pessimo karma.

Si udì uno scatto. Loïc credette che fosse il grilletto di un'arma da fuoco, ma i brevi rumori metallici che lo seguirono lo fecero ricredere.

Aprì gli occhi e, stupefatto, scoprì di avere un paio di manette intorno ai polsi. «Chi... chi siete?»

«Secondo te?»

L'altro gli frugò nelle tasche e trovò diversi grammi di cocaina. «La polizia, bello!» gli gridò in un orecchio. «La Narcotici!» Soppesò la bustina con un sorriso. «Cazzo, saranno almeno dieci grammi. Finirai dentro. Da questo momento sei...»

«Ma... siete tutti e due neri!»

«Cosa credevi, coglione? Che in polizia andiamo sempre in coppia? Un bianco e un nero? Per chi cazzo ci hai preso? Per i Ringo Boys?»

34.

«Certo che ha un modo davvero strano di condurre le indagini, caro mio. E non mi riferisco soltanto alla sua lentezza!»

«La faccenda si è rivelata più complicata del previsto.»

L'esclamazione del colonnello risuonò all'interno dell'abitacolo. «Ma è lei che la sta complicando! Ha convocato a Sirling un esercito di tecnici per fare un lavoro che era già stato svolto da qualcun altro e poi è sparito per tutto il pomeriggio. Nessuno è riuscito a contattarla!»

«Sto tornando alla base.»

«Ah, be', allora posso stare tranquillo», gracchiò Vincq. «Domani mattina daremo l'annuncio ufficiale della morte di Sawiris alla stampa. Spero che abbia qualcosa di nuovo.»

Erwan passò al contrattacco. «Speri più che altro che i suoi genitori non parlino prima di noi. È chiaro che nessuno li ha informati della piega presa dall'inchiesta.»

«Ma avrebbe dovuto occuparsene lei!»

Il poliziotto non rispose, lasciando che l'ufficiale continuasse con la sua filippica mentre il veicolo procedeva lungo il litorale. Il profilo sinuoso della marina ricordava un serpente verde dai riflessi grigi e blu. Di tanto in tanto la linea costiera si interrompeva bruscamente; altre volte descriveva lunghe anse che le onde avevano disegnato nel corso dei millenni. Tutto il paesaggio era stato scolpito dalla risacca.

Archambault svoltò a destra e si diresse verso l'entroterra. Erwan guardò il cielo, anch'esso simile a un minerale: nubi di marmo nero, cave d'ardesia disgregate in mille frammenti di luce, miniere d'argento che facevano erompere il loro metallo scintillante. A terra, rocce erose come non mai, ossa livide dimenticate da secoli.

Si rese conto che il colonnello aveva riappeso e telefonò subito a Verny. Il gendarme aveva finalmente parlato con i Sawiris e gli disse che gli avevano fatto una strana impressione.

«Strana in che senso?»

«Strana nel senso di inquietante.»

Il tenente colonnello stava lavorando a un rapporto da inviare al sostituto procuratore in vista della conferenza stampa dell'indomani. A Sirling non era stato scoperto nulla (né impronte né tracce di DNA); lo stesso valeva per la stanza di Wissa; il resto poteva riassumersi in uno zero assoluto: tabulati telefonici, ricerche in loco, spostamenti di imbarcazioni e automobili...

«E Branellec?»

«Niente di nuovo. Si sta spaccando la testa sul PC del ragazzo.»

Restava la scoperta del giorno.

«L'anello?»

«Secondo i tecnici non è rimasto in acqua più di trentasei ore. Significa che appartiene all'assassino. Ma si tratta di un oggetto comune, un souvenir per turisti che si può trovare in tutti i mercatini della Bretagna.»

«Tracce organiche?»

«No. Sono state cancellate dall'acqua e dal sale.»

Erwan pensò alla Bretagna, al padre e alle sue bugie. Alcune edicole raffiguranti scene della passione di Cristo sorgevano ai lati della strada, simili a decorazioni nere impresse su un nastro verdeggiante. «E quello cos'è?»

La domanda era rivolta ad Archambault. Il poliziotto aveva appena visto a circa trecento metri una pattuglia di uomini che correvano in fila indiana, fucile in mano e zaino in spalla. Con la mimetica e il caschetto in testa si confondevano con l'ambiente circostante.

«È ricominciato l'addestramento.»

«Le ricordo», disse Erwan a Verny prima di riappendere,

«che avevo dato ordine che nessuno lasciasse la propria camera!»

Archambault restò in silenzio, scegliendo una prudente neutralità.

«Sono del primo anno?»

Il gendarme strizzò gli occhi dietro le lenti degli occhiali. «No. Anziani. C'è Gorce in testa al gruppo. Stanno rientrando alla base. Nel cruscotto trova un binocolo.»

Erwan lo prese. L'Asparago aveva ragione: Gorce correva davanti a tutti, strisce scure dipinte sul volto, fronte coperta dal casco. Sembrava uscito da un videogioco. Anche il resto della pattuglia, una ventina di ragazzi tutti infangati, aveva lo stesso aspetto.

«Si spicci», disse il poliziotto abbassando il binocolo. «Voglio arrivare prima di loro.»

35.

Erwan entrò in camera, andò in bagno e ne uscì un istante dopo con un asciugamano e il beauty sottobraccio. Raccattò qualche vestito per cambiarsi e ridiscese in tutta fretta.

I bagni si trovavano al pianoterra dell'edificio. Avvicinandosi agli spogliatoi udì lo scroscio dell'acqua e il brusio delle voci. I militari erano già sotto la doccia. Meglio così.

Si spogliò e mise i vestiti in un armadietto. L'ambiente puzzava di sudore e acqua stagnante. Coprendosi i genitali con il beauty e tenendo l'asciugamano su una spalla si diresse verso le docce. Le mattonelle di ceramica delle pareti amplificarono il suono dei suoi passi.

Quando aprì la porta, fu travolto da un'ondata di calore. L'umidità lo aggredì penetrandogli in ogni poro. Le cabine si aprivano su entrambi i lati della stanza, al centro della quale correva una fila di lavandini. Le piastrelle immacolate ricordavano gli sgocciolatoi dei laboratori o dei macelli industriali.

Nessuno lo aveva ancora notato aggirarsi tra le nuvole di vapore. Allungò il collo verso i box e vide esattamente quello che si aspettava: i corpi muscolosi erano tutti coperti di cicatrici, tagli, incisioni, croste e ferite rimarginate da poco.

Quando i piloti si muovevano sotto l'acqua, quei segni sembravano prendere vita. Erwan ravvisò bruciature di sigarette, ferite di proiettile, ustioni provocate da gruppi elettrogeni o cavi di batterie...

«Sei venuto a rifarti gli occhi?»

Erwan sussultò. Bruno Gorce se ne stava nudo alle sue spalle insieme ad altri ragazzi. I loro toraci arrossati dal calore sfolgoravano sotto la luce dei neon. Colossi scolpiti in una pietra color mattone.

«È vietato farsi una doccia?»

Gorce lo spinse dentro una cabina. «Pensi che siamo tutti coglioni?»

«Il mio bagno... ha qualche problema.»

«Sei tu quello che ha qualche problema.»

Il gruppo si raccolse intorno al suo leader. L'acqua continuava a scorrere e a gorgogliare dappertutto.

«Non è che sei un finocchio pervertito venuto a menarselo nelle docce?»

«Non dire cazzate», replicò Erwan abbozzando un sorriso.

Fece per uscire, ma i ragazzi gli sbarrarono il passaggio. Con le buone non avrebbe ottenuto nulla. E nemmeno con le cattive. Non appena aprì la bocca per negoziare Gorce gli fu addosso, lo afferrò per il collo e gli piegò il braccio, come un lottatore, poi lo trascinò a faccia in giù e lo sbatté contro i lavandini al centro della stanza.

«Non fare il coglione, Gorce», lo avvertì rialzandosi.

Il capo carnefice si avvicinò. I suoi occhi brillavano come punte di spillo in mezzo al vapore. Sotto la sua pelle si distinguevano ogni muscolo, ogni vena, ogni osso del cranio. «Ti dico io cosa succede adesso: regoliamo i conti in sospeso.»

«Che intenzioni hai?» bluffò Erwan. «Vuoi sfidarmi a duello?»

Gorce sorrise. Gli altri non toglievano gli occhi di dosso dal poliziotto. Le cicatrici disegnavano inquietanti graffiti sui petti, sulle spalle, su gambe e braccia.

Si udì uno schiocco. I soldati si spostarono. Erwan notò due paia di zoccoli di legno scuro con il cinturino di pelle e la punta ferrata.

«Volevi conoscere una delle nostre prove?» disse Gorce infilandosene un paio. «Eccoti servito.»

Con un piede spinse il secondo paio verso Erwan. I soldati fecero qualche passo indietro, disponendosi alcuni a destra, altri a sinistra, altri ancora grondanti acqua sulle soglie delle cabine: le logge di quel teatro.

Erwan conosceva il *gouren*, un tipo di lotta praticata da secoli in Bretagna, ma non aveva mai sentito parlare di combattimenti a colpi di zoccoli. Una specialità della K76? Li indossò – pesavano almeno due chili ciascuno – e valutò l'avversario. Non aveva chance. In passato aveva fatto kickboxing e boxe francese, ma aveva smesso da quando...

Ebbe appena il tempo di tirarsi indietro per schivare il primo calcio. Lo zoccolo colpì soltanto il vapore, e il tenente, trascinato dal suo stesso impeto, cadde goffamente a gambe divaricate. Una scena comica, però nessuno rise.

Per nulla rinfrancato da quel colpo a vuoto, Erwan si disse che, se l'esperienza di un lottatore si giudicava dalla prima mossa, forse non avrebbe nemmeno dovuto provare a sollevare la gamba.

Gorce nel frattempo si era rialzato, il volto contratto per l'umiliazione. Erwan si mise in guardia, con i piedi zavorrati. L'altro provò nuovamente a colpire. Il poliziotto fece un balzo all'indietro, ma il pilota, avendo previsto la schivata, bloccò il movimento e si avventò sulla sua gamba sinistra. Lo zoccolo passò a pochi millimetri dal fianco di Erwan, che si aggrappò al braccio o alla spalla di uno spettatore prima di essere sospinto al centro del ring.

Il pugno di Gorce si abbatté sul suo naso. Il sangue gli inondò le labbra e gli occhi si riempirono di lacrime. Accecato, Erwan provò a menare alcuni colpi a vuoto prima di essere raggiunto da un pugno alle costole, un altro all'anca destra e un terzo all'addome. Si piegò in due, sputando sangue.

Si pulì le palpebre e vide lo zoccolo piombargli sulla rotula sinistra. Fu come se gli avessero tagliato la gamba. Cadde in ginocchio provando un dolore lancinante in ogni parte del corpo. Nonostante avesse la vista annebbiata, intuì che l'altro si preparava a colpire. Evitò l'impatto in extremis, anche se forse sarebbe stato meglio lasciarsi tramortire e farla finita.

Un colpo alla nuca esaudì le sue preghiere. Il contatto con le piastrelle lo ridestò. Si vide riflesso in una pozzanghera rossa. Come mosso da un presentimento si girò su un fianco. Lo zoccolo di Gorce andò a sbattere sul pavimento. Ora Erwan era disteso sulla schiena. Istintivamente sollevò la testa e buttò con tutte le proprie forze la gamba destra in direzione dell'avversario. Il miracolo avvenne: l'altro fu falciato mentre i soldati si spostarono per farlo cadere. Erwan percepiva un rispetto assoluto, quasi mistico, nei riguardi della violenza.

Tra un'eclissi e l'altra (brevissimi mancamenti di qualche millesimo di secondo), si trascinò verso il nemico. Invece di attaccare, si sedette e tentò di togliersi uno zoccolo. Impossibile: la caviglia gli si era gonfiata così tanto da essere ormai imprigionata in quella morsa di legno.

Gorce era già in piedi. L'odore del sangue ammorbava l'ambiente, trasportato dai vapori. Reprimendo un urlo, Erwan liberò un piede e infilò una mano in quell'involucro ferrato come se fosse un guanto da pelota basca. L'avversario gli stava addosso. Erwan tese il braccio con tutte le sue energie. La punta di ferro straziò la tibia di Gorce, che cadde su un ginocchio mormorando qualcosa che Erwan si rifiutò di ascoltare.

Sempre seduto come un bambino al parco, sferrò un altro colpo. Lo zoccolo raggiunse il soldato sulla mascella. Gorce fu proiettato all'indietro in uno schizzo di sangue, andando a sbattere con la nuca contro lo spigolo di una cabina.

Il pilota mugugnò ancora qualcosa. La sua bocca era ormai completamente tumefatta, ma questa volta il poliziotto fu costretto ad ammettere l'evidenza: aveva detto «grazie».

Erwan si mise carponi. Con uno zoccolo infilato su una mano e l'altro ancora sul piede ripartì all'attacco. Ma mentre sollevava la sua massa di legno Gorce distese le gambe, colpendolo in pieno petto. Ebbe l'impressione che le costole gli si fossero conficcate in gola.

Intorno a lui i soldati ripetevano a bassa voce: «Grazie... Grazie... Grazie...».

Erwan cadde all'indietro finendo con il culo nell'acqua. Il suo volto era ormai un'unica ferita sanguinante, aveva il petto sfondato (non riusciva più a respirare) e il corpo che sussultava per i colpi ricevuti. Era completamente anestetizzato e si muoveva convulsamente come un'anatra alla quale abbiano appena mozzato la testa.

Gorce caricò. Prima che lo potesse colpire, Erwan gli assestò un calcio nel fianco sinistro con il piede munito di zoccolo. La punta ferrata affondò nell'addome dell'avversario e risalì come uno sperone. Il soldato si accartocciò su sé stesso. Dalle gengive gli colavano sangue, vomito e una densa saliva. Attraverso quella poltiglia lo udì ancora sussurrare: «Grazie».

Gli altri ripeterono in coro: «Grazie... Grazie... Grazie...».

Il colpo che aveva appena messo a segno gli sembrò una vittoria e sentì le energie tornare a scorrergli in corpo come un ruscello nel deserto. Con le membra completamente intorpidite, si tolse lo zoccolo dal piede per infilarci dentro la mano e avanzò sbattendo uno contro l'altro i suoi guanti di legno, come un amputato.

Gorce indietreggiò facendosi scudo con i pugni. Erwan si avventò su di lui e lo trascinò in una cabina dove la doccia era ancora in funzione. L'acqua nel piatto si fece rossa all'istante. Passarono al corpo a corpo. Due embrioni che galleggiavano in una specie di liquido amniotico.

Chini su di loro, gli altri continuavano a scandire: «Grazie... Grazie... Grazie...».

Erwan si dibatteva. Gorce ora stava cercando di annegarlo tenendogli la testa nell'acqua. Gli si annebbiò la vista. Con un ultimo guizzo riuscì a sottrarsi alla presa dell'avversario, che scivolò sul bagnato. Sollevò lo zoccolo, menò un fendente ma mancò il bersaglio. Finirono nuovamente a terra. Il pilota lo afferrò per le orecchie, torcendole come se volesse svitarle. Erwan non sentiva più nulla se non quella nera pulsazione sotto le palpebre: uccidere, uccidere, uccidere...

Spinse lo stronzo contro il muro e gli si scagliò contro. Vide le proprie dita serrarsi attorno alla gola di Gorce. Capì di aver perso le armi: gli zoccoli. Nessun problema, avrebbe finito il lavoro a mani nude.

Strinse con tutte le forze che gli restavano: pura rabbia.

Gorce aveva un occhio completamente nero. Lui aveva la bocca pervasa da un sapore metallico. Il sangue li saturava, li sommergeva...

Poi, con un attimo di ritardo, attorno a sé avvertì un cambiamento. La litania era mutata. Ora le sillabe scandite non erano più due, bensì quattro. Quella preghiera sembrava farsi più sconnessa, più confusa.

Erwan lasciò la preda e si voltò tendendo l'orecchio, o ciò che ne restava: una massa bruciante e ronzante. I soldati si tuffarono nell'acqua e recuperarono il loro campione.

Gorce che veniva trascinato via.

Gorce che spariva.

E quelle sillabe, infine comprensibili, che rimbalzavano sulle piastrelle di ceramica: «DISPERDERSI!».

36.

«Quindi vorrebbe lavorare nel cinema?»

Michel Payol, un sessantenne in blazer con lo stemma sul taschino e la camicia azzurro pastello, aveva fattezze – e denti – da dromedario. Ufficialmente direttore di un'agenzia di stampa per il cinema, lavorava in realtà come ruffiano di lusso per una certa fauna parigina ed era specializzato nel turismo sessuale d'alto bordo. La sua selezionatissima clientela comprendeva emirì arabi, ministri africani e finanzieri asiatici.

Era tutto quello che Gaëlle aveva ottenuto grazie alle dritte di Kevin, alias Kéké, alias «conosco qualcuno». Comunque non si lamentava: i contatti di Payol avrebbero potuto fare al caso suo. Aveva concordato una commissione con lo stagista nel caso fosse stato combinato qualche appuntamento.

Rispose sbattendo le lunghe ciglia da cerbiatta innocente. «È la mia passione.»

«La posso aiutare. La presenterò alle persone giuste.»

Gaëlle sorrise e prese la sua Perrier (mai ordinare champagne: faceva troppo provinciale). Si erano seduti al bar del Plaza Athénée dove, purtroppo, lei era una faccia nota. Per arrivarci aveva dovuto seminare i due idioti che suo padre le aveva messo alle calcagna.

«Mi sembra un po' scettica...»

«In questo ambiente tutti credono di poter raccomandare tutti, e invece il cinema è un mondo... autonomo, indipendente, che va avanti da solo. Alla fine è il cinema stesso a decidere.»

Payol prese in mano la tazzina e bevve un sorso di caffè. Aveva ordinato un ristretto (qualcosa di energetico che ben si addiceva al suo atteggiamento nervoso). «Non la seguo.»

«Non fa niente. E comunque non ho ancora abbastanza esperienza per poter dare lezioni a qualcuno. Smettiamola di girarci attorno. Lei può essermi d'aiuto, ma in un altro modo.»

Payol finì il caffè senza rispondere. Aveva un'espressione tesa, diffidente. Il silenzio si protrasse per alcuni secondi. «Ha un fidanzato?» le chiese per cominciare.

«No.»

«Non lo vuole?»

«No.»

«Perché?»

«Diciamo che sono piuttosto pessimista sugli uomini.»

«Perché?»

«Per colpa degli uomini.»

Payol si chinò verso di lei. Aveva lunghe mani che facevano il paio con i suoi denti. Gaëlle pensò a Cappuccetto Rosso e al lupo travestito da nonna. «Le persone si innamorano, decidono di mettere su famiglia!» esclamò con un entusiasmo affettato.

Bisognava stare al gioco. Lui, il ruffiano, difendeva il matrimonio e la famiglia. Lei, la puttanella, doveva mostrare tutto il suo cinismo e la sua arroganza. Era una specie di provino in cui a essere testata era l'attitudine del candidato alla perversità.

«A me non è mai capitato», ribatté.

Payol ordinò un secondo caffè. «Non ci credo che lei abbia avuto così tante brutte esperienze!»

«Non io, le mie amiche. Non fanno altro che collezionare stronzi.»

«Per esempio?» le chiese divertito.

«C'è il tipo indipendente che non vuole affezionarsi, quello che ti ama troppo per restare o quello che ti lascia perché non ti merita; quello per cui oggi "è troppo presto" e domani è già "troppo tardi"; quello che quando ti molla si riprende i regali che ti ha fatto... Potrei continuare fino a domani mattina. Bugiardi, vigliacchi, egoisti pronti a dirti qualsiasi cosa pur di riuscire a portarti a letto senza doversi impegnare. La cosa peggiore è che per la maggior parte sono degli sfigati ai quali non tira abbastanza per avere un orgasmo e non riescono nemmeno ad approfittarsene...»

Lo yachtsman si ringalluzzì. Gaëlle era molto più sveglia delle altre Miss di provincia e aspiranti attrici con cui aveva normalmente a che fare. «Le sue amiche sono tutte sfortunate», disse ridendo, in tono di finta compassione (aveva una voce da baritono). «Ci sono uomini che vogliono sposarsi, avere figli.»

«L'ultima mia amica che è rimasta incinta era così terrorizzata da come avrebbe potuto reagire il padre che gliel'ha comunicato per telefono. Quando alla sera è tornata a casa, ha trovato le proprie cose in un sacco della spazzatura davanti alla porta.»

Gaëlle si avvicinò e sentì una zaffata di *Eau d'orange verte* di Hermès. Payol doveva pensare che gli donasse un tocco di personalità, ma ormai tutti usavano quel profumo, a cominciare da suo padre.

Tornò alla carica. «Perché ora non parliamo di cose serie? Ho bisogno di contatti. Me li dia e avrà la sua parte.»

Payol inarcò le sopracciglia. In sottofondo un pianoforte suonava musica melensa e nella penombra riecheggiava il tintinnio dei bicchieri da cocktail. Avrebbero potuto benissimo essere le due del mattino. Quel luogo era isolato dal mondo esterno tanto quanto una camera iperbarica.

«Che cosa sarebbe disposta a fare, di preciso?» le chiese il ruffiano.

«Quasi tutto, in cambio di un congruo compenso.»

Payol sorrise e cambiò bruscamente registro. «Anale? Doppia penetrazione? Threesome? Bukkake? Fist-fucking?»

Si regolò anche lei sullo stesso tono. «Possono anche ficcarmi un criceto nella passera se mi pagano abbastanza.»

Il ruffiano socchiuse gli occhi come se stesse facendo un calcolo mentale. «Proviamo ad affrontare la questione all'inverso, se me lo permette. Quali sono i suoi limiti?»

«Non mi piace il caviale.»

Nell'ambiente delle perversioni sessuali quella parola indicava gli escrementi. La versione tedesca, *Kaviar und Klyster*, prevedeva anche l'uso di clisteri.

«Pissing?»

«Nessun problema.»

«Particolari allergie?»

«In che senso?»

«Neri, arabi, gialli...»

Sorrise. «Più si è...»

Payol continuò a esaminare la «palette» di Gaëlle. «Sadomaso?»

Rimase per qualche secondo in silenzio. Aveva sempre evitato di giocare con il dolore. Non voleva che nessuno le facesse male, anche solo per finta. Perché proprio lei, che aveva fatto ben di peggio, su questo era completamente bloccata? Provava una sorta di timore superstizioso: la sofferenza faceva parte della sua vita intima; era il tessuto stesso del suo destino, della sua identità. *Proprietà privata.*

Cambiò subito idea: in fondo lo stava facendo con un obiettivo preciso. Qualsiasi mezzo sarebbe stato accettabile per raggiungere il suo scopo. «A condizione che non ci sia alcun rischio», rispose.

La parola chiave del sadomaso: si poteva fare e sopportare qualsiasi cosa a patto che fosse *safe.* Il dolore doveva essere superficiale, senza pericoli concreti, e cessare a uno schiocco di dita.

«In questo caso possiamo pensarci», replicò Payol.

Gaëlle sentiva scorrere dentro di sé un'energia a lungo trattenuta. Aveva le mani sudate. I succhi gastrici le bruciavano lo stomaco. Quella era la prima volta che prendeva in considerazione l'idea di fare un patto con il diavolo.

Payol la cinse con le sue lunghe braccia. Gli effluvi di profumo si erano mescolati al puzzo di sudore. La bestia che si nascondeva sotto una parvenza di civiltà. A meno che il sudore non fosse il suo...

«Ascoltami bene, ragazza mia», le mormorò con la sua voce da predatore. «Se sei disposta a fare sul serio, allora c'è in ballo un sacco di grana.»

Gli rispose canticchiando una canzone degli Shinedown: *I'll Follow You.* Lo aveva fatto per non riconoscere la propria voce, per non doversi confrontare con la propria miseria. Il ruffiano lo interpretò invece come un segno d'ironia, un'ulteriore dimostrazione di cinismo e completa indifferenza.

«Che ne dici se cominciamo domani sera?»

«Qual è il programma?»

Lui ridacchiò mentre tirava fuori il cellulare. «Hai mai sentito parlare del no limit?»

37.

«È così che lei si fa degli amici?»

Con un atteggiamento da mamma chioccia, Archambault stava disinfettando le ferite di Erwan servendosi di ciò che era riuscito a recuperare nell'infermeria. Era stato lui che, spinto da un'intuizione, lo aveva cercato nella scuola e aveva interrotto il festino facendo irruzione nelle docce e mettendo in fuga i soldati. Non aveva arrestato nessuno e nemmeno identificato i colpevoli, ma almeno era riuscito a salvare il poliziotto di Parigi e questa ai suoi occhi era la cosa più importante.

In quel momento si sarebbe detto che stesse soffrendo al posto di Erwan. Ogni volta che tamponava i margini di una ferita con il cotone si mordeva le labbra per non gridare. Erwan, invece, non avrebbe potuto né gridare né mordere nulla neppure se avesse voluto: il suo labbro inferiore era triplicato di volume.

«L'hanno ammazzato loro», farfugliò con voce impastata.

Archambault indugiò su un taglio. Erwan fece una smorfia. L'ufficiale gli aveva già iniettato un analgesico, ma il dolore persisteva. Sentiva il sangue rappreso tirargli sul viso come il sale dopo un bagno in mare.

«Li arrestiamo?»

«Non abbiamo nulla. Soltanto congetture.»

«Mi pare che le sue congetture sanguinino mica male.»

Rise come un adolescente. Erwan fece segno di no con la testa. La rabbia era sbollita ma gli tremavano ancora le mani.

«Dobbiamo lasciarli liberi. Prima o poi o commetteranno un errore.»

«Di sicuro cercheranno di farle la pelle. Li conosco bene: quei ragazzi non scherzano.»

Archambault cominciò ad armeggiare con le garze. Erwan assaporò per qualche istante quel momentaneo sollievo finché una nuova scarica di violenza non gli attraversò il cranio. I colpi di zoccolo. Il box doccia pieno di sangue. Le cicatrici... Dietro tutta quella ferocia avvertiva la presenza dell'Altro: Di Greco. Nel Libro di Giobbe l'Eterno domanda a Satana: «Da dove vieni?». Il demonio gli risponde: «Dalla terra, che ho percorso in lungo e in largo...».

Bussarono alla porta: Branellec, l'Uomo Stampella. Finalmente...

«Allora?»

«È il PC che ci si aspetterebbe da un giovane appassionato di aviazione.»

«I social network?»

«Wissa aveva alcuni amici a Le Mans e qualche conoscenza all'aeroclub. Ho letto un po' di messaggi. Niente di speciale.»

Archambault, reggendo in mano una garza verdastra imbevuta di disinfettante, sussurrò a Erwan: «Non si muova».

«È caduto?» lo prese in giro l'informatico.

«Mentre mi facevo la doccia. Niente ragazza?»

«Non ufficialmente.»

«Porno?»

«Nella norma. Niente di compulsivo.»

«Tendenze?»

«Etero, mio generale!» esclamò Branellec facendo il saluto militare. «Il mare è calmo e tutto va bene!»

Archambault era passato ai cerotti.

«Il minimo indispensabile», gli disse Erwan.

Chiuse le palpebre. La sensazione dell'adesivo sulle garze aveva un non so che di contraddittorio: piacevole e opprimente, rassicurante e inquietante. Gli stavano murando la faccia.

«È tutto?» domandò rivolgendosi di nuovo a Branellec. «Aspettavamo il rapporto da ore...»

«No. C'è qualcosa di strano.»

Erwan riaprì gli occhi.

«Ho trovato una cartella protetta. Pensavo di riuscire a craccarla prima di questa sera ma...»

«Vuoi che faccia venire un tecnico da Parigi?» lo provocò.

«Starà scherzando! Domani mattina avrò finito.»

«Hai già un'idea del tipo di programma utilizzato?»

«Non ancora. Ma è molto potente. Forse roba proveniente dall'Est.»

«È un sistema di protezione diffuso?»

«Per niente. Direi che si tratta di un software usato dall'esercito o dai servizi segreti...»

«Finito!» disse Archambault nel tono di un chirurgo che abbia appena terminato un trapianto cardiaco. Posò il materiale.

Erwan si alzò e si diresse verso lo specchio del bagno. Un cerotto sopra l'arcata sopracciliare sinistra, un altro sulla tempia, un terzo sotto l'orecchio. Pensava peggio. Aveva il naso gonfio e il labbro spaccato. Gli altri graffi insanguinati sarebbero presto diventati croste superficiali.

Branellec stava ancora parlando di «codifica sofisticata» e «cibernetica militare». Erwan considerò un'ipotesi che aveva precedentemente scartato, un movente legato al passato di Wissa o a un altro segreto. Qualcosa che non avesse niente a che fare né con l'iniziazione né con la cultura della violenza della K76.

Le sue origini copte? Stando alle ultime notizie di cronaca si trattava di una comunità che avrebbe potuto essere implicata in attività terroristiche. Un copto aveva appena girato *Innocence of Muslims*, un film accusato di blasfemia nei riguardi di Maometto che aveva provocato forti reazioni in tutto il mondo musulmano.

Wissa un terrorista? Una talpa infiltrata in un'accademia dell'esercito?

Non aveva senso. Erwan tornò in camera. «Hai notato qualcosa che abbia a che fare con la religione?»

«Niente di niente. Sembra che il nostro amico non fosse molto praticante.»

Al poliziotto tornò in mente la croce tatuata sul polso strappato. «Okay, ti concedo ancora questa notte.»

«Agli ordini, capo!»

Il *geek* scomparve. Erwan si accorse che senza rendersene conto aveva subito dato del tu all'informatico mentre dava ancora del lei agli altri tre. Buttò giù due Doliprane e si preparò un caffè. Con i computer, le stampanti, i monitor e il fornelletto la stanza assomigliava sempre di più al loro ufficio in commissariato. Pensò a Kripo. Avrebbe dovuto resistere senza di lui ancora per quella notte.

Archambault gli chiese se volesse cenare, ma Erwan non aveva fame e comunque non era intenzionato a esibire le sue ferite in mensa. In realtà desiderava soltanto crollare sul letto. Congedò il tenente e si mise davanti al suo Mac. Il silenzio della camera lo avvolse come un bozzolo. Gli antidolorifici lo avvilupparono. Il Doliprane fece il resto. Fuori la notte scendeva, apponendo il proprio sigillo sulla serata...

Ormai non pensava più né alla folle violenza nelle docce né alla brutta faccia di Gorce (dov'era? Dove si era fatto medicare?). Rivide l'ammiraglio con le mani di ragno, il volto spettrale e le ossa troppo lunghe. Quell'accademia era posseduta dal suo spirito.

Internet: nuova ricerca su Di Greco.

Dopo un'ora di collegamenti, rimandi e deduzioni riuscì a mettere insieme uno scarno curriculum. Il padre, Piero Francesco, originario della Lombardia, era arrivato in Francia negli anni Quaranta. A seguito di un lungo servizio nei territori d'oltremare aveva preso la cittadinanza francese e terminato la propria carriera con il grado di comandante di fanteria a Gibuti. Jean-Patrick, nato nel 1943, era cresciuto nei territori d'oltremare: Mayotte, Guyana francese, Guadalupe. Diplomatosi all'accademia aeronautica di Rochefort, nel 1967 era stato promosso maggiore a Saint-Cyr. Dopodiché le informazioni su di lui si facevano sporadiche. Sulla sua carriera calava un velo d'ombra. Stratega dell'esercito? Spia? Agente segreto? Negli anni Ottanta lo aveva ritrovato al comando di navi famose e in seguito consulente in importanti operazioni belliche. Aveva partecipato alla guerra nel Golfo ma era impossibile stabilire con quale ruolo.

Sulle sue imprese militari: non una parola.

Sulla sua malattia: non una parola.

Sulla sua filosofia di guerra: non una parola.

Come immagini Erwan riuscì a trovare soltanto una foto del 1962. Un bel ragazzo di diciannove anni dal volto tormentato che sembrava uscito da un racconto di Edgar Allan Poe.

Si ricordò delle parole di Almeida a proposito del furor guerriero dell'antichità. Lesse qualche pagina su Internet che confermò quanto gli aveva detto il medico: Di Greco cercava di preparare i suoi uomini alla guerra liberando in essi una rabbia sovrumana e insegnando loro a controllarla proprio come gli scienziati americani di Los Alamos erano riusciti a fare con l'energia atomica. Il sogno di un vecchio malato...

Il cellulare cominciò a vibrare: Neveux, l'analista criminale.

«Questa faccenda diventa sempre più strana», esordì.

«Spiegati», ordinò Erwan dandogli d'ufficio del tu.

«Ho analizzato alcune punte di metallo ritrovate sull'isola questa mattina intorno al cratere. Ho rinvenuto, in quantità infinitesimali, urea, glucosio, acido urico e ormoni.»

«Cosa sarebbe?»

«Saliva. A quanto pare l'assassino le ha succhiate, a meno che non le abbia fatte succhiare alla vittima...»

«Non erano infilzate nella carne?»

«No. Devono essere state scaraventate lontano al momento dell'esplosione. Anche se ho rinvenuto tracce di sangue dello stesso gruppo di Wissa.»

La testa rasata, l'asportazione degli organi, lo stupro a colpi di mazza d'arme e ora anche quella follia. Nonostante il clima malsano di Kaerverec, l'ipotesi più probabile restava quella di un assassino solitario, un pazzo psicopatico. Era opera di Gorce?

«Credi che quelle punte provengano da un'arma?»

«Non saprei. Sono troppo piccole.»

«E il DNA della saliva?»

«Niente da fare. I campioni sono contaminati.»

«Ti sono arrivate le punte di Clemente?»

«Non ancora.»

«Richiamami quando avrai dato un'occhiata.»

«Un'ultima cosa: in fondo al cratere c'erano anche frammenti di specchio. L'assassino potrebbe essersene servito per mutilare la vittima o averlo usato per sé.»

«Cioè?»

«Per truccarsi, pettinarsi... Non so. In quel bunker è successo qualcosa di... inimmaginabile.»

Erwan era d'accordo ma si astenne dal commentare: tra poliziotti – come dappertutto, del resto – chi meno parla è quello che sembra più intelligente. Ringraziò Neveux e riappese. Il telefono ricominciò subito a vibrargli in mano. Andando avanti di quel passo gli sarebbe venuto il Parkinson.

«Sono io.»

Il Padre in persona.

«Ti avrei chiamato», disse Erwan. «Non ho avuto tempo di scrivere il rapporto...»

«Tuo fratello è in stato di fermo.»

«Cosa?»

«Quel coglione si è fatto beccare con dodici grammi di coca. Non so chi ci sia dietro ma...»

Un assassino che asportava organi, succhiava i propri strumenti di tortura, violentava le proprie vittime con armi taglienti... Di fronte a una simile follia, le scappatelle del fratellino milionario non gli sembravano così gravi.

«Gli hai mandato un avvocato?»

«No. Una notte in questura non gli farà male.»

«Resterai con lui?»

Risata tonante. La risata di un orco che non mangia da lungo tempo. «Ti chiamavo per sapere se conosci qualcuno alla Narcotici.»

«Non più, ma posso provare a informarmi...»

«Lascia perdere. Devi rientrare.»

«Per salvare il culo a mio fratello?»

«Ho un brutto presentimento. Torna a casa.»
«Devo chiudere questa faccenda.»
«A proposito, a che punto sei?»
«L'iniziazione non c'entra nulla. E anche la mia ipotesi del linciaggio non regge. Abbiamo a che fare con un maniaco assassino. Sicuramente uno dei peggiori omicidi di questo inizio secolo.»
«Cos'è 'sto sproloquio? Sei un poliziotto o un giornalista? Segui gli indizi e trova quello stronzo, dannazione!»
«Dammi ancora questa notte.»
«Domani mattina, quando ti chiamo dovrai già essere in autostrada.»

38.

Erwan riagganciò e rimase per un istante a guardare il cellulare nel palmo della sua mano. A differenza del Vecchio sapeva chi era il responsabile del colpo della Narcotici.

Compose un numero a memoria e attaccò subito senza tanti preamboli: «Che cazzo hai combinato con Loïc?».

«Ti avevo avvertito.»

«Stai sfasciando una famiglia.»

«Questa è buona.»

Al telefono Sofia perdeva molto del suo fascino: aveva una voce stridula, troppo acuta.

«Non so cosa vuoi, ma i bambini hanno bisogno di tutti e due i genitori.»

«Risparmia il fiato per l'udienza», ribatté lei. «Ma tutti i vostri discorsi non serviranno a molto contro il mio fascicolo. "Fatti, solo fatti": è così che dite voi poliziotti, o mi sbaglio?»

Fu costretto suo malgrado ad ammirare il sangue freddo di quella donna. Aveva il coraggio di affrontare i Morvan. «Perché non provate a chiarirvi? Perché per il momento non rinunciate al divorzio? Rifletteteci un attimo e...»

Lei scoppiò a ridere. «Avete sempre creduto di essere i più forti, ma anche in Francia la legge è uguale per tutti. E a dimostrarvelo sarà un'italiana.»

«Puoi provare a organizzarti con Loïc...»

«No. Voglio un accordo in piena regola.»

Ripassò mentalmente i suoi argomenti: un'arringa improvvisata. «A ogni modo, dopo due anni di separazione otterresti comunque il divorzio per alterazione definitiva del legame coniugale.»

«Vedo che ti sei informato.»

«La vostra separazione manda fuori di testa tutti quanti.»

«Vuoi dire te e tuo padre.»

«Lascia perdere. Siete già separati da un anno, un altro anno e poi...»

«Troppo tempo. Intanto i miei figli sarebbero sballottati tra due case e vivrebbero la metà del tempo senza regole né orari.»

«Non esagerare. Non c'è soltanto Loïc. Ci sono anche Maggie, Gaëlle...»

«Una hippie mezza pazza e una...»

«Basta!»

Lei rimase per un istante in silenzio. La sentì aspirare il fumo e immaginò il suo volto velato da quelle volute bluastre.

«Di preciso cosa speri di ottenere mettendo in mezzo la Narcotici?» riprese lui.

«Se Loïc firmerà un accordo alle mie condizioni, non tirerò mai in ballo il suo arresto.»

«È solo un fermo!»

«Secondo il mio avvocato, con dodici grammi di cocaina addosso potrebbe essere accusato di traffico illecito e ricettazione aggravata.»

«Vedo che anche tu ti sei informata. E se lui dovesse rifiutarsi?»

«Invocherò le aggravanti del caso.»

«Che differenza farebbe per te? Vinceresti comunque.»

«Se accetta, potrà vedere regolarmente i bambini. Se dovessimo presentarci davanti a un giudice, non li vedrà più: non si affidano dei bambini a uno spacciatore.»

Erwan provò a deglutire. La bile gli bruciò l'esofago. «Perché dovremmo fidarci di te?»

«Innanzitutto perché non avete scelta. Secondo, perché anch'io penso che i nostri figli abbiano bisogno del loro padre.»

«Parlerò a Loïc.»

«Avresti dovuto farlo la prima volta che te l'ho chiesto.»

«Non ti vergogni a comportarti come un ricattatore?»

Altra risata. «Come sosteneva Machiavelli, che veniva dalle mie parti: bisogna adattarsi al proprio nemico. Loïc è un debole, ma tuo padre è un uomo pericoloso dal quale mi devo tutelare.»

"Molto più pericoloso di quanto tu possa immaginare..." Se Sofia avesse continuato così, presto avrebbe potuto ritrovarsi una taglia sulla testa. Ma lei aveva un'assicurazione sulla vita: Morvan voleva che i nipoti crescessero con la madre.

Di colpo fu preso da una tremenda stanchezza. Che se la sbrigassero tra loro, i due padrini, la strega italiana e il tossico buddhista... D'altronde, perché opporsi a quel divorzio? Loïc, nonostante le sue buone intenzioni, era un pessimo padre. Quanto al Vecchio, nessuno capiva perché non tollerasse l'idea che quella separazione venisse ufficializzata. Non aveva mai potuto sopportare Sofia e detestava il ferravecchio fiorentino.

Erwan stava per chiudere la chiamata quando lei propose: «Ceniamo insieme quando torni?».

«Per fare che?» domandò lui, mettendosi sulla difensiva.

Lei rise ancora: una risata sonora, beffarda. In quei casi la sua voce si abbassava di diverse tonalità e d'un tratto sembrava di potervi percepire gli accenti rochi delle canzoni italiane. «In genere ho più successo.»

«Scusami... Certo, usciamo a cena.»

«Quando?»

«Tra qualche giorno», buttò lì.

«Chiamami tu. Io nel frattempo chiederò al mio avvocato se posso parlarti.»

Sofia riappese senza che lui fosse riuscito a capire se scherzava o parlava sul serio. Preoccupato, infilò il cellulare in tasca e tornò a immergersi nelle proprie ricerche. Stava per aprire una pagina sulle navi ammiraglie dell'esercito quando un rumore gli fece voltare la testa.

«Cazzo!»

Un uomo lo stava osservando dalla finestra. Erwan afferrò la pistola, si alzò con un balzo e cercò di aprire. Non ci riuscì. Gli ci vollero almeno cinque secondi per trovare il meccanismo laterale che sbloccava la maniglia.

L'altro nel frattempo era già saltato per terra e fuggiva in direzione della pista. Erwan considerò l'altezza: tre metri come minimo. Un'altra prodezza da giovanotto.

Rinfoderò la pistola, scavalcò il davanzale e si appoggiò sulla grondaia: non era impossibile, ma dopo la corrida nelle docce... Saltò raccogliendo al massimo il corpo, atterrò sull'erba, rotolò su sé stesso e si rimise in piedi con qualche difficoltà. Aveva male dappertutto. O, per essere più precisi, non c'era nessun punto del corpo in cui non provasse fitte lancinanti.

Chi era quel tipo?

Prima di tutto doveva mettersi a correre. La risposta l'avrebbe trovata al traguardo.

39.

La notte aveva la gola secca.

Nella brughiera ogni goccia di acqua o umidità era stata prosciugata. Il cielo, l'aria e la terra sembravano sul punto di frantumarsi come vetro.

Era la prima volta che Erwan superava la recinzione della base. Tra gli edifici scoprì un paesaggio completamente piatto; di giorno da lì sicuramente si poteva vedere il mare. Il fuggitivo si stagliava come una fiamma nera sotto la luce diffusa dei fari.

Erwan non stava guadagnando terreno; anzi, lo stava perdendo. Ma confidava nella sua strategia. La preda non poteva far altro che correre dritto davanti a lui. Prima o poi si sarebbe stancata e allora l'avrebbe raggiunta. Anche se non praticava più nessuno sport di combattimento, usciva regolarmente a correre e questa volta non si sarebbe fatto fregare.

Uscì dalla zona al riparo degli hangar come si esce dalla rada di un porto e immediatamente la notte rivelò la sua vera natura. Un vento furioso che spirava dal mare rischiò di buttarlo a terra. Riguadagnò l'equilibrio e ripartì con maggior foga. L'altro continuava ad allontanarsi, lottando contro le folate, saltellando a destra e a sinistra, correndo a perdifiato lungo la pista. Indossava una tuta mimetica dell'esercito e una giacca a vento nera: un soldato della base.

Erwan trovò il ritmo. Avanzava di tre quarti controvento, fendendo la notte come un coltello taglia la tela di una tenda. Il dolore si risvegliava intorno a lividi e ferite ma gli sembrava che si disperdesse nel calore del corpo.

Dal fuggiasco lo separavano circa trecento metri. Confidando nell'ambiente circostante, non accelerò. A destra e a sinistra gli aerei tremavano sotto i teloni di copertura. Ganci e cavi invisibili si muovevano sbatacchiando come le drizze dei velieri che oscillano tintinnando nei porti.

La pista. I riflettori furono rimpiazzati da semplici lampade basse nell'erba. Erwan allungò il passo. Il vento non lo frenava, lo nutriva. Inghiottiva le folate, beveva l'aria gelida.

La preda era a duecento metri. Ora correvano circondati da un silenzio opprimente. Le attrezzature e gli aerei erano ormai lontani alle loro spalle. Restavano soltanto il mugghio del vento, le scie luminose del cielo, oleose e iridescenti come in un'aurora boreale, e i loro passi che risuonavano sul cemento: *tap-tap-tap-tap*...

Cento metri. Erwan poteva distinguere la nuca e i capelli a spazzola. Impossibile identificarlo. Cinquanta metri. Interruppe ogni contatto con il mondo esterno e si lanciò nello sprint.

Trenta metri... Venti metri...

«ALT!»

Istintivamente si girò su sé stesso senza fermarsi, cercando la voce nelle tenebre. Un soldato sbucò da un fossato imbracciando un fucile d'assalto. La base di Kaerverec era sorvegliata militarmente. Come aveva fatto a dimenticarlo?

Fu costretto a rallentare. Errore fatale. L'altro accelerò, scomparendo nelle tenebre. Il poliziotto avrebbe voluto gridargli qualcosa ma non aveva più fiato. Si piegò su sé stesso, appoggiò le mani sulle ginocchia ed emise un gemito. Ogni secondo che passava la distanza tra lui e il fuggitivo aumentava. Si udì il gracchio di una ricetrasmittente e la sentinella abbassò lo sguardo verso la propria cintura.

Senza riflettere, Erwan ripartì a tutta birra.

«FERMO! FERMO O SPARO!»

Rumore di passi, di gente che correva intorno a lui. Sirene, rombi di motore. Era stato dato l'allarme. Correva ancora. Nel vuoto della notte risuonò una detonazione. Un colpo di avvertimento.

«FERMO!»

Cercò di accelerare. Impossibile. Sentiva di aver raggiunto il limite delle sue forze, come un muro. Ancora qualche falcata e sarebbe crollato sul cemento. Nuove detonazioni. Alcuni soldati smontarono dai veicoli. Interferenze radio, codici urlati ai quattro angoli della pista. Riacquistò velocità: la paura è lo stimolo più efficace.

Raggiunti gli alberi, fu costretto a rallentare. Tutto il suo corpo bruciava per l'acido lattico, l'adrenalina gli pompava nelle vene. Attraverso le lacrime, gli alberi si deformavano, l'oscurità colava dai tronchi come catrame. Dietro di lui era in arrivo la cavalleria. Pensava già di essere fregato quando i tronchi cominciarono a diradarsi: il bosco non era che una sottile striscia di verde che affacciava sulla spiaggia.

Un argine sabbioso, poi il frastuono della risacca. Aveva la preda in pugno. Ritrovando un briciolo di speranza, si inerpicò su una duna e vide l'alta marea. Le onde si infrangevano ad appena qualche decina di metri davanti a lui.

Nessuno. Alle sue spalle sentì gridare degli ordini. Cadde in ginocchio nell'istante esatto in cui il cielo fu squarciato da un bagliore bianco. Un missile. No, un bengala. La pattuglia stava arrivando sulla spiaggia e illuminava la zona.

Gettò uno sguardo alla riva. Il fuggitivo era a duecento metri alla sua sinistra. Erwan si rialzò e riprese a correre mentre le scintille luminose cominciavano già a cadere verso terra fischiando.

Cinquanta metri. Di nuovo l'oscurità. Trenta metri. Il fuggiasco barcollava come un ubriaco, ora deviando in direzione delle onde, ora risalendo verso la sabbia, sempre sul punto di cadere. Dieci metri. Erwan si lanciò e lo placcò. Rotolarono nella schiuma. Lo afferrò per il collo e lo girò.

«Chi sei?» gridò.

Nessuna risposta. Vedeva soltanto un volto immerso nell'ombra. Le onde lambirono i loro corpi. Il vento trasportava un odore di zolfo.

«CHI SEI?»

Nel momento in cui Erwan sollevò il pugno esplose un altro bengala. Alla luce del lampo che seguì riconobbe il viso del soldato: non gli era nuovo, ma non ricordava dove l'avesse visto.

«Da dove vieni?»

«Mi chiamo Frazier. Sono sulla *Charles-de-Gaulle*!»

Uno degli ufficiali di marina che aveva incrociato sulla portaerei, nel chiarore rossastro dei corridoi.

«Perché mi spiavi?»

La spiaggia tremolava sotto i riflessi bianchi del cielo in fiamme. Erwan stringeva il collo del marine. I soldati arrivavano da ogni parte. Aveva solo pochi secondi per strappargli qualche parola.

«Parla, maledizione!»

«La notte di venerdì... ho visto qualcosa...»

«Dove? Sulla *Charles-de-Gaulle*?»

Un altro bengala.

«PARLA!»

«Qualcuno si è messo in mare... Su un ETRACO...»

«CHI?»

Il segnale luminoso si riflesse nelle pupille del ragazzo. Erwan vide che gli tremavano le labbra. Dietro di lui, la schiuma color rame ricordava un metallo in ebollizione.

«LASCIALO, MANI IN ALTO!»

«Chi si è messo in mare? CHI?»

«LASCIALO ANDARE O SPARIAMO!»

Il poliziotto alzò le mani. Era fottuto. Sulla cresta di sabbia una fila di soldati lo teneva sotto tiro. Sullo sfondo, le chiome dei pini emettevano uno scintillio color zolfo.

In quel momento Frazier si raddrizzò e lo afferrò per il collo. «Di Greco», gli sussurrò all'orecchio. «Quella notte Di Greco è sceso a terra!»

40.

Il bar si chiamava Du côté de chez Wam.

Le ricerche erano cominciate all'inizio della serata. Morvan aveva interrogato gli uscieri e i barman, minacciato i proprietari, strappato promesse: chiunque quella notte avesse visto Gaëlle avrebbe dovuto chiamarlo. Poi aveva battuto le portinerie dei palazzi, i club privé, i locali loschi della *rive droite* senza scoprire nulla.

Nessuno aveva visto sua figlia. Nessuno sapeva dirgli niente. O forse nessuno voleva parlargli.

Poteva darsi che avesse perso smalto, che non riuscisse più a essere persuasivo come una volta. Era quello che continuava ripetersi per rassicurarsi mentre si trovava al volante della Golf presa in prestito dal deposito di Balard. Tentò di convincersi, dicendosi che Gaëlle probabilmente si stava divertendo da qualche parte e non voleva farsi trovare da lui.

Che fosse scomparsa non era poi così grave. Dopotutto era maggiorenne e nella sua vita aveva combinato ben di peggio. La cosa preoccupante era che avesse voluto seminare i suoi scagnozzi. Morvan conosceva la figlia: essere pedinata non la disturbava e, anzi, trovava intrigante l'idea che qualcuno tenesse il padre informato delle sue bravate. Ma quel pomeriggio aveva deciso altrimenti. Per affermare la sua indipendenza? Per recarsi a un appuntamento segreto? Per scappare? Stava andando nel panico senza motivo: Gaëlle aveva semplicemente voluto riprendersi la propria libertà per una sera. Ma la sua paura più grande era che si fosse cacciata in qualche casino che non sarebbe stata capace di gestire. A una prostituta può capitare di incontrare l'anima gemella, ma anche di finire al cimitero.

Grazie alla DCRI sapeva molto bene come si svolgevano le giornate di Gaëlle. Non era una professionista: esercitava da sola, in modo irregolare, e sempre in nome dei suoi sogni. Tutti i suoi clienti avevano qualche legame, diretto o indiretto, con l'ambiente del cinema. Oppure erano pieni di grana, il che era più o meno la stessa cosa.

Se non avesse avuto sue notizie entro il mattino successivo, avrebbe fatto partire le ricerche in grande stile, con tutti i mezzi di cui poteva disporre grazie alla sua posizione. Ma a quel punto tanto valeva mettersi a gridare sui tetti: «Mia figlia è una puttana» o «Non sono più padrone a casa mia». Sarebbe stato come ammettere che non era in grado di mantenere l'ordine nemmeno tra le mura domestiche...

Seduto al bar, sollevò lo sguardo per osservare il locale scarsamente illuminato e semivuoto: l'idea che qualcuno potesse fermarsi lì per tutta la notte con l'intenzione di divertirsi gli era completamente incomprensibile. Pagò la Perrier e uscì.

Mentre si dirigeva verso la macchina, fu assalito da altre preoccupazioni. Aveva mentito a Erwan riguardo all'anello. L'aveva perso o gli era stato rubato il mese prima. Perché? Per collocarlo sulla scena del crimine?

Quella faccenda di Kaerverec stava prendendo una strana piega. Innanzitutto c'era stata la telefonata di Di Greco. Erano anni che non vedeva la brutta faccia dell'ammiraglio. Avrebbe dovuto girare al largo da quell'individuo ripugnante e invece aveva deciso di affidare l'inchiesta al proprio figlio pensando che fosse un buon pretesto per distogliere l'attenzione di Erwan dal suicidio di Marot. Il suo istinto l'aveva tradito per la prima volta?

E ora l'inchiesta si era trasformata in una questione personale. Era stato scomodato un suo vecchio partner, costretto in un certo senso a intervenire, per poi piazzare sulla scena del crimine un oggetto compromettente... Un complotto?

Non aveva percorso nemmeno un chilometro e aveva già trovato altri argomenti con cui alimentare la propria paranoia. Prima il progetto del libro che minacciava di svelare i segreti del suo passato, poi la morte di Nseko la quale, benché lui non volesse ammetterlo, avrebbe cambiato gli equilibri nel Katanga, e ora la storia dell'OPA della Coltano... Senza contare il messaggio ricevuto da Loïc. L'indomani sarebbe tornato da Luzeko: l'uomo con il busto aveva di sicuro trovato qualcosa.

Cominciò a domandarsi se tutti quegli eventi non fossero correlati. Orchestrati da un individuo o da un gruppo che voleva rovinarlo. Ma chi? I suoi nemici erano talmente tanti...

Senza rendersene conto era arrivato alla sua tana in place Beauvau. Passare la notte in ufficio e rimettersi subito al lavoro? No. Doveva riprendere le ricerche, ma prima di tutto aveva bisogno di mangiare qualcosa. Si diresse all'hotel Bristol, a poche centinaia di metri dal ministero.

Posteggiatore. Chiavi. Porta girevole. Quando attraversò l'ingresso, il portiere filò a nascondersi dietro il bancone della reception. Morvan si ricordò di averlo preso a spintoni qualche ora prima. Gli fece un cenno amichevole: non era più di umore bellicoso.

Entrò nella sala del ristorante, dove alcune donne delle pulizie stavano passando l'aspirapolvere, e raggiunse le cucine. Un paio di sguatteri lo riconobbero e lo salutarono. Si sedette al tavolo in fondo, un piano in acciaio inox riservato agli amici intimi dello chef.

Non disse una parola, e poco dopo gli furono serviti un club sandwich al salmone – il suo piatto preferito – e dell'acqua minerale. La semplice vista della bottiglia gli ricordò i suoi ansiolitici. Li aveva già presi quella sera? Depresso e smemorato: forse era davvero arrivato il momento di andare in pensione...

A preoccuparlo adesso era il divorzio di Loïc. Non riusciva ad accettare una simile prospettiva. Per ragioni personali, segrete, ma anche perché non sopportava l'idea che la sua famiglia si spaccasse. In un certo senso era l'unica cosa che fosse riuscito a costruire, e con successo, nonostante il clima di odio che suo malgrado aveva creato attorno a sé.

Un divorzio? Fuori questione. Sperava ancora di poter negoziare con la Vergine di ghiaccio, anche se non sarebbe stato facile.

Assaporando il suo sandwich si mise a fantasticare, con lo sguardo perso nel vuoto, mentre i cuochi rassettavano la cucina. Ripensò ad alcune sere felici, pescate a caso nei ricordi. Quando Erwan, allievo della scuola di polizia di Cannes-Écluse, trovava il tempo di fare un'improvvisata per cena in avenue de Messine. Quando Loïc, adolescente, girava per casa bello come un dio, senza nemmeno rendersi conto di quanto fosse speciale (in realtà era già alcolizzato ed era lui, Morvan senior, a essere cieco). Quando Gaëlle aveva ancora un peso ragionevole e nel suo pigiamino di spugna restava alzata con i fratelli a guardare la televisione.

Gli ingranaggi della sua memoria si incepparono e si fissarono su quell'immagine: Gaëlle appena prima che si ammalasse. Anni dopo era diventata irriconoscibile, di una magrezza atroce, simile a un insetto gigante di un film dell'orrore.

Morvan spostò in avanti il piatto. Gaëlle era sempre stata un mistero. Nemmeno quella sera era riuscito a trovare le sue tracce. Firmò la ricevuta – aveva un conto aperto all'albergo – e andò in bagno per darsi una sistemata. L'una del mattino. Si sciacquò il viso e provò a lisciarsi la giacca e i pantaloni. Aveva l'abito sgualcito come un fazzoletto di carta dopo una sega. Si concesse un sorriso allo specchio nello stesso modo in cui avrebbe allungato una banconota a un barbone.

"Avanti, di nuovo in strada."

41.

Era da quasi un'ora che Erwan cercava di sopravvivere.

Invece di un elicottero era riuscito a ottenere soltanto uno Zodiac Hurricane di undici metri, completamente nero, tubolari in hypalon e scafo in vetroresina. Uno dei famosi ETRACO dei commando della marina. «Seicento cavalli!» aveva esclamato con orgoglio Archambault al timone. Le Guen faceva da navigatore, concentrato sul radar di bordo e sul GPS. Verny li osservava.

«Reggetevi forte», li aveva avvisati l'Asparago quando erano usciti dal canale, «il tempo non è dei migliori!» *Non stava scherzando...* Un'onda li aveva subito afferrati trascinandoli nel ventre nero del mare. Un ventre gonfio, che sembrava nascondere nei fianchi una vita rabbiosa. Una forza al contempo materna e malefica, collerica, distruttrice. Una Medea che li avrebbe divorati...

Erwan stava a poppa, infilato nel giubbotto salvagente, e si reggeva al corrimano del suo seggiolino jockey, tenendosi di tre quarti rispetto alle onde. Per ragioni di sicurezza l'avevano imbrigliato. Dopo la rissa nelle docce e la corsa sulla pista, ora aveva proprio toccato il fondo.

Davanti a lui Archambault si teneva aggrappato al timone. Al polso aveva un cordino stacca-circuito collegato con il posto di comando. Se fosse caduto in mare il dispositivo avrebbe fermato immediatamente il motore impedendo che lo Zodiac arrivasse da solo in Inghilterra.

«Va meglio?» gli domandò Le Guen.

L'Aragosta sembrava più bendisposta che a terra. La clemenza del vincitore, senza dubbio. Erwan si sporse fuori bordo per vomitare. Inutile. Da sotto il tubolare sentiva salire il fetido soffio del mare, carico di sale. Aveva preso un antistaminico contro il mal di mare con un unico, inaspettato risultato: aveva sempre creduto che quel genere di medicinali potesse avere un effetto eccitante, mentre lui provava solo una forte sonnolenza, accresciuta dagli antidolorifici che aveva buttato giù prima della partenza.

Malgrado tutto si sforzò di analizzare i nuovi fatti. Quando alla base era tornato tutto tranquillo, aveva fatto onorevole ammenda per aver violato il coprifuoco da lui stesso imposto. Il colonnello Vincq si era mostrato comprensivo e lo aveva autorizzato a proseguire l'interrogatorio di Patrick Frazier, il «testimone spontaneo» all'origine di quel rodeo notturno. L'ufficiale di marina non aveva niente da aggiungere: nella notte tra venerdì e sabato, intorno alle nove di sera, aveva visto l'ammiraglio Di Greco imbarcarsi su un ETRACO diretto a terra. Il vecchio tuttavia non si era comportato come i suoi gradi e le sue condizioni fisiche avrebbero richiesto. Invece di firmare tutte le autorizzazioni del caso e farsi accompagnare da un pilota, se n'era andato di nascosto, prendendo uno dei mezzi disponibili in un deposito della portaerei con accesso diretto al mare. Secondo Frazier, Di Greco era un ottimo marinaio e nonostante i suoi problemi fisici sarebbe stato in grado di raggiungere la costa da solo.

Perché il soldato non aveva parlato prima? Perché quella visita notturna e quella fuga assurda? La risposta era molto semplice: dopo averci riflettuto per giorni, Frazier si era finalmente deciso a farsi avanti ma senza dare troppo nell'occhio. Poi all'ultimo momento aveva avuto paura: non si toccava impunemente l'ammiraglio.

Un'ondata più violenta delle altre strappò Erwan dalle sue riflessioni. Sentì il cuore salirgli in gola. Immaginò di sputarlo sul ponte e di guardarlo sussultare come un pesce che muoia soffocato. Per liberarsi di quella visione sollevò la testa e scoprì un paesaggio da incubo: sotto la pioggia le onde nere si ergevano ora come falesie al ritmo di un gigantesco respiro, pronte ad abbattersi su di loro per inghiottirli.

Abbassò nuovamente gli occhi, strinse i denti e si concentrò sui propri pensieri. Perché quella notte Di Greco era andato a terra? La sua spedizione poteva essere collegata con la morte di Wissa? O con l'iniziazione? Era l'ammiraglio il mandante dell'omicidio? Oppure voleva solo calmare le sue truppe, che aveva sentito troppo cariche? Quando era rientrato sulla portaerei? Tutte domande che il poliziotto aveva intenzione di rivolgere a sua signoria in persona.

Questa partenza improvvisata non era stata una buona idea. Innanzitutto le condizioni meteo erano a dir poco sfavorevoli; inoltre, la strategia migliore sarebbe stata convocare l'ammiraglio a terra – non a Kaerverec ma in gendarmeria – invece che affrontarlo per la seconda volta nel suo territorio. Ma Erwan aveva optato per una tattica differente: la sorpresa. Non aveva informato nessuno del loro arrivo. Adesso dovevano soltanto sperare che li facessero salire a bordo.

Un'altra ondata si abbatté su di loro. L'acqua densa di schiuma riempì l'ETRACO come un catino. Verny si sganciò la cintura e attivò la valvola di scarico rapido posizionata sotto il tubolare, che permetteva di rimuovere l'acqua dallo scafo nel giro di pochi secondi. Un minuto dopo si era già legato al suo seggiolino jockey.

Con un colpevole senso di soddisfazione Erwan constatò che anche i suoi compagni non stavano messi benissimo. Infagottati nei giubbotti fluorescenti, imbottiti di antiemetici, indossavano occhiali da immersione – su istruzione di Archambault – ed erano verdastri in volto.

Nuova ondata. Erwan sonnecchiava. Nonostante gli urti, gli scossoni e gli spruzzi, malgrado il mare e la tempesta, continuava ad assopirsi. Le dita aggrappate al mancorrente non gli appartenevano più.

Una voce lo richiamò alla realtà.

Impossibile capire chi stesse gridando, ma riuscì a distinguere un nome: Verny. Poi si rese conto che il gendarme era scomparso. A forza di abbandonare il suo posto per svuotare lo scafo aveva finito per cadere fuori bordo.

Mentre Erwan cercava di sganciarsi per alzarsi in piedi, Archambault gridò dal timone: «Nessuno si sleghi!».

Le Guen era chino sul navigatore che riparava con le mani per vedere meglio. Erwan si ricordò che i giubbotti di salvataggio contenevano un razzo segnaletico. Bisognava solo sperare che Verny avesse la prontezza di spirito di lanciarlo. Il giubbotto era dotato anche di un lampeggiante.

Sterzando di colpo Archambault riuscì a invertire la rotta. Tutti si sforzavano di distinguere qualcosa, asciugandosi gli occhiali. All'improvviso, a una cinquantina di metri, la luce lampeggiante comparve sulla cresta di un cavallone. Un pacemaker che pulsava in una cassa toracica mostruosa. Archambault si avvicinò, mettendosi a favore di vento. In mezzo alla schiuma, Verny si dibatteva nella sua cerata lottando contro il peso del corpo che lo trascinava verso il fondo.

Ancor prima che Erwan capisse quello che stava succedendo, Le Guen si slacciò la cintura, si levò il giubbotto salvagente e si tolse i vestiti: sotto indossava una muta da sub. Un secondo dopo si era già infilato maschera e pinne e assicurato un'imbragatura alla vita.

In quel momento Erwan si domandò come potesse pretendere di indagare su un mondo di cui non conosceva nulla.

Le Guen si tuffò, legato allo Zodiac da una fune, una cima in gergo marinaro. Tutt'a un tratto Erwan sentì la voce di Archambault, un grido rauco in cui si ripetevano sempre le stesse tre sillabe: «La cima!». Il militare si teneva aggrappato al timone e alla leva dei motori, tentando, quasi accucciato a terra, di stabilizzare l'ETRACO.

Finalmente Erwan recepì il messaggio. Sganciatosi anche lui dal seggiolino, afferrandosi ai tubolari raggiunse la prua. Tra la pioggia e gli spruzzi intravide la fune che sferzava il ponte: era legata a un argano a tamburo. Si trascinò goffamente dietro il motore, appoggiò le gambe ai tubolari, afferrò le due manovelle alle estremità del mulinello a tamburo e aspettò un cenno del tenente.

Archambault continuava a darsi da fare al timone, regolando l'assetto del trim per evitare che il gommone imbarcasse acqua. I motori ruggivano, sbuffavano, fischiavano. Le eliche vorticavano in un mare simile a sciacquatura di piatti. Il tenente sollevò una mano: Le Guen aveva recuperato Verny. Erwan cominciò a girare le manovelle, lottando contro tutti i suoi dolori.

Presto li vide: aggrappati l'uno all'altro, i militari erano a pochi metri da lui, scomparivano e riapparivano in balia delle onde, giocando a nascondino tra i cavalloni. Erwan accelerò i suoi movimenti.

Finalmente le loro teste spuntarono da dietro il tubolare del gommone e i due riuscirono ad aggrapparsi alle maniglie che servivano a trasportare l'imbarcazione. L'Aragosta urlava sillabe incomprensibili. Dopo qualche secondo d'incertezza Erwan capì che continuando ad azionare il mulinello li stava schiacciando contro lo scafo. Lasciò le manovelle e si precipitò verso di loro.

Scivolò, si rialzò, issò Verny, che rotolò sul ponte. Un altro sforzo e anche Le Guen fu in salvo. L'ETRACO continuava a sobbalzare pericolosamente e i cavalloni minacciavano di inghiottirlo. Ma erano tutti vivi e per qualche secondo ci fu una sorta di tregua. Immobili, assaporavano la vittoria che aveva loro arriso quando ormai tutto sembrava perduto.

Poi il frastuono delle onde tornò a farsi sentire. Erwan ritrovò la propria lucidità. Verny tossiva, vomitava, farfugliava preghiere e ringraziamenti. Le Guen, sempre in muta da sub, tentava di liberarsi dall'imbragatura, con i piedi nella cima che si avvolgeva come un gigantesco rocchetto.

Erwan prese una decisione. Camminando carponi raggiunse il posto di pilotaggio, si sollevò all'altezza del timone e gridò ad Archambault: «Torniamo indietro!».

«Cosa?»

«TORNIAMO INDIETRO!»

Per tutta risposta il pilota indicò qualcosa col dito. «Troppo tardi. Siamo arrivati!»

Il poliziotto si voltò e vide la muraglia nera. Tra le nubi che vorticavano e i flutti che ribollivano si stagliava una massa scura, completamente priva di luci. Una visione infernale: più nera delle tenebre che la circondavano, più forte della burrasca, sembrava impassibile, indifferente al tumulto della tempesta, mantenendosi immobile mentre il mare si scatenava contro i suoi fianchi.

Erwan cadde all'indietro, rimbalzando sul tubolare con le braccia aperte come un boxeur salvato dal gong. In quel momento, con uno stridio assordante nell'oscurità comparve una grande apertura, inquadrata da due massicce catene, che svelò una piattaforma a strisce gialle. Erwan pensò a una spaventosa branchia, una palpitante faglia nel ventre di un mostro marino. Ci sarebbe potuto passare un camion cisterna o un intero esercito. La luce che ne fuoriusciva era di un rosso intenso.

Archambault diede gas. Le Guen, ancora gocciolante, urlava nella radio. Verny stava aggrappato a uno dei tubolari. Rannicchiato sul proprio seggiolino, Erwan osservava affascinato la luce incandescente che irradiava la superficie dei flutti.

La piattaforma si posò a fior d'acqua, diventando un imbarcadero d'acciaio. Lo Zodiac si avvicinò. Archambault accelerava, rallentava, regolava l'assetto del trim, ora in dentro ora all'infuori, lanciandosi all'assalto degli ultimi ostacoli, derapando e poi zigzagando fino a superare la cresta dell'onda. Rumori metallici di ganci e rampini che venivano tesi verso di loro, cime che cadevano nell'acqua rossa.

Uno spettacolo rassicurante: la vita dopo la morte. Erwan aveva le lacrime agli occhi.

Quella notte non erano stati i pescatori ad arpionare la balena, bensì la balena a inghiottire la nave dei temerari.

42.

Quando misero piede sulla piattaforma, non assomigliavano per nulla a una squadra d'assalto venuta a interrogare un sospettato. Zuppi come spugne, coperti di sale come aringhe, dovevano essere uno spettacolo penoso. Verny aveva la faccia di un annegato. Le Guen indossava ancora la muta gonfia d'acqua. Ad Archambault tremavano le braccia per le manovre al timone. Erwan teneva la testa china sotto il cappuccio, in segno di sottomissione al dio del mare.

Questa volta ad attenderli non trovarono soltanto i manovratori. Le operazioni di ormeggio furono sorvegliate da alcuni fucilieri della marina con il dito sul grilletto. Una passerella li condusse all'interno di quella bocca di acciaio immersa nella luce rossa.

«Che diavolo ci fate qua?» sbraitò il capitano d'armi.

«Siamo venuti a interrogare l'ammiraglio Di Greco», rispose Verny nello stesso tono.

Per superare il frastuono delle onde e riuscire a farsi sentire era necessario urlare.

«Avete un mandato?»

«Non ne abbiamo bisogno. La procura di Brest ci ha incaricato dell'inchiesta sulla morte del soldato Wissa Sawiris. Siamo autorizzati a prendere qualsiasi provvedimento e a interrogare chiunque nell'interesse della verità.»

Il gendarme aveva pronunciato quel discorso senza la minima esitazione. Non male per un sopravvissuto. Il militare non sembrò particolarmente impressionato. Estrasse una ricetrasmittente da sotto la cerata, si girò con le spalle al vento e cominciò a parlare, abbassando la testa come se stesse provando ad accendersi una sigaretta.

«Dobbiamo aspettare il capitano di vascello», disse quando tornò da loro.

«Andiamo», fece Erwan, con i nervi a fior di pelle. «Ci raggiungerà.»

Subito i soldati gli sbarrarono il passo armando i fucili. Archambault e Verny estrassero immediatamente le pistole. La luce scarlatta delle lampade non faceva che accrescere la violenza di quella scena.

«Calma.»

Tutti guardarono in direzione della voce che aveva appena coperto il frastuono dei flutti. Una figura in parka scuro si profilò nell'alone rosso. Un uomo basso, sulla cinquantina, senza alcun segno particolare e privo di scorta. Erwan capì che si trattava del capo supremo della nave.

«Capitano di vascello Martin», confermò quello. «Credevate davvero di poter abbordare in questo modo la *Charles-de-Gaulle*? Per chi ci avete preso?»

Erwan si presentò e riepilogò la situazione, ripetendo più o meno il discorso di Verny, solo con un linguaggio meno aggressivo e più circostanziato. L'ufficiale non fece commenti. I fucilieri si erano raccolti attorno a lui, senza abbassare le armi.

«Perché vuole interrogare l'ammiraglio?» chiese Martin.

Dal portellone aperto il vento soffiava così forte che le voci umane sembravano semplici interferenze radio nella notte. Ciò nonostante il capitano non alzava la voce. Capo della nave, capo della tempesta.

«Segreto istruttorio», rispose Erwan. «Credo che l'ammiraglio sia abbastanza grande da decidere se rispondere alle nostre domande o farci sloggiare.»

Con quel lessico così poco formale sperava di riuscire a rompere il ghiaccio. Il tentativo fallì. L'uomo in parka rimase in silenzio, con le mani dietro la schiena. I fucilieri non abbassarono la guardia.

«Ha a che fare con la faccenda dell'ufficiale di marina Frazier?» chiese alla fine Martin.

Dunque la notizia li aveva preceduti. Per testimoniare, il giovane soldato aveva abbandonato la portaerei, ma Erwan era sicuro che tutti a bordo sapessero quello che aveva raccontato.

«Mi dispiace, non posso dirle nulla. Dobbiamo parlare con l'ammiraglio.»

«Sono le tre del mattino.»

«Se ci siamo mossi a quest'ora, è perché si tratta di...»

«È impossibilitato a riceverla a causa delle sue condizioni di salute.»

«Le propongo una cosa: rinunciamo a interrogarlo questa notte ma almeno lasci che gli presentiamo la nostra richiesta. Lo disturberemo soltanto il tempo di avvertirlo della nostra presenza e poi sarà lui a scegliere quando parlarci. Se potrà riceverci domani mattina, attenderemo a bordo.»

«E se dorme?»

Quei dettagli così prosaici tradivano il fatto che tutti ormai consideravano Di Greco un vecchio malato, una leggenda agonizzante.

«Durante il nostro primo colloquio», bluffò Erwan, «l'ammiraglio mi ha parlato dei suoi problemi di insonnia. Non credo che lo disturberemo.» Sorrise. «Starà sicuramente guardando la tempesta dal suo oblò.»

Di nuovo, il tono informale non sortì alcun effetto: non si parlava in quel modo di un sovrano. Tuttavia l'ufficiale lanciò uno sguardo ai soldati, sempre in posizione di tiro. A un suo cenno i marine abbassarono le armi.

«Dieci minuti di orologio. La accompagno personalmente.»

Corridoi. Ascensore. Luci rosse. All'interno della nave la tempesta sembrava un lontano ricordo, ma le tasche della cerata di Erwan erano ancora piene di acqua salata e lui continuava a sentire nelle ossa gli scossoni del viaggio. Era come se fosse impregnato della furia del mare.

Secondo ascensore. Altro corridoio. Giunti davanti alla cabina dell'ammiraglio la scorta si fece da parte perché il poliziotto potesse bussare: dopotutto quella era una sua idea. Erwan picchiò alla porta come un ufficiale giudiziario impegnato in uno sfratto.

Nessuna risposta.

Bussò un'altra volta, più forte.

Di nuovo nessuna risposta.

Erwan abbassò lo sguardo. Una striscia di luce filtrava da sotto la porta. Lanciò un'occhiata al capitano di vascello. Non ci fu bisogno di parlare.

«Abbiamo un passe-partout.»

A un cenno dell'ufficiale un uomo estrasse un mazzo di chiavi e fece scattare la serratura. Dopo un breve momento di esitazione Erwan entrò nella cabina, con la mano sulla pistola.

Le luci erano accese. Tutto era esattamente come la prima volta. Lo stesso disordine: fascicoli impilati l'uno sull'altro, fogli arrotolati, scaffali traboccanti.

Seduto dietro la scrivania, sotto quell'oblò che costituiva il suo unico privilegio, Di Greco era sfigurato. Il proiettile gli aveva sfondato il cranio schizzando alle sue spalle frammenti di cervello.

Indossava la stessa uniforme azzurra priva di decorazioni. In mano teneva ancora la pistola utilizzata per porre fine ai suoi giorni: una Beretta 92G di acciaio inox. Erwan conosceva molto bene quel modello: era stata la sua arma d'ordinanza quando militava nelle teste di cuoio della polizia. Si avvicinò e constatò che il sangue non si era ancora coagulato: la morte risaliva a meno di un'ora prima, quando loro si trovavano già in mare. Qualcuno aveva avvisato l'ammiraglio del loro arrivo? Di Greco sapeva che presto o tardi sarebbe stato arrestato?

Erwan provò sentimenti contrastanti. Quel suicidio equivaleva a una confessione e l'inchiesta sarebbe stata chiusa. Ma allo stesso tempo tutte le sue domande non avrebbero avuto risposta: qual era il movente? E le circostanze? Com'era potuto accadere?

Si accostò per vedere se l'ammiraglio avesse lasciato un messaggio d'addio.

Lo trovò sul piano della scrivania, un foglietto ripiegato e coperto di schizzi di sangue. Erwan si mise accanto al morto in modo da poter leggere e lo aprì. Il Grande Corpo Malato aveva scritto un'unica parola, in lettere maiuscole:

LONTANO

43.

«*Nam-myoho-renge-kyo... Nam-myoho-renge-kyo... Nam-myoho-renge-kyo...*»

Loïc mormorava il *Sutra del loto* nella versione giapponese di Nichiren. La frase essenziale, che riassumeva l'intero sutra e che così tante volte lo aveva ispirato nelle situazioni peggiori. Non aveva dormito e lo attendeva ancora tutta una serie di prove. Dopo il fermo gli sarebbero toccate di sicuro una comparizione davanti al giudice, un'imputazione e, perché no, una detenzione provvisoria. Con dodici grammi di coca scattava la carcerazione preventiva.

Senza contare la vera tragedia: Sofia e quella troia del suo avvocato si sarebbero subito aggrappate alle accuse per ottenere un decreto d'ingiunzione per direttissima. Gli avrebbero tolto i figli. Avrebbe potuto vederli soltanto per qualche ora al mese con un poliziotto a fargli da balia.

«*Nam-myoho-renge-kyo... Nam-myoho-renge-kyo...*»

Malgrado tutti i suoi sforzi, in quella gabbia dalle pareti di vetro luride non riusciva a fare il vuoto dentro di sé. Questioni più prosaiche e pressanti gli martellavano nelle tempie. Chi aveva fatto la soffiata? Lo spacciatore del giorno prima? I vendicatori neri? Non gli sembrava lo stile né dell'uno né degli altri.

La sospettata numero uno era Sofia. Chiuse gli occhi e cercò di contrastare l'ondata di odio che lo stava sommergendo. Per un buddhista odio e amore si equivalgono: bisogna liberarsi dal vincolo delle passioni, qualsiasi esse siano.

Per il momento gli sarebbe bastato poter uscire da quella cella. Il suo compagno – un barbone che «conosceva i suoi diritti» – muggiva come un vitello e prendeva a calci il vetro. Loïc rinunciò a pregare.

In mancanza di meglio, si concentrò sul proprio passato. Il capitolo migliore della sua personale *Legenda Aurea*.

Calcutta, febbraio 2001.

Non era mai riuscito a capire come a un certo punto si fosse ritrovato nella capitale del Bengala occidentale. Doveva essere stato cacciato dallo yacht su cui lavorava come skipper dopo che qualcuno lo aveva beccato a sniffare colla nella sala macchine, o qualcosa del genere. Alle isole Andamane si era imbarcato su un cargo per poi navigare senza meta insieme ad alcuni pescatori nelle Sundarbans, la più grande foresta di mangrovie al mondo. L'unica cosa che si ricordava era il *maddok*, un derivato a buon mercato degli steli dei papaveri da oppio che lui fumava sul fondo delle barche.

A Calcutta sarebbe potuto passare benissimo per un *sadhu*. Coperto soltanto da un perizoma, era così sudicio e bruciato dal sole da essere quasi nero. Aveva la barba lunga fino al petto, le unghie come artigli e i capelli pieni di pidocchi.

Si era scelto per madrina la minacciosa e funesta Kali, patrona della città, che indossa una cintura di braccia mozzate, mostra la lingua color sangue e distrugge tutto ciò che non le piace. Il simbolo perfetto della capitale bengalese, allora popolata da dieci milioni di persone che sopravvivevano all'ombra dei palazzi vittoriani in rovina. Mendicanti, lebbrosi, ambulanti, operai, *sadhu*, bramini, intellettuali e intoccabili si riversavano nelle sue strade come una piena inarrestabile.

Loïc si era lasciato trasportare da quella corrente, spendendo i suoi ultimi dollari in eroina di pessima qualità e oppio adulterato. Si faceva sotto i portici, mangiava avanzi di riso, beveva *chai* a una rupia. Nei rari momenti di lucidità andava nel parco di Maidan con un libro dalle pagine sudicie: *The Gospel of Sri Ramakrishna*, in inglese. Capiva una riga su due ma trovava affascinante l'idea di morire con quel volume in mano.

Un giorno, raggomitolato su un marciapiede, aveva capito che gli stavano marcendo le gambe. Non si era spaventato: era quello che voleva. Sarebbe morto in quel corpo calpestato da milioni di sandali e di piedi nudi, sognando divinità i cui nomi non riusciva nemmeno a pronunciare. Sorrideva, pronto a dissolversi nell'odore di fiori e di merda di Calcutta. A reincarnarsi in un dio o in un sasso.

Era stato in quel momento che aveva udito una voce rivolgersi a lui: «Devi riprendere contatto con la realtà».

Loïc si era tirato su e aveva intravisto la figura piatta di un occidentale dalla grossa testa grigia, grinzosa come il culo di un elefante. L'uomo indossava una veste di canapa e il triplo cordone dei bramini, che simbolizza i debiti dell'uomo nei riguardi dei saggi, degli antenati e degli dei.

Come immerso in un sogno aveva pensato: "Un altro bianco che ha fumato troppo..." e poi aveva perso i sensi. Da quel momento in poi i suoi ricordi si facevano confusi. Iniezioni. Flebo. Deliri. Nessuna crisi di astinenza. Per il resto, effluvi di canfora e odore di fiori ammuffiti, di terra umida. E una febbre bruciante. Molto sonno.

Quando Loïc si risveglia, un medico lo aggiorna sul suo stato: «Ha l'apparato digerente infestato da parassiti, l'intestino pullulante di vermi, il corpo coperto di ulcere, è affetto da scorbuto. Unica buona notizia: non ha l'AIDS e siamo riusciti a evitare l'amputazione».

«L'amputazione?»

Si ricorda di essere caduto da una barca nelle Sundurbans. Rivede le sue ginocchia ferite, il pus che essuda dalle piaghe.

«Si chiama cancrena. Abbiamo fermato l'infezione.»

Dovrebbe ringraziare il medico ma non è nelle condizioni di farlo. Ha le membra scosse da spasmi, la sua carne brucia. Domanda – supplica – che gli diano qualcosa, qualsiasi cosa, o che lo rimandino nel limbo, libero da ogni sensazione.

Coma.

Quando riprende conoscenza, ha l'impressione di avere espulso il cervello dalle orecchie. Il guru è accanto a lui, questa volta in tre dimensioni. Ha circa sessant'anni. È ricco e ben in carne. Camicia bianca con il collo alla coreana, ampi pantaloni di lino, accento scozzese. Gli parla di incubi, di allucinazioni. Gli spiega che dipendono dall'astinenza, dalle erbe che gli sono state somministrate in quel luogo.

«Dove sono?»

Gli parla di verità, di saggezza, di unità. Si esprime per immagini, per parabole.

«Ci conosciamo, vero?» riesce infine a chiedere Loïc.

«Hai fatto lo skipper su una delle mie barche un paio di anni fa.»

Loïc non ricorda nulla. L'uomo prende un paio di forbici e comincia a tagliargli i capelli, le unghie, la barba.

«L'induismo non fa per te», gli dice, mentre le lenzuola si ricoprono di cheratina. «E nemmeno il buddhismo classico. Cioè: il Piccolo e il Grande Veicolo. Quello che ti ci vuole è il *Vajrayana.* Il Veicolo del diamante. Il buddhismo tibetano.»

«Cosa vuol dire?»

«Che domani si parte.»

Non atterrano a Lhasa, la capitale del Tibet, ma a Kunming, nella provincia dello Yunnan, vicino al confine sudorientale del paese. Per raggiungere i contrafforti dell'Himalaya lo scozzese ha in programma di seguire un percorso preciso. Prima in quattro per quattro e poi a cavallo.

Tremila metri d'altitudine. Falesie di terracotta. In fondo alla valle, un fiume, anch'esso rosso: l'embrione del Mekong. A Loïc sembra di fluttuare in un gigantesco utero, nel grembo fecondo di una dea indiana assopita ai piedi dei ghiacciai. Trema sulla sua cavalcatura. Lo hanno imbacuccato come un neonato nomade, tra pelli e pellicce, e poi legato alla sella. Non può fare altro che ammirare il paesaggio e soffrire per i sintomi dell'astinenza.

Gli ci vuole più di qualche giorno per capire che stanno attraversando una regione il cui accesso è vietato, posta sotto lo stretto controllo dell'esercito per la sua vicinanza con il triangolo d'oro. Non riesce a capire quale possa essere il fine dello scozzese. Parlandogli dal suo cavallo, Loïc cerca di provocarlo: «Se credi che dopo tutto questo verrò a letto con te...».

«Non preoccuparti, è già successo.»

«Quando?»

«Durante la nostra crociera.»

Di nuovo nessun ricordo. Quell'uomo si chiama James Thurnee, è di Edimburgo e ha fatto fortuna in Europa. Più di una volta. Prima come produttore di chitarre elettriche e mixer, poi nelle telecomunicazioni e infine con Internet. Adesso amministra i suoi guadagni. Va a pregare ora in un luogo, ora in un altro, dispensando consigli ai fedeli in difficoltà...

Le settimane si susseguono tra mazzette alla polizia cinese, rovesci di pioggia violentissimi, frane, traversate di fiumi su ponti di corda, grandinate, camion incidentati ai bordi della strada, un'esplosione in una miniera di rame dove sono loro a prestare i primi soccorsi...

Le persone che incontrano sono colossi con i capelli neri raccolti in chignon e pugnali d'argento alla cintura, donne dal volto completamente piatto e imbrattato di terra, di latte e di pioggia. Tibetani che annunciano l'approssimarsi del confine.

Un giorno arrivano in un'immensa vallata. In basso, un villaggio di case con i muri imbiancati a calce che sembra fatto di zollette di zucchero; più in alto, due torri quadrate bianche e imponenti che si ergono da un edificio color vinaccia: il monastero. Tutt'intorno, campi d'orzo e di grano che ondeggiano al vento della sera accogliendo le ombre smisurate delle nubi in una danza cangiante di colori.

Loïc non ha mai visto una simile meraviglia. Dagli occhi gli sgorgano lacrime di riconoscenza.

Un anno tra i monaci. Risveglio al suono di trombe, preghiere, sermoni, elemosine, mandala... In India aveva conosciuto una spiritualità delirante come una febbre; qui, la fede ha la forza di un pugno chiuso. Dopo avergli purificato l'organismo e mondato gli occhi, Thurnee si occupa della sua anima. Loïc ha altre terribili crisi di astinenza. Inchiodato a letto, in preda alle convulsioni, implora che smembrino il suo corpo e lo diano in pasto agli avvoltoi, come vuole la tradizione tibetana. Nessuno lo ascolta, le crisi passano. Riprende la routine quotidiana del tempio: preghiere, meditazione, studio...

Di tanto in tanto ripensa al padre che lo crede ancora per mare. Dopotutto, il suo metodo ha funzionato. Loïc è iniziato al *Vajrayana*. Legge, ascolta, medita. La preghiera diventa una nuova forma di droga che tuttavia funziona al contrario: lui esce dal corpo per ritrovare l'anima.

A quel punto, contro ogni aspettativa, Thurnee gli propone di tornare nel mondo delle illusioni: il *samsara*, la valle di lacrime, quello che tutti gli altri chiamano realtà. Il buddhismo non è una fuga, spiega al suo protetto, bensì un graduale distacco. Lo porta con sé a New York, lo inizia alla finanza. Loïc si appassiona a questo mondo di vanità estrema. È come fare una partita a scacchi senza mai dimenticare che si tratta soltanto di un gioco.

Tuttavia le passioni sono dure a morire. Incontra Sofia a Manhattan e se ne innamora all'istante. Per guadagnare sicurezza e sentirsi all'altezza dell'italiana ricomincia a sniffare. Gli basta una striscia per buttare alle ortiche due anni di astinenza. Poco importa: è simpatico, affascinante, loquace, e seduce la ragazza. Thurnee lo porta in una clinica specializzata per fargli impiantare pareti in titanio nel setto nasale.

Nessuna sfuriata, nessuna paternale: Loïc non capisce.

«Le passioni hanno il difetto di non durare a lungo», gli dice Thurnee.

Aveva ragione: nove anni dopo Loïc e Sofia si odiavano con tutte le loro forze. Non ci sarebbe voluto molto perché finissero con il dimenticarsi l'uno dell'altra e scivolassero nell'indifferenza.

Lo scatto della serratura lo fece sobbalzare. La porta della cella si aprì. Loïc si rese conto che il barbone astioso si era addormentato e che anche gli altri suoi compagni sonnecchiavano.

Istintivamente si guardò il polso. Durante la perquisizione gli era stato tolto anche l'orologio.

«Morvan? Sono io.»

Mentre saliva le scale seguendo il piantone, si disse che finalmente era il momento dell'interrogatorio. Avrebbe potuto chiamare il suo avvocato, che in meno di un'ora lo avrebbe fatto liberare.

Ma ad aspettarlo nell'ufficio non trovò un poliziotto, bensì Sofia. Strinse i pugni, pronto a spaccarle la faccia. Stava per balzarle addosso quando lei gli ordinò: «Siediti».

Loïc obbedì senza dire una parola.

In fondo, la vita era semplice con l'italiana.

44.

«Come hai fatto a entrare?»

«Il mio avvocato.»

«Spiegami come mai un avvocato specializzato in diritto di famiglia ha contatti nella Narcotici.»

«Ci sa fare.»

«Sì, ha servito loro il figlio di Morvan su un piatto d'argento.»

«Di sicuro non sei in territorio amico.» Sofia sorrise. «Ho scoperto che tuo padre non ha soltanto alleati nella polizia.»

Loïc sogghignò, ma subito ebbe la sensazione di avere qualcosa bloccato in gola. I suoi organi si torsero, una vampata di calore gli riempì il petto diffondendosi come una febbre di angoscia. Era in astinenza. Sofia gli parlava, ma lui non sentiva più niente.

Aveva il volto coperto di sudore. Sbatteva le palpebre come se fosse accecato dal sole. Riuscì a ricomporsi. «Che cosa vuoi?»

«Trovare un accordo.»

Le mostrò i polsi. I poliziotti gli avevano rimesso le manette. «Sono senza dubbio nella posizione migliore per negoziare.»

«Sei nella posizione di ascoltarmi e riflettere.»

Non si ricordava nemmeno più di averla amata. Era molto più reale, molto più appropriata nel ruolo del nemico. Lui temeva gli attacchi, le strategie e le macchinazioni di quella donna. Era diventata la sua personale Kali.

«Secondo il mio avvocato sarai incriminato per traffico illecito e ricettazione aggravata. Anche se tuo padre dovesse riuscire a inventarsi qualcosa con i suoi maneggi, questo fermo avrà degli strascichi. Mi basterà presentare qualche documento al giudice della famiglia e potrai scordarti di tenere ancora i bambini.»

Serrò le mascelle. I denti gli dolevano come all'epoca in cui tutti gli spacciatori di Parigi si rifiutavano di vendergli la roba. «Cosa proponi?»

«Un mercoledì e un fine settimana su due.»

«Non se ne parla.»

«O questo o due ore al mese in presenza di un assistente sociale.»

«Perché mi fai questo? Non credi che sia in grado di crescerli?»

«No, finché non ti farai curare.»

Farsi curare... Quante volte se l'era sentito dire? Come se la droga fosse una malattia. Che errore: era il rimedio. Non aveva mai conosciuto nessun tossico che fosse equilibrato e felice *prima* della sua dose.

«Ti ho portato una bozza di accordo secondo le mie condizioni», riprese Sofia. «Firmala e ti giuro che nessuno tirerà in ballo il fermo nel corso dell'udienza.»

«Perché dovrei fidarmi?»

«Perché non hai scelta e perché sono una persona di parola.»

Aprì l'eterna Balenciaga – una borsa grande quanto uno zaino scolastico, la sua preferita nonostante continuasse a comprarne di nuove – e ne estrasse un plico di fogli e una stilografica con il cappuccio di madreperla. Ogni particolare ricordava a Loïc che Sofia era la donna più chic che avesse mai incontrato. Eppure non valeva più di lui: erano entrambi figli di gangster.

«Devi firmare tutte le pagine.»

Lui prese la penna e obbedì. Firmò tra i cigolii del pennino d'oro e il tintinnio delle manette.

«Non lo leggi?»

«No.»

Ancor prima che Loïc rimettesse il cappuccio alla stilografica il diavolo aveva già infilato il contratto in borsa.

«Hai fatto la scelta giusta.»
«Per chi?»
«Per i nostri figli.»

Le manette continuavano a tintinnare. Gli tremavano le mani, che teneva appoggiate sulle ginocchia. Per non fargli vedere che se n'era accorta, Sofia distolse lo sguardo e chiuse la borsa. Poi si alzò in piedi, sfoggiando il suo portamento da regina in quello squallido ufficio.

Ma la sua bellezza non lo toccava più. Era come quando si sente alla radio una canzone che in passato non si riusciva a smettere di ascoltare: le note, gli arrangiamenti, la voce sono sempre gli stessi, ma il tempo ha distrutto tutto il fascino del pezzo.

Nell'istante esatto in cui gli sembrò di essersi smarrito in un deserto, privo di ogni speranza ed emozione, lei gli passò una mano tra i capelli. «È un peccato che James non ci sia più», mormorò.

Quelle semplici parole erano la prova che Sofia lo conosceva meglio di chiunque altro. James Thurnee, suo padre putativo, amico e amante era morto tre anni prima in seguito a un ictus cerebrale. Loïc scoppiò a piangere. Un pianto irrefrenabile, senza ritegno né pudore, come se gli avessero spezzato il cuore. Dopo alcuni interminabili secondi capì che Sofia gli stava accarezzando la nuca. Un gesto di tenerezza, senza secondi fini.

Alzò la testa e si vide riflesso nei suoi occhi: un'orribile maschera di disperazione.

«Mi chiedevo...» farfugliò, tirando su con il naso. «Ne hai?»

Sofia gli buttò in faccia una bustina di coca e uscì dall'ufficio.

45.

Erwan non era andato a dormire.

Dopo la scoperta del corpo dell'ammiraglio Di Greco aveva aspettato insieme ai suoi compagni l'arrivo dei tecnici della Scientifica. Erano stati scortati nella mensa ufficiali e chiusi lì dentro. Per alcune ore non avevano fatto altro che bere caffè, in silenzio, tentando di assimilare la catastrofe. Mentre il dolore si risvegliava e le fitte tornavano a tormentarlo, Erwan aveva pensato che quello era uno dei momenti più brutti della sua vita, il peggiore di tanti. Aveva deciso di non chiamare suo padre finché non fosse stato sicuro delle circostanze del decesso.

I TIS erano arrivati in elicottero intorno alle quattro del mattino. Ufficiali, responsabili e politici li avevano seguiti passo passo, in preda al panico. Un suicidio a bordo della più importante nave da guerra francese non era cosa da poco. Nel mentre, avevano cercato parenti e familiari da avvertire. Nessuno. Come Dracula, Di Greco aveva vissuto da solo rinchiuso nel proprio castello.

Alle sei, dopo avere ragguagliato Neveux e i suoi uomini sull'accaduto, Erwan aveva preso un Dauphin per tornare sulla terra ferma. Le spoglie dell'ammiraglio sarebbero state trasferite in seguito, dopo un approfondito esame della scena del suicidio. I suoi accoliti lo avevano seguito senza indugi per non restare un minuto di più su quella nave di sventura (perfino Archambault aveva abbandonato il suo ETRACO).

In volo Erwan non aveva aperto bocca, scandagliando i fatti in cerca di una spiegazione plausibile.

La prima: Jean-Patrick di Greco, che si era macchiato dell'omicidio di Wissa Sawiris, sapendo di essere stato scoperto aveva preferito mettere fine ai suoi giorni. Il suicidio era una sorta di ammissione di colpa e chiudeva definitivamente il caso. Erwan detestava quel genere di conclusioni. Gli ricordavano sempre la barzelletta che circolava tra gli studenti di medicina: «L'operazione è riuscita, ma il paziente è morto». In questa ipotesi tuttavia c'erano due punti deboli: assenza di movente e debolezza fisica.

Un'altra idea cominciò a farsi strada dentro di lui: forse Wissa Sawiris era stato seviziato e mutilato nel tobruk. In tal caso, il missile era stato doppiamente utile all'assassino perché aveva fatto piazza pulita della scena del crimine, cancellando ogni indizio.

"Torniamo a Di Greco." Un'altra ipotesi, per così dire contrapposta: l'ammiraglio, temendo che l'apprendista pilota fosse minacciato dalle Volpi, aveva cercato di proteggerlo o almeno di calmare le sue truppe. Non essendoci riuscito si era ucciso, spinto dal rimorso o incapace di accettare il fallimento: non era in grado di controllare i suoi uomini, aveva soltanto scoperchiato un vaso di Pandora. Ma questa versione dei fatti non era soddisfacente: perché sacrificare quello studente? Perché tanto sadismo? A che scopo quelle terribili mutilazioni? Perché Di Greco, padrone assoluto della scuola, non era riuscito a tenere a bada le sue Volpi?

Erwan contemplò anche alcune varianti delle due ipotesi. Di Greco non aveva ucciso personalmente Wissa ma aveva istigato i suoi sgherri a torturarlo a morte; poi, una volta capito che il no limit si era spinto troppo in là, si era tolto la vita. Oppure aveva incitato Wissa a sottoporsi a qualche prova ed era stato proprio il giovane soldato a decidere di superare la propria soglia di tolleranza, accettando, per così dire, una morte programmata. Ciò nonostante, nessuna di queste teorie si conciliava con il profilo dell'assassino: un uomo dominato da una profonda follia, in possesso di conoscenze mediche, sessualmente frustrato e con tendenze sadiche.

Qualsiasi cosa potesse pensare, i fatti portavano comunque a un'unica conclusione: la spedizione a terra di venerdì e il suicidio indicavano Di Greco come colpevole, o almeno come complice del delitto. Era quello che di lì a qualche ora avrebbero dichiarato le autorità nel corso della conferenza stampa.

La più grande stranezza era l'ultimo messaggio dell'ammiraglio: «Lontano». Mentre aspettava l'arrivo della Scientifica, Erwan aveva fatto una ricerca su Internet ottenendo diverse risposte, nessuna delle quali sembrava però avere qualcosa a che fare né con l'omicidio né con il gesto di Di Greco.

Lontano era una parola italiana. Di Greco aveva origini lombarde, ma questa era una spiegazione sufficiente?

Lontano era il titolo di un'opera di György Ligeti, un musicista del ventesimo secolo. Erwan ne aveva ascoltato qualche battuta: lunghe note che emergevano sullo sfondo di un accordo dissonante continuo. Di Greco aveva in mente quel pezzo mentre si faceva saltare le cervella? Poco probabile.

Era anche il titolo di un componimento di Ennio Morricone, una melodia più calda di quella di Ligeti che era stata la colonna sonora del film *Dio è con noi* e che negli anni Settanta una trasmissione televisiva francese aveva adottato come sigla.

Lontano era inoltre il nome di un'etichetta discografica francese, di un festival musicale inglese, di un'azienda di trasporti spagnola, di una canzone di Luigi Tenco, di una società che commerciava in spezie, di una marca di jeans... Come capita sempre con le ricerche su Google, Erwan si era accorto subito che quella parola poteva avere a che fare con qualsiasi cosa.

Rientrato alla base, si fece prestare una macchina per raggiungere una farmacia: il dolore gli esplodeva nel corpo come tanti fuochi d'artificio. Il paese non distava che qualche chilometro. Attraverso il tergicristallo, davanti ai suoi occhi si profilò ben presto un autentico *ker*: case di granito e imposte azzurre, altere e inquietanti allo stesso tempo.

Benché fosse ancora notte, intravide un borgo contornato da muretti neri, negozi che sembravano scavati nella roccia e sullo sfondo un campanile dritto come una spada protesa verso il cielo. Cercò la croce verde. Naturalmente la farmacia era chiusa. Si strinse nella cerata e bussò con violenza alla porta accanto alla vetrina, il domicilio del proprietario.

Il distintivo gli valse da ricetta.

«Mi dia la cosa più forte che ha contro il dolore.»

Il farmacista, di cattivo umore per il brusco risveglio, tirò fuori pillole, sciroppi, unguenti, iniezioni e gli offrì qualche consiglio: tempi e posologie, effetti collaterali indesiderati... Per ogni farmaco aggiungeva commenti del tipo: «Soprattutto non si metta al volante dopo averlo assunto».

Erwan pagò e portò via i suoi acquisti. In macchina buttò giù tutto quello che gli parve ragionevole prendere, si fece un'iniezione e si applicò una pomata anestetica. Effetto placebo o no, quando arrivò alla K76 si sentiva già meglio.

Tornato in camera restò sotto la doccia così tanto che vuotò il boiler dell'acqua calda. Istupidito dai calmanti, ancora oppresso dalla nausea, aveva l'impressione che la stanza beccheggiasse.

Quando si fu cambiato, andò da Vincq, che come lui non aveva chiuso occhio. Oltre al suicidio dell'ammiraglio il colonnello era venuto a sapere che i genitori di Wissa avevano rilasciato un'intervista al quotidiano «Ouest-France», che era stata pubblicata quella mattina. Una copia del testo si trovava già sulla sua scrivania. I copti avevano raccontato tutto. La violenza della cerimonia di iniziazione. Il caos che regnava alla K76. Il ritardo con cui l'aeronautica navale aveva annunciato la tragedia. Avevano anche lasciato intendere che forse la morte del figlio non era stata un incidente, che non si scartava l'ipotesi dell'omicidio.

Vincq stava per uscire: doveva partecipare a una riunione di crisi per preparare la conferenza stampa. Avrebbe cercato di placare gli animi giocando la carta della trasparenza e ammettendo il fatto più importante: che l'inchiesta si stava ormai orientando verso un omicidio volontario in cui Di Greco era indubitabilmente implicato.

Il colonnello non sembrava particolarmente dispiaciuto per la scomparsa dell'ammiraglio. Di sicuro lo considerava morto già da tempo: una specie di zombie che avvelenava l'esistenza della scuola con discorsi esoterici e la sua cultura della sofferenza.

In poche parole Erwan gli raccontò quanto era accaduto sulla portaerei. Per il momento non aveva niente da aggiungere. Neveux, l'analista criminale, avrebbe senz'altro confermato la tesi del suicidio: polvere da sparo sulle dita, traiettoria del proiettile dedotta dalla ferita e dagli schizzi di sangue. Menzionò anche l'ultima parola di Di Greco, ma Vincq non gli parve interessato: aveva fretta di congedarlo, di terminare il suo comunicato. Erwan non era stato invitato né alla riunione né alla conferenza stampa. L'esercito voleva dare l'impressione che le indagini fossero condotte dai militari: una faccenda tra galloni e chepì.

Alle sette e mezzo Erwan era con le braccia ciondoloni in mezzo al cortile della scuola, oppresso da un senso di vuoto. La pioggia continuava a cadere incessante. Le bandiere erano ancora a mezz'asta: per Wissa o per Di Greco? Quella domanda gliene fece venire in mente un'altra: gli allievi erano stati informati del suicidio?

Per verificarlo decise di andare a bere un caffè in mensa. Attraversò il cortile – il tempo di bagnarsi fino al midollo – ed entrò senza dare troppo nell'occhio nella penombra della sala. Si faticava a riconoscere gli EOPAN in quei ragazzi che facevano colazione in silenzio. Il linoleum del pavimento, i muri in PVC, i tavoli in formica, tutto sembrava essere stato prodotto nella fabbrica della disperazione.

Quel silenzio era eloquente: sì, la notizia era arrivata. Erwan scorse i suoi nemici del giorno prima: Gorce e la sua guardia personale. Si versò un caffè al buffet e prese due croissant a malapena scongelati. Reggendo il vassoio come se si trovasse in un self service aziendale finse di cercare un posto per poi avvicinarsi al tavolo del suo avversario. «Posso mettermi qui?»

Nessuna risposta. Trovò una sedia e si sedette come se fosse stato invitato. Bevve qualche sorso di caffè, addentò un croissant. I soldati non gli toglievano gli occhi di dosso.

Intontito dagli antidolorifici, Erwan li osservava a propria volta come da una distanza nebulosa. Seduto a capotavola, Gorce era pieno di cerotti. Pareva conciato male, anche se non peggio di lui. Aveva una specie di ghigno lugubre, come se fosse stato colpito da una paralisi facciale.

«Sei soddisfatto, stronzetto?»

L'occhio sinistro era pieno di sangue. Nella penombra si sarebbe detto che ne avesse uno solo.

«Mi dispiace», disse Erwan.

La notte in bianco, associata agli antidolorifici, gli impediva di avere la battuta pronta come invece sarebbe stato necessario in una situazione del genere.

«Ti dispiace?» ripeté Gorce battendo una mano sul tavolo. «L'inchiesta prosegue. Stiamo...»

«TI DISPIACE?»

Il pilota si era alzato stringendo i pugni. Erwan sobbalzò sulla sedia. Un incontro di ritorno era fuori questione. Con un solo gesto Gorce spazzò via piatti e posate e si scagliò contro il poliziotto, che non fece in tempo a tirarsi indietro. Era ormai convinto che le avrebbe prese quando, per una ragione a lui ignota, gli altri bloccarono il loro capo. Accorsero in aiuto anche i soldati seduti agli altri tavoli. La belva, che continuava a sbraitare e a menare calci all'aria, venne domata.

Erwan si diresse verso l'uscita convinto che Kaerverec stesse vivendo una duplice tragedia – la scomparsa di un giovane e il suicidio di un anziano –, ma che tutto quello non c'entrasse nulla con la follia dell'omicidio di Wissa. La soluzione si trovava al di fuori della base.

Sulla porta si imbatté in Branellec, che teneva un portatile sotto la cerata. «Sono riuscito ad aprire la cartella protetta!» disse in tono trionfale.

46.

Il computer di Sawiris non nascondeva né messaggi in codice né complotti a sfondo religioso né segreti militari. Nella cartella protetta il copto aveva semplicemente salvato le conversazioni chat e le e-mail con un interlocutore d'eccezione: Di Greco in persona.

Non era difficile ricostruire la cronologia degli scambi: quando all'inizio di luglio Wissa aveva saputo di essere stato ammesso ai primi test della scuola, aveva scritto una lettera all'ammiraglio, sicuramente per dimostrargli la sua stima e dichiarargli tutto il suo entusiasmo; Di Greco gli aveva risposto via e-mail, dando inizio a una corrispondenza regolare.

Dapprincipio piuttosto distaccato, il Grande Corpo Malato aveva ben presto cominciato a mostrare una certa simpatia nei riguardi dell'allievo, dispensando consigli e raccomandazioni. Un atteggiamento che mal si conciliava con l'idea che Erwan si era fatto dell'ufficiale, ma sicuramente l'età e la malattia dovevano averlo addolcito. A meno che non si trattasse di una trappola... Qualsiasi cosa fosse, ritrovava nello stile di quelle e-mail la solennità che l'aveva così impressionato nel corso della loro conversazione: per iscritto Di Greco aveva lo stesso tono grave e saccente.

Erwan passò ai messaggi di agosto. Le parole di incoraggiamento diventavano ordini, esortazioni. Nel giro di qualche settimana Di Greco sembrava essere riuscito a fare al ragazzo un lavaggio del cervello completo. Quelle «lettere aperte a un giovane pilota» erano ormai pezzi d'indottrinamento in vista di ciò che l'ufficiale chiamava «il battesimo».

L'ammiraglio voleva sapere se Wissa avrebbe accettato di seguire un addestramento parallelo... Erwan non aveva tempo per leggere tutto ma capì che il maestro stava cercando di iniziare il discepolo al furor guerriero.

Quegli scambi avevano un non so che di affascinante. Prima di tutto per il rigore della scrittura: non un solo errore di ortografia o di sintassi, nessuna delle abbreviazioni usate negli SMS. Inoltre, Di Greco non nascondeva nulla: né nomi né luoghi. Menzionava più volte Bruno Gorce come suo «uomo di fiducia» e parlava spesso del no limit e del relitto del *Narval*.

Erwan ci aveva visto giusto: fin dal principio Wissa era stato pronto a sottoporsi a un rituale molto più pericoloso rispetto alle prove dell'iniziazione. Il ragazzo sembrava deciso a impegnarsi fino alla morte, come un kamikaze.

«Pazzesco, vero?»

Erwan si voltò: Branellec, in piedi dietro di lui, sorseggiava un caffè. L'aula in cui si era sistemato ricordava uno studio di registrazione. Alcuni computer lavoravano a pieno regime: macchine che sondavano, decrittavano, scandagliavano l'universo virtuale del web. Un groviglio di cavi a terra, stampanti che gemevano sui banchi, hard disc che borbottavano lungo le pareti, sotto carte dello stato maggiore e schemi di aerei. L'Uomo Stampella non si era accontentato di violare il PC di Wissa: stava analizzando tutti i computer della scuola e le connessioni internet attive.

«Semplice lavaggio del cervello», minimizzò Erwan. «Non credo che sia la chiave dell'omicidio...»

«Non capisco che altro possa servirle.» Il tecnico si avvicinò e da sopra le spalle del poliziotto digitò qualcosa sulla tastiera. «Nella sua ultima e-mail Di Greco dà inequivocabilmente appuntamento a Wissa sul *Narval* alle dieci di venerdì sera.»

Branellec aveva ragione. Per un momento Erwan pensò che il caso fosse chiuso. Aveva trovato il colpevole: un vecchio astioso, sadico e manipolatore. Il movente: la volontà di fare del male e il culto della sofferenza. Le circostanze: un no limit che aveva preso una brutta piega e si era trasformato in un'orgia di sangue. Le prove: il messaggio che confermava che Di Greco aveva attirato Wissa sul *Narval*. Probabilmente, considerato che l'unica obiezione a questa ricostruzione avrebbe riguardato la debolezza fisica dell'ufficiale, si poteva ipotizzare la presenza di alcuni complici, forse Bruno Gorce e i suoi fedeli soldati. Il suicidio dell'ufficiale era stato l'atto conclusivo che suggellava il tutto.

Ma Erwan tornò subito al principio di realtà: né l'asportazione degli organi né lo stupro né i dettagli rituali si conciliavano con una prova di resistenza sfuggita di mano.

Non escludeva che Di Greco fosse colpevole, ma in un modo ancora da definire. D'altro canto, scorrendo i messaggi dell'ufficiale, aveva individuato alcune allusioni a un altro segreto. Il militare menzionava uno «sconvolgimento recente» nella sua vita, una «svolta radicale» che lo aveva cambiato nel «profondo». A cosa si riferiva? Alla sua malattia e al fatto che si fosse aggravata? Prometteva al giovane allievo che gliene avrebbe parlato quando si fossero incontrati sulla spiaggia funesta.

Quelle parole rivelavano una complicità ambigua tra Di Greco e Wissa. L'ammiraglio era un vecchio omosessuale represso? "Vediamo: il Grande Corpo Malato dà appuntamento al copto sul *Narval*, in un modo o nell'altro riesce a metterlo fuori combattimento, lo lega, lo tortura con strumenti di metallo a punta, lo violenta con una mazza d'arme, gli asporta gli organi e lo trasporta fino al tobruk."

Non quadra. Prima di tutto la tempistica: il vecchio aveva portato a compimento quell'incubo in una notte per poi rientrare in tutta tranquillità sulla portaerei prima dell'alba? Impossibile. Poi la questione della forza fisica: quella ricostruzione richiedeva un'energia che il veterano non possedeva più ormai da tempo. Infine il profilo: non si diventa un killer psicopatico a settant'anni. A meno che l'ammiraglio non avesse dei precedenti. Un passato guerriero nel quale avesse potuto soddisfare impunemente la sua sete di sangue...

Bisognava scavare ancora, chiedere la collaborazione dell'esercito. A quel punto le autorità non avrebbero più potuto rifiutargli il fascicolo completo dell'ammiraglio.

«Puoi verificare da dove sono state inviate le e-mail di Di Greco?» chiese a Branellec, tornando ad argomenti più concreti.

«Da un punto di vista tecnico è facile. Ma legalmente sarà più complicato. Il server utilizzato da Di Greco è quello della portaerei e...»

«Questa faccenda ha la massima priorità.» Erwan si alzò. «Mi metti tutto su una chiavetta?»

«Detto fatto.»

L'Uomo Stampella inserì fischiettando una chiave USB in un computer della sua postazione. La macchina cominciò a ronzare. Erwan trovava irritanti la sicurezza e la soddisfazione di Branellec. Prefiguravano la convinzione che si sarebbe presto diffusa alla base.

La sua ipotesi per il momento era un'altra: Di Greco aveva raggiunto il *Narval* dove Wissa, che aveva incontrato qualcuno nella brughiera, non era mai arrivato. L'ammiraglio non aveva saputo proteggere il proprio discepolo e, tormentato dal rimorso, si era suicidato.

Ma cosa voleva dire «Lontano»?

Branellec estrasse la chiave e gliela passò. «*Help yourself!*»

Erwan guardò l'orologio appeso sopra la porta: le otto e mezzo. Avrebbe dovuto informare Verny e gli altri di quanto aveva appena scoperto in vista della conferenza stampa? Troppo presto. Voleva rileggere le e-mail a mente lucida, assimilarle prima di scrivere un rapporto.

Stava per uscire quando bussarono alla porta. Aprì senza chiedere chi fosse. Sulla soglia trovò Michel Clemente, il medico legale. Indossava un soprabito fradicio e un cappello scozzese da Sherlock Holmes. Pura comicità involontaria.

«Cosa c'è?»

Il medico storse il naso di fronte al viso segnato di Erwan. «Ha un momento?» domandò. «Le devo parlare.»

Il poliziotto lanciò un'occhiata a Branellec, che non aveva nemmeno sollevato il naso dai suoi computer. «Mi segua.»

47.

Attraversarono il cortile sotto la pioggia, senza parlare. Il sole era sorto. L'asfalto era coperto di pozzanghere, rivoli d'acqua filtravano tra le crepe. Erwan aprì la porta del refettorio (aveva tenuto la chiave), entrò nella sala e la trovò come l'aveva lasciata: buia, ampia, polverosa.

Fece accomodare Clemente e gli chiese di concedergli un momento.

Il dolore stava tornando alla grande. Forse avrebbe fatto meglio ad andare subito in ospedale per sottoporsi a qualche radiografia, farsi vedere da un medico... Magari avrebbe potuto visitarlo lo stesso Clemente. Il suo era il tipico atteggiamento delle persone sane quando capita loro di non stare bene. Si limitò a pescare degli antidolorifici a caso dal sacchetto della farmacia e a buttarli giù. Poi accese il cellulare per controllare i messaggi. Fu come se lo schermo gli esplodesse in faccia: diciassette SMS. Senz'altro l'effetto combinato della morte di Di Greco e dall'articolo di «Ouest-France». Con il pollice fece scorrere nomi e ore. Muriel Damasse, Vincq, suo padre... Non aveva la forza di leggerli.

Clemente aveva preso posto a un'estremità del lungo tavolo di acciaio inox. Si era tolto il cappello ma indossava ancora l'impermeabile. Muoveva nervosamente la gamba destra e gli tremavano le labbra. Un po' nevrastenico, il tipo.

«La ascolto.»

«Ho proseguito con l'autopsia dell'addome per ricontrollare le ferite interne. Ho scoperto qualcos'altro.»

Estrasse dalla tasca una provetta da laboratorio. La stanza era ancora immersa nella penombra. Erwan prese l'oggetto trasparente e lo orientò verso la finestra. Conteneva dei frammenti di difficile identificazione.

«Cosa sono?»

«Unghie e una ciocca di capelli.»

Nonostante l'effetto anestetico degli antidolorifici Erwan trasalì. «Li ha trovati nell'addome di Wissa?»

«Sì.»

«L'assassino glieli ha fatti mangiare?»

«No. Li ha messi lì dopo che era morto. Ma la cosa più strana è che provengono da un altro corpo.»

«Come fa a dirlo?»

«Guardi anche lei. I capelli sono rossi.»

Erwan strizzò gli occhi e orientò di nuovo la provetta in direzione della luce. Un altro particolare attirò la sua attenzione: le unghie erano lunghe, sottili e dipinte di nero. Appartenevano senz'altro a una donna, stile gothic.

Depose il contenitore sul tavolo e guardò Clemente, il quale sembrava avere superato da un pezzo la soglia di sopportazione. Non ebbero bisogno di dirsi nulla: quasi sicuramente quei frammenti provenivano da un'altra vittima, già assassinata o in procinto di esserlo.

Si trattava della conferma che Erwan aspettava. Wissa non era stato ucciso dall'ammiraglio. Impossibile anche solo immaginarsi Di Greco mentre si procurava le unghie e i capelli di un'altra persona. Il copto, mentre si dirigeva all'appuntamento sul relitto, aveva incontrato un killer che non aveva alcun rapporto con la K76 né con l'esercito. Qualcuno che aveva già ucciso, o che prevedeva di farlo ancora, e aveva lasciato una specie di messaggio per indicare il prossimo o la prossima sulla sua lista.

«Cosa diceva?»

Clemente stava proseguendo con le sue spiegazioni, ma Erwan non aveva ascoltato.

«Che questa mattina con Neveux procederemo a ricomporre il corpo.»

«Perché con Neveux?»

«Deve venire a prendere altre punte di metallo che ho

estratto. Cercheremo di determinare la posizione esatta del cadavere all'interno del tobruk.»

«È possibile?»

«Le ho detto che al momento dell'esplosione il corpo presentava già il *rigor mortis.* Osservando l'angolo di frattura delle ossa dovremmo riuscire a dedurre la collocazione del cadavere.»

Erwan domandò con voce stravolta: «Quindi?».

Come ispirato da una folgorazione, Clemente diede una risposta da vero investigatore: «Ho capito che, nonostante le sue condizioni, questo corpo è come un vaso di Pandora: più cerchiamo e più cose scopriamo».

48.

Una notte in bianco per niente.

Nessuna traccia di Gaëlle.

Grégoire aveva setacciato i bar, i night e i locali dove si organizzavano gli after hour bazzicati dalla figlia (aveva una scheda per ciascuno di essi). Aveva tirato l'alba fingendo di bere (detestava l'alcol) e di divertirsi (odiava far baldoria e in un certo senso odiava anche le donne).

Alle sette del mattino era passato in avenue de Messine, aveva preso le sue pastiglie e si era fatto una doccia fredda (una benefica sferzata di energia). Il puzzo di sudore, gli odori della notte e delle anime perdute erano scomparsi. Morvan era tornato a sentirsi il gigante di sempre, che conosceva le debolezze umane e le sapeva sfruttare.

Si rase. Erwan restava la sua ultima speranza. Si augurò che fosse già sulla via del ritorno. Quando si fu vestito – abito nuovo, camicia pulita e bretelle – decise di occuparsi di Loïc. Una notte in questura era più che sufficiente.

Chiamò l'autista (aveva lasciato la Golf vicino a Parc Monceau) perché lo accompagnasse in quai des Orfèvres.

Lungo il tragitto provò a telefonare – per la quinta volta – al figlio maggiore. Quel cretino non rispondeva. Era dal giorno prima che non si faceva vivo. Dov'era finito? Quand'è che il procuratore si sarebbe deciso a comunicare ufficialmente la morte di Wissa? In mattinata aveva già ricevuto più di una telefonata da place Beauvau, in cui gli chiedevano novità. Era stato costretto ad ammettere che non ne aveva, prendendosi una strigliata all'altezza di quelle che aveva subito quando era un novellino. Niente di grave. Morvan era come un fusibile, e in quanto tale reggeva agli sbalzi di corrente.

Per non dare troppo nell'occhio chiese all'autista di fermarsi a qualche centinaio di metri dal palazzo.

Non aveva mai incontrato il comandante Kursanoff, il responsabile dell'arresto di Loïc, ma conosceva i poliziotti della Narcotici. Li aveva sempre considerati alla stregua di pericolosi guerriglieri, individui talmente ai margini che non si sapeva più se fossero agenti infiltrati o tossici sul libro paga degli sbirri.

Quando entrò nell'androne, i piantoni si misero sull'attenti. L'anonimato era rimandato alla volta successiva. Sulle scale pensò alle carte che avrebbe potuto giocare contro il nemico. Ne aveva una sola, ma decisamente buona: il procuratore di turno, un vecchio amico, gli aveva firmato un ordine di scarcerazione per il figlio corredato da una richiesta di «archiviazione senza rinvio a giudizio». Quel documento era in realtà carta straccia: la procura non poteva ostacolare un'inchiesta in corso e gli agenti della polizia giudiziaria avrebbero potuto prolungare il fermo (fino a un massimo di quattro giorni per possesso di stupefacenti). Ma sarebbe comunque stato un ottimo argomento per cominciare la conversazione.

Tornando al commissariato non provò la benché minima nostalgia: i corridoi, le reti antisuicidio, i fasci di cavi sul soffitto che gli erano sempre sembrati assorbire tutte le angosce e le tensioni del posto...

Essendo relativamente presto c'era ancora poca gente. Meglio così. Camminò a testa bassa e rasente ai muri fino all'ufficio di Kursanoff. Bussò ed entrò senza attendere una risposta.

Un ometto di circa quarant'anni in giacca militare stava parlando al telefono con i piedi sulla scrivania. Fece segno a Morvan di chiudere la porta. Grégoire eseguì e gli diede un'occhiata: esile, barba di tre giorni, occhiaie. Le sue pupille strette sembravano bruciare nelle orbite come castagne sul fuoco.

Kursanoff terminò la conversazione e riagganciò con esasperante delicatezza. «Oh, oh, oh, ma chi si vede!» disse con voce impostata. «Il padrone di place Beauvau, the Punisher in persona. Cosa la porta da queste parti, gran maestro?»

Morvan sbatté sulla scrivania l'ordine del procuratore e disse fra i denti: «To', usalo per pulirti il culo. Fa' uscire immediatamente mio figlio e cercherò di dimenticarmi il tuo nome».

Il comandante tirò giù i piedi dalla scrivania come se quel gesto gli costasse un'enorme fatica e aprì un cassetto. Uno dopo l'altro lanciò sul piano alcuni sacchettini di coca contenuti in bustine trasparenti che portavano tutte la medesima etichetta: LOÏC MORVAN. «Dodici grammi», disse cambiando tono. «Mi pare un po' troppo per consumo personale, no? Parlerei piuttosto di traffico di stupefacenti. O, perché no, di ricettazione aggravata. Direi che ci sono tutti gli elementi.»

«Non è che puoi buttare qualche grammo?»

Kursanoff si fece torvo in volto: i suoi occhi scuri sembrarono sprofondare nelle occhiaie. «E da quando alla Narcotici dovremmo far finta di niente con quantità come queste?»

«Da quando tutti qui hanno cominciato a tirare. Non giocare a fare l'incorruttibile con me se no m'incazzo davvero!»

Il poliziotto si alzò, portandosi davanti alla scrivania. Non era più alto di un metro e settanta e non doveva pesare più di sessanta chili. Ciò nonostante non sembrava affatto spaventato di fronte al colosso. «Le musica è cambiata, paparino. Non puoi più venire qui a dettare legge. Gli agenti segreti come te ormai sono roba da libri di storia.»

Grégoire capì finalmente che non era in posizione di forza. Innanzitutto perché era lì per suo figlio, sangue del suo sangue. E poi, come se non bastasse, lo metteva a disagio parlare di droga, l'unico nemico che non era mai riuscito a sconfiggere. «Ascolta», disse in tono più calmo, «questo fermo non ti servirà a niente. Non sarà certo mio figlio a permetterti di beccare qualcuno. Facciamo così: straccia il verbale dell'interrogatorio, ridagli quello che gli avete sequestrato e...»

«Non sono d'accordo», lo interruppe l'altro, con voce vellutata. «Invece pensavo di prolungare il fermo. Ho già pronto un mandato di perquisizione per il suo appartamento.»

«A che cazzo di gioco stai giocando?» sbottò Morvan. «È solo un broker che si fa una striscia ogni tanto per tenere botta!»

«Quella è la porta. Sarò io a cercare di dimenticarmi che sei venuto qui a minacciarci.»

Morvan indietreggiò di qualche passo. Stava già valutando la finestra con le sbarre, messe lì per impedire ai tossici di buttarsi di sotto: sarebbero state utili per sbatterci contro quel girino in cachi.

Stava per avventarsi contro di lui quando fu colto da una specie di ispirazione. *Non solo palle, ma anche cervello.* La sua memoria d'elefante, che lo aveva aiutato in più di un'occasione, si mise in marcia.

Kursanoff: un nome poco diffuso che però gli sembrava di aver già sentito al commissariato. Un poliziotto della sua generazione gentilmente costretto ad andare in pensione quando si era scoperto che dirigeva di straforo una catena di hammam per finocchi. Una canaglia della Buoncostume che aveva contribuito più alla diffusione di micosi in rue Saint-Anne che agli arresti nel I arrondissement.

Un parente, con un po' di fortuna.

«Tempo fa ho conosciuto un Kursanoff», disse in tono pensoso. «Mi auguro che tu non abbia nessun rapporto con lui...»

L'agente non rispose ma si irrigidì. Le sue occhiaie, per contrasto con il crescente pallore, sembravano essersi fatte più scure.

Suo padre, di sicuro.

«Bei tempi quelli», continuò Morvan con perfidia. «Quando tutti potevano occuparsi dei loro affari e...»

«Brutto stronzo...»

Morvan fu più rapido: gli bloccò il polso per impedirgli di estrarre la pistola e con l'altra mano lo afferrò per il collo e gli spinse la testa sulla scrivania. *Non solo cervello, ma anche palle.* Continuò a premere con sempre maggior forza, facendo passare il girino dal bianco al verde e poi dal verde al rosso. Quando ormai era diventato violaceo, lo lasciò andare e gli bisbigliò all'orecchio: «Va' a prendere mio figlio, pezzo di merda. Altrimenti domani sapranno tutti che tuo padre succhiava il cazzo ai minorenni nel suo bagno turco».

Dieci minuti dopo Loïc arrivò con la giacca sgualcita e l'aria triste e vergognosa, come uno scolaretto messo in castigo dietro lavagna. Appena lo vide Morvan sentì svanire tutta la sua collera. La bellezza del figlio lo aveva sempre riempito di meraviglia: non riusciva a non provare un istintivo senso di orgoglio.

Uscirono dal commissariato senza dire una parola. Con un cenno della testa Morvan gli indicò la macchina che li aspettava poco lontano, parcheggiata in doppia fila. L'autista era già sull'attenti.

«Papà...»

«Sali.»

«No, lascia che ti spieghi...»

«Non importa. Non ho bisogno di questi stronzi per sapere che tiri di coca.»

«No, ti devo parlare di un'altra cosa.»

Morvan raggelò. Di nuovo si stupì dei lineamenti regolari di Loïc e della freschezza che conservavano nonostante la droga, nonostante l'alcol, nonostante tutto...

«Si tratta di Sofia, papà...»

«Cosa? Sofia?»

«È stata lei a farmi sbattere dentro. Lei e il suo avvocato hanno messo insieme un fascicolo contro di me, ingaggiando investigatori privati. Tu non la conosci. È capace di tutto. È...»

Morvan fece un gesto all'autista perché si allontanasse e aprì personalmente la portiera al figlio. «Chi se ne frega. Cancelleranno ogni traccia del tuo fermo e...»

«Mi ha minacciato, papà.»

Capì di essere arrivato troppo tardi. «Cos'hai fatto?»

«Ho firmato i documenti per il divorzio. Non...» Loïc non riuscì a finire. Morvan gli aveva tirato una sberla.

Era la prima volta che alzava le mani su uno dei suoi figli.

49.

«Che cazzo stai facendo, porca puttana?»

La voce del Centauro su tutte le furie. Quella che sentiva da dietro i muri della cucina quando picchiava Maggie. Erwan si era finalmente deciso a telefonare al padre.

«Proseguo con le mie indagini.»

«Ma dove cazzo hai la testa? Non ti sei accorto di tutto il bordello che stanno facendo in Bretagna?»

«La faccenda si è complicata e...»

«Non ho ancora ricevuto nessun rapporto.»

«Abbiamo un altro morto sul groppone.»

«Chi?»

«L'ammiraglio Di Greco.»

Silenzio. Erwan ebbe l'impressione di aver colpito suo padre in pieno stomaco. All'improvviso capì quello che avrebbe dovuto intuire già da molto tempo: i due si conoscevano.

«Cos'è successo?»

«Suicidio.»

«Impossibile.»

Erwan sorrise: allora poteva ancora fidarsi del suo istinto, anche se ultimamente faticava un po' a mettersi in moto... «Lo conoscevi?»

Nessuna risposta.

«È stato lui a chiamarti?»

Finalmente il Vecchio ammise: «Comandava la flotta che proteggeva i pozzi petroliferi di Port-Gentil quando io ero in Gabon. Mi ha telefonato lo scorso fine settimana, quando hanno ritrovato il cadavere sull'isola».

"I predatori si aiutano sempre a vicenda." Quando lo aveva incontrato sulla CDG, Di Greco non gli aveva detto nulla al riguardo. Il gusto del segreto. O peggio ancora... «Eravate rimasti in contatto?»

«Non proprio... Ci vedevamo ogni tanto.»

«In quali occasioni?»

«Consegne di medaglie, cerimonie ufficiali, stronzate del genere.»

«Quali funzioni ha ricoperto in marina in questi anni?»

«Non ne ho idea.»

«Non ti ha mai dato ragguagli in proposito?»

«Ti ho detto che non lo so. Da quando sono tornato dall'Africa non ho più lavorato con lui, se è questo che vuoi sapere. Ma conoscevo i suoi valori: non avrebbe mai potuto suicidarsi.»

«Si è sparato in testa questa notte sulla *Charles-de-Gaulle.*»

«Assurdo.»

«Sono stato io a trovate il cadavere nella sua cabina. Gli analisti criminali ci stanno lavorando proprio adesso. Confermeranno il suicidio.» Erwan sentiva il respiro pesante e lento del padre. Il soffio di un bufalo sulle terre fumanti dell'Africa.

«Credi che sia collegato con l'omicidio?» chiese infine Morvan.

«Forse.»

«Un poliziotto dovrebbe avere soltanto due risposte: o sì o no.»

«Di Greco aveva un'influenza fortissima sugli allievi ufficiali della K76. Li spingeva a ferirsi, a sottoporsi a delle prove, a fortificarsi per diventare dei supersoldati. Forse ne ha mandato fuori di testa uno, che poi si è sfogato su Wissa.» Erwan non credeva più a questa ipotesi ma voleva sondare le reazioni del padre. «Ah, c'è anche un'altra cosa: Di Greco e Wissa avevano una corrispondenza piuttosto... curiosa.»

«Sono solo indizi... Che prove hai?»

Erwan eluse la domanda. «Il suicidio dell'ammiraglio sarà comunicato oggi alla stampa. Il suo gesto è già stato interpretato come un'ammissione di colpevolezza.»

«Sei matto? Non tirarlo in mezzo in questa faccenda!»

«Perché?»
«Non c'entra nulla con tutta questa merda. È stato lui a chiamarmi. Voleva chiudere l'inchiesta al più presto e aveva bisogno di un poliziotto in gamba per dirigerla. Screditerete il suo nome mentre il vero assassino è ancora in circolazione.»
«La parola "Lontano" ti dice qualcosa?»
Questa volta il silenzio che seguì alla domanda fu abissale. Non gli capitava tanto spesso di lasciare senza parole il vecchio 007.
«Lo sai o no cosa vuol dire?»
«Non per telefono.»
«Dammi almeno una pista.»
«No. Te ne parlerò di persona.»
Che tranquillità, che potenza nel suo tono di voce: Erwan non sarebbe mai riuscito a mostrarsi così autorevole. Ecco la differenza tra i veri boss e i galoppini come lui.
«Torniamo alla cosa più importante», continuò il padre. «Hai un'idea di chi possa essere l'assassino?»
«No.»
«Allora torna a Parigi. Subito. Lascia che se la vedano da soli con questa rogna e vattene.»
«Non posso. Io ho cominciato l'inchiesta e...»
«Zitto. Ci sono cose più importanti di cui ti devi occupare qui.»
«Quali?»
Suo padre parve prendere fiato e poi sputò: «Tua sorella è scomparsa».
«Pensavo che la facessi seguire.»
«Appunto. I miei uomini se la sono lasciata scappare.»
«Quando?»
«Ieri pomeriggio. Li ha seminati. Sono preoccupato.»
«Hai controllato il suo cellulare?»
«Voglio che lo faccia tu.»
«Non se ne parla neanche. Prima devo finire qui.»
Stava per menzionare l'inquietante scoperta dell'alba – i capelli rossi e le unghie nere che senz'altro annunciavano una nuova vittima – ma per un'oscura ragione tacque.

Morvan rifletté qualche istante. «La conferenza stampa darà fuoco alle polveri», disse in un tono se possibile ancora più pacato. «Militari e gendarmi faranno partire le grandi manovre. Tutto il Finistère sarà messo sotto stretta sorveglianza. Torna a Parigi e occupati di Gaëlle. Poi deciderai cosa fare.»

«E i termini di flagranza?»

«Sai anche tu che, quando la storia sarà di dominio pubblico, la procura nominerà un giudice.»

Suo padre aveva ragione. Dopo la conferenza stampa non avrebbe più potuto condurre le sue indagini in pace, solo con l'aiuto dei tre moschettieri. Politici, media e opinione pubblica avrebbero cominciato a fargli ogni genere di pressione. L'inchiesta sarebbe diventata un affare di stato.

«Facciamo un patto», proseguì Morvan. «Torna a Parigi e trova tua sorella. Poi, se non saranno riusciti a identificare l'assassino o ci sarà un altro cadavere, potrai tornare lì. Credimi, staccare per un paio di giorni ti farà soltanto del bene.»

Erwan andò alla finestra e si accorse che il tempo era ulteriormente peggiorato. Alcune sentinelle stavano ammainando le bandiere, chiudendo le finestre e sbarrando le porte. Allerta meteo confermata.

D'un tratto fu colto da una stanchezza estenuante. Quella base militare, quei soldati, quel paesaggio... Aveva nostalgia dei ponti parigini, dell'odore di asfalto, dei fumi dei tubi di scappamento, dei soliti crimini, della violenza urbana.

«E Loïc?» gli chiese, come se cercasse una ragione in più per tornare.

«L'ho appena fatto rilasciare.»

«Come?»

«Tu non ti preoccupare.»

«Ci saranno strascichi?»

«No, ma ormai il danno è fatto. Quel coglione ha firmato i documenti per il divorzio. Sofia è riuscita a convincerlo mentre era dentro.»

I suoi occhi dal taglio mongolo, i pomelli rossi sulle

guance, i capelli da squaw, l'invito a cena... «E non è una buona notizia?»

«Il problema nella nostra famiglia è che nessuno capisce mai niente.»

«Allora prenditi il tempo di spiegarci le cose.»

«Torna a casa. Ne parleremo a quattr'occhi. Cos'è, vuoi chiedere la residenza in Bretagna?»

Erwan considerò per un'ultima volta i pro e i contro. A Parigi avrebbe potuto interrogare il Vecchio su Lontano e forse sarebbe riuscito a capire quale fosse stato il ruolo dell'ammiraglio Di Greco. «Arrivo questo pomeriggio», disse. «Ci vediamo nel tuo ufficio, poi riparto.»

«Prima devi trovare tua sorella.»

«Entro sera penserò anche a quello. Tu nel frattempo fatti dare le autorizzazioni per avere i tabulati delle chiamate partite dal suo cellulare e tutto il resto.»

«Ti aspetto in place Beauvau dopo le tre. Lascia che se la sbrighino da soli.»

Suo padre riappese. Erwan non si mosse. Con la vista appannata dalla pioggia che inondava i vetri, restò con l'orecchio incollato al telefono ad ascoltare il segnale di linea.

Il Vecchio.

Gaëlle.

Loïc.

D'un tratto gli venne voglia di chiamare la madre per completare la foto di famiglia. Sul telefono di casa. Maggie lasciava sempre il cellulare in borsa o in qualche cassetto. Da brava vecchia figlia dei fiori diffidava degli apparecchi elettronici e delle loro onde cancerogene.

Il telefono squillava. Nessuna risposta. Una volta si sarebbe preoccupato: suo padre l'aveva riempita di botte? Ferita? O forse era riuscito ad ammazzarla? Partì la segreteria. Erwan lasciò un messaggio e capì che una volta era adesso.

Non aveva mai smesso di avere paura.

50.

Di Greco si era ucciso. Non ci poteva credere.

Morvan non l'aveva detto al figlio, ma anche lui la pensava allo stesso modo: impossibile che quell'uscita di scena non fosse legata alla morte del ragazzo. Impossibile anche che l'appuntamento fra i due non c'entrasse nulla con l'omicidio. Che cosa significava tutto quel bordello?

L'ammiraglio aveva sempre avuto il dono di cacciarsi in grossi casini o di sprofondare in stati che rasentavano la follia. Quando gli aveva telefonato, Morvan si era semplicemente spaventato. Passata una certa età, la richiesta di aiuto di un amico suona sempre minacciosa come un ricatto.

Aveva sbagliato a mandare là Erwan. Perché aveva dovuto coinvolgere la sua famiglia? Forse l'aveva fatto perché a livello inconscio voleva che il figlio conoscesse il suo passato africano?

E poi c'era la questione di Lontano. Perché l'ammiraglio, un attimo prima di morire, aveva rivangato quegli anni maledetti? Che cosa aveva voluto dire? Forse era stato assalito dai sensi di colpa in punto di morte? Per quanto riguardava Morvan, i rimorsi non l'avevano mai abbandonato.

L'autista si fermò in place d'Iéna. Ormai era troppo tardi per rinunciare al suo progetto mattutino: andare a trovare la Vergine di ghiaccio.

Sofia Montefiori viveva ancora nell'appartamento che lei e Loïc avevano comprato quando era incinta di Lorenzo. A Morvan bastò osservare la facciata del palazzo per ritrovare tutta la sua determinazione: quel patrimonio non doveva assolutamente essere diviso. Lui, che aveva trascorso tutta la vita con una megera per preservare il proprio, non riusciva a credere che quei due bambini viziati senza cervello decidessero di separarsi alla minima difficoltà.

Utilizzò il suo passe-partout per accedere all'ingresso, quindi si fece dare il secondo codice dalla portinaia. Ricordava il piano: il quarto. Ascensore all'antica, con la grata di metallo e le rifiniture in legno verniciato, come piaceva a lui. Morvan, il ragazzo venuto dal nulla, non aveva mai trovato niente di più rassicurante degli agi del lusso.

Si sistemò il nodo della cravatta nello stretto specchio della cabina. Per affrontare l'erede dei Montefiori doveva sfoderare tutto il suo fascino.

La filippina che gli aprì lo riconobbe e lo fece entrare controvoglia. Se non ricordava male, dovevano esserci tre domestici a tempo pieno. Un bel po' di gente per una madre che non lavorava e due bambini. Ma era così che Sofia interpretava il suo ruolo di angelo del focolare.

Una volta gli aveva detto: «Sono sfinita. Ho dovuto spiegare tutto alla nuova tata». Lei non capiva quanto fossero ridicole frasi del genere: era nata nella bambagia e sarebbe morta nel cachemire, lamentandosi perché le pizzicava la pelle... Ma Morvan di lei amava una verità nascosta: la sua grazia, la sua eleganza e la sua sicurezza erano l'opera di un unico uomo, il padre. Un bruto che aveva fatto fortuna nel commercio della ferraglia, praticamente un semianalfabeta.

Attraversò l'anticamera, ampia quanto un salotto, ed entrò nel soggiorno, vasto come una sala da concerti. Finestre alte, parquet a spina ungherese, arredi di design. Il pacchetto comprendeva anche il sole, che sembrava entrare volentieri dai grandi vetri e trovarsi a proprio agio in quegli spazi dove mobili e pavimenti restituivano riflessi particolarmente raffinati.

Morvan osservò l'arredamento con soddisfazione. Indirettamente era anche opera sua. Fantasticava già di una casa come quella quando era soltanto un miserabile esiliato in Zaire. All'epoca, pur affermando ancora di essere di sinistra, leggeva *Les beaux quartiers* di Louis Aragon e sognava luoghi in cui «i tappeti sono spessi» e «bambine corrono a piedi nudi in lunghe camicie da notte».

«Nonno!»

Vide i nipoti con il grembiulino di scuola. Bilingui, avevano preso l'abitudine di chiamarlo in italiano. Non aveva niente in contrario. Anzi...

Gli corsero incontro con entusiasmo. Morvan li prese tra le braccia. Gli bastò stringerli a sé per dimenticare la notte di merda che aveva passato. Per un istante si sentì forte e coraggioso.

«Cosa ci fai qui?»

Posò i due angioletti e osservò Sofia, che stava sulla porta. Indossava un pigiama di seta bianca sgualcito e pantofole tibetane imbottite di pelo. Ne avevano un paio uguale anche Morvan e tutti gli altri membri della famiglia: regali di Loïc.

Senza mostrare il minimo imbarazzo per essere stata sorpresa in quella tenuta, disse in tono sprezzante: «Se sei venuto per Loïc, oggi l'hanno rilasciato. L'ho appena visto».

Il mondo all'incontrario: era l'italiana che lo aggiornava su quello che facevano gli sbirri.

«Non mi offri un caffè?»

Sofia guardò l'orologio. «Vado di fretta. Ho un appuntamento.»

«Una lezione di Pilates, magari?» Non era riuscito a trattenersi dal lanciarle quella frecciatina.

Sofia fece un gesto di esasperazione. «Vieni in cucina.»

Tra i due c'era sempre stata una strana confidenza, all'apparenza inspiegabile ma in realtà perfettamente comprensibile: la contessa aveva preso dal padre una parte della sua brutalità, della sua morale ambigua, tratti con cui il Vecchio si era subito sentito in sintonia.

Sofia affidò i bambini alle *pinay* (era così che chiamava le domestiche, con il nome attribuito alle donne filippine nel loro paese d'origine), pronte sulla porta, e lo raggiunse in cucina, un laboratorio liscio e immacolato dove il cibo sembrava soprattutto essere questione di cifre, chimica e parsimonia. Morvan si sedette su uno sgabello appoggiando i gomiti sull'isola centrale dal piano in granito brasiliano. Era il luogo della casa in cui si sentiva più a proprio agio. Con i suoi cento e passa chili preferiva quei materiali grezzi agli arredi raffinati del salotto.

«Hanno scuola il mercoledì?»

«Vanno al catechismo.» Sofia prese una caffettiera italiana e gli versò un caffè. «Di cosa volevi parlarmi?»

«Del vostro divorzio.»

«Ormai è fatta. Loïc ha firmato...»

«Lo so.»

«E allora cosa vuoi?»

Morvan girò il cucchiaino nella tazza. Un gesto puramente simbolico: non metteva mai lo zucchero. «Sei sicura della tua decisione?»

«Cos'è, uno scherzo?»

«Hai pensato ai bambini?»

«Un altro scherzo?» Si versò qualcosa anche lei. Una bevanda di color verde-bruno passò da un thermos cromato in una tazzina di gres. «Loïc li vedrà regolarmente», disse dopo avere bevuto un sorsetto. «Ora non è in grado di fare molto di più. Lo sai anche tu.»

«Ma... e la vostra relazione? Tutto quello che avete costruito? Non volete darvi una seconda possibilità? Voi...»

Sofia appoggiò con violenza la tazzina sul piano dell'isola. «Grégoire, non sarai venuto qui a quest'ora per parlarmi d'amore!»

«E il vostro patrimonio?»

«Siamo in comunione dei beni. Io rinuncio a tutto quello che lui ha guadagnato durante il nostro matrimonio e lui mi lascia l'appartamento. Mi pare uno scambio equo.»

«Lo sai cosa diceva Aristotele? "Il tutto è maggiore della somma delle sue parti."»

Sofia sospirò. «Dove vuoi arrivare?»

«Hai pensato ai bambini? A quello che lascerete loro? Se non divorzierete, avranno un'eredità sostanziosa e...»

Sofia batté entrambe le mani sulla pietra fredda. «Maledizione, di cosa stai parlando? Tu e mio padre eravate contrari fin dall'inizio a questo matrimonio. Vi siete sempre odiati e non sopportavate l'idea che un giorno le vostre fortune potessero riunirsi.»

«Io e tuo padre siamo il passato. Adesso sto parlando del vostro futuro.»

Sofia si chinò verso di lui, con i suoi lineamenti eurasiatici e i pomelli rossi. Un mix affascinante che contrastava con la collera che traspariva dai suoi occhi, dorati come miele. «I bambini non soffriranno. Sono la mia priorità assoluta.»

Morvan si alzò dallo sgabello, capitolando definitivamente. «Dovevo provare a parlartene ancora una volta.»

Sofia lo guardò con sospetto. «Non hai una bella cera. Sei stato fuori tutta la notte?»

Non si poteva nascondere niente alla fiorentina. «Questioni di lavoro. Non disturbarti, conosco la strada.»

Una volta uscito, analizzò le proprie sensazioni: calore dei bambini, gelo della madre. Non voleva ancora darsi per vinto. In un modo o nell'altro avrebbe trovato la maniera di evitare la separazione dei beni. Come tutte le figlie di papà, Sofia non aveva la minima idea dei problemi e dei pericoli del mondo in cui viveva (e del quale, pur senza rendersene conto, era lei stessa un prodotto).

Controllò il cellulare. Si erano accumulati già diversi messaggi: la solita routine di proteste e rimostranze. Si diresse verso la macchina. Un torrente di merda lo stava aspettando per una discesa in canoa in solitaria.

51.

Ultimo inventario prima delle liquidazioni. Erwan, Verny, Le Guen e Archambault avevano preferito riunirsi lontano dalla base. In quel momento stavano seguendo il custode insonnolito lungo i corridoi della minuscola sede del comune di Kaerverec. Optarono per la sala di gala, una sinistra stanza con le tende grigie che non era assolutamente all'altezza del suo nome.

«Sedetevi», ordinò Erwan.

Disposero i tavoli in modo da formare una specie di aula scolastica in miniatura. Erwan si schiarì la voce e cominciò ricapitolando tutto ciò che sapevano già: i presunti spostamenti di Wissa nella notte di venerdì, il raid clandestino dell'ammiraglio e la sua corrispondenza ambigua con il copto, la cultura della violenza diffusa alla K76, l'inquietante profilo delle Volpi e le particolari mutilazioni subite dalla vittima.

Lasciò che le sue parole sedimentassero per alcuni secondi. Verny prendeva appunti in previsione della conferenza stampa. Le Guen, nella parte dell'alunno distratto e taciturno, scriveva sul banco. Le lunghe gambe di Archambault si agitavano come se avessero vita propria. In settantadue ore erano invecchiati di dieci anni. Sotto la luce dei neon avevano un aspetto livido e sinistro.

Erwan riprese la parola per informarli della scoperta di unghie e capelli apparentemente femminili nell'addome di Wissa al posto degli organi asportati. Quel nuovo scoop produsse l'effetto desiderato: i tre moschettieri cominciarono a dimenarsi sulle sedie come se stessero cercando di svegliarsi da un incubo.

«Ci sono elementi per supporre che da qualche parte esista già un'altra vittima o che l'assassino uccida ancora nei prossimi giorni.»

Verny alzò la mano. «Devo parlarne con i giornalisti?»

Erwan sorrise. «Dipende dal livello di panico che vuole scatenare.»

«No, sul serio.»

«Glielo sconsiglio: meno ne sapranno i media e meglio sarà per noi.»

«E Di Greco?» domandò Le Guen.

Erwan fece un respiro profondo e si lanciò in un ritratto dell'ufficiale per metà reale e per metà frutto della sua fantasia. Lo descrisse come un vecchio autoritario e malato, barricato nella sua cabina. Una specie di guru malefico responsabile di avere avvelenato gli spiriti della K76.

Le Guen e Archambault si scambiarono un'occhiata. Nonostante tutto non amavano che si parlasse in quel modo di Kaerverec e della sua guida spirituale.

«Pensa che sia lui l'assassino?» volle sapere Verny.

Erwan aveva appena parlato con Thierry Neveux. L'analista criminale gli aveva confermato che le tracce di polvere da sparo sulla mano dell'ammiraglio provavano che si era trattato di un suicidio. Da una prima analisi del contenuto del suo computer avevano inoltre scoperto che Di Greco seguiva l'avanzamento delle indagini leggendo le relazioni che Verny inviava regolarmente alle autorità militari (Erwan ignorava l'esistenza di tali documenti e avrebbe potuto fare una scenata al gendarme, ma ormai non ne valeva più la pena).

«Questi due fatti», continuò il poliziotto, «lo accusano. Tanto più che, in base ai primi rilievi del medico legale, Di Greco sarebbe morto intorno all'una del mattino, ossia proprio quando ha ricevuto un messaggio concernente la testimonianza di Frazier che lo incriminava. Il suicidio dunque potrebbe essere interpretato come un'ammissione di colpa da parte di un uomo messo alle strette», concluse.

«Non sembra crederci nemmeno lei», osservò Archambault.

«Infatti. Dobbiamo lasciar perdere tutti i collegamenti che abbiamo immaginato potessero esistere tra la morte di Wissa, l'iniziazione e l'ammiraglio. Questi nuovi reperti provano che abbiamo a che fare con un assassino organizzato, che ha premeditato tutto quanto. Un uomo estremamente intelligente e dotato di una forza fisica fuori dal comune. Un predatore che conosce la zona, che ha competenze in campo medico e che sa come passare inosservato. Di Greco non corrisponderebbe al profilo nemmeno se fosse ancora vivo.»

Verny, scuro in volto, fece la parte dell'avvocato del diavolo. «Un allievo della base?»

«È una pista che non escludo, ma niente di più. Purtroppo l'inchiesta è tornata al punto di partenza. Wissa era nudo, sfinito, vulnerabile: ha incontrato il peggior predatore che gli potesse capitare, e secondo me siamo solo all'inizio.»

«Cosa vuole dire?»

«Che ci saranno altri omicidi.»

I colleghi si dimenarono ancora sulle sedie. Indossavano le lunghe cerate nere che avevano anche quando li aveva visti per la prima volta. Erwan constatò amaramente che da quel primo incontro alla Brioche Dorée non avevano fatto il benché minimo progresso.

«Che cosa dobbiamo fare di preciso?» si spazientì Archambault.

«La conferenza stampa provocherà un'altra ondata di shock. La pressione aumenterà. Manderanno rinforzi. Dovrete aggiornare le nuove truppe, informare tutti quanti, preparare un fascicolo per il giudice che verrà incaricato tra breve. Tutto questo non farà che rallentare le indagini.»

«Perché dice "dovrete"?» chiese Le Guen in tono sospettoso.

«Perché sto per tornare a Parigi. Ora è il vostro turno. Vi mollo la patata bollente, sarete voi a collaborare con il magistrato.»

I tre sembrarono sbalorditi.

«I topi abbandonano la nave», sibilò Le Guen.

Erwan sentì montare la collera e si sforzò di mantenere la calma. Aveva già provveduto a chiamare il sostituto procuratore e il colonnello Vincq per avvisarli: ancora insonnoliti, non avevano nemmeno reagito. «Non ho detto che non tornerò. Tutto dipende dagli ordini che riceverò a Parigi e da come evolverà la faccenda.»

«Vuole dire... se verrà scoperto un altro corpo?»

«Esattamente.»

Le Guen si alzò e chiese in tono sarcastico: «Quindi che facciamo? Aspettiamo che ci sia un altro cadavere?».

«Spero che l'assassino venga identificato prima.» Erwan si sentì come un politico che fa promesse alle quali non crede nessuno, lui compreso.

«Non ha detto ancora niente su quella strana parola lasciata da Di Greco: "Lontano"...»

«Ho fatto qualche ricerca questa notte, ma per il momento non so nulla. Però a Parigi ho una fonte che potrà darmi qualche informazione al riguardo.»

Gli occhi dei tre si illuminarono: allora il poliziotto non li stava abbandonando definitivamente.

L'Aragosta gli domandò, con una voce piena di rancore: «Perché se ne va così di fretta?».

Una sorella scomparsa. Un fratello appena rilasciato dalla questura. Una madre irraggiungibile. Un padre che probabilmente era coinvolto in qualche modo in quel casino... «Motivi familiari.»

Quando uscirono, la tempesta sembrava essere passata. Il sole faceva capolino da dietro le case nere, creando sul villaggio un violento gioco di chiaroscuri.

Erwan aveva chiesto che gli portassero la macchina. L'idea di doversi mettere al volante gli dava sui nervi. Avrebbe preferito potersi stravaccare come Kripo sul sedile di un aereo ed essere a Parigi in un'ora. Salutò tutti, cercando di trasmettere con una stretta di mano l'affetto che provava per i suoi collaboratori.

Partì senza guardare nello specchietto retrovisore. Non voleva vedere i moschettieri che lo salutavano con la mano come i membri di una famiglia di provincia dai quali ci si sta separando a malincuore (ma anche con sollievo). Teste di cazzo che tuttavia aveva finito per apprezzare, ai quali avrebbe pensato più di una volta.

Mentre inseriva la terza, a quel momento di debolezza passeggera subentrò un'altra sensazione che lo colse alla sprovvista. Il suo corpo si fece di ghiaccio: pensare che sarebbe davvero stato capace di abbandonare l'inchiesta era una pia illusione. Doveva la verità a Wissa e ai suoi genitori. E anche all'uomo o alla donna le cui unghie e capelli riposavano nell'addome del copto.

Dopotutto stava rientrando a Parigi soprattutto per strappare qualche informazione a suo padre. E, a dispetto di ciò che aveva appena detto, non escludeva che l'omicidio di Wissa, quello della presunta vittima dai capelli rossi e il suicidio di Di Greco potessero essere collegati con Morvan.

52.

In meno di due ore Erwan aveva fatto scattare tutti gli autovelox della N104. A ogni casello azionava la sirena e con una gioia feroce superava la sbarra senza quasi rallentare. Come accade a molti poliziotti, non sopportava che la sua indipendenza fosse limitata dal rigore della legge. Le norme del codice della strada, poi, lo irritavano in modo particolare. La politica del rischio zero gli sembrava un'assurdità. Prima o poi avrebbero finito per vietare anche di girare in macchina.

Alle undici e mezzo aveva già fatto più di trecento chilometri. A quella velocità sarebbe stato a Parigi nel primo pomeriggio. Aveva già avvisato Kripo, che sarebbe rimasto ad aspettarlo in commissariato: con l'ispettorato generale, che senz'altro aveva già sentito parlare di quell'eccentrico agente, non c'erano stati problemi. Nei pressi di Rennes si fermò in una stazione di servizio.

Anche mentre faceva il pieno non smise di pensare alle indagini. C'era un punto in particolare che continuava a girargli in testa: l'avvenimento recente di cui Di Greco parlava nelle sue e-mail e che gli aveva «sconvolto la vita», «qualcosa che avrebbe cambiato il significato di tutto quanto». A cosa si riferiva? A un fatto che poteva spiegare il suo suicidio? O all'uccisione di Wissa? Erwan pensò agli aghi che secondo il dottor Almeida il vecchio aveva infilati in corpo. Forse anche lui stava conducendo una ricerca personale ai confini del dolore...

Appena ebbe finito di riempire il serbatoio gli squillò il cellulare.

«Sono Maggie.»

«Ti richiamo tra cinque minuti.»

Pagò, bevve un caffè disgustoso, comprò una bottiglia d'acqua e buttò giù qualche antidolorifico. Poi andò a parcheggiare in fondo all'area di sosta, uscì dalla macchina, inspirò a pieni polmoni una boccata di aria mattutina, con in sottofondo il rombo dei veicoli che sfrecciavano in autostrada, e finalmente compose il numero della madre.

Prima di parlarle preferiva sempre prendersi il suo tempo.

Maggie aveva una doppia personalità: quando il Vecchio era nei paraggi o anche solo quando pensava a lui, aveva il volto spaventato e gli occhi sembravano schizzarle fuori dalle orbite (soffriva di problemi di tiroide). In quei momenti parlava con voce angosciata, tesa, sommessa. Ma esisteva un'altra Maggie, quella sorridente e perfino seducente. Una bella donna dalle labbra sensuali, spiritosa e rilassata. Alla seconda Maggie piaceva scherzare, farsi beffe dei valori borghesi, trovare sempre un lato comico in ogni aspetto del quotidiano.

Le due Maggie non avevano la stessa origine. La prima veniva dalle tenebre dell'Africa e pareva segnata da un passato che nessuno dei suoi figli conosceva. Una creatura di paura e laterite plasmata dallo stesso Morvan. L'altra era il tipico prodotto della generazione hippie: libera, drogata, ribelle. Una ragazza con i fiori intrecciati fra i capelli e la testa piena di ideali. Maggie era stata un'icona della controcultura: profumo di patchouli, *boubou* africani e colonna sonora dei Pink Floyd del film *More* sulla quale ballava a seno nudo. Pareva che in Africa avesse anche suonato in un gruppo rock di sole donne: le Salamandre.

Ora, figlia dei fiori imborghesita, era diventata vegetariana e buddhista, sosteneva i benefici del parto in acqua e si batteva contro la globalizzazione e il riscaldamento climatico. Era un'emanazione di tutto quello che più detestava il vecchio Morvan, sicario apolitico secondo il quale il mondo non era che un enorme canile in cui rinchiudere l'umanità.

Per il momento Erwan non aveva ancora capito con quale delle due Maggie stesse parlando. La madre cominciò facendogli una tirata su Loïc, che aveva avuto alcune «seccature»: evidentemente non era al corrente della fuga di Gaëlle.

«Va tutto bene con il papà?» tagliò corto lui.

«Certo. Perché non dovrebbe?»

Era già riuscita a innervosirlo: aveva sempre negato il problema più grave della sua vita – la violenza del marito – e non smetteva mai di difenderlo. A sentir lei Morvan era una specie di eroe incompreso.

«Quando torni?» gli chiese.

«Sono in viaggio.»

«Ti aspettiamo domenica.»

L'immancabile pranzo domenicale. Maggie gli sembrava completamente scollegata dalla realtà. A meno che non fosse lui, con il suo assassino ladro di organi e i suoi militari, a trovarsi in una dimensione parallela.

Stava per riagganciare quando gli venne in mente una cosa: Morvan aveva conosciuto Di Greco in Africa. Forse anche Maggie lo aveva incontrato...

«Ti ricordi di un tale Di Greco, un militare?»

«No.»

«Un ufficiale di marina in servizio a Port-Gentil.»

«Non sono mai stata in Gabon.»

Erwan si era confuso: Morvan aveva cominciato addestrando le truppe del presidente Bongo nel 1968 e poi nel 1969 era andato in Congo per indagare sull'Uomo Chiodo.

Di Greco apparteneva al periodo gabonese, Maggie a quello zairese.

«Forse è venuto nel Katanga...» provò.

La memoria di Maggie si risvegliò. «Un tipo con un fisico... particolare?»

«Direi di sì. Era alto più di due metri e aveva mani da vampiro.»

«Ne parli al passato. È morto?»

«Questa notte.»

«Riguarda la tua inchiesta in Bretagna?»

«Più o meno», svicolò Erwan. «Cerca di ricordare.»

«Lavorava nella foresta, mi pare, vicino alle miniere...»

«Quelle del papà?»

«Tuo padre non ne aveva ancora all'epoca. La persona che ricordo io era incaricata della sicurezza dei giacimenti della Gécamines, una grande società mineraria del Katanga.»

«Era stato il papà a farlo venire?»

«Non saprei.»

«Cosa ti torna in mente?»

La sua voce si fece vaga. «È passato così tanto tempo... Un tipo duro, violento, molto magro e tormentato. Un vero aguzzino con i neri. Provai a mettere in piedi un'associazione in difesa dei minatori. All'epoca ero molto impegnata e...»

«Ti ricordi in che rapporti era con il papà?»

«Mi pare che fossero amici.»

«Hanno partecipato insieme a qualche missione per il governo francese?»

Rise con dolcezza. «Era già una missione per lo stato anche solo starsene a marcire in Africa, credimi...»

Ora aveva assunto il tono che Erwan preferiva: leggero, distaccato. Ma l'immagine dei due agenti segreti era inquietante: uno all'inseguimento di un serial killer e l'altro carnefice di un esercito di schiavi. Due mostri in erba che di lì a poco sarebbero sbocciati all'ombra del potere. «È tutto quello che mi sai dire?» insistette. «Pensaci.»

Maggie cercò di trovare le parole. «Sembrava... pazzo, come se fosse posseduto dalla violenza.»

«Dovevano essere una bella coppia, lui e il papà.»

«Non dire così.»

«Sai bene cosa intendo.»

Maggie cambiò impercettibilmente tono di voce, come se Morvan fosse entrato nella stanza. «Non volevo che si frequentassero... Aveva una cattiva influenza su tuo padre...»

Per poco Erwan non scoppiò a ridere. Gli sfuggì una domanda, completamente fuori contesto ma che gli bruciava sulle labbra da anni: «Cosa è successo fra voi due in Africa?».

«Non capisco cosa vuoi dire.»

«Vi siete incontrati e poco dopo avete deciso di sposarvi?»

Maggie fece una risata strana. «Eravamo innamorati...»

«Non dev'essere durata a lungo.»
«Ti sbagli. Ci amiamo ancora. Solo in modo diverso.»
«Non ti capirò mai.»
«Tuo padre è malato.»

Erwan passeggiava sempre più nervosamente nel parcheggio. Il rombo delle automobili gli vibrava sotto le tempie. Il cielo era azzurro, ma aveva la durezza del metallo fuso. «Ogni volta tiri in ballo la scusa dei suoi problemi nervosi», replicò nel tono di un ragazzino che cerchi tutti i pretesti per litigare. «Forse è soltanto uno stronzo che picchia la moglie, no? In commissariato ce ne sono tanti come lui. Credimi, quei pezzi di merda non hanno niente a che vedere con Artaud o con Althusser.»

Il poeta e il filosofo erano i due grandi eroi della madre. Intellettuali che avevano finito i loro giorni in manicomio (il secondo, nel 1980, durante una crisi, aveva anche strangolato la moglie).

«Questa è la cosa più triste: non ci hai mai capito.»
«Ho vissuto con voi per quasi vent'anni.»
«Tu conosci soltanto una parte. Non sai quello che succede nell'intimità di una coppia.»
«Risparmiami i dettagli.»
«Abbiamo sempre dormito in camere separate», ribatté lei abbassando la voce. «Ma è nell'oscurità della notte che la violenza mostra il suo vero volto...»

Erwan sprofondava in quelle confidenze come in una palude. Maggie parlava con voce ipnotica, sommessa e squillante allo stesso tempo.

«Adesso devo mettere giù. Ho un sacco di lavoro e...»
«Voi conoscete soltanto la versione diurna della sua malattia. Ma è di notte che ci si rende conto che è *davvero*... posseduto.»

Erwan si avvicinò alla macchina e aprì la portiera. «Ti richiamo. Adesso devo...»

«Ti ricordi quando appoggiava la pistola sul tavolo prima di mangiare?»
«Come potrei dimenticarmelo?»
«Una notte che eravamo soli mi ha sparato.»

Erwan si appoggiò con i gomiti al tetto della Volvo e sprofondò la testa fra le braccia. Il passato del padre era come gli archivi del Terzo Reich: si scopriva sempre qualche nuova nefandezza, qualche orrore inedito. Una fonte che non si prosciugava mai. «Ti... ti ha ferita?»

«Era caricata a salve. Sono svenuta e me la sono fatta addosso.»

Gli sembrò che la sua anima fosse coperta di macchie di *livor mortis.* «Metto giù...»

«Mi ha preso in giro per mesi per questa cosa.»

«Perché me lo racconti?»

«Perché tu capisca che non è soltanto violento. È pazzo.»

«E cosa cambia?»

«Tutto. Non è responsabile delle sue azioni.»

«Allora bisognerebbe farlo ricoverare.»

«Non parlare così.» In realtà voleva dire: "Cosa farebbe la Francia senza Morvan?".

Il caffè che Erwan aveva appena bevuto gli risalì in gola. Non sapeva che cosa lo mandasse più fuori di testa: suo padre, sua madre o la loro intesa delirante. Stava davvero per riagganciare quando, senza riflettere, le domandò: «La parola "Lontano" ti ricorda qualcosa?».

«Certo, è il nome della città in cui vivevamo.»

«Nel Katanga?»

«Una nuova città costruita con i guadagni delle miniere. Una città di coloni. Tutta la mia famiglia abitava lì.»

Una volta suo padre gli aveva detto: «Tua madre è la figlia esangue di una famiglia di consanguinei di origine vallone che marcisce in Zaire da più di un secolo. È belga e congolese allo stesso tempo. Due difetti al prezzo di uno!».

«Prima di suicidarsi Di Greco ha scritto questo nome su un foglietto. Secondo te perché?»

«Ma... non saprei.»

«È l'ultima parola a cui ha pensato prima di morire. Dovrà pure essere successo qualcosa di eccezionale in quel posto, non credi?»

«Forse per lui... Ti ho già detto che lo conoscevo molto poco.»

«Rifletti. Non ti viene in mente un evento particolare?»

Sua madre emise un sospiro che era al contempo un sorriso e con una voce che sembrava venire dritta da Ibiza rispose: «Uno solo, molto importante, ma non per Di Greco».

«E qual è?»

«È proprio là che sei nato, tesoro.»

53.

Morvan si svegliò di soprassalto. Per un attimo gli sembrò di essere stato colpito da amnesia e tetania allo stesso tempo. Si riscosse e recuperò le proprie facoltà. Un'occhiata all'orologio: mezzogiorno e dieci! Riconobbe il suo ufficio in place Beauvau. Maledizione. Doveva essersi seduto sul divano e poi essersi addormentato. Come un vecchio!

Nessuno aveva osato disturbarlo, soprattutto non la sua segretaria, che aspettava sempre di essere chiamata prima di fare qualsiasi cosa. Non aveva nemmeno sentito il cellulare...

Lanciando un'altra imprecazione si alzò dal sofà. Il suo primo riflesso fu di ascoltare i messaggi in segreteria. Né Gaëlle né Erwan si erano fatti vivi. Controllò i cablogrammi dello stato maggiore: niente di nuovo. Gli sarebbe toccato dare il via alle grandi manovre.

Sentì vibrare il cellulare. Per trovarlo gli ci volle qualche secondo: si era infilato tra i cuscini. Maggie. Cazzo, quella giornata cominciava decisamente male.

«Ho appena parlato con Erwan», gli disse la moglie senza nemmeno dargli il buongiorno. «Mi ha chiesto di Lontano.»

Morvan si passò una mano sul viso. «Ha chiamato anche me. Ci penso io. Cosa gli hai detto?»

«Che ci è nato.»

Andò alla finestra e vide che era bel tempo. A quella semplice constatazione gli si strinse il cuore: avrebbe voluto che un temporale trascinasse le sue nubi sopra i tetti e che una pioggia torrenziale sommergesse la città.

«E tu?» chiese lei.

«Niente. Aspetto che arrivi.»

«Che cos'è questa storia di Di Greco? E della sua ultima parola?»

«Non lo so. Ci penso io», ribadì.

«C'entra qualcosa con l'inchiesta di Erwan?»

«Quando lo vedrò, me lo spiegherà.»

Silenzio di Maggie. Poi: «Giuro che se quel vecchio pazzo l'ha scritto per rivangare il passato, lo tiro fuori dalla tomba e gli strappo gli occhi con le mie stesse mani».

«Ti ho detto che me ne occupo io.» Riappese bruscamente ed ebbe un'epifania: aveva sognato Lontano, ne era certo, ma non riusciva a ricordare altro. Perché lo Zaire stava tornando a galla? Che cosa aveva voluto dire Di Greco? Sua moglie si sbagliava. L'ammiraglio non intendeva riesumare i crimini del passato. Voleva mandare un messaggio a lui e a lui solo. Ma quale?

Mise la testa sotto il rubinetto e regolò la temperatura del condizionatore al minimo. Per adesso decise di ignorare quel nome funesto e si concentrò sulla faccenda più urgente: Gaëlle. Dal telefono fisso contattò alcuni dei suoi uomini, per principio non quelli che si erano fatti seminare dalla ragazza. Ordinò loro di verificare le chiamate della figlia, le connessioni a Internet, i movimenti bancari, i tragitti con il Vélib' (la signorina amava andare in bici), i messaggi e le e-mail di amici e conoscenti, le società di taxi... Ordinò anche che fossero diramati in tutta Parigi un avviso di ricerca a un appello ai testimoni. Non era più il momento di giocare a fare i padri discreti.

Lanciata l'operazione, tornò a occuparsi di Lontano. Inforcò gli occhiali e aprì Google. Non credeva che in quel buco sperduto fosse capitato qualcosa di nuovo, ma era meglio esserne sicuri.

Nemmeno una riga, non una parola sulla *sua* Lontano. Le ceneri del passato si erano raffreddate da un pezzo. La vecchia città era ormai una distesa di rovine invase dalla giungla nel cuore di una zona di guerra. E comunque, anche se fosse successo qualcosa, lui sarebbe stato il primo a esserne informato.

La telescrivente gracchiò. Morvan lanciò uno sguardo alla stampata e gli si bloccò il respiro. Afferrò subito il foglio e lesse con attenzione: il corpo di una giovane donna – tra i venticinque e i trent'anni – era stato rinvenuto sul fondo di un vecchio condotto di aerazione dell'argine di quai des Grands-Augustins, di fronte a quai des Orfèvres. Il cadavere era stato notato da alcuni turisti in *bateau-mouche* intorno alle undici – una delle prime escursioni in battello della giornata – scatenando un'ondata di panico. Era arrivata la polizia. Tutto il traffico fluviale era stato bloccato fino a nuovo ordine.

Il cablogramma non aggiungeva altro. Nessuna descrizione della vittima. Nessuna indicazione delle cause del decesso. Nemmeno una parola sulla posizione del cadavere o su come fosse stato collocato nel condotto.

Morvan si rimise al telefono. Gli ci vollero meno di cinque minuti per avere il numero del capitano Sergent – un nome che suonava quasi come una presa in giro –, incaricato di procedere ai primi accertamenti sulla scena del crimine.

Il poliziotto rispose al secondo squillo. Un novellino della squadra Omicidi che non sapeva chi fosse Morvan e conosceva soltanto suo figlio Erwan. Il tipo sembrava completamente sopraffatto dalla situazione. Ancor peggio, lo trattò con arroganza e si rifiutò di dargli informazioni per telefono.

Il Vecchio, sforzandosi di mantenere la calma, gli fece capire che se avesse continuato così si sarebbe ritrovato all'ufficio studi e statistica della prefettura invece che sulla scena del crimine più scottante di quella fine estate.

«La ragazza è stata identificata?»

«Non ancora», farfugliò l'altro. «È nuda e coperta di ferite e...»

«Capelli?»

«Rossi.»

«Rossi?»

«Sì, rossi. Ma gliene restano solo la metà.»

Il senso di oppressione che avvertiva al petto cominciò a svanire. «Segni particolari?»

«Per il momento non abbiamo notato niente. Il corpo è ancora incastrato, ripiegato su sé stesso, e la pelle è molto rovinata. Le hanno inciso la carne e...»

«Tatuaggi?»

«Ne abbiamo già visto qualcuno. Le lettere O-U-T-L-A-W sul collo...»

Questa volta Morvan fece un respiro profondo. Gaëlle non aveva nessun segno d'inchiostro sulla pelle. Secondo lei avrebbero potuto limitare «il campo delle opportunità nel suo mestiere». Almeno quella pagliacciata se l'erano risparmiata.

«Ne ha uno anche sull'anca: una strana testa di uomo con la barba...» aggiunse Sergent.

Il respiro gli si bloccò di nuovo in gola.

Aprile 2009. Faceva parte di una commissione che valutava le richieste di liberazione condizionale. All'epoca la ragazza si era già fatta tre anni di massima sicurezza a Fleury per rapina a mano armata, violenze aggravate e associazione a delinquere. Le aveva domandato davanti agli altri membri della commissione e al magistrato di sorveglianza chi fosse il personaggio che la T-shirt troppo corta rivelava sulla sua anca sinistra. Poteva ancora sentire la sua voce roca e gracchiante: «Charles Manson».

Morvan le avrebbe tirato volentieri un paio di sberle. Prima di tutto perché tatuarsi la faccia di un maniaco sadico e analfabeta non è un atto di ribellione ma una cazzata bella e buona e poi perché mostrarlo davanti alla commissione incaricata di trovarti un alloggio e un lavoro è un'idiozia ancora più grossa. Ciò nonostante, quando avevano dovuto deliberare sul suo caso, l'aveva difesa a spada a tratta. Quella ragazzina aveva qualcosa... Le aveva fatto ottenere la libertà condizionata.

«Avresti dovuto dire che era Marx», l'aveva rimproverata in seguito, e lei aveva ribattuto: «Un altro guru criminale, giusto?». Ancora una stronzata, però quella punkettina gli piaceva. Emanava un'energia brutale, mal diretta ma promettente. L'aveva aiutata, le aveva trovato un alloggio e un lavoro. Durante i loro incontri aveva avuto il tempo di notare i suoi altri tatuaggi, compresa la parola OUTLAW sul collo.

«I tecnici della Scientifica hanno condotto i primi rilievi», continuò il capitano. «Abbiamo le sue impronte: sarà facile identificarla, sempre che sia schedata.»

«Perché dovrebbe esserlo?»

«Non so...» disse subito Sergent. «I tatuaggi, i capelli rossi... Ha anche le unghie con lo smalto nero.»

La voce del poliziotto gli sembrava lontanissima. Era ancora nel 2009. Nonostante avesse ventitré anni, la ragazza non ne dimostrava più di sedici. Ai suoi occhi quello era il confine immaginario del desiderio. E della protezione che avrebbe potuto offrirle. Da quel giorno l'aveva invitata a pranzo almeno una volta al mese, passandole se necessario qualche soldo. Non l'aveva mai toccata. Quello che gli piaceva era giocare a fare il pigmalione. Abbeverarsi a quella fonte di giovinezza. «La tireranno fuori i pompieri?»

«Sono già al lavoro. Ma il condotto è a due metri d'altezza e...»

«Aspettatemi prima di continuare.»

«Ma...»

«Arrivo con il commissario capo Fitoussi.»

«Non capisco...»

Morvan parlò in tono benevolo, da tipo onnipotente ma simpatico: «Ce ne sono di cose che non capisci, giovane amico. La ragazza si chiama Anne Simoni. Ha ventisei anni ed è stata dentro per rapina e violenze. Oggi è, anzi era, totalmente riabilitata. Lavorava in prefettura, al servizio immatricolazioni».

«Lei... la conosceva?»

«Non muoverti. Sarò lì tra mezz'ora.»

Riagganciò e si buttò sulla sedia, che aveva fatto rinforzare con tasselli e inserti di carbonio per reggere il suo peso.

Quella tragica scoperta nascondeva altre verità.

La prima: il criminale che aveva appena colpito era anche l'assassino di Wissa Sawiris. I capelli rossi e le unghie nere trovati nel suo addome appartenevano senza dubbio ad Anne Simoni. Per il momento Morvan non volle pensare alle implicazioni: serial killer, premeditazione, estrema organizzazione, una macabra serie di vittime che era appena cominciata...

La seconda: stavano cercando di implicarlo. Dopo l'anello a Sirling (e chissà, forse l'assassino aveva lasciato anche altri indizi che erano stati distrutti dal missile), la scelta della giovane Simoni era un altro modo per colpirlo.

Questa volta sarebbero sicuramente risaliti a lui. Avrebbero scoperto che era stato Morvan a farla assumere in prefettura, che le aveva fatto da garante per l'appartamento. Avrebbero visto le sue e-mail e le sue telefonate. Tutta una serie di piccole cose dalle quali gli investigatori avrebbero dedotto che la giovane donna era la sua amante. L'avrebbero interrogato, sospettato, gli sarebbero stati addosso...

Senz'altro avrebbero trovato altri indizi che lo accusavano, sulla scena del crimine o nell'appartamento della ragazza. Non era più soltanto la sua paranoia: era davvero in atto una vendetta. Da parte di chi? Per quale ragione? Non valeva la pena di scervellarsi su quelle domande. L'unica cosa di cui doveva preoccuparsi era che avrebbero tentato di distruggerlo servendosi dei suoi stessi metodi: calunnie e false prove a suo carico.

Ormai non pensava già più a sé stesso, ma alla sua opera, a tutto ciò che aveva costruito – potere e ricchezze – per i figli. Era quel regno a essere minacciato. Il castello di macchinazioni e dossier che aveva pazientemente edificato in più di quarant'anni stava per crollare. Aveva già individuato le prime crepe. Ora un intero blocco era sul punto di franare.

Si spogliò e aprì l'armadio: abito scuro fil à fil, bretelle, camicia bicolore, cravatta nera. Rispetto per i morti. Da quando era tornato dall'Africa non aveva mai più guardato un cadavere vestito in un altro modo.

Prima di prendere le chiavi si sedette alla scrivania appoggiando i gomiti sul piano e posando la testa contro le mani giunte. Pregò a bassa voce, mettendoci tutta l'anima. Sotto le palpebre chiuse gli sembrò di vedere la grande meretrice che, nell'Apocalisse di san Giovanni, simbolizza la città di Babilonia, la «madre delle prostitute e degli orrori della terra». Il «mistero della donna e della bestia che la porta, con sette teste e dieci corna» era lì davanti a lui. La sua opera. Il suo impero. La sua colpa. Finalmente avrebbe pagato per i suoi peccati.

A mo' di preghiera cominciò a ripetere a fior di labbra come un mantra il celebre versetto dell'Apocalisse che gli sembrava prefigurare il suo prossimo futuro: «"La bestia che hai visto era ma non è più..."».

54.

A cento chilometri da Parigi il cellulare cominciò a vibrare. Erwan era talmente teso che ebbe l'impressione che fosse la terra a tremare.

«Ho delle novità.»

Si era aspettato di sentire il padre, la madre o, al limite, Kripo. Invece era Thierry Neveux, l'analista criminale di Rennes. La sua voce gli parve provenire da un altro mondo, da un passato ormai lontano.

«Siamo riusciti a identificare le punte metalliche estratte dalla carne di Wissa.»

«Cosa sono? Aghi?»

«Chiodi.»

«Ma finora si è sempre parlato di schegge di armi da taglio, di mazze d'arme, di frammenti di cemento armato...»

«Ci sbagliavamo. Le punte superficiali sono state scagliate lontano dall'esplosione e si sono bruciate e deformate. Ma quelle infilate più in profondità si sono conservate meglio. Non ci sono dubbi: sono chiodi di modelli e misure diversi. Hanno ancora la capocchia con il marchio di fabbrica.»

Chiodi. Quella parola suonava come una maledizione. Impossibile non pensare al caso sul quale Morvan senior aveva costruito la propria carriera e che aveva segnato la storia della loro famiglia.

«Un'altra cosa», proseguì l'analista criminale. «Clemente ha ricomposto i resti e abbiamo individuato tessuti in cui i chiodi sono particolarmente concentrati: sulla guancia, nel tratto da sotto la gola fino alla spalla, sulla schiena... Secondo Clemente lì c'erano conficcati anche pezzi di vetro, lame di ferro...»

Erwan vide la strada ondeggiare attraverso il parabrezza. «E lo vengo a sapere ora? L'autopsia è cominciata tre giorni fa!»

«Clemente ha proceduto con ordine. Ha dedicato almeno una giornata a una parte dell'addome e...»

«Okay, okay... Che altro?»

«Un gruppo di chiodi probabilmente ornava il fianco sinistro, all'altezza dell'anca, ma la zona è danneggiata e...»

«Che significa "ornava"?»

«Era tanto per dire... Il corpo sembra più che altro cosparso di eruzioni cutanee, una specie di acne, con i chiodi al posto dei brufoli...»

In altre circostanze Erwan sarebbe stato nauseato da quella descrizione, ma un particolare lo aveva colpito: erano quasi gli stessi termini che suo padre utilizzava per descrivere le vittime dell'Uomo Chiodo, il serial killer dello Zaire.

«Non è finita. Abbiamo lavorato tutta la mattina per determinare la posizione del corpo, analizzando il modo in cui le articolazioni si sono fratturate...»

«E allora?»

«Non ne siamo sicuri al cento per cento, ma pensiamo che il cadavere prima dell'esplosione fosse rannicchiato, un po' come una mummia inca. Le ho mandato dei disegni per e-mail...»

«Resta in linea.»

Erwan mise le quattro frecce e si fermò sulla corsia di emergenza. Spense il motore e aprì il computer. Gli ci volle un attimo per lanciare il programma di posta elettronica. Tra la cascata di nuove e-mail individuò quella di Clemente e ci cliccò sopra. «Documenti in allegato.» Ancora qualche secondo di pazienza, con in sottofondo il rombo delle automobili. *Tic-tac-tic-tac...* Sentiva il ticchettio delle frecce pulsargli nello stomaco, ma il vero gancio alla mascella gli arrivò quando vide le immagini.

Il corpo era in posizione seduta, con le gambe ripiegate sotto il mento e le braccia intorno alle ginocchia, testa in avanti e viso rivolto verso l'alto. Il disegno sembrava rappresentare un *nkondi*, una delle statuette africane di cui suo padre faceva collezione. Anzi, dopo aver passato in rassegna qualche foto capì che quelle immagini gli ricordavano ancora di più le vittime dell'Uomo Chiodo. Il volto straziato, i grappoli di chiodi, la posizione fetale... Non mancava nulla.

«Pronto?»

«Sto guardando le immagini che mi hai mandato.»

«Questo tipo è completamente pazzo. Pensiamo che gli abbia conficcato decine di chiodi in ogni parte interessata mentre era ancora vivo e che l'abbia messo in questa posizione dopo morto. Le dice qualcosa?»

Quando Erwan era un ragazzino, suo padre gli aveva raccontato più volte della sua inchiesta, della «caccia alla belva». Di come l'assassino, un giovane ingegnere di origine belga, piantasse centinaia di chiodi nelle sue vittime, riproducendo le sculture sacre dell'etnia yombe del Basso Congo. Di come, nella sua follia, fosse convinto di proteggersi dagli spiriti maligni trasformando quelle donne in feticci. Di come, dopo mesi di ricerche, Morvan fosse riuscito a identificarlo e lo avesse braccato fin nel cuore della giungla, lungo le piste aperte dalle segherie.

«Ti richiamo», disse bruscamente prima di riattaccare.

Aprì la portiera e vomitò il caffè. Per qualche secondo i rigurgiti acidi gli impedirono di respirare. Presto non ebbe più niente da rimettere ma restò fermo a osservare la propria bile sull'asfalto, con le gambe tremanti e il sangue che gli pulsava nelle tempie.

Aveva sbagliato tutto fin dall'inizio.

Ma in che modo un assassino arrestato nel 1971 poteva essere tornato? Forse era stato scarcerato, ammesso che fosse ancora vivo? In quel caso avrebbe avuto più di sessant'anni. Perché scagliarsi contro la prima vittima che aveva incontrato? E perché farlo nella brughiera bretone? Qual era il rapporto con la K76?

Di Greco?

Erwan ci mise un secondo a ricomporre i pezzi. Un emulatore che conosceva quella storia nei minimi dettagli e seguiva il modus operandi del killer. Ma c'era un problema: in Francia nessuno – o quasi – aveva mai sentito parlare di quel caso vecchio di quarant'anni, una faccenda che si era svolta a settemila chilometri di distanza.

Altra ipotesi: suo padre si era sbagliato e non aveva arrestato il vero colpevole in Zaire. E ora, per ragioni sconosciute, l'Uomo Chiodo si era rimesso al lavoro. Un vulcano non completamente estinto che si era risvegliato nel peggiore dei modi.

Qualunque fosse la verità, l'ipotesi della colpevolezza di Di Greco riguadagnava punti. Impressionato dal killer – il futuro ammiraglio si trovava in Zaire quando imperversava l'Uomo Chiodo – prima di morire aveva voluto rievocare quel suo sinistro passato. Altra possibilità, ancora più delirante: Di Greco era sempre stato l'assassino del Katanga, risparmiato più o meno volontariamente da Morvan. Alla fine della propria vita era tornato ai primi amori.

Ma c'era una terza ipotesi, più plausibile: tenuto al corrente da Verny sugli sviluppi delle indagini, l'ammiraglio aveva riconosciuto nell'omicidio di Wissa Sawiris la mano dell'Uomo Chiodo, o forse aveva visto qualcosa quella notte nella brughiera. L'ultima parola che aveva lasciato era dunque un messaggio diretto agli investigatori: Lontano, Erwan lo capì soltanto in quel momento, era la città in cui era stato catturato il serial killer. Ma a chi altri era rivolto quel messaggio? Sicuramente a Morvan, la persona che più di tutti conosceva quella storia. Prima di andarsene, l'ufficiale l'aveva voluto dargli un avvertimento.

In quell'inchiesta Erwan avrebbe dovuto ripartire da zero. Ricostruire la storia dell'assassino del Katanga. Ritrovare la sua carcassa viva o il luogo in cui era stato sepolto. Decifrare la sua follia e capire se avesse potuto ispirare altri individui.

Prese la bottiglia d'acqua che aveva comprato per buttare giù le medicine e si sciacquò la bocca. Partì bruscamente lasciando il segno degli pneumatici sull'asfalto. Raggiunse in breve la sua velocità di crociera: duecento chilometri orari. In quarantacinque minuti sarebbe stato a Parigi.

I finestrini erano chiusi, aveva spento cellulare e computer. Nessuno avrebbe potuto contattarlo. Nessuno sapeva dove fosse. Quel pensiero lo rassicurò. Era completamente solo, con tutto il tempo per riflettere, ma *non doveva* farlo. Doveva rimandare ogni domanda, ogni speculazione finché non fosse arrivato a Parigi e avesse parlato con suo padre.

II

...E IN POLVERE RITORNERAI

55.

La confusione era al culmine.

I quai erano stati chiusi. Sembrava che tutti i poliziotti e i veicoli con i contrassegni del commissariato fossero sul posto. Un'ambulanza e alcuni camion dei pompieri intasavano la *rive gauche* dal Pont Neuf al Pont Saint-Michel. Tutta la zona era stata chiusa come un pacco regalo con il nastro segnaletico: ACCESSO VIETATO.

L'autista si fermò in quai des Grands-Augustins. Tutto stava accadendo più in basso, a livello del fiume. Scendendo le scale verso la Senna, Morvan si accorse della dolcezza dell'aria e del sole, in totale contrasto con l'atmosfera di panico che regnava sulla terra. Le pietre del selciato brillavano come argento. Tutto era caldo, scintillante, leggero. All'appello mancavano soltanto i pescatori, i suonatori di chitarra, i turisti con i piedi a mollo e i passanti che passeggiavano all'ombra delle bancarelle di ferro dipinte di verde dei librai più in alto...

Jean-Pierre Fitoussi, il commissario capo, lo accolse in fondo alla scalinata. Pallido, infagottato nel suo completo nero, nascondeva il volto dietro un paio di occhiali scuri da pilota di elicottero. «Proprio davanti a noi», bofonchiò. «Lo stronzo si è dato da fare.»

Morvan lo seguì senza parlare. Superando di una testa tutti gli sbirri sul posto, riusciva già a scorgere la scena del delitto. Il corpo si trovava più o meno sotto il civico 35 di quai des Grands-Augustins, quasi in linea con l'ingesso del commissariato, al 36 di quai des Orfèvres, sull'altra sponda della Senna.

Ignorando i suoi ordini, i pompieri avevano già cominciato a estrarre il cadavere dal condotto. Anne Simoni non era stata soltanto ferita e mutilata: legata in posizione accovacciata, era infilzata da centinaia di chiodi e aveva gli occhi trafitti da frammenti di specchio.

All'improvviso capì il significato del messaggio dell'ammiraglio: la belva era tornata. L'incubo che li aveva tormentati in Zaire era risorto. Come aveva potuto succedere? E in che modo Di Greco lo aveva saputo? Morvan ebbe l'impressione che un diretto partito da chissà dove lo avesse colpito in piena faccia. Erwan gli aveva parlato di punte di ferro, asportazione di organi... Come aveva potuto non vedere il collegamento? Colpa dell'età: confuso dalla scomparsa di Gaëlle, aveva perso la sua lucidità.

I pompieri calarono il corpo con estrema precauzione. Intorno a loro i tecnici della Scientifica – soprannominati i Cotton-fioc – fotografavano ogni particolare della scena in piedi su scale e sgabelli. I riflessi luccicanti degli specchi infilati nelle orbite sembravano inquietanti strizzatine d'occhio rivolte all'attenzione del commissariato.

Per un istante il terrore prese il sopravvento. Nonostante il pubblico fosse formato da professionisti – poliziotti esperti, specialisti che ne avevano viste di tutti i colori – quella morte apparteneva a un'altra dimensione. Il cranio della vittima, rapato a zero per metà, era irto di chiodi. Altri punteggiavano la nuca, la spalla destra e il fianco sinistro, simili a bubboni di una tremenda malattia. I polsi erano stati legati con una vecchia fune che tratteneva anche le gambe, ripiegate sotto il mento. Il cadavere era un blocco di orrore compresso.

«Hai mai visto una cosa del genere?» gli chiese Fitoussi.

Morvan non rispose.

Tra i presenti era l'unico ad averla *già* vista.

La vittima fu deposta su una barella rialzata. Morvan aveva voglia di piangere: fissando quelle mutilazioni, mentre si profilava il sinistro ritorno dei suoi anni più terribili, disse addio alla ragazzina scheletrica. Nonostante non fosse sua figlia – nessuno avrebbe mai potuto prendere il posto di

Gaëlle – era una delle giovani sfortunate la cui esistenza era soltanto un susseguirsi di false partenze e appuntamenti mancati. Una di quelle per le quali avrebbe dato la vita.

Come già quarant'anni prima in Zaire, i rimorsi presero a tormentarlo. Non era riuscito a salvarla. Non aveva saputo prevedere quel massacro né potuto evitarle ore di sofferenza inimmaginabile e una morte oscena, sotto gli occhi di tutti.

Mentre i pompieri adagiavano il corpo sulla barella, le gambe scivolarono da sotto le braccia legate, aprendosi fino a formare un angolo inverso con il busto. Un fremito di orrore percorse tutti i presenti: il ventre della vittima si spalancava come una voragine delimitata dalle costole, che spuntavano a mo' di artigli dalla carne. Non c'era bisogno di essere chirurghi per capire che diversi organi erano stati asportati: stomaco, fegato, ovaie...

"Sicuramente anche i reni..." Morvan conosceva le regole. Non le aveva mai dimenticate. Il corpo feticcio doveva essere «purificato» per facilitare il passaggio dell'energia attivata dalle centinaia di chiodi. Sapeva anche che, secondo la tradizione africana, quella cavità conteneva senz'altro ciocche di capelli e unghie appartenenti alla persona da proteggere o alla quale si voleva fare una fattura. In questo caso, alla vittima successiva. Era una delle caratteristiche dell'Uomo Chiodo: trasformava un rituale sacro in un rebus perverso.

Dovevano aspettarsi un terzo cadavere.

«Non posso guardare.»

Mentre i pompieri, aiutati dai tecnici della Scientifica, in equilibrio sui Fenwick e sugli sgabelli, tentavano goffamente di ricomporre il cadavere, Fitoussi si voltò dall'altra parte. Finalmente qualcuno si decise ad aprire un telo per coprire la scena e calò il sipario su quel macabro spettacolo.

Tutti parvero sollevati. Non Morvan: lui riusciva a vedere più lontano, più in alto. Intuiva il quadro che si profilava dietro la scena del crimine. Vedeva riemergere il suo passato più remoto, gli anni della gioventù – i peggiori della sua vita adulta – ritornare alla carica.

«Sergent mi ha detto che hai identificato la vittima.» Fitoussi si era già ripreso, con la sua aria da becchino disgustato, le mani in tasca e la pancia sporgente.

«Si chiamava Anne Simoni. Aveva ventisei anni. Lavorava al servizio immatricolazioni.»

«Come hai fatto a capire che era lei?»

«Dai tatuaggi.»

Fitoussi, che temeva e allo stesso tempo detestava Morvan, aggrottò le sopracciglia. «Com'è che la conoscevi?»

Il prefetto indossò gli occhiali da sole. Niente a che vedere con i Ray-Ban del commissario capo: degli Emporio Armani che a Morvan ricordarono Bréhat e le sue uscite in solitaria in barca a vela. Ma in quel momento assomigliavano entrambi ai Blues Brothers.

«L'ho tirata fuori dai guai quando era in libertà condizionata. Le ho trovato un alloggio e un lavoro in prefettura.»

«Capisco.»

«Non capisci un bel niente. Ti consiglio di tenerti alla larga da questo caso.»

Fitoussi si fece rosso in viso, come se gli avesse tirato uno schiaffo. «Perché questo tono?» chiese togliendosi gli occhiali con un gesto di esasperazione.

«È il più adatto a una situazione del genere. Non hai capito cosa sta succedendo?»

«Abbiamo un cadavere sul groppone e...»

«No. Abbiamo un serial killer come a Parigi non se n'è mai visti. Uno stronzo che metterà le sue vittime in fila come tante bottiglie di birra sul tavolino la sera della partita.»

«Cosa te lo fa pensare?»

Morvan lanciò uno sguardo agli uomini che stavano chiudendo il sacco con il cadavere. «Mi è già capitato qualcosa del genere.»

«Dove? Quando?»

«Lascia perdere.»

«Incaricherò Erwan delle indagini preliminari. Il procuratore è d'accordo.»

«È fuori questione.»

Fitoussi fece un passo verso di lui. Grégoire poteva anche

avere le mani in pasta dappertutto, ma quello non era il suo territorio. È il commissario capo che decide a chi affidare le inchieste nella sua squadra.

«Sono io che comando in commissariato, Morvan. L'hai già spedito chissà dove senza la mia autorizzazione. La festa è finita. Si torna a casa. Ci penserà tuo figlio a risolvere questo caso.» Gli fece l'occhiolino. «Soprattutto se tu gli darai qualche dritta.»

«Non è una buona idea», ringhiò. «È...»

Sentì il cellulare vibrargli in tasca. Lo prese e guardò il nome sullo schermo. "Quando si parla del diavolo..." Aveva mandato un SMS a Erwan in cui gli chiedeva di raggiungerlo immediatamente. Il messaggio del figlio diceva semplicemente: «Sono qui».

Sollevò lo sguardo e lo vide farsi largo a gomitate fra i piantoni.

56.

Poliziotti e giornalisti si assomigliano. Qualcuno è convinto di avere uno scoop, ma all'ultimo momento un altro si fa avanti con una notizia bomba più recente, più forte. Erwan tornava dalla Bretagna con una rivelazione sensazionale: l'Uomo Chiodo era tornato! Ma il primo cadavere era già vecchio di cinque giorni e Morvan lo aspettava in quai des Grands-Augustins con una spettacolare conferma: una nuova vittima.

Mentre raggiungeva l'argine, Erwan aveva fatto qualche domanda ai colleghi. Quel poco che era riuscito a capire lo aveva lasciato di sasso. Aveva appena cominciato a processare le informazioni quando si ritrovò davanti suo padre. I convenevoli furono saltati a piè pari. Morvan non commentò nemmeno lo stato della faccia del figlio.

«Seguimi», ordinò.

«Voglio vedere il corpo.»

«L'hanno già impacchettato. Lo vedrai all'istituto medico legale.»

Superarono l'assembramento e si diressero verso il Pont Saint-Michel, proseguendo in direzione di Notre-Dame. Il quai era deserto; alcuni poliziotti ne bloccavano l'accesso. Ma al di sopra dell'argine, sulla strada, uno stuolo di curiosi si era raccolto per cercare di capire che cosa fosse successo. Le loro voci erano un brusio lontano, carico di inquietudine.

Erwan aggiornò il padre sulle novità della giornata: la ricomposizione del corpo, la posizione da mummia, i frammenti che si erano rivelati essere chiodi. Gli parlò anche della ciocca di capelli e delle unghie tagliate. Morvan gli confermò che da quanto era riuscito a vedere le mutilazioni inflitte alla nuova vittima corrispondevano al modus operanti del killer zairese. Ma subito aggiunse: «Non può essere lui».

«Perché?»

«Perché Thierry Pharabot è morto tre anni fa in un centro specializzato, un ospedale per malati pericolosi. L'istituto Charcot.»

Stranamente quel nome suonava vagamente familiare a Erwan. «Dove si trova?»

«In Bretagna?»

«Dove, di preciso?»

«Nel Finistère. A una quarantina di chilometri di distanza da Kaerverec.»

«E me ne parli solo adesso?»

«Non fare il cretino. Ti ho detto che Pharabot è morto e sepolto.»

Erwan si ricordò che Verny aveva fatto il giro delle prigioni e degli istituti psichiatrici della regione. Lo Charcot era uno di quelli, ma il gendarme non aveva avuto nulla da segnalare. «Forse ha plagiato un compagno di cella», provò a ipotizzare a caldo. «Uno che poi è stato liberato e...»

«No. Era in isolamento. Non l'ho mai perso di vista.»

«Wissa Sawiris è stato ucciso a pochi chilometri da lì. Non può essere una coincidenza!»

«Sarebbe troppo facile.»

Erwan lanciò un'occhiata furibonda al padre, il quale camminava osservando i rami di edera che, sull'altro lato del fiume, da square Jean-XXIII scendevano lungo i contrafforti dell'Île de la Cité. «Cosa vorresti insinuare?»

«Che se qualcuno sta imitando l'Uomo Chiodo non è perché è un pazzo omicida. Queste morti rientrano in un complotto più vasto.»

«Cazzo, finiscila con le tue cospirazioni!»

Morvan si fermò. Continuava a toccarsi le aste degli occhiali, un segno di nervosismo che non era da lui. «Devo dirti una cosa, figliolo.»

Erwan temette il peggio: erano almeno venticinque anni che suo padre non lo chiamava così.

«L'anello che hai trovato a Sirling è il mio.»

Se n'era dimenticato, ed ecco che ora quell'indizio ritornava con forza.

«Cioè», sfumò Grégoire, «suppongo che sia il mio. L'ho perso tre settimane fa.»

«L'hai perso o ti è stato rubato?»

«Non lo so. Ma se me l'hanno fregato è stato solo per lasciarlo vicino al cadavere.»

«Per implicarti?»

«Non ho altre spiegazioni.»

«Quindi avremmo a che fare con un tizio sbucato da chissà dove che emula l'Uomo Chiodo, un serial killer che hai arrestato quarant'anni fa, e cerca di addossarti la colpa. È questa la tua idea?»

«Sono successe anche altre cose. Tutti casini che bene o male mi riguardano, direttamente o indirettamente.»

«Quali?»

Riprendendo a camminare sull'acciottolato, Morvan si lanciò in una spiegazione confusa a proposito di un'OPA per il gruppo minerario di cui possedeva una quota. Erwan smise di ascoltare: quando gli parlavano di economia, la sua capacità di analisi si azzerava. «Questa OPA esiste o no?» chiese per tagliare corto.

«Non lo so ancora, ma nell'ambiente della borsa sono sufficienti anche semplici voci per far scoppiare un puttanaio.»

«E in che modo queste voci potrebbero danneggiarti?»

«È troppo lungo da spiegare. E poi ci sono le minacce ricevute da tuo fratello.»

Il Vecchio cominciò a raccontargli una storia improbabile di una lingua di vitello arrivata per posta. Erwan aveva lasciato la sua famiglia soltanto per due giorni ed ecco il risultato.

«Sul momento ho pensato che fossero stati dei profughi congolesi intenzionati a farci pressione, ma adesso non lo credo più», proseguì il Centauro.

«E quindi chi è stato?»

«Lo scoprirò presto.»

Non si trattava più di semplici sospetti, era un vero e proprio delirio. Non c'era alcun motivo di collegare tutte quelle grane. Erwan lo considerò piuttosto un sintomo delle manie di persecuzione del padre, il quale amava citare la celebre frase di Andrew Grove, l'ex direttore generale di Intel: «Solo i paranoici sopravvivono».

Passarono accanto ad alcune chiatte, che sembravano anch'esse chiuse. Uno dei pontoni ospitava un ristorante, ma il proprietario aveva dovuto ritirare sedie e menu e mandare via i clienti. I potenti Zodiac della squadra fluviale solcavano le acque verdi della Senna. La scena del crimine più grande nella storia della squadra Omicidi di Parigi.

Sotto il Pont au Double il quai si restringeva. L'ombra li avvolse. Erwan rabbrividì. Respirava a fatica per via dell'odore di muffa e sentiva il freddo corrergli giù per le spalle. «Chi potrebbe avercela così tanto con te?» Aveva posto quella domanda in tono sarcastico.

«I candidati sono tanti», rispose Morvan, senza sorridere. La sua voce grave risuonò sotto la volta. «Ma per il momento è inutile cercare di scoprire qualche nome. Ora la cosa più urgente è trovare Gaëlle.»

Erwan rimase sorpreso da quell'improvviso cambio di argomento, tuttavia capì subito dove voleva andare a parare il Vecchio. «Credi che anche la sua scomparsa sia legata a tutto questo?»

«Non lo so. Ritrovala.»

Erwan si rifiutava di preoccuparsi per la sorella. Già troppe volte aveva attraversato Parigi a sirene spiegate e con il cuore in gola per poi trovarla mezzo ubriaca in un after hour in compagnia di «personaggi ben introdotti».

Ma soprattutto non aveva ancora avuto le informazioni che cercava sull'Uomo Chiodo.

«Tornando agli omicidi», riprese nel tono di un giudice istruttore. «Secondo te l'assassino segue esattamente il rituale di Pharabot?»

«È troppo presto per dirlo. Il cadavere del tuo pilota è a

pezzi. Dovremo attendere l'autopsia della ragazza. Per adesso l'utilizzo dei chiodi, la testa rasata e l'asportazione degli organi sembrano collimare. Solo lo stupro anale non corrisponde.»

«Il belga non stuprava le sue vittime?»

«Assolutamente no. Conosci la storia. Era un *nganga*, un guaritore. I suoi omicidi avevano un valore sacro.»

«Chi è a conoscenza della cosa?»

«Nessuno.»

«A parte tutti quelli che hanno preso parte al processo, immagino.»

«Il processo si è svolto a Lubumbashi, nel Katanga, e sono passati quarant'anni.»

Ritornarono alla luce del sole. Mentre camminavano, Erwan pensava a quale fosse la domanda migliore da rivolgere al padre. Ne aveva così tante che sarebbe stato come estrarre dei nomi a sorte da un cappello. «E le vittime?» si decise a chiedere. «Hanno qualche rapporto con te?»

Morvan si grattò la faccia. Aveva la pelle secca, che regolarmente si desquamava. Quando era bambino, Erwan osservava rapito i lembi che il padre si staccava lentamente dal volto mentre guardava la televisione, come un serpente che si sbarazzi delle sue vecchie scaglie. «Del pilota è la prima volta che sento parlare. La ragazza invece la conoscevo.»

«Me l'hai già detto: una del servizio immatricolazioni e...»

«La conoscevo meglio di così.»

«Vuoi dire che...»

«No. Io non faccio queste cose.»

"Guarda un po'..." Suo padre gli era sempre sembrato un gigante asessuato. Roba da domandarsi come avesse fatto a riprodursi.

«Una ragazza che era stata dentro. L'ho aiutata nel quadro di un programma di reinserimento. La sostenevo, la consigliavo... Ero... Insomma, le ero molto affezionato.»

Erwan assistette a quell'insolito spettacolo con una punta di crudeltà: il Vecchio che arrossiva al ricordo di emozioni private. «Potrebbero averla ammazzata per far ricadere la colpa su di te?»

«O semplicemente per farmi soffrire.»

Continuavano a camminare sulle pietre argentate del selciato. Stavano per lasciare la scena del crimine delimitata dai nastri di sicurezza. I turisti non sapevano ancora nulla del sinistro ritrovamento. L'indifferenza si sollevava dalla folla come un vapore bruno-dorato. Ritorno al fiume regale, agli argini soleggiati e ai gelati di Berthillon.

Erwan pescò un'altra domanda fra le tante. «Perché l'Uomo Chiodo asportava gli organi?»

«Te l'ho già detto, lottava contro gli stregoni. Credeva che gli avessero fatto una specie di fattura. Così ha cominciato a trasformare le donne in *minkondi*. In genere le statuette sono intagliate nel legno. Ognuna ospita uno spirito, una carica magica. Per attivarla bisogna piantarle dentro un chiodo o un coccio di vetro.»

«È quello che faceva Pharabot?»

«A un ritmo impressionate. In una notte attivava il suo feticcio umano con centinaia di chiodi per innalzare una barriera invisibile tra sé e i suoi nemici.»

«Questo non spiega perché prelevasse gli organi.»

«Pensava che avrebbe facilitato la liberazione delle energie all'interno del corpo. Se il nuovo assassino segue alla lettera il rituale di Pharabot, deve aver fatto bere alle sue vittime qualcosa per indurre il vomito. Prima del sacrificio l'organismo dev'essere... depurato. Non è facile da capire. Soprattutto a settemila chilometri dal Congo.»

«Anche lui metteva qualcosa della vittima successiva nell'addome del cadavere?»

«Sempre. Era una specie di caccia al tesoro. Ci prendeva in giro, capisci? Mi gioco quello che vuoi che anche il cadavere di Anne contiene capelli e unghie di qualcun altro. Il ciclo è ricominciato. E non si fermerà finché questo maniaco non verrà arrestato.»

Erwan rabbrividì ancora. Un'altra domanda. «Di Greco era con te in Zaire. Ritieni possibile che dopo quarant'anni si fosse convinto di essere l'Uomo Chiodo?»

«No. Era sciroccato ma non fino a questo punto. E comunque molto probabilmente era già morto quando Anne è stata ammazzata.»

Un punto a favore del buonsenso paterno. «E il messaggio che ha lasciato? Lontano?»

«La spiegazione più semplice è che avesse capito quello che stava succedendo. Ha voluto avvertirci, me e te.»

Per quanto potesse sembrare strano, Erwan non aveva mai sentito quelle tre sillabe prima del messaggio dell'ammiraglio. La città in cui aveva imperversato l'Uomo Chiodo era una specie di territorio mitico, senza nome né collocazione geografica.

Quell'idea ne richiamò subito un'altra. «Mi hai sempre detto che ero nato a Kisangani. È quello che c'è scritto sul mio passaporto.»

«Lo abbiamo deciso insieme io e tua madre. Lontano era un brutto ricordo per tutti.»

Arrivarono all'altezza di un'altra scalinata. Sulla sinistra, l'Île Saint-Louis si stagliava simile a un gigantesco piroscafo che fendesse le acque con la prua, i pioppi e i platani come passeggeri.

«Torniamo indietro. Fitoussi ti ha assegnato l'inchiesta.»

«Cosa?»

«È comprensibile. Hai già lavorato sul primo omicidio.»

«Nessuno sa ancora che sono collegati.»

«Lo sapranno presto, e comunque non importa. Sei tu il migliore per questo caso. Quando c'è da sorprendere il prete con l'uccello nel culo del sacrestano sei davvero imbattibile.»

«Che finezza!»

«Se volevi bere il tè tutti i pomeriggi alle cinque, avresti dovuto fare il diplomatico. Un consiglio: per il momento dimentica tutte queste vecchie storie. Concentrati sui fatti. Cerca i testimoni, gli indizi materiali. Dobbiamo capire come l'assassino abbia fatto a mettere un cadavere in un posto come questo senza che nessuno se ne accorgesse.» Morvan si appoggiò al corrimano in pietra e si voltò. «Ma prima di tutto trova tua sorella!»

57.

«Ho le informazioni che mi avevi chiesto.»

La voce di Arnaud Condamine: il broker aveva preso sul serio i suoi sospetti.

«Sembra che si stia preparando qualcosa.»

«Un'OPA?»

«Non necessariamente, ma stanno cambiando alcune posizioni. Certi trader hanno comprato pacchetti della Coltano. È da questo che dipende il rialzo.»

«Quanti?»

«Diverse decine di migliaia, a quanto mi hanno detto.»

Quel numero nascondeva di sicuro una volontà esplicita di modificare i rapporti di forza all'interno della società. E forse anche di assumerne il controllo.

«Chi è a comprare?»

«Non posso dirti i nomi. Comunque la mia dritta vale già abbastanza.»

Loïc fece finta di non aver sentito. «Chi dà gli ordini?»

Condamine eluse a propria volta la domanda; un vero dialogo tra sordi. «Mi hai chiesto di informarmi e l'ho fatto. Mi aspetto che ricambi il favore. Quando capirai che cosa sta succedendo, concedimi una lunghezza di vantaggio sugli altri.»

Il broker riagganciò. Loïc tenne ancora per un po' l'auricolare nell'orecchio, senza reagire. Osservò l'ufficio a semicerchio: la sua «cabina di pilotaggio». In quell'istante ebbe l'impressione di trovarsi in quella del *Titanic*: l'iceberg era in vista, troppo tardi per cambiare rotta...

Da dove proveniva quella minaccia? Per il momento nessuno era ancora uscito allo scoperto, ma si prospettava una scalata volta a ottenere un controllo forte: il trenta per cento della minoranza di blocco, per esempio. Una quota che avrebbe permesso ai compratori di sbarazzarsi di quelli che non gli piacevano, a cominciare da Grégoire Morvan.

Loïc ripensò alle parole del Vecchio e alla sua leggendaria paranoia. Per una volta forse aveva ragione. L'obiettivo era quello di eliminarlo, di estromettere dalla Coltano il suo storico fondatore.

Ma chi avrebbe potuto trarre vantaggio da una manovra simile?

In cima alla lista c'erano gli africani. I membri della corte personale del presidente Kabila, gli azionisti di maggioranza del gruppo incaricati di supervisionare i processi estrattivi perché quella gigantesca pompa di soldi di cui beneficiava soltanto un'esigua minoranza continuasse a funzionare senza problemi. Che interesse avrebbero avuto a sbarazzarsi di Morvan? Non certo di tipo economico o logistico. Ma, come diceva spesso suo padre, «gli africani sono volubili».

Poi c'era la Heemecht, il gruppo lussemburghese che deteneva il diciotto per cento delle azioni; Loïc non era mai riuscito a identificare né gli azionisti né le loro intenzioni. Per non parlare degli altri candidati: i predatori esterni interessati all'Africa e alle sue materie prime, cinesi in testa, che in quella terra arraffavano tutto quello che potevano. O gli americani, che impiegavano grandi quantità di coltan nel settore tecnologico; o altri paesi europei e, perché no, anche la Corea o il Giappone...

Ma, a prescindere da chi potessero essere gli acquirenti, bisognava pure che ci fosse una ragione all'origine di quella mossa, motivata da qualche nuova informazione. Una fuga di notizie a proposito dei futuri giacimenti? Nessuno all'infuori di lui e di suo padre – e dei geologi che avevano lavorato sul terreno – era al corrente degli strabilianti risultati delle prospezioni. Di sicuro anche Nseko ne era stato informato: aveva parlato prima di morire? Morvan era sicuro che non lo avesse fatto. Quanto alle voci che potevano rincorrersi sul posto, sarebbero comunque state poco credibili. Sebbene suo padre avesse già cominciato lo sfruttamento clandestino dei nuovi giacimenti, le miniere si trovavano comunque in mezzo alla giungla, in una zona di guerra dove nessuno avrebbe mai voluto mettere piede.

Per sondare il terreno, Loïc scrisse una e-mail, cercando di essere il più possibile evasivo, ai tre tecnici responsabili delle prospezioni. Non li conosceva personalmente, ma suo padre gli aveva garantito che si trattava di persone fidate. I loro rapporti erano stati hackerati? Impossibile: con la sua tipica diffidenza, il Vecchio aveva vietato ogni comunicazione via satellite o via Internet. I geologi avevano dovuto redigere le loro relazioni a mano. Loïc ne aveva una copia nella cassaforte del suo appartamento.

"Torniamo ai compratori." Era il terreno su cui si muoveva meglio. Preparò una lista di nomi di alcuni broker che gli sembravano avere il profilo adatto per organizzare un'operazione simile e scelse i cinque che giudicò i più papabili. Aggiunse anche qualche trader tra quelli che potevano permettersi acquisizioni di un tale livello. Non era proprio il caso di usare il telefono. Avrebbe dovuto incontrarli, parlare con loro, in modo che tutto desse l'impressione di essere il più possibile spontaneo e informale. Le quattro e mezzo. Tanto valeva cominciare subito.

Avrebbe potuto trovarli ancora nelle agenzie di brokeraggio o intercettarli nei bar che frequentavano dopo il lavoro, prima di andare a spendere i loro bonus nei ristoranti chic e nei club alla moda. Aveva tutta la serata e la notte per raccogliere informazioni.

Una striscia per il viaggio e *vamos*. Nessun effetto. Ci avrebbe pensato più tardi.

Nel parcheggio brandì il telecomando per aprire la sua Aston Martin. Quel gesto gli trasmise un brivido la cui natura nessuno sarebbe stato in grado di comprendere davvero. Non godeva per il fatto di possedere quella macchina; al contrario, ne assaporava la vanità. Comprava i beni più preziosi soltanto per eliminare il desiderio, per sopprimerne l'illusione. Giocava con il *samsara* in attesa di uscirne...

Avviò il motore e decise di cominciare con una delle maggiori agenzie di Parigi, in rue de la Paix. Lungo la strada si ricordò di un'altra rogna: Sofia, che aveva appena vinto una battaglia decisiva nella loro guerra per ottenere la custodia dei figli. All'idea di vederli soltanto un fine settimana su due sentì qualcosa rompersi dentro di lui, come quando si spezza un osso.

Arrivato nel parcheggio di place Vendôme, pensò che un'altra striscia gli avrebbe fatto bene. Nascosto nel terzo piano seminterrato, fra due macchine, diede una sniffata con ottimismo. Ancora niente. Quella cazzo di roba non gli dava nessuna sensazione. Era forse un passo verso il distacco assoluto? La liberazione cui aspirano tutti i buddhisti? Stava soltanto confondendo il nirvana con la letargia di uno sfigato con tendenze suicide.

Quando fu in ascensore, un altro ricordo lo fece rabbrividire: la lingua di vitello avvolta nella carta di giornale. Gli africani sarebbero tornati alla carica? Suo padre gli aveva promesso di aggiornarlo in giornata. Si disse che se Erwan avesse ricevuto la stessa minaccia, se ne sarebbe dimenticato nel giro di qualche ora. Lui invece non faceva che pensarci. Sorrise mentre si guardava nello specchio della cabina, con il viso pallido e scosso da tic nervosi. Per sentirsi vivo poteva sempre contare sulla paura.

Si ritrovò all'aria aperta, in place Vendôme, e si prescrisse una piccola ricetta personale: se la coca non gli avesse più fatto effetto, sarebbe tornato all'eroina. E se anche quella non fosse servita, sarebbe... "Basta cazzate."

Varcò la soglia dell'agenzia con la camicia impregnata di sudore incollata alla schiena.

"Concentrazione, Loïc, concentrazione..."

58.

Le cinque del pomeriggio. Erwan ritrovò con piacere il suo piano nel commissariato di quai des Orfèvres. Quella era la sua vera casa. Dopo la scena madre con il Vecchio era passato dal suo appartamento per farsi una doccia veloce. Con gli abiti puliti e le idee più chiare aveva capito che non sarebbe riuscito a tirare il fiato o a riposare a lungo.

Prima tappa: passaggio obbligato da Fitoussi. In genere il capo seguiva le indagini da lontano, ma quella volta la violenza dell'omicidio di Anne Simoni e l'arroganza provocatoria con cui l'assassino aveva organizzato il ritrovamento del corpo rendevano il caso una priorità. Non capitava tutti i giorni di scoprire un cadavere sotto le proprie finestre.

Fitoussi era così nervoso che non parve nemmeno notare le ferite di Erwan, il quale si sorbì il discorso trito e prevedibile del commissario capo – urgenza, riservatezza, risultati, media... – annuendo e guardando l'orologio. Non provò nemmeno a menzionare i presunti collegamenti tra il caso dei Grands-Augustins e quello di Kaerverec. Che si arrangiasse.

Fitoussi concluse parlandogli di suo padre: il Vecchio gli aveva accennato ad alcune somiglianze con gli omicidi dell'Uomo Chiodo. Erwan si chiese se il commissario sperasse segretamente che Grégoire avrebbe assunto il comando dell'inchiesta da dietro le quinte. No. Lui era un investigatore migliore di suo padre, corrotto dal potere e da tutti i suoi loschi traffici. E nessun criminale sarebbe stato mai catturato grazie a ricordi di quarant'anni prima.

Cinque minuti dopo Erwan si trovava nella sala riunioni

della Omicidi, dove aveva convocato i suoi uomini. C'erano tutti, già al corrente della situazione. Prima di cominciare si prese qualche secondo per osservarli: tranne Kripo, non li vedeva da metà agosto.

Per quanto non si potesse definire un *dream team*, il suo era il reparto migliore della squadra Anticrimine: l'anno prima avevano risolto il novantadue per cento dei casi, un vero record al 36 di quai des Orfèvres. A volte Erwan, in modo po' puerile, li paragonava agli allegri compari di Robin Hood.

Nel ruolo di Little John, il gigante che combatteva con il bastone, Kevin Morley, il terzo del gruppo: un metro e novanta per centodieci chili; la sua folta barba e la frangetta corta sulla fronte gli disegnavano intorno al volto una specie di cappuccio medievale. Il bastone di Morley era il manganello tonfa della polizia, che nessuno sapeva maneggiare meglio di lui. Si era fatto le ossa nel dipartimento degli Hauts-de-Seins e la sua abilità con l'MPIL (il manganello di polizia a impugnatura laterale) era leggendaria. All'epoca tutti lo chiamavano Spaccatesta, soprannome che era stato abbandonato quando era riuscito a superare il concorso per entrare nella polizia giudiziaria. Ora era (quasi) diventato un intellettuale. Indossava completi scuri, prendeva appunti su un minuscolo bloc-notes e spalancava gli occhi con aria perplessa a ogni scoperta. Ciò nonostante nessuno aveva dimenticato il suo passato da picchiatore e alla Omicidi gli era stato affibbiato un nuovo soprannome: Tonfa.

Will Scarlet, il matto della compagnia, era Nicolas Favini, quarto membro della squadra. Un marsigliese di ventinove anni entrato nell'Anticrimine grazie al suo eccezionale stato di servizio. Portava vestiti satinati e catene d'oro e aveva il fisico di un teppistello impomatato di provincia. Gli altri, invidiosi del suo successo con le donne, lo chiamavano il Sardina, un'allusione non troppo sottile al suo aspetto untuoso e alle origini mediterranee.

Non c'erano dubbi su chi dovesse avere il ruolo di Alan-a-Dale, il menestrello della banda: Kripo, il suonatore di liuto, che Erwan aveva incontrato sull'argine dei Grands-Augustins. L'eterno tenente ostentava la sua abituale flemma e aveva già promesso di preparare un rapporto sull'inchiesta bretone per aggiornare gli altri colleghi.

Quanto a Marianna, la fidanzata di Robin, la scelta era obbligata: Audrey, la quinta del gruppo e l'unica donna. Sulla trentina, aveva un look grunge: scarpe da ginnastica logore, jeans lisi, giacca di panno cachi sformata, borsello a tracolla (una specie di carniere dal quale ci si poteva aspettare che tirasse fuori una lepre uccisa quella mattina stessa nella foresta). Aveva tratti delicati ma scialbi, capelli di un biondo talmente spento da sembrare grigi e un sorriso sbarazzino che avrebbe potuto essere affascinante se non fosse stato circondato da una freddezza cadaverica. Audrey Wienawski era, come si dice, di estrazione modesta: una figlia di minatori nata da qualche parte nel Nord, o forse ancora più lontano, in Polonia o nei Paesi baltici. A studi irregolari era seguito un periodo punkabbestia durante il quale aveva dormito per strada rifiutando ogni struttura d'accoglienza. Finché, non si sa come, era entrata in polizia. Durante le inchieste Audrey era dura e agguerrita come un trapano: incalzava, premeva e scavava fino a rompere anche quello che sembrava impossibile da spezzare. Erwan, malgrado il suo maschilismo che rasentava la misoginia, doveva ammettere che era lei il suo elemento migliore.

Dopo aver passato in rassegna per qualche secondo le sue truppe, si rese conto che aspettavano istruzioni, seduti attorno al tavolo con il caffè in mano. Non li conosceva bene e non aveva mai cercato di farseli amici, ma con loro condivideva qualcosa di molto più prezioso dell'amicizia: il lavoro. Non avevano scelto la polizia per dovere civico o per mancanza di alternative migliori. Lo stipendio era da fame e per il futuro potevano contare soltanto su qualche promozione prima del pensionamento. Erano lì per la botta di adrenalina, per provare il terrificante brivido dell'abisso, delle tenebre, del male.

Nonostante non fosse di buonumore – dopo il buco nell'acqua a Kaerverec, il nuovo cadavere e le inquietanti rivelazioni del padre – Erwan cominciò il briefing come d'abitudine, con la solita battuta, trita e ritrita: «Ci sono domande?».

59.

I primi rilevamenti del capitano Sergent erano arrivati (Fitoussi aveva chiesto a Erwan di prendere il novellino nella sua squadra; Erwan non era per nulla entusiasta dell'idea: in un casino come quello un principiante sarebbe stato soltanto d'intralcio). Dopo aver riepilogato i fatti essenziali così come riportati nel rapporto e presentato i nuovi elementi in loro possesso – l'identità della vittima era stata confermata dalle impronte digitali –, Erwan cominciò rifilando a qualcun altro una parte del lavoro.

«Per quanto riguarda la Senna, delegheremo la squadra fluviale di Parigi. Saranno loro a informarsi presso la capitaneria se ieri notte o questa mattina qualcuno ha notato un'imbarcazione sospetta.»

Non aveva nessuna intenzione di essere coinvolto di nuovo in storie di barche e Zodiac come a Kaerverec, ma era giunto a una conclusione: se chi aveva fatto il viaggio a Sirling e chi aveva abbandonato il cadavere in quai des Grands-Augustins erano la stessa persona, allora doveva trattarsi di un marinaio, un navigatore esperto, a proprio agio sia in mare sia sul fiume.

«Chiederò loro di risolvere questo mistero: com'è che qualcuno è riuscito a ormeggiare una barca senza farsi notare e a issare un cadavere in un condotto di aerazione a più di tre metri d'altezza proprio di fronte a quai des Orfèvres?»

«Potrebbe essere il contrario», osservò Audrey, che teneva un bloc-notes sulle ginocchia.

«Cioè?»

«Potrebbe essere arrivato da sopra, dove ci sono le bancarelle dei librai, e aver calato il corpo con un sistema di funi. Dopotutto i piantoni del commissariato sull'altra sponda del fiume non hanno notato nessuna imbarcazione.»

Erwan provò un sentimento contrastante: irritazione perché l'idea non era venuta a lui e ammirazione per quella donna dall'aspetto insignificante che dimostrava ogni volta di essere la più sveglia. «Impossibile», disse in totale malafede. «Troppo traffico: qualche automobilista lo avrebbe visto di sicuro.»

«Alle quattro del mattino? Con un furgone e l'attrezzatura adatta?»

«E magari anche travestito da spazzino?» Erwan l'aveva detto a mo' di battuta, ma a quello stadio delle indagini tutto era ancora possibile. «Se vuoi battere questa pista, comincia pure a interrogare tutti quelli che vivono sul quai.»

Audrey scarabocchiò qualcosa sul suo bloc-notes.

«Tonfa, tu fila all'istituto medico legale per l'autopsia. Chi è il patologo incaricato?»

Il giovane sfogliò il suo taccuino. «Yves Riboise.»

«Riboise. Perfetto. Chiedigli se il nostro uomo possiede qualche conoscenza chirurgica. Potrebbe avere asportato degli organi.»

I poliziotti si guardarono. Erano ancora all'oscuro di tutto. Erwan avrebbe dovuto aggiornarli il prima possibile sull'Uomo Chiodo e sull'omicidio di Kaerverec, ma per il momento preferiva seguire il consiglio del padre: concentrarsi su Anne Simoni, lavorare sugli indizi concreti e non pensare ai fantasmi del passato e al fiasco bretone.

«Voglio un rapporto dettagliato sulle tecniche utilizzate.»

Rispetto al puzzle del cadavere di Wissa, il corpo di Anne Simoni costituiva un ottimo materiale di lavoro. Erwan provò una stretta allo stomaco quando si rese conto che quel fatto gli procurava un perverso senso di soddisfazione.

«Chiedi anche al medico se nell'addome ci sono resti provenienti da un altro corpo.»

«Del tipo?»

«Unghie o capelli che potrebbero appartenere alla prossima vittima.»

Altre occhiate fra gli astanti. Impossibile continuare a tacere riguardo all'omicidio in Bretagna. Senza contare che fin dal momento in cui era arrivato i lividi sul suo viso avevano suscitato la curiosità generale. Ricapitolò brevemente i fatti relativi all'inchiesta nel Finistère, sorvolò sulla rissa e si produsse in una sorta di inventario delle sevizie che, stando agli elementi in loro possesso, l'assassino infliggeva alle vittime.

Kripo si arrischiò a domandare: «Cosa speri, se dovessero trovarne?».

«Che per una ragione o per l'altra il DNA sia nei nostri sistemi. Nella migliore delle ipotesi riusciremo a evitare il prossimo omicidio e nella peggiore potremo trovare più facilmente il cadavere...»

Nella sala calò un silenzio pesante. Nessuno si augurava di dover fare il gioco dei cadaveri eccellenti. Erwan proseguì parlando del modello cui si ispirava l'assassino: l'Uomo Chiodo dello Zaire. Nuovo discorso, breve e conciso.

«L'Uomo Chiodo», ripeté il Sardina. «Non è il tipo arrestato da tuo padre negli anni Settanta?»

«Esattamente.»

«Abbiamo a che fare con un *copycat*?» chiese Tonfa.

Erwan sospirò: non sopportava quel lessico da serie televisive americane.

«Non fasciamoci la testa. Concentriamoci sugli omicidi di oggi. Penseremo poi a confrontarli con il modello.»

Quell'idea gli ricordò il particolare che gli aveva rivelato il padre: l'Uomo Chiodo «purificava» le sue vittime facendole vomitare.

«Tonfa, chiedi anche che vengano fatti un esame anatomopatologico e le analisi tossicologiche. Non bisogna tralasciare nulla.»

«Ho bisogno delle richieste.»

«Le avrai. Kripo, pensaci tu.»

L'alsaziano fece cenno di sì, ma Erwan capì dall'espressione imbronciata sul suo viso che era offeso per essere stato messo a parte di quelle informazioni insieme a tutti gli altri: come burocrate del gruppo e suo complice nella missione alla K76, pensava di avere il diritto di conoscerle in anteprima.

«Vado subito», disse Tonfa alzandosi in piedi.

«Aspetta. Poi passerai a trovare anche i nostri amici della Scientifica. Chiodi, pezzi di vetro, frammenti di metallo... Dovranno analizzare tutto. Quella roba arriverà pure da qualche parte. E chiedi che prima di ogni altra cosa facciano subito dei prelievi di DNA sui chiodi.»

«Perché?» domandò il Sardina.

«Il nostro uomo li succhia prima di conficcarli nelle vittime.»

Ancora silenzio. Tutti sembravano provare la stessa incertezza: sarebbe stato il caso della loro vita o soltanto un incubo interminabile?

«Nico», riattaccò Erwan. «Tu conoscevi Anne Simoni?»

«Perché avrei dovuto?»

«Lavorava qui vicino, al servizio immatricolazioni. È uno dei tuoi territori di caccia, no?»

L'interessato diede un'occhiata alle foto recuperate in archivio. «No», rispose. «Non era il mio tipo.»

«Perché, adesso hai anche un tipo?» scherzò Audrey.

Risate in sala. Erwan batté una mano sul tavolo. Non sopportava che si mancasse di rispetto ai morti, e in particolare alle morte. Inoltre odiava i dongiovanni e le battute a sfondo sessuale, che considerava un insulto nei riguardi del genere femminile. «Conosci qualche ragazza che ci lavora?»

«Può darsi», mormorò l'altro sorridendo con aria di sufficienza.

A Erwan venne voglia di prenderlo a sberle. «Va' da loro e falle parlare. Voglio un ritratto preciso di Anne Simoni. Personalità. Abitudini. Umore negli ultimi giorni. Aveva dei precedenti ma si era riscattata.»

«Che tipo di precedenti?» chiese Audrey.

«Sette anni a Fleury per rapina a mano armata. Rimessa in libertà dopo tre. Dopodiché nessun altro problema con la giustizia.»

La poliziotta obiettò: «Si può diventare funzionari con la fedina penale sporca?».

«Aveva delle conoscenze.»
«Di che tipo?»
Erwan eluse la domanda e si rivolse a Favini. «Tu recupera il fascicolo e controlla i suoi vecchi complici. Sono sicuro che avesse tagliato i ponti con loro, ma non si sa mai. Informati anche su nuovi amici, famiglia, le solite cose.»
«A cosa pensi di preciso?»
«Tra loro potrebbe nascondersi il nostro assassino. Magari l'ha incontrata negli ambienti che frequentava. Verifica.»
Il bellimbusto annotò tutto su un Moleskine con la chiusura a elastico, del modello che si dice usassero Hemingway, Picasso e Bruce Chatwin. Favini amava gli oggetti di marca, gli status symbol.
Nel frattempo Erwan rifletté sulle domande di Audrey. Non ci sarebbe voluto molto perché si arrivasse a suo padre. Nessuno avrebbe creduto che il Vecchio non era mai andato a letto con la vittima. Affari suoi. D'un tratto si domandò se Kripo avesse scritto un verbale sull'anello ritrovato a Sirling.
«Un'ultima cosa», disse al marsigliese. «Organizza una perquisizione nell'appartamento della ragazza per domani mattina.»
«Okay.»
«Ma tu va' a dare a un'occhiata già stasera, senza che nessuno lo sappia.»
«Non mi pare troppo regolare.»
«Da quando la polizia segue le regole? Non abbiamo nemmeno un minuto da perdere.» Si rivolse all'alsaziano. «Kripo, tu occupati dei tabulati telefonici, del computer... Voglio il servizio completo. Recupera anche i video di sorveglianza. Stando alle prime testimonianze, la vittima ha lasciato l'ufficio ieri sera alle sei. Non è mai arrivata a casa, in rue d'Avron, nel XX arrondissement. Forse aveva un appuntamento con il nostro uomo, o forse lui l'ha abbordata e si è lasciata convincere a seguirlo, oppure è stata presa con la forza. Usa le registrazioni per ricostruire i suoi spostamenti sui quai e in metrò.»
Kripo scosse la testa con scetticismo.

«Fruga anche nei nostri schedari, non si sa mai.»

«Cosa dovrei cercare?»

«Secondo te? Comincia con parole chiave come "chiodo", "specchio", "espianto di organi", potrebbe essere un buon inizio. Forse il nostro uomo aveva già sperimentato prima di fare le cose in grande. Poi contatta la procura e sbrigatela tu con loro. Per una settimana voglio avere le mani libere, senza magistrati fra i piedi.»

Il Trovatore si alzò facendo segno di aver capito.

«Per un caso del genere», intervenne il Sardina, «chiederemo l'intervento di un criminologo?»

Da una decina d'anni alla caserma di Rosny, il quartier generale dei gendarmi, era attivo un dipartimento di scienze comportamentali che riuniva alcuni criminologi, per la maggior parte donne. Erwan non era contrario per principio, ma per il momento preferiva non allargare la squadra. In polizia più si è e peggio è.

«Ce la caveremo da soli», si limitò a dire, aggiungendo tra sé: "Il criminologo sono io. Il criminologo è mio padre. Il criminologo è l'Africa...". «Al lavoro!» concluse battendo le mani come un capocantiere. «Il punto stasera alle otto.»

I poliziotti si diressero alla porta senza osare domandargli che cosa avrebbe fatto lui.

60.

Erwan si precipitò in place Beauvau, dove suo padre gli aveva lasciato il fascicolo sulle ricerche di Gaëlle. Era tutto a computer, ma anche annotato su carta, che rappresentava ancora il supporto preferito alla DCRI. Se cancellare una memoria informatica era praticamente impossibile, un pezzo di carta poteva sempre essere bruciato o inghiottito.

Diede una rapida occhiata ai rapporti. Gli uomini di suo padre avevano fatto un pessimo lavoro. Dopo aver studiato i registri delle chiamate – da quando era sparita, Gaëlle non aveva più usato né il cellulare né il bancomat – si erano concentrati sul suo ambiente: amici, conoscenti, colleghi... Inutilmente. Avevano anche perquisito il suo appartamento, concludendo che la fuggitiva aveva portato con sé telefono e agenda, oltre naturalmente a un po' di contante.

Per conoscere i suoi programmi e i provini ai quali avrebbe dovuto partecipare sarebbe invece stato molto più semplice telefonare alla sua agente, Barbara Soaz, proprietaria della Cinénova, in rue Saint-Ambroise, nel XXI arrondissement. Ma nessuno l'aveva contattata.

Le sette di sera. Forse sarebbe riuscito ancora a trovare qualcuno in agenzia, ma era meglio andarci di persona. Si ributtò nel traffico a sirene spiegate. Durante il percorso ripensò a come avrebbe dovuto proseguire la propria inchiesta una volta ritrovata la sorella. L'Uomo Chiodo, l'Africa, suo padre: non aveva alcuna intenzione di scartare quelle piste.

Prima di tutto bisognava accertarsi che Thierry Pharabot fosse veramente morto. Poi ne avrebbe studiato a fondo la storia, naturalmente chiedendo informazioni al Vecchio ma anche consultando i verbali del processo, che si sarebbe dovuto procurare. Quando i fantasmi del passato infestano il presente, diventano essi stessi corpo del reato.

Non riusciva a smettere di pensare alle parole del padre. Confessioni alla Morvan: indecifrabili. Una volta un pezzo grosso della polizia gli aveva confidato: «Tuo padre è talmente abituato a mentire che non si può credere nemmeno al contrario di quello che dice». Erwan era d'accordo. Lo 007 era diventato un maestro nell'arte di confondere verità e menzogna.

Raggiunse rue Saint-Ambroise in meno di venticinque minuti. Gli uffici della Cinénova si trovavano di fronte alla chiesa che dava il nome alla via, vicino al Bataclan. Parcheggiò su un passaggio pedonale, abbassò l'aletta parasole con la scritta POLIZIA e si guardò nello specchietto retrovisore. Il labbro ormai si era sgonfiato e gli ematomi cominciavano a scomparire. Si tolse i cerotti: poteva bastare.

Passe-partout. Citofono. Terzo piano. SUONARE PRIMA DI ENTRARE. Nonostante l'ora, la piccola agenzia cinematografica brulicava come un formicaio. Un'aspirante attrice fotocopiava un copione; un'altra, in lacrime, spiegava a un assistente distratto che una puttanella che andava a letto con chiunque le aveva rubato la parte; un'altra ancora era immobile, con lo sguardo fisso nel vuoto, e pronunciava parole in silenzio, muovendo soltanto le labbra. Stava di sicuro ripassando la parte. Pareva di essere nella sala d'attesa di uno psichiatra.

Si materializzò un assistente, palestrato ed effeminato allo stesso tempo: il risultato non era dei migliori. Erwan si presentò. L'ufficio della padrona di casa era quello, lui l'avrebbe avvisata e... Il poliziotto si diresse verso la porta e l'aprì con violenza.

Barbara Soaz più che un'agente sembrava la sua caricatura. Intorno alla sessantina, seduta sulla sedia come una regina cuscita sul suo trono, era avvolta in uno scialle nero. Messa in piega impeccabile, seno generoso, enormi occhiali di tartaruga che ricordavano le maschere dei primi aviatori.

L'apparizione di Erwan non sembrò spaventarla. Ne aveva viste di peggio. Saltando i convenevoli, lui cominciò subito a interrogarla su Gaëlle. La storia del fratello preoccupato non parve convincerla; il distintivo della polizia si rivelò molto più efficace.

La donna si lanciò subito in un monologo sulla «crisi del settore»: «Troppi attori, troppi pochi ruoli!».

«Sì, d'accordo. Gaëlle aveva in programma qualche provino per oggi?»

«Non lo so», rispose Barbara Soaz, in un tono che lasciava intendere che lei non si occupava dei pesci piccoli.

«Lunedì scorso è andata a un casting per *Chi perde vince*», disse una voce che sembrò sbucare dal nulla.

L'ufficio della regina e quello del culturista comunicavano attraverso una finestrella nella parete.

«Cos'è?» chiese Erwan voltando la testa.

«Un progetto per un quiz televisivo.» Mister Muscolo gli passò attraverso l'apertura un modulo con l'intestazione di una casa di produzione, la Anagram. «Non è stata presa», aggiunse.

«E questa casa di produzione è a posto?»

L'assistente guardò la regina madre senza rispondere.

«In che senso?» chiese Barbara Soaz.

«Queste società scritturano delle mezze puttane per fare le comparse. Voglio sapere se organizzano anche l'altra parte del lavoro.»

«Ha una visione alquanto pittoresca del nostro mestiere», protestò la donna sorridendo. «È finita l'epoca delle cortigiane.»

Erwan si avvicinò alla scrivania con l'aria minacciosa. «Chi è il proprietario della società?»

«Ce n'è più di uno. È una casa di produzione enorme: il trenta per cento delle trasmissioni in onda sui canali nazionali è suo. Ha centinaia di dipendenti.»

Erwan si rivolse di nuovo all'assistente. In questo caso era meglio trattare con i santi invece che direttamente con Dio. «Chi organizzava il casting?»

«Un tizio di nome Kevin, ma tutti lo chiamano Kéké. Lo conosco di vista. Lavora anche lui come free lance. Un ruffiano da quattro soldi.»

A quella parola Erwan sentì scattare qualcosa dentro di sé. «Dov'era il casting?»

«Nei loro studi: hanno dei loft vicino a Nation.»

Trovò l'indirizzo sul modulo: avenue de Taillebourg, nel XXI arrondissement. Alzò lo sguardo verso Barbara Soaz, che aveva già cominciato a leggere un'altra scenografia: per lei l'affare era chiuso.

Le strappò di mano i fogli e le rivolse un'ultima domanda. «Gaëlle ha qualche possibilità di diventare un'attrice professionista?»

«Le stesse che ha un sacrestano di essere fatto papa.»

Mentre si infilava in tasca il modulo con l'indirizzo, provò un'immensa tristezza per la sua sorellina.

61.

Di nuovo in macchina. Cinque minuti dopo Erwan era in place de la Nation e ci mise ancora meno a percorrere avenue de Taillebourg. Per la prima volta si sentì sopraffatto dalla preoccupazione. Non riusciva a togliersi da davanti agli occhi l'immagine di Gaëlle seduta insieme alle altre in attesa del casting come in una specie di fiera del bestiame per produttori depravati.

Nella sua mente i ricordi si rincorrevano come quando, in televisione, il segnale è disturbato e a un canale se ne sovrappone temporaneamente un altro. Rivide Gaëlle bambina che andava a giocare con le bambole in camera sua mentre lui studiava per l'esame di diritto: lo distraeva ma lo faceva anche morire dal ridere con le sue faccette e i suoi «trucchi» (usava la crema Nivea della madre). Poi la ricordò più grande e più magra, curva sui compiti (voleva essere «più brava dei maschi»), e in seguito all'ospedale, esanime, che respirava a fatica: uno scheletro di trenta chili con le costole che sembravano doverle lacerare la pelle a ogni respiro. Ma soprattutto gli tornarono in mente le volte in cui aveva cercato rifugio tra le sue braccia sotto il tavolo della cucina, quando il Vecchio picchiava la mamma, ancora e ancora...

Il numero civico indicato sul modulo comprendeva una serie di studi ristrutturati da poco all'interno di una corte lastricata. Erwan entrò e scoprì alcuni loft con enormi finestre coperte da tende. Gli ingressi, dai quali uscivano fasci di cavi spessi quanto boa, erano sorvegliati da guardiani e ragazzi armati di ricetrasmittenti, nastro adesivo e cacciavite: soldati semplici di un esercito posticcio.

Chiese di Kéké e ottenne in cambio risposte, gesti, indicazioni: stava fumando. Proseguì per la sua strada e raggiunse una seconda corte, sulla quale si affacciavano altri loft. Lo spazio questa volta era occupato da uno spilungone con l'auricolare e tipi con le cuffie. Tutti sembravano connessi con un altro mondo: quello dei milioni di telespettatori a cui rifilavano immagini e parole di una stupidità e una volgarità sconcertanti. Altre domande.

Kevin se ne stava davanti a uno studio, in pausa sigaretta. Di una magrezza scheletrica, infilato in una T-shirt lurida, rideva come un cretino in mezzo a due bionde appariscenti, vistose quanto due tranci di merluzzo nella carta stagnola.

Erwan si avvicinò, con l'aria minacciosa e il distintivo in bella vista. Le due bambole si eclissarono.

«Gaëlle Morvan. Ti dice qualcosa?»

«No.»

Una sberla.

«Pensaci meglio: ha partecipato ai provini per *Chi perde vince.*»

«Ne vedo talmente tante», disse il giovane fregandosi la guancia.

Un'altra sberla.

«Una ragazza molto carina, molto bionda...»

A Kevin sfuggì un sorriso: il suo mondo era fatto di ragazze «molto carine, molto bionde». Erwan lo afferrò e lo sbatté contro il muro. Con l'altra mano prese il cellulare e trovò una foto di Gaëlle senza trucco, con una maglietta a righe, a Bréhat. Dimostrava al massimo sedici anni.

«È mia sorella, stronzo!» urlò mostrandogliela. «Le hai parlato sì o no?»

L'altro si liberò dalla presa e gonfiando il petto esile disse: «Cosa vuoi fare? Il fratello maggiore che gioca al poliziotto cattivo? Da dove salti fuori? Da *Blue Bloods*? Sei...».

Non riuscì a terminare la frase. Erwan gli sferrò un pugno nello stomaco che lo mise in ginocchio. Poi lo prese per il collo e lo sbatté con la nuca contro il muro. «Hai intenzione di parlare, testa di cazzo? Perché ti giuro che se non lo fai ti sistemo io. Prima ti spacco la faccia, poi ti porto in questura, dove passerai una notte che non dimenticherai tanto facilmente.»

Kevin cominciò a tremare. Alcune giovani attrici che passavano di lì corsero via spaventate.

«Sì, sì... Mi ricordo...»

Per incoraggiarlo Erwan gli fece picchiare di nuovo la testa contro i mattoni. Un tesserino con la scritta CASTING cadde per terra.

«Cosa ti ricordi?»

«Ehm... Abbiamo fumato una paglia. Abbiamo parlato.»

«Di che?»

«Voleva dei contatti.... Cercava...»

«Glieli hai dati?»

«Uno solo.»

Senza rendersene conto Erwan aveva cominciato a stringere le mani intorno al collo dello sgorbio, che aveva già gli occhi velati di lacrime. Lo lasciò andare e fece un passo indietro, sputando per terra con rabbia.

«Payol...» disse Kevin ansimando. «Michel Payol.»

«Chi è?»

«Un addetto stampa. Uno che conosce un sacco di gente.»

Calcio nello stomaco.

«UN MAGNACCIA?»

Kevin si piegò su sé stesso e vomitò. Erwan aspettò che riprendesse fiato. Era abituato a quella violenza. Non troppo diversa da quella di Di Greco e dei suoi soldati.

«Non usiamo mai quella parola ma...»

«Gestisce delle escort?»

«Fa da intermediario tra le ragazze e la gente con la grana... In genere stranieri. Diplomatici, uomini d'affari...»

«L'indirizzo.»

«Non posso farlo... Mi scopriranno...»

Erwan lo rimise in piedi tirandolo per i capelli. «Meglio che finire sottoterra...»

«Per... perché dice così?»

Il poliziotto tirò fuori la pistola e gliela puntò in faccia.

«Perché se ti ammazzo poi sarò io a fare le indagini, pezzo di stronzo. Sono della Omicidi, *capisci*? Gaëlle non è stata la scelta migliore... Dammi l'indirizzo di questo tizio e mi tolgo dai piedi.»

«Avenue d'Eylau 18.»

«Cosa ti viene in tasca per avergli mandato Gaëlle?»

«Se lei... Insomma, se succede qualcosa...»

Lo afferrò per i capelli, lo girò e lo sbatté con violenza contro il muro, spaccandogli di netto il naso. «È già successo.»

Mentre si dirigeva alla macchina, incrociò due vigili che correvano trafelati nella sua direzione. Sventolò il distintivo tricolore e un attimo dopo li aveva già dimenticati.

62.

Cambio di scena: avenue d'Eylau, corta e regale. Un concentrato di ricchezza adiacente a place du Trocadéro che si affaccia sulla Tour Eiffel, sull'altra sponda del fiume.

L'inquietudine aveva ceduto il passo all'angoscia, l'angoscia al panico. Dov'era andata a cacciarsi sua sorella? Erwan fermò la macchina all'uscita del parcheggio dello stabile urtando il cordolo del marciapiede.

Portineria. Ascensore. Quarto piano. Un'unica porta sul pianerottolo. Gli sembrò di suonare all'appartamento dei suoi genitori.

«Chi è?»

Uno spilungone sulla sessantina, occhiali da funzionario amministrativo e labbra carnose, gli si parò davanti nella classica tenuta informale dell'uomo di responsabilità: maglione color borgogna con scollo a V, camicia senza cravatta e pantaloni di velluto a coste. Gli mancava soltanto il sigaro.

«Sono una brutta notizia... Dov'è Gaëlle Morvan?»

«Chi?»

Erwan gli diede un violento spintone ed entrò in anticamera. «Non avrai una seconda possibilità, Payol. Gaëlle Morvan. Giovane, bella, arrogante. Ti ha contattato a metà settimana.»

L'uomo fece una smorfia: aveva dei denti spaventosi.

«Lei è pazzo.» Cominciò ad agitarsi nel maglione Ralph Lauren. «Mi piomba in casa in questo modo e...»

Non riuscì a finire. Erwan tirò fuori il distintivo. Vide Payol deglutire: il suo pomo d'Adamo salì e scese come uno yo-yo.

«Io...» Il ruffiano si portò una mano al collo, stringendolo ai due lati, poi lanciò uno sguardo in direzione della sala da pranzo. «Andiamo nel mio ufficio», disse a voce bassa.

«Cosa succede?» Una donna di una cinquantina d'anni, chignon con fermaglio a tulipano e cardigan beige, comparve sulla soglia della porta a due battenti: la cena in famiglia prendeva una brutta piega...

«Non è nulla, tesoro.»

Lei si diresse furente verso Erwan. Con gli anni il poliziotto aveva imparato a diffidare delle mogli: spesso erano loro a opporre più resistenza durante le perquisizioni e gli arresti. Sventolò di nuovo il distintivo con la mano sinistra: «Accenda la tivù e resti in salotto finché non glielo diremo noi».

La donna lo squadrò come se volesse sputargli addosso. Accanto a lei sbucarono due adolescenti, un ragazzo e una ragazza: quello spettacolo sembrava affascinarli. Con le braccia conserte, la madre esitava ancora sul da farsi. Regnava un silenzio più teso di un arco.

Fu Payol a sbloccare la situazione. «Vai, tesoro. Non è niente di grave. Vi raggiungo subito.»

Stringendo a sé i figli, la donna indietreggiò con diffidenza mentre lanciava un'occhiata di fuoco all'intruso. Finalmente scomparvero.

«Nel tuo ufficio.»

Payol, rassegnato, si diresse verso il corridoio. Erwan lo seguì. Teneva la mano appoggiata sulla pistola nella fondina. Si sentiva un cane sciolto. Si sentiva un paria. Si sentiva forte.

Un ufficio classico: mobili signorili, biblioteca traboccante di libri antichi, tappeto orientale. Una lampada da tavolo diffondeva una luce morbida il cui chiarore conferiva agli arredi una lucentezza di cera.

«Siediti.»

Mentalmente Erwan decise di dare una possibilità a quel figlio di puttana: gli avrebbe messo paura con la storia della polizia prima di prenderlo a pugni. Malgrado tutti i suoi agganci, quel magnaccia non avrebbe avuto interesse a vedersi piombare in casa la Buoncostume. Erwan non aveva nemmeno controllato la sua fedina penale né fatto una telefonata ai colleghi della squadra Mobile contro lo sfruttamento della prostituzione: un errore da novellino.

Payol non ebbe il coraggio di sedersi alla scrivania. Prese una sedia con lo schienale in velluto e vi si lasciò cadere sopra, stringendo le spalle e infilando le lunghe mani tra le cosce chiuse. Aveva un non so che di femminile.

Erwan tirò fuori il cellulare con la foto di sua sorella. «Gaëlle Morvan. Sono tutto orecchi.»

«Lei? Ci siamo incontrati ieri.»

«Dove?»

«Al bar del Plaza, nel tardo pomeriggio.»

Gli uomini della DCRI l'avevano persa di vista qualche ora prima. Gaëlle non aveva voluto che la seguissero a quell'appuntamento.

«Di cosa avete parlato?»

«Lavoro.»

«Del tipo che puoi procurare tu.»

«Veloce e ben pagato, sì. Ci siamo messi d'accordo sulle... modalità.»

«Cioè?» Erwan si sentiva come se gli stessero infilando degli spilli sotto le unghie.

«Lei cercava dei contatti... Io dovevo assicurarmi delle sue... competenze.»

Il poliziotto pensò all'ultima battuta di *Diario di un ladro* di Robert Bresson: «Oh, Jeanne, che strano cammino ho dovuto percorrere per arrivare fino a te». Ma il cammino di Gaëlle non aveva niente a che vedere con la storia di piccoli furti e redenzione raccontata nel film: era quello di una volontà distruttrice e del vizio remunerato. «Da allora è scomparsa. Dove l'hai mandata?»

Payol stava sudando. Il pomo d'Adamo continuava a sobbalzargli, ma lui restava in silenzio.

Erwan lo afferrò per il maglione e lo scosse come un tappetino per auto. «Dov'è, porca puttana? Rispondi o ti cavo un occhio!»

«Era d'accordo», squittì l'altro. «Nessuno l'ha costretta!»

«D'accordo a fare cosa?»

«Un servizio... particolare...»
«Spiegati.»
«Si chiama no limit.»
Erwan mollò la presa e indietreggiò tenendosi una mano sullo stomaco. Sentì un dolore che cominciò a diffondersi per tutti gli organi. Il no limit. Com'era possibile che quel termine che lo aveva perseguitato per tre giorni a Kaerverec rispuntasse anche lì, in un salotto borghese, e a proposito di sua sorella? Forse si trattava solo di una coincidenza, ma per un poliziotto una spiegazione del genere è come un filo che finisce sempre per spezzarsi. «Cos'e?»
«È... non è sesso. Un delirio sadomaso. Roba estrema e...»
«L'hai avvertita dei rischi che correva?»
«Le ho detto quello che sapevo!»
«La festa era ieri?»
«Questa sera.»
Altro dolore, come quando si stuzzica un dente cariato. Forse non era troppo tardi. «Dove?»
«Mi dispiace, non glielo posso dire. È un segreto di...»
Erwan estrasse la pistola e lo colpì con il calcio. Payol cadde per terra e si rannicchiò tenendosi una mano sulla bocca.
«Parla, stronzo! Gaëlle non era la persona giusta da reclutare. È più ricca di te e viene da una famiglia di sbirri!»
L'altro non sapeva più cosa fare. Aveva perso gli occhiali, sanguinava dal naso e si guardava attorno terrorizzato.
«Se non la ritrovo entro domani mattina, ti faccio sbattere dentro per sfruttamento della prostituzione e spargo la voce che sei un pedofilo. Lo sai cosa fanno in galera a gente del genere?»
Payol si aggrappò alle pieghe del tappeto come per evitare di cadere ancora più in basso. «A Bièvres», farfugliò. «Allée Saint-Hilaire 42.»
«Il nome degli organizzatori?»
«Non lo so. Mai saputo. Sono... molto discreti.»
Erwan rinfoderò la pistola. «Se mi hai raccontato una balla, giuro che torno qui e ti brucio la casa.»
Stava quasi per uscire dalla porta quando Payol lo chiamò.

Era ancora seduto per terra, appoggiato su un braccio, e aveva ritrovato gli occhiali. Nei suoi occhi vitrei c'era una rabbia livida.

«Non hai idea di dove ti sei andato a cacciare, sbirro», sibilò fra i denti da cammello. «Non sai chi sono i miei clienti... Presto sarai tu a cantare...»

Per qualche istante Erwan rimase a guardarlo con costernazione. Avrebbe volentieri passato un colpo di spugna su quel pietoso tentativo di salvarsi la faccia, ma l'animale, vittima del suo orgoglio, esagerò.

Gli mostrò il dito medio e tra le labbra tumefatte borbottò a mezza voce: «Lo vedi questo? È quello che ficcherò in culo a tua sorella mentre qualche dittatore africano se la sbatte e...».

Erwan tornò sui suoi passi e tirò fuori di nuovo la pistola. Con il piede schiacciò la mano dello stronzo, tolse la sicura e premette il grilletto. La falange del dito medio saltò in una nuvola di sangue, fibre e fumo.

Payol lanciò un grido, accartocciandosi sul tappeto iraniano che doveva costare quanto un anno di stipendio di un poliziotto medio. Erwan si voltò senza nemmeno degnarlo di uno sguardo e aprì la porta. Sulla soglia trovò la moglie. Dal suo viso era scomparsa ogni traccia di collera, sostituita da un terrore esangue.

In un accesso di crudeltà perversa Erwan le disse sorridendo: «Chiami un'ambulanza. Infortunio sul lavoro».

63.

Morvan riappese il telefono soddisfatto. Erwan aveva ritrovato le tracce di Gaëlle. Si era lasciata coinvolgere in una specie di festino sadomaso a Bièvres. Anche se non poteva dirsi una buona notizia, c'era di peggio. Il figlio non gli aveva spiegato i particolari, però si era già messo in viaggio per andare a recuperarla. Lo avrebbe aggiornato di lì a un paio d'ore.

Riprese le scale di cemento che aveva salito per poter parlare al cellulare. Il suo respiro si fece più tranquillo. Gli sembrò che il sangue ricominciasse a circolare. Spinse la porta antincendio e si ritrovò dov'era qualche minuto prima: un immenso parcheggio in cui rimbombava una musica assordante, popolato da migliaia di neri.

Un posto che avrebbe potuto ricordare il «pandemonio» coniato da Milton, almeno agli occhi di Morvan.

Si fermò per un istante sui gradini, dominando la scena dall'alto. Ebbe l'impressione di contemplare le onde di un fiume di catrame fumante che si sollevavano al ritmo di uno sfrenato *ndombolo*.

Si rituffò nell'arena.

Il *ndombolo* è una musica martellante fatta di chitarre arpeggiate, rullanti indiavolati, bassi saltellanti, esplosioni d'allegria ed esclamazioni d'incoraggiamento: «Forza! Forza! Forza!». Quella sera tutti quei suoni formavano un unico blocco di vibrazioni. Più si avvicinava, più avvertiva un senso di oppressione al petto e ai timpani, come se fosse caduto nelle profondità marine con ai fianchi una zavorra di piombo.

Girò attorno alla pista e cominciò a osservare i ballerini: i gruppi VIP si trovavano seduti ai bordi. Luzeko si era limitato a dirgli: «Avrò un tavolo». Morvan squadrò gli uomini seduti che muovevano la testa a ritmo e le reginette di bellezza che ridevano nei loro vestiti di marca. Cercò di bloccare la spinta della calca con la schiena. Era sfinito.

D'un tratto sentì una mano posarglisi sulla spalla. Si voltò, temendo che fosse uno scroccone, un ubriaco o peggio ancora qualche vecchia conoscenza. Era Luzeko.

«Seguimi!» gli urlò nell'orecchio. Il volto di Grancaldo risplendeva come una stella di carbonio sopra il busto ortopedico. «Di sotto parleremo moooolto meglio!»

Sembrava strafatto. Quando era sotto gli effetti della droga o dell'alcol, l'intellettuale si trasformava in un bingo bongo poco civilizzato e riprendeva il pittoresco accento e il vocabolario della savana.

Scesero di un piano, in un altro parcheggio vuoto e silenzioso. Il nero accese un interruttore e le luci svelarono un ambiente sinistro: migliaia di metri quadri di neon e cemento. Qualche macchina, alcune nicchie dove trovavano spazio le ventole dei condotti d'aerazione, chiazze d'olio e di benzina. Morvan pensò a una tomba progettata per ospitare un intero popolo. A rendere il tutto ancora più lugubre era il battito sordo e lontano della musica che proveniva da sopra di loro.

«Vieni», gli disse Luzeko indicando con il dito uno dei condotti di aerazione. «Fa moooolto caldo!»

Si misero accanto a un'enorme ventola che girava a pieno regime. Morvan ebbe l'impressione che sputasse aria rovente, ma Luzeko parve soddisfatto.

«Non ho buone notizie», lo avvertì il nero tirando fuori dalla tasca una fiaschetta.

La tese a Morvan, il quale rifiutò l'offerta con un cenno. Il Combattente indossava un abito nero che sfavillava come se fosse cosparso di cristalli di basalto.

«È stato Kabongo a mandarti la lingua.»

«Il generale?»

«In persona. Il tuo socio principale nell'affare del coltan.»

Grégoire scosse la testa. In Congo dicevano: «Il guercio ha un occhio solo ma riesce a piangere lo stesso». Questa volta si era infilato da solo una trave nell'occhio e non aveva ancora finito di piangere. Come aveva potuto non pensarci? Kabongo, il «signore delle miniere» di Kinshasa, si era accorto del rialzo delle azioni e sicuramente si era convinto che dietro le acquisizioni si nascondesse Morvan, aiutato dal figlio. Non ci sarebbe voluto molto prima che scoprisse anche i nuovi giacimenti.

«Dice che arraffare tutte le azioni sul mercato è da disonesti.»

«Ma non sono stato io!» La sua voce da grave si era fatta improvvisamente fessa, prima di essere coperta dal rumore della ventola.

«Allora ti conviene dimostrarlo. Se no le conseguenze saranno moooolto spiacevoli. Si tratta di Kabongo: quello è capace di farsi spedire il tuo fegato per posta o di lanciarti addosso i suoi avvocati per spolparti vivo. E non so cosa sia peggio.»

Morvan riusciva a malapena a capire quello che gli stava dicendo Luzeko, ma era chiaro che gli sarebbe toccato un viaggio di andata e ritorno a Kinshasa. Prima però doveva conoscere i nomi dei veri compratori, in modo che il generale si fidasse di lui.

Dov'era Loïc? Stava lavorando al caso o smaltiva la coca in qualche locale rimuginando sul suo divorzio?

Fece alcuni passi indietro verso i pilastri di cemento e sbuffò chiedendosi cosa gli ricordasse Luzeko nel suo vestito nero sopra la camicia bianca. All'improvviso lo capì: con la testa posata sull'enorme busto bianco sembrava un pezzo degli scacchi: un re o un alfiere in ebano e avorio. «Se mi hai preso per il culo», concluse, «ti farò mangiare le tue stesse palle.»

«Pensa a salvare le tue: non sarà facile.»

64.

Alle undici di sera Erwan entrò nella grande cintura di tenebre che circonda Parigi e le sue luci. Una specie di anello di Saturno in negativo. Quella campagna lugubre lo spaventava. Dense boscaglie. Campi immersi nell'oscurità. Case umide e tristi, chiuse sui loro segreti...

Era uscito dall'autostrada e ora viaggiava su una statale costeggiata da alberi rischiarati dai suoi fari. Guidava chino sul parabrezza per vedere meglio. I rami sembravano fare lo stesso, venendogli incontro. Era la strada che lo portava dove voleva lei.

Si era già pentito dei suoi accessi di violenza: la ripassata a Kevin, il dito mutilato di Payol... Se ne sbatteva altamente di quei due stronzi ma, come dice un proverbio musulmano: «Ciò che fai agli altri lo fai prima di tutto a te stesso». Si vedeva perduto, condannato, dominato dalla sua stessa brutalità.

Quasi come una punizione istantanea i dolori si risvegliarono. Nel delirio di quella giornata li aveva quasi dimenticati. Ora tornavano a farsi sentire: fitte sorde al petto, sotto le costole, oltre a una violenta emicrania che gli imprigionava la testa in un cappuccio d'acciaio.

Superò Bièvres e si ritrovò nella foresta. La strada era una striscia di tenebre che i fanali non riuscivano mai a illuminare fino in fondo. Ancora una volta ebbe l'impressione che gli alberi si chinassero su di lui come mostri su un bambino addormentato.

Gli sembrò il momento ideale per richiamare i suoi uomini. Era già mancato alla riunione delle otto e molto probabilmente avrebbe perso anche quella di mezzanotte. A quel punto la squadra doveva chiedersi che cosa diavolo stesse facendo. Aveva appena preso in mano il cellulare quando la voce del navigatore gli disse che era arrivato a destinazione.

Costeggiò un decrepito muro cieco ricoperto di edera e licheni. Non c'erano più marciapiedi, ma solo canali di scolo nascosti in mezzo alle erbacce. All'improvviso vide una berlina nera parcheggiata di sbieco davanti a un cancello in ferro battuto. Due uomini in giacca e cravatta stavano fumando atteggiandosi a duri. Erwan si disse che quella storia sarebbe finita in farsa.

Rallentò e spense i fari. Avrebbe potuto fingersi un automobilista che si era perso, ma puzzava di sbirro a dieci chilometri di distanza. Se avesse sventolato il distintivo per obbligarli ad aprirgli il cancello, tutti avrebbero saputo del suo arrivo ancor prima che fosse riuscito a entrare nella villa.

Restava la terza opzione.

Si fermò a qualche metro di distanza, parcheggiò con calma l'auto sul ciglio della strada e spense il motore. Gli uomini lo osservavano con sospetto. Erwan uscì dalla Volvo grattandosi la testa e avanzò con passo malfermo, come se avesse bevuto troppo.

Il più alto dei due gli si avvicinò agitando le braccia. «Non puoi metterti lì, paparino. Devi...»

Erwan estrasse la pistola e la impugnò a due mani, in posizione Weaver. «Fermo.»

Il tizio rimase di sasso. Il suo compagno accanto alla berlina lo stesso. Da come si comportavano dovevano essere semplici autisti o custodi.

«Auricolari e telefoni a terra.»

I due eseguirono immediatamente. Senza perderli di vista, Erwan fece qualche passo indietro, aprì il bagagliaio con una mano e prese delle manette Colson. Gli bastò qualche rapido gesto per legare entrambi con i polsi dietro la schiena.

«Il telecomando del cancello», ordinò mentre fracassava i loro cellulari schiacciandoli con il piede.

«Ce l'ho in tasca», farfugliò il meno agitato dei due.

Frugò, lo trovò e aprì il cancello. «Muovetevi, e niente cazzate.»

I custodi, cercando di conservare un briciolo di dignità, si incamminarono lungo il vialetto di ghiaia. Erwan li seguì. La villa si componeva di due ali disposte a L ricoperte di vite canadese. Sul prato punteggiato di faretti spiccavano alcune sculture contemporanee. Sotto una tettoia erano parcheggiate automobili di lusso.

Tutte le finestre del pianoterra dell'edificio centrale erano illuminate. Luci bianche, riflessi bruni e violacei, bagliori sanguigni... Dall'aspetto si sarebbe detta un'enorme discoteca, anche se la musica faceva pensare a qualcosa di completamente diverso: una nenia lancinante che pareva prodotta da una gaita, una sorta di oboe dalla voce lamentosa diffuso in Africa settentrionale.

«Quanti sono?»

«Centinaia.»

«Qual è il programma?»

«Non lo sappiamo. Non possiamo entrare.»

«Andate fino al capannone.»

I due obbedirono e si fermarono davanti alle macchine. Erwan, alle loro spalle, aveva il fiatone, ma riuscì comunque a rilassarsi un poco. Il quadro assumeva sempre di più i contorni della buona vecchia orgia tra ricchi provinciali.

«Come si chiama il padrone di casa?»

«Non ne abbiamo idea.»

Stavano mentendo, ma non gli importava. Una volta recuperata la sua sorellina, avrebbe mandato i gendarmi per una retata.

Uno dei guardiani ebbe l'ardire di fargli un'osservazione. «Non so cosa cerchi, però stai facendo una grandissima cazzata. Guarda che non hanno mai contante addosso. Tu...»

Erwan gli tirò un calcio dietro il ginocchio. Quello lanciò un grido e si accasciò. Nello stesso tempo colpì anche l'altro alla nuca con il calcio della pistola. Ora erano entrambi a terra: non avevano perso conoscenza, ma li aveva comunque sistemati per benino. Vide un anello attaccato a un pozzo di pietra – aveva preso con sé altre manette di nylon –, costrinse i due a rimettersi in piedi, li spinse e li legò al cerchio arrugginito.

Dopodiché ripartì a passo di corsa in direzione delle sonorità africane.

Quando entrò nella prima sala, per poco non scoppiò a ridere: erano tutti nudi. Era un po' come *Dov'è Wally,* solo senza Wally e il suo maglione a righe. Erwan si confuse tra la folla. La luce rossa e la calca giocavano a suo favore. Avanzò rasente la parete, cercando Gaëlle con lo sguardo, e raggiunse la seconda stanza, dove lo spettacolo si fece più inquietante.

Gli arredi, gli abiti e l'atmosfera generale ricordavano quelli di un film di serie B con ambizioni sadomaso. Maschere di paillette, mantelli di seta, pantaloni di pelle sintetica, gatti a nove code... Gli ospiti ballavano e bevevano, apparentemente molto compiaciuti del proprio aspetto. Negli angoli, cinquantenni con la faccia da notaio se ne stavano nudi, in ginocchio, con il sedere per aria e un collare da cane intorno al collo o un *ball gag* in bocca. *Maîtresses* in corsetto di lattice li dominavano tenendosi in equilibrio sui loro tacchi a spillo.

Nessuna traccia di Gaëlle.

Proseguì le ricerche. Le altre stanze ospitavano donne legate a gambe e braccia divaricate su croci di sant'Andrea, «schiave» incatenate o umiliate in posizioni ridicole. Nell'aria risuonavano leggeri schiocchi di frusta e gemiti poco convincenti.

Ancora niente Gaëlle.

Facendosi largo a gomitate domandò agli invitati dove si svolgesse il no limit, nello stesso tono in cui avrebbe chiesto dove fosse il buffet. Ricevette in risposta sguardi carichi di sospetto e facce indignate, come a dire: "È proibito pronunciare questo nome". Gli sembrava di muoversi tra gli adepti di una setta grottesca, da film comico.

Finalmente riuscì a capire che il no limit era nel seminterrato. Imboccò una scala illuminata da torce, dove incrociò altre cinture chiodate e cinghie di gomma su corpi informi.

Quando raggiunse lo scantinato, gli passò immediatamente la voglia di ridere.

In fondo alla stanza, su un palco dietro il quale era appeso un telo nero, vide Gaëlle legata a una specie di trono con lo schienale sormontato da teste di demone. Era nuda e aveva le gambe divaricate, legate con cinghie ai braccioli della sedia.

Era ricoperta di sangue.

Accanto a lei, una specie di boia incappucciato con addosso una canottiera di pelle officiava il rito brandendo due enormi coltelli da sushi. Erwan non perse tempo a pensare. Tirò fuori la pistola e sparò alcuni colpi al soffitto. Sotto una pioggia di calcinacci, gli spettatori fuggirono in direzione della scala, impacciati dai mantelli, spintonandosi, quasi ciechi dietro le loro maschere da strapazzo. Erwan risalì la corrente. Avanzando, mirò alla console e fece fuoco mentre il DJ, vestito da ufficiale nazista, se la dava a gambe.

Ora, nella stanza silenziosa e densa di fumo, era solo con la sorella, che nessuno aveva pensato di liberare. Arrivato sul palco, si fermò a contemplare le dimensioni di quella messinscena.

Il suolo era cosparso di cadaveri di polli decapitati, ammucchiati accanto alla carcassa di un maiale sventrato. Una parodia di un rituale di magia nera a base di fatture, sangue di gallina e intestini di porco.

Si avvicinò, rischiando di scivolare sul materiale organico. Gaëlle, a gambe spalancate, con le cosce cosparse di croste brunastre, lo squadrò con un'espressione torva. I suoi occhi da cane siberiano sembravano se possibile ancora più chiari sul volto imbrattato.

«Cosa aspetti a slegarmi?»

65.

Alle due del mattino Loïc non era ancora riuscito a scoprire nulla.

Aveva parlato con alcuni operatori di borsa presenti sulla sua lista. Due li aveva trovati nei rispettivi uffici, due in un bar, un altro in un ristorante nell'VIII arrondissement. Da tutti, senza eccezione, era stato mandato a quel paese.

Non aveva argomenti per farli cantare. In una situazione del genere il padre avrebbe tirato fuori un fascicolo e il fratello avrebbe estratto la pistola. Lui poteva soltanto offrire loro da bere. Broker e trader sono tenuti a rispettare il segreto professionale, che violano ogni giorno solo a patto di un ritorno personale. Purtroppo Loïc non aveva informazioni da vendere. Inoltre, tutti sapevano che era lì per conto di suo padre, il che faceva di lui una persona con cui nessuno avrebbe dovuto parlare.

Morvan continuava a provare a chiamarlo, e ogni volta per Loïc era come sentire suonare il gong di un incontro di boxe in cui le prendeva di santa ragione.

La cosa peggiore di tutte era l'alcol. A mano a mano che la notte avanzava, a ogni nuovo incontro sprofondava sempre di più in un inferno fatto di bicchieri e cubetti di ghiaccio tintinnanti, di odori di cocktail. Per quanto tu ti possa illudere di aver dimenticato l'alcol, l'alcol non si dimentica mai di te. Avvertiva dentro di sé una specie di prurito che gli tormentava i nervi.

Dopo un'ora nei bar aveva cominciato a battere le discoteche. Prima il VIP, poi il Montana e ora il Parnassium, vicino a rue de Rennes. Una pista non più grande di un fazzoletto, che faceva pensare a uno di quegli assurdi record del tipo: quante persone possono entrare in una cabina telefonica? Una scatola nera attraversata soltanto dai violenti fasci di luce di qualche sporadico faretto. I soldatini della finanza sono soliti affollare questi ritrovi di artisti alla moda, presentatori televisivi e intellettuali nottambuli. Quello che non possiedono per natura – talento, fascino, fama – lo comprano con il denaro, per avere almeno l'illusione di appartenere al bel mondo.

Loïc ordinò una Coca-Cola Zero e si buttò nella mischia. Gli bastò fare qualche passo per avvistare una sua vecchia conoscenza: Hervé Serano. All'epoca di Wall Street lo chiamavano tutti Jamón-Jamón. L'ambiente della borsa non brillava certo per finezza... D'altro canto, Serano, oltre che per le prodezze finanziarie, era noto per le sue imprese falliche: elicottero, autofellatio e acrobazie consimili... Di nuovo, che classe!

Loïc gli andò incontro. Si rimproverò di non aver pensato prima a lui: il trader era l'uomo che faceva al caso suo. Convenevoli. Basso e tarchiato, Serano se ne stava stravaccato su un divanetto fra due bambole già piuttosto brille (sulle prime Loïc aveva creduto di riconoscere in una delle due sua sorella). Il tipo era ubriaco fradicio. Non doveva lasciarsi scappare quell'occasione.

Una delle ragazze gli cedette il posto. Loïc aveva ancora in mano la sua bibita, che avrebbe potuto passare per un whisky e cola (anche se in realtà non poteva nemmeno più permettersi di condire l'insalata con l'aceto). Cominciò a parlare di affari, affettando un tono informale, a metà fra l'alticcio e il complice. Serano sproloquiò dei milioni che aveva guadagnato quella settimana.

«E sui minerali, cosa mi sai dire?»

«Lo sapevo dove volevi arrivare.» Il trader rise. «Non ti dirò nulla.»

«È normale che controlli il mio territorio, no? Hai comprato azioni della Coltano?»

Senza rispondere, Serano tracannò un sorso di vodka.

Loïc riuscì a sentirne il profumo. Fu come se qualcuno gli avesse afferrato e ritorto violentemente le viscere.

«Ne hai comprate o no?»

«Non c'è bisogno che te lo dica.»

"Continua a dipanare la matassa", si disse. «Il problema è che non sei l'unico, e la cosa comincia a preoccuparmi.»

«Hai l'occasione per salvarti il culo!» esclamò Serano agitando la bottiglia.

Altro sorso. La musica assordava. Le casse erano come falle nelle pareti di un sottomarino da cui si riversavano scrosci sonori, avarie che li avrebbero inghiottiti.

«E comunque non è che ci sia molto da capire», aggiunse il trader assumendo d'un tratto un'aria sognante, «se si pensa ai vostri risultati...» Scoppiò a ridere. «Senza offesa!»

La bionda seduta accanto a Serano gli massaggiava l'inguine con discrezione. Loïc trovava ripugnante tutta quella farsa: il potere che i quattrini conferivano a un bruto come Jamón-Jamón, il quale li aveva guadagnati parlando semplicemente al telefono; la meschinità della puttanella, pronta a tutto per poche centinaia di euro; l'odore dell'alcol che gli dava alla testa...

Cominciò ad avvertire delle vampate di calore, preludio di un attacco di panico. «Chi sono i tuoi clienti?»

Serano gli si avvicinò all'orecchio e, coprendosi la bocca con la mano, disse: «Non sono abbastanza sbronzo per farti i nomi».

«Si tratta di fondi? Società minerarie? Speculatori?»

«Posso dirti un'unica cosa, che è anche la più strana: vogliono soltanto azioni della Coltano. Nient'altro.»

Al ritmo della musica techno che sballottava la folla come se fosse nel cestello di una lavatrice, Loïc capì quello che era successo: qualcuno aveva divulgato la notizia dei nuovi giacimenti. I geologi? I complici di suo padre che lavoravano sul posto? Ma come poteva gente come loro conoscere banchieri e investitori?

Provò a sondare in un'altra direzione. «Temiamo un'OPA.»

«Capirai!» Il trader scoppiò a ridere. «Vogliono soltanto la loro fetta di torta!»

«Quale torta?»

Non riuscì a sentire la risposta. Il malessere che provava diventava sempre più intenso: sudore sulle tempie, nausea, pulsazioni in sincrono con i centoventi beat al minuto della pista...

Posò il bicchiere e si alzò. «Mi puoi assicurare che non si tratta di una manovra concertata?»

«Non che io sappia.» Serano tracannò un'altra sorsata. «Al tuo impero!»

Loïc trattenne istintivamente il respiro per non inalare i miasmi di quel veleno. Erano quasi dieci anni che non toccava una goccia d'alcol, ma il suo vizio non era invecchiato di un giorno. Restando in apnea, abbassò lo sguardo e vide che l'altro ridacchiava guardandosi tra le gambe mentre la sua compagna si ritraeva disgustata. Lei gli aveva tirato fuori l'arnese e il trader ne aveva approfittato per liberarsi: quel coglione stava pisciando sul tavolo!

«Oh, oh, oh, oh!»

Loïc se ne andò alla svelta, osservando i ballerini sguazzare inconsapevoli nella pozzanghera di urina che si allargava sulla pista. Avanzò facendosi largo tra volti deformati dalle luci, risate che fischiavano come feedback acustici, bocche spalancate simili a ferite sanguinanti, e guadagnò l'uscita.

"I geologi..." Quando si fu chiuso dentro la sua Aston Martin, tremante, congelato e bollente allo stesso tempo, si disse che uno di quei bastardi aveva sicuramente parlato. La pista africana non aveva senso. Se, come sospettava, suo padre aveva già cominciato lo sfruttamento delle nuove miniere, lo aveva fatto con l'aiuto di qualche nero sperduto in mezzo alla foresta. Aprì la casella di posta per controllare se gli esperti avessero risposto alle sue e-mail: niente.

Nel frattempo contò: suo padre l'aveva cercato otto volte.

C'era un'unica soluzione. Infilò la mano nel vano del cruscotto. Bustina di carta pergamena e polvere bianca. Si preparò tre strisce sulla plancia, che sniffò una dopo l'altra senza riprendere fiato. Fu colto da uno spasmo e sbatté con la nuca contro il poggiatesta.

La terza volta era quella buona.

66.

Non aveva detto nemmeno una parola da quando erano partiti. Anche lui aveva guidato senza aprire bocca. Il circolo delle labbra cucite o qualcosa del genere. Lungo la strada aveva preso ancora qualche analgesico, sia per calmare il dolore sia per sopire la rabbia. Il silenzio di Gaëlle, avvolta in una coperta sul sedile posteriore, era come una pistola puntata alla nuca.

Anche se lei odorava di frattaglie, sangue animale ed escrementi, Erwan non aveva osato abbassare il vetro per paura che prendesse freddo. Puzzava anche di odio e depravazione, benché quel tanfo si percepisse soltanto in un secondo momento: uno strato più profondo, più persistente, le fondamenta che spiegavano tutto il resto.

Arrivati a casa di lei, l'aveva messa sotto la doccia promettendole una strapazzata quando fosse uscita. In quel momento, mentre ascoltava l'acqua che scrosciava contro le piastrelle del bagno, tutta la sua collera stava già cominciando a sbollire.

Coca-Cola Zero. Cellulare. Finalmente sarebbe riuscito a chiamare i suoi uomini.

Prima di tutto Tonfa, ancora all'istituto di medicina legale per l'autopsia. Con tutti i chiodi e i pezzi di vetro che erano stati infilzati nel corpo, Riboise ne avrebbe avuto fino al mattino dopo.

«Ha trovato unghie o capelli?»

«Non ancora. Prima di controllare l'addome deve completare l'esame esterno.»

Erwan decise che non avrebbe dovuto insegnare al medico legale come fare il suo lavoro. Del resto, credeva sempre meno alla possibilità di identificare la vittima successiva in tempo utile. Se avessero scoperto resti organici, sarebbero stati sicuramente quelli di un altro cadavere.

I primi risultati confermavano il modus operandi dell'Uomo Chiodo. L'assassino aveva rasato la testa di Anne Simoni, risparmiando soltanto qualche ciocca, molto probabilmente per consentire il collegamento tra i capelli che aveva collocato nell'addome di Wissa e quelli della nuova vittima. Per attivare il proprio feticcio aveva utilizzato chiodi, pezzi di vetro e di ferro e fibre la cui provenienza doveva ancora essere determinata. Aveva infilzato due frammenti di specchio nelle orbite e asportato alcuni organi (l'autopsia avrebbe ben presto stabilito quali fossero). Riboise confermava anche lo stupro, effettuato con un oggetto affilato, sicuramente un'arma a doppio taglio. Il carnefice aveva sottoposto la ragazza a tutte quelle sevizie mentre era viva. Impossibile stabilire con precisione il momento della morte. Emorragia, ematoma subdurale o crisi cardiaca: il suo cuore aveva cessato di battere durante le torture.

«Dopo la morte ha subito altre mutilazioni?»

«Sembrerebbe di sì, ancora per diverso tempo. Ci sono numerose ferite che non hanno sanguinato.»

«Quante in tutto?»

Tonfa fischiò. La sua mole gli permetteva di incassare ogni genere di atrocità, come un sacco da pugilato che non devia mai dal proprio asse. «Centinaia, concentrate in specie di... cespugli. Infiorescenze di chiodi. Secondo Riboise mentre venivano conficcati le ossa si sono spezzate. Lo scheletro è in frantumi. Muscoli, nervi, vene e arterie sono tutti a brandelli. Un vero macello.»

«E sulla provenienza dei materiali Riboise ha qualche idea?»

«Ha solo constatato che il ferro è arrugginito e il vetro usato. Tutta roba vecchia.»

«Li hai consegnati alla Scientifica?»

«Ne abbiamo già mandati una parte per l'analisi del DNA che avevi richiesto.»

«Gli organi genitali sono stati asportati?»

«Sembrerebbe di sì. Il sesso è un'enorme ferita aperta.»

«Ma Riboise è sicuro che ci sia stato stupro?»

«Non ha dubbi. Però l'assassino è passato dalla porta sul retro: i tessuti rettali sono gravemente lesionati.»

Per il momento l'unica differenza con il modus operandi del killer degli anni Settanta era l'accanimento sessuale. Forse sarebbe stato questo l'elemento che avrebbe consentito loro di trovare il colpevole...

«Forza, vecchio mio», concluse Erwan in tono allegro per motivare Tonfa. «Coraggio! Ci vediamo domani mattina in commissariato. Spero che Riboise abbia finito per allora.»

«Okay, capo.»

Altro numero: Audrey.

«Ancora niente», ricapitolò la signorina Precisetti. «Ristoranti e negozi all'alba erano tutti chiusi. Contavo su un Citadines con un portiere...»

«Cosa sarebbe?»

«Una catena di residence per uomini d'affari di passaggio. Ma nessuno ha visto niente.»

«Hai parlato con i poliziotti di pattuglia quella notte?»

«Ovvio. Per il momento nulla di fatto. Ma devo ancora interrogare qualcuno.»

Erwan guardò l'orologio: le tre del mattino. Pensò di passarle anche il compito che si era tenuto per sé: la Senna. «Chiama la fluviale e fatti fare un rapporto.»

«Non dovevi occupartene tu?»

«L'ho chiesto a te.»

«Okay», replicò lei senza insistere.

«Poi cerca di dormire almeno un po'. Appuntamento domani alle nove in centrale.»

«Sergent ha telefonato diverse volte.»

«Chi?»

«Il capitano Sergent. Quello che ha fatto i primi accertamenti.»

«E allora?»

«Fitoussi gli ha detto di unirsi a noi.»

Sarebbe stato impossibile tenerlo lontano ancora a lungo. Di tanto in tanto Erwan incrociava il giovane poliziotto nei corridoi del distretto: un novellino dall'aria timida e depressa. «Lo conosci?»

«Un po'.»

«Che ne pensi?»

«È uno che non si fa notare, ma lavora sodo.»

«Digli di venire domani al briefing. Ti darà una mano con il porta a porta oppure lo metteremo sui tabulati telefonici.»

Riagganciò e chiamò subito il Sardina. Rimase sbalordito dalla sua efficienza: aveva già interrogato i colleghi di Anne Simoni, identificando gli amici attuali e quelli del suo passato violento. Aveva anche recuperato il fascicolo dallo schedario.

«Comincia dal background.»

«Nata nel 1986 a Montélimar da padre ignoto e madre del Québec, che sparisce subito dopo averla messa al mondo. Orfanotrofi, centri di accoglienza, affido in diverse famiglie. Comincia molto presto a combinare cazzate. Furti, violenze, droga... Nel frattempo, ha sempre ottimi voti a scuola. Maturità classica. Poi la ritroviamo in tribunale. Prima condanna appena diventa maggiorenne, quattro mesi con la condizionale.»

«Motivo?»

«Rissa in una manifestazione no-global. Due anni di silenzio. Nessun lavoro, niente di niente... Si fa beccare un paio di volte per adescamento e possesso di eroina. Una puttanella tossica, come tante altre. Nel 2006 la rapina per cui si becca sette anni.»

«Qualche dettaglio in più?»

«Un colpo a mano armata finito male. I suoi complici hanno tirato fuori la pistola e ferito un vigile. Invalidità permanente.»

«Li hai rintracciati?»

«Sono di Vitry. Mezzi zingari e mezzi punkabbestia. Sfigati totali.»

«Sono fuori di prigione?»

«Secondo le mie informazioni soltanto due, ma...»

«Hai verificato i loro alibi?»

«Non ancora. Uno è in Costa Azzurra e l'altro non l'ho ancora localizzato. Ma ho controllato con Kripo i registri delle chiamate della ragazza: non sembra che fosse rimasta in contatto con loro.»

«E adesso?»

«Una vita regolare. Colleghi di lavoro, qualche serata fuori, un ragazzo.»

«Uno della prefettura?»

«No, poveretto!» Il Sardina rise. «Uno che fa il DJ nei club alla moda.»

«L'hai contattato?»

«Sono andato a dargli la notizia personalmente.»

«Che mi dici?»

«È a posto. L'ho lasciato che singhiozzava nel backstage del Rex. Non credo che questa notte si metterà dietro la console.»

Erwan si interrogò sulla metamorfosi della ragazza. Da rapinatrice a funzionaria statale la strada era piuttosto lunga. «Cos'ha fatto quando è uscita di galera?»

Il Sardina esitò.

Lo incoraggiò. «So già di mio padre.»

Sentì il marsigliese tirare un sospiro di sollievo prima di rispondere: «Ha appoggiato con forza la sua scarcerazione nel 2009. Poi l'ha aiutata a tornare a una vita normale: appartamento, lavoro... Le ha fatto anche da garante per l'affitto».

Il Vecchio in versione buon samaritano... Crederci non gli era per niente facile. «Ha cominciato subito a lavorare in prefettura?»

«No. Prima si è fatta un anno in comune a Nanterre.»

«L'aveva raccomandata mio padre?»

«Non sono ancora riuscito a parlare con loro, ma...»

«Ma cosa?»

«Dovremo sentire anche tuo padre.»

«Me ne occupo io. Hai contattato il suo agente di sorveglianza?»

«Sì. Secondo lui la piccola si era davvero rimessa sulla buona strada.»
«Nessun problema?»
«Mai.»
«Marchette?»
«Non stavo sotto il suo letto, ma a quanto sembra *nada*.»
«Droga?»
«Idem. Non l'ha più toccata.»
In base alla sua esperienza sul mondo del crimine, Erwan tendeva a essere pessimista nei riguardi dei programmi di reinserimento. Come diceva sempre suo padre: «A cosa serve innaffiare il deserto?». Ma in quel caso era stato lui il primo a prendere in mano l'innaffiatoio. «E i suoi colleghi cosa ti hanno detto?»
«Niente di speciale. Una ragazza simpatica.»
«Era cambiata in quest'ultimo periodo?»
«Non hanno notato nulla.»
«Sembrava spaventata?»
«No.»
Tutti questi elementi parevano confermare l'ipotesi di una trappola o di un raptus: l'assassino aveva scelto Anne Simoni per lo speciale rapporto che la legava a Morvan o per qualche altra ragione legata al suo aspetto fisico o al suo passato.
«Social network?»
«Ho recuperato il computer nel suo appartamento. Farò una copia del disco fisso e poi lo darò ai tecnici. Ho anche la sua agenda, ma a quest'ora dormono tutti.»
«Casa sua com'è?»
«Come tutto il resto: pulita e senza storia.»
Anne Simoni cominciava a sembrare troppo perfetta per essere anche onesta.
«Le perquisizione? L'avete organizzata?»
«Domani mattina, con Audrey.»
«Prima cerca di dormire un po'. Briefing in ufficio alle nove.»
Erwan riappese. Tese l'orecchio: in bagno l'acqua non

scorreva più, ma si udivano dei rumori leggeri che lasciavano supporre che Gaëlle stesse ancora finendo la toilette.

Si era tenuto il meglio per la fine: Kripo.

Il Trovatore aveva già recuperato su Internet tutte le registrazioni video che avrebbero potuto tornare utili per ricostruire gli spostamenti di Anne Simoni.

«Abbiamo alcune immagini che la immortalano mentre va fino al Pont d'Arcole, poi più niente.»

«In che senso "più niente"?»

«Non saprei. La si vede imboccare il ponte ma non arrivare dall'altra parte. Come se fosse sparita mentre ci passava sopra. Di sicuro non ha mai preso il metrò all'Hôtel-de-Ville.»

Idea balzana: Anne Simoni era scesa sull'argine e l'assassino l'aveva caricata sul suo Zodiac.

«I tabulati?»

«Stiamo risalendo a tutti i contatti. Per il momento niente di speciale.»

«E nel database? Hai trovato qualche assassino che avrebbe potuto seguire lo stesso modus operandi?»

«Non c'è traccia di un tipo che ammazza con i chiodi. Quando ho inserito le parole chiave, il computer centrale mi ha dato una sola risposta: Leroy Merlin.»

«Non è il momento di fare gli idioti.»

«Soltanto alcuni episodi di violenza domestica con martelli e cacciavite.»

«Adesso dove sei?»

«In ufficio. Sto scrivendo i primi verbali.»

«Vedi cosa riesci a trovare sul no limit.»

«Siamo ancora lì?» disse Kripo pensando al programma dell'ammiraglio Di Greco.

Erwan eluse la domanda e proseguì. «Controlla che a Parigi o nei dintorni non vengano organizzati incontri particolari con questo nome.»

«Vuoi dire sadomaso?»

Erwan rivide i corpi coperti di cicatrici dei piloti della K76. In quel caso il no limit non era una semplice mascherata. «Cerca su tutti i fronti. A domani mattina alle nove, al lavoro.»

Mise giù e si accorse che il bagno era silenzioso.

La peste bionda non avrebbe tardato a comparire.

67.

«Soddisfatto?»

Si girò e vide Gaëlle avvolta in un asciugamano bianco. Sembrava che sotto la doccia si fosse ustionata: macchie scarlatte le ricoprivano braccia e spalle, e il suo viso lanciava fulmini rossi in tutto l'appartamento.

L'acqua bollente, ma anche la rabbia.

«Estremamente soddisfatto», rispose Erwan in tono sarcastico. «Sparisci per due giorni, mamma e papà si preoccupano a morte, io sono costretto a lasciare il lavoro per venirti a cercare e ti trovo coperta di interiora e di merda, in mezzo a riccastri che se lo menano mascherati da Zorro. Cosa potrei desiderare di più?»

«È la mia vita.»

«Ho paura che sia il tuo lavoro...»

Gaëlle andò in cucina e si prese anche lei una Coca-Cola: tutti i Morvan diffidavano dell'alcol a causa di Loïc, che aveva bevuto per tutta la famiglia. «Non ne posso più della tua brutta faccia da eroe», borbottò appoggiandosi la lattina ghiacciata su una guancia. «Non sei stufo di essere perfetto? Di stare sempre dalla parte della ragione? Non ti stanchi mai di te stesso?»

L'asciugamano di spugna aveva lo stemma dorato di un palazzo parigino dove sicuramente era andata a farsi sbattere. A volte gli sembrava che la sorella si crogiolasse nella depravazione come una scrofa nel suo porcile.

Allo stesso tempo, nonostante tutto, non poteva fare a meno di ammirare le sue spalle rotonde, i polpacci torniti, quel culo che era un'istigazione a delinquere... Come tutti i

Morvan, anche Erwan l'aveva vista dimagrire fino a ridursi a un mucchietto di ossa. Ora, qualsiasi cosa lei potesse dire o fare, era il suo stesso corpo ad annunciare la buona notizia: era guarita.

«Quando crescerai un po'?» ribatté. «Farti cospargere di sangue di pollo da un branco di notai di provincia?»

«Seimila euro, imbecille. Due mesi del tuo stipendio di merda.»

«Guadagno di più. E non dirmi che lo fai per i soldi. Una botta alle tue assicurazioni sulla vita e prenderesti dieci volte tanto.»

Lei si sedette sul divano e stappò la lattina. «Non voglio quei soldi. Ho dei principi.»

«Ora sono più tranquillo», sibilò Erwan.

Gaëlle bevve lentamente, senza toglierli di dosso lo sguardo. «Vivo in un mondo in guerra», disse alla fine.

«Quale guerra?»

«Quella tra uomini e donne.»

«Qual è la posta?»

«I soldi.»

«L'arma?»

«Il desiderio.»

Andò a sedersi accanto a lei, come se dovesse ricondurre alla ragione un bambino indispettito. Respirò gli effluvi di sapone e di crema che emanavano dal suo corpo. «Puoi raccontarti quello che vuoi», le disse in tono più calmo, «ma la verità è che vendi il tuo corpo.»

«Rifiuto la logica della borghesia.»

«Ma se passi la vita nelle suite degli alberghi a bere champagne! Non venirmi a parlare di lotta di classe!»

«Questo non vuol dire essere borghesi.»

«Ah no?»

«Essere borghesi è invecchiare guardando i propri figli diventare grandi, sacrificare tutto in nome della comodità e della tranquillità, annoiarsi tenendosi lontano da ogni pericolo. Credimi, il mondo non è comodo. È un ambiente ostile, competitivo, bellicoso. Gli uomini devono sempre essere più ricchi, le donne più belle. Vanno a letto insieme, ma in fondo si detestano.»

«Un mondo fatto di clienti e di puttane.»

«Erwan, sei molto più intelligente di così.»

Un giorno l'aveva accompagnata in rue Lincoln, nell'VIII arrondissement. Si era accorto con un attimo di ritardo di averla portata a uno dei suoi appuntamenti: l'atteggiamento che aveva tenuto in macchina, a metà fra il preoccupato e l'eccitato, il fatto che avesse avuto bisogno di ritoccarsi il trucco... Era uscito di corsa dall'auto, aveva individuato la casa di produzione e si era presentato alla reception con la pistola alla mano. Aveva capito subito di essere l'unico fesso rimasto. Tutti conoscevano Gaëlle e sapevano dei suoi incontri con il boss. Un mondo libero fatto di adulti consenzienti. Aveva battuto in ritirata, quasi vergognandosi di sé stesso.

«Che differenza c'è tra una madre e una mantenuta?» continuò Gaëlle. «La seconda si veste meglio.»

«E l'amore? I figli? Farsi una famiglia?»

«Vuoi dire come i nostri genitori?»

Alla fine ci erano arrivati. Da quando aveva cominciato a capire qualcosa – ovvero non appena aveva iniziato a provare paura – Gaëlle era sempre stata una ribelle. Prima aveva contestato la sua famiglia, poi l'ipocrisia del sistema che permetteva una simile menzogna.

«I nostri genitori non c'entrano proprio niente con tutto questo», ribatté lui con voce sorda.

«E invece c'entrano eccome! Cosa mi rimproveri di preciso? Di fare sesso senza amore? Di scopare per vivere? Non è esattamente quello che ha fatto per tutta la vita nostra madre?»

«No. Lei ama il papà.»

«Allora è più stupida di me. Io almeno vengo pagata, e non mi picchiano.»

Erwan si alzò e fece qualche passo, chinandosi per non sbattere la testa contro il soffitto mansardato. Era già a corto di risposte. Sui ripiani della libreria, *L'uomo a una dimensione* di Herbert Marcuse, *Un si funeste désir* di Pierre Klossowski, *La nascita della tragedia* di Friedrich Nietzsche... Anche lui li aveva letti quand'era giovane: roba tosta. A suo modo Gaëlle era un'intellettuale.

«Disprezzo gli uomini», sibilò lei tra i minuscoli denti, «ma ancora di più disprezzo le donne.»

«Quali donne esattamente?»

«Non ho bisogno di andare troppo lontano. Maggie senz'altro, ma anche le mie colleghe, le mie rivali. Mi vergogno per loro. Quella vita di merda, il modo in cui si compiacciono nel ruolo di vittime. Un secolo di emancipazione per questo? Il femminismo, Simone de Beauvoir, Nancy Fraser, per ottenere cosa? Il diritto di essere ancora prese in giro, ancora ingannate? Gli unici a essersi emancipati sono gli uomini. Sono rimasti dei porci, però non sono più obbligati a pagarci da bere o a rispettare certe regole. Non devono più comportarsi da gentleman o farci un regalo in cambio di una scopata. È questa l'uguaglianza tra i sessi!»

«In che mondi vivi, Gaëlle? Non siamo nel diciottesimo secolo. Le donne sono libere, non devono chiedere più niente agli uomini.»

«È proprio quello che sto dicendo: hanno perso tutto ciò che avevano.»

«Le regole sono cambiate. Le donne sono indipendenti. Perseguono le loro ambizioni fino in fondo. Non vivono più attraverso quelle dei loro uomini.»

«Allora perché continuano a fare tutte quelle smorfie quando il tipo con cui escono non vuole pagare il conto al ristorante? Perché entrano sempre gratis in discoteca? Perché ci sono donne sposate che fanno corsi di lap dance? È sempre la stessa storia: da una parte la danza del ventre, dall'altra i quattrini.»

«Dimentichi la cosa più importante: l'amore, il sentimento.»

«Non capisci proprio niente. È quella l'unica prigione delle donne. Saranno sempre vittime dei loro sentimenti. Un secolo di lotte non è riuscito a far nulla contro questa debolezza cronica. Simone de Beauvoir, nonostante il suo "secondo sesso", è stata la più bella cornuta di Saint-Germaindes-Prés. Si può cambiare la legge ma non il codice genetico. Di sicuro non prima di diversi milioni di anni...»

Gaëlle aveva il dono della dialettica. Erwan l'aveva sempre ammirata per questo. Gli stava parlando avvolta nel suo asciugamano di lusso, ma quel discorso avrebbe potuto farlo benissimo in un'aula universitaria, negli anni Settanta, con addosso un maglione dolcevita e un paio di occhialoni.

«Non mi pare che tu sia un esempio di donna emancipata», ribatté.

«Gioco secondo le regole dei maschi e li tengo in pugno.»

«Fammi capire.»

«Le donne mi disprezzano perché per loro sono una puttana, un oggetto, ma sono io ad avere in mano la situazione. A rendere schiava la donna non è il culo, bensì il cuore!»

Aveva sentito abbastanza. Missione compiuta: il pericolo era stata evitato e Gaëlle aveva ritrovato la sua forma. «Bene», disse prendendo la giacca, «adesso riposati. Io vado.»

«Tu non sai proprio niente della vita!» gridò lei alzandosi di scatto. «Gli uomini sono dei porci! Sono capaci di tirare fuori l'uccello così, sotto il tavolo. Di sbatterti contro un lavandino e strapparti le mutandine. Di toccarti il culo non appena nessuno li vede!»

Erwan si fece livido. Da buon macho, ossia la versione imbranata della bestia che Gaëlle aveva appena descritto, non sopportava l'idea che qualcuno potesse maltrattare la sua sorellina.

Lei parve leggerglielo negli occhi. «Non preoccuparti, ti ho detto che sono io a comandare.»

Lui si diresse verso la porta. Sua sorella lo seguì con passo furioso.

«È questo il mio potere! Una donna che ha un orgasmo si è già fregata da sola!»

Urlava, nonostante la porta aperta. La rabbia della sorella aveva sopito la sua. Adorava Gaëlle, non poteva farci nulla. Era affascinato dalla sua bellezza. Quando andava in collera gli faceva tenerezza. Aveva ritrovato il suo naturale pallore. Il viso da bambola russa, liscio e rotondo come una scultura di Brancusi. Gli occhi così limpidi, che facevano pensare alla banchisa nel mese di giugno, quando il ghiaccio si fonde a poco a poco nel mare...

Tornò sui suoi passi e in tono affettuoso le disse: «Calmati, Gaëlle. Siamo sopravvissuti allo stesso trauma, io e te. Io sono diventato un poliziotto e tu una escort. Io nascondo la mia violenza dietro la legge, tu filosofeggi per giustificarti, ma la verità è molto più semplice: nessuno potrà mai cambiare la nostra infanzia». Lei avrebbe voluto dire qualcosa, ma Erwan fu più rapido. «A quarantun anni, dopo un decennio di terapia e due ulcere, sono continuamente dall'osteopata e di notte mi devo mettere un apparecchio per i denti. Tu, a ventinove, dormi ancora con la luce accesa.»

«Come fai a saperlo?»

Le sue gote erano solcate da lacrime così pesanti, così bianche da sembrare gocce di cera di una candela.

Erwan si chinò verso di lei e le diede un bacio. «Adesso riposati. Ti chiamo domani.»

68.

Loïc era sfinito ma non riusciva a dormire.

Quando, dopo il Parnassium, era tornato a casa, il suo primo istinto era stato quello di aprire la cassaforte e rileggere il rapporto redatto nel 2010 sui nuovi giacimenti nel Katanga settentrionale.

Seguendo le disposizioni paterne, il documento era stato scritto a mano e ne esistevano soltanto due copie: una l'aveva lui, l'altra Morvan. Metodi da congiurati: nessuna comunicazione via Internet o telefono, nessuna traccia informatica.

Tutto era stato eseguito rispettando la massima riservatezza. I geologi avevano scavato per prelevare i campioni senza che nessuno li vedesse o lo sapesse. Le analisi successive erano state condotte nei loro paesi di provenienza. Sul posto nessuno sospettava di quella potenziale montagna di soldi, tanto più che il minerale in sé non era ancora accessibile: soltanto degli specialisti, osservando la composizione della roccia, avrebbero potuto indovinare i tesori che celava.

Le quattro del mattino. Provò a contattare al telefono Harry Cook, un geologo canadese che viveva vicino a Ottawa. Non rispose. Non lasciò messaggi ma gli scrisse un'altra e-mail, sibillina, in cui gli chiedeva di richiamarlo quanto prima. Fece lo stesso con il francese e lo svizzero, Jean-Pierre Clau e Sylvain Dumezat.

Poi cercò informazioni sui tre esperti. Cominciò dal francese e subito gli si raggelò il sangue. Jean-Pierre Clau era morto due mesi prima nel corso di una missione in Tanzania. Le agenzie parlavano di un incidente in elicottero durante un volo di ritorno alla base. Le cause dello schianto – tre vittime in tutto – erano ancora ignote.

Lavorare in zone come quelle comportava sempre dei rischi, ma l'«incidente» avrebbe potuto anche essere collegato alla Coltano. Clau era stato tolto di mezzo dopo aver parlato in modo da non doverlo pagare per l'informazione? Perché non restasse traccia di quella transazione?

Passò agli altri due. Nessuna notizia interessante a proposito di Sylvain Dumezat, a parte i profili di LinkedIn e Viadeo. Niente di speciale nemmeno su Harry Cook. Entrambi erano specializzati in geologia mineraria e nello studio dei giacimenti metalliferi e avevano lavorato in diverse parti del mondo. Loïc spense il computer. Doveva riuscire a dormire a ogni costo. L'indomani ci avrebbe visto più chiaro. Si alzò, andò al bancone della cucina e buttò giù un sonnifero. Stava per appoggiare il bicchiere nell'acquaio quando udì un rumore, un fruscio proveniente da una portafinestra.

Immobile, osservò le tende bianche dietro le quali si nascondeva il balcone. Qualcosa grattava dietro il telaio del pannello centrale. Un uccello? Un ladro? Viveva al terzo piano, ma scalare la facciata di un edificio in stile secondo impero era la cosa più semplice al mondo.

Istintivamente spense l'unica fonte di luce, i LED che illuminavano il piano della cucina, e rimase fermo. Fissava la tenda come ipnotizzato, ma era impossibile capire se dietro il telo di lino spesso ci fosse qualcuno.

I rumori si moltiplicarono: strofinii, sfregamenti, scricchiolii... Legno e ferro gemevano. Qualcuno stava cercando di smontare il telaio. A Loïc parve di essere diventato un corpo vuoto, una cassa di risonanza costruita attorno a un cuore pulsante.

Sarebbe potuto scappare passando dalla porta d'ingresso, ma le gambe non gli rispondevano più. Schegge di legno e polvere di intonaco caddero sul parquet. Fu come un segnale: corse verso il corridoio mentre risuonavano altri rumori. Sega, trapano, grimaldello... Stavano forzando anche la porta d'ingresso!

Era troppo tardi per chiamare la polizia e in casa non

aveva armi. Cadde in ginocchio. Gli sfregamenti, gli stridii e i ticchettii gli ricordavano i meccanismi di una macchina infernale.

La porta si schiantò con un fracasso simile a quello di una granata. La portafinestra alle sue spalle emise un orribile cigolio. Loïc gridò – o ebbe l'impressione di gridare – e poi, come un bambino, corse a gattoni dietro il bancone della cucina. Prima di raggiungere il nascondiglio fece in tempo a vedere le tende bianche che si sollevavano lasciando penetrare nel salotto il vento della notte.

Si accucciò e strinse le braccia attorno alle gambe, la testa fra le ginocchia, sbirciando per cogliere altri movimenti. L'unica cosa che riuscì a percepire, oltre alla paura che gli assordava i timpani, fu il silenzio. Era incapace di pensare, di prendere una decisione.

Un secondo dopo si sentì sollevare da mani invisibili che lo fecero passare sopra il bancone e lo scaraventarono sul parquet. Si rannicchiò di nuovo, coprendosi la testa con le braccia: la paura atavica di essere colpito. Trascorso un altro istante sollevò lo sguardo. L'incubo aveva fatto irruzione nel mondo reale.

Dovevano essere in cinque o sei. Erano neri, ma avevano il viso coperto da uno strato di biacca.

Uno di loro era truccato da teschio, un altro aveva la faccia imbellettata come quella di un marchese, un altro ancora assomigliava a una zucca di Halloween: occhi enormi e denti come la lama di una sega disegnati sulle mascelle.

Erano a torso nudo e sul corpo solcato da cicatrici bianche avevano dipinte le costole e dei simboli esoterici. Le porte dell'inferno si erano spalancate per liberare i messaggeri del diavolo. Loïc si accorse che una di quelle creature indossava un paio di pantaloni a sbuffo, un'altra semplici slip: gli parve di essere a un carnevale nelle favelas. E dire che aveva avuto paura dei due poliziotti al Saint-Maurice...

I neri si guardarono e cominciarono a parlare tra loro. Raffiche di dentali. Si trattava senz'altro di lingala, la lingua di Kinshasa. Li osservava da dietro le braccia, atterrito dalla loro statura e dai loro muscoli.

Uno zombie si avvicinò. «Hai fatto una grossa cazzata, capo.»

Aveva lenti a contatto rosse. Altri fantasmi penetrarono nel salotto. Uno di loro, con un soprabito di pelle nera e un cappello a cilindro, aveva in mano un'ascia; un altro, con il viso parzialmente nascosto sotto una parrucca da donna, era coperto di tatuaggi fluorescenti.

«Di cosa parli?»

«Hai continuato con le tue stronzate. Ti avevamo avvertito...»

Aveva un accento africano esilarante, ma in quel momento c'era poco da ridere. «Non ho... non ho soldi qui.»

«Non qui, capo... Ma di grana ne hai tanta, ed è nostra.»

«Cosa vuoi dire?»

«Andiamo a parlare in un posto più tranquillo.»

69.

Prima di concedersi qualche ora di sonno Erwan passò in commissariato per avere qualche novità dalla squadra. Trovò soltanto Kripo, al lavoro nell'ufficio di fianco al suo.

«A che punto sei?»

Il suo vice sollevò la testa dal computer. Sulla parete dietro di lui era appesa un'enorme bandiera con il ritratto di Che Guevara. «Ti dice qualcosa Hakim Bey?»

«No.»

«È un poeta e filosofo americano. Il suo vero nome è Peter Lamborn Wilson. Ha vissuto molti anni in Oriente, dove si è convertito al sufismo prima di tornare negli Stati Uniti. È conosciuto soprattutto per avere ideato il concetto di TAZ: *temporary autonomous zones*, "zone temporaneamente autonome".»

«Cioè?»

«Gruppi invisibili che in un determinato momento condividono un insieme di valori comuni contrari alle regole sociali e alle norme costituite. Anarchici dell'epoca moderna.»

Erwan non riuscì a trattenere un gesto di fastidio. «Non capisco cosa c'entri con la nostra inchiesta.»

«Negli anni Novanta i rave erano l'espressione di una TAZ. Individui liberi che seguivano le proprie regole. Come gli hacker di oggi.»

«Cazzo, Kripo, vieni al dunque.»

«C'è una TAZ che organizza no limit. Uomini e donne appassionati di fetish e sadomaso. Si considerano ribelli sessuali e affermano il loro diritto alla differenza.»

Erwan non capiva come Di Greco e i suoi insegnamenti sadici potessero rientrare in quella categoria. E ancora meno i riccastri di Bièvres. Ma non volle deludere Kripo, che proseguì.

«Non è facile ottenere informazioni: questi gruppi sono estremamente riservati. Ma sembra che abbiano un leader, una specie di guru: Ivo Lartigues, uno scultore molto quotato.»

«Per il momento queste informazioni tienitele per te», disse Erwan con l'intenzione di chiudere la conversazione. «Adesso l'importante è far luce sull'omicidio di Anne Simoni.»

«Le due cose non si escludono a vicenda. Alcuni membri di questa TAZ si spingono piuttosto in là. Torture, punizioni corporali... Perché non un omicidio?»

La punkettina sarebbe stata dunque la vittima di un sacrificio collettivo? Erwan doveva tornare alla sua prima ipotesi di un macabro rituale in Bretagna? Non lo pensava, ma volle concedere a Kripo il beneficio del dubbio. «Forse era rimasta in contatto con qualche sbandato. Verifica la cosa con Favini. Controllate che non avesse rapporti con la tua zona temporaneamente anarchica.»

«Zona temporaneamente autonoma.»

«Hai capito.»

Kripo scrisse qualcosa su un Post-it prima di aggiungere: «Ho sentito l'istituto Charcot».

«Cos'è?»

«L'OPG dov'è morto Thierry Pharabot. Li avevamo già contattati a Kaerverec.»

Erwan non c'era proprio più con la testa: non solo non aveva verificato la cosa più importante – l'Uomo Chiodo era davvero morto? –, ma non si ricordava nemmeno il nome dell'istituto. *Sveglia!* «E tu come lo sai?» gli chiese per non soffermarsi su quei pensieri.

«Ricerche personali. Thierry Pharabot non è un completo sconosciuto. Quando è morto, su di lui sono usciti alcuni articoli. Devo ammettere che sono rimasto piuttosto sorpreso: non può essere un caso che questo OPG e l'accademia aeronavale distino appena qualche chilometro.»

«Sono d'accordo. Almeno siamo sicuri che è morto?»

«Morto e cremato, secondo l'ospedale. Nel 2009 ha avuto in ictus nella sua cella.»

«Niente di sospetto in proposito?»

«Aveva sessantadue anni. L'unica cosa sospetta è che l'abbiano tenuto dentro fino allora. Sto aspettando il certificato di morte. Piccolo particolare: le ceneri di Pharabot sono state sparse nell'area di dispersione del cimitero di... Kaerverec.»

Un altro legame tra l'istituto psichiatrico e la K76. Il nuovo killer aveva scelto l'accademia per la sua vicinanza al cimitero?

«Cos'è un'area di dispersione?»

«Una specie di pozzo in cui vengono gettate le ceneri dei defunti. "Polvere tu sei e in polvere ritornerai."»

Erwan capì che avevano toccato un punto importante, anche se a tentoni, armati soltanto di un bastone per ciechi. «Hai parlato con il direttore dell'OPG?»

«È notte fonda. Non è che sia riuscito a trovare molta gente... Ma ti ho preso un biglietto aereo per Brest.»

«Cosa?»

«Parti domani alle undici e venti da Orly ovest.»

Provò un moto di rabbia prima di ricordarsi che quella era stata la sua prima idea: Thierry Pharabot avrebbe potuto influenzare (e addestrare) un altro detenuto dell'OPG; in seguito il discepolo era stato liberato e aveva ricominciato la serie degli omicidi.

«Ho comprato un biglietto solo», aggiunse l'alsaziano. «Non te la prendere se questa volta non ti accompagno. Ho telefonato anche a Muriel Damasse: ci farà avere il fascicolo completo.»

Erwan si vide atterrare a Brest, con i tre moschettieri che lo aspettavano. Bastò quell'idea a trasmettergli un senso di spossatezza. Doveva dormire per qualche ora, anche a costo di farsi un'iniezione di Rohypnol, per recuperare un minimo di energie. «Notizie dagli altri?»

«Tonfa è ancora all'istituto medico legale. Il Sardina ha fatto il giro dei locali frequentati dai tossici per trovare i vecchi amici di Anne Simoni. Miss Robivecchi immagino che sia di pattuglia sui quai in attesa che aprano i negozi.»

Kripo aveva dato quel soprannome a Audrey perché i suoi vestiti sembravano sempre usciti da qualche mercatino dell'usato. Erwan capì che nonostante i suoi consigli nessuno della squadra era andato a dormire. Decise che anche lui avrebbe fatto lo stesso: si sarebbe riposato in aereo.

«Okay. Vado a farmi una doccia e a indagare un po' sull'Uomo Chiodo. Ci vediamo tutti qui alle nove.»

«Bene. Porta i croissant.»

70.

«Cos'è, carnevale?»

Dopo aver incassato la notizia datagli da Luzeko – il messaggio minatorio ricevuto dal figlio proveniva da Kabongo, ovvero dal potere centrale di Kinshasa –, Morvan aveva passato in rassegna tutte le persone che a Parigi potevano essere in qualche modo collegate a Kabila. Non gli ci era voluto molto per risalire al nome in cima alla lista: Yussuf Ndiaye Mabiala, detto il Khmer nero. Un comunista fanatico di etnia luba, che notoriamente si nutriva solo di olive e voleva sterminare tutti i ricchi del pianeta. Che una canaglia simile facesse combutta con il governo di Kabila era abbastanza strano, ma Morvan aveva ormai da tempo rinunciato a trovare un senso alle contraddizioni africane. Stando alle informazioni di cui disponeva, il Khmer nero si trovava a Parigi da quattro anni con lo status di rifugiato politico (si faceva passare per un oppositore del clan che invece serviva e nel frattempo viveva a spese dello stato). Violento, tirannico, stupido, aveva combattuto nella regione dei Grandi Laghi durante le due guerre del Congo.

Morvan si stava giusto informando su di lui quando quel farabutto lo aveva chiamato: una coincidenza perfetta. Gli aveva dato appuntamento in un parcheggio sotterraneo di Nanterre con una motivazione più che valida: aveva Loïc.

Rassegnato (non aveva nemmeno avuto il tempo di godersi il sollievo per Gaëlle), Morvan si era rimesso in macchina. Lungo il tragitto era stato sul punto di avvertire Erwan, ma aveva subito rinunciato: sarebbe stato più pericoloso che utile. Mentre viaggiava sulla circonvallazione della

Défense, un'altra telefonata l'aveva guidato attraverso i meandri di Nanterre fino a un'oscura zona industriale, dove ad attenderlo trovò un guardiano notturno congolese.

Uomini grandi e grossi dipinti da scheletri lo aspettavano in un lurido seminterrato, fumando e sbevazzando. Morvan pensò alle milizie che aveva incontrato lungo la frontiera rwandese, nel Kivu, dove alcuni soldati armati fino ai denti indossavano parrucche e maschere di gomma. Dov'era Loïc?

«Cosa sono queste facce da clown?»

Uno degli spettri si fece avanti. «Vola basso, Morvan. Siamo già stati abbastanza buoni a chiamarti prima di buttare tuo figlio nella Senna.»

Non rispose: aveva appena scorto Loïc seduto nel retro di una Mercedes nera con la testa ficcata nelle spalle. Il suo viso era una macchia livida all'interno dell'abitacolo, come se qualcuno avesse infranto sul finestrino una bottiglia di latte.

Morvan ebbe l'impulso di estrarre la pistola, che teneva infilata dietro la schiena, ma strinse i pugni per dominarlo. "Non muoverti, non fare niente. Vacci piano." I morti viventi erano almeno sei, tutti equipaggiati con armi automatiche. «Cosa volete?»

Il nero scosse la testa. Doveva essere Mabiala in persona. «Abbiamo mandato un messaggio a tuo figlio... Evidentemente non sa leggere il francese.»

«E tu non sai scriverlo.»

Il colosso rise in silenzio e si avvicinò ancora: erano alti uguali. In Congo carriera fa rima con statura. Se Morvan non fosse stato quasi due metri, non sarebbe mai riuscito a imporsi in quella terra di giganti.

«Era un avvertimento, capo. E voi non lo avete ascoltato.»

«Ma di cosa cazzo parli? Della Coltano?»

«Tsk tsk tsk... Dovevate smetterla con i vostri traffici.»

Morvan fece un respiro. Quel lugubre appuntamento gli avrebbe permesso di chiarire le cose. «Se pensi che ci siano dei traffici, spiegati.»

«Le azioni, capo, le azioni...» disse il nero con voce cantilenante. «State provando a mettercelo nel culo per benino, brutti stronzi...»

Grégoire trovò divertente l'uso della prima persona plurale: dubitava fortemente che Mabiala potesse avere qualche interesse nella politica mineraria del Congo. La solidarietà dei cani verso i loro padroni. «Se ti dicessi che non è opera mia servirebbe a qualcosa?»

«No.»

«Cosa devo fare per convincervi?»

Mabiala lanciò uno sguardo alla macchina – come a sottolineare i suoi argomenti a favore –, poi tornò a puntare i suoi occhi di brace su Morvan. Con quella testa infarinata ricordava i lottatori nuba fotografati da Leni Riefenstahl. «Devi parlare con il generale. C'è un volo che parte alle otto e venti.» Si inchinò, facendo una riverenza. «Settecentotredici euro, signooore... Una bazzecola per il suo portafogli...»

Gli venne la nausea all'idea di dover rimettere piede in quel pantano. Quand'è che quei selvaggi si sarebbero decisi a mollare l'osso? «Ma cosa cambia!» sibilò. «Non avrò altri argomenti per convincere Kabongo.»

«Trovali. Se non sei tu a comprare, scopri chi lo fa.» Il nero sfregò il pollice contro l'indice producendo una nuvola di polvere bianca. «Segui la grana, capo. E portaci la testa del nemico su un vassoio d'argento.»

«Non riuscirò a trovarli in qualche ora.»

«Il generale non è un tipo paziente. Tutto ma non questo. Chiedigli una dilazione, ma fallo gentilmente. Intanto penseremo noi a tenere al caldo il tuo ragazzo...»

Mabiala gli mise un braccio intorno alle spalle, tirò fuori il cellulare – «Sorridi!» – e si scattò una foto accanto a lui, ridendo a crepapelle. Poi digitò qualcosa sulla tastiera, senz'altro per mandare l'immagine a Kabongo.

«Questa convincerà il generale a pazientare ancora un po'.» Il nero guardò l'orologio, il Jaeger-LeCoultre di Loïc. «Hai giusto il tempo di andare a preparare la valigia.»

Grégoire si immaginò estrarre la pistola e abbatterli uno dopo l'altro, in posizione di tiro rapido. *Pam-pam-pam-pam!*

Un attimo dopo ebbe invece la visione molto chiara di quello che sarebbe stato davvero il suo prossimo futuro: Parigi-Kinshasa, sciropparsi le cazzate del generale vestito da Mao, Kinshasa-Parigi, farsi in quattro per trovare chi stava cercando di fotterli. Non era troppo vecchio per quel genere di cose? «Gli posso parlare?» chiese indicando la Mercedes.

«Tsk tsk tsk. Va' a preparare la valigia. Siamo già stati abbastanza buoni a non arrostirvi tutti allo spiedo, stronzi di bianchi!»

Il Khmer nero aveva assunto all'improvviso un tono grave, degno di un boia. Quello che probabilmente usava quando gli toccava di tagliare qualche mano o braccio – «maniche corte o maniche lunghe», diceva lui – agli elettori che non votavano per lo schieramento giusto.

Morvan annuì. Non riuscì a incrociare lo sguardo di Loïc, ma gli fece un cenno che voleva essere di conforto. Stava per andarsene quando cambiò idea: non era il caso di calare le brache in quel modo. «Lo sai qual è la differenza tra me e te?» mormorò riavvicinandosi a Mabiala. «Che io non ho bisogno di incipriarmi il culo per fare paura ai miei nemici.»

71.

Le sei del mattino. Lavato, rasato e vestito, Erwan si sentiva pronto ad affrontare il briefing prima della partenza per Brest. Ma innanzitutto doveva interrogare il padre sull'Uomo Chiodo.

Senza volerlo, Kripo gli aveva schiarito le idee: occorreva indagare sugli antefatti del caso. Cos'era successo esattamente a Lontano, nel Katanga, tra il 1969 e il 1971? E nei quarant'anni successivi? Avevano soltanto chiuso la belva in gabbia e buttato la chiave?

Nell'infanzia di Erwan l'Uomo Chiodo aveva preso il posto delle classiche streghe e degli altri babau. Ogni notte non erano orchi e vampiri che andavano a cercarlo; era un giovane ingegnere belga con una scatola degli attrezzi e un sacco pieno di chiodi... Per non parlare delle terrificanti statuette nell'ufficio di Morvan. Aveva sempre pensato che uno di quei demoni avesse divorato l'anima del padre. Ecco perché il Vecchio picchiava la moglie.

Parcheggiò sotto i platani di avenue de Messine e salì per le scale di servizio che davano accesso all'ala di Grégoire.

«Cosa diavolo ci fai qui?»

«Che magnifica accoglienza...»

Stranamente anche Morvan era già pronto. Indossava la sua solita divisa: bretelle e camicia bicolore.

«Entra», gli disse dopo aver gettato un'occhiata all'orologio.

La porta d'ingresso si apriva su un piccolo vestibolo che dava su una stanza da letto-ufficio. Erwan notò la valigia aperta.

«Sei in partenza?»
«Andata e ritorno. Questione di un paio di giorni.»
«Dove?»
«Kinshasa.»
«Stai scherzando?»

Morvan infilò alcune camicie nel trolley. «Ti sembra forse che stia scherzando? Con questo maledetto caldo sarò costretto a cambiarmi ogni due ore.»

«Che cazzo ci vai a fare?»
«Affari. Caffè?»
«Volentieri.»
«Ce n'è ancora di caldo in cucina. Portane una tazza anche a me.»

Erwan obbedì. Intuì che quel viaggio lampo in Congo aveva qualcosa a che fare con la Coltano e con i problemi di cui suo padre gli aveva parlato, ma se ne fregava. Tutto ciò che riguardava i quattrini del Vecchio lo disgustava. Si chiese anche se ci fosse qualche legame alla lontana con il nuovo Uomo Chiodo...

Nel cucinino trovò il caffè ancora fumante nella macchinetta. A quasi settant'anni il padre viveva ancora come uno studente. "Tutto quel macello per finire così..."

Tornò di là con le due tazze.
«Grazie. Dammi qualche notizia di tua sorella.»
«Va tutto bene. È a casa... tranquilla.»
«Voglio sperare. Dov'era finita quella cretina?»
«Ti risparmio i particolari.»
«Hai ragione. Le devo chiedere un favore, ma è meglio che lo faccia tu.»

Erwan rivide Gaëlle che urlava sulla porta del suo appartamento, avvolta nell'asciugamano di spugna. Non era sicuro di essere la persona più adatta per domandarle qualcosa. «Che genere di favore?»

«Questo fine settimana toccherebbe a Loïc guardare i bambini, ma lui non può farlo.»
«Perché?»
«Cause di forza maggiore.»
«Non dirmi che...»

«No. Solo che non sarà a casa. Di sicuro non stasera. Bisognerebbe che Gaëlle andasse a prendere i piccoli a scuola e li tenesse con sé finché non torna.»

«Dov'è?»

«Mi dispiace ma non te lo posso dire.»

Morvan aveva pronunciato quelle parole nel tono più tranquillo possibile ma, nonostante fosse abilissimo a dissimulare i propri sentimenti, Erwan si accorse che era insolitamente nervoso. Senza appoggiare la tazza, il padre terminò di fare la valigia: beauty-case, iPod, libri, asciugamano...

«Perché non chiedi a Sofia di...»

Il Vecchio lasciò cadere il rasoio elettrico, con l'aria stanca. «Allora non hai proprio capito niente! Non c'è margine di errore!»

«Cosa intendi dire?»

«Se divorziano, Loïc dovrà tenere un comportamento irreprensibile. Quella puttana italiana userà ogni minima cosa contro di lui.»

«Ma non aveva promesso che non avrebbe tirato in ballo la storia del fermo?»

«Appunto. Userà tutto il resto.»

Aprì un cassetto del secrétaire, prese una pistola che teneva nella sua custodia e la infilò tra due camicie.

«Pensi di superare i controlli con quella?»

«Dopo quarant'anni di servizio va ancora che è una meraviglia.»

«Stai andando a caccia?»

«Non ti riguarda. Cosa volevi?»

«Parlare dell'Uomo Chiodo.»

Grégoire prese una busta piena di contante, contò velocemente le banconote (tutti biglietti da cento) e le mise, insieme al passaporto, nella tasca interna della giacca. «Non è il momento, davvero.»

«Non obbligarmi a convocarti in commissariato.»

«Sei in macchina?» Morvan sorrise. «Accompagnami a Roissy. Ne parleremo per strada.»

72.

«Quando arrivai a Lontano, aveva già ammazzato quattro donne.»

«Eri distaccato in Gabon. Perché ti avevano mandato in Zaire?»

«Perché l'ultima vittima era francese. Volevano che andassi a dare un'occhiata a quella faccenda da vicino.»

«Spiegami il contesto. Parlami di Lontano.»

«Un centro molto popolato, una nuova città che ospitava tutti gli ingegneri, i dirigenti e i capisquadra del settore minerario, per la maggior parte belgi, con scuole per i loro figli e un'università d'élite. All'epoca erano in tanti perché i neri non facevano ancora lavori qualificati.»

«Quando cominciarono gli omicidi dovette scoppiare il panico, no?»

«Nessuno aveva più il coraggio di uscire di casa. In tantissimi abbandonarono la città. I belgi preferivano essere rimpatriati. La situazione non era migliore tra i neri: credevano che Lontano fosse infestata da un demone e si rifiutavano di lavorare nelle zone dove l'assassino abbandonava le sue vittime. L'intera regione era come paralizzata.»

Erwan non poté impedirsi di pensare che lui era venuto al mondo proprio lì. Suo padre aveva ragione: quel luogo nefasto sembrava portare con sé una maledizione. Non era nato sotto una buona stella: sulla sua culla, anziché le fate delle favole, aveva vegliato un serial killer. «E la polizia cosa faceva?»

«Non c'era ancora una polizia zairese e quella belga non aveva trovato nulla. A loro discolpa bisogna dire che all'epoca le inchieste si basavano soltanto sulle testimonianze. Ma nessuno sapeva niente. E comunque nessuno avrebbe detto niente. Non accendi il lampeggiante?»

Arrivato a porte de la Chapelle, Erwan proseguì sulla E19, l'autostrada che portava nel Nord del paese.

«No. Abbiamo tempo e voglio che mi racconti tutto.»

«Per riuscirci dovremmo andare in aeroporto a piedi.»

«Fu il governo zairese a incaricarti dell'indagine?»

«I neri mi aspettavano come se fossi il Messia. La faccenda era giunta alle orecchie di Mobutu, che non vedeva di buon occhio l'esodo di Lontano. Temeva che presto tutte le miniere della zona avrebbero dovuto chiudere.»

«I belgi collaborarono?»

«Avevano altre gatte da pelare. La cosa più importante era ristabilire l'ordine in città. Il loro errore era stato sospettare gli africani, per via dei rituali magici impiegati dall'assassino. I bianchi si misero in mezzo. Ci furono scontri, linciaggi... Quando arrivai erano sull'orlo di una guerra civile.»

«Da cosa cominciasti?»

«Ripartii da zero. I belgi avevano fatto una scoperta interessante. Le pratiche dell'Uomo Chiodo si ispiravano a una magia che non aveva niente a che vedere con il Katanga. Erano riti del Mayombe, una regione situata alla foce del Congo, a più di millecinquecento chilometri a ovest. La polizia aveva cominciato a cercare operai appartenenti all'etnia yombe.»

«Ne aveva trovati?»

«A centinaia. In Zaire il Katanga era come l'Eldorado. Venivano da tutte le parti per lavorarci. Si erano ficcati da soli in quel vicolo cieco. Non potevano più nemmeno avvicinarsi ai ghetti degli altri neri se non volevano essere linciati. In quel periodo le vittime si susseguivano a un ritmo impressionante.»

«Che profilo avevano?»

«Sempre lo stesso: giovani donne di buona famiglia, studentesse o impiegate negli uffici delle società minerarie.

Ragazze che conoscevano tutti, che il sabato sera andavano a ballare alla musica di *I'm a Man* o *Yellow River*.»

«Te le ricordi?»

Il Vecchio cominciò a snocciolare senza la minima esitazione: «Ottobre '69: Ann de Vos, ventun anni, studentessa di biologia. Dicembre '69: Sylvie Cornette, diciannove anni, segretaria alla segheria Fyt Kolenmijn. Marzo '70: Magda de Momper, vent'anni, studentessa di lettere. Maggio '70: Martine Duval, diciotto anni, che seguiva il corso preparatorio per le scuole normali superiori.»

«Ti ricordi tutti i loro nomi?»

«Non li ho mai dimenticati. E queste sono quelle che erano state uccise prima che io cominciassi l'inchiesta. Quelle morte in seguito è come se facessero parte della mia famiglia.» Tenendo lo sguardo fisso sulla strada, riprese a declamare: «Novembre '70: Monika Verhoeven, ventiquattro anni, geologa alla Mangaan Corp. Febbraio '71: Anne-Marie Nieuwelandt, ventun anni, traduttrice al consolato belga. Aprile '71: Catherine Fontana, ventitré anni, infermiera al dispensario del chilometro 5. Maggio '71: Colette Blockx, ventidue anni, madre di famiglia con un figlio di quattro mesi. Novembre '71: Noortje Elskamp, vent'anni, suora... Sbrigati, altrimenti perderò l'aereo».

Erwan accelerò senza reagire. Si erano appena lasciati alle spalle lo Stade de France di Saint-Denis.

«L'assassino seguiva ogni volta lo stesso modus operandi», proseguì Grégoire. «Rapimento, sevizie, mutilazioni, abbandono del corpo nella foresta. Non si trovavano mai né tracce né impronte. Colpiva sempre nella stagione delle piogge. Bastava un temporale per cancellare tutto quanto.»

«Aspettava che piovesse per questo motivo?»

«No. Secondo le sue credenze il monsone provocava una concentrazione di spiriti e quindi di pericolo. Perciò in quel periodo lui doveva rafforzare le proprie protezioni. Aveva bisogno di un feticcio più potente: una vittima.»

«Gli omicidi mi sembrano un po' troppo distanziati fra loro per essere stati commessi tutti in un'unica stagione...»

A Morvan sfuggì un sorriso. «Sei proprio uno sbirro! Nel

Katanga la stagione delle piogge dura otto mesi, da ottobre a maggio. Giusto per farti un'idea del pantano di cui stiamo parlando.»

Erwan notò che il nuovo Uomo Chiodo non seguiva lo stesso modus operandi. Nella notte tra il 7 e l'8 settembre a Kaerverec non era piovuto e martedì 11 settembre a Parigi era stata una giornata di sole. «E i chiodi, i cocci di vetro, i pezzi di specchio?»

«Provenivano tutti da discariche, materiali delle miniere o delle fabbriche. Non siamo mai riusciti a risalire alla loro origine. Erano altri tempi. Ed eravamo in Africa...»

Si stavano avvicinando all'aeroporto. Erwan non avrebbe fatto in tempo a sentire tutta la storia. «Com'è che l'hai beccato?» gli chiese all'improvviso.

«Avevo venticinque anni. Era la mia prima inchiesta criminale. Non avevo la minima idea di quali fossero i metodi da seguire, ma sono per così dire entrato in sintonia con l'assassino, con la sua follia. Ho capito che, anche se si trattava di magia nera, il killer era un bianco.»

«Lo dicono tutti i manuali di criminologia: i serial killer in genere colpiscono gli appartenenti alla loro stessa etnia.»

«A quei tempi i libri di cui parli tu non erano ancora stati scritti. Mi imbarcai nella ricerca di un occidentale cresciuto o vissuto nel Mayombe.»

«Fu così che trovasti Pharabot?»

«No. C'erano molti bianchi che avevano lavorato un po' dappertutto in Congo, soprattutto nel Mayombe. Non potevo interrogarli tutti. Cercai di ridurre la lista dei sospettati pensando al profilo dell'assassino.»

«Vuoi dire... psicologico?»

«Non proprio. Mi attenni ai fatti: le competenze, le conoscenze e le credenze che gli omicidi erano in grado di rivelare. Il mio uomo era un bianco che aveva praticato la magia yombe, il che voleva dire che non solo era vissuto in quella regione ma che aveva anche frequentato la sua comunità nera. Quel tipo conosceva la giungla come le sue tasche; lo dimostrava il modo in cui lasciava le sue vittime sul territorio. Doveva essere qualcuno impiegato sul posto: un geologo, un ingegnere, un caposquadra...»

Quando fu in vista dei terminal, Erwan rallentò. Per ogni secondo guadagnato avrebbe potuto avere una nuova informazione.

«Così incrociai i dati», proseguì Morvan. «I luoghi, le ore, gli alibi di tutti i miei sospettati. Fui metodico, preciso. Mi diedi da fare. Il peggio era che nel frattempo il killer continuava a uccidere. Questa cosa mi faceva uscire di testa, ma non potevo andare più veloce. Anche perché intanto mi avevano incaricato della sorveglianza e del mantenimento dell'ordine nelle miniere...»

«Come Di Greco?»

«Esattamente. Dopo la quinta vittima presi un aereo e andai di persona a cercare un medico francese che conoscevo in Gabon perché praticasse un'autopsia degna di questo nome. Fu grazie a lui che scoprii le unghie e i capelli all'interno della vittima.»

«La cosa ti aiutò?»

«No. Ma era la conferma che quello sciroccato seguiva i rituali yombe.»

«Come lo identificasti?»

«Come succede sempre: un colpo di fortuna. L'ultima vittima, Noortje Elskamp, la suora, lavorava in un dispensario frequentato da neri. Interrogai le altre infermiere domandando loro se avevano notato qualcuno con un comportamento strano aggirarsi nei dintorni. O anche solo un bianco che si era fatto curare da loro. A Lontano tutti gli europei andavano all'ospedale ufficiale, la Clinique blanche. Il dispensario era per i neri.»

«Ti servì?»

«Un giovane ingegnere era andato lì diverse volte per farsi l'antitetanica. La cosa non aveva senso: una volta inoculato, il vaccino dura per anni. Così capii che quello era il mio uomo.»

«Per via della ruggine dei chiodi?»

«Proprio così. Dopo ogni sacrificio andava a farsi fare

un'iniezione. Una precauzione del tutto inutile, fra l'altro: il tetano viene dalla terra, non dal ferro.»

«Lo arrestasti?»

«E per cosa? Abuso di vaccini? Pharabot corrispondeva perfettamente al profilo che avevo tracciato, ma era un ragazzo al quale tutti volevano bene. I suoi capi lo stimavano, gli operai lo rispettavano.»

«Cosa facesti?»

«Presi la pistola e andai da lui per ammazzarlo. Quando scappò nella foresta, lo catturai.»

«Ma non lo uccidesti.»

«No.»

«Perché?»

«Me lo domando ancora.»

L'uscita per Roissy 2E era ormai in vista. Fine del primo interrogatorio. Erwan si diresse verso la zona delle partenze e mostrò il distintivo per potersi avvicinare il più possibile agli ingressi. «Pensi di conoscerlo?»

«Chi?»

«L'assassino di adesso.»

«Lui mi conosce. O ha indagato sulla mia vita. Lo dimostra il fatto che abbia scelto Anne.»

«E Wissa Sawiris?»

«Lui non me lo spiego. A meno di non voler cercare un collegamento con Di Greco, ma mi pare un po' tirato per i capelli.»

«Non mi hai detto ancora niente su di lui. All'epoca partecipò all'inchiesta?»

«No. I responsabili dei siti di estrazione francesi cercavano qualcuno in gamba che sapesse mantenere l'ordine nelle miniere. Proposi Di Greco, che avevo conosciuto in Gabon. Venne a lavorare a Lontano per un paio d'anni.»

«Tutto qui?»

Morvan esitò. «Era... affascinato da questa storia del serial killer. Credo che per lui fosse diventata una specie di ossessione. Ma non farti strane idee.»

«Quando l'hai rivisto in Francia, ti ha parlato dei tempi andati?»

«Mai. Non erano bei ricordi.»

Il Vecchio mentiva, ma Erwan non aveva tempo per insistere. «Dev'esserci per forza un collegamento tra Kaerverec e lo Charcot.»

«Scordati dell'istituto. Pharabot è morto tre anni fa.» Guardò l'orologio. «Ora devo scappare o perderò l'aereo.»

«In tutti questi anni non sei mai andato da lui?»

«Mai.»

«È stato quarant'anni in Bretagna?»

«No, prima era internato a Kinshasa, poi in Belgio. È stato soltanto negli anni Duemila che la Francia ha proposto di recuperare la belva. Lo Charcot aveva un nuovo programma, o qualcosa del genere. E i belgi sono stati più che felici di potersene sbarazzare.»

Il Vecchio prese la valigia e appoggiò la mano sulla leva della portiera.

«Aspetta! Ho ancora qualche domanda...»

«Non ho più tempo», protestò Morvan.

«Le vittime hanno la testa rasata. Perché?»

«Per farle assomigliare ancora di più ai feticci di legno, i veri *minkondi*.»

«E gli specchi negli occhi?»

«Rappresentano il dono della preveggenza. Questo genere di *nkondi* può prevedere il futuro.»

«Cerca di ricordare tutti i particolari di questi rituali. Non ce n'è qualcuno che potrebbe tradire il nostro assassino, con i mezzi d'indagine di cui disponiamo oggi?»

Morvan rifletté per qualche secondo. Il profumo dell'eau de toilette di Hermès non riusciva a coprire il puzzo di sorda minaccia e violenza latente che emanava dal suo corpo. «Per attivare il feticcio il *nganga* ci si deve sputare sopra, innaffiarlo di vino di palma... Pharabot si era spinto ancora più in là: faceva colare un po' del suo sangue sulla testa e sulle spalle della vittima.»

«Questo significa che...»

«Su quelle donne c'era anche il suo DNA, sì. Ma all'epoca non mi servì a nulla.»

«Credi che il nostro assassino faccia lo stesso?»

«Se vuole seguire alla lettera il rituale, allora sì.»

«Lascia il suo DNA sui corpi delle vittime?»

«Se è pazzo come il suo maestro, non ha scelta. Deve farlo per proteggersi dagli spiriti.»

«Pensavo che volesse vendicarsi di te.»

«Una cosa non esclude l'altra.»

«Chi conosce questo particolare?»

«Nessuno. Pharabot me lo rivelò soltanto anni dopo, durante il processo.» Morvan scoppiò in una risata sinistra e gli allungò una pacca sulla spalla. «Ne hai di cose a cui pensare adesso...».

«Quando torni?»

«Se va tutto bene, domani mattina.»

«E se va tutto male?»

«Allora mi troverai sui giornali.»

Erwan non reagì: sperava che fosse solo una battuta.

Suo padre aprì la portiera, poi si fermò. «Dimenticavo...» Gli passò una busta.

«Cos'è?»

«La lista dei clienti di Gaëlle.»

«Non ricominciare!»

«È proprio perché tutto questo non ricominci da capo che li devi incontrare. Fa' passare loro la voglia di vedere tua sorella. Non voglio più problemi su questo fronte.»

73.

Nella stanza regnava un estremo nervosismo.

Audrey se ne stava tutta storta sulla sedia, con in mano il quaderno degli appunti, vestita sempre come se la sua idea di seduzione consistesse nel donare il proprio corpo alla scienza. Tonfa ricordava un wrestler che si fosse dimenticato di mettere il mantello. Il Sardina aveva optato per un abbigliamento sportivo: tuta nera con lo stemma di una squadra di calcio inglese. Quanto a Kripo, non aveva rinunciato al suo tocco bohémien: giacca di velluto carminio, gilet grigio di seta e chignon basso che lo faceva assomigliare a un brigante di strada.

Un intruso si era infilato tra i ranghi: un giovanotto in camicia bianca e completo nero a buon mercato, con una cartella di tela a tracolla. Sembrava uno di quei giovani dirigenti che si possono incrociare per strada la mattina a Manhattan.

Presentazioni: quello nuovo, il cui viso gli diceva qualcosa, era Jacques Sergent. Erwan gli indicò una sedia in un angolo della stanza. Sottinteso: "Non azzardarti a dire nemmeno una parola".

«Ho qualche novità sui quai», cominciò Audrey.

«Lato terra?»

«Lato Senna. La fluviale ha raccolto la testimonianza di un pilota di chiatta che ha visto uno Zodiac ormeggiato su quai des Grands-Augustins intorno alle quattro del mattino.»

La parola Zodiac gli ricordò Kaerverec. Un'idea assurda gli passò per la testa: l'assassino era venuto dalla Bretagna a bordo della sua imbarcazione. «Conosciamo l'ora esatta?»

«No. Il pilota ha notato soltanto che era ormeggiato con la prua rivolta verso Bercy.»

«Abbiamo una targa?»

«Nemmeno. La chiatta viaggiava nell'altra direzione.»

«Modello?»

«Uno dei più grossi sul mercato. Uno di quelli utilizzati dai commando della marina. Si chiamano ETRACO.»

«Lo so.»

«Mi sono informata: ce ne sono centinaia in circolazione.»

«Prendi qualche uomo da un'altra squadra e preparate un elenco.»

«Pensavo che...»

Erwan si rivolse a Tonfa. «L'autopsia?»

«Riboise non ha ancora finito. Sta squartando adesso la bestia.»

Quindi il poliziotto aveva lasciato che il medico legale procedesse da solo con l'autopsia per venire alla riunione. Totalmente contrario al regolamento.

«Per il momento cosa sappiamo?»

Il colosso tirò fuori un taccuino. «Settantaquattro chiodi, ventidue pezzi di vetro – specchi, cocci di bottiglia, frammenti... – e altre schegge di metalli diversi.»

«Mi avevi parlato anche di fibre. Di che tipo?»

«Sembrerebbero crini di cavallo o rafia. Lo stabilirà la Scientifica.»

«Secondo Riboise quanto tempo è stato necessario per provocare tutte quelle ferite?»

«Con una pistola sparachiodi non molto.»

Il ricorso a un attrezzo simile a Erwan non sembrava adatto alla sacralità del sacrificio. Provò a immaginare la scansione dei fatti: l'assassino aveva preso Anne intorno alle sei di sera per poi abbandonare il suo cadavere verso le quattro le mattino. Aveva quindi avuto a disposizione una decina di ore per trasportare la vittima in un luogo sicuro, seviziarla, mutilarla e riportarla più o meno dove l'aveva prelevata. «Hai mandato i reperti alla Scientifica?»

«Ho fatto un secondo invio, sì.»

«Chi dirige la squadra?»

«Cyril Levantin.»

Il migliore del laboratorio: una buona notizia. «Unghie e capelli, ancora niente?»

«Ne sapremo di più in mattinata. Riboise sta mettendo adesso le mani nel motore.»

Erwan si rivolse al Sardina. «Anne Simoni: i suoi profili sui social?»

«Per il momento niente di speciale. Ma sul computer abbiamo trovato una cartella protetta. Ho chiesto una mano ai nerd del commissariato.»

Ancora una volta pensò a Kaerverec. Le due inchieste si stavano incrociando fin troppo rapidamente. La seconda sembrava perseguitata dalla prima. «È tutto?»

«Ci siamo sentiti alle tre del mattino...»

«Vedi se magari era impegnata in qualche movimento politico.»

«Del tipo?»

«No-global, anarchici... Cazzate di questo genere.»

«Pensavo che avesse voltato pagina.»

«Controlla lo stesso. E verifica anche le preferenze sessuali.»

«Per il momento il suo disco fisso è pulito, a parte la cartella inaccessibile. Hai in mente qualcosa in particolare?»

«Sadomaso.»

Nella stanza risuonarono le note di una pianola: la musica di un vecchio film gangster, *Borsalino*, con Alain Delon e Jean-Paul Belmondo. Il Sardina cominciò a tastarsi freneticamente le tasche alla ricerca del cellulare, per poi fiondarsi verso la porta mormorando paroline dolci.

«Kripo, i tabulati?»

Il Liutista parve a disagio. «L'ultimo giorno la vittima ha chiamato più volte la stessa persona...»

«Che numero?»

«Era riservato. Ci ho messo tutta la notte per...»

«Che numero?»

«Quello di tuo padre. Il suo cellulare privato.»

«Lo sapevamo già che si conoscevano.»

«Questo non spiega perché l'ha chiamato sei volte nel giro di qualche ora.»

«Glielo chiederò io.» Realizzò che in auto si era dimenticato di interrogarlo su Anne Simoni. «Le registrazioni?»

«Niente di nuovo. La ragazza è scomparsa sul Pont d'Arcole. Lanceremo un appello ai possibili testimoni.»

«Nient'altro?»

«Nient'altro.»

Erwan batté le mani sia per nascondere il suo imbarazzo sia per incoraggiare le truppe che, nonostante la loro buona volontà, non gli sembravano ancora lavorare a pieno regime. «Audrey, tu questa mattina occupati della perquisizione dell'appartamento della vittima. Va' là insieme a Favini, che ha già fatto un sopralluogo.»

«Nessun problema.»

«Tonfa, tu invece torna all'istituto di medicina legale per la fine dell'autopsia.»

«E io?»

Gli sguardi di tutti si rivolsero in direzione della voce. Jacques Sergent aveva la mano alzata, come a scuola. Era un trentenne minuto, stempiato, con la carnagione scura e privo di segni particolari, fatta eccezione per un enorme naso ricurvo e sporgente come il becco di un tucano.

«Tu?» fece Erwan. «Tu mettiti al lavoro sui tabulati telefonici con Kripo.»

Il giovane poliziotto annuì. Come primo incarico non era un granché, ma almeno era riuscito a inserirsi nella squadra. Era già qualcosa.

Erwan guardò l'orologio. «Kripo, tu accompagnami subito in aeroporto.»

74.

Mentre Kripo aggiornava rapidamente Sergent, Erwan passò in ufficio per raccogliere le sue cose. Trovò una bottiglia d'acqua e la scolò d'un fiato. Aveva la gola secca come un forno. Sollievo. Tuttavia si pentì subito di aver capitolato a quel bisogno. Per principio disprezzava le persone che cedevano a qualunque inezia: lo considerava un modo meschino per soddisfare un istinto ancora più abietto. Quasi un vizio.

Erwan provava diverse avversioni di quel tipo, completamente assurde. In fondo, si comportava spesso come un fanatico religioso, detestando la propria natura, sempre pronto ad autoflagellarsi. Il problema era che non aveva un dio al quale rivolgersi.

Un'occhiata all'orologio: cosa diavolo stava combinando l'alsaziano?

Ne approfittò per chiamare Levantin, il coordinatore della Scientifica. «Morvan. Hai ricevuto i nuovi reperti?»

«Ci sto lavorando.»

«Hai ricavato qualcosa dai primi?»

«Se mi dicessi che cosa stai cercando, potrebbe tornarmi utile.»

«Prima di tutto l'origine e la composizione dei chiodi, dei pezzi di vetro e così via. Per il momento sono le uniche cosa che possiamo collegare all'assassino.»

«A prima vista direi che si tratta di ferraglia che potrebbe provenire da qualsiasi discarica...»

«Ma tu non lavori "a prima vista" e mi hai abituato a uno

standard molto più alto. Il nostro assassino imita un serial killer degli anni Settanta che uccideva in Zaire.»

«E quindi?»

«È possibile che ci sia qualche legame con l'Africa. Analizza la composizione del metallo, del vetro, della ruggine...»

«A patto che tu mi faccia avere i documenti necessari.»

«Tutto quello che vuoi. Quanto tempo servirà prima di avere qualcosa di concreto?»

«Ho decine di reperti. Ci vorranno almeno due giorni a dir poco, ammesso che il commissariato sia disposto a pagare per l'urgenza...»

Erwan smise di ascoltare. Quelle questioni di scartoffie, di tempo e di budget gli davano sui nervi. «Fa' del tuo meglio. Entro oggi voglio sapere da dove vengono quei maledetti chiodi.»

«Bene, capo.»

«Un'altra cosa. Tonfa ti ha detto qualcosa della saliva?»

«No.»

«Prima di piantare i chiodi nella carne, forse l'assassino li succhia.»

«Anche se fosse così non sarà facile trovare le tracce. Il cadavere è un campo di battaglia.»

«Puoi fare miracoli.»

«Dobbiamo cercare anche dello sperma?»

«Non sperma ma sangue. In uno dei suoi rituali deliranti forse il killer ne ha fatto colare un po' del proprio sulla vittima per creare una specie di legame... fisico con lei.»

«Stregoneria?»

«Chiamala come vuoi, ma cerca tracce appartenenti a un gruppo diverso da quello della Simoni. Comincia dalla zona del cranio.»

«Ma è un lavoro di analisi enorme!»

«Metti sotto tutti i tuoi uomini, chiama altri laboratori: è una questione della massima urgenza.»

«E se l'assassino e la vittima avessero lo stesso gruppo sanguigno?»

«Allora ce l'avremo in quel posto. Hai ricevuto i reperti

dalla Bretagna?» Erwan aveva fatto arrivare i capelli e le unghie rinvenuti nell'addome di Wissa.

«I campioni di Brest appartengono alla donna dei Grands-Augustins. Non c'è dubbio. Non so cosa voglia dire, ma di sicuro c'è sotto qualcosa di grosso.»

Quindi il nuovo Uomo Chiodo aveva prelevato le ciocche e le unghie di Anne prima dell'omicidio di Kaerverec. Quando? In che modo?

«Chiamami non appena hai qualche novità.»

Terminata la telefonata, Erwan fu preso da un'inspiegabile ondata di ottimismo: Levantin avrebbe scoperto da dove provenivano i chiodi e magari sarebbe riuscito a isolare sul corpo di Anne Simoni una traccia di sangue il cui DNA avrebbe trovato riscontro nell'FNAEG, lo schedario nazionale delle impronte genetiche.

«Andiamo?» Kripo era davanti a lui con il cappotto in spalla.

«Filiamo, vorrai dire.»

Si precipitarono giù per le scale del commissariato. Erwan si stringeva al petto la cartella con i verbali dei suoi uomini (la maggior parte di loro scriveva velocissimo e batteva i rapporti al computer mentre viaggiava in macchina). La loro prosa lo avrebbe tenuto occupato mentre volava a Brest.

Avrebbe preferito farsi tagliare un braccio piuttosto che tornare in Bretagna.

75.

Grégoire Morvan aveva optato per un volo diretto. Solo otto ore per arrivare a Kinshasa.

Seduto nella cabina di prima classe, circondato da diplomatici neri e padroni bianchi, si agitava sul sedile pregando di addormentarsi: oltre ai soliti ansiolitici aveva preso anche un sonnifero e non ricordava se potessero esserci controindicazioni.

Era preoccupato soprattutto per i figli. Per il maggiore, che si era trovato in un caso più grande di lui. Per il minore, finito in mano a una banda di negri esaltati. Per la figlia, impegnata nella missione di distruggere sé stessa e la propria famiglia.

Cercò di rassicurarsi: Erwan era il miglior poliziotto che conoscesse. Dopo di lui, ovviamente. I rapitori di Loïc non avrebbero alzato un dito senza un ordine di Kabongo. Quanto a Gaëlle, prima o poi avrebbe finito per darsi una regolata. Con gli anni, tutta la rabbia che portava dentro si sarebbe sopita. La sua missione come padre era riuscire a proteggerla fino a quel momento.

Per rinfrescarsi le idee accese il computer e rilesse la e-mail che Loïc gli aveva mandato la notte precedente. Jean-Pierre Clau, il geologo, era morto in elicottero due mesi prima. Tra le righe intuì i sospetti del figlio. Piuttosto scettico nei riguardi di un'OPA contro la Coltano, Loïc pensava invece a un caso di insider trading: la notizia dei nuovi giacimenti era trapelata e uno o più attori volevano unirsi alle danze. In uno scenario simile i geologi avrebbero potuto giocare la parte degli informatori. Morvan non lo credeva possibile. Innanzitutto conosceva molto bene i tre esperti: veri professionisti. Inoltre, la morte di Clau non significava nulla: lavorare in Africa era già di per sé un rischio. Avrebbe chiamato gli altri due e li avrebbe fatti parlare. Controllò l'andamento del titolo: ancora due punti di rialzo. *Cazzo.* Cosa avrebbe raccontato a Kabongo?

Cominciava a sentirsi confuso. Effetto del sonnifero. Gli venne in mente una cosa: chiamò un paio di agenti della DCRI e ordinò loro di far riparare i danni che quei selvaggi avevano causato nell'appartamento di Loïc. Non era il caso che Milla e Lorenzo venissero ospitati in una casa con porte e finestre sventrate...

Chiuse il computer e indossò la mascherina per dormire. Se fosse riuscito a sbrigare la faccenda con Kabongo in un paio d'ore, avrebbe potuto prendere il volo della sera e sarebbe riuscito a essere a Parigi per il mattino successivo.

Pensò all'Uomo Chiodo. Ricordava ogni parola della storia che aveva raccontato a Erwan. Un sapiente mix di verità, menzogne e omissioni. Sapeva che il figlio sarebbe tornato alla carica. Avrebbe dovuto attenersi a quella versione, non cambiare nemmeno una virgola, o si sarebbero spalancate le porte degli inferi.

Nel dormiveglia tornò a convincersi di quella che nel frattempo era diventata la sua nuova ossessione: i fatti recenti erano il risultato di una vendetta pianificata. Gli omicidi all'africana, l'anello ritrovato a Sirling, la scelta di Anne Simoni, gli attacchi contro la Coltano... "Chi si nasconde dietro tutto questo?"

Mentre scivolava nell'incoscienza, ebbe un ultimo istante di lucidità.

Fu allora che gli apparvero. Le uniche donne della sua vita.

Nude, con le teste rasate, parzialmente sotterrate o rannicchiate nei solchi di terra brulla. Urlavano senza che la loro bocca producesse il minimo suono. Dalle croci uncinate incise sulle loro fronti fuoriusciva un pus nero che colava nel terreno e lo fertilizzava.

I loro corpi, che parevano cosparsi d'olio, ricordavano le

forme sensuali e al contempo ributtanti dei celebri peperoni di Edward Weston. D'altronde, invece di mani e piedi, quelle creature avevano uncini o radici.

Quei mostri non erano le sue compagne; erano le sue madri.

A loro doveva la vita.

76.

Déjà-vu. I tre moschettieri lo aspettavano come la prima volta seduti al bar, in questo caso quello dell'aeroporto. Non indossavano più le loro lunghe cerate nere ed erano visibilmente contenti di rivederlo. Si concessero un caffè prima di dirigersi all'OPG. Erwan avrebbe dovuto aggiornarli, ma prima di tutto chiese se ci fossero novità a proposito dell'ammiraglio Di Greco.

Il suicidio era stato confermato, ma non era emerso nulla riguardo a un suo possibile coinvolgimento nell'omicidio di Wissa. Nessuna arma bianca in cabina. Il suo computer non nascondeva piani per un delitto. Non aveva preso contatto con il tenente Gorce e le sue Volpi. Non c'erano prove che l'ammiraglio e l'apprendista pilota si fossero visti nella notte di venerdì. Caso archiviato: nessun rapporto con la scomparsa del copto. L'inchiesta sull'omicidio di Wissa continuava, in tono minore, anche se nessun giudice era ancora stato assegnato alle indagini e Muriel Damasse aveva chiesto che le venisse consegnato il fascicolo. Verny non riusciva a capirne il motivo.

Erwan non si fece sfuggire l'occasione per svelare il suo primo scoop: era perché l'assassino di Kaerverec aveva appena colpito a Parigi.

«Come fa a esserne così sicuro?» si stupì il gendarme.

«Vi ho portato un breve rapporto», rispose passando qualche foglio a ciascuno dei tre.

A redigerlo era stato Kripo, sempre a disposizione. I militari lessero in silenzio. Per dare loro il colpo di grazia, Erwan tirò fuori dalla cartella le foto del cadavere di Anne Simoni.

«Il modus operandi è identico: chiodi, pezzi di vetro, specchi... anche l'asportazione degli organi. Oltre alla testa rasata e allo stupro anale. L'autopsia è in corso.»

Le Guen, sempre rosso in volto, prese una foto. «Questo non spiega perché vuole andare allo Charcot.»

Erwan ripose le foto, fece un respiro profondo ed elencò brevemente i possibili rapporti con il passato. La storia dell'Uomo Chiodo. Il suo modus operandi. L'internamento in Bretagna negli anni Duemila. La decisione dell'emulatore di colpire non lontano dal luogo in cui Pharabot era morto.

«Su questo assassino», intervenne Verny, «cioè, l'africano, cosa sappiamo?»

Erwan riportò alcuni particolari che provenivano direttamente da Lontano. Notò lo stupore dei tre nell'udire parole come «stregoneria», «campi energetici», «spiriti». «Andiamo?» concluse per spezzare l'incantesimo.

Si sedette nel posto del passeggero. Archambault si mise al volante e gli altri due salirono di dietro. Gli vennero in mente i genitori di Wissa Sawiris ma non ebbe il coraggio di chiedere loro notizie.

Per salutare il suo ritorno la Bretagna aveva deciso di offrirgli un panorama magnifico: cielo terso, sole splendente, alture dai profili aspri e tormentati, scolpiti dal vento. Le rocce nere che si ergevano sopra le distese di erba grigia ricordavano l'isola di Pasqua e i suoi totem di basalto.

«Cosa sapete dirmi sullo Charcot?»

«Nella zona lo conoscono tutti», rispose Verny. «Lo chiamano "la gabbia dei mostri".»

«È vero?»

«No. È soltanto una prigione specializzata, con un'ala riservata alla detenzione e un'altra alle cure psichiatriche. Trattano pazienti pericolosi, soprattutto pedofili. Praticano la castrazione chimica.»

«È permessa in Francia?»

«Non saprei... Ma non penso che qualcuno abbia mai protestato.»

«Li ha avvisati della nostra visita?»

Il gendarme fece una risatina che non era da lui. «Ho parlato perfino di una perquisizione!»

«Perché?»

«Per essere sicuro che ci facessero vedere tutto quanto.»

Dietro il parabrezza il paesaggio cambiava i propri colori. Cespugli rossastri emergevano dalle pozzanghere, pascoli di un verde scintillante, distese fiorite di erica e ortensie. In Bretagna si avvertiva un'energia inquietante e sfibrante al contempo. In lontananza il mare si gonfiava come la schiena di un animale fantastico che strofinava le sue scaglie contro il cielo luminoso. Erwan pensò a una respirazione potente, regolare: una forza assopita che chiedeva soltanto di essere risvegliata.

La sua mente divagò, riportandolo suo malgrado alla traumatica visione della sera precedente: sua sorella conciata come una bestia da fiera, seduta sul trono a gambe divaricate. Non ricordava già più le ragioni di Gaëlle, le cui capacità dialettiche superavano di gran lunga il suo equilibrio psichico. All'improvviso si ricordò che avrebbe dovuto chiederle di andare a prendere i piccoli a scuola. Decise di inviarle un SMS, senza fare la minima allusione alla notte appena trascorsa. Gaëlle non si sarebbe mai rifiutata di badare ai figli di Loïc. Chissà perché, pensava che quel compito rientrasse tra i suoi doveri.

Sollevò gli occhi: i cartelli stradali indicavano Locquirec, tra il Finistère e le Côtes-d'Armor. Mancavano soltanto un paio di chilometri all'istituto.

In quel momento sentì vibrare il cellulare: un SMS. Doveva essere la risposta di Gaëlle. Abbassò lo sguardo.

Era l'ultimo messaggio che si sarebbe aspettato di ricevere: «Ho parlato con il mio avvocato: possiamo cenare insieme. Facciamo stasera? Mi passi a prendere alle otto?». Aveva firmato soltanto con una S.

77.

A prima vista l'ospedale psichiatrico giudiziario Jean-Martin Charcot non differiva molto da una prigione di massima sicurezza: muro di cinta alto cinque metri; torrette di guardia ai quattro angoli sormontate da riflettori; a una certa distanza dal corpo centrale della fortezza una doppia recinzione di filo spinato. Gli edifici del complesso sorgevano su una pianura spoglia. I primi alberi dovevano distare almeno un chilometro, uno spazio sufficiente per avvistare chiunque si stesse avvicinando o cercasse di fuggire...

Nonostante il cielo si fosse già coperto, qua e là si avvistavano squarci di luce che illuminavano prati coltivati, radure, bestie al pascolo. A mezzogiorno sui campi fertili aleggiava ancora una coltre di nebbia: sembrava quasi che la terra respirasse.

Primo cancello: quello della recinzione di filo spinato. Ai piedi del recinto, un fossato pieno d'acqua. Permessi. Foto. Impronte digitali. Né la Ford con i contrassegni né le uniformi servirono loro da lasciapassare. Procedettero lentamente per alcune centinaia di metri fino all'edificio centrale e al suo parcheggio.

Nuovi controlli. Lasciata la macchina, si diressero a piedi verso la porta blindata. La gabbia dei mostri: quelle parole sembravano tanto più reali quanto più si avvicinavano. All'ingresso, sotto lo sguardo vigile delle guardie di sicurezza, dovettero depositare armi, oggetti metallici, telefoni cellulari e documenti d'identità. Di nuovo, nessun trattamento di favore dovuto al fatto che fossero poliziotti e gendarmi. Quegli agenti di custodia dovevano affrontare ogni giorno un pericolo molto più grave della banale delinquenza: la follia.

Scortati da tre secondini entrarono nel cortile interno. Cambio di scenografia: erba tagliata di fresco, campi sportivi, edifici bianchi ristrutturati da poco, bandiere francesi e dell'Unione europea. Un campus universitario. A sinistra, un blocco compatto, probabilmente la prigione: poche finestre, altre torrette e ulteriori recinzioni, senz'altro elettrificate. A destra, uno stabile che ricordava un normale ospedale: croci rosse, ambulanze, segnaletica al suolo per indicare l'ubicazione dei reparti. Davanti all'ingresso, mani in tasca e zoccoli ai piedi, c'erano alcuni infermieri in pausa sigaretta.

Comparve un uomo che si mosse con passo spedito in direzione dei visitatori. Alto e atletico, doveva aver passato i sessanta ma sfoggiava un sorriso smagliante e spensierato che lo ringiovaniva. Nonostante l'età, aveva un look da studente universitario: blazer con monogramma, pantaloni chino, mocassini da barca. Se non fosse stato per i capelli argentati, si sarebbe detto che fosse appena uscito da un'aula di Oxford. In perfetto stile con l'ambiente che lo circondava. La sua stretta di mano confermò la prima impressione: energia e gioia di vivere da vendere.

«Professor Jean-Louis Lassay, psichiatra e neurologo. Sono quello che manda avanti la baracca!»

Con un certo stupore Erwan replicò: «Credevo che psichiatri e neurologi si facessero la guerra».

L'altro scoppiò a ridere. «Tutte frottole messe in giro dai giornalisti! Di fronte alla complessità delle malattie mentali abbiamo tutti imparato a cooperare, a condividere le competenze specifiche dei nostri rispettivi settori di ricerca. Cosa posso fare per voi?»

Erwan presentò i colleghi e in poche parole spiegò le ragioni della loro visita. Lassay non parve sorpreso: come tutti, anche lui quella mattina aveva letto i giornali e notato le somiglianze con il modus operandi di Thierry Pharabot. Erwan non menzionò l'omicidio di Wissa. Era lì per avere informazioni, non per darne.

«Beviamo un caffè!» esclamò lo psichiatra.

Erwan accettò senza troppo entusiasmo: il caffè era diventato una specie di malattia sociale, un veleno che avrebbe dovuto facilitare i rapporti umani ma che in realtà provocava soprattutto bruciori di stomaco e reflussi di bile in gola.

Qualche porta e qualche perquisizione più tardi, arrivarono in una sala riunioni dalle pareti che sembravano fatte di plastica. Su un lungo tavolo contornato da sedie tutte uguali erano disposti alcuni thermos e bicchieri di carta. Lassay avrebbe fatto meglio ad avere qualcosa di importante da dirgli: Erwan non si era fatto cinquecento chilometri soltanto per ritrovarsi in quell'ambiente da meeting aziendale.

«Purtroppo non vedo come potrei aiutarvi», cominciò il medico. «Thierry Pharabot è morto quasi tre anni fa, nel novembre del 2009.»

«Lo sappiamo. Il problema è che a quanto pare la sua follia ha ispirato un altro assassino. Una storia vecchia di quarant'anni di cui nessuno, o quasi, ha mai sentito parlare.»

«Che idea si è fatto?»

Erwan non dava quasi mai informazioni ai testimoni, ma per guadagnarsi la fiducia dello psichiatra spiegò: «Partiamo dall'ipotesi più semplice». Allargò le braccia. «Pharabot avrebbe potuto influenzare un altro detenuto che in seguito è stato liberato.»

«Qui tendiamo a chiamarli "pazienti"... E comunque questa ipotesi non regge. Viveva da solo nella propria cella. Usciva molto poco. E noi non "liberiamo", come dice lei, degenti potenzialmente pericolosi.»

«Era stato messo in isolamento?»

«No. Ma era un solitario. Non aveva quasi nessun rapporto con gli altri. In dieci anni nessuno è riuscito a svelare il suo mistero.»

«Il personale ospedaliero?»

«Nemmeno.»

«Chi era lo psichiatra che lo aveva in cura?»

«Be'... io.»

«Con lei non parlava?»

«La devo fermare: l'articolo 4 del codice della sanità pubblica francese...»

Erwan mise subito le cose in chiaro. «Dottore, o testimonia subito facendoci risparmiare tempo prezioso, o sarò costretto a contattare il consiglio dell'Ordine per ottenere una deroga che la dispensi dall'obbligo del segreto professionale. Nessuno esiterebbe a tradire le confidenze di un assassino morto per facilitare la cattura di un killer ancora in vita.»

Lassay si schiarì la voce. Erwan aveva segnato un punto a suo favore. «Come riassumere dieci anni di conversazioni, di analisi, di cure?»

«Mi basta che me li racconti a grandi linee.»

«Pharabot era affetto da schizofrenia paranoide. Soffriva di un delirio di persecuzione. Era convinto che qualcuno gli avesse fatto una fattura quand'era bambino. Spiriti potenti gli parlavano, lo minacciavano, lo perseguitavano... Per difendersi, la sua unica arma consisteva nel fabbricare sculture capaci di contrastare quelle energie... *Minkondi.*»

«In tutti questi anni la sua condizione non era migliorata?»

«Purtroppo no. La psichiatria spesso è incapace di guarire. Il suo obiettivo è procurare sollievo.»

«Qualcuno mi ha parlato di un nuovo trattamento... In cosa consisteva?»

«Abbiamo provato delle molecole i cui nomi non le direbbero niente. Diciamo che alcune servivano a calmarlo, altre lo aiutavano a capire dove finiva la realtà e cominciava la sua follia. Ma i risultati non erano soddisfacenti.»

Verny, Le Guen e Archambault avevano cominciato a prendere appunti.

«Di cosa è morto?»

«Ha avuto un ictus durante il sonno. O una crisi cardiaca. Non lo abbiamo mai saputo.»

«Non è stata eseguita un'autopsia?»

«Per quale motivo?»

«Soffriva di qualche malattia?»

«No. Era in perfetta forma fisica. Siamo rimasti tutti sorpresi.»

«Era aggressivo?»

«No. Sempre calmo. Molto dolce, perfino.»

«Non ci sono mai stati problemi?»

«Mai. Ma soprattutto grazie alle medicine.»

«Ha qualche foto?»

«Nessuna. Non voleva farsi fotografare. Superstizioni africane.»

«Nemmeno per la scheda antropometrica?»

«Le nostre sono cartelle cliniche, non fascicoli della polizia.»

«Ma non ha ricevuto il dossier dell'indagine?»

«Quello degli anni Settanta? No. Da tempo ormai Pharabot era soltanto un paziente che veniva sballottato da un ospedale all'altro.»

Erwan estrasse a sua volta un taccuino per gli appunti, vinto dall'atmosfera professionale della sala. «Riceveva visite?»

«No. In dieci anni nessuno ha mai fatto richiesta.»

«Il sistema giudiziario non si interessava al suo caso?»

«No. Non si è mai presentato nessun giudice. Tutti lo avevano dimenticato. Il suo destino era morire fra queste mura.»

Quel tono compassionevole irritò Erwan. «Sa almeno quello che aveva fatto?»

«Intende dire... a Lontano? Soltanto i fatti più rilevanti.»

«Non mi sembra molto sconvolto...»

«Non creda. È solo che nel corso degli anni ho potuto comprendere meglio la sua follia e credo di essere riuscito, per così dire, a disinnescarla.»

«Non capisco.»

«Pharabot era terrorizzato dagli spiriti. Avrebbe sacrificato qualsiasi cosa per proteggersi. Ma qui questa ossessione era soltanto uno fra i tanti sintomi della sua malattia. Non era più la belva sanguinaria che si può immaginare.»

«Posso vedere la sua cartella?»

«No. Segreto professionale.»

«Ne abbiamo già parlato, mi pare.»

Lo psichiatra si fece scuro in volto. «Su questo non intendo cedere. Chieda le deroghe del caso e torni quando le avrà ottenute. Per il momento dovrà accontentarsi di questa nostra conversazione. Mi sembra di aver già dato prova di buona volontà.»

Inutile insistere.

«Torniamo al problema più pressante. Un uomo, un assassino, ha cominciato a uccidere ispirandosi al passato dell'Uomo Chiodo. Mi pare che conosca molto bene il suo modus operandi e credo che sappia che Pharabot era internato qui. Non ha mai notato qualcuno aggirarsi nei pressi dell'OPG? Una presenza insolita?»

«Mai.»

«Nessun furto di informazioni, nemmeno a livello informatico?»

«No.»

Erwan si alzò in piedi. «Potremmo almeno vedere la sua cella?»

Il professore aggrottò le sopracciglia. «Cosa spera di scoprire? È morto da tre anni!»

«È occupata o no?»

«Non dovrebbe. Abbiamo notato che aveva un effetto... negativo sui pazienti.»

«Vorrebbe dirmi che è infestata?»

Lassay sorrise. «La pensi come vuole... Diciamo piuttosto che nessuno ha dimenticato che la 234 ha ospitato il nostro paziente più pericoloso. Andiamoci.»

78.

L'interno dell'OPG era una serie di spazi compartimentati, separati, blindati. Impossibile fare più di tre passi senza dover mostrare un tesserino o essere obbligati a digitare un codice per aprire una porta. Un'infilata di inferriate e pareti corazzate. Nessuna finestra che dava sull'esterno. Tutto era bianco, liscio, privo di sporgenze o punti di appiglio. Pareva un immenso frigorifero in cui ogni scomparto era chiuso a doppia mandata.

Telecamere di sorveglianza al soffitto. Guardie di sicurezza che vegliavano in gabbie di vetro, circondate da maestose collezioni di manette di metallo e di nylon. Non sembrava succedere nulla. Dopo avere camminato una decina di minuti non avevano incontrato ancora nessuno, fatto salvo un paio di secondini in camice bianco. Nemmeno un rumore nei corridoi. Ancora meno dietro le porte.

Soltanto l'odore aveva un che di familiare: un misto di urina e medicinali che ricordava al contempo la prigione e l'ospedale.

Erwan pensò al padre: il suo posto avrebbe dovuto essere in un istituto come quello. A conferma di ciò gli venne in mente il giorno in cui il Vecchio aveva rinchiuso Maggie nella tomba di famiglia al cimitero di Montparnasse. Il custode l'aveva trovata tremante e sconvolta il mattino seguente. Lei non aveva voluto denunciarlo. Erwan all'epoca aveva soltanto quindici anni. Non aveva potuto fare nulla ma era andato sul luogo del crimine. Aveva scoperto che la tomba era vuota: niente sepolture, nessun antenato. Non v'era traccia dei Morvan-Coätquen.

Arrivarono al primo piano, dove si trovavano le celle.

«Le camere», lo corresse Lassay.

In effetti, tutto sembrava pensato perché nessuno si ricordasse di essere in un carcere. Le finestrelle che si aprivano sulle porte avevano perfino una tendina di stoffa per proteggere la privacy dei pazienti.

«Siete un istituto pubblico?»

«In parte pubblico e in parte privato.»

«C'è qualche benefattore che vi finanzia?»

«Sì, qualcuno.»

Erwan faticava a immaginare che tipo di mecenati potessero sovvenzionare un istituto come quello. Notando il suo stupore, Lassay sorrise.

«Ne resterebbe sorpreso... Qui abbiamo alcuni pedofili. Sono le famiglie delle vittime a finanziare le nostre ricerche. La pedofilia è una perversione, una patologia dell'individuo. Non deve stupire che i diretti interessati, i genitori delle vittime, vogliano sostenere il nostro lavoro in questo campo.»

Erwan lasciò cadere l'argomento. Non era geneticamente portato a considerare assassini e stupratori malati da curare. Cominciarono a incrociare qualche paziente che si muoveva lentamente, oscillando come un birillo. Teste rasate, occhi sporgenti, tute informi: sembravano tutti drogati. Nessuno li sorvegliava, ma parevano così deboli che anche un bambino sarebbe riuscito a far loro lo sgambetto. Gli ricordarono quei ceppi mangiati dalle termiti che si trasformano in segatura appena vengono toccati.

Si fermarono davanti a una cella. Lassay tirò fuori il tesserino e aprì la porta come avrebbe fatto con quella di un albergo. «Eccoci.»

Uno spazio vuoto di circa sette metri quadrati. Niente prese per la corrente né bagno. Un tavolo saldato al pavimento.

«Non ha mai cambiato cella?»

«Mai.»

Erwan cominciò a osservare la stanza come avrebbe fatto

Kripo, attardandosi sugli angoli, sui battiscopa, alla ricerca di un particolare, di un segnale di vita.

«Cosa spera di trovare? Graffiti?»

«Qualcosa del genere.»

Lassay scoppiò a ridere. «Non ha proprio idea di come vivono i nostri pazienti. Abiti, dispositivi elettrici, effetti personali: tutto è proibito. Soprattutto penne o qualsiasi altra cosa che possa essere utilizzata come arma. Quando sono da soli non possono toccare quasi niente.»

In punta di piedi, Erwan si sollevò fino a raggiungere la finestrella che si affacciava sulle recinzioni di filo spinato.

«Non sopportava questa vista», osservò Lassay avvicinandosi.

«Per via delle recinzioni?»

«No. Per il fossato pieno d'acqua. Diceva che gli spiriti sono soliti nascondersi in posti simili. Gli yombe temono i fossati, le pozzanghere, le sorgenti...»

Erwan si ricordò che Morvan gli aveva parlato dell'importanza dell'acqua: Pharabot uccideva durante la stagione delle piogge, il periodo in cui gli spiriti migravano da un posto all'altro. «Non usciva?»

«Raramente. Aveva paura di addormentarsi ai piedi di un albero e di trasformarsi in un formicaio. Viveva in quello che gli africani chiamano "il secondo mondo".»

Erwan lanciò un'occhiata all'orologio: stava solo perdendo tempo. Pharabot era matto da legare. Lassay aveva ragione: a Lontano era stato un mostro terribile, ma nell'istituto era diventato un pazzo come tutti gli altri, intontito dalle medicine, in stato di ibernazione fino al giorno della sua morte.

Lo psichiatra sembrò cogliere la sua delusione. «Venga con me. Voglio mostrarle una cosa.»

Altri corridoi. Superarono una porta blindata che dava su una grande sala occupata da tavoli, cavalletti e leggii. Benché la stanza fosse deserta – essendo ora di pranzo – era disseminata di disegni e altri oggetti più o meno artistici (alcuni erano spaventosi, altri sembravano realizzati da bambini maldestri).

«Praticate l'arteterapia?»

«Dobbiamo pure tenerli occupati.» Si diresse verso una porta in acciaio. «Qui è dove conserviamo i pezzi migliori, per un progetto di esposizione.»

Nello sgabuzzino erano depositate opere di cartone, di carta, di balsa, tutti materiali leggeri e inoffensivi. Erwan posò lo sguardo su uno scaffale e restò di sasso.

Su una mensola erano allineati una ventina di *minkondi* non più alti di trenta centimetri. Sculture simili a quelle collezionate dal padre, coperte di schizzi di colore rosso. Al posto dei chiodi e dei cocci di vetro c'erano cotton-fioc e pezzi di carta stagnola.

«Ogni anno Pharabot ne faceva diverse. Aveva un'ottima manualità, le decorava con i mezzi che aveva a disposizione.»

Erwan le osservò. Una, cosparsa di pezzetti di carta stagnola, ricordava un cespuglio di rovi. Un'altra aveva una testa irta di spine come un cactus che emergeva da una specie di fogliame tropicale. Un uomo in piedi, con le ginocchia piegate, aveva un grappolo di punte sulle spalle.

Lassay ne scelse una in particolare: testa ovale, occhi a mandorla, bocca come la lama di un rasoio. La lingua che ne spuntava le conferiva un'aria sbarazzina. «Questa dovrebbe costringere i nemici a tirare fuori la lingua.» Lo psichiatra sorrise mestamente. «A quanto pare è un *nkondi* particolarmente efficace qui allo Charcot: la maggior parte dei pazienti, sotto l'effetto dei medicinali, ha la bocca semiaperta e la lingua di fuori.»

«Non si fidava degli altri pazienti?»

«Secondo lui erano tutti stregoni. Doveva proteggersi... con le sue statue.»

Erwan si avvicinò e ne notò una che aveva una collana fatta di minuscoli gusci di lumaca. «Lo osservava mentre realizzava queste figure?»

«Sì, spesso.»

«Succhiava i cotton-fioc o i pezzi di carta stagnola prima di conficcarli nelle statuine?»

«Sì. Sosteneva che in questo modo il legame con il feticcio fosse più forte.»

«Queste macchie rosse sono di pittura?»

«Certo.»

«Non ha mai utilizzato il proprio sangue?»

Lassay sorrise di nuovo. Sembrava contento di aver trovato qualcuno con cui parlare. «L'ho sorpreso una volta. L'ho lasciato fare. Queste statuette e il potere che lui gli attribuiva erano la terapia più efficace.»

Erwan si disse che alla fine quella visita non era stata tempo perso. In un certo senso gli era servita per conoscere meglio Pharabot, le sue credenze, la sua follia. «Posso prenderle?»

«Me le riporterà?»

«Certo. Ma alla fine dell'inchiesta e del processo, se ce ne sarà uno. Non tanto presto, quindi.»

«Quando si è presentato, il suo nome mi ha colpito. È per caso parente della persona che ha arrestato Pharabot in Zaire?»

«Sono suo figlio.»

Lo psichiatra allargò le braccia e ritrovò il sorriso. «Allora le prenda pure. Resteranno in famiglia.»

79.

«Gaëlle, da quanto tempo ci conosciamo? Dieci anni? Dodici?»

«Quindici. Sei stato il mio primo e unico ginecologo.»

«Quindici anni. Allora permettimi di chiederti di rifletterci ancora un po'.»

Lei rimase in silenzio stringendo al petto la sua borsa Fendi come se fosse un fagotto in cui avesse infilato tutta la sua vita. Un'immigrata polacca a Ellis Island. «Ci ho già riflettuto abbastanza», disse alla fine.

«Hai capito che si tratta di un'operazione irreversibile?»

«L'ho capito.»

Il medico sollevò le braccia al cielo in segno di stizza. A Gaëlle il dottor Biguenau piaceva: lo trovava divertente. Calvo, baffuto, indossava una maglietta a maniche corte, aveva le braccia ricoperte di peli e portava un paio di stivali da cowboy. Quand'era adolescente lo chiamava Bigorneau, Lumachina.

«Posso sapere il perché di questa decisione?»

«Per farla finita.»

«Con cosa?» esclamò il ginecologo. «Non hai nemmeno cominciato! In generale una cosa del genere si chiede dopo una o più gravidanze. Una scelta simile senza aver avuto figli...»

Gaëlle se ne stava seduta dritta: Biguenau la prendeva ancora per una ragazzina, ma quella di farsi sterilizzare era un'idea che aveva da sempre. A dire il vero, non aveva mai pensato ad altro. «È lungo come intervento?»

Il ginecologo prese una tavola dov'erano raffigurati i genitali femminili. «Non dura più di mezz'ora ed è sufficiente l'anestesia locale, sempre che non ti impressioni restare cosciente.»

«Al contrario.»

Il medico sospirò guardandola di sfuggita, come a dire: "Quando la smetterai di giocare a fare la spaccona?". Puntò l'indice sul disegno (portava un Rolex tempestato di minuscoli diamanti). «Bisogna cauterizzare le estremità delle tube di Falloppio, qui e qui. In questo modo saranno chiuse per sempre. Lo sperma e gli ovuli non riusciranno più a incontrarsi. Nessuna possibilità di fecondazione.»

«Funziona per tutti?»

«La percentuale di successo supera il novanta per cento.» Si chinò verso di lei da sopra la scrivania e le afferrò le mani: le sue dita affusolate in quelle zampe coperte di peli offrivano uno spettacolo ripugnante. «Rifletticì ancora un po'. È irreversibile. Forse è solo un momento di debolezza, magari non riesci a trovare il ragazzo o...»

Lei ritrasse le mani. «Gli uomini non c'entrano niente.»

«Nemmeno un pochino?» le domandò con un sorriso.

«No. È una decisione che riguarda soltanto me.»

«Com'è che ti è venuta questa idea?»

«Non voglio riprodurmi.»

«Perché?»

«Le barzellette migliori sono anche le più corte.»

Il medico agitò il suo grosso indice contro di lei, come un professore arrabbiato. «Pensi di potertela cavare con questo cinismo da quattro soldi? Di poter svicolare per sempre con queste risposte da telefilm? La vita non è questa, ragazza mia. Bisogna prendersi le proprie responsabilità. Bisogna impegnarsi. Non ti sei mai domandata cosa ci fai su questa terra? Quello che scriveranno sulla tua tomba?»

Gaëlle non rispose. Si vedeva in una fossa comune come quelle di una volta, dove venivano gettati i cadaveri delle puttane e dei lebbrosi.

Biguenau fece un sospiro – quasi un grugnito – e le passò un opuscolo e un modulo intitolato: «Consenso all'intervento di sterilizzazione chirurgica permanente». «Prenditi una settimana per leggere questo documento e soprattutto per riflettere! Non potrai più tornare indietro, Gaëlle.»

Lei si alzò, evitò di stringergli la mano e insistette per pagare il consulto (inizialmente il medico si era rifiutato, con aria scandalizzata).

Quando fu uscita, cercò un taxi. Aveva solo mezz'ora per andare a prendere i piccoli all'uscita di scuola, in rue Paul-Valéry, nel XVI arrondissement. Quel tardo pomeriggio si caricava di un'amara ironia. Giunta a destinazione, osservò le madri di famiglia così orgogliose, così felici di essere lì per i loro pargoli.

Due gruppi distinti: da una parte le borghesi progressiste, che avevano scelto di mandare i figli alla scuola pubblica, dall'altra le portinaie e le colf, tutte di origine straniera, che abitavano in quel quartiere elegante restandone comunque ai margini, in appartamenti al pianoterra o nel sottotetto dei palazzi. Gaëlle non rientrava in nessuna delle due categorie: era più giovane, più bella e più originale. Indossava un paio di jeans lisi, stivali Giuseppe Zanotti, un parka militare cosparso di spille ecologiste e con lo Union Jack, la bandiera britannica, cucito sulla schiena, come a ricordare l'epoca d'oro della Swinging London.

Disprezzava quelle madri che sbuffavano d'impazienza davanti all'ingresso. Ma soprattutto disprezzava sé stessa. Lì si sentiva fuori posto, come se avesse un influsso nefasto: un uccello del malaugurio appollaiato sul ramo. Pensò che in rue Lauriston, a una ventina di metri di distanza, durante la seconda guerra mondiale si trovava il quartier generale della Gestapo francese e che poco più lontano, in rue Copernic, il 3 ottobre 1980 una bomba era esplosa davanti a una sinagoga in pieno shabbat. Anche i lunghi muri ciechi del vicino bacino idrico di Passy le ricordavano una prigione o una gigantesca tomba.

Finalmente le porte delle due scuole si aprirono. Doveva restare concentrata: Milla, all'asilo, sarebbe uscita a sinistra, e Lorenzo, che faceva le elementari, a destra. Suo malgrado, contava su di loro per riconciliarsi con la vita, per ritrovare la fiducia nell'amore e nel futuro.

Quando li vide (aveva comprato caramelle e brioche al cioccolato), capì quanto le sue speranze fossero vane. Potevano anche gridare di gioia, baciarla, stringerla con tutte le loro forze: non sarebbe servito a niente. La loro vitalità e la loro freschezza non le sarebbero state di alcun aiuto.

Le sue mani erano due pezzi di ghiaccio, nonostante l'inferno che le bruciava dentro.

80.

«Ma non è possibile, Maledizione! Muovi il culo!»

Immerso nell'acqua fino alle ginocchia, Morvan aveva ritrovato l'Africa, quella vera, che ti si incolla alle scarpe e ti gocciola giù per il collo. Dopo essere atterrato all'aeroporto di Kinshasa-N'Djili non aveva ancora fatto tre chilometri che il suo taxi si trovava già impantanato in mezzo a un caos di macchine, camion e carretti. Impantanato non era la parola giusta: era come se la strada fosse stata allagata da un fiume in piena. Sotto la pioggia battente, gli automobilisti non potevano far altro che osservare, a metà fra il divertito e l'affranto, i loro veicoli bloccati.

«Se non ci tiri fuori di qui», urlò Morvan al suo autista, «ti giuro che ti prendo a calci in culo!»

«E io cosa ci posso fare, capo...»

Quante altre volte aveva già sentito quelle parole? E in sottofondo sempre il solito ritornello: «Chi se ne frega?». I neri e la realtà viaggiavano su due binari diversi. Tra ciò che gli accadeva davanti al naso e la loro coscienza c'era un divario, uno scarto che provocava le reazioni più strane. Morvan ci aveva sbattuto la testa più volte e aveva imparato da tempo che, per quanto potesse innervosirsi o arrabbiarsi, non c'era nulla da fare.

Diede qualche euro al tassista, prese la valigia dal sedile posteriore e avanzò sguazzando fino all'argine, ai margini della strada. Procedendo di buona lena sarebbe riuscito a raggiungere un tratto di strada praticabile. Erano le quattro del pomeriggio: il suo volo era atterrato in orario e per un attimo aveva creduto – non si impara mai – che sarebbe riuscito ad arrivare puntuale al suo appuntamento delle cinque.

Dopo aver fatto alcune centinaia di metri a testa bassa e brontolando tra sé e sé, sollevò lo sguardo e si accorse di ciò che gli stava attorno: una lunga fila di autobus e veicoli scassati galleggiavano in mezzo a quel fiume rosso. Migliaia di neri gesticolavano nel fango o pazientavano seduti ai bordi della strada con le scarpe in mano, riparandosi sotto un giornale o un catino di plastica. Un quadro tragicomico dai colori violenti e inebrianti. Il temporale sembrava avere incendiato il cielo: chiazze violacee e strisce color malva si rincorrevano tra i nuvoloni scuri come striature ardenti di un magma nero. Sulla terra, un filtro monocromo ricopriva tutto a perdita d'occhio: una sfumatura seppia tendente al rosso corrida che inghiottiva ogni altro colore.

Morvan scoppiò a ridere. In fondo amava quella pioggia, quel caos... «Il vero ordine si stabilisce nel disordine», aveva detto Flaubert. La potenza della natura che in pochi secondi dimostra la vanità di ogni intervento umano. Contrariamente a quanto si pensa, in Africa nessuno è al di sopra della legge, perché la legge è quella della natura. Un'atmosfera più sana, per esempio, di quella che si respira negli Stati Uniti, dove l'uomo si crede sovrano. Finché non arriva Katrina a rimettere le cose a posto. In Africa Katrina passa tutte le mattine: credersi il papa non serve a niente...

Gli bastò un cenno per fermare un quattro per quattro scassato. La carrozzeria era talmente coperta di fango che gli fu impossibile indovinare il modello.

«Dove vai, capo?»

«Te lo farò vedere», rispose Morvan in lingala.

Il nero fece la faccia scura, perché quell'espressione nella lingua locale significava anche: «Non credere di fermela». Con malagrazia fece salire il passeggero e risparmiò le parole: non valeva la pena di rifilargli le cazzate che era solito propinare ai turisti. D'altro canto, aveva già il suo bel daffare per riuscire a vedere oltre il paraurti: la pioggia scarlatta sferzava i vetri con la forza di una idropulitrice.

Sembrava che qualcuno stesse sgozzando un vitello sul cofano della macchina.

Kinshasa era immensa: un alternarsi di grandi viali, a ricordare che c'era stato un «progetto», e minuscoli quartieri, assembrati come formicai, che ne dimostravano il fallimento.

«Al fiume», ordinò Morvan.

Sfrecciarono su boulevard Lumumba. Tenendosi alla maniglia della portiera (la macchina sobbalzava come se viaggiasse in piena giungla) Grégoire guardò ancora l'orologio: le cinque. Non che la puntualità lì fosse molto importante. Anche Kabongo sarebbe sicuramente arrivato in ritardo. Ma alle otto decollava il suo volo di ritorno e non aveva alcuna intenzione di perderlo. In Africa non si poteva contare su nulla, nemmeno sui ritardi.

«Prendi avenue du Peuple e arriva fino alla stazione marittima.»

Sotto il temporale gli edifici in costruzione, i mercati miserabili, i ruscelli di fango si susseguivano in un gran concerto di rivoli color porpora, pedoni bagnati fino all'osso, negozi variopinti.

Finalmente arrivarono. Morvan pagò il conducente e si mise a correre. Kabongo gli aveva dato appuntamento in un locale in riva al fiume, vicino a Gombe, un quartiere residenziale di Kinshasa.

Sua signoria era già là, come dimostravano le tre Mercedes parcheggiate. Una decina di guardie del corpo camminavano avanti e indietro sotto le tettoie sgocciolanti. Auricolari, pistole, sguardi furtivi: sembrava che fossero lì per proteggere Obama in persona. Morvan non era il tipo da farsi abbindolare: sapeva benissimo che probabilmente né le ricetrasmittenti né le armi funzionavano. Quanto alle guardie, il loro alito sapeva già di vino di palma.

Dopo averlo perquisito due volte lo lasciarono passare.

Il piano bar all'aperto consisteva in una semplice tettoia appoggiata su quattro pilastri. A quell'ora non c'era nessuno. La pista da ballo appariva spoglia e tarlata. Le sedie erano state impilate in un angolo e le casse giacevano sul palco coperte da sacchi di plastica. La pioggia batteva come ghiaia sulla lamiera del tetto.

«Ciao, Isidore.»

«Ciao, Grégoire.»

Morvan fece segno con il pollice alle sue spalle, indicando le guardie del corpo. «È davvero necessario tutto questo esercito?»

«Il leopardo non si sposta senza le sue macchie.»

Kabongo aveva una mania: utilizzava a sproposito tutta una serie di proverbi incomprensibili che sosteneva essere congolesi ma che la maggior parte delle volte inventava lui stesso.

«Come va, mio generale!?»

«Male, molto male. E per colpa tua!»

Se ne stava appoggiato al parapetto che affacciava sul fiume e fumava una sigaretta infilata in un bocchino. Di corporatura media, con capelli crespi e grigi, Isidore Ntahwa Kabongo indossava la divisa che Mobutu aveva imposto anni prima ai burocrati del regime: giacca con il collo alla coreana e pantaloni coordinati, come alternativa al doppiopetto con cravatta dei bianchi. *Abacost*, il nome di quella tenuta, era una contrazione di *à bas le costume!*, «abbasso il completo!». Un simile abbigliamento ormai appariva anacronistico. Per Kabongo, invece, era un messaggio: anche se si trovava al servizio della dinastia Kabila, non aveva dimenticato che doveva tutto a Mobutu.

Il suo percorso era simile a quello di Morvan. Cento per cento luba (Kabongo è anche il nome di una regione e di una località del Katanga), l'intellettuale zairese aveva costruito la propria carriera sotto Mobutu, sopravvivendo poi ai governi successivi. Doveva quella longevità alla sua conoscenza del territorio. Per due volte ministro delle Miniere, dello Sviluppo minerario e della Geologia, era lui che, grazie alla sua esperienza, vegliava ancora nell'ombra sui giacimenti della RDC. Nessuno sarebbe stato in grado di sostituirlo in questo settore.

Morvan fece per andargli incontro ma subito si fermò. Aveva dimenticato una delle tante stranezze del generale:

l'africano possedeva una iena come animale da compagnia. Kabongo aveva avuto molte mogli e moltissimi figli (trenta, stando a quanto dicevano, senza contare i «proiettili vaganti»), ma niente e nessuno avrebbero potuto rimpiazzare nel suo cuore il posto occupato da Cocotte, l'orribile bestiola che portava con sé ovunque andava. Era una specie di brutta copia di un leopardo, con le zampe asimmetriche e il muso nerastro. L'animale zoppicava attorno al padrone, ringhiando da dietro la museruola: quel vecchio catorcio sembrava mezzo cieco ma era sempre pronto a balzarti addosso.

«Vengo in pace», disse Morvan. «Siamo tutti e due sulla stessa barca.»

Kabongo scoppiò a ridere in una nuvola di fumo. «Hai ragione, ma tu sei quello che rema e io quello che comanda!»

Morvan si avvicinò alla balaustra, sulla quale erano posate alcune bottiglie di birra. Kabongo non lo aveva aspettato per l'aperitivo. Si prese qualche secondo per respirare l'aria del fiume, densa di umidità. Andare a Brazzaville, la capitale dell'altro Congo che si trovava sulla sponda di fronte, era fuori discussione quel giorno. L'acqua, la terra e il cielo sembravano cospirare sotto un velo di nebbia: affari di pioggia e alluvioni... «Sono venuto a parlarti di...»

«No», lo interruppe l'ufficiale. «Io parlo e tu ascolti. Siediti.»

Morvan prese due sedie dalla pila e le mise vicino al parapetto.

Kabongo restò in piedi: era lui a comandare, punto e basta. Prelevò una bottiglia da trenta centilitri da una cassetta: una Primus, la birra locale. Con gesto sicuro ne infilò il collo tra le maglie della museruola della iena e fece saltare il tappo a corona. «Bevi», gli ordinò.

Grégoire prese la birra senza perdere di vista Cocotte. Tutt'a un tratto si ricordò che le iene femmine hanno un clitoride grande quanto il pene dei maschi. Roba da smontare anche il più allupato del branco.

«A metà agosto sono state comprate novemila azioni della Coltano», dichiarò Kabongo nel tono di un presentatore televisivo. «All'inizio di settembre dodicimila. Lunedì scorso diciassettemila. Le azioni che hanno cambiato proprietario sono quasi quarantamila. E nessuno sa chi è stato né perché.»

Morvan bevve una sorsata tiepida. Era sorpreso dalla precisione di quei dati. Suo figlio, pur essendo del mestiere, non era riuscito a ottenere la benché minima informazione.

«Puoi spiegarmelo?» gli chiese il nero con la sua voce da Isaac Hayes.

«No.»

«C'entri anche tu?»

«No.»

«Non stai provando a mettercelo in quel posto?»

«No, te lo giuro.»

«Perché così potresti avere la minoranza di blocco e fare il bello e il cattivo tempo nella nostra provincia.»

«Ti dico che non c'entro!»

«E i tuoi amici del Lussemburgo?»

«Controllerò, ma sono sicuro che non ne sanno niente. Che interesse dovremmo avere a cambiare le cose? Voi siete padroni a casa vostra e non sarà qualche pacchetto azionario a cambiare la situazione.»

Il generale accondiscese con un lento cenno del capo. «Se non sei tu, provalo.»

«Troverò i compratori.» Morvan provò a bere un'altra sorsata ma non ci riuscì. Ebbe anche un conato di vomito, che provò a mascherare con un colpo di tosse.

«Non è buona?»

«Deliziosa.»

«Credi di avere il culo troppo bianco per poterti sedere alla nostra tavola?»

«Dopo tutto quello che ho fatto per il Congo?»

Kabongo non replicò. In realtà il governo congolese teneva molto alla Coltano, anche se la società pagava meno tasse delle altre. Grazie alla sua posizione geografica, era al sicuro dai predatori e dalle altre milizie che imperversavano nella parte orientale del paese, e dall'azienda proveniva la maggior parte degli introiti legati al coltan che entravano nelle casse dello stato.

L'altro paradosso era che Morvan, il bianco, conosceva quei territori tormentati (il Nord Katanga non era quello che si direbbe un eldorado tranquillo) molto meglio della maggior parte delle autorità di Kinshasa. In altre parole, avevano bisogno di lui.

Kabongo disse, in totale malafede: «È questo il tuo problema, capo: sei convinto che il Congo ti debba qualcosa. Ma invece è il contrario! È il caro vecchio Zaire che ha coperto le tue malefatte quando...».

«Lo so, lo so... Torniamo alla Coltano. Mi sembri bene informato. Sai per chi sono passati i compratori?»

«Un trader di nome Serano.»

«Come l'hai scoperto?»

«Cosa credi, che passiamo le nostre giornate a scopare e mangiare banane?»

Era esattamente quello che pensava Grégoire.

Kabongo divenne scuro in volto. «Trova quegli stronzi, Morvan.»

«Mi impegnerò a una sola condizione.»

La iena sghignazzò. Kabongo grugnì.

«Lascia andare mio figlio oggi stesso.»

«Avrebbe dovuto essere il suo lavoro ma si è fatto fregare.»

«Ha dei problemi... personali.»

«Conosco i suoi problemi e conosco i tuoi. Trova i compratori, Morvan, e costringili a vendere.»

«Chi acquisterà?»

«Noi siamo interessati: è il momento di raccogliere le nostre forze nella Coltano.»

In quella faccenda, Grégoire sarebbe comunque finito in mutande: o l'offensiva andava in porto e lui veniva estromesso, o i generali ricompravano le azioni, raggiungendo la minoranza di blocco, e a quel punto non gli avrebbero fatto nessuno sconto. «Dovete liberare Loïc. È l'unico in grado di aiutarmi...»

La iena gli si era avvicinata e aveva cominciato a girargli attorno alle gambe.

«Cocotte ha un debole per te!» ridacchiò Kabongo.

Il poliziotto allontanò l'animale con un piede. «È perché puzzo di morte. Lascia andare mio figlio.»

«Non correre. C'è un altro problema.»

«Quale?»

«Questa storia delle azioni è l'albero che nasconde la foresta.»

«Non capisco.»

«La vera domanda è: perché tutti vogliono la Coltano?»

Quelle parole non lo meravigliarono: i neri sapevano fare due più due. «Non ne ho idea.»

«Forse sanno qualcosa che io non so. Forse ci sono delle ragioni per cui si sono interessati alla nostra vecchia società...»

«Non capisco quello che vuoi dire.»

«Nuovi giacimenti, per esempio.»

Morvan balzò in piedi. Cocotte sghignazzò.

«Cosa vorresti insinuare?» si indignò Grégoire. «Che ti ho nascosto delle informazioni?»

«Sai come si dice dalle nostre parti? "Tutto ha una fine tranne la banana, che ne ha due."»

«Piantala di parlare come un cartone animato!»

«Se provi a fregarci, per te si mette male, Morvan.»

Era il momento di alzare i toni. «Lascia andare mio figlio e ti servo la testa dei compratori su un piatto d'argento! Altrimenti ti giuro che ammazzo tutti i tuoi uomini, a partire da quel coglione di Mabiala!»

«Calmati. Va bene, lascerò andare Loïc, perché io e te siamo come fratelli.»

«Finalmente.»

«E anche perché mi darai un bel po' di quattrini.»

«Quali quattrini?»

«Voglio una commissione sullo sfruttamento dei nuovi giacimenti.»

«Non c'è nessun nuovo giacimento!»

Cocotte rise ancora: era davvero la voce del padrone.

«Non costringermi a ficcare il naso nei tuoi intrallazzi, Morvan. Non costringermi a scoprire che traffichi con i tutsi, i mai-mai o qualcun altro... Lo faremo alla greca: in silenzio e alle spalle di quello stronzo bastardo...»

Circolava voce che Joseph Kabila non fosse il figlio di Laurent-Désiré. Secondo alcuni era addirittura di origine tutsi. Quello che tuttavia stupiva maggiormente Morvan non era tanto la mancanza di lealtà di Kabongo, quanto questo meraviglioso principio: in Africa la corruzione era l'unica cosa su cui si poteva contare.

Capitolò e tese la mano. «Ti tengo informato.»

«Questa sera tuo figlio sarà libero», gli assicurò Kabongo stringendogliela.

La messa era finita.

«Aspetta», disse il generale.

Si girò e in quella sua specie di vestito cinese si diresse verso un vecchio frigorifero. Lo aprì e ritornò con un vassoio di *cossa-cossa*, grossi gamberi dal carapace scuro, e una coppetta di salsa *pili-pili*.

Il momento degli stuzzichini. Morvan diede un'occhiata all'orologio: le sei e un quarto. Con un po' di fortuna sarebbe riuscito a sbrigarsela alla svelta con quel picnic improvvisato e a non perdere il volo.

Kabongo si mise un gambero fra i denti e scoppiò a ridere. Le sue gengive color malva brillarono in tutto il loro splendore. «Mabiala... Il Khmer nero... Un altro negro del cazzo!»

Il vecchio poliziotto abbozzò un sorriso mentre prendeva un gambero dal vassoio di carta. La iena aveva sentito odore di cibo e girava su sé stessa cercando di capire chi avrebbe potuto darle da mangiare.

«Tirale un gambero», gli disse Kabongo. «In Africa bisogna condividere tutto! I nuovi giacimenti... sarebbe stato un colpo troppo grande per te. Come si dice qui da noi: "Chi mangia una noce di cocco intera si fida del suo culo!".»

81.

«Riboise ha delle novità.» La voce di Tonfa era sovreccitata. «Frammenti di unghie e ciocche di capelli nell'epigastrio. Non ho capito bene cosa sia ma...»

«Avete fatto un'analisi del DNA?»

«È in corso.»

«Quanto tempo per i risultati?»

«Levantin ha detto un'ora. Dopodiché bisognerà inviarli all'FNAEG e...»

Le sei e mezzo di sera. Il volo aveva accumulato ritardo ed Erwan era appena atterrato. Aveva cercato di avvertire i suoi uomini, ma nessuno aveva risposto alle sue chiamate. Un altro buco nell'acqua: un'intera giornata persa per quell'andata e ritorno in aereo nel bel mezzo delle prime, cruciali ore dell'inchiesta soltanto per visitare un manicomio e recuperare alcune sculture di carta che gli sarebbero state consegnate entro ventiquattr'ore da un gendarme.

Uscì dall'aeroporto con il telefono all'orecchio. La borsa che teneva a tracolla gli mozzava il respiro. Aveva male dappertutto: le ferite recenti, il suo solito mal di schiena, i denti che digrignavano. Tentò di schiarirsi le idee, lisciandole come si farebbe con un foglietto sgualcito. «Altri risultati?»

«Levantin sta analizzando i chiodi. Dice che è come se ogni metallo avesse la propria firma e che può essere individuata grazie alla ruggine.»

«Quindi?»

«Hanno una specie di catalogo... I chiodi utilizzati dall'assassino sono composti di una lega di diversi elementi provenienti dal Congo.»

Erwan si fece largo tra i passeggeri in attesa dei taxi e sventolò il distintivo davanti al primo autista. «Quai des Orfèvres 36.»

L'indirizzo zittì ogni possibile commento.

«Vengono da lì?» riprese Erwan montando in auto.

«Parrebbe di sì. Ma le spiegazioni di Levantin sono davvero incomprensibili e...»

Tonfa era il guardaspalle della squadra, l'elemento forte su cui contare nel caso di uno scontro corpo a corpo. Purtroppo per lui, alla Criminale di scontri corpo a corpo non se ne vedevano mai. Invece, c'era sempre qualcosa su cui spaccarsi la testa...

«Niente di più preciso?»

«Levantin ha fatto altre analisi. Sui chiodi ci sono particelle che dovrebbe essere in grado di identificare. Potremo sapere se sono stati utilizzati per costruire baracche nella foresta, per chiudere cassette degli attrezzi o della frutta... Ha messo al lavoro anche alcuni biologi.»

«Biologi?»

«Potrebbero esserci microrganismi in grado di dirci se hanno viaggiato via aria o via mare. Sale, per esempio, o plancton, nel caso di una nave cargo...»

Quindi quei chiodi avrebbero potuto svelare parecchie informazioni. Ancora una volta il consiglio di suo padre – attenersi agli elementi concreti – si era rivelato corretto. Il taxi filava spedito. La corsia opposta, invece, era bloccata dai soliti imbottigliamenti del weekend.

«Quando avremo i risultati?»

«Entro stanotte.»

«Dove sei?»

«In centrale.»

Quindi Tonfa, per la seconda volta, aveva marinato l'autopsia.

«Arrivo.»

Riappese e chiamò Audrey.

«Sono io. La perquisizione?»

«Niente di speciale. L'appartamento di una ragazza come tante. Mezza borghese e mezza ribelle. L'unica cosa che abbiamo trovato sono degli strani travestimenti.»

«Cosa vuoi dire?»

«Non saprei... Camici arancioni, mascherine, cannule, cinghie... Sembrano costumi per un film horror.»

Archiviò la notizia in un angolo del cervello. «Gli Zodiac?»

«Stiamo ancora controllando gli ETRACO registrati nell'Île-de-France. Non sono pochi. Ho preso con me Sergent. Sta telefonando alle capitanerie e ai proprietari. Per il momento niente.»

«E la fluviale? Cosa dicono dell'assassino?»

«Che è un professionista. Ha attraccato, ha issato il corpo – un peso piuma: quarantacinque chili – ed è ripartito veloce com'era venuto. Quasi una manovra militare.»

«A parte il pilota della chiatta ci sono altri testimoni?»

«Tantissimi, ma inutili. Possiamo ringraziare la stampa. Tutti hanno visto qualcosa. Tutti hanno ucciso Anne Simoni. Ho attivato un centralino speciale per gestire queste cose.»

«Tra poco sono lì. Faremo un punto più preciso.»

«Non ci vorrà molto.»

Porte d'Orléans. Il traffico rallentò bruscamente. Stava per ordinare all'autista di accendere il lampeggiante quando si ricordò di essere in taxi.

Restava il Sardina. Era proprio il caso di dirlo: Erwan stava ritirando le sue reti.

«I numeri chiamati dal cellulare parlano chiaro: Anne Simoni aveva ancora conoscenze in certi ambienti piuttosto squallidi.»

«Del tipo?»

«Stiamo facendo la lista: sballati, drogati, spacciatori, ex carcerati...»

«Li hai già localizzati?»

«Non ancora. Sono soprattutto squatter, gente che legalmente non esiste.»

«Scava in questa direzione. Sento qualcosa.»

«Spero che tu stia camminando con le chiappe al muro.»

Erwan glissò sulla battuta, un fugace tributo alla cultura dell'ambiente della polizia. «E mio padre?»

«Dalle informazioni che abbiamo raccolto non si trattava di una frequentazione assidua. Un pranzo ogni tanto e basta. Ma ancora non sappiamo perché la ragazza lo abbia chiamato sei volte martedì. Gliel'hai chiesto?»

Erwan pensò al Vecchio, che doveva essere immerso nel fango fino alle ginocchia in Congo. «È in trasferta. Lo farò senz'altro domani.»

Avenue du Maine era bloccata. Fermarsi al commissariato centrale a qualche isolato di distanza? Requisire un'auto e farsi largo con il lampeggiante? No, la manovra avrebbe richiesto troppo tempo...

«Un attimo...» Si rivolse all'autista. «Non puoi superare?»

«E come faccio? Ci tengo ai miei punti!»

Erwan sventolò il distintivo nello spazio tra i due sedili. «Se davvero ci tieni, ti conviene filare. Subito. Sbrigati.»

Brontolando, il tassista si spostò al centro della carreggiata e cominciò a percorrerla contromano. Per un inspiegabile miracolo, ora il traffico era più scorrevole in quella direzione.

Erwan tornò a Favini. «Sei in ufficio?»

«Stavo per partire per le terre selvagge...»

«Aspettami. Cinque minuti e sono lì.»

«Come no!» disse ridendo l'autista.

Erwan riagganciò. Ora avanzavano su rue de Vaugirard, sempre al rallentatore. «Passa col rosso.»

«Ma...»

«Non farmelo ripetere, cazzo!»

Il tassista imboccò rue de Rennes in un concerto di clacson. Erwan fece il numero di Kripo. A quel ritmo i suoi uomini non avrebbero più avuto niente da dirgli quando fosse arrivato.

«Ho una cosina marginale ma interessante», esordì l'alsaziano.

«Di che si tratta?»

«Ti ricordi quello scultore, Lartigues, il leader di una comunità che pratica il no limit?»

«Vagamente.»

«Ho controllato il suo profilo su Internet e ho visto alcune sculture. Ti consiglio di dare loro un'occhiata.»

«Perché?»

«Ti ho mandato i link, devi solo...»

«Sono in macchina, fammi un riassunto.»

«Sono versioni giganti di quei feticci di cui mi hai parlato.»

«I *minkondi*?»

«Esatto. Figure enormi, cosparse di chiodi e cocci di vetro. Degli affari terrificanti venduti a peso d'oro.»

Erwan non pensava che lo scultore si fosse dato alla carne umana, ma quella notizia confermava la sua intuizione: esisteva un rapporto fra i no limit, la comunità sadomaso, l'Uomo Chiodo e gli ultimi omicidi... «Stampami le foto, sto arrivando in commissariato. Su Lartigues cos'hai trovato?»

«È diventato famoso negli anni Ottanta, dopo aver studiato a Parigi e a Roma. Ha voltato le spalle alle correnti dell'epoca: la *figuration libre*, la transavanguardia e compagnia bella, per dedicarsi a una forma di scultura più primitiva, ispirata all'arte africana. Il tipo è molto quotato.»

«Fedina penale?»

«Nemmeno una multa. Guadagna una fortuna da quando aveva venticinque anni. Atelier a Parigi, Roma, New York... Mostre di successo. La bella vita, ma in stile bohémien. È il tipo che viaggia in bicicletta mentre l'autista sta lucidando la Jaguar.»

«Per i no limit non ha mai avuto problemi con la polizia?»

«Non credo esageri troppo e comunque fino a prova contraria farsi dare qualche frustata sul culo non è illegale... E tu, con lo Charcot?»

«Un vicolo cieco. Ti spiegherò.»

Quando la macchina imboccò quai des Orfèvres, Erwan guardò l'orologio: le sette e dieci. Briefing generale e poi tutti di nuovo al lavoro per la notte... Tutti tranne lui.

Aveva appuntamento con Sofia alle otto e mezzo da Mimmo, un ristorantino italiano in rue Blanche. Se non ci si può permettere di scialacquare, meglio andare sul semplice.

82.

Stava salendo le scale del commissariato quando una giovane donna gli corse incontro: la segretaria di Fitoussi, il capo della squadra Omicidi.

«Vuole vederla d'urgenza», gli sussurrò. «Subito!»

«Posso almeno prima lasciare le mie cose in ufficio?»

«No. Deve andare immediatamente. È furioso.»

Si trovava al piano del commissario capo. Nella penombra del ballatoio la ragazza gli sembrò spaventata. «Mi faccia strada.»

L'ufficio di Fitoussi, il più grande della Omicidi, era lo stesso che aveva ospitato vere e proprie leggende della polizia, ma Erwan non era il tipo da farsi impressionare: a prescindere da dove si trovasse, il commissario capo restava comunque un coglione. Un grassone che doveva la propria carriera agli agganci in politica e che vedeva complotti dappertutto.

«Dov'era finito, maledizione?»

«Ero in trasferta in Bretagna alla ricerca di indizi nell'interesse della verità.»

«Non è il momento di scherzare. Perché ci è andato?»

«L'assassino di Anne Simoni si ispira a un killer che era stato internato in un OPG del Finistère. Dovevo verificare questo aspetto della faccenda.»

«E allora?»

«Niente. Il tipo è morto da tre anni. Non aveva contatti con gli altri pazienti. Negli ultimi tempi nessuna scarcerazione o evasione dall'istituto.»

Fitoussi si alzò in piedi infilando le mani in tasca. Aveva

una pancia di fronte alla quale veniva da chiedersi che tipo di organismo potesse deformarsi fino a quel punto. «La procura mi chiama. Il prefetto mi chiama. Valls mi chiama. E lei se ne torna in Bretagna? Mi hanno detto che c'è un collegamento con la faccenda dell'iniziazione. È vero?»

«Tutto porterebbe a crederlo. Wissa Sawiris, la vittima dell'accademia, è stato ucciso nello stesso modo. Ma lo stato in cui il missile ha ridotto il suo corpo ci impedisce di esserne sicuri al cento per cento. L'unica cosa di cui siamo veramente certi è che il suo assassino ha lasciato nell'addome del pilota unghie e capelli appartenenti alla vittima dei Grands-Augustins.»

«È rivoltante...»

«No, ha a che fare con la religione.»

«Cosa?»

«Lasci perdere.»

«La smetta di darsi arie, Morvan! Questi resti potrebbero portarci all'assassino?»

«No. Ma il medico legale ne ha trovati altri nel corpo di Anne Simoni. Potrebbero portarci alla prossima vittima.»

Fitoussi si avvicinò alla finestra. La vista più bella del commissariato, un'inquadratura in campo lungo con la Senna, i quai, gli edifici del diciottesimo secolo... In quel momento, purtroppo, il panorama riusciva soltanto a ricordargli il cadavere del giorno prima. «C'è altro?»

«Non molto. Il nostro uomo non lascia tracce. Stiamo analizzando i chiodi e i cocci di vetro. Probabilmente vengono dall'Africa. Quando avremo i risultati, sapremo se sono stati utilizzati per chiudere casse contenenti materiale organico o...»

Il massiccio poliziotto si voltò bruscamente verso Erwan. Indossava ancora i Ray-Ban con le lenti affumicate – erano occhiali da vista – che gli davano l'aspetto di un imprenditore mafioso della Costa Azzurra. «Mi sembra che lei continui a non capire, Morvan. Non abbiamo tempo per analizzare ogni merda di mosca. Questo genere di cose le lasci alla televisione. Non ha niente di più concreto? Testimonianze? Sospettati? Ci stanno con il fiato sul collo, cazzo!»

«Dopo i servizi dei telegiornali abbiamo ricevuto qualche chiamata, ma niente di utile: sciroccati, cittadini troppo zelanti...»

«Che puttanaio...»

Fitoussi camminava nervosamente per l'ufficio come un orso obeso rinchiuso in una gabbia troppo piccola. Erwan avvertiva, fisicamente, i secondi passare. Aveva fretta di raggiungere i suoi uomini.

«Signore», bluffò per chiudere la discussione, «le prometto che entro domani mattina avrò dei risultati.»

«Spero bene. Mi serve qualcosa da dare ai media.»

Erwan decise di esagerare. «Abbiamo allargato il gruppo: siamo più di dieci a lavorare al caso. Il laboratorio della Scientifica funziona a pieno regime. Abbiamo ricostruito il passato e identificato i conoscenti di Anne Simoni e...»

«A questo riguardo nessun problema?»

«Di che genere?»

«Lo sa bene...»

Colse l'allusione. «Mio padre aveva appoggiato la liberazione della vittima e l'aveva aiutata a reinserirsi. Tutto qui.»

Fitoussi gli lanciò uno sguardo in tralice tra le sopracciglia e la montatura degli occhiali. «Grégoire mi fatto capire che potrebbe trattarsi di una faccenda legata a un'inchiesta che aveva condotto in passato.»

«Esatto. È stato lui ad arrestare il killer al quale si ispira il nostro assassino.»

«Quello che era stato internato in Bretagna?»

«Sì, l'Uomo Chiodo. Mio padre lo aveva catturato agli inizi della sua carriera, nel 1971, in Zaire.»

Il commissario si passò il palmo della mano sulla fronte, come se potesse cancellare in un attimo tutte le preoccupazioni che gli opprimevano il cervello. «Conosco la storia. Sant'Iddio, è...»

«Mi scusi.»

Il cellulare di Erwan era squillato. Un SMS. E non uno qualsiasi: la suoneria era quella che aveva assegnato ai membri della sua squadra.

Il messaggio era di Kripo: «Vieni. Urgente».

83.

Nella macchina che viaggiava a tutta velocità in direzione del XII arrondissement a sirene spiegate, Erwan lesse i primi ragguagli su Ludovic Pernaud. Le unghie e i capelli misteriosi avevano parlato: appartenevano a un estremista politico di trentadue anni con due condanne alle spalle la cui impronta genetica era conservata nell'FNAEG.

Le informazioni che aveva letto su Pernaud fino a quel momento tracciavano un ritratto incoerente. Militante di estrema destra. Condannato a un anno con la condizionale e a due di libertà vigilata per aver partecipato nel 2002 all'aggressione di quattro studenti di sinistra nel campus universitario di Nanterre. L'anno successivo, tre anni di prigione per l'omicidio preterintenzionale di alcuni militanti della Lega di difesa ebraica e del Betar durante una manifestazione a sostegno di Israele. Dopo uno sconto di pena, il simpaticone era riapparso nel 2006 nella Guyana francese, durante un tentativo di sequestro all'aeroporto di Cayenne operato da alcuni militanti creoli. Questa volta, per così dire, stava dalla parte giusta: era uno dei paracadutisti rimasti feriti nell'operazione. Nuova sparizione. Ora viveva a Parigi, al 45 di rue de la Voûte, vicino a porte de Vincennes, apparentemente senza un lavoro fisso né altre entrate, fatta eccezione per una pensione di invalidità militare. Niente macchina. Niente telefono. Niente conto in banca né carta di credito.

Questo era l'uomo al quale appartenevano i resti ritrovati nel cadavere di Anne Simoni. Erwan era praticamente certo che fosse già morto e non sapeva che cosa pensare. Perché prendersela con lui?

Giunto a porte de Bercy, ricevette altre notizie da Kripo, rimasto in commissariato (il suo vice era davvero una palla al piede sul campo). Un ritratto fotografico confermava le sue prime impressioni su Pernaud: fascista fino al midollo. Tratti duri, inespressivi, dritti come un piano d'attacco. Il tipo che durante la settimana si vestiva in cachi e la domenica in tutta mimetica.

Per fare irruzione Erwan aveva chiesto l'intervento di Tomasi e dei suoi reparti speciali. Non che quegli esaltati gli piacessero molto, ma erano perfetti per un'operazione di quel tipo. Pernaud poteva essere ancora vivo e forse il suo rapporto con gli omicidi era di natura diversa. Il suo profilo, tuttavia, richiedeva una certa cautela. Stando a Kripo, era tesserato nella federazione francese di tiro e possedeva almeno cinque armi da fuoco.

Soltanto quando furono su boulevard Soult si resero conto che rue de la Voûte era a senso unico: il loro GPS si era rifiutato di accendersi. Fecero marcia indietro e dopo una lunga deviazione scoprirono sul lato opposto della via un nuovo senso vietato. *Cazzo.*

Mettere le sirene o prendere la strada in contromano era fuori questione. Dopo svariate manovre e sfuriate via radio, si fermarono in cours de Vincennes, davanti a passage de la Voûte, una semplice scalinata che consentiva l'accesso all'omonima via.

Vamos. A piedi e senza fascia della polizia, si precipitarono giù per le scale.

Stava calando la sera. I marciapiedi erano deserti. Passepartout. Quando Erwan si vide sfilare davanti i componenti della sua squadra avvertì un senso di sicurezza: Tonfa era massiccio, il Sardina un tiratore formidabile, Audrey una vera sandinista...

Non c'era la portineria, ma i nomi degli inquilini erano elencati in una bacheca. Il primo era quello di Ludovic Pernaud, terzo piano a sinistra. I rinforzi delle teste di cuoio avevano trovato un secondo accesso dal cortile interno.

Briefing a bassa voce nell'androne in penombra e maleodorante di muffa, cera e spazzatura.

«Tomasi, tu...»

«Niente nomi durante l'operazione.»

Erwan sospirò. «Io salgo con i miei, tu controlla il pianoterra, le finestre della corte interna e i tetti.»

A Tomasi non piaceva prendere ordini, ma sembrò d'accordo con quel piano a dir poco elementare. Senza dire una parola passò un auricolare a Erwan, che lo indossò con difficoltà.

«Siamo sulla stessa frequenza», sussurrò il cowboy. Rosa e rasato come un maialino da latte, ricordava più un pilota di Kaerverec che uno sbirro del commissariato.

«Vi avverto quando arriviamo», rispose Erwan, sentendo l'eco della propria voce rimbombare tra le pareti.

Tutti estrassero la pistola. Il rumore del velcro strappato risuonò troppo forte nel corridoio. Gli uomini dei reparti speciali puntarono verso il cortile, Erwan e i suoi verso la tromba delle scale, cercando di fare il minor rumore possibile.

Sul ballatoio del terzo piano Erwan si rimise alla testa del gruppo. Non avevano acceso la luce. Le doghe del pavimento cigolavano orrendamente. Due porte si stagliavano sulla sinistra, immerse nell'oscurità.

Erwan accese la Maglite e gli parve che la torcia succhiasse la sua stessa energia. Si sentiva bruciare, il suo cuore era un gong. Nel fascio di luce vide un nome sconosciuto sopra un campanello. Sull'altro non c'era scritto niente. Accostò l'orecchio alla porta: nessun rumore. Fece un gesto eloquente ai suoi uomini e indietreggiò di qualche passo per sussurrare nell'auricolare: «Noi in posizione. Voi?».

«Noi okay. C'è movimento dentro?»

«Zero assoluto. Bussiamo.»

Erwan avanzò, mettendosi sulla destra per non trovarsi sulla linea di tiro. Sentiva il sudore colargli tra le dita e il calcio della pistola. «Polizia!» gridò dopo aver bussato. «Aprite!»

Nessuna risposta. Si aspettava di vedere le altre porte aprirsi come capitava ogni volta. Con un cenno diede il via libera a Tonfa, che si avvicinò armato di un ariete Monoshock. Primo colpo: la serratura resse. Un secondo urto, poi un altro ancora: la porta era blindata.

A ogni colpo Erwan ripensava alle armi per il cui porto Pernaud aveva ricevuto l'autorizzazione della prefettura: due fucili calibro 22 long rifle, un fucile a pompa Remington calibro 12, una pistola automatica Glock 9 mm, un revolver a sei colpi Smith and Wessin 357 Magnum...

La porta finì per scardinarsi e cadde verso l'interno portando con sé anche l'armatura metallica e rischiando di travolgere Tonfa, trascinato dal suo stesso slancio. Erwan lo afferrò per una spalla, lo spostò e fece un balzo in avanti, mettendosi in posizione di tiro rapido. «POLIZIA! PO...»

Non riuscì a finire. I muri dell'appartamento erano coperti di sangue. Linee, disegni e schizzi che ricordavano le divinità yombe. Maschere dai tratti primitivi. Lance a forma di pene. Falci che ricordavano dei serpenti.

Quella stanza che, come testimoniavano diversi articoli di giornale appesi alle pareti, era stata il rifugio di un assassino di estrema destra appassionato di armi e di altre cazzate come le violenze dei tifosi di calcio, ora aveva l'aspetto di un campo di battaglia messo a soqquadro, rovistato e frugato dappertutto, il teatro di una carneficina. Era talmente coperta di sangue che il pavimento ricordava quello di un macello. L'odore di emoglobina, pesante, metallico, stava già svanendo. Il sacrificio di Ludovic Pernaud doveva risalire ad almeno dodici ore prima.

Senza scambiarsi una parola, i poliziotti avanzarono nella stanza, mettendosi automaticamente in formazione a cuneo, come insegnano in accademia, con Erwan alla loro testa, pistola in mano.

Una voce gli risuonò all'orecchio: «Dove diavolo siete?».

«Via libera. Qui non c'è più niente di vivo.»

«Com'è?»

«Venite a vedere.»

Al centro della stanza (il letto era stato sollevato e appoggiato in verticale contro il muro) il corpo di Ludovic Pernaud era raggomitolato in una cesta intrecciata rotonda, alta circa un metro, resa rigida dal sangue rappreso. Sbucava soltanto la testa, sfigurata da grappoli di chiodi che spuntavano sulla fronte, su una guancia e sul mento. Nonostante le ferite, si riconoscevano i lineamenti del paracadutista, rapato a zero, la bocca deformata da una smorfia di dolore. Pezzi di specchio conficcati nelle orbite completavano il quadro. Dovunque fosse in quel momento, Pernaud stava contemplando il mondo degli spiriti.

I poliziotti circondarono il cadavere. Lembi nerastri uscivano dalla cesta. Non era difficile riconoscervi brandelli di pelle insanguinata. Erwan notò che il corpo riproduceva una statuetta dell'ufficio di suo padre che avrebbe dovuto togliere malocchio e malattie. E anche uno dei feticci di carta di Pharabot.

Rinfoderò la pistola e sibilò agli altri: «Chiamate il procuratore, la Scientifica e le pompe funebri».

Temevano tutti di calpestare qualche brandello di pelle. Erwan si accorse che trattenevano il respiro, in apnea in quel bagno di orrore. Tutta la scena sembrava svolgersi al rallentatore, in un clima surreale.

Lui invece si trovava in uno stato diverso. Notava ogni particolare, memorizzava ogni dettaglio, con distacco, come a distanza. Perfino il suo respiro – breve, trattenuto, per non inspirare l'odore ripugnante della carne – gli sembrava fluttuare fuori dal corpo.

Quando arrivarono gli agenti dei reparti speciali fu ancora peggio: otto persone sotto shock in una camera rosso sangue.

Erwan si tolse l'auricolare e prese il telefono. Lentamente – aveva l'impressione che tutti i suoi gesti fossero sconnessi – scrisse un SMS a Sofia: «Mi dispiace, sono in ritardo».

84.

Quando i neri lo lasciarono andare, non riusciva più a muovere le braccia. Era stato quasi ventiquattro ore con le mani legate dietro la schiena, rannicchiato sui sedili posteriori di un'auto. Gli avevano concesso soltanto due break: uno per pisciare, l'altro per mangiare. Lo avevano spostato più volte, mettendogli un cappuccio in testa che (non sempre) gli toglievano quando arrivavano a destinazione. A ogni modo, i posti dove lo avevano portato erano quasi tutti uguali: parcheggi vuoti, zone industriali abbandonate, quartieri disabitati...

Nonostante la costante atmosfera di minaccia, il panico di Loïc a poco a poco si era un po' placato: aveva avuto la certezza che suo padre si stesse occupando di lui e si era accorto che la situazione stava impercettibilmente migliorando.

Il vero problema era la coca: più che la paura, la mancanza d'aria o i dolori ai muscoli indolenziti, a torturarlo era stata l'astinenza. Il bisogno di droga si era manifestato con vampate di calore brevi e lancinanti. A volte un'ondata di angoscia lo aggrediva fino a fargli sperare di morire. Oppure a tormentarlo erano sensazioni fisiche: brividi di freddo, crampi allo stomaco. Altre volte era come se vedesse davanti a sé delle belle strisce bianche alle quali non riusciva ad avvicinarsi. Poi tutto passava e ricominciava a digrignare i denti a più non posso in attesa della crisi successiva.

I suoi carcerieri gli avevano tolto il cappuccio e tagliato le manette, dopodiché lo avevano buttato fuori dalla macchina. L'ultima auto che avevano usato aveva una targa diplomatica. Un modo per dirgli: "Puoi anche segnarti il numero, tanto siamo intoccabili". In ogni caso, non aveva avuto la presenza di spirito per mandarla a memoria. Si era limitato a raccogliere il cellulare e il portafogli che gli avevano lanciato dalla portiera e poi si era massaggiato i polsi.

Seduto per terra (aveva il completo macchiato di grasso: il secondo da buttare in due giorni), controllò il telefono: per miracolo non si era ancora scaricato del tutto, anche se in quel buco prendeva. Guadagnò l'uscita con passo malfermo: fame, astinenza, intorpidimento. I suoi passi risuonavano nello spazio vuoto. "Dove sono?" Elencò le proprie priorità. Innanzitutto doveva capire dove si trovava. Poteva essere appena fuori Parigi o dall'altra parte dell'Île-de-France. Poi bisognava che trovasse un bancomat: gli avevano restituito soltanto le carte di credito.

Intorno a lui si estendeva una deprimente periferia industriale: un lungo viale costeggiato da lampioni, isolati di edifici neri e ciminiere. Poteva essere a Nanterre come a Gennevilliers o a Ivry-sur-Seine. Quando si mise in marcia alla ricerca di un cartello stradale, tornò ad assalirlo la sua vera preoccupazione: Milla e Lorenzo. Tra una crisi e l'altra non aveva mai smesso di pensare a loro: quel fine settimana i figli dovevano stare con lui. Chi era andato a prenderli a scuola? Qualcuno aveva avvisato la loro madre? Ci aveva pensato il Vecchio? Era sicuro di sì.

Chiamò Gaëlle, che si occupava dei bambini quando lui non era disponibile. La sorella lo rassicurò: i piccoli erano già a letto. Alla sua richiesta di spiegazioni Loïc rispose in modo piuttosto vago. Quando poi Gaëlle gli chiese dei lavori che erano stati fatti a casa sua, fu ancora più evasivo.

«Arrivo tra mezz'ora.»

Aveva appena visto un cartello stradale: STAINS. Controllò la segreteria: in ventiquattr'ore aveva ricevuto più di trenta messaggi. Era interessato solo a quelli del padre. Morvan aveva già provato a chiamarlo due volte. Doveva essere al corrente che lo avevano appena liberato e voleva fare una verifica.

Gli bastò una pressione del dito per richiamarlo. Il segnale di linea risuonò in modo strano.

«Dove sei?» gli chiese il Vecchio con il suo vocione inquietante.

«Mi hanno appena lasciato andare. Cos'hai fatto?»

«Ti spiegherò. Sto per imbarcarmi.»

«Per dove?»

«Per Parigi. Sono a Kinshasa. Ho dovuto negoziare con le alte sfere.»

«Hai... hai pagato?»

«No. Ma non abbiamo molto tempo per dimostrare la nostra buona fede.»

«Che buona fede? Di cosa ci accusano?»

Morvan eluse la domanda. «Kabongo mi ha detto il nome del trader che sta comprando i pacchetti di azioni.»

«Come l'ha avuto?»

«È meno coglione di te. Un certo Serano.»

Loïc si lasciò sfuggire una bestemmia. La notte prima non era riuscito a cavargli una sola parola di bocca. «Sì, lo conosco.»

«Va' da lui e fallo cantare.»

«Non ha alcun motivo per rispondermi.»

«Arrangiati. Dobbiamo risalire ai compratori. È il solo modo che abbiamo per convincere i negri!»

Loïc si passò una mano sul volto. Gli parve di toccare un cadavere. «Non... non so come fare.»

«Allora chiama Erwan.»

Solo al sentir nominare il fratello si rianimò. «Verrà a spaccargli il muso in modo che io possa ottenere le informazioni? È così?»

«Sa essere convincente.»

«Non so in che mondo vivi, papà, ma le faccende di cui stiamo parlando non si regolano a pugni. È la borsa, non un saloon!»

Trascorse qualche secondo. Loïc pensava già che fosse caduta la comunicazione quando la voce del padre tornò come un rumore di fondo. «Sto salendo in aereo. Tu torna a casa e fatti una doccia. Ai bambini ha pensato Gaëlle. Domani mattina va' da Serano.»

«Ti ho detto che...»

«E io ti dico che invece il mondo *è* un enorme saloon. I tuoi finanzieri valgono meno della merda di cavallo sotto gli stivali dei miei cowboy. Tuo fratello verrà con te e, credimi, Serano vuoterà il sacco e vi ringrazierà per non avergli rotto tutti i denti.»

85.

Tovaglia a quadretti, caraffa d'acqua, candela a buon mercato: Erwan si vergognava di avere invitato Sofia in una bettola simile. Quello che ricordava come un ristorantino italiano niente male in realtà era una triste pizzeria. L'idea di portare in quel posto una fiorentina purosangue era tanto sensata quanto offrire un cartoccio di *fish and chips* a un lord inglese.

Era riuscito in qualche modo a sganciarsi dai suoi uomini in rue de la Voûte nel momento in cui erano arrivati quelli della Scientifica e il furgone delle pompe funebri. Aveva trovato Sofia già seduta al tavolo, paziente e sorridente. Per rompere il ghiaccio aveva fatto una battuta sui propri lividi e poi le aveva spiegato come se li era fatti.

A quel punto erano cominciati i problemi.

Non riusciva a restare concentrato. Due morti in due giorni. Tre in una settimana, contando Wissa. Era sicuramente il caso più importante della sua vita, quello che gli avrebbe permesso di diventare commissario capo nel giro di qualche anno o lo avrebbe fatto finire a marcire in un ufficio della prefettura se avesse fallito. Erwan percepiva le parole pronunciate da Sofia ma non riusciva a coglierne il senso, come quando si sente qualcuno parlare una lingua che non si conosce.

«Mi stai ascoltando?»

«Certo.»

Il corpo straziato di Pernaud che usciva dalla cesta aprendosi in petali mostruosi. Un assassino che si muoveva in un mondo parallelo dominato da demoni e forze occulte.

Erwan si aggrappava alla propria idea: l'unica differenza tra il vecchio e il nuovo killer era lo stupro anale, ancora da verificare per Pernaud. Forse il nuovo lottava contro le proprie pulsioni omosessuali o necrofile. Violentare i suoi *minkondi* non era un modo per appagare i desideri bensì per esorcizzarli.

«Cosa ne pensi?»

«Scusa?» Erwan sussultò.

«Ti ho chiesto cosa pensi sia meglio per i bambini: una settimana su due o un fine settimana su due più tutti i mercoledì?»

«Non avete ancora deciso?» replicò eludendo la domanda. Non aveva opinioni sull'argomento. «Per il momento sei tu ad avere la custodia.»

«Per il momento. Ma Milla e Lorenzo hanno bisogno del loro padre.»

Erwan la provocò. «Dovete soltanto rimettervi insieme.»

«Non se ne parla.»

«Sei sicura che tra voi non ci sia più niente?»

Lei tagliò un pezzo di pizza, che masticò con la faccia inespressiva. «Sai cosa diceva Nixon a proposito dell'amore?» gli chiese.

«Il presidente degli Stati Uniti?»

«"L'amore è come un sigaro. Quando si spegne, puoi anche riaccenderlo ma non avrà più lo stesso sapore." Perché provare a rimettere insieme i cocci? Siamo ancora giovani. Avremo altre storie. E poi c'è la droga: finché Loïc non ne sarà uscito io devo proteggere i miei figli.»

Niente di nuovo sotto il sole. L'unica novità quella sera era l'atteggiamento distaccato di Sofia: sembrava tranquilla, serena. Come tutte le guerre, anche i divorzi hanno i loro cessate il fuoco.

«E tu?» rilanciò lei. «Parliamo sempre dei problemi di tuo fratello, delle scappatelle di tua sorella... Ma tu come sei?»

«Sommerso di lavoro.» Diede un'occhiata all'orologio, quasi a confermare quanto aveva appena detto. «C'è questo caso che...»

Sofia posò una mano sulla sua. Erwan ebbe un brivido.

«No. Parlo della tua vita privata. Cosa aspetti a mettere su famiglia? Fare dei figli?»

«Non è mica un obbligo.»

«Non è nemmeno una maledizione. Qualche storia seria?»

Gli aveva già fatto quella domanda ai giardini del Lussemburgo.

«No. Vanno e vengono...»

«Molto chic.»

Temette di arrossire. «Non volevo dire questo. Io...»

«Le tue amichette, dove le incontri?»

Gli occhi di Sofia brillavano. Finalmente avevano cominciato a parlare di cose serie.

«Al lavoro, durante le mie inchieste...»

«Qual è il tuo tipo?»

Rispose senza esitare. Quella sera era incapace di crearsi un personaggio. E comunque non avrebbe saputo quale. «Commesse, cameriere.»

«Per alimentare il tuo complesso di superiorità?»

«Non le ho mai considerate inferiori a me.»

«Per le loro capacità di conversazione?»

«Non fare così», protestò. «Le amo... perché sono carine.»

«Originale.»

«A domanda rispondo.»

«Non tutte lo sono.»

«Quasi tutte: fa parte del loro lavoro.»

Sofia fece un cenno con la mano al cameriere. «Io prendo un po' di vino. Non sei obbligato a seguirmi.»

Le aveva detto che non beveva mai. Voleva tornare in commissariato con la mente lucida.

«Va bene, mi associo», accondiscese.

Arrivò una nuova caraffa, questa volta rossa. Erwan riempì i bicchieri mentre Sofia tornava alla carica. «Quindi sono carine. Ma c'è dell'altro, vero?»

«Hanno anche un lato perduto che mi commuove.»

«In che senso?» domandò lei bevendo un lungo sorso.

Erwan abbassò gli occhi sulla propria pizza: non l'aveva toccata. Impossibile buttare già anche un semplice boccone. La vicinanza di Sofia. Il cadavere in rue de la Voûte... «Ho una mia teoria sulla bellezza femminile.»

«Oh, oh, ora sì che sono interessata...» Gli tese di nuovo il bicchiere, già vuoto.

«Si dà molto credito alle donne belle ma questo si ritorce contro di loro. Quando sono piccole gli si racconta che saranno principesse. Quando crescono gli si predice un futuro prima da modelle e poi da attrici. A poco a poco queste ragazze illanguidiscono nei loro sogni. Perdono ogni energia.»

«A me invece pare che non ci sia nessuno più energico e tenace di un'aspirante attrice. Pensa a tua sorella.»

«Dimenticala. Si tratta solo di fantasie. Non sono attrezzate per affrontare la vita vera: un lavoro di merda, un capo sadico, uno stipendio ridicolo...»

«Non sono d'accordo. Molte modelle o attrici debuttanti lavorano nei ristoranti, fanno mestieri di ogni tipo. A New York...»

«Si tratta sempre di impieghi temporanei, in attesa della scrittura.»

«Dove vuoi arrivare?»

«Il provvisorio a un certo punto diventa permanente. Questo passaggio, chiamiamolo così, è la realtà che si impone. Ma nel frattempo loro non hanno avuto nessuna formazione. Niente scuola, niente università, niente stage... Sono nude e disarmate nella lotta per la sopravvivenza.»

Sofia vuotò di nuovo il bicchiere e questa volta si servì da sola. Indossava un maglione blu a maglia fine con lo scollo a V. Mentre si muoveva, Erwan intravide per caso (sempre che si possa parlare di caso riguardo a ciò che una donna decide di mostrare al proprio interlocutore) la spallina del reggiseno. Subito abbassò lo sguardo, come un ragazzino colto in flagrante. In fondo aveva sempre pensato che lei non avesse né seno né sesso. Non era una creatura materiale.

«Quindi tu vorresti salvarle?»

Si incupì: aveva sbagliato ad aprirsi così. Sul piano del desiderio e dei sentimenti aveva l'età mentale di un tredicenne. D'altro canto, non aveva molta più esperienza di un adolescente. «Cambiamo discorso.»

Sofia scoppiò a ridere. Cominciava a essere un po' alticcia e questo non faceva che renderla più seducente. Incrociò le braccia sul tavolo e si protese verso di lui. «Chi è stata la tua preferita?»

«Una commessa che lavorava da Sephora, sugli Champs-Élysées», confessò. «Una donna minuta, molto orgogliosa, molto bella, alla quale non piaceva fare l'amore.»

«Un grosso difetto.»

«La cosa non mi disturbava.»

«Anche a te non piace?»

«Non troppo.»

Sofia ridacchiò. Così, un po' brilla, sembrava più vicina, più reale. Il vino le arrossava gli zigomi. I suoi occhi a mandorla si erano fatti liquidi.

«Qualche anno fa», si lasciò sfuggire, «ho sofferto di depressione.»

«Non lo sapevo. Non vuoi che ordiniamo altro vino?»

«No. Mi pare che tu abbia bevuto abbastanza.»

Riecco il giansenista. Come sola risposta ebbe un'altra risata. Sofia aspettava che continuasse la sua storia.

«Ne sono uscito grazie ad ansiolitici e antidepressivi. I farmaci hanno fatto miracoli, ma non per la mia libido.»

«È vero quello che dicono? Che rendono impotenti?»

«Mi è bastato credere che fosse così perché diventasse vero. Da allora l'idea di fare l'amore è diventata una fonte di stress, di angoscia.»

«Ansia da prestazione.»

Erwan si concesse un sorso di vino. «Quando uno parte senza troppe aspettative, riuscire ad arrivare alla fine è sempre una piacevole sorpresa.»

«Interessante...»

Capì che sarebbe stato meglio chiuderla lì. Andò alla cassa a pagare. Quella cena era stata un completo fiasco. O almeno non aveva portato nulla di nuovo. Lo sbirro e la contessa: entrambi non avevano abbandonato i loro ruoli.

"Non importa", si disse per pura vigliaccheria, "tra mezzora sarò in commissariato."

La aiutò a infilarsi la giacca e la accompagnò alla porta. Aprì e uscì per primo, come per impedire un'imboscata.

«Sei in macchina? Tu...»

Non riuscì a finire la frase. Le labbra di Sofia si erano posate sulle sue. Non sentì nulla, a parte un senso di vertigine. Il cervello si era inceppato. Non riusciva a processare ciò che stava accadendo.

Fece uno sforzo ma vide soltanto il corpo di Pernaud sbucciato come un frutto, il busto sventrato di Anne Simoni, i brandelli di Wissa Sawiris. Tornare in ufficio, riprendere l'inchiesta...

Staccò le labbra, poi cambiò idea e afferrò Sofia, che si rilassò tra le sue braccia. La baciò con violenza, liberando in un istante un sentimento che lo accompagnava – ora se ne rendeva conto – dalla prima volta che l'aveva vista.

Quando allentò la stretta, lei sorrise con aria imbarazzata e lui crollò sul cofano di una macchina, senza sentirsi più le gambe, con in bocca il sapore del vino.

Fu Sofia a ritrovare per prima il suo sangue freddo (evidentemente secoli di nobiltà fiorentina non erano passati invano). «Per essere un prete, baci niente male.»

86.

Gaëlle stava fumando una sigaretta sul balcone.

Quando era arrivato Loïc, l'aveva accompagnato a fare la doccia, gli aveva messo il pigiama, lo aveva pettinato e profumato. Poi gli aveva preparato una pasta e l'aveva messo a letto come un bambino, senza fargli domande. Le misteriose scorribande del fratello non erano una novità.

E ora eccola lì, con il telefono che esplodeva di e-mail, SMS e inviti, a fare da balia a quel coglione.

Faceva ancora caldo e sotto i suoi piedi nudi nella via c'era movimento. Appoggiata al parapetto, riusciva a distinguere la corte del Palais de Chaillot, circondata dai due edifici anni Trenta dei musei dei monumenti francesi e della marina nazionale. In lontananza, la Tour Eiffel crepitava di luci, segno che erano le undici in punto. *Non male.*

Era tutta la sera che non faceva che ripensare con vergogna alla notte precedente. L'orgia scalcagnata, la cerimonia ridicola, quei riccastri depravati... A mortificarla era stato soprattutto lo sguardo che le aveva lanciato il fratello. Era la persona che detestava e amava di più allo stesso tempo.

Per gli stessi motivi.

Erwan: l'eroe senza macchia.

Suo padre era un mostro, Maggie una sciroccata, Loïc un relitto umano. Almeno con loro le cose erano chiare. Ma il fratello maggiore... Rifletté ancora e riuscì a riordinare i propri pensieri (cinque anni di filosofia possono essere utili). Voleva umiliare la propria famiglia, calpestare i loro valori ipocriti. L'intervento di Erwan in fondo era stato una buona cosa: a che serve bestemmiare se i bigotti non ti sentono?

Si voltò e si appoggiò con la schiena al parapetto di pietra. Davanti a lei c'era l'immenso salone, illuminato dalla luce soffusa delle lampade MaMo Nouchies di Ingo Maurer. Il trittico di Anselm Kiefer alla parete doveva valere qualche milione di euro. Il divano, il tavolino e gli altri mobili centinaia di migliaia.

Era turbata dalla bellezza rarefatta di quelle linee, ma il suo era lo stesso stupore dei barbari che contemplavano la perfezione delle ville romane prima di distruggerle. L'ammirazione non esclude l'odio, anzi, lo nutre. Quell'appartamento, quei mobili, quelle opere d'arte sarebbero ben presto andati in frantumi.

Non le interessavano i soldi. E nemmeno la sua carriera era poi così importante.

Li voleva mettere tutti al tappeto.

Di colpo riacquistò il suo buonumore.

Credevano di averla in pugno, di controllarla, di poterla salvare. Ma lei stava per annientarli con una strategia che loro non potevano nemmeno immaginare.

87.

Aprì gli occhi. Non era ancora giorno. Per un momento non si ricordò più dove si trovava. La camera era bianca. Nell'aria aleggiava un profumo di incenso. Sulla parete davanti a lui un uomo blu vogava su un mare di schiuma rossa.

«La transavanguardia italiana», gli aveva sussurrato all'orecchio Sofia mentre crollavano sul letto. «Mi sono fatta tutti i pittori del movimento...»

Nell'oscurità aveva visto il suo sogno di madonna spazzato via come un castello di sabbia travolto dall'onda scarlatta del quadro. Dopodiché i suoi ricordi si facevano confusi. Emozioni, sì, ma anche disordine, godimento, paura, piacere, rimorsi...

Guardò l'orologio: le sei del mattino. Era così eccitato che non sapeva nemmeno se fosse riuscito a dormire. Scese dal letto, si infilò camicia e calzoni, prese il cellulare dalla tasca della giacca e uscì senza fare rumore. Non era la prima volta che andava lì, ma fino allora lo aveva sempre considerato l'appartamento di Sofia e Loïc, e questo gli bastava per trovare tutto quanto, fino al minimo particolare, ostentato e volgare.

Quella mattina era completamente diverso.

Visitava il palazzo come un guerriero vittorioso. Tutto gli sembrava nobile, magnifico. Marciò fino al soggiorno. A sinistra c'era la cucina a vista. Riuscì a far funzionare una macchinetta per il caffè futuristica e andò a mettersi davanti alla portafinestra della sala. L'imponenza di place d'Iéna: al centro la statua di Washington, a sinistra la Senna e il Palais de Tokyo, a destra una selva di tetti grigi che salivano fino al bacino idrico di Passy. Una vista degna di un imperatore.

Trangugiò il caffè d'un sorso: un gusto forte, deciso. Si sentì pervaso da una fierezza animale. Lui, il sostenitore della netta separazione tra sesso e amore, tra desiderio e sentimento, lui, che si considerava un uomo ligio ai suoi principi, aveva fatto l'amore con Sofia, la fata inaccessibile, la moglie del fratello, e non riusciva a pensare che a un'unica cosa: si era difeso bene. Nessun problema di erezione, nessuna insicurezza.

Nell'impeto, i suoi dolori erano quasi spariti. Quella notte d'amore era stata come un balsamo. Non avrebbe saputo dire se l'amplesso gli fosse piaciuto e si rifiutava di pensare alle conseguenze. L'importante, per il momento, era la conferma che aveva avuto...

Gli tornò in mente l'inchiesta. Perché diavolo se ne stava lì a pavoneggiarsi sopra i tetti di Parigi pensando alla sua vita sessuale? Aveva già perso una notte correndo dietro a Gaëlle, una giornata in Bretagna, e ora un'altra notte tra le braccia della cognata.

Accese il cellulare, aspettò che si avviasse e digitò il codice di accesso. Nuova attesa. Finalmente riuscì ad accedere ai messaggi.

Il primo, delle nove e mezzo della sera prima, suonava come un ironico avvertimento. Loïc: «Richiamami». Per un attimo si disse che suo fratello sapeva già tutto. Ma no, non c'era motivo di preoccuparsi. Poi, la solita sarabanda: Morvan, Fitoussi, Kripo, Audrey... L'avevano cercato tutta la notte. Un nuovo omicidio e il comandante aveva abbandonato la nave. Era la prima volta che al commissariato succedeva qualcosa del genere.

Chiamò innanzitutto l'alsaziano, che gli rispose con la bocca piena. «Dov'eri?»

«Ti spiegherò. Che fai?»

«Lotto contro la masturbazione.» Il tono era allegro.

«Cosa?»

«Sono in ufficio e sto mangiando corn-flakes. Sapevi che

il dottor Kellogg li ha inventati per smorzare le pulsioni onanistiche dei giovani?»

Erwan sospirò. Aveva già perso abbastanza tempo. «Kripo, per favore...»

«L'autopsia è in corso. Riboise si dà da fare.»

«Ha scoperto qualcosa?»

«Capelli nell'epigastrio della vittima. Questa volta sapeva dove andare a cercare. Entro la mattinata avremo i risultati del DNA.»

Quarto cadavere in vista. La Francia non aveva mai conosciuto una serie di delitti così ravvicinati. E il Vecchio era di sicuro implicato...

«Il medico legale ha ricevuto anche i primi risultati delle analisi tossicologiche», proseguì il suo vice.

«Allora?»

«L'intestino della ragazza conteneva tracce di un particolare tipo di cianuro che si trova nei tuberi di manioca.»

«È quello che l'ha uccisa?»

«No. Riboise pensa che le abbia soltanto fatto vomitare l'anima: l'effetto è istantaneo.»

Suo padre gli aveva parlato della necessità di purificare il corpo prima del rituale. Ma in che modo il nuovo assassino poteva conoscere quei particolari? «Poi?»

«La Scientifica ha rivoltato l'appartamento di Pernaud come un calzino, ha passato al setaccio ogni angolo, ispezionato gli scarichi. Audrey e Favini stanno battendo il quartiere. Per il momento la situazione è la stessa dei Grands-Augustins: nessun testimone, niente indizi. Il nostro uomo è un'ombra.»

«E su Pernaud?»

«Niente nemmeno su di lui. Non un abbonamento, non una carta a suo nome, non un lavoro. Più che un'inchiesta mi pare *Ghostbusters.*»

«Tu cosa dici?»

«Dopo essere stato terrorista e parà, ho l'impressione che Pernaud si fosse unito al lato oscuro della forza.»

«Non capisco.»

«Servizi segreti.»

A quelle parole Erwan non poté fare a meno di trasalire.

«Prova a pensarci. Nel 2005 ha un inspiegabile sconto di pena. L'anno dopo è nei parà in Guyana. Poi, a parte l'appartamento e la pensione di guerra, è come se non esistesse più. Ho fatto qualche ricerca: le ferite riportate in Guyana non lo avevano reso invalido. La pensione doveva essere uno stipendio mascherato. Il nostro fascio era un agente dormiente che percepiva un cachet a missione e in più aveva l'affitto pagato.»

Qualsiasi novellino lo avrebbe capito: il tipo lavorava per Morvan. L'Uomo Chiodo l'aveva scelto proprio per quella ragione. Un altro punto a favore dell'ipotesi della vendetta.

«Sarebbe il caso di parlarne con tuo padre», disse Kripo, come se avesse seguito il ragionamento di Erwan. «Forse lo conosceva...»

«Ci penso io.»

«Dopo la piccola Simoni, è...»

«Ti ho detto che ci penso io!» Aveva gridato. Tornò in cucina e si preparò un altro caffè. «Chi si occupa della perquisizione?»

«Ci stanno pensando il Sardina e Audrey, ma ti ricordi in che stato era l'appartamento? L'assassino lo ha messo a soqquadro. O cercava qualcosa che gli interessava o conosceva la vittima e ha voluto cancellare ogni traccia della loro relazione.»

Erwan trangugiò di nuovo d'un fiato la bevanda nera e dal gusto aspro. «Potrebbe essergli scappato qualcosa.»

«Non credo.» Kripo sbuffò. «Abbiamo a che fare con una mente superiore.»

«Davvero? È tutto?»

«No. Levantin passa in commissariato alle nove. Vuole mostrarci qualcosa a proposito di Anne Simoni.»

«Cosa?»

«Non l'ha detto.»

Erwan tornò alla portafinestra, la aprì e uscì sul balcone. L'aria era frizzante, la vista mozzafiato. Nella luce del giorno che spuntava, il panorama si rivelava a poco a poco come una pellicola in bianco e nero nel suo bagno di sviluppo. I contorni si delineavano emergendo dolcemente tra le pieghe liquide dell'alba.

«Hai dato un'occhiata ai link che ti ho girato?» rilanciò Kripo.

«Quali?»

«Le sculture di Ivo Lartigues.»

«Non ho avuto tempo.»

«Dove cazzo sei stato questa notte?»

Stava per rispondere quando sentì un pizzicore sfiorargli la nuca. Si spostò di colpo come se fosse stato toccato da uno scorpione. Sofia era in piedi sulla soglia della portafinestra in T-shirt Chloé e culottes a vita bassa semitrasparenti bordate di pizzo di Calais. Come in un flash gli tornò in mente tutto un vocabolario che risaliva alla sua adolescenza, quando si masturbava sui cataloghi di biancheria intima rubati nei grandi magazzini.

Un mix di pudore e istigazione al peccato: proprio quello che gli piaceva.

«Sarò in ufficio alle nove», disse con voce roca.

Riappese e si accorse di avere un'erezione.

88.

Sofia avrebbe voluto fare l'amore lì, sul pavimento, ma Erwan si rifiutò per un oscuro principio di decenza, di rispetto o di non sapeva nemmeno lui cosa. Si precipitarono in camera da letto. Questa volta fu più lucido, più sereno, ed energico come la sera prima. Tutto accadde in silenzio, senza un rumore, nonostante lui si aspettasse che tuoni e fulmini si sarebbero scatenati sopra la sua testa, avvertimenti divini, punizioni celesti...

Mezz'ora dopo si trovavano di nuovo dove lei lo aveva sorpreso al telefono.

«Un altro caffè?» gli propose passando dietro il bancone.

«No, grazie. Ne ho già presi due.» Guardò l'orologio. «Devo scappare.»

«Così adesso mi fai la scena dello sbirro scorbutico?» ribatté lei ridendo.

«No, anzi. Ma...»

Gli si avvicinò con la tazza in mano. Il suo profumo era più forte di quello del caffè. Il misterioso metabolismo delle donne, che distilla un effluvio dolciastro e irresistibile.

«Riguardo a noi due», bofonchiò lui, «io...»

«Stop. Preferisco essere io a parlare prima che tu dica qualche cazzata.»

Erwan allargò le braccia con aria triste. Era ancora in camicia e boxer, a piedi nudi sul parquet.

«Potrei dire che ieri ho bevuto e che sono pentita di quello che è successo. Ma invece è il contrario. Ho bevuto proprio per trovare il coraggio di fare quello che ero pentita di non aver fatto per un sacco di tempo. Mi segui?»

«Credo di sì.»

«Ora tornatene a casa e pensaci su. Per me si tratta di una cosa seria. E spero che tu non mi consideri la ragazza di una notte.»

Erwan non riuscì a trattenere un sorriso. «Non sei proprio il tipo da una botta e via.»

«Allora baciami.»

Mentre pronunciava quelle parole, Sofia appoggiò la tazza e lo afferrò per i lembi della camicia. Gli balzò davanti agli occhi l'immagine del proprio cuore, palpitante e grondante miele, infilzato su uno spiedo sopra un fuoco. Riprese fiato, come un apneista sul punto di svenire. «Per me», si arrischiò a dire, «sei la ragazza di ogni notte.»

Lei rise di nuovo, ritrovando la sua voce roca, quella delle canzoni italiane. «Non è che così sia molto meglio...»

«Intendevo che...»

«Non adesso. Ora sbrigati, va' a catturare i tuoi assassini.»

Obbedì. Camera da letto. Pantaloni. Giacca. Lei stava in piedi alle sue spalle, a braccia conserte. Si sentì obbligato a giustificarsi. «Mi farò una doccia a casa. Ho bisogno di... rimettere assieme i pezzi.»

Sofia gli posò una mano sul sesso. «Vedi di non dimenticarne nessuno.»

Lo squisito fascino dell'aristocrazia: qualsiasi volgarità potesse pronunciare, qualsiasi gesto potesse fare, le sue azioni sarebbero sempre state eleganti e raffinate. Si infondevano nella realtà come foglie di tè nell'acqua bollente.

«E Loïc?»

La domanda gli era sfuggita mentre si infilava il cellulare in tasca e si allacciava la fondina. Non l'aveva ancora richiamato.

«Loïc è un mio problema.»

«È anche mio fratello.»

«Credo che siamo d'accordo sul fatto di non dire niente a nessuno per il momento.»

Erwan annuì indossando la giacca.

«Io rischio più di te», aggiunse lei. «Se viene a sapere cos'è successo questa notte, sarà molto più forte in tribunale.»

«Adulterio contro fermo in questura. Palla al centro.»

«Appunto.»

Uscì dalla camera e imboccò il corridoio. Lei lo seguiva con passo silenzioso, come un felino perfettamente inserito nel suo habitat.

«Volevo parlarti di una cosa», gli disse in anticamera. «Ieri sera non c'è stato tempo.»

«Di che si tratta?»

«Il mio avvocato sta valutando il nostro patrimonio per il divorzio.»

«Siete in separazione dei beni, no?»

«No. Quando ci siamo sposati eravamo...»

«Innamorati pazzi?»

«Sì... Volevamo condividere tutto. E soprattutto volevamo fare incazzare i nostri rispettivi padri.»

Erwan avvertì una stretta in fondo allo stomaco. Era sempre stato geloso di suo fratello, ma in quel momento, per la prima volta, gli sembrò di averne pienamente diritto. Il dolore gli parve soltanto più acuto, più giusto.

«L'avvocato si è procurata dei documenti per fare una stima della fortuna di Loïc. Ha scoperto qualcosa di strano: tuo padre ha già deciso come sarà divisa la sua eredità.»

«Non mi stupisce.»

«Ha in programma di lasciare a Loïc le sue azioni della Coltano. Tu e tua sorella avrete tutto il resto.»

«Come fai a saperlo?»

«Ti ho detto che il mio avvocato sa il fatto suo. Non conosco i dettagli.»

«Immagino che ti abbia esclusa dal lascito.»

«Invece no. Secondo i documenti, dal momento che siamo in comunione dei beni, tutto sarà anche mio.»

«Hai visto le carte?»

«Non ancora. Ma è strano, no?»

Erwan appoggiò la mano sulla maniglia della porta blindata. «Vedrò di informarmi. Ti richiamo.»

Una battuta sarebbe stata perfetta per spezzare la serietà di quei saluti, ma non era ispirato. Sofia optò per la versione senza parole: un bacio. Decisamente meglio.

89.

Morvan era rientrato all'alba con una sola idea in testa: ripartire.

La gravità della situazione richiedeva una riunione di emergenza a Firenze. Alle otto del mattino, stanco e indolenzito, era arrivato nel suo rifugio e aveva cominciato subito a preparare i bagagli. Dopo essersi fatto una doccia e la barba, adesso stava bevendo un caffè mentre cercava di riordinare i pensieri.

Il suo piano appena abbozzato a proposito delle nuove miniere era già stato scoperto. Non riusciva a capire chi avesse parlato. Nessun operaio sul posto ne era al corrente. Nessun investimento avrebbe potuto tradirlo. Il suo *Blitzkrieg* minerario si sarebbe svolto a centinaia di chilometri da Lubumbashi, in una zona priva di controllo. Un arricchimento lampo prima di cedere il passo alla sua società e cominciare lo sfruttamento dei giacimenti in modo più convenzionale. Poteva ancora riuscirci.

In Africa si può fare tutto.

Ora però doveva vedersela con Kabongo, anche se alla fin fine non era così grave. La complicità dell'africano avrebbe reso più sicure le operazioni sul campo. Avrebbero sottratto di comune accordo la parte spettante al governo e si sarebbero spartiti il bottino. A mandarlo in bestia era non sapere *perché* il piano di partenza aveva fatto fiasco.

Loïc sospettava i geologi, ma aveva torto. Clau era morto e niente poteva provare che il suo incidente fosse legato a quella faccenda. Quanto agli altri due, era riuscito a contattarli la sera prima mentre si trovava a Kinshasa: nulla da segnalare. L'informazione era filtrata da altri canali.

Bisognava che il trader, Serano, rivelasse i nomi dei compratori, così avrebbero potuto interrogarli per conoscere la loro fonte. Quando Morvan avesse scoperto l'identità della talpa, avrebbe saputo come agire.

Il suo telefonò vibrò: Erwan, finalmente.

«Ti ho chiamato non so quante volte!»

«Scusa. Questa inchiesta sta prendendo tutto il mio tempo e...»

«Non ti cercavo per questo. Devi aiutare tuo fratello.»

«Cosa?»

«Questa mattina andrà a interrogare un operatore di borsa. Voglio che tu lo accompagni.»

«Pensi che non abbia niente di meglio da fare?»

«È molto importante. Ci sono state fughe di notizie sulla Coltano e solo questo tipo può...»

«Non me ne frega niente. Ho già buttato via una notte per ritrovare mia sorella, non ho intenzione di perdere un'altra mattinata con...»

«Non ti ci vorrà più di un'ora. Loïc farà le domande. La tua presenza sarà sufficiente a spaventare il tipo.»

«Devo fare la parte del cattivone silenzioso?»

«Se non ci vai, le cose per Loïc potrebbero mettersi male.»

«È coinvolto in qualche modo in questa fuga di notizie?»

«No, ma i nostri amici africani sospettano che lo sia. Aiutalo. Glielo devi.»

«Cosa vorresti dire?»

Anche al telefono, Morvan percepì il cambiamento nel tono di voce del figlio: Erwan non aveva la coscienza a posto. Si ripromise di scoprirne il motivo. «Sei il maggiore», rispose con voce pacata. «L'anello forte della famiglia. Che tu lo voglia o no, sei responsabile per tuo fratello.»

«Lo chiamo questa mattina», capitolò Erwan.

«A che punto sei con l'inchiesta?»

«C'è stato un altro omicidio.»

«Cosa? Non ho ricevuto nessun cablogramma!»

«Non abbiamo ancora scritto il dispaccio.»

«L'avete scoperto voi?»
«Grazie ai reperti organici ritrovati nel corpo di Anne Simoni.»
«Chi è?»
«Un tale Ludovic Pernaud.»
Morvan incassò il colpo. Il suo tuttofare. Quello che aveva liquidato Jean-Philippe Marot. Ecco perché era un po' che non si faceva sentire.
«Lo conosci?»
«Il nome mi dice qualcosa.»
«Basta cazzate, papà. Era nei servizi.»
«Devo controllare.»
«Sono quarant'anni che gestisci tutte le operazioni segrete dello stato. Quest'uomo lavorava per te o no?»
A che scopo mentire? Meglio far risparmiare tempo a tutti quanti. «Sì.»
«Cosa faceva?»
«Lavori sporchi.»
«Sei disposto a testimoniare sull'argomento?»
«No.»
«Sai di cosa si stava occupando negli ultimi giorni?»
«No.»
«A quando risale il vostro ultimo contatto?»
«Per questo devo controllare sulla mia agenda. Ti saprò dire.»
«Piantala di prendermi in giro, papà. Ti ho già evitato la convocazione in commissariato per Anne. Questa volta rischi di doverci venire davvero.»
«Non potrò dire nulla: segreto di stato.»
Erwan sogghignò. «Mi pare che tu non capisca la gravità della situazione. Sulla prima scena del crimine l'assassino ha lasciato il tuo anello. La seconda vittima era una tua protetta. Ora è toccato a uno dei tuoi scagnozzi. L'ipotesi di una vendetta è diventata realtà, quindi cerca di essere onesto con me.»
«Stamattina sei proprio un gran chiacchierone. Occupati di tuo fratello e poi richiamami.»
Morvan riagganciò bruscamente e rimase immobile qual-

che istante. Suo figlio aveva ragione. Pernaud, dopo Anne e l'anello. Nel Mayombe i *minkondi* sono feticci vendicatori. Vengono utilizzati per contrastare uno stregone o per rendergli la pariglia. A quanto pareva per l'assassino il demone da combattere era lui, Grégoire Morvan.

Chiuse la valigia. Mentre si preparava a partire per Firenze, rifletté su quella nuova catastrofe e provò quasi un senso di conforto. Se doveva restarci, meglio prima sistemare gli unici affari che contavano davvero per lui: quelli dei suoi figli.

Scendendo dalle scale di servizio ebbe un pensiero per Pernaud. La sua doveva essere stata una morte atroce, ma a differenza di Anne lui aveva ricevuto un addestramento per affrontare una fine del genere. Anche se Morvan non lo aveva mai veramente apprezzato, doveva ammettere che quel fascista aveva coraggio da vendere. Solitario, criminale, mezzo pazzo: un valido soldato.

Se veniva fuori che Pernaud lavorava per lui, non era una tragedia. Lo stato lo avrebbe coperto. Ma Erwan sarebbe potuto risalire alla sparizione di Jean-Philippe Marot. In ogni caso, nessuno aveva ordinato esplicitamente quel «suicidio». *Questioni private...*

Sul marciapiede, fermò un taxi e montò in tutta fretta in vettura.

«Roissy. Terminal 2G.»

90.

Erwan arrivò in commissariato alle nove in punto. Si era dato una strigliata sotto la doccia ed era uscito dal bagno rosso come un'aragosta. Dopo essersi rasato e profumato, aveva indossato un completo pulito: non sapeva quando sarebbe riuscito a tornare a casa. Si era fermato in panetteria e lungo la strada per l'ufficio aveva trangugiato tre croissant. Nonostante la telefonata del padre l'avesse mandato in bestia, si sentiva ancora trionfante: da quanto tempo non gli capitava di fare l'amore prima di andare al lavoro?

Nella sala riunioni lo attendevano i suoi campioni. Tonfa era ancora all'istituto di medicina legale, ma il gruppo si era arricchito di un nuovo membro: Levantin, il coordinatore della Scientifica, che ostentava un faccia radiosa. Era un pezzo d'uomo con capelli da pellerossa, occhi chiari sotto le folte sopracciglia e un'andatura baldanzosa da contadino di ritorno dai campi. Tutti lo apprezzavano tranne il Sardina, che ne era invidioso. Ciò che Favini riusciva a strappare alle donne a forza di battute, inviti e regali, Levantin lo otteneva con un semplice sorriso.

Lanciò sul tavolo una busta per i reperti, che produsse un rumore metallico. «Alla fine i chiodi di Anne Simoni hanno parlato», annunciò infilandosi un paio di guanti di lattice.

Aprì con cautela la busta, prese una delle punte e la mise alla luce. Con un cenno della testa Erwan fece segno a Audrey di passare dei guanti anche a lui.

«La composizione del metallo è specifica dell'Africa centrale, ma c'è di più. Si vede un marchio sulla testa. Questi chiodi erano utilizzati più di cinquant'anni fa da una società che oggi non esiste più: la CBAO, la Compagnie belge d'Afrique occidentale, attiva soprattutto in Zaire. Sono specie di... oggetti da collezione.»

«Come sono arrivati in Francia?»

«L'analisi ha evidenziato tracce di sale e altri microrganismi marini sulla ruggine. Dovrebbero aver viaggiato via nave.»

Erwan ne prese in mano uno: storto, logoro, corroso. «Secondo te vengono dalla RDC e l'assassino, in un modo o nell'altro, li ha recuperati in un porto francese?»

«È la spiegazione più probabile. A meno che non li abbia portati lui stesso dall'Africa.»

Istintivamente Erwan sentiva di poter escludere la pista di un assassino congolese. «Dov'è che arrivano merci di questo tipo?»

«A Marsiglia. Mi sono permesso di fare un paio di telefonate.»

Levantin aveva guardato troppo *CSI*. Prendere quel tipo di iniziative nel corso dell'inchiesta non rientrava assolutamente fra i suoi compiti. Il Bel Moretto non lasciò loro il tempo di protestare.

«Stando alla dogana del porto di Fos c'è un gruppo lussemburghese di nome Heemecht che di tanto in tanto invia casse di vecchia ferraglia importata dalla RDC.» Consultò i suoi appunti su un quaderno. «Alcuni container partiti da Matadi, il porto del Basso Congo, arrivano questo pomeriggio nei bacini ovest di Fos.»

«Contengono chiodi?»

«Non saprei, ma vale la pena di verificare. O il nostro predatore si rifornisce alla fonte quando vengono scaricate le merci, oppure passa attraverso un rivenditore europeo. Evidentemente esiste un mercato per queste ferraglie.»

«Hai qualche nome?»

«Penso che siate in grado di scoprirlo da soli», rispose Levantin con una strizzatina d'occhio.

«Ce ne occupiamo subito. Hai fatto un ottimo lavoro. E i cocci di vetro, gli specchi?»

«Niente. Quelli può esserseli procurati ovunque.»
«Le fibre?»
«Rafia. Stiamo cercando di stabilirne la provenienza.»
«Tracce di saliva?»
«Per il momento no.»
«E del sangue che mi dici?»
I membri della squadra storsero il naso. Cos'era quella storia del sangue? Erwan non ne aveva mai parlato con loro.
«Abbiamo effettuato una ventina di prelievi un po' dappertutto sul corpo. Finora abbiamo trovato soltanto tracce compatibili con il gruppo di Anne Simoni.»
«Continuate. Fammi una totale anche sul cadavere di Pernaud.»
«Ci stiamo lavorando.»
Erwan pensò all'arrivo previsto al porto di Fos. Poteva anche essere che l'assassino, per spirito di emulazione nei confronti del suo modello o per qualche forma di superstizione, ci tenesse a utilizzare chiodi di provenienza africana, ma da lì a pensare che i container che dovevano arrivare quel giorno ne trasportassero e che il killer sarebbe andato a fare rifornimento...
Ciò nonostante, per quanto fosse un'eventualità assai remota, non poteva lasciarsi sfuggire l'occasione di coglierlo in flagrante.
«Kripo, mi prenderesti un biglietto per Marsiglia?»
«Ci vai tu?»
«Parto oggi pomeriggio. Rientrerò questa notte o domani mattina.» Un'occhiata alla truppa: dall'inizio dell'inchiesta Erwan non aveva praticamente messo piede in commissariato. «E rue de la Voûte?» chiese a Levantin.
«Niente impronte, tranne quelle di Pernaud. Nessun reperto organico. L'assassino ha preso le sue precauzioni.»
«L'analisi dei capelli ritrovati nel cadavere?»
«Appartengono a una donna bionda di razza caucasica che però non è nel FNAEG. I genetisti sono ancora al lavoro. Il DNA potrebbe rivelarci qualcosa di specifico: malattie, anomalie cromosomiche... Ma è poco probabile.»

Erwan si rivolse a Audrey. «A che punto siete con le ricerche nel quartiere?»

«Nessuno ha visto né sentito niente. La maggior parte dei vicini non lo ha nemmeno riconosciuto dalla foto. Era l'uomo più discreto della terra.»

«Avete una foto?»

«Una ricostruzione al computer a partire dal cadavere.»

«Precedenti?»

«Abbiamo recuperato soltanto il numero di previdenza sociale. A quanto pare dopo i parà il suo fascicolo è stato cancellato.»

«Hai contattato la DCRI?»

«Sempre onesti come ladri. È chiaro che lo conoscevano, ma non hanno voluto dire niente.»

Perché parlare con i santi quanto ci si poteva rivolgere a Dio in persona? Erwan si ripromise di far cantare suo padre. «Vi occupate voi della perquisizione?»

«Immediatamente. Una cosa: Anne Simoni viveva in rue d'Avron, Pernaud in rue de la Voûte. I due indirizzi distano meno di un chilometro. Pensi che voglia dire qualcosa?»

«Qualcosa del tipo "il killer del XII arrondissement"? No. Il movente, oltre alla sua follia, va cercato altrove. Non c'entra niente con il quartiere.» Si rivolse nuovamente a Kripo. «I registri delle chiamate di Anne?»

«Dobbiamo interrogare ancora un paio di tipi, ma nessuno sembra essere un criminale. O comunque così violento. Idem per il suo computer: le e-mail e i social network non hanno rivelato niente di interessante. Resta la cartella protetta. Se ne stanno occupando i nerd.»

Erwan sperava di non trovare altri scambi enigmatici come quelli tra Wissa e Di Greco.

«Tonfa sa quando terminerà l'autopsia?»

«Dopo mezzogiorno.»

«Controlla che abbia richiesto gli esami tossicologici.»

Kripo fece un cenno di assenso e gli allungò una busta.

«Cos'è?»

«Le sculture di Ivo Lartigues.»

Lo Scriba doveva avere una fissazione per quell'artista.

Quando Erwan aprì la busta, capì tuttavia perché il suo vice insisteva tanto: Lartigues scolpiva nel bronzo e nel ferro dei veri e propri *minkondi* giganti.

La prima foto mostrava un uomo colossale – due metri di altezza – con le braccia penzoloni lungo il corpo, coperto di un mantello di stoffa e con disturbanti eruzioni di chiodi sulle spalle. Il viso battuto nel metallo era inespressivo: occhi enormi, narici allargate, labbra spesse.

Sfogliò le altre immagini: ogni scultura era una replica in versione stilizzata e moderna di una statua del Basso Congo. Donne armate di scudi con i corpi tempestati di chiodi. Uomini con i piedi come ferri da stiro. Figure simili a porcospini coperte da innumerevoli aculei. Un uomo fiore fuoriusciva da una corona di petali saldati con la fiamma ossidrica. A Erwan ricordò sinistramente il cadavere di Pernaud nell'appartamento.

«Lo interroghiamo?» chiese l'alsaziano.

«Prima fa' qualche ricerca sulla sua comunità, i no limit e tutto il resto. Quando sapremo qualcosa in più, gli faremo una visita.»

«Posso occuparmene io...»

«No. Voglio farlo personalmente. Tu continua a battere questa pista. Ci andremo domani mattina, appena sarò tornato.»

Kripo borbottò qualcosa per esprimere il suo disappunto ma finì comunque per rimettere le foto nella busta. Erwan sentì il telefono vibrargli in tasca. Un SMS di Loïc: «Boulevard de Courcelles 34. 75017».

Dopo aver parlato con il padre, aveva chiamato il fratello minore. Gli aveva concesso un'ora per accompagnarlo dal trader. Lui avrebbe dovuto trovare l'indirizzo. Gli diede appuntamento alle dieci e rimise il cellulare nella giacca. «Tutti al lavoro», disse alzandosi in piedi. «Io sarò di ritorno tra un'ora e mezzo al massimo.»

«Un'ora e mezzo?» si stupì Kripo.

«Ho una faccenda urgente da sbrigare.»

«Una faccenda urgente?»

«Invece di ripetere tutto quello che dico, comprami un

biglietto per Marsiglia con partenza da Orly. Posso prendere un volo dopo le due.»

Non aspettò né una risposta né eventuali commenti. Uscì dalla sala e si diresse verso le scale. Controllò ancora il cellulare e capì che sperava di ricevere un messaggio di Sofia.

Non c'era proprio con la testa.

91.

Grégoire Morvan era stato fortunato: nonostante il vento, il suo volo era atterrato a Firenze e non a Pisa, come capitava spesso. Per il resto, il viaggio era stato pessimo. Il gigante era fatto per le comodità della business e della prima classe degli aerei a lunga percorrenza, non per quei voli così affollati e rumorosi.

Uscì dal piccolo aeroporto con la borsa in spalla e chiamò un taxi. La luce spruzzata di riflessi dorati, la dolcezza dell'aria e del clima... "Goditi questo paradiso e dimentica tutto il resto."

Non erano ancora le dieci. L'appuntamento era per mezzogiorno in un ristorante in via degli Strozzi. Aveva un po' di tempo per immergersi nelle meraviglie del passato.

Due ore da ammazzare a Firenze erano due ore da vivere.

Si fece lasciare vicino a piazza della Signoria ma non si attardò accanto alle sculture monumentali che si ergevano una di fianco all'altra. Non si fermò nemmeno alla galleria degli Uffizi, sulla destra. Si infilò invece nei vicoli stretti della città, al caldo e al riparo, più vicino alla parte divina dell'uomo. Il rinascimento fiorentino era la manifestazione più pura di quella scintilla, oltre che di quella del diavolo. L'umanità aveva raggiunto vette altissime in tutti i campi dell'arte pur avendo le mani grondanti di sangue. Morvan adorava la celebre battuta di Harry Lime nel *Terzo uomo* che diceva più o meno: «In Italia per trent'anni hanno avuto i Borgia, guerre civili e terrore e hanno prodotto Michelangelo, Leonardo da Vinci e il rinascimento. In Svizzera hanno avuto cinque secoli di pace e di amore fraterno e cos'hanno prodotto? L'orologio a cucù!».

Raggiunse piazza della Santissima Annunziata, che si apriva sulla splendida loggia dello Spedale degli Innocenti. Quella galleria così perfetta, sormontata da volte leggere, decorata con medaglioni di terracotta raffiguranti bambini in fasce, era stata progettata nel quindicesimo secolo dal Brunelleschi. Era dal 1987 che Morvan finanziava lo Spedale degli Innocenti, ancora in attività in collaborazione con l'UNICEF. Nessuno conosceva la ragione dell'interesse del donatore francese nei riguardi di quella istituzione. Alcuni pensavano che dipendesse dal fatto che lui stesso aveva perduto i genitori quando era molto giovane (almeno in base a quanto raccontava). Altri ritenevano che la sua generosità dipendesse dalla magnificenza dell'edificio: uno dei trionfi dell'arte quattrocentesca.

La vera ragione era la *ruota*.

All'estremità sinistra della facciata si trovava una bussola girevole disposta in senso orizzontale, della larghezza sufficiente a ospitare un neonato. Nel corso dei secoli le ragazze madri avevano aperto lo sportello per deporre i loro bambini e poi suonato la campana per avvertire le suore. A quel punto la bussola girava e il bambino veniva recuperato dall'altra parte, senza che fosse rivelato il volto della madre snaturata.

Mentre il sole mattutino batteva sulla piazza e la pietra sembrava nutrirsi di quella luce, Morvan immaginava i neonati che, grazie al semplice gioco dei due battenti, passavano dal caos del mondo alla quiete religiosa. Era affascinato da quel meccanismo che ai suoi occhi simboleggiava la roulette della vita e la sua maledizione. Se la donna che l'aveva partorito l'avesse lasciato in una di queste «ruote degli esposti», come le chiamavano nel medioevo, la sua esistenza sarebbe stata completamente diversa.

«Tutto bene, signore?»

Morvan sollevò la testa e si accorse di essere in ginocchio davanti al bancone di legno, come se fosse l'altare di una chiesa. Teneva le mani aggrappate alla grata. Una suora era china su di lui e la sua veste nera si muoveva alle correnti d'aria che attraversavano la galleria. Si rimise in piedi, con gli occhi pieni di lacrime. Invecchiando si stava proprio rammollendo. Non riusciva più a sopportare nemmeno di ripensare alla sua infanzia. Comprò dei fazzoletti di carta al chiosco più vicino e si soffiò il naso. Poi accelerò il passo, ma gli venne subito il fiatone.

Non correva abbastanza veloce per sfuggire ai suoi ricordi. Con un altro fazzoletto si deterse il sudore dal viso, sentendo il cuore battergli all'impazzata sotto la camicia.

«È il mio sangue che va in malora...» mormorò.

92.

«Loïc? Non capisco...»

Serano stava in piedi sul pianerottolo davanti alla porta di casa, con addosso una tuta di marca. Dietro di lui si intravedevano stanze immense, parquet scintillanti, quadri dipinti a colori vivaci. Prima l'appartamento di Sofia, poi quello di Loïc, ora questo: pensando al suo modesto bilocale nel IX arrondissement, Erwan si sentiva un pezzente.

«Dobbiamo parlare. Sono venuto con un amico.»

Serano non toglieva gli occhi di dosso ai due visitatori, come se si sforzasse di capire quale fosse il loro rapporto. Con le spalle larghe e le gambe corte, sembrava una versione antipatica e troppo abbronzata di Braccio di Ferro. «Non possiamo rimandare?»

«Facci entrare», tagliò corto Loïc.

Si era fatto una striscia appena prima di salire per trovare il coraggio di imporsi. Erwan, che sperava di limitarsi a fare la parte del cattivo che si teneva in disparte, si chiese quanto tempo ancora sarebbe durata quella pagliacciata.

Serano si spostò per lasciarli passare. In confronto al suo torace, ampio come una botte, le braccia sembravano eccessivamente lunghe.

Loïc entrò, seguito da Erwan, che richiuse la porta con la schiena.

«Sei solo?»

«Cos'è questo tono?» protestò l'operatore. «Chi ti credi di essere?»

Erwan si mise tra i due e afferrò Serano, sbattendolo contro il muro. Tanto valeva accelerare le cose. Il trader lanciò un grido. Loïc aveva un'aria esultante.

«So che tutte le acquisizioni della Coltano sono passate da te», ricominciò, facendo la voce da duro.

«Quindi?»

«Voglio il nome dei compratori.»

«Impossibile, non...»

Erwan lo tirò verso di sé per poi tornare a sbatterlo con maggior violenza contro la parete. In fondo, trovava rilassante il ruolo del gorilla silenzioso.

«I nomi!» urlò Loïc.

In quel momento si affacciò nella stanza una splendida ragazza – del tipo ucraino –, vestita con una felpa da jogging che arrivava appena a coprirle le mutandine. Erwan le sorrise, senza però mollare Serano. Se c'è una cosa su cui si può sempre contare con i professionisti e gli uomini d'affari sono i cliché: nell'arsenale di un finanziere di successo non poteva mancare una modella.

«*What's going on, here?*» Voleva sapere che cosa stava succedendo.

Quella violenza mattutina non sembrava averla scioccata più di tanto. Doveva aver visto ben di peggio nel suo paese d'origine. Serano non rispose: stava cercando di riprendere fiato. Loïc ostentava un atteggiamento rilassato e rideva nervosamente.

«*Don't worry*», disse Erwan. «*If this guy is behaving well, we will be gone in ten minutes.*» Se il suo uomo si fosse comportato bene, entro dieci minuti se ne sarebbero andati.

La ragazza diede una scrollata di spalle e uscì, sicuramente per andare a farsi un bagno e prendersi cura in qualche modo della giovinezza del suo viso o della morbidezza della sua pelle.

Erwan la seguì con lo sguardo per qualche secondo. Come suo padre, anche lui amava cogliere in flagrante la mediocrità degli esseri umani: perché le donne più belle sceglievano sempre gli uomini più ricchi? Perché la cosa che ammirava maggiormente – la bellezza della natura – si accompagnava a quella che disprezzava più di tutte, ovvero la triviale ricerca dei quattrini? Pensò a Sofia: non aveva alcuna speranza.

«Allora, Serano, non vuoi tornare dalla tua bella?» riattaccò Loïc.

«Non posso dirti niente...»

Erwan sollevò il pugno. Il trader lanciò un grido e incrociò le mani davanti al viso.

Nella vita di tutti i giorni la violenza è un evento raro. Per evitare quel genere di scene patetiche, Erwan sarebbe stato favorevole che a scuola i ragazzi apprendessero a sopportare la sofferenza psicologica.

«Il primo era Richard Masson», squittì il trader, «l'amministratore della banca spagnola Díaz. Mi ha incaricato di...»

«Per la sua banca?»

«No, per lui.»

«So chi è. Non ne capisce nulla di minerali. Cosa ti ha chiesto?»

«Solo azioni della Coltano. Tutte quelle che riuscivo a procurargli.»

«Ti ha detto perché?»

«No. Ma era evidente che aveva informazioni... fondate.»

Loïc ed Erwan si lanciarono un'occhiata.

«Quando è stato?»

«A metà agosto.»

«Quante gliene hai comprate?»

«Tutte quelle che ho trovato. Migliaia. Non è stato difficile. Il tuo è un titolo di merda.»

Debole tentativo di Serano, ancora con le spalle al muro, di riguadagnare un minimo di autorità.

«Okay. Poi?»

«Sergej Borgisnov. Gestisce un fondo d'investimento russo. Ha fatto fortuna con i suoi giacimenti. E all'improvviso, chissà perché, si è buttato sull'Africa. Sulla Coltano. Ha detto che stava per diventare interessante.»

«Ti ha detto qualcos'altro?»

«No, ma è già abbastanza. Borgisnov è un gran chiacchierone.»

«Ha parlato di una perizia fatta da esperti?»

«No.»
«Ti ha detto da dove gli arrivava la dritta?»
«NO! Ha solo fatto una battuta. Ha detto che si riforniva “alla fonte”.»
Altra occhiata tra i due fratelli: sembrava prospettarsi una fuga di notizie in Africa.
«Quante azioni gli hai comprato?»
«Non mi ricordo. Ho puntato al flottante. Costavano di più, ma ne ho prese a migliaia.»
«Quando?»
«All'inizio di settembre.»
Anche se Erwan non ne capiva niente, poteva immaginare che dopo quelle transazioni il valore azionario del titolo fosse salito vertiginosamente. Non aveva seguito la faccenda e se ne fregava, ma sospettava un problema su più livelli: quelle acquisizioni innanzitutto mettevano Morvan in una posizione delicata (gli africani dovevano senz'altro sospettare che fosse lui il mandante) e, in secondo luogo, dipendevano da informazioni che il Vecchio aveva tentato di nascondere. Un altro dei suoi intrallazzi.
«Hai sentito parlare della morte di Jean-Pierre Clau?» gridò Loïc, che si stava calando sempre più nella parte di Tony Montana.
«Non so nemmeno chi è!»
«Ci sono stati altri compratori?»
«Un altro, lunedì scorso.»
«Chi?»
«Un cinese che conosco da molti anni. Johnny Leung.»
Sembrava il nome di un attore di film di kung-fu di Hong Kong. Tutta quella faccenda diventava sempre più incredibile.
«Non lo conosco», ribatté Loïc perentoriamente.
«Lavora per la Hong Kong Securities, reparto acquisizioni.»
«Quante ne ha comprate?»
«Quasi ventimila.»
«Non ti ha detto niente sul suo informatore?»
«Non è quello che si definirebbe un tipo loquace... Ma

da quanto ho capito voleva fregare i suoi clienti. Mostrargli di cos'era capace.»

«Non ti sei chiesto perché all'improvviso tutta questa gente si è buttata sulla Coltano?»

«Ne ho viste così tante...»

«Non sei stato tentato di comprare anche tu qualche azione?»

«Solo perché tre coglioni hanno deciso di farlo?»

«Sicuro che non si conoscono?»

«No, ma comunque non si sarebbero mai passati un'informazione come questa.»

«Stanno tutti a Parigi?»

«No. Masson fa avanti e indietro tra Parigi e Madrid. Borgisnov fa un salto di qui una volta ogni tanto. Leung ha qualche ufficio in città ma non ci viene mai.»

Erwan provò invano a immaginarsi qualche possibile scenario. I geologi di cui gli aveva parlato Loïc non c'entravano nulla: non se li vedeva piombare nei salotti parigini con la loro perizia sottobraccio. Secondo lui non reggeva più nemmeno la pista di una fonte africana: anche se un belga, un francese o un congolese fosse stato a conoscenza dei nuovi giacimenti, perché avrebbe dovuto contattare proprio quei tre banchieri sempre in viaggio? «Bene. Andiamocene», disse dando una pacca sulla spalla a Loïc.

Serano spalancò i suoi occhi rotondi: aveva appena capito che quello che aveva preso per un semplice gorilla in realtà era il capo.

Una volta usciti, Loïc, ancora pieno di adrenalina, saltellava come un pugile.

«Non c'è niente di cui rallegrarsi», gli disse Erwan. «Non conosciamo ancora la fonte.»

«Ma abbiamo i nomi dei compratori! Ci basterà trovarli e poi...»

Erwan lo afferrò per costringerlo a fermarsi. «Tu fa' quel che vuoi, io devo tornare al lavoro.»

«Papà ha detto che...»

«Chiudi il becco.»

La magrezza del collo di Loïc lo sorprese. La sua immagine del fratellino era quella di un uomo di sessantacinque chili che indossava giacche da migliaia di euro e che si era ripreso dai suoi eccessi. Ma ora si accorse che sembrava nuotare nella camicia. La droga aveva ricominciato a roderlo fino alle ossa.

«Chi aveva copia di questo rapporto sui giacimenti?»

«Ce ne sono soltanto due: una ce l'ho io e l'altra il papà.»

«Ti sono entrati in casa?»

Loïc esitò e restò in silenzio.

«Ti sono entrati in casa, sì o no?»

«No. Ho controllato: il rapporto è ancora in cassaforte.»

«E nel Katanga?» chiese Erwan lasciandolo andare.

«Nessuno sapeva niente. Non esiste nemmeno una mappa del sito. Il papà mi ha raccontato che l'elicottero lasciava i geologi a diversi chilometri dalla zona. Poi impiegavano giorni per raggiungere il posto, accompagnati da portatori che non sapevano nemmeno che cosa stavano cercando.»

«Il papà ha già cominciato l'estrazione?»

«Non saprei, ma nel caso avrà di sicuro preso gente del posto che non ha nessun contatto con Parigi.»

«Adesso sbrigatela da solo. Io gli avevo promesso che ti avrei aiutato a farti dare i nomi: ne hai almeno tre. Scusami ma devo pensare alla mia inchiesta.»

Lasciò il fratello confuso alla fermata del metrò di Courcelles e salì in macchina. Mezzogiorno. Giusto il tempo di precipitarsi a Orly per il suo volo delle due. Destinazione: Marsiglia.

93.

Il vicolo che cercava era immerso nella luce di mezzogiorno. Morvan si lisciò la giacca e si aggiustò il colletto della camicia (non portava la cravatta). Il ristorante lo accolse a braccia aperte: facciata scrostata, tendine grigiastre, menu discreto. Poco lontano, due guardie del corpo camminavano avanti e indietro. Non aveva mai capito se Montefiori si considerasse più un padrino o un giudice antimafia.

Girò la maniglia avvertendo la consueta resistenza: non si sarebbero mai decisi a oliare i cardini o a limare la soglia. Contemplò con malcelata soddisfazione la sala dal soffitto basso, le piastrelle bianche e nere del pavimento, le tovaglie beige. Mormorii, tintinnio di stoviglie, qualche cliente. Nell'aria aleggiava un profumo di legno vecchio e farina di grano.

Avanzò nella penombra. Le tende attenuavano i raggi del sole. Tutto aveva un aspetto sbiadito: l'impressione generale era quella di una saggezza ancestrale. Morvan notò i panini nei cestini che, misteriosamente, avevano il gusto desueto di quell'ambiente proprio come le ostie sanno di chiesa.

Montefiori si era già accomodato in fondo alla sala. Impossibile batterlo sulla puntualità. Se decidevi di arrivare in anticipo, lui lo scopriva e arrivava ancora prima. Di conseguenza, appena preso posto, dovevi scusarti, facendo onorevole ammenda per il ritardo.

Morvan optò per un semplice sorriso e si accomodò, tenendo con le mani la seduta della sedia.

«Non preoccuparti», gli disse l'italiano in un ottimo francese. «Reggerà.»

Il ferravecchio era praticamente analfabeta ma parlava alla perfezione diverse lingue. «Ho l'orecchio musicale», diceva. Più che altro aveva il timpano per il commercio: tutte le lingue che conosceva erano quelle che gli servivano per i suoi affari.

«Lo so», replicò Morvan togliendosi la giacca (mangiare in maniche di camicia faceva parte del rituale). «Grazie per questo pranzo.»

«Piacere mio.»

«Qualche giorno fa ho visto tua figlia.»

«Fortunato.»

«È riuscita a far firmare a Loïc i documenti del divorzio. "È fatta", come dice lei.»

Montefiori sorrise. Aveva un profilo deciso, greco, e un volto dai tratti armoniosi, sempre abbronzato e solcato da profonde rughe, dove i suoi occhi azzurri risaltavano come polle d'acqua fresca in fondo a una grotta. Il Condottiero era partito dal nulla ma aveva sempre avuto quel viso da principe.

«Con Sofia ho un vantaggio rispetto a te», disse sgranocchiando un grissino.

Morvan inforcò gli occhiali e lesse il menu. Non vedeva l'ora di pranzare. Il suo cuore aveva ritrovato il ritmo abituale. Il suo corpo si era rilassato. La ruota ora gli sembrava lontana.

«Sono trentasei anni che la conosco. L'ho vista crescere, maturare, raffreddarsi come un metallo. È fatta di una lega che non cambierà più.»

«Parli come un ferravecchio.»

«Sono un ferravecchio!» esclamò Montefiori in italiano, sollevandosi leggermente, come per salutare un pubblico immaginario.

Morvan lo rivide intorno alla metà degli anni Novanta, mentre in un accampamento nella foresta gli mostrava che il futuro non era né nel cobalto né nel manganese né tantomeno nell'oro o nei diamanti. Il futuro era nel coltan.

Morvan non sapeva nemmeno che cosa fosse. Il Condottiero gli aveva spiegato che quel minerale conteneva tantalio, un elemento che fonde a più di tremila gradi utilizzato nel settore dell'elettronica per la costituzione di superleghe. Lui aveva continuato a non capire. L'altro allora aveva preso il proprio cellulare (un grosso aggeggio di quelli che circolavano all'epoca) e l'aveva frantumato davanti a lui schiacciandolo con un piede. Poi aveva estratto una placca su cui erano incollati alcuni circuiti e chip. Su ciascuno di essi era stata fatta colare una piccola goccia di argento. Montefiori ne aveva grattata via una, scoprendo un altro metallo di colore nero. «Tra qualche anno tutte le industrie elettroniche e aerospaziali si contenderanno questo metallo. E i giacimenti più grandi sono proprio qui, in Congo.» Morvan non era un grande esperto di minerali né di finanza, ma conosceva gli uomini: il coltan sarebbe diventato l'oro di fine secolo. Il francese aveva strappato la convenzione al vecchio Mobutu e l'italiano aveva portato gli investimenti necessari: così era nata la Coltano.

«Prendo la pasta alle sarde», disse, tornando al presente.

«E vada per le sarde», convenne Montefiori. «Sofia mi manca.»

«È in splendida forma. Anche i bambini.»

«Ma quei due cretini vogliono divorziare.»

«Su questo non ci piove.»

«I nostri piani vanno a farsi benedire.»

«Da quel lato, sì.»

Arrivò il cameriere. Montefiori ordinò. Né lui né Morvan presero vino: l'acqua frizzante sarebbe andata più che bene.

«Non sono più tanto sicuro che la nostra idea fosse così buona...» confessò Morvan.

«Hanno avuto qualche anno di felicità. Milla e Lorenzo sono bellissimi. Capisci cosa voglio dire? I nostri figli sono bambini viziati. Non hanno le nostre stesse priorità...»

Erano alleati da quarant'anni e il loro punto forte era l'unico degno di questo nome: la segretezza. Il segreto del loro incontro in Zaire, nel 1970. Il segreto del loro accordo prima sulle miniere di manganese e poi su quelle di coltan.

Il piano segreto di fondere il loro sangue attraverso Sofia e Loïc...

Morvan e Montefiori erano dei re: avevano associato i loro regni unendo in matrimonio i figli come facevano i sovrani di un tempo. Il progetto era inoppugnabile, ma i due ragazzi non si erano amati – o capiti – abbastanza.

Arrivò la pasta: bucatini. Morvan conosceva quella ricetta a memoria. Finocchio, cipolle, acciughe, uvetta e pinoli. E sarde fresche, ovviamente, cotte lasciando evaporare il vino bianco...

Imitando Montefiori si mise il tovagliolo al collo, come un contadino. Per qualche istante i due non parlarono, gustando quel vero e proprio capolavoro. "Il finocchio", si disse Morvan, "è questo il segreto." Bisognava cuocerlo a parte e poi tenere l'acqua per i bucatini. A Parigi Morvan non riusciva mai a ottenere lo stesso profumo.

«C'è stata una fuga di notizie», confessò alla fine.

«Ho visto che il valore del titolo è aumentato.»

«Ci sono alcuni stronzi che stanno comprando come matti.»

«Spero che tu non sospetti di me.»

Morvan non replicò, valutando il suo avversario. Diceva che soltanto lui e suo figlio erano al corrente dei nuovi giacimenti. Niente di più falso. Anche Montefiori lo sapeva. Il silenzio si prolungò. Non erano molti gli uomini ai quali Morvan concedeva il proprio rispetto, ma l'italiano faceva parte del club. «Certo che no.»

«Come pensi di fermarli?»

«Un'idea ce l'ho. Ma il vero problema non è questo. Il rialzo ha reso ancora più diffidente Kabongo, che si è messo in mezzo. Ho dovuto concedergli qualcosa.»

Il Condottiero smise di mangiare.

«Abbiamo trovato un accordo», lo tranquillizzò Morvan. «Sfrutteremo le miniere di nascosto e gli daremo una commissione. In un certo senso così sarà più sicuro anche per noi. Ci guarderà le spalle.»

L'italiano prese un'altra forchettata e annuì con rassegnazione.

«Mi segui?»

«Ti seguo. Come vanno le cose laggiù?»

«Niente di nuovo. L'estrazione è già cominciata, ma devo prima risolvere la questione delle azioni e trovare gli acquirenti.»

«E la fonte?»

«Presto scoprirò anche quella.»

«Cosa farai?»

«Lo costringerò a fare marcia indietro. I compratori lo ascolteranno e rivenderanno le loro quote. Se gli hanno creduto una volta, gli crederanno una seconda.»

«Chi ricomprerà le azioni quando saranno rimesse sul mercato?»

«Kabongo e gli altri vorrebbero arraffare tutto quanto, ma noi saremo più veloci.»

«Non ci lasceranno superare una certa quota.»

«Le rivenderemo in un secondo momento. La nostra carta migliore è la frammentazione dell'azionariato. *Divide et impera.*»

Montefiori aveva finito il suo piatto. Appoggiò i gomiti sul tavolo: un gigante di fronte al quale gli arredi e gli oggetti del locale diventavano improvvisamente insignificanti. «Non abbiamo passato da un pezzo l'età per questo genere di cazzate?»

«Facciamo che questo sarà il nostro ultimo match. Possiamo ancora guadagnare qualche milione in questa operazione. E quando saremo morti i nostri figli saranno ancora più forti in Africa. Ci stai o no?»

L'italiano ripulì il piatto con un pezzo di pane di bianco. «Ci sto. È tutto?»

Seconda questione sistemata. Ora toccava all'ultima notizia. *Il peggio per la fine...* «No. L'Uomo Chiodo è tornato.»

Per la prima volta le rughe del ferravecchio si contrassero. «Cosa vuoi dire?»

«Leggi i giornali francesi: da una settimana c'è qualcuno che uccide come faceva lui.»

«Dove?»

«In Bretagna. A Parigi.»

Montefiori afferrò il bicchiere: la sua mano era coperta di macchie e cicatrici. Un affresco più che una mano, dove si potevano leggere le ire, le battaglie e le vittorie di un pioniere. «Pharabot è ancora vivo?» chiese dopo aver bevuto un lungo sorso.

«No, ma c'è un assassino che lo imita. Ci sono già state tre vittime e presto ne arriverà una quarta.»

«Ti sei fatto un'idea?»

«Sono indeciso tra una vendetta divina e un folle sbucato direttamente dal passato.»

«Ci sarà una terza ipotesi più... razionale.»

Morvan si chinò verso di lui e sussurrò: «Sta cercando di tirarmi in mezzo. Lascia indizi a mio carico, sceglie vittime che conosco. Sta vendicando il suo maestro. Hai notato qualcosa di sospetto?».

«No.»

Gli aveva posto quella domanda per pura formalità. Il ferravecchio non c'entrava nulla con quella storia. Il suo sguardo voleva dire: "Fai come cazzo vuoi".

«Chi sta indagando sul caso?» gli domandò.

«Mio figlio. Lo troverà.»

Montefiori sollevò il bicchiere. «Prega che scopra soltanto quello che sta cercando.»

Morvan sentì un groppo di angoscia risalirgli in gola. La peggior vendetta sarebbe stata che i suoi figli scoprissero la verità su di lui.

«Un dolce?»

«No. Ho l'aereo alle quattro.»

«Il vento è clemente: l'aereo decollerà da Firenze. Tienimi aggiornato. Mi piacerebbe poter venire a Parigi per dare un bacio ai nipotini ma non sono sicuro di trovare il tempo.»

Mentre Morvan si alzava, gli tornò in mente una scena di quarant'anni prima: Montefiori che infilava la mano di un operaio in una frantumatrice perché gli aveva rubato un chilo di ferro.

Aveva ancora un'ultima notizia da dargli. «È morto Di Greco.»

«Prima o poi tocca a tutti.»

«Si è suicidato.»

«Non c'è mai stato con la testa.»

«Credo che c'entri con questa faccenda.»

«In che modo?»

«Non lo so ancora.» Si rimise la giacca e non propose nemmeno di dividere il conto: era stato il fiorentino a invitarlo.

«Hai avuto tempo di fare una passeggiata?» domandò Montefiori alzandosi in piedi a sua volta.

«Ho fatto un giro.»

«La ruota, vero?»

Si strinsero la mano.

Morvan sorrise. «È triste ammetterlo, ma tu sei quello che mi conosce meglio di tutti.»

94.

«La nave in questione è l'*Apnea Gaillard.*» L'ufficiale dello scalo portuale e fluviale stava guardando su un tablet. «Un cargo in grado di trasportare fino a diecimila container che fa la spola tra l'Africa e Fos-sur-Mer. È appena arrivato, è attraccato a dritta sul molo. Stanno per cominciare le operazioni di scarico.»

Si trovavano nel terminal dei bacini ovest del porto autonomo di Marseille-Fos. L'ufficiale indossava un maglione blu scuro. Avrebbe potuto benissimo essere uscito da Kaerverec o dalla *Charles-de-Gaulle.*

Al suo arrivo a Marsiglia Erwan era stato accompagnato direttamente al porto da due agenti della polizia giudiziaria del commissariato centrale di Noailles. Aveva dormito per tutto il volo e gli sembrava di avere la testa immersa in una boccia d'acqua. Ricordava a stento il motivo per cui si trovava lì. Mezz'ora dopo erano arrivati in uno spazio enorme circoscritto da due muraglie di casse colorate. Da una parte, i cargo ancora carichi di container; dall'altra, gli stessi cassoni metallici allineati come tessere di domino. I due fronti erano collegati da alcune gru a rotaia che scaricavano i contenitori a un ritmo impressionante. Carrelli elevatori Fenwick giganti a forma di parallelepipedo li ricevevano e li disponevano in ordine uno sull'altro, com'erano sulla nave.

«Normalmente cosa trasporta?» chiese Erwan. Nel suo impeccabile completo nero, la distanza che lo separava dall'ufficiale di marina, cresciuto a forza di burrasche e calamari, e dai poliziotti, due sbruffoncelli di provincia che non vedevano l'ora di rimettersi davanti alla televisione per la partita di calcio, si misurava in miglia marine.

«Merci solide. Legno. Pellami. Spezie. Carico secco, comunque, che non presenta alcun pericolo.»

«Nient'altro?»

«In generale non è che si importi molta tecnologia dall'Africa...»

Erwan non raccolse la frecciatina. «È riuscito a recuperare il numero dei container della Heemecht?»

L'ufficiale tirò fuori una penna e cominciò a picchiettare sullo schermo del tablet. «Numero 89AHD34 e 89AHD35.»

«Stando alle mie informazioni, uno dei due dovrebbe contenere metallo di recupero», bluffò Erwan.

«Non ho avuto tempo di studiare il manifesto di carico. È il documento che riporta l'elenco dettagliato delle merci di ogni container: un malloppo di migliaia di pagine.»

«I due container sono già sul molo?»

«Bisogna chiedere alla logistica.»

Un carrello elevatore avanzava verso di loro trasportando tra le barre verticali un contenitore di sei metri di lunghezza, l'equivalente di una piccola casa, che pesava senz'altro tra le venti e le trenta tonnellate. L'operatore si trovava in una cabina sospesa a dieci metri di altezza. Dovettero spostarsi, addossandosi contro alcuni cassoni che attendevano di essere caricati. Tutto in quel luogo operava su una scala completamente fuori misura, riducendo l'uomo alle dimensioni di un parassita.

D'un tratto Erwan si rese conto che la sua teoria era del tutto assurda, o comunque fondata su presupposti aleatori. Il primo: il predatore aveva bisogno di rinnovare il suo stock di chiodi. Il secondo: sarebbe venuto a rifornirsi proprio su quel molo, come al mercato. Il terzo: i container trasportavano esattamente quel tipo di chiodi e tutto sarebbe successo proprio quella sera. «Qualche container viene aperto qui?»

«Ci sono diverse possibilità. Alcuni ripartono in treno così come sono. Altri in camion. Certi invece vengono aperti in deposito in modo da poter spedire la merce in tranche separate.»

Si udirono dei latrati. Guardie di finanza accompagnate da cani avanzavano lungo i cassoni, in cerca di carichi sospetti. Più forti ancora risuonavano le voci degli operatori: i *deckmen*, aggrappati alle loro ricetrasmittenti, impartivano istruzioni ai piloti delle gru e dei carrelli elevatori.

«Le spiace avvertirmi quando i container saranno scaricati?»

«Nessun problema, ma non potrà toccare niente.»

Erwan si rivolse ai colleghi marsigliesi. «Avremo tutte le scartoffie necessarie.»

L'ufficiale si accese una sigaretta. Il suo volto arrossato parve sdoppiarsi dietro la fiamma dell'accendino. «Non è così semplice. Al largo le merci sono di pertinenza del comandante di distretto marittimo. A terra, del prefetto. Ma qui, in dogana...»

Erwan smise di ascoltare: sproloqui burocratici. Nella sua mente andava delineandosi un'immagine: il ladro di chiodi che quella stessa notte sarebbe andato a servirsi proprio lì... «I container sono facili da aprire?»

«Meglio essere equipaggiati di fiamma ossidrica. Non abbiamo mai subito furti. Capita più spesso che provino ad aprirli dall'interno.»

«Non capisco.»

«In Africa c'è gente che si fa chiudere dentro con una sega per metalli. Quando sono al largo tagliano la lamiera. A volte aspettano di essere arrivati. In quest'ultimo caso li ritroviamo in uno stato che non le dico...»

Erwan fissò lo scafo senza aperture del cargo: ricordava una falesia di metallo ondulato composta da più strati di casse variopinte, riscaldate dal sole del Mediterraneo e coperte di salsedine dai venti marini. «Quanto tempo si fermerà l'*Apnea*?»

«Circa dodici ore. Domani mattina non ci sarà più. Un cargo che non naviga è una perdita di denaro.»

«Una notte sola per spostare migliaia di container?»

«Ogni gru ne scarica sessanta all'ora, faccia lei i conti.

Nello stesso tempo ricaricano la nave, fanno il pieno di carburante e poi via, si parte!»

Erwan guardò i suoi due colleghi: avevano soltanto una notte per preparare le carte necessarie e convincere le autorità portuali e la prefettura di Marsiglia che l'*Apnea* poteva essere in qualche modo collegata con un'inchiesta della Omicidi di Parigi: missione impossibile. Senza contare che la nave batteva bandiera di Antigua. «Posso parlare con qualcuno della Heemecht?»

«Certo», rispose l'ufficiale, «ma è una società lussemburghese. Non saranno tenuti a risponderle. Le organizzo un appuntamento per domani mattina. Ora devo tornare al lavoro.» Si rivolse ai poliziotti marsigliesi: «Ragazzi, avete qualche ora per preparare i documenti».

Erwan indietreggiò per avere una visione d'insieme dell'*Apnea Gaillard*: sotto i bracci delle gru, quella pila multicolore gli ricordava il celebre quadro di Gerhard Richter, *1024 colori*, composto soltanto da piccoli rettangoli.

I chiodi dell'assassino si trovavano nascosti in quella tavolozza?

Cercò un piano B e gliene venne in mente soltanto uno: restarsene appostato di guardia davanti ai container per tutta la notte.

«Ha il mio numero di cellulare», disse. «Mi chiami quando avranno scaricato i due cassoni.»

95.

Le dieci di sera. Le operazioni di scarico dell'*Apnea Gaillard* procedevano a pieno regime.

Il *suo* container – il numero 89AHD34 – era stato scaricato intorno alle sette e mezzo e l'ufficiale dell'autorità portuale l'aveva subito avvisato. Il TEU – acronimo di *twenty-feet equivalent unit,* «unità equivalente a venti piedi» – conteneva tra molte altre cose anche uno stock di «pezzi di ferro usato». Prima conferma. Erwan non aveva chiamato i colleghi marsigliesi: avrebbe montato la guardia da solo. Presi con sé distintivo e pistola d'ordinanza era uscito dal suo albergo, situato non lontano dal terminal. Superati i controlli, si era posizionato vicino al casotto delle guardie notturne, accanto al deposito. Da lì sarebbe riuscito a osservare sia il suo container sia le operazioni di scarico, che proseguivano oltre le file serrate dei TEU.

I lavori avvenivano alla luce di potentissime fotoelettriche. Uno spettacolo assordante, reboante, rutilante, inframmezzato da clangori metallici, stridio di cavi e voci gracchianti deformate dalle ricetrasmittenti. Non era visibile nessuna presenza umana, soltanto i macchinari che operavano alla luce dei riflettori. I container passavano dal ponte al molo, poi dal molo ai parcheggi. I carrelli elevatori andavano e venivano, simili a giganteschi domestici che trasportassero immensi vassoi. I loro bracci afferravano i TEU come enormi pinze per zollette di zucchero. Il tutto ricordava una sconfinata città di Lego in fase di smantellamento.

Inizialmente Erwan aveva seguito la scena con un certo

interesse. Ora invece, frastornato da tutto quel chiasso e accecato dai fasci luminosi, si era perso nei propri pensieri. L'Uomo Chiodo, il suo rituale demoniaco, le sue vittime. Per l'ennesima volta formulò la stessa duplice ipotesi: da una parte, l'assassino si vendicava di Morvan; dall'altra, tentava di esorcizzare i propri demoni: omosessualità e necrofilia.

Ripensandoci quel quadro poteva essere completato con un terzo elemento: l'impotenza. Dopotutto il killer stuprava le proprie vittime con una mazza d'arme o uno strumento simile: il ferro si sostituiva alla carne. Forse perché non poteva fare altrimenti. Ma perché imitare l'Uomo Chiodo? Come faceva a conoscere la sua storia? Aveva scelto Morvan perché era stato lui ad arrestare il suo modello? O forse perché aveva avuto un ruolo funesto nel destino che gli era toccato?

Un proiettore fu puntato nella sua direzione e lo accecò. Istintivamente si voltò e vide la propria ombra allungarsi contro una fila di container. Sentì il cellulare suonare. "Sofia", pensò. (Aspettava ancora che fosse lei a mandare un segnale: per orgoglio, non aveva voluto farsi vivo per primo.) Era Kripo.

«Ci sei? Non sento niente!»

Erwan cercò riparo tra due container. «Ci sono», disse alzando la voce.

«Ho scoperto qualcosa di importante.»

«Parla.»

«Anne Simoni era in contatto con una comunità... particolare.»

«Del tipo?»

«Sadomaso. Fetish.»

«I no limit?»

«Troppo presto per dirlo, ma secondo le mie fonti partecipava a serate molto particolari dove tutti erano mascherati nei modi più assurdi, con tanto di torture e compagnia bella.»

Quel lato perverso collegava Anne all'ammiraglio Di Greco, anche se alla lontana. Cultura della sofferenza, piacere nel dolore: l'ufficiale e la punkettina avrebbero entrambi potuto essere, indipendentemente l'uno dall'altra, in contatto con il nuovo Uomo Chiodo... «Come l'hai scoperto?»

«Dai tabulati telefonici. C'è il numero di un sex-shop delle Halles specializzato in fetish che aveva chiamato più di un mese fa. Ho telefonato. Vendono tute di lattice, vestiti da infermiera e uniformi naziste.»

«Si ricordano di lei?»

«No. Ma mi è tornata in mente una cosa. Perquisendo il suo appartamento Audrey e il Sardina hanno trovato delle cose strane: mascherine e camici da chirurgo, cinghie, tute arancioni...»

«Audrey me ne ha parlato.»

«Secondo il tipo del sex-shop, si tratta di un tipo particolare di fetish. L'ossessione per l'ambiente medico, accompagnata da quella per il colore arancione.»

«Perché l'arancione?»

«È il colore del Betadine. E anche dei lacci e delle cinghie emostatiche. Un tipo di feticismo che spazia dalle iniezioni a pratiche più invasive: dita nel culo, colonscopie e altre amenità su cui è meglio sorvolare. Nel suo appartamento abbiamo trovato anche strani attrezzi come camicie di forza, speculum, sonde, cannule, raschietti...»

Erwan rifletté: una ragazza che giocava con i lacci emostatici o praticava finti aborti corrispondeva a un profilo particolare che rimandava a un mondo ben preciso.

«Tutti questi elementi quadrano anche con un'altra scoperta», proseguì il Liutista. «Gli informatici sono riusciti ad aprire la misteriosa cartella sul suo computer. Dentro ci sono migliaia di video per così dire tecnici: clisteri, dilatazione dell'uretra, sonde anali... Ti risparmio i particolari.»

Gli hard disk: scatole nere della psiche...

«Domani quanto torno sentiamo Lartigues. Dev'esserci per forza un collegamento anche con lui.»

«Sono contento di sentirtelo dire.»

«Intanto tu continua a battere questa pista. Controlla quelli che hanno già avuto qualche noia con la polizia.»

«Mi prendi per uno stagista?»

«Ti richiamo», concluse bruscamente Erwan prima di riagganciare. Si era appena accorto di un'ombra in fondo alle file di container. Si precipitò in quella direzione e raggiunse lo spiazzo dov'erano disposti i cassoni: nessuno. Una guardia notturna? No, avrebbe avuto una torcia elettrica, un cane o entrambi.

Doveva per forza essere un intruso. Forse non l'assassino, ma di sicuro qualcuno che cercava di passare inosservato. Girò a sinistra e proseguì lungo i TEU. Aveva già estratto la pistola. Prima fila: nessuno. Seconda: idem. Terza... Cominciava a chiedersi se non avesse sognato.

Stava per rinunciare quando in fondo alla quarta fila scorse una figura. Si lanciò in uno sprint. Svoltò, corse, svoltò ancora. Non sentiva più niente, fatta eccezione per i clamori metallici in lontananza. Istintivamente prese a sinistra per poi lanciarsi in un corridoio alla sua destra.

Smarrito in quel labirinto di colori, non sapeva più dove si trovava. Vedeva passare sopra di sé i fasci di luce delle fotoelettriche del cantiere e i bracci delle gru che giravano incessantemente. Alla sua sinistra scorgeva soltanto pareti di lamiera ondulata. Gli tornò in mente la storia dell'ufficiale dell'autorità portuale: i clandestini africani che si facevano rinchiudere nei container armati di una sega. Che fosse uno di loro? Quanto più avanzava, tanto più si perdeva. Si sentiva come un prigioniero che, agitandosi, riesca soltanto a stringere ancora di più le corde che lo legano. Gridare perché qualcuno gli venisse in aiuto? I robot della notte avevano molta più voce di lui.

Colpì con rabbia il portello di un container provando a immaginare che cosa potessero contenere quei cassoni: mobili africani, spezie, stupidi oggetti di pelle, frutta... Un poliziotto perso tra banane e cereali: da morire dal ridere.

All'improvviso si ritrovò per terra. Si voltò appena in tempo per vedere il fuggitivo allontanarsi sulla destra. Uscito dal suo nascondiglio, gli aveva dato uno spintone e se l'era filata. Erwan era in ginocchio con i palmi appoggiati a terra: la pistola gli era scappata di mano. Scattò come un velocista raccogliendo al volo la sua arma.

Nuovo avvistamento. L'ombra della preda sul muro, a cento metri sulla sua sinistra. Erwan riprese fiducia. Quel labirinto cominciava ad acquistare un senso. Cinquanta metri. Il frastuono del cantiere si faceva più forte. Trenta metri. La figura era completamente scura, compresa la testa: un nero? Un bianco con un passamontagna?

Senza capire come, si ritrovò sul molo. L'uomo ricomparve tra due macchine impilatrici. A ogni secondo che passava Erwan trovava conferma di ciò che aveva già notato: il fuggitivo era troppo veloce. Uno sportivo ben allenato. Anche lui lo era: accelerò. L'altro continuò a correre costeggiando il cantiere. Passò sotto il ponte delle gru e ripiombò nell'ombra dei container. Nessuno sembrò notarlo, né i manovratori nelle loro cabine di comando né il *deckman*, preoccupato soltanto dai cassoni, sospesi come sculture spaziali nella luce bianca.

Erwan si fermò per cercare di individuare la preda e capire come sarebbe riuscito a farsi strada tra le manovre. All'improvviso la vide a circa trecento metri, oltre la zona illuminata dalle fotoelettriche, vicino alle gru che scaricavano i TEU. Correva verso il bacino vero e proprio.

Senza riflettere, Erwan si lanciò sotto i bracci degli argani e i container che viaggiavano a diverse decine di metri di altezza. Fischi, stridori di freni, insulti... Il *deckman* che ordinava ai piloti di fermarsi, gli operatori sul molo che berciavano, gli allarmi sonori che si susseguivano. Il poliziotto li ignorò: l'altro si stava già inerpicando lungo la passerella che conduceva sul ponte dell'*Apnea Gaillard*.

Erwan avanzò zigzagando per evitare i carrelli elevatori e i loro immensi pneumatici e raggiunse il cargo. Avvistò il fuggitivo in cima alla passerella e riuscì a osservarlo meglio: alto poco più di un metro e ottanta, spalle larghe, tuta grigia. Ma non riuscì a capire se fosse nero o soltanto mascherato.

Erwan si fece largo tra gli operai, guadagnando qualche secondo. Quando prese la rampa, l'altro era già a bordo. "Sei in trappola."

Una trappola lunga trecento metri.

96.

Sul ponte, le file di container impilati l'uno sull'altro arrivavano fino al parapetto della nave. Il passaggio era garantito soltanto da uno stretto corridoio sotto i cassoni. Erwan aveva smesso di correre e procedeva mettendo un piede davanti all'altro, come un funambolo. Senza fiato, sentì che i suoi dolori si risvegliavano.

Scoprì un abisso: enormi stive già svuotate, alte sei o sette piani. Nessuna traccia del fuggitivo. Mentre si calava lungo una scala a pioli di metallo, lanciando un'occhiata dietro di sé vide che, sul lato opposto della nave, i TEU continuavano a essere scaricati a un ritmo infernale.

Altro corridoio. Una tavolozza di colori. Era ancora aggrappato alla rampa quando lo scorse, diversi piani più sotto, intento ad attraversare in diagonale una stiva vuota. Erwan trovò un'altra scala e cominciò a scendere, un piolo alla volta. Impossibile andare più veloci.

Arrivato in fondo non c'era nessuno. Sentì una porta sbattere alla sua destra. Si precipitò. Dava accesso all'ennesima stiva piena di container che aspettavano solo che il soffitto si spalancasse per decollare e raggiungere terra.

Ancora un rumore metallico: qualcuno aveva aperto e richiuso un'altra porta. Se il nord era davanti a lui, allora il suono proveniva da nord-ovest. Imboccò un corridoio a sinistra, poi un secondo a destra. Erano stretti come le passerelle sul ponte, incorniciati da cassoni fissati saldamente al suolo da armature di ferro, ancorate a loro volta con anelli di metallo.

Individuò la porta, l'aprì e trovò una passerella che correva sopra un deposito mezzo vuoto. Fece di nuovo l'equilibrista lungo la parete, finché non giunse in una camera di passaggio. Scese ed entrò in uno spazio delimitato da lamiere chiodate e immerso in una luce rossastra. Estintori. Un'ascia da sfondamento. Allarmi.

Avvertì una sensazione di intimità: vagava da solo con il suo nemico per quei depositi che puzzavano di ferro, di grasso e di mare. Avrebbe potuto restarci secco, trovare un clandestino denutrito o scoprire l'assassino.

Sotto i suoi piedi vide una botola. La aprì con un sinistro presentimento. Infilandosi nel boccaporto chissà perché pensò a Di Greco, al suo cranio fracassato, alla parola che aveva lasciato: Lontano... Toccò terra in una pozza di fuliggine nera. Il corridoio non gli dava altra possibilità che proseguire dritto davanti a sé. Avanzare attraverso quelle enormi stive era come sputare nel deserto. Inutile e ridicolo.

L'intruso conosceva la nave. Lo stava attirando nel proprio territorio, in una trappola che si sarebbe richiusa sopra di lui. Non udiva più nessun rumore di passi. Erwan era al quinto o al sesto piano sotto il livello del ponte, senza avere la benché minima idea di dove si trovasse.

Nuova porta. Altra sala vuota e immensa, rischiarata da lampade d'emergenza rosse. Una cassaforte grande quanto una piscina olimpionica. Si fermò e trattenne il respiro, tendendo le orecchie. Non poteva più muoversi. Un solo passo in avanti e sarebbe stato scoperto.

L'altro non era lontano, lo sentiva. Gli angoli di quello spazio erano immersi nell'ombra. Pistola alla mano, avanzò sulla sinistra rasentando la parete. Quel compartimento era vuoto. Non era una stiva, dunque cosa poteva essere? Difficile che l'*Apnea Gaillard* non avesse viaggiato a pieno carico.

Non aveva ancora fatto cinquanta metri che sentì richiudersi alle sue spalle la porta dalla quale era entrato appena qualche secondo prima. Tornò di corsa sui propri passi e fece in tempo a vedere il volante che girava a tutta velocità. Il meccanismo di chiusura si bloccò con un lugubre *clong*.

Era proprio da ridere: vent'anni di polizia e si era fatto fregare come un novellino. Rinfoderò la pistola, afferrò il volante e cercò invano di farlo ruotare. Osservò i cardini e il telaio: chiusi ermeticamente. Si mise a correre lungo la parete sperando di trovare un'altra uscita.

All'improvviso udì un fragore di cascata. Sollevò lo sguardo e restò di sasso. Dieci metri sopra di lui alcune paratoie avevano cominciato a riversare colonne d'acqua degne delle cascate dell'Iguazú. Era dentro a una camera stagna, una di quelle vasche che vengono riempite per modificare l'assetto di una nave o per mantenerla al livello del molo durante le operazioni di scarico.

Rifiutando di farsi prendere dal panico Erwan si aggrappò alla sua priorità numero uno: cercare un'altra porta. Si rimise in marcia sguazzando nell'acqua. Le paratoie, che si aprivano una di seguito all'altra, rovesciavano migliaia di metri cubi con un fracasso assordante.

Non era soltanto acqua. Si trattava piuttosto di un magma scuro e potente, simile alla nafta o a una sostanza che ricordava gli scarichi di un'industria chimica.

Trovò un'altra porta che sembrava saldata con la fiamma ossidrica. Si voltò. I getti s'infrangevano sopra di lui. L'acqua gli arrivava già alla vita. Se fosse fredda non riusciva a capirlo, ancora accaldato per l'inseguimento. Si aggrappò al volante per resistere alla corrente che lo trascinava via. Era come essere in un gigantesco lavandino di cui qualcuno aveva aperto il rubinetto: il livello continuava a salire. La linea scura ora gli arrivava al petto. La massa liquida cadeva come ghiaia, con un rumore sordo di valanga.

Stremato, mollò la presa e fu subito trasportato in mezzo alla vasca, nel centro del vortice. Sapore di sale sulle labbra, sapore di morte in gola. Provò goffamente a mettersi sulla schiena (non aveva mai imparato a fare il morto) e rinunciò a pensare, fissando il soffitto che si faceva sempre più vicino. Una strana sensazione: stava danzando un valzer funebre, roteando su sé stesso e salendo per andare incontro alla propria fine.

D'un tratto si disse che doveva per forza esserci un modo per far scattare un allarme. Cercò delle telecamere di sorveglianza. Nessuna in vista. Sensori antincendio? A cosa sarebbero potuti servire in quella vasca? Tentava di restare a galla mentre le onde lo sbattevano contro il soffitto. Chiuse gli occhi, sconfitto. Ritornava alle acque primordiali, sarebbe...

Indicatori! Dovevano essercene, non soltanto per controllare il livello dell'acqua, ma anche per analizzarne la composizione. L'aveva letto da qualche parte: le acque di zavorra sono un problema ambientale. Riversando in mare migliaia di metri cubi di acque inquinate dei porti, le grandi navi alterano gli ecosistemi oceanici. La legge le obbliga ad analizzare queste masse prima di scaricarle.

Erwan si immerse tra i mulinelli. Le lampade rosse erano ancora accese e diffondevano un chiarore irreale in quella penombra liquida. Con un po' di fortuna, gli indicatori avrebbero potuto trovarsi accanto a quelle luci. Nuotando verso il basso, uscì dalla corrente del vortice e raggiunse la lampada più vicina. A tentoni cercò una sonda o un apparecchio simile.

Trovò qualcosa: dei cursori al quarzo e alcuni cavi che facevano pensare a un collegamento con il mondo esterno. Aveva ancora la pistola in mano. Si spinse con le gambe per riuscire ad allontanarsi, caricò e sparò.

Continuò a nuotare, resistendo al riflesso di aprire la bocca. Aveva i polmoni saturi di anidride carbonica. A una trentina di metri da sé vide un'altra lampada brillare nell'acqua torbida. Ancora una volta si allontanò dalla parete e fece fuoco. Sperava di far scattare un allarme da qualche parte. O un sistema automatico per il deflusso dell'acqua.

Nuotò verso destra. Il tempo non passava, lo soffocava. Un velo nero gli calò davanti agli occhi. Sapeva di non poter più tornare in superficie (non c'era più una superficie). Sapeva che non doveva respirare. Sapeva che...

Avrebbe voluto premere di nuovo il grilletto ma aprì la bocca.

97.

Quando rinvenne, Erwan credette di essere all'inferno.

Si trovava invece al pronto soccorso della clinica Timone, nel cuore della notte. Adagiato su una barella, isolato da un séparé (indossava solo un camice di carta da ospedale), osservava dalla tendina semiaperta i pazienti che si avvicendavano flirtando con la malattia e con la morte in tutti i modi possibili e immaginabili. Infortuni domestici e bronchiti per i bambini. Risse, sbornie e incidenti stradali per i giovani. Infarti, cadute e ictus per gli anziani. In mezzo a quel macabro campionario di umanità, un altro popolo si affaccendava, sangue freddo e camice bianco, alternando domande – numero di previdenza sociale, ultime sostanze ingerite, circostanze dell'incidente – a interventi salvavita.

Erwan contemplava quello spettacolo come un sonnambulo. Aveva passato il primo quarto d'ora dopo aver ripreso conoscenza a vomitare, il secondo a sputare e il terzo a sciacquarsi la bocca con acqua dolce per togliersi il morso del sale dalla gola, dai polmoni e dal cuore. Gli sembrava di essersi bruciato... dall'interno. Vestigia del suo naufragio, il completo e la camicia erano appesi a un attaccapanni, duri e ricoperti di macchie biancastre. Sotto il camice, la pelle, seccandosi, si crepava come la vernice di un vecchio tavolo.

I medici del pronto soccorso gli avevano fatto qualche radiografia (aveva preso diversi colpi alla testa e alle anche a causa della violenza dei flutti) e storto il naso davanti alle ferite di Kaerverec. Ma non c'era niente di rotto. Soltanto altri lividi, altre croste da aggiungere alla sua collezione.

Chiuse gli occhi. Le palpebre si abbassarono su una fornace. Fluttuare in quel reparto in cui crisi, diagnosi e urgenze si perdevano in un brusio inintelligibile gli dava uno strano piacere. Dopo la furia della vasca di zavorra, aveva l'impressione di remare sulla superficie di un lago, con uccelli che tubavano in lontananza avvolti nella nebbia.

Per il momento aveva smesso di pensare a chi l'aveva attirato in quella trappola e alle circostanze dell'aggressione: il suo nemico conosceva il funzionamento del sistema di zavorra. Rimuginava invece sul fatto che quella volta ci era mancato davvero poco perché ci restasse secco e provò una riconoscenza viscerale per i pompieri che l'avevano tratto in salvo.

Si aprì la tendina del séparé. Davanti a lui c'erano i due poliziotti di Noailles, accompagnati dall'ufficiale dell'autorità portuale. Tutti e tre avevano la faccia scura: innanzitutto Erwan non aveva avvisato nessuno della sua passeggiata notturna; in secondo luogo, nessuno di loro era in servizio quella notte, il che significava che la sua avventura li aveva costretti a rinunciare a un venerdì sera in famiglia o in qualche bar.

Erwan si sedette sulla barella, pronto a ricevere una scarica di insulti. Accesso non autorizzato alla zona di carico e scarico; transito in un cantiere vietato al pubblico; accesso indebito su una nave portacontainer battente bandiera di Antigua. Era diventato un'eccezionale fonte di rogne per il comandante e l'equipaggio del cargo, la compagnia di navigazione che aveva noleggiato la nave, i dirigenti del bacino ovest di Fos e i tre campioni che gli stavano davanti.

Ciò nonostante, vedendolo in quelle condizioni, avvolto nel camice verde come un *maki* nella sua foglia d'alga, quelli parvero raddolcirsi.

«Abbiamo perlustrato tutti i bacini», annunciò uno degli agenti. «Non c'è traccia del suo uomo.»

«Gli operai del cantiere?»

«Li stiamo interrogando. Per adesso sembra che nessuno abbia visto niente.»

«È stato il mio aggressore ad aprire le paratoie?»

«No», rispose l'ufficiale di marina. «La procedura è automatica. È stato sfortunato, a meno che l'altro non fosse al corrente della manovra. Durante le operazioni di scarico si riempiono le camere stagne per mantenere costante la linea di galleggiamento.»

Erwan rimase in silenzio per qualche secondo. Gli sembrava che il suo cervello stesse cuocendo a bagnomaria in una pentola piena di acqua salata. «L'equipaggio dell'*Apnea*?»

«Stiamo interrogando anche loro», disse uno degli agenti. «Ma non dobbiamo aspettarci troppo. La metà si trovava a terra e gli altri dormivano.»

«Quanti sono?»

«Sedici.»

«Per una nave lunga trecento metri?»

«Oggigiorno», intervenne l'ufficiale dell'autorità portuale, «è tutto gestito elettronicamente.»

«Le sembrano a posto?»

«Normali. Filippini, nigeriani, croati... Il cargo riparte domani mattina.»

«Anche dopo quello che è successo stanotte?»

«Il comandante non vuole strascichi. È una vittima delle sue cazzate e per non dover restare in porto tre giorni di più rinuncerà al piacere di sporgere denuncia.»

«E se fossi io a farlo?»

«Glielo sconsiglio.»

«La dogana lo lascerà partire?»

«Se lei non farà ulteriori casini, non c'è ragione di trattenerlo.»

«E i container della Heemecht?»

«Li apriremo. Secondo lei che cosa stava cercando il suo uomo?»

«Ferraglia, gliel'ho già detto.»

L'ufficiale scosse la testa, come per esprimere la sua incredulità. «Nessuno esporta metalli usati. Soprattutto non dall'Africa.»

«Perché?»

«Perché lì anche dei chiodi senza testa possono ancora servire.»

Erwan era d'accordo, ma non aveva la forza di spiegarsi.

«Ha parlato con il comandante dell'*Apnea*? Con la dogana? Con la capitaneria?»

«Ho parlato con tutti e ogni volta mi sono preso degli insulti. Se questa faccenda dovesse provocare qualche ritardo, scoppierà una rivolta. Senza contare l'ispettorato marittimo, che domani verrà per verificare che le norme di sicurezza siano state rispettate. La sua avventura rischia di costare centinaia di migliaia di euro.»

Avrebbe anche dovuto redigere un verbale dettagliato, e Kripo non era lì per fargli da scriba. Tanto valeva mettercisi subito. Cercò di appoggiare un piede per terra, ma un dolore all'anca lo costrinse a voltarsi per non perdere l'equilibrio. Il camice si aprì sulla schiena e si ritrovò con le chiappe al vento. Tutti scoppiarono a ridere, lui per primo. Ennesima figura barbina per la squadra Anticrimine...

«Non avete qualche vestito asciutto?»

Un agente gli lanciò un sacchetto di plastica e ridendo gli disse: «Spero che non abbia nulla contro l'Olympique Marsiglia».

Erwan trovò una T-shirt nera con una M inscritta in una O, come in una miniatura medievale, una felpa con cappuccio con i colori della squadra della città e un paio di pantaloni da jogging grigi. Per raggiungere il suo albergo vicino al vecchio porto sarebbero andati benissimo. Si sarebbe fatto lavare il completo in hotel.

I colleghi si spostarono dall'altro lato del séparé per dargli modo di cambiarsi. Mentre si vestiva, tratteggiò mentalmente un ritratto del suo aggressore: un metro e ottantacinque, atletico, un corridore allenato. Nessuna certezza riguardo al colore della pelle. Per il resto, un uomo che conosceva il mondo del commercio via mare, cosa perfettamente compatibile con il profilo di un pilota di Zodiac. L'Uomo Chiodo?

Indossò la felpa e prese la busta in cui le infermiere avevano infilato le sue chiavi, il cellulare e i documenti: erano fradici. Provò ad accendere il telefono: niente. Sicuramente era andato. Mise tutto nel sacchetto di plastica da cui aveva preso gli indumenti e controllò un'ultima volta le tasche del completo.

Nella giacca trovò un foglio di carta piegato in quattro. L'acqua di mare lo aveva incollato, ed Erwan lo aprì facendo attenzione a non romperlo. Quando vide i nomi che c'erano scritti, si ricordò: i «clienti» di Gaëlle identificati dagli uomini di suo padre. Per ognuno erano precisati indirizzo e orario dell'ultimo appuntamento. Stava per buttarlo quando un nome attirò la sua attenzione. Richard Masson. L'aveva già visto o sentito da qualche parte. Si prese il tempo di leggere per intero la lista. Un altro gli fece scattare qualcosa: Sergej Borgisnov. La sua memoria cominciò a lavorare. Terzo flashback: Johnny Leung.

Questa volta si ricordò: erano i tre che avevano fatto man bassa delle azioni della Coltano.

Fu come se gli avessero tirato un pugno in pieno viso. Stordito, si aggrappò alla barella.

Quegli uomini erano stati clienti di Gaëlle. Era sua sorella la fonte dei banchieri.

In un modo o nell'altro doveva avere avuto accesso all'informazione. Forse aveva origliato mentre suo fratello o suo padre era al telefono o forse – ipotesi che gli sembrava più probabile – conosceva la combinazione della cassaforte di Loïc. Era evidente che era stata lei a passare la dritta ai tre finanzieri, suoi clienti. Un particolare venne a confermare i sospetti di Erwan: secondo Serano, l'acquisto di azioni più recente era stato ordinato da Leung e datava a lunedì 10 settembre; stando agli agenti della DCRI, Gaëlle si era vista l'ultima volta con il cinese proprio la sera prima.

Erwan conosceva fin troppo bene la sorella per pensare che potesse aver venduto l'informazione. Lo scenario che si profilava era molto peggiore: doveva averla *regalata* con la ferma intenzione di danneggiare il padre e il fratello. Anche se sicuramente ignorava la vera portata di quelle notizie, aveva intuito quanto avrebbero potuto rivelarsi dannose e le aveva rivelate come un piromane appicca il fuoco alla propria casa con tutta la sua famiglia all'interno.

Borgisnov si era vantato di essere in contatto diretto con la fonte. Non intendeva l'Africa, bensì il clan Morvan.

«Andiamo?»

Erwan infilò in tasca il foglietto e uscì dal séparé. «Devo fare una telefonata.»

98.

«Dov'è? L'ammazzo!»

Morvan entrò gridando nell'appartamento e spostò con uno spintone Loïc, che non capiva il motivo di quella visita (Erwan non l'aveva avvertito: il Vecchio glielo aveva impedito). Avanzò a passo di carica nel corridoio. Gli pareva che la collera gli comprimesse il campo visivo. La telefonata del figlio l'aveva raggiunto mentre era a letto, intento a rimuginare ancora sulle sue angosce. Quello che gli aveva raccontato aveva scatenato definitivamente l'insonnia.

In fondo non era nemmeno stupito. Quella era soltanto la conferma di qualcosa che aveva già sperimentato più volte: la realtà è sempre peggio di come te l'aspetti. Gaëlle, la sua adorata figlia, il suo angelo diventato puttana, aveva complottato per rovinarlo, e non era detto che non ci fosse riuscita.

La trovò raggomitolata sul divano del salotto sotto la coperta di feltro Paola Lenti che lui stesso aveva regalato a Loïc e a Sofia per il loro matrimonio. Stava guardando la televisione, come se nulla fosse, seduta accanto a quell'imbecille di suo fratello. Quella era la vita di Gaëlle: badava ai figli di Loïc, andava a letto con chiunque e già che c'era pugnalava il padre alla schiena.

Lei balzò in piedi, pronta a incassare i colpi.

«Cos'hai fatto con quei banchieri?»

Nessuna risposta.

«Ci vuoi rovinare? È questo che vuoi?»

Nessuna risposta.

Morvan si avvicinò stringendo i pugni. Il cerchio di paura

che creava attorno a sé si propagava come una serie di onde magnetiche. Gaëlle indietreggiò. Loïc non riusciva più a muoversi. Quella era l'unica vera emozione che aveva sempre suscitato nei suoi figli: il terrore. «A quanto gli hai venduto le informazioni?»

Gaëlle stava vicino al divano, muta. Il panico che aveva negli occhi contraddiceva il suo atteggiamento di sfida.

«Brutta puttana, non gliele hai neanche vendute, vero? L'hai fatto soltanto per il piacere di rovinarmi!»

Suo padre le si avventò contro, ma lei lo schivò, corse verso la portafinestra, la aprì e saltò. Nel vuoto.

Il ringhio di Morvan divenne un grido strozzato: «NO!».

Si precipitò sul balcone ma non riuscì a vedere nulla se non foglie strappate, rami spezzati e squarci di asfalto e di macchine tre piani più in basso. Dalla strada salivano grida e stridii di frenate. Fece un balzo indietro, come se il parapetto l'avesse scottato, e si lanciò in direzione della porta. Con la coda dell'occhio vide Loïc, immobile come un animale impagliato.

Morvan corse giù per le scale senza respirare. Sentiva i suoi passi rimbombare sulla moquette rossa dei gradini. Sentiva il corrimano di ferro battuto sotto le dita. Vedeva la gabbia dell'ascensore con la sua griglia e i legni verniciati ricomparire a ogni pianerottolo. Continuava a trattenere il fiato, come se quella sua apnea potesse arrestare il tempo, fermare la scena che l'aveva lasciato come crocifisso.

Per poco non sfondò la prima porta a vetri, attraversò l'ingresso, aprì la seconda porta e si precipitò fuori. Non si aspettava niente, ma sapeva che ci sarebbero stati sangue, immobilità, morte. Invece trovò Gaëlle in piedi tra due macchine parcheggiate che, scalza e barcollante, senza vedere né lui né nessun altro, con i capelli scarmigliati, cercava di raggiungere il marciapiede.

Un miracolo, anche se non così eccezionale: in quarant'anni di servizio Morvan aveva sentito parlare di almeno una ventina di suicidi mancati saltando da una finestra. Rami e foglie avevano frenato la caduta, facendo da rete, e l'impatto era stato attutito dal tetto di una macchina. Gaëlle era rotolata su un cofano ed era andata a finire tra i paraurti di due auto. Ora stava cercando di sgusciare fuori, con l'aria più morta che viva.

Morvan si precipitò verso la figlia ma si fermò a un paio di metri. Adesso era lei che emanava ondate di odio, di follia, di shock. Si spostò per lasciarla passare. Gli bastò qualche secondo per stabilire che non era ferita in modo grave: il fatto che camminasse, per quanto a passo incerto, lo dimostrava.

Intorno si era formata una cerchia di curiosi che si ritraevano a mano a mano che Gaëlle avanzava. Morvan riprese finalmente fiato, mormorando dei «grazie» a ripetizione, senza sapere a chi si stesse rivolgendo di preciso. Tutti i guai di quegli ultimi giorni erano dimenticati. Si sentiva perfino pronto ad affrontarne di nuovi: fallimenti, omicidi, galera... qualsiasi cosa, purché sua figlia fosse salva.

Proprio in quel momento Gaëlle sbandò e cadde. Prima che potesse anche solo sfiorare l'asfalto Morvan riuscì a prenderla tra le braccia. «Bambina mia... Piccola...»

Loïc lo raggiunse. L'espressione che aveva in faccia rifletteva perfettamente il suo posto nell'universo: confusa, fuori dal tempo e dallo spazio. Morvan abbassò nuovamente lo sguardo: Gaëlle sembrava sul punto di svenire ma lottava per restare cosciente. Sul suo viso esangue stava comparendo un livido sulla tempia destra, che si apriva come un fiore acquatico sulla superficie di uno stagno.

Avrebbe voluto darle un bacio in fronte, ma lei trovò la forza di respingerlo.

«Sei tu quello che avrei dovuto ammazzare», gli sibilò all'orecchio.

99.

Verso le sei del mattino sul porto di Fos si scatenò un temporale. Erwan, seduto davanti alla finestra della sua camera d'albergo, osservava le striature grigie sferzare i lampioni, mitragliare la rada piena di mulinelli, bersagliare le migliaia di container in attesa di essere spediti.

Non aveva dormito se non per qualche breve istante, come quando si cade nel fango per rialzarsi subito dopo. Il fango era la sua famiglia, il suo passato, tutte le ragioni per cui una ragazza poteva decidere di consacrare le proprie energie alla distruzione dei suoi. Fino alle due del mattino aveva ripensato alla violenza del padre, alla rassegnazione della madre, al terrore del fratello e della sorella, a quel disgusto infinito che era stata la sua «vita familiare».

Quando poi, foss'anche solo per sfinimento e disperazione, stava per addormentarsi, Morvan l'aveva chiamato per dirgli che Gaëlle aveva tentato il suicidio.

«Ancora?» aveva risposto, pentendosi subito per il cinismo di quella battuta.

Con la voce rotta dall'angoscia il padre gli aveva raccontato l'accaduto. Non era stato come i tentativi della giovinezza (overdose di medicinali, lavande gastriche e così via): quella volta Gaëlle aveva *davvero* cercato di farla finita. Grazie a un miracolo che avrebbe riconciliato tutti i Morvan con Dio era rimasta illesa.

«Dov'è adesso?»

«All'ospedale americano. Le stanno facendo degli esami.»

A Parigi, a Neuilly-sur-Seine, la malattia ha la sua zona VIP. Se volete morire senza dovervi mettere in lista d'attesa o più semplicemente farvi curare a caro prezzo, questo strano istituto con l'accento americano e foto di infermiere degli anni Quaranta appese alle pareti è quello che fa al caso vostro.

«Come sta?»

Morvan aveva risposto a modo suo. «Dopo questo la faccio ricoverare al Sainte-Anne.»

Una specialità del Vecchio, che aveva già fatto internare più volte la moglie nell'istituto psichiatrico dove anche lui si era fatto curare. Erwan non aveva insistito. Doveva rientrare a Parigi al più presto. Per dare un bacio alla sorella che gli avrebbe sputato in faccia. Calmare il padre che l'avrebbe ascoltato con il dito premuto sul grilletto. Fare da arbitro in quella famiglia di sciroccati sempre sul punto di implodere.

Aveva trascorso le ultime ore della notte alla finestra a contemplare il porto di Fos, tormentato dai rimorsi. Quando aveva capito il complotto di Gaëlle, aveva subito cercato di raggiungerla, ma lei non aveva risposto. Aveva rinunciato a chiamare Loïc, che avrebbe potuto reagire in maniera più o meno appropriata a seconda del tasso di cocaina che avrebbe avuto nel sangue al momento. Non gli era restato che il padre: Erwan gli aveva comunicato i suoi sospetti cercando di minimizzare. Fatica sprecata. Avrebbe dovuto aspettare di tornare a Parigi, essere con lui nel momento del confronto.

Il clan ancora una volta aveva avuto la meglio su tutto il resto. Poco importava che Erwan fosse appena uscito da un inseguimento, che avesse sfiorato la morte, che (forse) avesse avvicinato l'assassino: la sua mente riusciva soltanto a concentrarsi sulle vicende familiari.

Dalla finestra vide arrivare i suoi colleghi. Un quadro degno di un vecchio film poliziesco: il terminal e i container che luccicavano sotto la pioggia, le pozzanghere sul molo a strisce rosse e gialle, la Saab scassata dei poliziotti. Quell'immagine gli piacque e si disse che forse la mattinata gli avrebbe riservato qualche bella sorpresa.

In macchina i marsigliesi fecero il punto della situazione.

Anche loro non avevano dormito. Malgrado le apparenze, sapevano essere efficienti: in poche ore avevano scritto i verbali, ottenuto i mandati e le autorizzazioni necessari per convalidare l'apertura del container 89AHD34, contattato la procura, i prefetti e le autorità doganali competenti. Tutto era in ordine. Avrebbero potuto vedere se nella cassa si nascondevano i famosi chiodi arrugginiti.

In compenso, per quanto riguardava possibili indizi e testimoni, *nada de nada.* I membri dell'equipaggio erano stati tutti interrogati e lo stesso valeva per la maggior parte degli operatori dei dock impegnati nelle operazioni di scarico dell'*Apnea*: nessuno aveva visto nulla. Una squadra della Scientifica era salita a bordo per cercare impronte ed eventuali tracce organiche: una completa perdita di tempo. Ci sarebbero voluti diversi giorni per passare al setaccio tutto il cargo, e per trovare cosa? A ogni modo erano stati fatti sbarcare dopo nemmeno un'ora. Il poliziotto seduto nel posto del passeggero sospirò. «La nave riparte stamattina e non è più possibile salirci. L'unica cosa che abbiamo è il container.»

«È stato aperto?»

«Lo stanno facendo ora.»

Erwan tacque osservando i dock che si susseguivano, completamente deserti. Quando arrivarono a quello dei bacini ovest, quasi non credette ai propri occhi: il ponte dell'*Apnea Gaillard* era di nuovo carico di container e la zona deposito era vuota. L'infinita catena di montaggio aveva imbarcato tutti i cassoni che dovevano ripartire. Gli altri erano senz'altro già a bordo di qualche camion o si trovavano nei depositi dell'area logistica.

Restava soltanto il container della Heemecht, il cui contenuto si riversava ora sull'asfalto dal portellone spalancato come una pattumiera rovesciata. Alcuni doganieri stavano perquisendo l'interno, portando fuori casse più piccole, che a loro volta ne contenevano altre di dimensioni ancora più ridotte, come delle matrioske.

Si avvicinarono. Pioveva ancora a dirotto. Le gocce cadevano sulle mantelle impermeabili dei doganieri producendo tutta una gamma di note gravi che ricordavano una marcia funebre.

«È lei che devo ringraziare per questo puttanaio?»

Erwan si girò. Un uomo con un colbacco, imbacuccato in un piumino da sci, se ne stava piantato a gambe larghe dietro di lui. «Mi dispiace.»

«Ne dubito. Sta solo facendo il suo lavoro. Quindi muoviamoci, così anch'io posso ricominciare a fare il mio.»

Presentazioni. Strette di mano. Il responsabile della Heemecht si chiamava Xavier Schneider. Era così grosso che sotto la giacca a vento sembrava indossare un giubbotto antiproiettile.

Erwan cominciò con una domanda piuttosto generica. «È la sua società che compra questa ferraglia in Congo?»

Schneider scoppiò a ridere. «Vedo che non ne sa proprio nulla di come funziona il settore. Ci sono i venditori che spediscono i loro prodotti africani e i compratori che li ricevono. In mezzo ci stanno l'armatore, che si occupa dell'esercizio della nave, il proprietario dell'imbarcazione, che non sempre coincide con l'armatore, il personale del cargo, assunto da un'altra società ancora, l'agente marittimo, che rappresenta l'armatore nel porto... E a supervisionare tutto questo casino c'è un coordinatore, detto locatore...»

«Lei?»

«No. La Heemecht è responsabile soltanto dei suoi container e si occupa di inoltrarli a ciascun acquirente. Punto.»

«Non vi capita mai di consegnarne qualcuno qui al terminal?»

«No.»

Inutile continuare a girarci attorno. «Ce l'ha la cassa piena di ferraglia?»

Schneider fece un passo di lato e diede un leggero calcio a una cassa di legno lunga circa due metri. A Erwan ricordò una bara. Il coperchio era semiaperto. Lo spostò con un piede: era piena fino all'orlo di chiodi arrugginiti. Diversi modelli. Diverse misure. Ne prese una manciata: la maggior parte portava il marchio della CBAO.

Finalmente qualcosa che tornava.

«Conosce l'indirizzo di spedizione?»

«È riservato.»

Con un'occhiata Erwan chiamò in soccorso gli agenti marsigliesi, ma Schneider, tirando fuori un tablet da sotto il piumino, disse: «Scherzo... La cassa dev'essere spedita al 19 di villa du Bel-Air, 75012, Parigi. Il destinatario è Ivo Lartigues».

Secondo elemento che quadrava. Erwan osservò l'uomo della Heemecht. Dietro di lui riusciva a vedere i dock sferzati dalla pioggia e le pozzanghere che sembravano avere la pelle d'oca. Avrebbe voluto baciarlo. Chi poteva comprare dei vecchi chiodi se non uno scultore che li usava per trafiggere le sue opere?

Sapeva già che Lartigues non era il suo aggressore: perché avrebbe dovuto andare fin lì per rubare quello che gli avrebbero recapitato a domicilio? Ma si stava avvicinando all'assassino.

«Avete già avuto a che fare con lui in passato?»

«Il nome mi dice qualcosa. Mi pare che sia un cliente regolare.»

«Sa cosa contengono le casse normalmente?»

«No. Bisognerebbe verificare nei nostri archivi.»

Uno dei poliziotti marsigliesi si avvicinò e domandò con aria incredula: «Crede davvero che il tipo di questa notte fosse qui per i chiodi?».

«Ne sono convinto.»

«Cos'hanno di tanto speciale?»

Erwan osservò la ferraglia che aveva in mano. Il suo palmo era rosso di ruggine. «Sono stregati.»

100.

Durante il volo di ritorno Erwan lesse finalmente quello che Kripo gli aveva mandato a proposito di Ivo Lartigues. Ogni parola gli confermava che doveva delle scuse all'alsaziano: fin dall'inizio era stato l'unico a battere la pista più interessante.

Lartigues era un nome d'arte: lo scultore era nato Franciolini nel 1952 sul confine tra Italia e Austria, poco lontano da Bolzano. Figlio di un operaio metallurgico, aveva passato l'infanzia tra le botte del padre alcolizzato e le preghiere di una madre devota. Il diavolo e l'acqua santa, roba che forgiava il carattere. A diciassette anni si era iscritto all'accademia di belle arti di Parigi. Influenzato dal Nouveau réalisme francese (Yves Klein e i suoi «quadri di fuoco») e dal movimento Fluxus (caratterizzato dall'utilizzo di materiali industriali), aveva trovato la propria strada negli anni Ottanta assemblando rottami metallici con chiodi, viti, ganci...

In seguito aveva scoperto l'arte tradizionale africana, in particolare quella del Mayombe, e aveva cominciato a creare giganti di latta trafitti da punte, vetri, fibre. Scolpiva anche verghe irte di lame, frammenti di corpi torturati da una schiera di cocci di vetro. Battezzava le proprie opere con semplici numeri, assegnando talvolta alle sue collezioni il numero di serie dei chiodi che aveva utilizzato: *Congo n. 6, op. 13*.

Per quanto riguardava la vita privata, non aveva né moglie né figli, nessuna relazione ufficiale. Anche sul suo ruolo di guru della comunità sadomaso Kripo non aveva trovato niente, se non semplici voci. Bisognava rimboccarsi le maniche.

Erwan conosceva comunque già diversi elementi. Innanzitutto Lartigues era ricco: alcune sue opere erano state vendute a più di un milione di euro, in particolare a collezionisti americani. In secondo luogo, l'artista lavorava con chiodi africani che provenivano dal Basso Congo. Altro dettaglio a margine: le sue verghe chiodate o sormontate da lame ricordavano inequivocabilmente lo strumento utilizzato per provocare lacerazioni anali nelle vittime.

Esisteva senz'altro un collegamento tra Lartigues e gli omicidi, anche se Erwan aveva già capito che non sarebbe stato facile stabilire quale fosse. E comunque doveva ancora identificare l'assassino.

Quando atterrò alle undici provò a riaccendere il cellulare. Lo schermo diede qualche segno di vita. Consultò febbrilmente i messaggi. In mezzo a una ridda di comunicazioni di lavoro trovò la perla in cui sperava: un SMS di Sofia che gli fece l'effetto di una striscia di coca su per il naso.

L'italiana gli aveva scritto soltanto: «Mi tieni il muso?».

Schermaglie puerili di un amore appena sbocciato, un sentimento che rende stupidi, che scioglie e rigenera allo stesso tempo. Erwan si sentì pronto ad affrontare un'altra gloriosa giornata di indagini. Quando agli arrivi di Orly vide la testa del padre che svettava su tutte le altre, perse tutto il suo entusiasmo.

Ma l'agenda era già stata fissata. Prima di tutto Erwan sarebbe dovuto passare al Sainte-Anne. Chiese come stesse Gaëlle, anche se l'espressione di Morvan non aveva bisogno di parole. Sembrava aver perso dieci chili in quella notte, cosa che rendeva più evidente la sua somiglianza con il figlio. Aveva il viso scosso da tic e la pelle, rossa e secca, sembrava sbriciolarsi a contatto con l'aria.

La conversazione passò rapidamente agli aspetti tecnici della questione, per evitare di affrontare l'argomento più doloroso: le ragioni della ragazza.

«Davvero basta che una donna qualunque faccia una soffiata perché dei banchieri le credano?»

«Tua sorella non è una donna qualunque. È mia figlia e la sorella di Loïc. Una figlia della Coltano. Immagino che gli abbia passato la dritta giocando a fare la scema. Loro si sono informati e hanno capito che era fondata.»

«Cosa pensavi di fare con questi nuovi giacimenti?»

«Non parlarne al passato. Comincerò a sfruttarli di nascosto il prima possibile.»

«Alle spalle degli africani?»

«Non sarebbe stato un problema se il titolo non fosse cresciuto.»

«E adesso?»

«In qualche modo farò.»

Morvan guidava con calma. Un mezzogiorno di sabato nella periferia di Parigi. Un paesaggio in cui l'asfalto aveva vinto definitivamente la sua guerra contro la vita. I due sosia, vestiti di scuro dentro la Mercedes nera, erano più che adatti al contesto: due becchini diretti al cimitero.

«Alla tua età non capisco che cosa vuoi ancora. Altri quattrini?»

«È facile disprezzare la grana quando non la si ha. E comunque non è vero nemmeno questo. Sai bene che sono soldi che ti attendono insieme ai fiori sulla mia tomba.»

«Se ci saranno fiori...»

Il Vecchio tolse una mano dal volante e gli diede una sberla affettuosa sulla nuca. «Bella dimostrazione di affetto!»

Erwan non replicò.

«Devi parlare a Gaëlle», riprese Morvan. «Farle capire che le siamo vicini, che le vogliamo bene.»

«Il problema non sta nel sapere che la amiamo. Il problema è che lei ci odia.»

«Crescerà. Alla fine si renderà conto che...»

«E tu? Quando capirai?»

Silenzio. Porte d'Orléans. Erwan sentì montare la collera...

«Come puoi picchiare tua moglie?» sbottò.

«Sono affari nostri.»

«Come puoi picchiare una donna?»

«Maggie non è una donna. Non nel senso in cui lo intendi tu. È più forte di me.»

«Non mi sono mai accorto che fosse lei la più forte.»
«La sua forza sta altrove.»
Erwan diede un pugno contro la portiera. «Ti rendi conto di cos'è stata la nostra vita?» Si puntò l'indice alla tempia. «Ogni sberla, ogni colpo è impresso nella mia memoria.»
«Piantala con questa scenata. Mi sembra di vedermi.»
«Non sarò mai come te. Ci hai distrutti. Loïc con la sua droga. Gaëlle con il suo odio. E io che affogo nei crimini degli altri per dimenticare gli unici che contano davvero: i tuoi.»
Morvan diede una brusca sterzata inchiodando sulla corsia di emergenza. Erwan finì con la faccia contro il cruscotto in radica di noce. Per un attimo credette che sarebbero entrati in azione gli airbag.
«Sei matto?»
Il Padre spense il motore. «Ti spiego la situazione.»
«Alleluia», disse sogghignando Erwan, che perdeva sangue dal naso. «Sono solo quarantun anni che aspetto!»
«Quando io e tua madre ci siamo incontrati, sono successe delle cose. Il nostro rapporto è stato nutrito... dalla violenza e dal terrore. C'è stato...»
Sembrò esitare. Erwan non l'aveva mai visto così turbato.
«Non posso dirti altro», concluse Morvan, riprendendosi.
«Ha a che fare con l'Uomo Chiodo?»
«Lascia perdere», fece lui passandogli dei fazzoletti di carta.
Erwan aveva già sbattuto altre volte contro quel muro. Era solo una perdita di tempo. Meglio tornare agli affari. «Come l'hai arrestato?»
«Te l'ho già detto.»
«No. Mi hai raccontato come l'hai identificato.»
Morvan riaccese la macchina e si immise dolcemente nel traffico. Sembrava tormentato dalle confessioni che non aveva fatto. Essere sincero per lui significava dover tradire qualcuno. «Quando ho cominciato a sospettare di Pharabot, l'ho interrogato. Tempo perso. Un ragazzo simpatico e sognatore. Come direbbero gli specialisti di oggi, le pulsioni omicide costituivano la parte nascosta della sua vita psichica. An-

che il suo orario di lavoro poneva dei problemi: aveva un alibi per tutti gli omicidi.»

«Com'era possibile?»

«Lavorava nella foresta. Poteva dire quello che voleva, tanto i suoi operai l'avrebbero confermato. Ho cominciato a stargli col fiato sul collo per coglierlo in fallo. Niente. Alla fine ho deciso di ammazzarlo. Te l'ho già raccontato. È scappato. L'ho inseguito nella foresta.»

«Come sei riuscito a trovarlo? Perché l'hai risparmiato?»

«Mi dispiace, figliolo, ma questo è un capitolo tabù.»

«Per chi?»

«Per me. Ci sono certe paure che è meglio non risvegliare... Non ho mai penato tanto come durante quell'inseguimento. Conosceva la foresta come un nero e io ero soltanto un piccolo bianco. Lui aveva dalla sua parte tutti gli spiriti mentre io...»

«Gli spiriti?» lo interruppe Erwan. «Ci credi?»

«Cominci a farlo anche tu, vero?»

Almeno aveva scoperto qualcosa: per suo padre il secondo mondo non era né un'illusione né una superstizione. In inchieste simili poteva rappresentare un vantaggio. Forse Erwan non sarebbe mai riuscito a catturare il nuovo predatore perché, a differenza del padre, per lui quella dimensione non esisteva.

Morvan uscì dalla circonvallazione all'altezza della chiesa del Sacré-Cœur de Gentilly, inoltrandosi nelle viuzze intorno a porte d'Orléans.

Ancora una volta Erwan non avrebbe avuto il tempo per andare fino in fondo. Passò a questioni più urgenti. «Abbiamo avuto conferma che Pernaud era nei servizi.»

«E allora?»

«Cosa faceva per te?»

«Ti ho già detto che non lavorava per me.»

«Cosa sai di lui?»

«Era uno specialista della pellicola estensibile.»

«Cosa sarebbe?»

«La pellicola per alimenti che si usa in cucina. La usava

per asfissiare le sue vittime. Dopodiché la buttava. Rapido e indolore.»

Apparve il muro cieco dell'ospedale Saint-Anne, una vera e propria fortezza. Erwan era sicuro di poter incastrare il padre a proposito di Pernaud. Gli sarebbe bastato trovare un indizio. Uno dei due doveva per forza aver fatto qualche errore...

Si ricordò di una cosa. Tanto valeva sputare subito il rospo. «Stando ai tabulati, Anne Simoni ti ha telefonato diverse volte il giorno della sua morte.»

«Vero.»

«Perché?»

«Non lo so. Non ho fatto in tempo a richiamarla. Forse si sentiva in pericolo. Forse...»

Non terminò la frase. Erwan decise che stava dicendo la verità: tutte le chiamate erano durate solo qualche secondo.

«Ivo Lartigues. Ti dice qualcosa?»

«È un artista, no?»

«Andiamo, papà! Vuoi farmi credere che non conosci un tipo che scolpisce *minkondi* alti due metri?»

«So chi è. Sospetti di lui?»

«Devo interrogarlo oggi.»

«A che punto sei, a proposito? Che cazzata hai combinato a Marsiglia?»

Erwan sorrise. «Avanzo un passo alla volta.»

«Farai meglio a ingranare la quarta. L'omicidio di Pernaud è sulla prima pagina dei giornali. Tutti mi chiamano. Devi...»

«Lasciami ancora questa giornata.»

Arrivarono all'ingresso dell'ospedale. A un cenno di Morvan la sbarra si sollevò. Ogni volta quel potere indotto, misterioso...

«Tua sorella è nel padiglione Broca.»

101.

Una preda di caccia.

Li guardava raccolti attorno al suo letto e vedeva dei cacciatori in livrea rossa, appena smontati da cavallo, corno in spalla, nell'atto di eviscerare una cerva: lei. Strappavano le interiora dal suo ventre squarciato e le gettavano ai cani che latravano eccitati dall'odore del sangue.

Non era rimasta a lungo all'ospedale americano: nessuna frattura, nemmeno una ferita lieve. Un miracolo, anche se a compierlo era stato il diavolo. L'avevano trascinata all'istituto Saint-Anne. TSO: trattamento sanitario obbligatorio. Non aveva nemmeno avuto la forza di ribellarsi. Si trovava già sotto sedativi... pronta all'uso.

«Come stai, tesoro?»

Maggie era china su di lei. Capelli di un rosso sbiadito, rughe a profusione. Due occhi sporgenti da rapace notturno.

Il killer di sua madre era la vita stessa.

Gaëlle notò che aveva in mano dei semi di papavero della California (che coltivava sul balcone per le loro virtù ansiolitiche). Mentre le parlava continuava a sgranocchiarli avidamente, simile a uno di quegli animali spelacchiati che si possono vedere allo zoo dell'Orto botanico. Erano proprio quelle sue piccole manie a disturbarla più di ogni altra cosa.

«Bene, Maggie», sussurrò. «Voglio... voglio soltanto riposarmi.»

«Ma certo.»

Le diede un bacio umido. La gran *bobo* le aveva accordato

la sua assoluzione, mormorando parole di rammarico riguardo al pranzo di quella domenica. Era proprio da ridere...

Sua madre si spostò e Gaëlle riuscì a identificare gli altri: Erwan e il Vecchio, rigidi come due tronchi, la squadravano con uno sguardo scuro come i loro vestiti. Loïc, con la faccia stravolta, fissava con desiderio il letto libero della stanza. Chissà quanto gli sarebbe piaciuto potersi installare lì, di fianco a lei, e farsi riempire di sonniferi...

Chiuse gli occhi per allontanare quell'immagine.

I Blues Brothers cospiravano a bassa voce. «Non mi fido di loro. Prendi uno dei tuoi e mettilo di guardia.»

«Ne ho uno nuovo in squadra...»

«Perfetto.»

«Ma solo per questa notte.»

«Certo, domani ci penseremo.»

Gaëlle sorrise senza sollevare le palpebre. Volevano sorvegliarla? Tanto meglio. Li aveva sentiti parlare di una cura del sonno. Meglio ancora. Tutti i depressi lo sanno: il sonno è l'unico rifugio.

Non le importava che il suo piano fosse fallito né di essere stata scoperta. L'unica cosa che contava era che si era sbagliata ancora. Per settimane, per mesi, quel progetto era stata l'unica cosa che le aveva permesso di andare avanti. Ma l'odio è un ostacolo, un miraggio. Che si vinca o si perda lascia sempre l'amaro in bocca...

Quando riaprì gli occhi trovò ad attenderla una bella sorpresa. Doveva essersi addormentata, perché non c'era più nessuno. Assaporò quel silenzio carico di odori chimici e di stanchezza. Un silenzio da manicomio, da cella d'isolamento, popolato da bisbigli, quasi confortante.

All'alba, al suo arrivo, dopo gli esami clinici e l'elettroencefalogramma, lo psichiatra di turno, un rumeno, le aveva mostrato il reparto. Le stanze, la mensa, il distributore di bevande... Niente da segnalare, se non che era impossibile uscire. Il rumore di un chiavistello era stata la prima cosa che aveva sentito. E anche l'ultima.

Le tornò in mente la scena del balcone, attenuata dall'effetto dei medicinali. Aveva sentito il vuoto spalancarsi sotto di sé, aspirarla nelle sue profondità, e si era vista morire. Ma non era stato quello il peggio. La cosa peggiore era il motivo che l'aveva spinta a buttarsi. Non voleva farla finita. Aveva soltanto avuto paura di suo padre, una paura così profonda che aveva letteralmente sentito il proprio cuore esplodere. A ventinove anni non era ancora cambiata. Come i crostacei, si era costruita un solido esoscheletro, ma all'interno la carne era rimasta tenera.

Non le serviva uno psichiatra, ma un esorcista.

Fece per guardare l'orologio, poi si ricordò che gliel'avevano preso insieme al resto. Vestiti, gioielli e cellulare erano sotto chiave nell'armadio di metallo della camera. Quella spoliazione aveva contribuito a farle perdere ogni punto di riferimento. Doveva essere mezzogiorno, anche se le sembrava che fosse mezzanotte. O le sei del mattino. Aveva perso la cognizione del tempo, e anche quella del dolore. Merito della chimica.

Un velo nero le calò sulla coscienza. Ancora il sonno: quando qualcosa ti fa stare bene, non ne hai mai abbastanza...

102.

Erwan aveva fatto una telefonata a Sergent per chiedergli di montare la guardia davanti alla stanza di Gaëlle. Il poliziotto non aveva capito nulla: bisognava proteggere la sorella del capo da... sé stessa. Erwan non aveva avuto tempo di accompagnarlo al Sainte-Anne. Già si immaginava l'accoglienza che gli avrebbe riservato Gaëlle quando si fosse svegliata.

Place de la Nation gli apparve in tutta la sua tristezza. Troppo vasta, troppo vuota, si apriva su luoghi che erano tutto fuorché allegri: il cimitero del Père-Lachaise, il lurido quartiere della Bastille, il Viadotto delle Arti di avenue Daumesnil, tanto pittoresco quanto finto...

Kripo imboccò cours de Vincennes, scegliendo di passare per la circonvallazione. Era andato a prendere Erwan al Sainte-Anne. L'atelier di Lartigues si trovava lungo la Petite Ceinture, l'anello ferroviario di Parigi, abbandonato da tutti, compresi i suoi residenti.

Erwan se ne stava in silenzio. A poco più di settantadue ore dal ritrovamento del corpo di Anne Simoni e quarantott'ore dopo aver trovato quello di Ludovic Pernaud, non c'era ancora nessuna vera pista da seguire. Le uniche cose che aveva erano un presunto ladro di chiodi sui dock di Marsiglia, i capelli di una sconosciuta e uno scultore che comprava ferraglia arrugginita proveniente dal Congo.

Parigi era attraversata da un'ondata di panico e non sembrava esserci nessuna ipotesi investigativa plausibile. I media parlavano già dell'«assassino dei chiodi», testimonianze assurde e confessioni spontanee si rincorrevano e le pressioni dai piani alti aumentavano. Quella mattina Fitoussi l'aveva chiamato cinque volte. Aveva ragione: nessuno capiva i metodi di Erwan. Continuava a sparire e in quattro giorni non aveva ancora arrestato un sospettato né interrogato alcun testimone. Che cazzo stava facendo?

Fu costretto a promettere che il lunedì successivo avrebbe allargato la sua squadra, chiamando in aiuto il reparto d'investigazione scientifica della gendarmeria, con sede al Fort de Rosny, criminologi compresi. Bisognava almeno fare un po' di rumore, agitarsi, menare qualche colpo all'aria. Trovare qualcosa da dire ai giornalisti!

Quando riemerse dai propri pensieri, Kripo stava facendo inversione all'incrocio tra boulevard Soult e avenue Courteline. Si ritrovarono di nuovo nel XII arrondissement, a poca distanza da rue de la Voûte e rue d'Avron. Un'altra coincidenza?

L'alsaziano svoltò a destra in una traversa.

«Stai andando contromano», gli fece notare Erwan.

«*À la guerre comme à la guerre.*»

Altra sterzata: villa du Bel-Air correva lungo la ferrovia sopraelevata, terminando con un vicolo cieco. I ciottoli della pavimentazione sembravano quelli di un cartone animato di Walt Disney. Sul lato della strada di fronte alle rotaie si susseguivano alcuni edifici bassi con giardini all'inglese. Nessun pedone in vista.

Erwan scese dalla macchina e si guardò attorno: i binari coperti da alberi ed erbacce offrivano un affascinante squarcio di verde, come se qualcuno avesse scoperchiato uno dei segreti di Parigi. Un misto di abbandono e malinconia, che ricordava al contempo i romanzi di Henri-Pierre Roché e un sottobosco giapponese. Oltre le rotaie, le facciate posteriori di altri edifici ricoperte di graffiti.

L'atelier di Lartigues si trovava in fondo alla via. La quiete che regnava in quel luogo gli fece bene: trattenne la propria impazienza e decise che avrebbe condotto quell'interrogatorio con le buone. Lo stabile al 19 era una vecchia stazione, un edificio alto a un solo piano che un tempo aveva ospitato i viaggiatori in attesa dei loro treni.

Vide dei bidoni di plastica e richiamò Kripo ai loro doveri: «Spazzatura».

Rovesciarono i contenitori e si dedicarono ai controlli di routine. Lartigues mangiava soltanto yogurt e quinoa. Faceva ampio uso anche di prodotti per aumentare la potenza sessuale: poppers, Viagra, Cialis, pillole di ginseng e alcaloidi vasodilatatori.

«Si tiene allegro, il nostro uomo.» Kripo ridacchiò.

In un altro bidone trovarono pezzi di metallo che puzzavano ancora di bruciato così come il corpo odora di sesso dopo l'amore, residui di prodotti chimici (sicuramente colle), brandelli di gomma (per gli stampi)...

«Cercate qualcosa?»

Si voltarono.

«Ivo Lartigues», annunciò l'uomo che stava sullo stretto marciapiede. «Immagino che siate qui per me.»

Erwan sapeva che Lartigues non era il suo ladro di chiodi, ma lo scultore sarebbe comunque stato al di sopra di ogni sospetto: era su una sedia a rotelle.

Il poliziotto nascose la propria sorpresa mostrando il distintivo, un gesto che gli concesse l'attimo di cui aveva bisogno per ritrovare il suo sangue freddo. Il disabile osservò il tesserino tricolore per poi renderglielo con una lunga occhiata scrutatrice.

«Sclerosi a placche, comandante. Posso leggerle nello sguardo che le informazioni che le hanno dato su di me erano incomplete. Seguitemi. Ho del caffè caldo.»

103.

Soffitto di sei metri, centinaia di metri quadrati di superficie: sull'atelier si affacciava un enorme soppalco. Ancora più in alto, putrelle d'acciaio sostenevano una vetrata con un'intelaiatura di acciaio che diffondeva una luce grigia e fredda come quella di una chiesa gotica.

«È la vecchia stazione di Bel-Air», disse semplicemente l'artista disponendo tre tazze su un tavolino rotondo cosparso di macchie di pittura e segni di bruciature.

Erwan e Kripo cominciarono a girare per quello spazio, impressionati dalle figure che lo popolavano: colossi di diversi metri che riproducevano l'inquietante ingenuità delle statue africane. Braccia piegate ad angolo retto, busti composti di un unico blocco, occhi rotondi come bocche di obici, il tutto in un color ruggine che era più di un semplice colore: una polvere d'ansia che soffocava il cuore.

«Immagino che siate qui per gli omicidi di questi ultimi giorni», aggiunse Lartigues indicando loro le tazze.

«Cosa glielo fa pensare?» chiese Erwan.

«Leggo i giornali. Il modus operandi dell'assassino ricorda chiaramente le mie opere...»

Il loro ospite non era un idiota: meglio non perdere tempo. «Secondo le nostre fonti, una delle vittime, Anne Simoni, si interessava al vostro... gruppo.»

«Di cosa parla?»

«Dei no limit.»

Lartigues annuì, come rivolto a sé stesso. «Non conosco tutti. E, anzi, se volessi provocarvi, potrei anche dire che non conosco nessuno.»

«Dove vi incontrate?»

«Dipende. Zone industriali abbandonate, parcheggi, a volte anche qui...»

«E non conosce i suoi stessi ospiti?»

«Le nostre serate sono fondate sull'anonimato.»

«E gli inviti?»

Lartigues ridacchiò. Aveva un corpo lungo e sottilissimo, che in verticale avrebbe anche potuto essere elegante ma che sulla sedia a rotelle pareva atrofizzato. Una spalla più alta dell'altra, le gambe storte, i polsi deformi: dava l'idea che dei forti crampi l'avevano bloccato per sempre in quella posizione. «Nessun invito. Agiamo come terroristi. Niente di scritto. E soprattutto niente Internet.»

Erwan trangugiò in un sorso il suo caffè: delizioso. «Si considera un terrorista?»

«Se si tratta di terrorizzare l'ordine borghese e l'intolleranza delle masse, allora sì.»

"Lascia perdere, per il momento." Notò delle fotografie in bianco e nero appese alla parete. Alcuni particolari lo colpirono: una testa infilata in un cappuccio di cuoio, primi piani di bocche, dita dei piedi e farfalle, una pistola appoggiata tra fiale di morfina...

«Jacques-André Boiffard», commentò Lartigues avvicinandosi. «Medico e fotografo, un genio misconosciuto del movimento surrealista. Gli esperti lo preferiscono addirittura a Man Ray...»

Quelle immagini trasmettevano un senso di disagio che faceva il paio con quello delle opere di Lartigues e con il suo corpo deforme.

«Questa notte», riprese Erwan, «ero a Marsiglia.»

«Lo so. Mi hanno telefonato dalla Heemecht. Grazie a lei la mia spedizione verrà ritardata almeno di una settimana.»

«Posso fare qualche foto alle sue opere?» chiese Kripo, armato di iPhone.

«Nessun problema, basta che non le metta su Internet.»

«Perché compra quei chiodi, signor Lartigues?»

Il disabile girò la sedia a rotelle per portarsi di fronte al suo interlocutore. I suoi tratti tormentati, ieratici, erano affilati come una lama. Erwan pensò al filo delle sciabole giapponesi, risultato di una sapiente alternanza tra un calore estremo e un raffreddamento istantaneo. Il volto di Lartigues sembrava il prodotto di un procedimento simile.

«Conosce già la risposta. Poiché mi ispiro alla magia yombe, mi sembrava più... autentico utilizzare chiodi fabbricati in Congo.»

«Crede che siano stati usati da dei *nganga*?»

Lo scultore sorrise. Nonostante il suo handicap, riusciva chissà come a squadrare il suo interlocutore dall'alto in basso. Gli occhi grigi erano tagliati come da un rasoio dalle palpebre superiori, troppo basse. Ma invece di conferirgli un'espressione sonnolenta, lo rendevano simile a un animale feroce pronto a balzare sulla preda. «Vedo che ha fatto le sue ricerche prima di venire...»

Erwan cambiò tono. «I suoi chiodi c'entrano o non c'entrano con le pratiche magiche del Basso Congo?»

«Certo che no. Quelli piantati dai guaritori nei loro feticci non vengono più estratti. Inoltre i riti yombe oggi non sono quasi più praticati. Quelli che compro io appartengono a vecchi stock di un'azienda belga.»

Un punto a suo favore.

«In questi ultimi tempi gliene hanno rubati?»

«Sì, il mese scorso, una cassa intera.»

«Ha sporto denuncia?»

«Non sono il tipo. E comunque non speravo che qualcuno si mettesse alla ricerca di una cassa di chiodi arrugginiti.»

«Per entrare hanno forzato la porta dell'atelier?»

«No. Ed è questa la cosa più strana.»

Erwan non si sorprese: il killer dello Zodiac, un vero e proprio uomo invisibile, era di sicuro capace di passare anche sotto le porte.

«Sono questi i chiodi di cui si serve l'assassino?» chiese Lartigues.

Il poliziotto fece finta di non aver sentito. Riprese a camminare tra i colossi: si trovava nell'officina di Efesto, il dio del fuoco, dei metalli e dei vulcani, che scolpiva anche lui titani di bronzo. «Con le sue opere lei rende omaggio ai culti animisti del Congo. Crede in questo genere di cose?»

«Diciamo che la mia arte oscilla tra espressione pagana e incantesimo mistico. Capisce quello che voglio dire, comandante?»

«Abbastanza da sapere che non mi ha risposto. Crede che le sue sculture siano dotate di una qualche virtù magica o no?»

«No. Sono un artista, non uno stregone.» Lartigues disegnò con la propria sedia una specie di otto sul pavimento di cemento lucido. La sproporzione tra quell'invalido incapace di camminare e le sue statue giganti era sorprendente.

«Come fa a scolpire pezzi così grandi?»

«Vuol dire tenuto conto del mio handicap?»

«Anche.»

«È semplice: ho degli assistenti. Preparo gli schizzi, scelgo i materiali, dirigo le operazioni di saldatura. La mia squadra fa il lavoro grosso, io mi occupo delle rifiniture, appollaiato su una specie di Fenwick.»

Erwan si disse che anche quelle comparse dovevano essere interrogate. «Posso chiederle di lasciarmi i loro dati?»

«Certamente.»

«E i chiodi li mette personalmente?»

«Sempre. È un'operazione che richiede enorme precisione, la mano dell'artista non può essere sostituita. Ha mai sentito parlare di Aleijadinho?»

«No.»

«È uno scultore del diciottesimo secolo. Il maestro del barocco brasiliano. In realtà il suo vero nome era Antonio Francisco Lisboa, ma siccome soffriva di una grave malattia, molto probabilmente la lebbra, lo avevano soprannominato Aleijadinho, che significa "piccolo storpio". Deforme, sfigurato, lavorava soltanto di notte per non farsi vedere. I suoi assistenti lo trasportavano su una portantina chiusa. Legava gli attrezzi ai suoi moncherini e saliva in ginocchio su una scala. È così che ha scolpito i meravigliosi profeti del santuario di Congonhas. Capisce perché penso a lui?»

Erwan annuì. Lartigues era l'Aleijadinho del XII arrondissement. «Andiamo al sodo», replicò. «L'Uomo Chiodo le dice qualcosa?»

«Impossibile interessarsi alla cultura yombe senza incontrarne il nome.»

«Cosa sa di lui?»

«Un serial killer attivo a Lontano, una città del Katanga, agli inizi degli anni Settanta.»

«Conosce il suo modus operandi?»

«Torturava e mutilava ragazze con chiodi e cocci di vetro. Riproduceva a modo suo i rituali degli yombe.»

«Come lei.»

«Come me, sì. Solo che io lavoro con i metalli e che io sappia nessuna vita umana è mai stata sacrificata in nome della mia arte.»

«Tra i suoi ammiratori conosce qualcuno interessato all'Uomo Chiodo?»

«No. Ma non ho molti contatti con i compratori delle mie opere.»

«Pensavo più a quelli che prendono parte ai no limit.»

«A costo di ripetermi, i nostri incontri si svolgono nella massima riservatezza.»

Erwan raggiunse Kripo, che stava fotografando un gigante con un braccio sollevato e l'altro nascosto da una cappa di iuta rappezzata. Le sue orbite brillavano sotto i vetri del soffitto: lo scultore vi aveva infilzato frammenti di specchio. La spalla nuda era ricoperta di chiodi e di lame, come un'eruzione cutanea di punte rossastre.

Era arrivato il momento di cambiare marcia. «Dove si trovava lo scorso fine settimana?».

«A Martigny, in Svizzera. Una fondazione ha allestito un'esposizione retrospettiva di alcune mie opere. Può verificare.»

«E martedì 11 settembre alle diciotto?»

«Qui, nel mio atelier.»

«Da solo?»

«Sì, da solo. Stavo terminando la scultura che ha appena visto.»

«E nella notte tra mercoledì e giovedì?»

«Sono andato a un vernissage al Palais de Tokyo. E poi a cena, in compagnia di amici. Davvero sospetta di me?»

«È rientrato da solo?»

«No. Non so se l'ha notato, ma godo di un'autonomia piuttosto limitata. Un ragazzo filippino di nome Reuben mi aiuta ogni sera. Potrà testimoniare, se lei vuole.»

«Vive qui?»

Lartigues fece un gesto verso il fondo del laboratorio. «Sto in un appartamento dall'altro lato dell'atelier.»

«E dov'era stanotte?»

«Qui, con amici.»

Il disabile all'improvviso parve spossato. Erwan non aveva immaginato che rispondere a qualche domanda potesse affaticarlo tanto. Forse era soltanto stanco di avere a che fare con un poliziotto così ottuso. Agli occhi dello scultore Erwan doveva incarnare l'esempio perfetto del piccolo funzionario borghese e limitato.

«Verificheremo», disse, come se volesse impersonare fino in fondo quel ruolo. «Torniamo ai no limit: in cosa consistono?»

«Sono serate molto libere, dove tutti agiscono secondo la propria sensibilità.»

«Ho assistito a uno di questi incontri. A Bièvres, mercoledì sera.»

«Non ne ero a conoscenza.»

«Un'imitazione, forse?»

«È il prezzo del successo...»

«Seriamente, quanti membri conta il suo gruppo?»

«Le ripeto che non li conosco tutti e che la parola membro non è...»

«Se dovesse dirmi un numero, anche approssimativo?»

«Diverse centinaia.»

«Com'è organizzato?»

«È un gruppo che non esiste se non quando decidiamo di riunirci. Allora uniamo i nostri desideri e l'energia che si sprigiona è... magnifica.»

«Cosa fate di preciso in queste serate?»

«Torniamo noi stessi. Ci travestiamo e ci comportiamo secondo la nostra natura più profonda.»

«Praticate attività sadomaso?»

«Non utilizziamo mai questo genere di etichette. Ma è vero che nelle nostre serate piacere e dolore non sono più l'uno il contrario dell'altro.»

«Queste pratiche possono spingersi oltre?»

«Cosa intende dire?»

«A volte scorre del sangue?»

Lartigues ritrovò il suo sguardo altero e astuto. «Come dice il Nuovo Testamento: "Beato l'uomo che sopporta la prova".»

«Quale prova, per esempio?»

«Le basterà venire stasera: organizzo un no limit qui.»

Lontano da loro, i flash di Kripo squarciavano la penombra dell'atelier. Erano soltanto le quattro, ma con il cielo coperto sembrava già il tramonto.

«C'è un dress-code?»

«Il dress-code è la ragion d'essere di questa serata. Venga com'è vestito adesso: sarà perfetto.»

«Non mi prenda per il culo.»

«Non sto scherzando. Le uniformi vanno per la maggiore nel nostro gruppo.»

Erwan ebbe una visione: Lartigues assiso sul suo trono a rotelle che regnava su una comunità di ufficiali nazisti e atleti in tuta di lattice. Pensò a Di Greco e ai suoi soldati. Due guru, due comunità. Sentiva che c'era qualcosa che scottava, ma non riusciva a determinare la fonte di quel calore.

Un tentativo alla cieca. «Le dice qualcosa il nome Ludovic Pernaud?»

«Non è la seconda vittima?»

«Esatto.»

«Prima di leggere il giornale non l'avevo mai sentito.»

Kripo girava attorno a una donna riccio di mare come se stesse cercando di capire quale fosse il modo migliore per avvicinarla.

«C'è qualche membro della sua comunità che secondo lei potrebbe passare all'azione?»

«Non capisco la domanda.»

«Qualcuno che possa spingersi oltre i vostri semplici... giochi. Che possa uccidere, mutilare, accecato dalla sua stessa violenza.»

«Le nostre pratiche mirano all'effetto opposto: la pace che si raggiunge con l'appagamento del desiderio.»

«E se si tratta del desiderio di uccidere?»

«Venga stasera e si potrà fare un'idea di persona.»

Erwan fece un cenno a Kripo, che rimise in tasca il telefono, e annotò nomi e numeri degli assistenti del maestro. "Non si sa mai." Poi disse a Lartigues: «A stasera».

«Non vi riaccompagno alla porta.»

Una volta fuori, i due poliziotti videro le immondizie che avevano lasciato sul selciato.

«Aiutami», ordinò Erwan al suo vice.

Si infilarono guanti sterili e si misero di nuovo a frugare come roditori affamati nella periferia della città. Non ebbero bisogno di parlare: sapevano quello che cercavano. Nessuna traccia di medicinali. Come si curava la sclerosi a placche? C'erano dei farmaci? Oppure la malattia di Lartigues era solo una finzione?

Buttarono i guanti nel bidone e si diressero verso la macchina.

«Recupera la sua cartella clinica il prima possibile.»

«Okay, capo.»

«Secondo te è finocchio o no?»

Dopo un interrogatorio facevano sempre quel giochino idiota di provare a indovinare le preferenze sessuali dell'interessato. La chiamavano «la roulette rosa». Penoso...

«Penso che abbia superato ormai da un bel pezzo quello stadio.»

«Cosa vuoi dire?»

«Lo so io...»

Erwan non insistette. Non era certo delle tendenze di Kripo. Non aveva mai avuto notizia di nessuna fidanzata, o fidanzato. «Vieni con me stasera?» gli chiese.

«Che domande! Altro che!»

104.

«Devo mostrarti qualcosa», disse Audrey con voce agitata.

Portò Erwan nel suo ufficio e chiuse la porta. Con la sua giacca di tela verde militare assomigliava più che mai a una versione sbiadita e asessuata di una guerrigliera.

Tirò fuori da una cartellina di carta un'illustrazione raffigurante una testa di leopardo sormontata da una stella. «Sai cos'è?»

Erwan riconobbe lo stemma di un celebre centro di addestramento dell'esercito brasiliano specializzato nella guerra nella foresta. Sopra il disegno correva una banda rossa e blu sulla quale campeggiavano le iniziali CIGS, acronimo di Centro de Instruçao de Guerra na Selva. «È lo stemma del centro di Manaus, no?»

«Ben detto, generale.»

Audrey gli mostrò un'altra immagine: la foto di un braccio ferito su cui si distingueva la medesima testa di leopardo. «Pernaud l'aveva sull'avambraccio.»

«Sappiamo che ha servito nei parà nella Guyana francese. Potrebbe avere seguito l'addestramento del CIGS. Non ci sarebbe niente di strano.»

«Stamattina ho confrontato questa immagine con quelle nell'archivio informatico e ho avuto un riscontro imprevisto. Lo stesso tatuaggio è stato segnalato in un'inchiesta che non ha niente a che fare con il nostro caso: la morte di un giornalista free lance, Jean-Philippe Marot. Un suicidio.»

Audrey gli passò un fascicolo. Marot si era buttato dal nono piano la domenica precedente. Nessun testimone. Nessun motivo per sospettare qualcosa di diverso dal suicidio. Era completamente al verde e non aveva più un lavoro.

«Com'è che è saltata fuori la testa di leopardo?»

«Una squadra del commissariato di Louis-Blanc è andata sul posto per i rilievi: ricerca di impronte, qualche domanda ai vicini, le solite cose. Diversi testimoni hanno notato un uomo che negli ultimi giorni seguiva Marot. Hanno menzionato questo tatuaggio sul suo braccio.»

«L'uomo segnalato corrisponde a Pernaud?»

«In ogni particolare.»

Erwan sfogliò ancora i verbali, pensando a suo padre. Forse Pernaud appena prima di essere assassinato aveva fatto un lavoretto per il Vecchio?

«Ho sentito i colleghi di Louis-Blanc», continuò Audrey. «Per loro non ci sono dubbi: è inequivocabilmente un suicidio. Ma alla DCRI mi sono sembrati meno categorici. Secondo loro Marot stava lavorando a un libro che avrebbe potuto dar fastidio a qualcuno.»

«Cosa glielo farebbe pensare?»

«Il suo volo dal nono piano.»

«Sul serio.»

«Era un giornalista piuttosto noto. Aveva lavorato per l'AFP e il "Nouvel Obs" e scritto diversi libri che avevano fatto scalpore. Uno specialista della Franciafrica. Non era il tipo da restare a girarsi i pollici o buttarsi dalla finestra.»

«Hai sentito i suoi editori?»

«Stava lavorando a qualcosa ma nessuno conosce l'argomento. Non aveva nemmeno incassato un anticipo.»

«Tutto qui?»

«Mi pare già abbastanza per un suicida. E poi ci sono le figlie, che ha avuto con due donne diverse e alle quali era molto legato. Secondo loro un atto del genere è inspiegabile.»

Erwan si impedì di immaginare il peggio: suo padre, per l'ennesima volta, in mezzo a quel pantano. «Continua a indagare, non si sa mai.»

Audrey rimise via il fascicolo. Scambio di sguardi, più eloquente di mille parole. In qualsiasi operazione segreta di Parigi finiva sempre per spuntare il nome di Morvan, tanto più se c'entrava il continente nero.

«Fallo», insistette lui.

Le sei di sera. Erwan uscì dall'ufficio con l'intenzione di andare da Favini quando incappò in Levantin, mister Scientifica in persona. L'esperto non passava mai in commissariato a mani vuote.

«Sono qui per i capelli della nostra caucasica...»

«Novità?»

«Sì e no.»

«Levantin, per favore, non ho tempo per...»

«Ho pensato al database delle esclusioni.»

Ogni volta che si raccolgono impronte e tracce di DNA sulla scena di un crimine, per evitare di perdere tempo seguendo false piste, viene rilevato anche il DNA dei poliziotti e di tutte le altre persone sicuramente innocenti che potrebbero aver lasciato tracce organiche. Tale processo è detto di esclusione. Queste informazioni biometriche – e i cariotipi che essi contengono – vengono conservate in un archivio riservato i cui dati non possono essere utilizzati. Il FNAEG contiene soltanto i dati relativi ai criminali o ai sospettati.

«E ho trovato un riscontro.»

«Il database non è protetto?»

«No, però è anonimo. Secondo il mio computer, la prossima vittima è parente di qualcuno il cui DNA è presente nell'archivio. Ho avuto accesso ai campioni biometrici ma per avere i nomi...»

«Servono un po' di scartoffie, giusto?»

«Esatto. Un'altra cosa: non sono sicuro che la procura...»

«Andiamo», disse Erwan prendendolo sottobraccio.

Entrò nell'antro di Kripo, al quale spiegò tutta la faccenda. L'alsaziano avrebbe risolto il problema con qualche telefonata e un paio di moduli.

Mentre usciva, Erwan notò un libro appoggiato in un angolo della scrivania: *La magia nera nel Basso Congo*, di Sébastien Redlich. Si trattava senz'altro di materiale che Kripo si era procurato per approfondire le proprie conoscenze sull'argomento. Quello che avrebbe dovuto fare anche lui già da molto tempo. Prese il volume e diede un'occhiata alla quarta di copertina. Redlich, etnologo, professore a Paris-Diderot, esperto dell'etnia yombe, aveva raccolto in quel libro dieci anni di viaggi e di ricerche. Erwan aveva trascurato una pista importante: gli individui che a Parigi conoscevano non soltanto la storia dell'Uomo Chiodo ma anche i riti di questo particolare culto.

Incuriosito, sfogliò rapidamente il libro pubblicato nel 2002 e trattenne a stento la propria sorpresa: non avrebbe potuto sperare in una trattazione più esauriente sui *nganga*, i *minkondi* e l'animismo del Mayombe. Non solo: Redlich aveva dedicato un intero capitolo all'Uomo Chiodo. Erwan concluse che l'etnologo era ben informato: aveva intervistato suo padre? Si trovava nel Katanga all'epoca degli omicidi? Dalla foto in quarta di copertina sembrava aver passato i sessant'anni.

Si sedette alla scrivania di fronte a quella di Kripo (il suo vice e il tecnico della Scientifica intanto discutevano al telefono con la procura per ottenere le loro autorizzazioni) e accese il computer. Prima di andare alla festa di Lartigues avrebbe dovuto fare una visita al professore. Gli bastò qualche *clic* per recuperare i suoi dati personali. Sébastien Redlich viveva a Nogent-sur-Marne... su una casa galleggiante. "Forse non è niente, forse è qualcosa." Imbarcazioni di quel tipo erano spesso dotate di un'altra barca, più piccola, di servizio. Perché non uno Zodiac?

Erwan entrò nell'ufficio accanto. Audrey.

«Nel tuo elenco degli ETRACO c'è qualcuno che si chiama Sébastien Redlich?»

La poliziotta, seduta davanti al computer, digitò il nome. «C'è ma non l'ho ancora sentito...»

«Ci penso io.»

Corridoio. Gli venne in mente un altro particolare: il pilota della chiatta aveva detto che l'assassino era ripartito in direzione di Bercy, ossia della Marne.

Kripo aveva appena messo giù il telefono. Era chiaro che

l'aveva avuta vinta. Ora doveva soltanto preparare la richiesta di autorizzazione per Levantin.

«Perché non mi hai detto niente di questo?» gli chiese Erwan indicando il libro.

L'alsaziano sollevò lo sguardo dalla scrivania. «Cultura personale. L'ho trovato ieri alla libreria L'Harmattan ma non l'ho ancora aperto e...»

«Questo tipo vive su una casa galleggiante a Nogent e ha un ETRACO.»

«Quindi?»

«Quindi andiamo da lui. Subito.»

105.

Per uno strano scherzo dell'inchiesta rifecero lo stesso percorso di qualche ora prima. I quai. L'istituto medico legale. Bercy.

Avrebbero dovuto imboccare l'A4, ma Kripo svoltò nuovamente in direzione di place de la Nation.

«Non prendi l'autostrada?»

«No, passiamo dal bois de Vincennes.»

«Perché?»

«È più carino.»

Erwan non insistette. Da quando erano partiti non aveva fatto altro che rimuginare su un altro problema che non c'entrava nulla con il caso. Non aveva ancora risposto a Sofia. In quei due giorni aveva recuperato la propria lucidità: la loro storia era semplicemente impossibile. Doveva dirglielo via SMS? Darle un appuntamento per spiegarle la situazione? Sarebbe stato capace di una simile rinuncia? Oppure temeva quello che sarebbe potuto succedere se avessero continuato?

Optò per un messaggio, ma a quel punto sorsero altri problemi: che tono adottare? Grave? Tenero? Ironico? Alla fine si decise per la verità nuda e cruda, che fra l'altro gli consentiva di rimandare la questione. «Scusa per il silenzio. Colpa del lavoro. Ti penso.» Premette INVIO e si accorse di avere inarcato il corpo sul sedile, come se si aspettasse che da un momento all'altro la macchina sarebbe entrata in rotta di collisione con qualche ostacolo. Rimettendosi seduto composto si impose di rilassarsi.

Kripo aveva ragione: quel viaggio nel bosco al crepuscolo

era affascinante. Il sole aveva deciso di fare una breve comparsa appena prima di dileguarsi, come un artista richiamato sul palco per il bis. Il traffico era scorrevole. Gli alberi sembravano chiudersi sulla loro macchina come le pagine di un libro su un segreto. Erwan aprì il finestrino e l'abitacolo fu invaso dal profumo della vegetazione. Non gli ci volle molto per restarne inebriato. Fu tentato di lasciar divagare la mente ma subito si riscosse e si concentrò sull'uomo che doveva interrogare.

Prima di partire aveva stampato la sua pagina di Wikipedia. Nato nel 1961, Sébastien Redlich aveva studiato antropologia a Parigi, viaggiando in Africa centrale ogni volta che ne aveva la possibilità. Nel 1989 aveva discusso una tesi sui guaritori del Basso Congo e di lì a breve era diventato ricercatore. Aveva scritto numerosi articoli scientifici, libri dai titoli astrusi e tenuto svariate conferenze prima di diventare associato a Paris-VII intorno al 2000. In quel periodo aveva anche pubblicato *La magia nera nel Basso Congo*, un volume divulgativo che non aveva avuto successo. Secondo l'articolo Redlich non aveva più rimesso piede in Africa dal 2003 ma aveva passato la sua giovinezza nella foresta, contraendo quasi tutte le malattie diffuse nella giungla equatoriale, dalla malaria alla malattia del sonno, all'amebiasi. Un tipo dalla pellaccia dura.

Nogent-sur-Marne. La cittadina, con i suoi alberi e le aiuole fiorite, sembrava languire sulle rive della Marna.

«Prendi per il porto turistico.»

Raggiunsero il fiume mentre calava la notte. Padiglioni ricoperti di edera, salici piangenti, imbarcazioni che dondolavano cullate dalle onde. Era il regno dei locali all'aperto, del canottaggio, dei pescatori tranquilli, con quell'estetica un po' finta della periferia che aspira a ridiventare campagna: i pergolati odoravano ancora di nuovo, gli argini erano stati rinforzati con il cemento, barche e motoscafi sembravano modellini in miniatura... Il fiume correva lungo la strada per poi perdersi fra tassi e cipressi prima di scomparire. Le chiatte erano ormeggiate al di sotto della carreggiata.

«Fermati qui. Procediamo a piedi.»

Scesero lungo il sentiero che portava alla Marna. Ogni pontone aveva la sua cassetta della posta. La casa galleggiante dell'etnologo sembrava un vascello da guerra. Dipinti completamente di nero, il ponte e lo scafo si perdevano nell'oscurità. Giunti davanti alla poppa della *Yombé* (era questo il nome della chiatta) videro l'ETRACO.

Kripo scattò una foto. Si udì un latrato. I due poliziotti trasalirono: un cane beige e rachitico, con le orecchie enormi, dal ponte ringhiava nella loro direzione.

«Signori?»

Sopra di loro un tipo grande e grosso con modi da lupo di mare li teneva sotto tiro con un fucile a pompa. Erwan riconobbe il modello – il famoso Remington 11-87 in dotazione dell'esercito americano – e l'uomo della foto.

«Sébastien Redlich?» chiese senza perdere la calma. «Squadra Omicidi. Ha un porto d'armi per quello?»

«Secondo lei?» L'etnologo rise abbassando il fucile. «Sono a casa mia e non devo rendere conto a nessuno. Se vuole salire a bordo, le conviene cambiare tono.»

Il poliziotto sorrise e gli mostrò il distintivo. «Sono il comandante Erwan Morvan; il mio vice, il tenente Kriesler. Siamo venuti per farle qualche domanda.»

Redlich sporse il braccio sull'acqua, prese il tesserino tricolore e lo guardò attentamente. Appoggiò il fucile nell'incavo del gomito ed estrasse una torcia da una tasca laterale dei pantaloni cargo. Sembrava vivere all'africana, senza elettricità né il benché minimo comfort.

Erwan ne approfittò per osservarlo. Se l'aspetto di Lartigues lo aveva sorpreso, Redlich era tale e quale se l'era immaginato: lurido, con la barba di qualche giorno, indossava una camicia a quadri da trapper aperta su una T-shirt con il logo di una birra africana. Il punto forte del suo viso scarno erano gli enormi favoriti che lo facevano assomigliare a un Wolverine che avesse preso la pioggia.

«Morvan», disse in tono preoccupato. «Come Grégoire Morvan?»

«È mio padre.»

«Salite», fece Redlich restituendogli il distintivo. «Ho del caffè caldo.»

Le stesse parole pronunciate da Lartigues quattro ore prima. Erwan notò un'altra caratteristica che accomunava i due: Redlich zoppicava. Avanzava di sbieco e trascinava il piede come se avesse una gamba di legno.

Un altro candidato da scartare per il ruolo del corridore di Fos. Mentre imboccava la passerella di accesso alla chiatta, Erwan ebbe l'impressione di andare indietro invece che in avanti.

106.

«Sedetevi», disse Redlich mentre si muoveva in fondo alla cabina.

Trovarono degli sgabelli bisunti sotto un tavolo di legno scuro. In quel posto sembrava esserci stato un incendio: muri, mobili, tende... tutto l'arredamento era completamente nero. L'unico elemento distintivo erano alcuni oggetti africani disposti in fila sui ripiani degli scaffali. Feticci yombe, naturalmente, ma anche statuette decorate con conchiglie, maschere di cuoio e lance che evocavano un'autentica estetica di morte. Libri sparsi dappertutto: lungo le pareti, incastrati negli angoli, ammassati per terra, come a colmare delle falle.

«Stavo giusto cercando un posto dove festeggiare Halloween», sibilò Kripo.

La cosa peggiore era l'odore: un misto di alghe, cartone bagnato ed escrementi di animali.

«Zucchero nel caffè?» chiese l'etnologo.

«Senza piscia di gatto per me», mormorò Kripo.

«Piantala.» Erwan si rivolse a Redlich. «Per noi va bene senza, grazie.»

Il professore tornò con una caffettiera italiana e delle tazze sbeccate che appoggiò sul tavolo. La penombra, il fatto che zoppicasse, l'acqua nera che si intravedeva dagli oblò: l'ambiente ricordava decisamente l'Ammiraglio Benbow, la locanda dell'*Isola del tesoro.*

«Siete qui per gli omicidi di cui parlano i giornali?» chiese lo scrittore. Servì il caffè. Un odore di terra bruciata si aggiunse agli accordi già dissonanti del luogo.

«Lei che ne pensa?» ribatté Erwan notando la perspicacia del loro ospite.

«L'assassino sembra imitare l'Uomo Chiodo, ma è evidente che i giornalisti ignorano diverse cose.»

«Il suo libro *La magia nera nel Basso Congo* è l'unico che racconta questa vecchia storia.»

«E ciò fa di me un sospettato?» Dal tono non sembrava minimamente preoccupato. Nella sua voce si avvertiva invece l'aggressività tipica dei vecchi brontoloni che ce l'hanno con i poliziotti, con il sistema, con il mondo.

«Uno squilibrato potrebbe averlo letto ed essersi fatto ispirare.»

«In tal caso», disse Redlich ridendo, «i sospettati non dovrebbero essere molti. Ne saranno state vendute trecento copie in dieci anni.»

«È mai stato contattato da qualcuno dei suoi lettori?»

«No.»

Sempre in piedi, Redlich frugò nel taschino della camicia e ne estrasse una Gitane Maïs. Erwan era convinto che quelle sigarette non fossero più in vendita da molto tempo.

«Nessuno è venuto a farle domande su Thierry Pharabot?»

«Non che io ricordi», rispose lo scrittore accendendo la sigaretta.

«Per il capitolo sull'Uomo Chiodo con chi ha parlato?»

«Negli anni Novanta sono andato nel Katanga. Lì ho incontrato certe persone che avevano vissuto quella storia e conosciuto personalmente Pharabot. Ho raccolto le loro testimonianze.»

«Si è mantenuto in contatto con qualcuno di loro?»

«Soprattutto con alcuni missionari che sono rientrati in Belgio.» Redlich girò attorno al tavolo e si diresse verso un comò. Aveva un modo strano di zoppicare, che sembrava esprimere una specie di rancore trattenuto. Aprì un cassetto, frugò tra una fila di carte e tornò con diversi biglietti da visita e nomi scritti a penna su fogli di quaderno. «Oggi vivono nelle Fiandre.»

Erwan passò fogli e biglietti a Kripo, che li fotografò. «E mio padre, lo ha contattato?»

«Naturalmente, ma non mi ha mai risposto.»
«Per quale ragione, secondo lei?»
«Perché non glielo domanda?» Redlich si sedette infilando a fatica la gamba rigida sotto il tavolo. Sempre più Long John Silver.
«Ha incontrato Pharabot, ha detto?»
«Sì, alla fine degli anni Ottanta. Era ricoverato in un istituto psichiatrico vicino a Courtrai, nelle Fiandre occidentali.»
«Gliel'hanno lasciato intervistare?
«Certo. Era molto tranquillo ma confuso. In ogni modo non ha voluto ricordare gli omicidi né l'arresto. Ha preferito parlarmi della sua giovinezza.»
«Nel suo libro non c'è traccia di questo.»
«Il mio libro è dedicato alla stregoneria yombe. Non è la biografia di un assassino.»
Erwan non riuscì a trattenere la curiosità. «Quando era piccolo, Pharabot aveva vissuto avvenimenti traumatici che potrebbero spiegare la sua follia omicida?»
«Direi di sì. Era nato in una famiglia di coloni belgi poverissimi, nell'alta valle della Lukaya. Il padre beveva e la madre si scopava tutto quello che si muoveva, neri compresi. Molto presto è stato abbandonato a sé stesso e ha cominciato a vivere tra i braccianti agricoli della regione, soprattutto di etnia yombe. A dodici anni ha subito un'iniziazione *khimba* che è durata diversi mesi.»
«In cosa consisterebbe?»
«È scritto nel mio libro. Deve solo leggere il capitolo su...»
«Siamo qui. Ci faccia un riassunto.»
Redlich si schiarì la voce: una spazzola di ferro su una griglia arrugginita. «La prima tappa è la circoncisione, senza alcun tipo di anestetico. Il dolore fa parte della prova. Poi il ragazzo deve bere una pozione che lo addormenta. È una morte simbolica. Quando si sveglia, gli viene rasata la testa e viene spalmato di argilla bianca. Solo allora comincia l'addestramento. Impara a parlare agli spiriti, a cacciarli, a contenerli. *Khimba* significa "perseverare", "fronteggia-

re"... Il ragazzo viene frustato, buttato in una fossa piena di serpenti, abbandonato intere notti nella foresta...»

Erwan poteva immaginare gli effetti di una simile iniziazione su un ragazzino occidentale, solo e senza figure di riferimento. «All'epoca nessuno aveva segnalato la sua scomparsa?»

«Non lo so. Ma come le ho già detto i genitori erano degli sbandati e il piccolo era solito vivere con i neri che lavoravano nei cantieri e nelle piantagioni.»

«Secondo lei sono state queste prove a farlo diventare uno psicopatico?»

«No, ma di sicuro hanno contribuito. In seguito è stato recuperato da alcuni gesuiti, nel Katanga.»

«A Lontano?»

«Prima a Lubumbashi. Ha fatto la maturità ed è stato mandato a Lontano, dove ha studiato ingegneria. È in quel periodo che si è rivelato a tutti come un *nganga.*»

«Vuole dire agli altri bianchi?»

«No. Anche all'università, Pharabot cercava la compagnia dei neri, cosa che all'epoca era piuttosto strana. Lo consideravano un guaritore molto efficace. Prima di tutto perché veniva dal Congo centrale. È così che si chiamava il Basso Congo una volta. E poi perché era bianco. Dicevano che sapesse evocare gli spiriti più terribili: Mbola Mvungu, il gobbo che punisce i ladri colpendoli con la lebbra; Nzazi, il cucciolo tremante che scende dal cielo come un fulmine e può uccidere gli uomini pisciando loro in testa...»

Erwan e Kripo si lanciarono un'occhiata: quelle informazioni sembravano c'entrare ben poco con il loro caso.

«Bisogna capire una cosa», proseguì Redlich, il cui tono di voce si faceva sempre più appassionato. «Il *nganga* è il maestro dei segreti, il nemico degli stregoni e delle ingiustizie. È un poliziotto dell'aldilà, un garante dell'ordine. Le famiglie "divorate" andavano da lui, i malati lo consultavano, i capitribù imploravano il suo aiuto... Pharabot non temeva il secondo mondo: era il suo terreno d'azione.»

«Se era tanto famoso, qualcuno l'avrà pure sospettato degli omicidi, no?»

«I neri di sicuro. Ma nessuno è andato a raccontarlo ai belgi. Far scorrere il sangue dei bianchi per evocare gli spiriti era qualcosa di molto potente.»

Erwan notò che la chiatta oscillava. Un movimento leggero ma sufficiente per destabilizzare l'orecchio interno. Complici anche gli odori che lo circondavano, cominciò a provare un po' di nausea. «Secondo lei, qual è stato il fattore scatenante del primo omicidio?»

«Non saprei. Il fatto che fosse un *nganga* doveva aver suscitato invidie, rivalità. Immagino che si sia convinto di essere attaccato da alcuni stregoni, che i demoni stessero divorando la sua anima. Doveva fabbricare *minkondi* molto potenti.» Redlich guardava fisso il fondo della sua tazza. «Alla fine Pharabot si piantava aghi nella carne. Era diventato anche lui un *nkondi*! Altro caffè?»

Erwan passò: era sul punto di vomitare. Kripo, nell'ombra, non rispose. O si era addormentato o stava prendendo appunti.

«Secondo lei», riprese il comandante, «in che modo l'assassino di oggi potrebbe aver sentito parlare dell'Uomo Chiodo?»

«Dal mio libro. Oppure è andato nel Katanga. Laggiù è una vicenda molto conosciuta.»

«Quando ha visto i giornali, è rimasto sorpreso?»

«Sì e no. La storia di Pharabot non è molto nota ma è affascinante. Un ragazzo timido e sognatore che in realtà era un potente stregone. Un vero supereroe.»

«Un supercattivo, vorrà dire.»

«Sa bene cosa intendo.»

Erwan stava sempre peggio: gli odori di piscio, di legno ammuffito, di gasolio, il caffè che gli bruciava in gola... «Anne Simoni. Aveva già sentito questo nome?»

«No. L'ho letto sui giornali, come tutti.»

«Ludovic Pernaud?»

«Idem.»

«Wissa Sawiris?»

«Quanti ne ha ancora?»

Erwan poneva quelle domande soltanto per formalità. Il

fatto che Redlich fosse un esperto di magia yombe e possedesse uno Zodiac non faceva di lui un sospettato. E che fosse zoppo era una specie di alibi definitivo. «Posso aprire la finestra?» chiese alzandosi in piedi.

«No. Siamo sotto il livello dell'acqua. Usciamo.»

Provò un certo sollievo nel sentire nuovamente l'aria fresca. Kripo li seguì. Teneva in mano il telefono senza farsi notare. Non stava prendendo appunti, ma registrava la conversazione come un giornalista.

«L'ETRACO ormeggiato a poppa ce l'ha da molto?»

L'etnologo scoppiò a ridere senza nemmeno provare a trattenersi e buttò la Gitane spenta fuori bordo. «Allora è per questo che siete qui: mi sospettate.»

«Perché fa questo collegamento fra il suo Zodiac e gli omicidi?»

«Tutti gli articoli parlano della barca dell'assassino. Un modello Hurricane.»

Erwan non ricordava di avere rivelato questo particolare ai giornalisti, ma il commissariato era il miglior amplificatore di voci che uno potesse immaginare. «Lo usa spesso?»

«Mai. Ormai è andato. Se riesce a farlo ripartire, le pago da bere.»

«Dov'era il fine settimana dell'8 settembre?»

«Qui, sulla mia chiatta. Ho dei vicini. Può chiedere a loro. C'è stato un omicidio quel giorno?»

«E martedì 11 settembre alle diciotto?»

«Tenevo una lezione a Paris-Diderot. Trecento testimoni.» Rise nell'oscurità. «Questo sì che è un alibi!»

In disparte, Kripo faceva amicizia con l'orribile cane dalla testa di fennec.

«La notte tra il 12 e il 13?»

«Qui a dormire. Da solo, purtroppo...»

«E giovedì sera?»

«Lo stesso.»

Erwan guardò l'orologio: le otto passate. Un'altra visita inutile. Prese una lunga boccata di aria umida, carica dei profumi degli alberi sull'argine. «Conosce Ivo Lartigues?» gli domandò per concludere.

«Certo. È uno dei pochi ad aver letto veramente il mio libro. Si interessa alla magia yombe e all'Uomo Chiodo. È venuto a parlarmi diverse volte in università. Siamo diventati amici.»

«Come lo descriverebbe?»

«È speciale. Nella sua testa di artista quelle donne sacrificate, quelle opere scolpite nella carne umana valgono molto di più dei suoi affari arrugginiti.»

Erwan era d'accordo.

Chiamò Kripo e, reggendosi al parapetto, si diresse verso la passerella. «La ringrazio, signor Redlich.»

«Ha dimenticato di chiedermi qualcosa.»

«E cioè?»

L'altro batté sul ponte con il piede. «La storia della mia gamba!»

«Ha a che fare con l'Uomo Chiodo?»

«Per nulla. Ho avuto un incidente aereo negli anni Novanta sul Muanda, alla foce del Congo. Setticemia. È stato un *nganga* a curarmi.» Batté ancora una volta il piede, con una specie di gioia lugubre. «E questo dimostra che la magia yombe non è infallibile!»

107.

Ritorno in centrale.

Qualche telefonata lungo il tragitto. Tonfa stava mettendo radici all'istituto medico legale. Favini correva appresso a un fantasma: Pernaud. Audrey seguiva le tracce lasciate da un leopardo, la Guerra na Selva, e da un suicida, Jean-Philippe Marot.

Anche Levantin non aveva fatto progressi. Aspettava ancora le password per aprire i file che gli avrebbero permesso di identificare il parente della vittima successiva. Nessun risultato nemmeno dai prelievi di sangue sui cadaveri. Il medico aveva già analizzato quaranta campioni. Erwan gli aveva ordinato di continuare: era certo che prima o poi avrebbero trovato un altro gruppo sanguigno, quello dell'assassino.

Per non farsi mancare nulla: nessuna notizia da Sofia.

«Ti dispiace se ti lascio qua?» gli chiese Kripo. «Voglio passare un momento da casa.»

«Non c'è problema.»

Avrebbe dovuto farlo anche lui: puzzava di sudore e di urina di gatto. Ma l'idea di ritrovarsi solo tra le sue quattro mura, aspettando che l'italiana lo chiamasse, lo terrorizzava. Preferiva restare a cuocere nel suo brodo in commissariato. Entrò, si diresse verso la scala A e salì i gradini nell'oscurità.

«C'è qui qualcuno per te», lo informò Audrey incrociandolo al quarto piano.

«Chi è?»

«La ricca borghese in attesa dell'aitante poliziotto. Un classico. L'ho messa in sala riunioni.»

Non era mai riuscito a imporre il senso della gerarchia a Audrey. Ormai ci aveva rinunciato: le sue cattive maniere erano all'altezza dei suoi risultati.

Entrò nella sala, che a quell'ora era deserta. Seduta in un angolo, Sofia fumava, fregandosene di ogni divieto. Tremante, sul punto di piangere, sembrava fosse legata su una sedia elettrica.

Erwan si avvicinò. Il suo cuore risuonava sordamente come un sacco da boxe. «Cos'è successo?»

«Chiudi la porta», gli ordinò lei gettando a terra la sigaretta.

Erwan obbedì. Sofia estrasse dalla sua Balenciaga una busta formato A4, consueto preludio di una catastrofe. «Il mio avvocato ha ingaggiato un'agenzia di intelligence economica.»

«Cosa sarebbe?»

«Un detective privato specializzato in faccende di grana. Ha scoperto che tuo padre detiene il sedici per cento del capitale della Coltano.»

«Non è una novità.»

«Una società lussemburghese ne possiede il diciotto per cento.»

«Come si chiama?»

«Heemecht.»

Nuova coincidenza: l'impresa che importava i chiodi dall'Africa era *anche* azionista della Coltano.

Sofia accese un'altra sigaretta schioccando le labbra sul filtro. Non l'aveva mai vista così tesa.

«Sono informazioni di pubblico dominio, no?» le chiese per cercare di calmarla.

«Quello che non è di pubblico dominio è la persona che sta dietro alla Heemecht.»

«Chi sarebbe?»

«Mio padre.»

Erwan si sforzò di restare nel ruolo del poliziotto impassibile, ma anche lui cominciava a non capire più niente. «Com'è possibile?»

«È dalla fondazione del gruppo che mio padre possiede il diciotto per cento della Coltano. E prima è stato azionista anche della società di tuo padre che raffinava manganese.»

«Vuoi dire che i nostri vecchi sono rivali all'interno delle stesse società?»

«No. Voglio dire che sono sempre stati soci in Africa. Si sono spartiti la fetta che gli africani gli hanno concesso nello sfruttamento delle miniere e nel frattempo ci hanno preso per il culo.»

Erwan scosse la testa: quella storia non aveva né capo né coda. «Tu non sai come sono andate le cose», ribatté. «Mio padre aveva instaurato un rapporto privilegiato con Mobutu, il presidente dell'epoca, dopo aver risolto un'inchiesta criminale. Lo Zaire e Firenze sono molto lontani e...»

«Mio padre ha sempre fatto affari laggiù. Diceva che lavorava nelle vecchie colonie italiane come l'Etiopia ma mentiva: il suo feudo era nel Congo.»

«Quindi hanno finto di non conoscersi? Ma perché?»

«Per manipolare me e Loïc. Per farci incontrare e sposare.»

Non era più soltanto paranoia. Sofia era completamente fuori controllo.

«A che scopo?»

«Riunire le loro quote in Africa dopo la loro morte.»

Tenendo la sigaretta fra le labbra la cognata aprì la busta e gli passò un fascio di fogli stampati. La collera la ringiovaniva e la rendeva ancora più bella.

«È tutto qui. Secondo il detective né tuo padre né il mio sono mai riusciti ad aumentare la loro quota di azioni nella Coltano. È una specie di tacito accordo con gli africani. Nessuno dei due può avere più del trentatré per cento.»

«Perché?»

«Perché oltre questa quota avrebbero la minoranza di blocco e diventerebbero i veri padroni del gruppo. Quando si ha diritto di veto, si può decidere ogni cosa con un semplice no.»

«Continuo a non capire perché avrebbero dovuto farvi sposare.»

«Abbiamo la comunione dei beni. Alla morte dei vecchi le loro quote verranno unificate e io e Loïc diventeremo proprietari di più del trentatré per cento della Coltano. Avremo in cogestione la minoranza di blocco. I congolesi non potranno farci niente: la Coltano è una società francese.»

«Ma visto che loro saranno morti», ribatté Erwan, «in cosa sta la vittoria?»

«Saranno riusciti a unire i loro reami facendo sposare i loro eredi. Attraverso di noi riusciranno a conquistare il potere.»

«Ma non sarete i soli eredi delle azioni della Coltano. Ci sono anche le tue sorelle. Ci siamo anche io e Gaëlle.»

Sofia prese un altro documento dalla busta con una rabbia quasi trionfante. «Un estratto del testamento di tuo padre. Te l'ho già detto: lascia a Loïc tutte le sue quote della Coltano.»

Erwan distolse istintivamente lo sguardo, come si trattasse di un tabù, di un testo sacro la cui lettura gli era vietata. C'era qualcosa di osceno nel conoscere i progetti che il padre aveva fatto per quando sarebbe morto. Allo stesso tempo si disse che il detective di Sofia sapeva il fatto suo: ottenere un documento simile era come mettere le mani sui codici di lancio dell'arsenale nucleare francese.

«Mi sono procurata anche quello di mio padre. Stesso discorso. Credimi: il colpo è stato studiato nei minimi dettagli.»

Erwan si rassegnò a leggere. Era la prova, nero su bianco, del complotto. Ora capiva l'inspiegabile rabbia di Morvan per il divorzio di Loïc. Quella separazione aveva mandato all'aria i suoi piani. «Ma come potevano essere sicuri che vi sareste sposati?» provò a obiettare, per pura formalità.

«Capirai! Bastava farci incontrare. Loïc era bello come un dio e anch'io non ero malaccio.»

"Beccati questo", si disse. «Avreste potuto firmare un accordo prematrimoniale.»

«Mio padre e il tuo volevano la separazione dei beni e noi ci siamo affrettati a fare il contrario. Il problema dei giovani è che non c'è niente di più prevedibile del loro senso di ribellione.»

Erwan le restituì il documento senza dire nulla.

«È un'OPA fatta con il sangue», concluse Sofia. «Lasciandomi tutto, mi ha preso tutto...»

I suoi capelli, in genere così lisci, ora erano scarmigliati. Sudava copiosamente e per una volta aveva i pori della pelle dilatati.

«Dimenticavo: ho lasciato il meglio per la fine!»

Erwan abbassò lo sguardo sulla foto che gli stava passando. Un uomo di una quarantina d'anni sorrideva con il volto da belva feroce e una criniera di pietra pomice: suo padre, come lo ricordava dalla sua infanzia. Sulle ginocchia teneva una bimba dall'aria compita nella quale sembrava essersi incarnata una parte di storia dell'aristocrazia italiana, anche se con quei capelli neri e gli occhi leggermente allungati sarebbe potuta passare quasi per una pellerossa o una centrasiatica: Sofia. «Dove l'hai trovata?»

«Nella scatola in cui tengo tutte le mie fotografie. Questa dev'esserci finita per sbaglio. Ho sempre avuto con me la prova delle loro bugie! Tuo padre mi ha visto nascere!»

Erwan non era né sciocсato né sorpreso. A differenza di Sofia conosceva da molto tempo l'animale che lo aveva messo al mondo.

«Ne hai già parlato con Loïc?»

«Non ancora. A ogni modo, dopo il... dopo la cazzata di tua sorella, è completamente andato. Ripete i suoi mantra, medita e credo che non faccia altro che tirare di coca.»

«Cosa pensi di fare?»

«Quello che avevo già programmato: divorziare. Ora più che mai!»

Senza riflettere Erwan le afferrò la mano, che lei abbandonò nella sua. Non era il momento di fare i romantici, e comunque aveva le dita ghiacciate.

«Tua sorella ha ragione», mormorò lei. «Bisogna distruggerli. Bisogna annientarli.»

«Sta' attenta a mio padre...»

«Per chi mi hai preso? Per una ragazzina scema appena uscita da un pensionato femminile?» Senza dargli tempo di replicare lei aggiunse: «Sono cresciuta con il Condottiero, che non ha niente da invidiare al tuo vecchio».

Erwan non ascoltava più. Pensava alla notte passata con lei. Anzi, la riviveva. Una forza calda e oscura che colava dentro di lui spargendo frammenti di felicità così aguzzi da essere quasi dolorosi... Gli mancavano le parole, i pensieri, per esprimere o anche solo per capire quello che aveva provato tra le braccia – tra le gambe – di Sofia. Un regalo meraviglioso, un torrente di cui non cessava di sondare le profondità. Anche se non avrebbe mai avuto il coraggio di ammetterlo, si meravigliava sempre – e in realtà era ancora stupefatto – che una donna potesse accettarlo dentro di sé. Era come entrare in un tempio, un luogo sacro interdetto ai comuni mortali.

Bussarono alla porta.

Il visitatore, senza attendere risposta, fece irruzione. Era agghindato come nel diciottesimo secolo, con il volto incipriato, i lunghi capelli grigi raccolti in una coda di cavallo, una finanziera di velluto color porpora, maniche di pizzo, pantaloni al ginocchio, calze bianche e scarpe con la fibbia.

Erwan ci mise qualche secondo per riconoscere Kripo, leggermente chinato con una mano appoggiata sul bastone e l'altra sul fianco.

«Che cazzo fai?»

«È per la nostra serata...»

«Cosa? La nostra serata?»

«Mi sono vestito da marchese de Sade. Ritorno alle origini, vecchio mio!»

108.

Avrebbe dovuto preoccuparsi delle sorti della Coltano, angosciarsi per i sospetti che gravavano su Pernaud o continuare a interrogarsi sull'identità di quel fantasma emerso dal passato per ammazzare i responsabili della sua stessa morte.

Niente da fare.

Galleggiava disteso sul letto come se si fosse fatto uno spinello o avesse preso una doppia dose delle sue medicine. Gaëlle era viva, e quella era l'unica cosa che contava. Del resto non gli importava: la solita, insignificante merda.

Erano le nove e mezzo di sabato sera e Morvan, con gli occhi fissi sul soffitto, ascoltava la radio gracchiare in sottofondo. Era preda di una profonda ebbrezza, intensa e leggera allo stesso tempo. Gli sembrava che il letto ondeggiasse e si rivedeva quarant'anni prima mentre ascoltava la sua piccola radio a transistor a bordo di una chiatta sul fiume Lualaba, dove si era appostato per tenere sotto sorveglianza Thierry Pharabot.

Non era cambiato molto da allora. Continuava a sentire lo sciabordio di quelle acque e il senso di eccitazione per quella sua prima inchiesta. E il sapore dell'Africa, naturalmente... Quando si sono conosciuti quella terra rossa, quei paesaggi che ti devastano il cuore e ti bruciano la retina, quegli uomini e quelle donne sereni, brutali e ingenui, che nascondono un patrimonio di eleganza, di sensibilità artistica e di allucinanti superstizioni, non ci si riprende mai del tutto. L'Africa è come la malaria, dalla quale ci si crede guariti perché i parassiti sembrano scomparsi, ma che in realtà rimane acquattata nel fegato, aspettando soltanto il momento in cui tornare a manifestarsi.

Bussarono alla porta.

Si mise a sedere, appoggiando la mano sulla pistola che teneva sul comodino. Poi cambiò idea. Quei colpi indicavano tre cose: il visitatore conosceva il codice di accesso del portone d'ingresso, aveva un passe-partout per aprire la seconda porta, quella dell'interfono, e sapeva che il sabato sera per trovarlo bisognava salire dalla scala di servizio e bussare a quella porta.

Erwan.

Andò ad aprire.

«Hai cinque minuti?» chiese il figlio con la faccia scura.

Morvan allargò le braccia per mostrargli la sua tenuta: felpa e pantaloni della tuta, pantofole foderate di pelo. Lo fece entrare e gli chiese se volesse qualcosa da bere. Erwan rifiutò con un brutale cenno del capo. Quel gesto intenerì Morvan: a più di quarant'anni suo figlio era sempre il solito testone, il solito cocciuto, con quel modo tutto suo di andare avanti tenendo sempre il piede premuto sul freno.

Spense la radio e provò a giocare la carta della complicità. «Quando è stata l'ultima volta che abbiamo passato un sabato sera insieme? Ti ricordi delle nostre serate davanti alla televisione? Delle...»

«Sono venuto a portarti un souvenir.»

Erwan mise una foto sul letto. Morvan la prese in mano e mentre la osservava gli si appannò lo sguardo. Libreville, 1978. Montefiori lo aveva invitato a trascorrere qualche giorno nella sua villa. Aveva appena firmato uno splendido contratto con Omar Bongo per la fornitura dei binari per una nuova ferrovia.

A spezzargli il cuore in quell'immagine non era Sofia, una bambina capricciosa che non aveva mai sopportato, né la giovinezza perduta – la sua e quella del ferravecchio –, bensì il sogno di redenzione che vi aleggiava. All'epoca i due negrieri pensavano che sarebbero stati salvati dai loro figli, il cui destino avrebbe lavato via i peccati, o almeno li avrebbe scusati. Ma niente di tutto questo era successo: avevano continuato a fare porcherie e i loro figli erano cresciuti nella ricchezza e nel sospetto, subodorando i crimini che li nutrivano. Avevano tutti perduto l'innocenza, come una nube che finisce per condensarsi in lacrime.

«Chi te l'ha data?»

«Sofia. Ha fatto le sue ricerche e ha scoperto un bel po' di cosette...»

«Sai già la mia risposta, non farmela ripetere ogni volta: tutto quello che ho fatto...»

«È stato per il nostro bene, lo so. Ma me ne frego. Le vostre bugie, i vostri intrighi riguardano soltanto voi.»

«Loïc lo sa?»

«Non ancora.»

«Sofia ha parlato con suo padre?»

«Non ne ho idea. Vi vuole ammazzare.»

«E tu?»

«Voglio soltanto qualche chiarimento.»

Il Vecchio non riusciva a staccare gli occhi dalla foto. All'epoca Gaëlle non era ancora nata e ogni volta che vedeva la piccola Montefiori pregava di avere anche lui un giorno una figlia così bella. Poi il miracolo era avvenuto, anche se forse era stato il diavolo a fargli quel regalo.

«Sofia dice che il matrimonio è stato soltanto un pretesto per fondere le vostre quote della Coltano.»

«È vero.»

«E che voi avete fatto in modo che si incontrassero.»

«Vero anche questo. Sei turbato?»

«No. Ma non riesco ancora a capire una cosa. Sbaglio o vorresti sfruttare dei nuovi giacimenti alle spalle della Coltano?»

«Esatto.»

«Che ragioni hai di rubare a un impero che pensi di lasciare ai tuoi figli?»

«Perché esistono il breve termine e il lungo termine. Oggi la scelta migliore è arraffare la posta il più rapidamente possibile. Poi vedremo dove tutto questo ci porterà e cosa sarà rimasto dell'"impero", come lo chiami tu, dopo la guerra e la nostra morte...»

«Come puoi contare su Loïc e Sofia per dirigere la società? Non sanno nulla di queste cose.»

«Saranno sempre meglio dei negri.»

«Un giorno mi dovrai spiegare se ami l'Africa o la detesti.»

«La risposta è nella domanda: il mio cuore non riesce a decidersi. È tutto?»

Suo figlio sembrava stranamente sicuro di sé. Gli stava nascondendo qualcosa. Sull'inchiesta? Su Loïc? Su Sofia? Morvan restò in silenzio. La sua tecnica preferita: ritirarsi nell'ombra e osservare la preda.

«Sono venuto anche per parlarti di Jean-Philippe Marot.»

Sapeva che l'omicidio di Pernaud avrebbe provocato una reazione a catena. E lo sapeva anche l'assassino.

«Il giornalista che si è suicidato?»

«Ho paura che tu faccia solo finta di non essere informato.»

«Sono informato di tutto. Perché vuoi parlarmi di lui?»

«Ludovic Pernaud è stato visto vicino a casa sua qualche giorno prima che fosse ucciso.»

«E quindi?»

«Pernaud era nei servizi segreti. Nella sua vita ha di sicuro dovuto "suicidare" parecchie persone, la maggior parte delle volte sotto tuo ordine.»

«Attento... Un poliziotto non può fare questo genere di accuse senza avere prove.»

«Marot è o non è roba tua?»

«Perché avrei dovuto ordinare la sua esecuzione?»

«Era un ficcanaso di prima categoria. Forse lavorava a un'inchiesta che bisognava stroncare sul nascere.»

Morvan si piazzò davanti alla finestra dando le spalle al figlio. Gli piaceva stare in quella posizione, con le mani in tasca: il comandante sul ponte di una nave. Sotto di lui, avenue de Messine, come sempre, era severa, distante e altera. «Sono finiti quei tempi, figliolo. Oggi non si ammazzano più le persone in questo modo. Siamo nell'epoca del consenso e del politicamente corretto. Nessuno si impegna più in nulla se non nelle cause che non gli costano niente: l'ecologia, il movimento no global... Ideali lontani e nebulosi, e nel frattempo ci sono i saldi da Colette...»

«Smettila di svicolare. Rispondimi.»

Morvan sospirò e si diresse verso un tavolo sul quale erano appoggiati un bollitore e alcune tazze di gres. La teiera di ghisa era già calda. La prese e la riempì di acqua bollente. «Sei sicuro che non vuoi un infuso ayurvedico? È quello che ci ha portato Loïc dal Tibet.»

Erwan non si diede nemmeno la pena di rispondere. Morvan se ne versò una tazza aspirando il profumo speziato. Beveva quella miscela ogni sera prima di andare a dormire. «Ti hanno incaricato dell'inchiesta?» gli chiese.

«Non c'è nessuna inchiesta, lo sai bene.»

«Marot era un impiccione della peggior specie», dovette ammettere. «La maggior parte di quello che scriveva era falso e gli scandali che ha sollevato si sono dissolti nel nulla.»

«L'hai fatto uccidere tu, sì o no?»

«Non è che ogni volta che muore qualcuno puoi dare la colpa a me.»

«Se Marot aveva scoperto qualcosa di imbarazzante, sei tu quello che avrebbero chiamato.»

«Tra i giornalisti e il potere esiste un accordo perverso: si lascia che svelino i loro pseudoscandali a patto che non tocchino gli argomenti davvero scottanti.»

«A cosa stava lavorando Marot?»

«Chi se ne frega? È storia vecchia.»

«Non posso credere che tu lo abbia fatto ammazzare senza battere ciglio.»

Morvan si sedette sulla poltrona accanto al divano dove stava suo figlio. «Sai cosa diceva Le Duc Tho, il generale vietnamita? "A questo mondo muore una persona ogni secondo. È bene che di tanto in tanto una di queste morti serva a una causa."»

«Le Duc Tho era un fanatico.»

«Insignito del premio Nobel per la pace, però.»

«L'ha rifiutato!»

Morvan sollevò la tazza. «Ben detto, figliolo.»

«A quale causa è servita la morte di Marot?»

«La sola che valga davvero: l'ordine del paese. L'unica domanda che dovresti farti è: come e perché il nuovo Uomo Chiodo sa tutte queste cose?»

«Sono abbastanza grande per riuscire a condurre due inchieste alla volta. Se scoprirò qualsiasi cosa che dimostri la tua colpevolezza in questo caso ti farò cadere. Pagherai per tutti i tuoi crimini, te lo giuro.»

«Pago ogni santo giorno, credimi, a modo mio. Con l'Uomo Chiodo a che punto sei?»

«Non ho alcuna ragione per parlarne con un testimone. Anzi, con un sospettato. Ogni volta che facciamo un passo avanti nelle indagini il tuo coinvolgimento in questa faccenda diventa sempre più evidente.»

Il figlio aveva messo il dito nella piaga. Il sollievo che Morvan aveva provato per Gaëlle si stava dileguando insieme ai vapori dell'infuso. «Allora torna al lavoro invece di venire qui a rompermi i coglioni!» ribatté con irritazione.

«Sei stato tu a dirmi di concentrarmi sui fatti, la provenienza dei chiodi e tutto il resto.»

«E quindi?»

«I chiodi sono importati da una società lussemburghese: la Heemecht. La conosci?»

Morvan ignorava che la Heemecht spedisse quella vecchia ferraglia. L'assassino stava cercando di implicare anche l'italiano? L'unica certezza era che il suo movente si trovava in Africa centrale. «Sai già la mia risposta. I chiodi chi li compra?»

«Lartigues.»

Dunque c'erano ancora degli elementi importanti che gli sfuggivano... Una lezione di umiltà per l'uomo onnipotente che credeva di essere.

«Anche Montefiori è stato a Lontano?» riprese suo figlio.

«Sì.»

«Come Di Greco?»

«Dove vuoi arrivare?»

«Cosa avete fatto in Africa per suscitare così tanto odio?»

Morvan bevve una sorsata bollente e rispose in tono vago: «È passato così tanto tempo...».

Erwan si diresse verso la porta senza aggiungere una parola.

«Sta' attento, Erwan. Troppe piste non fanno una strada, ma un labirinto.»

«È la frase del giorno?»

Scomparve giù per le scale, lasciando suo padre seduto in poltrona.

Morvan si alzò a fatica e andò a chiudere la porta. Il cassetto del comodino era ancora aperto. Prima di richiuderlo prese in mano la pistola, una Beretta 92FS in acciaio inox con quindici proiettili da 9 mm Parabellum nel caricatore più un colpo in canna.

«*Si vis pacem, para bellum*», mormorò.

«Se vuoi la pace, prepara la guerra» era il detto latino da cui derivava il nome di quelle cartucce. Rimise l'arma al suo posto.

Lui non aveva fatto altro che prepararsi alla guerra per tutta la vita, eppure non aveva mai trovato la pace.

109.

«La fermata del metrò è Jacques-*Bonsergent*!»

Il giovane poliziotto arrossì mentre pronunciava quelle parole: doveva averne piene le scatole di tutte le battute provocate da quella omonimia. Gaëlle lo trovava piuttosto carino. Sotto l'effetto dei sedativi, galleggiava in una specie di dormiveglia e la presenza di quel verginello era come una dolce ninnananna.

Nonostante indossasse una tuta e avesse un giaccone sulle spalle, sapeva che il suo fascino era rimasto inalterato. Gli aveva proposto di fare due passi fino in fondo al corridoio. Accanto ai distributori delle bevande c'era una finestra a vasistas. Gaëlle aveva voglia di una sigaretta. Anche il novellino. Ora stavano fumando mentre con la coda dell'occhio controllavano che non ci fossero infermiere nei paraggi, come due studenti in un corridoio dell'università.

«Non è sexy essere bloccati tutti e due qui?» lo stuzzicò.

Sergent arrossì ancora, senza rispondere. Tirava lunghe boccate, come se quella fosse l'ultima sigaretta di un condannato a morte.

«Ti hanno detto cos'ho fatto?» insistette lei.

«Mi hanno raccontato che...» Esitò. «Insomma... in avenue du Président-Wilson...»

«Il grande salto, caro il mio Jacquot, puoi ben dirlo...»

Gli parlava come se stesse rivolgendosi a un bambino, in un tono di voce tenero e familiare, leggermente canzonatorio. Il suo interlocutore doveva avere più o meno venticinque anni, ma era già curvo, come schiacciato dal suo abito a buon mercato.

Il poliziotto gettò il mozzicone fuori dalla finestra e le lanciò un'occhiata. «Cos'è che l'ha spinta... a tanto?»

«Progetti che non sono andati a buon fine.»

«Ma insomma... lei...» Non terminò la frase. I suoi occhi parlavano per lui: come aveva potuto arrivare a quel punto, lei che aveva tutto per essere felice? Ai ricchi si perdona ogni cosa, tranne la disperazione.

«Sai almeno cosa faccio per vivere?»

«Lavora nel cinema?»

«Quella è la mia copertura. In realtà faccio la puttana.»

«Ah!» Sergent divenne paonazzo. Non sapeva che cosa dire né tanto meno che cosa pensare. Gaëlle era la figlia di uno dei poliziotti più temibili di Francia e la sorella del suo capo.

«All'inizio», proseguì lei con la voce impastata, «mi dicevo che mi sarebbe stato utile per la carriera, ma poi ci ho preso gusto. D'altronde è comprensibile, a tremila euro a notte, no?»

Le sue tariffe non superavano mai i mille euro, ma si stava divertendo a tormentare quel poveretto. Lui aveva senz'altro sognato che con i suoi aneddoti da investigatore della Omicidi avrebbe avuto un giorno di che scandalizzare le ragazze. Gaëlle però in quell'ambiente ci era nata – e ai piani più alti – e ora giocava a fare l'anticristo.

«Io... In effetti, sì», balbettò. «È interessante.»

«E non c'è solo la grana. C'è anche il piacere.»

«Perché... insomma... può anche essere... piacevole?» Sergent faticava a restare in sella; a ogni parola rischiava di finire per terra.

«Male che vada, uno se ne frega», continuò lei con perversa crudeltà. «Quando va bene, invece, ci si prende gusto. Ma non è mai doloroso né degradante. Io...»

Un rumore nel corridoio. Entrambi voltarono la testa nel medesimo momento, aspettandosi di veder apparire un'infermiera. Non c'era anima viva. Nel reparto sotto chiave il silenzio si dilatava in una soffocante sensazione di catastrofe imminente...

«Vado a controllare», disse Sergent, fin troppo felice di potersi sottrarre a quella conversazione.

«È me che dovresti sorvegliare, non gli altri.»

«Vado lo stesso a dare un'occhiata. Non si muova.»

Il poliziotto aveva ritrovato la sua autorità. Si eclissò. Gaëlle si rimise la giacca sulle spalle. Aveva freddo. Aveva caldo. Sentiva il sapore dei medicinali in fondo alla gola. In un'altra vita quel ragazzo le sarebbe anche potuto piacere: dolce, gentile, una creatura da accarezzare, da coccolare a ogni ora del giorno e della notte...

I sedativi la autorizzavano a sognare senza provare vergogna. Perché facesse effetto il trattamento con gli antidepressivi ci sarebbe voluta almeno una decina di giorni. Nel frattempo, tranquillanti in dosi da cavallo.

Erano anni che non metteva piede in un istituto psichiatrico. Stranamente non era mai stata ricoverata al Sainte-Anne: in Francia i malati mentali vengono smistati in base al codice postale, non ai sintomi. Fu pervasa da un orgoglio perverso al pensiero di essere finalmente riuscita a farsi internare in quel luogo: la Mecca dei pazzi.

Che diavolo stava facendo Sergent? Non sentiva più i suoi passi, che sembravano essere stati assorbiti dalla penombra. Nell'attesa, si accese un'altra sigaretta.

Non aveva ancora incontrato il suo medico curante, ma nel corso della giornata aveva incrociato i compagni di reparto: una paranoica che sospettava che il suo psichiatra le stesse distruggendo le ovaie con le onde elettromagnetiche, un vecchio ossessionato dall'idea che uno dei reparti dell'ospedale portasse il suo nome, un altro che voleva una TAC per poter contare le pieghe del proprio cervello... Tutto nella normalità.

All'improvviso le luci si spensero. Istintivamente si guardò il polso. Niente orologio. Era senz'altro l'ora del coprifuoco. I suoi occhi si abituarono all'oscurità. Nessun rumore, nessuna presenza.

Ma dov'era Sergent?

Buttò la sigaretta e decise di andare a cercarlo.

110.

Erwan aveva ordinato a Kripo di tornare a casa a cambiarsi. Quello, offeso, lo aveva mandato al diavolo e gli aveva detto di andarci da solo, alla festa di Lartigues. Come voleva: l'alsaziano avrebbe sicuramente trovato qualcosa con cui tenersi occupato fino all'alba, tabulati telefonici o altro (Erwan lo aveva incaricato di procurarsi la cartella clinica di Redlich). Ora, mentre era in fila lungo la cintura ferroviaria di villa du Bel-Air, meditava su come avesse salvato il suo vice da una figura ridicola: il dress-code di quella serata non c'entrava nulla con le sue pagliacciate da marchese.

Un uomo nudo dipinto di nero dalla testa ai piedi indossava una mascherina alla Zorro. Un altro portava un mantello di lattice e un enorme collare chiodato. Una creatura, né uomo né donna, in equilibrio su un paio di scarpe con la zeppa, era infilata in un body purpureo sopra il quale aveva un tutù rosa. La sfilata continuava sullo stesso tono, perdendosi sotto i platani della Petite Ceinture. Quella fauna sembrava in attesa di un treno diretto verso un aldilà terrificante.

La cosa che più lo impressionava era il silenzio. Le creature della notte non si scambiavano né una parola né un sorriso. Avevano senz'altro ricevuto disposizioni: il vicinato non doveva essere disturbato.

Arrivò il suo turno. «Ti hanno informato male. Non puoi entrare vestito così.»

Il tizio era obeso calvo e depilato. Portava una museruola e una benda traforata all'occhio sinistro e aveva addosso soltanto un corsetto con stecche di titanio o carbonio. Nel pettorale, che fungeva sia da armatura sia da bustino, erano inserite delle cannule per flebo.

«Sono mascherato», ribatté.

«Da cosa?»

«Da poliziotto.»

«Molto divertente.»

Erwan aprì la giacca per mostrare la pistola infilata nella fondina termoformata. «Vuoi vedere il distintivo?»

Esitazione.

Erwan insistette: «Sono un amico di Ivo. Controlla pure».

Il portiere se ne fregava che fosse un amico intimo di Lartigues, un poliziotto o uno della Yakuza. A lui interessava solo il suo abbigliamento. Alla fine decise che un fusto taciturno con i capelli tagliati a spazzola sarebbe potuto andare bene. Ingresso gratuito: il piacere era tutto del padrone di casa.

L'atelier appariva trasformato. Le sculture erano sparite o erano state coperte con teli scuri. Al loro posto c'era una folla allucinata, una moltitudine scaturita da un delirium tremens in fase terminale che si dimenava al ritmo delle luci stroboscopiche. Il battito sordo che si percepiva dall'esterno lì era un baccano infernale, una musica simile al suono di macchine utensili al massimo della potenza.

Il lattice imperversava. Alcuni si accontentavano di un accessorio, altri ne erano completamente ricoperti, compresa la testa. Ancheggiavano con eleganza, privi di sesso e di identità, fondendosi con la musica come organi bollenti. C'erano anche militari: nazisti, Fidel Castro, Khmer rossi. Simulacri di genocidi, di torture, di serial killer si muovevano al passo dell'oca sotto le casse che rigurgitavano alti e bassi da far tremare le ossa.

Erwan notò anche gli adepti del fetish medico di cui faceva parte Anne Simoni. Le infermiere, poco numerose (troppo volgari), cedevano il posto a handicappati strizzati in armature di ferro, a Mister Betadine nudi e dipinti di arancione dalla testa ai piedi e a Miss Laccio Emostatico legate come pezzi d'arrosto con corregge di caucciù. I sadomaso, in minoranza, mimavano scene di sottomissione e dominazione: severi signori travestiti da notai con sigaretta e bocchino e dandy oppiomani del diciannovesimo secolo in vestaglia avanzavano carponi, tenuti al guinzaglio da ragazze che parevano uscite da un reportage naturalistico: cagne arruffate, leopardi dalla lunga coda, pantere dal manto setoso...

Mentre si apriva un passaggio tra la folla, Erwan scopriva nuovi stili, nuovi deliri: mummie ricoperte di bende, camicie di forza, marinai in stile *Querelle de Brest*, suore in finta pelle... Per non parlare dei seni, delle lingue e dei visi forati, delle spalle e delle cosce coperte di scarificazioni. Quanto ai tatuaggi, il sottotesto della serata era inscritto su colli, fianchi, braccia, petti...

Non era semplice sadomaso. Non era un'orgia. Non era nemmeno una festa. Bevande alcoliche e droga erano vietate, come ricordavano gli avvisi appesi un po' dappertutto, e il buffet era vegetariano. Una riunione di extraterrestri che, Erwan dovette ammetterlo, possedeva un suo strano fascino.

In una seconda sala, affollata come la prima, dal soffitto pendevano ganci da macellaio ai quali erano appesi dei corpi. Esseri umani vivi, disposti in orizzontale, galleggiavano quietamente al di sopra della confusione generale, con la pelle tirata da quegli ami giganti. Sulla pista si ballava, si urlava, ci si spingeva in una ressa indiavolata. I suoni distorti delle chitarre si mischiavano ai fischi dei trapani e ai bassi martellanti. Mangiatori di fuoco facevano la parte del leone provocando una ola a ogni nuovo geyser.

Erwan si ritrovò in un corridoio scuro, illuminato soltanto da monitor che trasmettevano immagini raccapriccianti: una ragazza si faceva strappare i denti con una tenaglia; un adolescente dall'aspetto efebico veniva spellato vivo; interventi chirurgici si svolgevano sotto una luce cruda... Impossibile capire se quelle atrocità fossero vere o simulate.

Nuova sala. Cambio di atmosfera. Niente più musica né luci stroboscopiche. La stanza era arredata secondo i principi dell'architettura giapponese: solo legno, niente chiodi né cemento. Erwan capì che Lartigues aveva aperto il proprio appartamento agli ospiti.

Si fece largo per assistere allo spettacolo: una paffuta giapponese nuda, legata dalla testa ai piedi, gemeva e si torceva come un bruco prigioniero di un bozzolo di seta; un dominatore stava terminando di immobilizzarla con estrema cura. Erwan alzò i tacchi quando si accorse che gli stava venendo un'erezione. Cominciava a essere ipnotizzato da quella serata anomala. Sudava, si sentiva eccitato, era come un'arma carica in mano a un bambino: da un momento all'altro sarebbe potuto partire un colpo...

Per quanto riguardava l'inchiesta, stava soltanto perdendo il tempo. Cosa sperava di trovare fra quei disturbati? Il nuovo Uomo Chiodo?

Stanza successiva. Ritorno della marea sonora. Funk degli anni Settanta. Svastiche luminose alle pareti. In un angolo buio vide un assembramento. Una donna gigantesca – doveva essere alta quasi due metri – era appesa per le braccia e aveva le gambe divaricate bloccate con cinghie di contenzione. Il suo corpo, issato a un metro da terra, sovrastava i presenti. Era completamente ricoperta di lattice nero, a eccezione dell'inguine, nudo e depilato. Le labbra della sua vulva si spalancavano come petali di un'orchidea. Erwan, vinto dalla generale follia, pensò alle volute di una conchiglia e alla doppia elica del DNA... Davanti alla sue cosce aperte, un nano a torso nudo, coperto di corregge di cuoio come un gladiatore, danzava roteando le spalle, mulinando le braccia troppo corte in mosse disco e facendo vorticare la testa come se il collo fosse azionato da qualche prodigioso meccanismo. Il sesso della donna sembrava pronto a inghiottirlo...

Erwan aveva già sentito parlare del fist-fucking, ma quello che vide portava una simile pratica a un livello del tutto nuovo. Distolse lo sguardo e si stava facendo largo a gomitate tra la folla quando vide un tipo con addosso una tuta carminio appoggiato a un deambulatore. Il diavolo rosso si tolse il cappuccio: era Redlich. Al collo portava un enorme Cristo crocifisso che sorrideva come se provasse piacere per le proprie ferite.

«Che diavolo ci fa qui?» domandò il poliziotto tentando di nascondere la sorpresa.

«Quello che fa lei: guardo.»

«È un membro della comunità?»

«Non c'è nessuna comunità. Quando siamo insieme, esiste. Quando ci separiamo, non esiste più.»

Redlich si allontanò dal gruppo. Erwan lo seguì, notando che il suo deambulatore era irto di lame di rasoio.

«Le piace?» gli chiese l'etnologo.

«Non male come ballo in maschera.»

«Si sbaglia. Questa sera nessuno è in maschera. Il vero carnevale è quando andiamo al lavoro, durante la settimana, con la cravatta e la borsa a tracolla. La società ci obbliga a travestirci. Qui torniamo a essere noi stessi.»

Non era il luogo ideale per una conversazione filosofica.

«E il sangue?» urlò Erwan. «Gli orrori sugli schermi?»

«Il corpo è soltanto un veicolo.»

«E i tipi che pendono dai ganci? Le ragazze appese?»

«La sofferenza ci eleva. Pensi a Gesù... Siamo tutti mutanti.»

«Questa pagliacciata», chiese Erwan per farla finita, «ha qualche rapporto con la magia yombe?»

Lasciando il suo letale deambulatore, Redlich gli si aggrappò al braccio. «Mi aiuti. Venga con me.»

Il poliziotto lo sorresse come se si trovassero nel parco di una casa di riposo. Mentre avanzavano, le sonorità funky si facevano più lontane lasciando il posto a nuove vibrazioni techno. Redlich gli aveva messo un braccio attorno al collo. Erwan avvertiva il calore del lattice sulla nuca.

La nuova sala somigliava alle precedenti: luci stroboscopiche, pavimenti in cemento, *Blitzkrieg* sonora. L'unica differenza era la folla, divisa in due gruppi. Due ali di corsetti, bardature, museruole e protesi si fronteggiavano a distanza di cinque metri. Si osservavano, si ammiravano, come se attendessero che qualcuno aprisse le danze per un ballo all'antica, un minuetto o una quadriglia.

Poi tra le volute di fumo entrarono alcuni uomini calvi, con lunghi mantelli di pelle, che trasportavano sulle spalle una portantina di legno chiusa da tendine nere. Nella stanza si diffuse un brusio che in breve superò le pulsazioni della musica. I vari Fantômas, le ballerine barbute e i militari con i baffi impomatati si avvicinarono tentando di scorgere la divinità che si celava dietro la stoffa. Erwan li seguì: si trovava in mezzo a una setta il cui guru finalmente era arrivato.

Quando la cortina si aprì, gli invitati si ritrassero urlando. La lettiga trasportava una donna nuda nella stessa posizione in cui Anne Simoni era stata ritrovata sul quai: ginocchia raccolte sotto il mento, braccia legate attorno alle gambe. Il corpo era completamente ricoperto di chiodi, pezzi di vetro e lame.

La portantina passava oscillando tra la folla. La passeggera in realtà era una scultura di resina a grandezza naturale, un semplice manichino da esposizione. I chiodi, gli specchi rotti e la corda provenivano sicuramente da una comune ferramenta. Era uno spettacolo ridicolo e ripugnante allo stesso tempo, ma la venerazione dei discepoli era reale. Al passaggio di quella Vergine martirizzata le braccia si levavano, il mormorio si faceva più alto.

Erwan si voltò con l'intenzione di andarsene. Qualcosa lo colpì alla gamba destra. Abbassò lo sguardo: Ivo Lartigues lo squadrava dalla sua sedia a rotelle. Era completamente fasciato con garze e bende mediche, come una mummia. Solo il volto era libero, cosparso di cenere grigia che gli conferiva l'aspetto di uno spettro carbonizzato.

«Sta cercando un sospettato?» disse ridendo. «Io gliene offro trecento!»

111.

Gaëlle aveva cercato in tutto il reparto: nessuna traccia di Sergent. Rassegnata, era tornata ad aspettarlo in camera. Non poteva credere che il poliziotto l'avesse mollata in quel modo. Prima di tutto non era il tipo da disobbedire agli ordini, inoltre sembrava apprezzare la sua compagnia. O almeno era quello che sperava lei...

Altro giro. Percorse nuovamente il corridoio. Solo la luce soffusa dei lampioni che penetrava attraverso le finestre le permetteva di orientarsi. All'improvviso si fermò. Un rumore proveniente da una camera. Tese l'orecchio. Era uno scroscio simile a quello prodotto da una canna da giardino. La porta era socchiusa. Dalla stanza filtravano brevi lampi di luce.

Decise di arrischiarsi a dare un'occhiata, ma le ci vollero diversi secondi per capire ciò che stava vedendo. Una tenda era stata tirata attorno a un letto su cui era disteso un uomo. Un getto di sangue gli usciva dalla gola, al ritmo regolare delle pulsazioni. Una figura inguainata in una tuta nera se ne stava immobile accanto a lui. Gaëlle capì con raccapriccio che i lampi luminosi erano prodotti dal flash di un cellulare puntato in direzione del moribondo.

Riuscì a ricostruire gli elementi del quadro. La vittima era senz'altro Jacques Sergent. Il fotografo era l'assassino, vestito come uno di quei pagliacci che incontrava nei ritrovi fetish. Dai recessi della sua memoria Gaëlle recuperò anche il nome dell'indumento di origine giapponese che indossava: *zentai.*

In quel preciso momento l'assassino si voltò verso di lei.

Senza riflettere, la ragazza cominciò a correre lungo il corridoio.

Si ritrovò davanti alla porta del reparto: chiusa, naturalmente. Si guardò alle spalle, con il cuore in gola, aspettandosi di vedere il mostro che la inseguiva: nessuno. Forse non l'aveva vista? Adocchiò una porta aperta. Entrò e si ritrovò in una camera vuota. Due letti senza materasso. Armadi di metallo. Un bagno.

Ci si infilò e si rannicchiò sul piatto della doccia, nascosta dietro la tenda di plastica. Si pentì subito di averlo fatto: sarebbe stato il primo posto in cui l'assassino avrebbe guardato. Tuttavia aveva bisogno di un rifugio dove poter riflettere. Se avesse chiamato qualcuno, avrebbe rivelato la sua posizione. Gli altri malati, intontiti dai medicinali, non avrebbero potuto aiutarla. L'ideale sarebbe stato battere sulle tubazioni o sui radiatori. Negli istituti psichiatrici qualsiasi rumore metallico faceva scattare l'allarme, anche quando gli infermieri toccavano per sbaglio qualche conduttura con le chiavi. Ma lei non aveva niente con sé: le era stato tolto tutto.

Era bloccata in una trappola in cui si era cacciata lei stessa. Nell'oscurità aveva l'impressione che i secondi si dilatassero. A scuoterla non era un semplice tremore, ma vere e proprie convulsioni. Sinistra ironia, proprio lei che solo la sera prima aveva tentato di uccidersi ora non voleva più morire.

D'un tratto ebbe un'altra intuizione. Jacques Sergent sicuramente aveva un passe-partout. Doveva uscire dal suo buco, tornare in quella camera e frugargli nelle tasche.

Alla peggio avrebbe trovato un cellulare per chiamare Erwan.

Scostò la tenda, terrorizzata all'idea che l'uomo in *zentai* fosse lì dietro con il coltello in mano. Nessuno. Scivolò fuori dal bagno e lanciò un'occhiata in corridoio. *Nessuno.*

Se n'era andato? Chi era? Un matto scappato da un altro reparto? No. La tuta e la facilità con cui era riuscito a entrare dimostravano che non era tenuto in ostaggio dall'ospedale. Anzi, era lui a tenere in ostaggio quel posto, e lei in particolare. Era Gaëlle il suo vero obiettivo. Aveva incontrato Sergent e l'aveva eliminato. Tutto lì.

Corse verso la stanza del crimine, rasentando i muri come se così facendo potesse rendersi invisibile. Il corridoio era immobile come un paesaggio minerale. Respirava a fatica. L'aria sembrava rarefatta.

Rumore di passi alle sue spalle.

Trattenne un grido e si accucciò sui talloni sperando di confondersi nella penombra. I passi si fecero più vicini. Suole di gomma sul linoleum.

D'un tratto lo vide.

Un infermiere, o forse un semplice guardiano notturno: camice bianco e torcia elettrica. La paura le scivolò addosso come cera liquefatta. Balzò in piedi e corse verso di lui. Provò a gridare ma non riuscì a emettere alcun suono.

Era a venti metri quando vide la creatura spuntare dietro di lui.

Ancor prima che il suo cervello avesse il tempo di processare quell'immagine, se ne sovrappose un'altra: un braccio nero, una mano guantata, una lama che affondava nella gola. Poi un geyser di sangue che scaturiva dalla carotide dell'infermiere.

Gaëlle si appiattì contro il muro. La vittima si accasciò e cominciò a dibattersi al suolo, scossa da violenti spasmi. L'assassino fissava lei. O almeno era questa l'impressione che aveva, dal momento che il cappuccio era privo di aperture. Un ricordo improvviso: quel tipo di maschera altera la respirazione per assicurare un piacere dieci volte più intenso al momento dell'orgasmo.

Sarebbe voluta fuggire, invece restò paralizzata per terra, incapace di muoversi. Aveva le tempie strette in una morsa, le membra bloccate, la vista annebbiata...

L'assassino continuava a fissarla. Il suo volto completamente nero ricordava un pezzo di cuoio. Gaëlle si aspettava che le si avventasse contro, invece si abbassò e con tutta calma indossò il camice macchiato di sangue del cadavere. Lei capì che stava godendo. Feticismo. Perversione. Piacere degenere di un'anima senza più nulla di umano.

Che senso aveva provare a scappare? Non c'era via d'uscita. Del resto, quando hai esaurito tutte le possibilità, ti resta solo l'impossibile. Pensò alle chiavi nelle tasche dell'infermiere che giaceva ai piedi dell'assassino.

D'istinto si lanciò contro l'uomo incappucciato. Prima che quello potesse reagire lei era già sul cadavere e frugava nelle tasche dei pantaloni. Niente chiavi. L'altro sollevò il braccio per colpirla. Gaëlle lo schivò buttandosi su un fianco e tornò alla carica. Un tintinnio alla cintura: sentì il mazzo sotto le sue dita, legato a un portachiavi estensibile.

Una mano la sollevò. Il coltello macchiato di sangue si abbatté su di lei. Con un salto all'indietro fece perdere l'equilibrio al suo aggressore. Si ritrovò seduta per terra. Niente chiavi, ma almeno si era liberata. Distese la gamba e lo colpì al ginocchio, apparentemente senza provocare danni.

La mano guantata la afferrò per i capelli. Gaëlle continuava a dibattersi e sferrò un altro calcio, che raggiunse il suo aggressore all'anca (aveva puntato alle palle). Questa volta il colosso indietreggiò dandole il tempo di alzarsi e scappare.

Era ancora in trappola e non aveva le chiavi. Attraversò la sala mensa, una stanza come tutte le altre dove al posto dei letti erano stati messi alcuni tavoli. Si precipitò alla finestra: anche quella non aveva maniglia.

Era bloccata lì. Nonostante il panico, riuscì a scorgere un passavivande con porte scorrevoli verticali alla sua sinistra. Il congegno che aveva fatto la fortuna di così tanti inseguimenti cinematografici era lì dove doveva essere. Con un gesto lo aprì e capì che avrebbe potuto raggomitolarsi all'interno.

Quando l'assassino si profilò sulla soglia – si era sbarazzato del camice –, lei si era già infilata nel compartimento e stava allungando il braccio per azionare il meccanismo.

L'ultima cosa che vide fu la mano nera tra le due ante che si chiudevano. Mentre la piattaforma piombava nell'oscurità, le venne in mente una battuta idiota: «La cena è servita!».

112.

Il soppalco dell'atelier, che in un'altra epoca doveva essere stato l'ufficio del capostazione, era isolato da una parete di vetro. Ora era diventato una cabina dove due fraticelli con saio e cuffie alle orecchie mixavano dietro la console. Lo spazio era insonorizzato: le esplosioni che provenivano da sotto si sentivano appena. A Erwan sembrava di essere nella cabina di pilotaggio di un bombardiere mentre, al sicuro, contemplava dall'alto gli effetti dei missili sganciati dalla stiva.

Dopo la sfilata della donna chiodo, Lartigues l'aveva condotto a un ascensore per farlo salire insieme a lui in quel rifugio.

«Dunque per voi l'Uomo Chiodo è un oggetto di culto?» chiese il poliziotto.

«Culto mi pare un po' forte... Diciamo che è diventato una specie di leggenda.»

«Il fatto che abbia ucciso nove donne non la disturba? Voglio dire: nove donne *vere*, nella vita *vera*.»

Il disabile azionò la sua sedia a rotelle e si appostò di fronte alla baia che si apriva su un mare di crani bianchi, cappucci lucidi e berretti impunturati d'oro. La portantina era stata deposta in fondo alla sala, come un altare sacro.

«Ho l'impressione che non abbia capito lo spirito dei no limit.»

«Devo ammettere che dopo un po' ho lasciato perdere.»

Lartigues si voltò verso di lui e lo squadrò. Quella notte il re era un faraone con gli occhi cerchiati di nero. «Si avvicini, dia un'occhiata.»

Il poliziotto obbedì controvoglia.

«Qui sono rappresentate tutte le tendenze: medica, militare, sadomaso... Ognuna di esse è una rappresentazione del potere. In realtà, tutti questi uomini e queste donne stanno rivivendo la loro infanzia.»

«Non ci sarei mai arrivato.»

«Alludo ovviamente al trauma che ha segnato la loro infanzia. La puntura del dottore, l'autorità della legge, rappresentata dall'uniforme militare, la dominazione dei genitori o l'angoscia della castrazione...»

Erwan capì che gli sarebbe toccato un corso accelerato di psicoanalisi.

«Gli adepti del fetish vogliono regolare i conti con il passato. Rivivere le ferite originarie sulla loro pelle di adulti, controllando le proprie emozioni, superando la paura. Dietro ogni costume si nasconde una rivincita. Si diventa il dottore, l'autorità, la minaccia, e chi recita il ruolo del paziente, del prigioniero, della servetta lo fa senza alcuna costrizione. Queste serate sono momenti catartici.»

Erwan si chiese quale costume avrebbe scelto lui per esorcizzare i terrori della sua infanzia. Con un certo disagio capì che lo stava già indossando: quello del poliziotto, quello del padre.

«E il lattice?»

«Il lattice...» ripeté Lartigues con un sospiro di piacere, «amplifica le sensazioni. Basta una corrente d'aria per farti gelare e qualche movimento per farti bruciare di calore. Quando si toglieranno la tuta, le persone che ora vede ballare potranno riempire bicchieri e bicchieri col loro sudore.»

«È disgustoso.»

«No, è il modo di vivere supremo. Si è nudi e coperti allo stesso tempo. Si diventa un semplice organo ricoperto di pelle.»

«Appunto: disgustoso.»

Lartigues scosse la testa. Il suo corpo bendato ricordava un albero morto avvolto nello Scottex. Erwan era indeciso se ridere o farsi definitivamente prendere dall'angoscia.

«Ha sentito parlare della vorarefilia?»

Quella parola non prometteva niente di buono.

«La fantasia di essere mangiati vivi», continuò l'artista, «senza essere morsi, senza subire ferite. Di ritrovarsi all'improvviso nello stomaco del serpente. Il lattice è proprio questo: un ritorno nell'oscurità uterina. Senza contare il piacere trasmesso dalla pressione.»

«Ah, già, dimenticavo...»

«Non sia così sarcastico. Il desiderio si fonda sempre su un ostacolo, una costrizione. Non ha visto quante cinghie, corregge, protesi ci sono stasera? Il corpo dev'essere costretto per poter godere di più quando è il momento.»

Erwan guardò l'orologio: quasi mezzanotte. Le cazzate erano durate abbastanza. Restandosene lì a contemplare quei dementi che si agitavano inguainati come salsicce o decorati con medaglie di plastica stava sprecando ore preziose. «Continuo a non capire cosa c'entrino l'Uomo Chiodo e le sue vittime.»

«L'Uomo Chiodo, quello vero, era un feticista. Cercava di proteggersi rivivendo i propri traumi.»

«Non si mascherava da melanzana. Uccideva delle donne.»

«Considerati i mostri da cui si sentiva minacciato, la sua sofferenza doveva essere intollerabile.»

«Lo sta forse giustificando?»

«Semplicemente non lo giudico. Se vuole incastrare l'assassino, farà meglio a entrare in empatia con la sua psiche e a lasciar perdere il suo sprezzante razionalismo.»

«Grazie del consiglio.» Prima di andarsene, decise di passare ad argomenti più concreti. «Secondo le nostre informazioni, Anne Simoni si dedicava a pratiche... molto particolari. Amava alcune tecniche invasive di tipo medico. Conosce qualcuno che abbia preferenze di questo tipo?»

«Gliel'ho già detto: non conosco nessuno.»

«Esiste un forum, un luogo dove gli adepti si tengono in contatto?»

«No. Le ripeto che non utilizziamo canali tracciabili. Niente nomi, nessun rapporto.»

Per un attimo Erwan ebbe la tentazione di chiamare una squadra di poliziotti e far portare tutti quanti in questura.

Rinunciò subito: inutile. E comunque non ne avrebbe avuto il diritto, visto che non stavano commettendo alcun delitto. Al massimo avrebbero potuto beccarsi una denuncia per schiamazzi notturni.

Si ricordò che Anne Simoni si riforniva in un negozio specializzato. Sarebbe stato più utile mandare là qualcuno l'indomani a spulciare tra l'elenco dei clienti, ammesso che esistesse.

«Che ne pensa di Sébastien Redlich?» gli chiese per concludere la conversazione.

«Redlich è un amico. Grazie a lui ho potuto comprendere meglio i meccanismi della magia yombe e fondare le mie opere su queste energie occulte.»

«Il nome di Jean-Patrick di Greco le dice qualcosa?»

«Di Greco... poverino. Un altro che ha risolto tutti i suoi problemi.»

Erwan aveva posto la domanda senza troppa convinzione. «Lo conosceva?»

«Certo. Era dei nostri da qualche anno.»

«Dei vostri? Credevo che questa comunità non avesse membri...»

«Alludo a una cerchia di amici interessati all'Uomo Chiodo e alla magia yombe.»

«Anche Redlich fa parte del fan club?»

«Sì.»

«Chi altro?»

«Mi pare nessuno.»

Un'altra bugia, ma forse dopotutto non aveva perso tempo. Nella sua mente si era formata l'immagine di una sacra triade collegata in un modo o nell'altro a quella serie di omicidi. Si congedò dalla mummia e si diresse verso l'uscita.

Stava percorrendo villa du Bel-Air quando sentì vibrare il telefono. Sullo schermo vide il nome di Levantin.

«Sono riuscito ad accedere allo schedario delle esclusioni», gli disse il tecnico senza preamboli.

«Chi è il parente della prossima vittima?»

«Tu.»

«Cosa?»

Levantin, che ostentava sempre una calma olimpica in ogni tipo di situazione, questa volta parlava con la voce rotta dall'agitazione. «Non ci si sono dubbi. Il tuo DNA è stato schedato più volte su diversi luoghi del crimine. I capelli della donna presentano un'elevata affinità cromosomica. Non hai una sorella?»

«Ti richiamo.»

Erwan riappese e compose immediatamente il numero di Kripo. «Invia subito i poliziotti più vicini all'ospedale Sainte-Anne. Vacci anche tu con gli altri, io sono già per strada.»

«Che succede?»

«Padiglione Broca. È dov'è ricoverata Gaëlle. Manda la cavalleria!»

113.

Kripo arrivò per primo. Audrey e Tonfa furono sul posto dieci minuti dopo. Quando giunse anche Erwan, i tre stavano già dirigendo le operazioni mentre alcuni poliziotti in divisa mettevano in sicurezza il perimetro, tutta l'allée Maupassant. I tecnici della Scientifica, in tuta bianca e mascherina, entravano nel padiglione come se fosse una zona contaminata in quarantena.

Nonostante a Parigi i medici legali non possano essere presenti sulla scena del crimine, Kripo aveva chiamato Riboise. I pazienti e il personale sanitario erano stati trasferiti negli altri reparti, in attesa di venire interrogati.

Restavano soltanto i cadaveri.

Due, secondo i primi accertamenti: Jacques Sergent e un infermiere di nome Philippe Battesti.

Sia l'uno sia l'altro avevano meno di trent'anni. Erano stati sgozzati con una lama dentata, forse un coltello da caccia o da combattimento. L'assassino aveva colpito entrambe le volte con un gesto deciso, recidendo l'arteria carotide esterna. La pressione sanguigna era bastata a dissanguarli in pochi secondi. Le vittime erano state paralizzate dalla coltellata. Era un evento rarissimo, considerato che, normalmente, anche in caso di ferite al cuore, il moribondo riesce sempre a muovere ancora qualche passo.

Due esecuzioni. Tecnicamente perfette.

Erwan ascoltava Riboise che parlava in cortile, con le luci bianche e blu dei lampeggianti delle macchine a fargli da contrappunto.

«Domani mattina troverai sulla scrivania il referto dell'autopsia di Pernaud.»

«Grazie. Ci pensi tu a questi due?»

«No. Adesso vado a letto. Sono settantadue ore che non dormo per colpa dei tuoi cazzo di chiodi. Mi sembra di aver passato tre giorni a pelare cactus. Quand'è che metti fine a tutta questa merda?»

Prossimo alla pensione, Riboise gli parlava come se lui fosse un ragazzino. Mentre il medico si allontanava, con la cartella in mano, Erwan si voltò verso Kripo. «Dov'è Gaëlle?»

«L'abbiamo portata nel padiglione Pinel, a cento metri da qui.»

«Dove l'avete trovata?

«Tra i cespugli, vicino a questo padiglione.»

«Come sta?»

«Considerato quello che ha passato, non troppo male.»

«È stata interrogata?»

«No. Aspettiamo.»

«Come ha fatto a scappare?»

«Per il passavivande, come nei film.»

Non c'era traccia di ironia nella sua voce: Kripo non avrebbe mai osato. Erwan lanciava occhiate a destra e a sinistra. Cercava suo padre, temendo di vederlo comparire tra i fari dei furgoni.

«Raccogliete tutte le prove. Ti organizzi tu con gli altri?»

«Consideralo fatto.»

«Il quartiere è bloccato?»

«Ci sono tutti i poliziotti della *rive gauche.*»

«Chi è arrivato per primo?»

«Un agente della stazione qui all'angolo, in boulevard de l'Hôpital. Rémy Amarson.»

«È qui?»

«Ci ha passato il testimone. È tornato alla stazione per scrivere il verbale.»

«Il sostituto procuratore?»

«Una donna. Sta arrivando.»

Erwan non chiese nemmeno come si chiamasse. Non gliene fregava niente. Rivolse allo Scriba un cenno esplicito: sarebbe toccato a lui occuparsi per l'ennesima volta delle scartoffie. «Vado da Gaëlle.»

Senza aggiungere una parola si diresse verso il padiglione. Nella luce intermittente dei lampeggianti, il complesso sembrava un villaggio di campagna in preda al panico. Si distinguevano un campanile, un edificio in mattoni di pietra che avrebbe potuto essere il municipio e case con i tetti di tegole rosse. Ai vetri delle finestre si scorgevano anche volti allucinati: i malati, che si erano tutti svegliati. Gli ricordarono dei bambini assaliti a casa loro. Contrariamente a quanto si pensa, in genere gli psicopatici sono estremamente vulnerabili. Statisticamente si trovano in cima alla lista delle persone aggredite per strada.

Quella notte qualcuno assai più folle di loro ne aveva profanato il territorio. Un lupo mannaro venuto a uccidere Gaëlle – ne era certo – aveva eliminato tutti gli ostacoli che si erano frapposti sul suo cammino.

All'ingresso del padiglione i poliziotti gli mostrarono la strada. Sua sorella era stata portata al terzo piano. Scale. Un brusio soffocato regnava in tutto l'edificio. I fuori di testa bisbigliavano. Gli infermieri montavano la guardia. Sui loro volti si leggevano paura e sgomento. Uno dei loro colleghi era morto, colpito da una pazzia estranea a quel luogo. Chi l'avrebbe mai detto. Il Sainte-Anne non si sarebbe dimenticato tanto presto quella notte in bianco.

Al terzo piano, nuovo check-point. Qualcuno lo scortò. Le plafoniere erano accese e i muri lividi brillavano come specchi. Su tutto aleggiava una tristezza aggressiva, oscena. Erwan non aveva ancora pensato a Jacques Sergent. Avrebbe dovuto rispondere anche di quello: aveva messo un giovane poliziotto di guardia davanti alla camera della sorella senza averne avuto l'autorizzazione. Dopo l'analisi dei capelli e delle unghie ritrovati nel corpo di Pernaud, avrebbe potuto sostenere che Gaëlle aveva bisogno di essere protetta. Ma era comunque responsabile della morte di un uomo di ventisette anni. Gli vennero in mente i funerali, i genitori, le medaglie alla memoria...

Bussò alla 322. Non ottenendo risposta entrò e trovò la

sorella che fumava seduta sul letto, senza lenzuolo né coperta. Notò che ai piedi portava un paio di ballerine, che sembravano accentuare la sua fragilità. Gli venne voglia di stringerla a sé ma non era il genere di cose che si facevano nella famiglia Morvan. Se anche dopo un tentato suicidio e un'aggressione non riusciva a esprimere la tenerezza che provava per la sua adorata sorellina, che cosa avrebbe mai potuto indurlo a manifestare il proprio affetto?

Si avvicinò, impettito come al solito, e le disse semplicemente: «Come stai?» nello stesso tono con il quale avrebbe ordinato: "Documenti, prego!".

Gaëlle alzò lo sguardo: piangeva a dirotto. «Abbracciami», sussurrò.

Erwan si inginocchiò e la strinse con dolcezza. Era come porcellana incrinata che poteva spezzarsi alla minima pressione. Non avrebbe saputo dire quanti secondi restarono così. L'unica sua certezza era che, almeno per una volta, la loro pelle non costituiva un'armatura.

Alla fine si rialzò e si mise davanti alla finestra, di nuovo rigido come un pezzo di legno. Era rientrato nel ruolo del poliziotto impassibile. O quello, o piangere fino all'alba.

«Cos'è successo?»

«Non lo so...» rispose lei accendendosi un'altra sigaretta con il mozzicone della precedente.

Buttò a terra la cicca e la schiacciò sotto il tallone. Sul linoleum ce n'erano già diverse. Finalmente raccontò la sua storia: una specie di incubo a occhi aperti in cui un assassino vestito di lattice aveva compiuto un vero e proprio massacro. Ed Erwan nel frattempo si trovava al ballo dei vampiri di villa du Bel-Air. Non poteva credere che fosse solo una coincidenza.

Con voce spenta, Gaëlle aggiunse un dettaglio surreale: «La tuta che aveva addosso si chiama *zentai.* Il cappuccio non ha buchi. La maglia consente di vedere e respirare, anche se non perfettamente».

Lui ripensò agli uomini organo di Lartigues. "La vorarefilia." Si ricordò anche delle foto viste qualche ora prima alle pareti dell'atelier. Una raffigurava una testa completamente rivestita di cuoio. "È tutto collegato", si disse. «Ti sei mai messa una cosa del genere?»

«Piantala. Basta avere un minimo di vita sociale per saperlo.»

Gaëlle terminò il racconto della sua fuga rocambolesca attraverso il passavivande. Erwan non riusciva a concentrarsi. Gli sembrava che tutto si muovesse all'incontrario: la sorella che aspirava il fumo invece di espirarlo, le sue parole che anziché uscire dalla bocca si infilavano in fondo alla gola.

Si passò una mano sugli occhi per allontanare quell'allucinazione. A quel punto Gaëlle scoppiò a ridere tra una boccata e l'altra, come se si trovasse nell'area fumatori di una stazione. Erwan non era sicuro che lei avesse capito fino a che punto era stata fortunata. Un vero miracolo. Il secondo in ventiquattr'ore.

«Chi è questo tipo?» gli chiese facendosi improvvisamente seria.

«È troppo presto per...»

«Cercava me?»

Esitò prima di rivelarle la verità. «Credo che fosse l'assassino di cui parlano tutti i giornali.»

«Il tipo dei chiodi?»

«Esatto.»

«C'entra qualcosa con quello che il papà ha arrestato quando era in Africa?»

«È lo stesso.»

«Non era morto?»

«Sì, è morto, ma quest'altro fa esattamente ciò che faceva lui. È come una specie di... reincarnazione. Mi sto occupando io delle indagini.»

«Hai qualche pista?»

«Niente di concreto... Sento che questo caso mi sta sfuggendo di mano.»

«Perché prendersela con me?»

«Vuole vendicarsi del papà.»

«Per via del primo assassino?»

«Qualcosa del genere, sì.»

«E il papà cosa dice?»

«Pensa che il tipo sia soltanto una pedina all'interno di una vendetta più ampia. Una punizione divina... Lo sai com'è.»

Gaëlle sorrise osservando l'estremità incandescente della sigaretta. «Finalmente pagherà per i suoi peccati?»

La baciò su una guancia. Scottava.

«Non mi importa se pagherà o no. Ma non voglio che a farne le spese sia un'innocente come te.»

«Non sono mai stata innocente.»

La baciò di nuovo, come se avesse appena riscoperto un piacere dimenticato del quale ormai non avrebbe più potuto fare a meno. «Torno domani mattina.»

«Voglio andarmene da qui.»

«Vedrò cosa posso fare. Per il momento, però, cerca di dormire.»

Nel corridoio sentì vibrare il telefono.

«Ho appena parlato con Amarson, l'agente di boulevard de l'Hôpital», spiegò Kripo. «Hanno arrestato un tipo losco che potrebbe essere il nostro uomo. Una coincidenza incredibile: stavano tornando dal Sainte-Anne quando lo hanno incrociato per caso su boulevard Auguste-Blanqui.»

«Perché pensano che sia il nostro uomo?»

«Indossa una tuta di lattice, ha piercing dappertutto e...»

«Arrivo tra dieci secondi. Prendiamo la tua macchina.»

114.

«Mi permetta di presentarle il dottor Hervé Balaga», cominciò il capitano Amarson.

Prima di interrogare il sospettato, quel poliziotto dall'aria banale in giubbotto da pilota aveva voluto ricevere Erwan nel suo ufficio in compagnia di una specie di punk dinoccolato di una cinquantina d'anni, che portava un paio di occhiali a montatura quadrata e un chiodo liso di pelle nera.

«Tenuto conto di alcuni... particolari del soggetto in questione, ho convocato d'urgenza uno specialista di body art.»

Erwan e Kripo si lanciarono un'occhiata: quella notte aveva ancora in serbo delle belle sorprese.

«Ha già collaborato con me in un caso e ho potuto apprezzare le sue competenze in questo settore», proseguì il capitano. «Ha visto il sospettato e...»

«Prima di noi?»

«Non gli ha parlato. È stato un semplice... esame medico.» Si rivolse al punk. «Prego, dottore.»

Balaga aveva in mano un foglio pieno di scarabocchi. Si aggiustò gli occhiali e con una voce strascicata da critico di musica rock troppo avanti con gli anni cominciò: «Il soggetto è alto un metro e ottantasette e pesa quasi cento chili. Per me si tratta di un caso tipico».

«Tipico di cosa?»

Balaga si fermò e fulminò Erwan con lo sguardo: nessuna interruzione. «Body art. Body hacking. Transumanesimo. Fetish sadomaso art. L'obiettivo è sia decorare sia modificare il proprio corpo. Ho contato trentasette piercing di ogni forma e dimensione, comprese una fila verticale di chiodi in mezzo alla fronte e una cresta metallica sulla schiena.»

«Un attimo», lo interruppe Erwan. «Lo ha visto nudo?»

«Si trova in stato di fermo», intervenne Amarson. «Questi riscontri sono stati fatti durante la perquisizione.»

Era contro il regolamento: il poliziotto aveva aspettato l'arrivo del suo «esperto» prima di cominciare la perquisizione personale. Perché?

«Il soggetto ha anche alcuni impianti sottocutanei che formano dei rilievi insoliti sotto le tempie», proseguì Balaga. «Ho contato una quarantina di scarificazioni e marchi impressi a fuoco con la tecnica del *branding*. Porta lenti a contatto bianche e rosse e ha denti appuntiti di metallo. Ha estensioni in titanio ai lobi delle orecchie. La cosa più strana è la lingua biforcuta. È una modificazione corporea chiamata *tongue splitting*. Non mi stupirebbe se ci fosse anche un'incisione lungo la parte inferiore del pene, ma si è rifiutato di spogliarsi del tutto.»

Il sospettato sembrava uscito direttamente dalla festa di Lartigues. Era davvero l'intruso del Sainte-Anne? Gaëlle aveva visto soltanto un uomo dal fisico atletico con addosso uno *zentai*.

«Tatuaggi?»

«No. Per un motivo evidente.»

«E cioè?»

«È nero. Molto nero.»

Erwan lanciò uno sguardo di rimprovero ad Amarson: non gli aveva menzionato quel particolare così importante. «Nazionalità?» chiese al capitano.

«Nigeriana.»

«Gli avete fatto l'etilometro? Un prelievo del sangue?»

«Solo l'etilometro. Pulitissimo. Non abbiamo potuto spingerci oltre: ha chiesto l'applicazione dell'*habeas corpus.*»

«Ma è o non è in stato di fermo?»

«Non è così semplice...» Il poliziotto mise sulla scrivania una passaporto di colore rosso su cui in lettere dorate era scritto: DIPLOMATIC PASSPORT. «È l'attaché culturale dell'ambasciata nigeriana a Parigi. Joseph Irisuanga, quarantotto anni, residente in avenue Raymond-Poincaré, nel XVI arrondissement. Celibe, almeno in Francia. Abbiamo verificato tutto. Non possiamo imputargli nulla. Anzi, siamo noi che abbiamo agito contro la legge. Il suo avvocato arriverà da un momento all'altro e lo farà rimettere subito in libertà.»

«E la sospensione dell'immunità?»

«Per quale motivo?»

«Abbiamo una montagna di indizi contro di lui...»

«Non abbiamo un bel niente, lo sa bene anche lei. L'unica cosa che possiamo fare è interrogarlo ancora una volta prima che arrivi l'azzeccagarbugli. Se ne occupi lei: dopotutto è di sua sorella che si tratta. Le auguro buona fortuna, perché non ha aperto bocca da quando l'abbiamo portato qui.»

Erwan si alzò. «Non ho abbastanza informazioni. Perché è stato arrestato?»

«Sembrava completamente fatto. Barcollava in mezzo alla strada con la sua tuta di finta pelle.»

«Mi è stato detto che è di lattice.»

«Sì, esatto.»

«Ha cercato di ottenere maggiori informazioni sul suo conto?»

«Non è facile a quest'ora, ma abbiamo buttato giù dal letto l'agente di collegamento della Nigeria a Parigi. Mi è sembrato terrorizzato: Irisuanga è un tipo importante al suo paese.»

«Lavora davvero all'ambasciata?»

«Più che altro è il proprietario di una galleria in rue de Seine.»

Nuova coincidenza. Con un po' di fortuna, Irisuanga poteva vendere *minkondi* del Basso Congo a Lartigues e Redlich.

«Inoltre», proseguì Amarson, molto più informato di quanto volesse far credere, «in Nigeria sembra essere una vera celebrità. È stato un campione olimpico.»

«In che disciplina?»

«Corsa. Non ho capito quale prova in particolare. Ha vinto un oro o un argento ai Giochi di Los Angeles nel 1984, quando aveva vent'anni.»

L'atleta che correva così veloce sulla passerella del cargo

a Marsiglia. Una galleria che *forse* vendeva statuine mayombe. Il profilo fetish e lo *zentai.* Il fatto che si trovasse vicino all'ospedale Sainte-Anne pochi minuti dopo l'aggressione di Gaëlle...

Erwan si rivolse al medico punk. «Ne sa qualcosa di serate fetish?»

«Fa parte delle mie competenze.»

«Ha mai sentito parlare dei no limit?»

«In questo ambiente sono il massimo. Sotto questo nome i più sciroccati di tutti si ritrovano per...»

«Lo sapeva che ce n'è stato uno questa sera?»

Il medico e il capitano si lanciarono un'occhiata.

«Organizzato dal loro guru, Ivo Lartigues, vicino a porte de Vincennes.»

«In questo caso è probabile che Irisuanga stesse tornando da lì», replicò Amarson. «Quando l'abbiamo fermato, era diretto verso place d'Italie.»

Erwan non staccava gli occhi da Balaga. «Lartigues: lo conosce o no?»

«Sì. È uno scultore e anche un guru, come dice lei. È molto noto nell'ambiente del body modding.»

«Sébastien Redlich?»

«Mai sentito nominare.»

«Dobbiamo andare», sibilò Amarson. «Quando arriverà l'avvocato, non...»

«Lo interrogo da solo», lo avvertì Erwan. «Nessuno entra in quella cazzo di stanza finché non ho finito.»

115.

Joseph Irisuanga non sembrava provenire da questa terra. All'altezza delle tempie aveva due corni sottocutanei e una fila di chiodi gli scendeva dalla cima della fronte fino alla base del naso. Niente sopracciglia. Iridi degli occhi rosse. Orecchie penzolanti. Il risultato avrebbe potuto essere qualcosa di artificiale, ripugnante o comico, ma il nigeriano sembrava rivelare in questo modo la sua vera natura: un mutante fatto di carne e di ferro.

Erwan gli si sedette di fronte e si sforzò di apparire naturale. «È uno *zentai*?» buttò lì ostentando una tranquilla indifferenza.

Nessuna risposta.

«Non le dà fastidio quando respira?»

Nessuna risposta.

Erwan si chiese se capisse il francese. In realtà il sospettato non aveva alcun interesse a parlare. Gli sarebbe bastato attendere l'arrivo del suo avvocato per potersene andare con le mani in tasca, sempre che la tuta glielo consentisse.

Irisuanga prese in mano il bicchiere di caffè – un'attenzione del comitato di accoglienza – e lo sollevò come se volesse brindare con Erwan. Sotto il lattice si indovinavano le unghie appuntite. Il nigeriano era un eccellente candidato per il ruolo del predatore del Sainte-Anne.

«So chi è», gli disse finalmente.

Un invito al dialogo.

«Ci conosciamo?»

«L'ho vista alla festa poco fa.»

«C'era anche lei?»

«Le sembra che stia tornando dall'Opéra?»

Da uno con una faccia simile Erwan non si sarebbe mai aspettato quei modi rilassati, quello humor. Joseph Irisuanga aveva una voce dolce e profonda. Parlava un francese perfetto, quasi senza accento: le sue sillabe parevano foderate di velluto.

Erwan vide profilarsi un alibi. «C'era parecchia gente mascherata questa sera.»

«Lo sa che appartengono tutti a universi diversi?»

«Sì, me l'hanno spiegato un paio di amici: Lartigues e Redlich.»

«I maestri di cerimonia...»

«Li conosce?»

«Fratelli di sangue.»

«È un modo di dire?»

«No.»

Erwan scelse di riprendere il caro vecchio tono da sbirro. «Lartigues e Redlich potranno confermare la sua presenza in villa du Bel-Air tra le dieci e l'una?»

«Non sono i soli: una trentina di persone sono in grado di farlo.»

«Quando è stato fermato, andava nella direzione opposta. Dov'era diretto?»

Il nigeriano sorrise. Erwan si stava abituando al mutante.

«Non so di cosa mi stia accusando, ma se l'unico indizio che ha è il mio senso di marcia, non mi pare che sia partito molto bene...»

«Risponda.»

«Ho lasciato la festa intorno all'una», disse sbuffando per la stanchezza. «Ho preso un taxi in boulevard Soult. Mi ha lasciato all'angolo con rue de la Glacière.»

«Questo non mi dice dove stava andando: sui suoi documenti c'è scritto che abita nel XVI arrondissement.»

«Si dovrà accontentare della mia risposta. Non voglio coinvolgere nessuno in questa storia.»

«Il taxi di che compagnia era?»

«Non ne ho idea. Faccia le sue ricerche: un cliente come me non passa certo inosservato.»

«Dove si trovava nella notte tra venerdì 7 e sabato 8 settembre?»

«A Lagos, in Nigeria.»

«Quando è arrivato a Parigi?»

«Domenica alle sette di sera.»

«Ci sono testimoni che possono confermarlo?»

«La mia famiglia. Diversi ministri. Chiami la compagnia aerea. Stiamo solo perdendo tempo qui, sia io sia lei.»

Erwan fece finta di non aver sentito. «Lei è proprietario di una galleria d'arte.»

«Direi piuttosto azionista e gestore.»

«È specializzato in arte africana?»

L'altro rise, rivelando i canini letali. I suoi occhi rossi lo fissavano con la stessa precisione di un puntatore laser. «Un negro non può far altro che importare statuette dal suo paese, no?»

«Credevo che...»

«La galleria Onyx espone alcuni tra i pittori e i fotografi più in voga del momento. E nessuno di loro è africano.»

Irisuanga gli stava sfuggendo di mano come una saponetta. Nonostante il suo aspetto, i rapporti con Redlich e Lartigues e la vicinanza con la scena del crimine, non avrebbe potuto fare nulla per incriminarlo o tenerlo in stato di fermo.

«Quale religione professa?»

«Appartengo a una chiesa pentecostale di Lagos.»

«Non è animista?»

«Un altro luogo comune. Che cosa sta cercando, uno stregone?»

«Me lo dica lei...»

Il nigeriano cominciava a perdere la pazienza. «In Africa siamo tutti animisti. I culti hanno nomi diversi ma la foresta è sempre quella. E anche gli spiriti.»

«Le credenze yombe le dicono qualcosa?»

«Vengono dal Congo, no?» D'un tratto prese un beffardo accento africano. «Congo essere molto lontano da me, padrone.»

Sapeva molto bene di essere intoccabile.

«Dove ha studiato?»

«A Oxford.»

«Cosa?»

«Letteratura inglese e storia dell'arte.»

«Non medicina?»

«No.»

«Non ha mai praticato la chirurgia? Mai tagliuzzato i suoi amichetti fetish?» Erwan si era alzato in piedi, con l'aria truce. Doveva salvare l'onore. Quella era di sicuro la prima e l'ultima volta che sarebbe riuscito a interrogarlo. Irisuanga lo guardava dal basso all'alto, con estrema calma. Aveva appoggiato le mani sul tavolo: sul dorso, anelli sottocutanei formavano rilievi simili a vene circolari.

«Me ne sbatto delle sue cazzate», disse il nero con voce stanca. «Se vuole incriminarmi per gli omicidi dell'Uomo Chiodo, dovrà trovare qualcos'altro.»

«Non ho parlato né di omicidi né dell'Uomo Chiodo.»

Il nigeriano scoppiò in una crassa risata, fredda come il cristallo. «Quindi mi sarei tradito? Dopo gli articoli sui giornali? Dopo lo spettacolo da Lartigues? Cosa crede? Che un africano non sappia fare due più due?»

Erwan si diresse verso la porta e la spalancò. «È libero di andare, signor Irisuanga.»

«Sono sempre stato libero.»

In corridoio trovò ad attenderlo Amarson, con l'aria preoccupata. «L'azzeccagarbugli è arrivato», gli disse a bassa voce.

Irisuanga li raggiunse sulla soglia: squadrò i due poliziotti con disprezzo. Meccanicamente, Erwan si mise la mano in tasca ed estrasse il cellulare. Lo accese e controllò i messaggi. Levantin. Lo richiamò.

«Okay», cominciò subito l'esperto. «Al settantaduesimo campione prelevato su Anne Simoni abbiamo trovato un sangue diverso dal suo.»

«Dove, di preciso?»

«Dietro l'orecchio sinistro, come si fa con lo champagne.» Fece una risata amara. «Senz'altro un gesto scaramantico...»

«Di che gruppo?»

«Zero negativo. Abbiamo avuto fortuna. Se fosse stato zero positivo, ce l'avremmo avuto in quel posto. È il gruppo di Anne Simoni e Ludovic Pernaud.»

«Qualcosa di particolare?»

«Si tratta di un gruppo molto raro, ma c'è comunque qualche milione di sospettati.»

«È particolarmente diffuso tra le popolazioni africane?»

«No, non mi pare, ma verificherò.»

In fondo al corridoio, Irisuanga discuteva con il suo legale, anche lui di origine africana. Il nuovo arrivato non aveva niente a che fare con quegli avvocati che si presentano in commissariato trafelati e scarmigliati per tirare fuori i loro clienti. Sembrava uscito direttamente dalle pagine di «Vogue», benché fossero le tre del mattino.

«Da questo campione puoi ricavare un cariotipo?»

«Ci stiamo lavorando.»

«Fa' le stesse analisi anche su Ludovic Pernaud.»

«Stai scherzando?»

In quel momento l'uomo dagli occhi rossi si voltò e gli lanciò uno sguardo divertito. Passarono alcuni agenti in divisa. Erwan non ne era sicuro ma aveva avuto l'impressione che il mutante gli avesse fatto l'occhiolino.

«Un'ultima cosa», disse Levantin. «Forse non è niente, ma abbiamo già uno zero negativo.»

«Chi è?»

«Thierry Pharabot in persona. Ho verificato sulla sua cartella clinica dello Charcot.»

Erwan non voleva credere a uno scenario tanto terrificante quanto irrazionale: l'Uomo Chiodo che tornava dal regno dei morti...

«Pharabot è stato cremato nel 2009 e abbiamo diversi milioni di candidati per il suo ruolo. Richiamami quando hai qualcosa di nuovo.»

Uscì alla ricerca di Kripo. Il suonatore di liuto stava chiacchierando con i piantoni sul marciapiede mentre si rollava una sigaretta. «Allora?» gli domandò distrattamente. La stanchezza non faceva che sottolineare la sua naturale indifferenza.

«Meglio che non me lo chiedi. A che punto sei con le cartelle cliniche di Lartigues e Redlich?»

«Dovrebbero arrivare domattina.»

«Mi serve anche quella di un certo Joseph Irisuanga. Fatti dare le sue generalità. Ti avverto, non sarà facile: è nigeriano ed è protetto dall'immunità diplomatica.»

Kripo non parve spaventato da quella nuova difficoltà. Si infilò la sigaretta in bocca e tirò fuori il quaderno degli appunti. «Vuoi sapere se è vaccinato?»

«Voglio conoscere il suo gruppo sanguigno e quello degli altri due. Tutte le cure che hanno ricevuto da quando sono nati.»

Non riusciva a togliersi un'idea dalla testa: sul corpo di Anne Simoni c'era il sangue di Pharabot. Impossibile pensare che fosse una semplice coincidenza. Allo stesso tempo, si trattava di un prodigio inspiegabile.

«Irisuanga. Credi sia stato lui al Sainte-Anne?» volle sapere il suo vice.

«Penso che dovremmo lasciare il certo per l'incerto.»

«Cioè?»

«Dietro tutta questa faccenda c'è Pharabot, e non solo come modello.»

«Non capisco niente di quello che stai dicendo.»

Erwan scoppiò a ridere. «Neanch'io, devo ammettere...»

116.

Gaëlle stava funzionando con il generatore di riserva, come un computer in caso di temporale o di corto circuito. Non assorbiva più nessuna energia né sensazione dal mondo esterno. Ciò nonostante nel dormiveglia captò il rumore della porta della sua camera che si apriva lentamente. Non riconobbe subito la figura che vide sulla soglia.

Dovette accendere la luce per riuscire a identificarla. L'ultima faccia che si aspettava di vedere in quel posto: Sofia Montefiori in persona.

«Posso entrare?»

Erano le quattro del mattino (le avevano ridato l'orologio) e Sofia era radiosa. Aveva una freschezza inossidabile, una vitalità inalterabile da neve perenne. Eternamente bella: senza stagioni, senza tregua.

«Certo», rispose con voce roca, ravvivandosi istintivamente i capelli.

L'italiana prese una sedia e si mise accanto al letto.

«Sei venuta con Loïc?»

«Dovrai abituarti a vedermi senza di lui.»

«Certo...» mormorò Gaëlle. «I poliziotti ti hanno lasciata entrare... a quest'ora?»

«Dimentichi che anch'io mi chiamo Morvan.»

Sorrise. Avrebbe voluto trincerarsi dietro la sua abituale aggressività ma non ne aveva più la forza. «Hai saputo?» domandò facendo uno sforzo per mettersi a sedere.

«Loïc mi ha telefonato.»

«Voglio dire... tutto quanto?»

Sofia annuì tirando fuori un pacchetto di sigarette. «Si può fumare qui, vero?»

L'odore della camera era in sé una risposta a quella domanda. Gaëlle osservò la cognata accendersi una Marlboro. Era sempre stata invidiosa del suo incarnato, ma in quel momento notò qualcosa di diverso: ora che la guardava da vicino, l'italiana aveva le occhiaie e la pelle lucida, un po' grassa. Con stupore si accorse anche delle rughe agli angoli degli occhi. Le chiamavano zampe di gallina, ma quelli erano piuttosto artigli d'aquila. Il divorzio?

«Ne vuoi una?»

«No, grazie. Ne ho già fumate troppe. Sei stata gentile a venirmi a trovare.»

«Volevo parlarti di una cosa.»

Ogni volta che abbassava le palpebre Gaëlle tornava a vedere l'assassino incappucciato. Se apriva gli occhi, era ancora peggio: impressi sulle pareti beige le apparivano i corpi di Jacques Sergent e dell'infermiere, scossi dalle convulsioni.

Sofia cominciò a raccontarle una storia assurda secondo la quale i loro due padri si conoscevano da decenni e avevano combinato in segreto il matrimonio dei figli allo scopo di riunire le loro quote della Coltano. Sembrava così ossessionata da quelle scoperte da non accorgersi nemmeno che tutto quello che stava dicendo era ridicolo se paragonato alla violenza di quella notte.

A Gaëlle venne da ridere. I piani del Vecchio non la stupivano, ma l'idea che per causa sua anche l'eredità della coppia perfetta potesse andare distrutta le dava uno strano piacere.

«Cosa ne pensi?»

Trasalì. Aveva smesso di ascoltare per un momento. La stanchezza. I sedativi. «Cosa?» sussurrò.

«Che ne pensi della mia proposta di alleanza?»

«Alleanza?»

«Dobbiamo metterli in ginocchio. Trovare il modo di...»

«Lascia perdere. Ci ho rinunciato.»

«Da quando? Perché?»

«Forse per via del mio volo dal terzo piano. O per il tentato omicidio. Non saprei...» rispose con aria sognante.

Sofia le prese la mano. «Ti capisco», disse, in un tono pieno di rimprovero che lasciava intendere l'esatto contrario. «Ma non dobbiamo farci fregare. Quei due stronzi ci manipolano da quando siamo nate e...»

«Cosa vorresti fare? Mandarli sul lastrico? Non hai i mezzi e finirai per rovinarti con le tue mani. Denunciarli? E con quali accuse? Per avere combinato il vostro matrimonio? Per la legge francese non è nemmeno un reato...»

La contessa indietreggiò sulla sedia, con l'aria delusa. «Non ti riconosco più.»

«Nemmeno io, e la cosa non mi dispiace.»

Sofia si alzò in piedi senza darsi la pena di sistemarsi la gonna, un modello di Chloé che Gaëlle aveva trovato in avenue Montaigne. "Questa è per l'italiana", si era detta, "non per me."

Stava per uscire quando cambiò idea e tornò sui suoi passi. Dal suo volto era scomparsa ogni traccia di collera e di delusione.

«Volevo dirti anche un'altra cosa...»

"Finalmente..." Gaëlle aveva capito subito che non era venuta soltanto per sapere come stava o per cospirare con lei contro i loro padri.

«Sono andata a letto con tuo fratello.»

«Siete ancora sposati, no?»

«Non con Loïc, con Erwan.»

Gaëlle scoppiò in una fragorosa risata. Quella notizia non la stupiva: l'italiana e il poliziotto si erano sempre piaciuti – e senz'altro riconosciuti – senza saperlo. «Attenta», scherzò. «Anche se è bravo a nasconderlo è ancora più sciroccato di Loïc.»

117.

«È l'unica soluzione.»
«Sicuro?»
«Altrimenti non riusciremo a convincerli.»
«Allora procediamo.»
Le sette del mattino. Morvan camminava nervosamente nell'ufficio a mezzaluna di Loïc. Appena aveva saputo dell'aggressione di Gaëlle si era precipitato al Sainte-Anne. Non aveva visto nessuno: la piccola si era riaddormentata ed Erwan se n'era già andato. Dopo di allora non aveva più avuto notizie né della prima né del secondo.

Con in testa una massa di pensieri incoerenti era andato a svegliare Loïc per sistemare almeno il casino della Coltano. Aveva rinunciato al suo primo piano: rispedire Gaëlle tra le braccia dei tre banchieri in modo da convincerli che l'informazione che aveva dato loro era una fregatura. Non era più il caso di coinvolgerla: sua figlia aveva già abbastanza problemi.

Doveva dunque affidarsi agli specialisti. Secondo Loïc l'unico modo per sistemare le cose era far crollare il prezzo delle azioni. Inizialmente i tre banchieri avrebbero pensato a una fluttuazione prima del grande rialzo ma poi si sarebbero convinti che la dritta che avevano avuto era un bidone: non esisteva nessun nuovo giacimento. A quel punto si sarebbero affrettati a vendere. L'inconveniente di questa strategia era che Morvan avrebbe dovuto liquidare le proprie azioni per provocare il crollo del titolo. In altre parole, avrebbe dovuto rovinarsi con le proprie mani per salvarsi la pelle.

«E i neri come faranno a saperlo?» chiese preoccupato Grégoire.

«Come sempre: dai loro consulenti finanziari.»

«Si faranno prendere dal panico.»

«Ricompreremo le azioni più tardi, e a un prezzo più alto. L'andamento del titolo si stabilizzerà.»

Morvan sorrise: un *seppuku* finanziario.

«Kabongo mi strapperà le palle.»

«Avvertilo, informalo del piano. Poi, quando gli altri non sospetteranno più nulla, voi due potrete cominciare a sfruttare i nuovi giacimenti.»

Il Vecchio annuì: preferiva non confessare che lo sfruttamento era già cominciato. Continuava a camminare, le mani in tasca. Istintivamente diffidava di questo tipo di proiezioni. Da quando era iniziata tutta quella faccenda non aveva mai visto una previsione avverarsi, in nessun campo. La vita ha sempre più immaginazione degli uomini.

In realtà le cose importanti erano altre. Fingevano di discutere come uomini d'affari navigati ma erano ancora in stato di shock. In meno di ventiquattr'ore Gaëlle aveva cercato di suicidarsi ed era scampata a un tentato omicidio. C'era un assassino a piede libero che stava attaccando a viso aperto il suo clan. I loro calcoli da ragionieri contavano davvero poco.

«E i lussemburghesi?» si informò Loïc. «Ci stanno anche loro?»

«Me ne occupo io.»

Aveva già chiamato Montefiori: gli andava bene, nessun problema. Aveva anche colto l'occasione per interrogarlo sui famosi chiodi importati dalla Heemecht. L'italiano aveva detto di non saperne nulla. Perché no? Dopotutto la sua azienda trasportava migliaia di container all'anno. Ma un poliziotto non doveva mai lasciare nulla al caso, e quello era l'ennesimo problema che andava ad aggiungersi agli altri.

«Chi sono?» insistette Loïc.

«Ti ho detto che ci penso io.»

Il figlio fece un gesto di rassegnazione. Morvan lo osservava con la coda dell'occhio: gli sembrava più vigile del solito.

Dopo il tentato suicidio della sorella, era piombato in una strana apatia, tanto che il Vecchio aveva temuto una ricaduta: eroina o alcol. Ma la coca pareva bastare a rimetterlo in sesto. A meno che Sofia non gli avesse già parlato e lui stesse soltanto aspettando il momento buono per far esplodere la propria collera a proposito del matrimonio combinato...

"In ogni caso, prima regoliamo la questione della Coltano e poi a te penso io, caro mio." Aveva già deciso che avrebbe spedito per l'ennesima volta Loïc in una clinica specializzata per una disintossicazione in piena regola.

Restando in argomento, aveva già prenotato un posto anche per Gaëlle all'istituto Les Feuillantines di Chatou, una struttura che prendeva in cura ricchi pazienti affetti da depressione. Conosceva molto bene quel posto: lui stesso si era fatto ricoverare lì più di una volta. I suoi uomini l'avrebbero protetta. Niente più poliziotti né funzionari, solo agenti abituati ad avere a che fare con colpi di stato e attentati terroristici.

Rimaneva Erwan. Non aveva ancora avuto l'occasione di dargli una strigliata, ma questa volta si sarebbe fatto sentire: l'assassino continuava ad avvicinarsi alla loro famiglia e il figlio sembrava incapace di arrestarlo o identificarlo.

«Quindi posso contare su di te?» riprese piazzandosi davanti alla scrivania.

«Aspetta», disse Loïc alzando le mani, «non è sicuro al cento per cento. Ci rimetteremo e forse non riuscirò a ricomprare tutte le azioni. Inoltre bisognerà andarci cauti, per non far aumentare troppo il valore del titolo. Se le mie previsioni sono corrette, al momento del rapporto annuale le azioni avranno riguadagnato il valore attuale. Nessuno ci vede, nessuno ci becca...»

Morvan si chinò sul piano della scrivania. «L'unico vero rischio è che i neri scoprano i nuovi giacimenti. Distraili, che si concentrino sui giochi di borsa e si dimentichino di quanto c'è in ballo. E soprattutto che non pensino che li abbiamo voluti fregare. Se anche dovessimo rimanere in maniche di camicia, non sarà poi così grave: ci rifaremo con i minerali estratti.»

Parlare lo aiutava a chiarirsi le idee: stava navigando a vista, tra i consigli di quel cacasotto di suo figlio, le minacce del clan Kabila e le aggressioni dell'assassino dei chiodi.

Loïc fissò il padre. Aveva gli occhi così azzurri che era impossibile guardarli troppo a lungo senza essere colti dalle vertigini, come succede quando si osserva il cielo. Morvan capì che Sofia non gli aveva ancora parlato.

«Non è che poi te ne pentirai?» chiese Loïc.

«Chiamami quando avrai venduto tutto.»

Il figlio sollevò la cornetta. «Oggi è domenica, ma provo comunque a fare qualche telefonata.»

118.

Alle otto e mezzo Erwan piombò in commissariato e chiamò a raccolta la sua squadra.

Aveva dormito appena due ore, si era fatto una doccia veloce e si era cambiato. All'alba aveva ricevuto le prime informazioni mediche sui sospettati. Nessuno di loro era zero negativo. Un altro buco nell'acqua. Attendeva le cartelle cliniche complete in mattinata.

Aveva detto ad Amarson di prendersela pure comoda con il verbale su Irisuanga. A ogni modo, la vera merda gli sarebbe piovuta addosso da un'altra direzione, da parte dell'avvocato del diplomatico nigeriano. Per quanto riguardava i due omicidi di quella notte, prevedeva una tempesta come raramente ne aveva viste. Fitoussi l'aveva già chiamato sei volte, la procura era in preda all'agitazione e i media avrebbero aperto la giornata con quella notizia, senza fare nessun collegamento – almeno così sperava – con le morti precedenti.

Ma Erwan aveva evitato il peggio: suo padre. L'aveva schivato all'ospedale e poi aveva staccato il telefono. Il confronto si preannunciava brutale. Il Vecchio, in completa malafede, gli avrebbe rinfacciato di non aver fatto tutto il possibile per proteggere la sorella e di essersi miseramente arenato nell'inchiesta.

Seduto alla scrivania, Erwan consultò il referto dell'autopsia di Ludovic Pernaud in attesa che arrivassero i suoi uomini. L'Uomo Chiodo aveva utilizzato le stesse tecniche, praticato le stesse mutilazioni, manifestato le medesime ossessioni. L'unica differenza era la cura con la quale aveva scuoiato la vittima. Secondo Riboise il modo in cui aveva condotto l'operazione confermava le sue competenze chirurgiche: il povero Pernaud era stato scorticato a regola d'arte.

Pensò per l'ennesima volta alla questione dello stupro anale: omosessualità che si esprimeva in un istinto di morte? Impotenza? Un collegamento con il movente della vendetta? Erwan non credeva alla pista di uno stupro passato o cose simili, e soprattutto non pensava che suo padre fosse implicato in un'aggressione a sfondo sessuale... Mise il referto nella pila dei verbali e si diresse verso la sala riunioni. Aveva le idee stranamente chiare e sentiva scorrere nel corpo un'energia febbrile, vere e proprie scariche elettriche.

Erano già tutti lì, in lutto. Il Sardina in un sobrio abito nero, Audrey con una bandana scura sui capelli color stoppia, Tonfa, mai come quel giorno boia di Londra, e Kripo in giacca di velluto verde bottiglia su un gilet di pelle scura. Il loro aspetto valeva più di mille parole: si sentivano tutti responsabili per la morte del piccolo Sergent. Nessuno avrebbe potuto prevedere l'aggressione di quella notte – il novellino avrebbe dovuto soltanto vegliare su Gaëlle e sulle sue pulsioni suicide – ma, in quanto anello debole, era compito loro inquadrarlo meglio, metterlo in guardia.

A rendere se possibile ancora più pesante l'atmosfera contribuiva anche un altro elemento: le opere di Pharabot, tornate dal laboratorio della Scientifica, se ne stavano ammonticchiate in un angolo della stanza, ciascuna nella sua busta di plastica sigillata, con l'espressione minacciosa e i corpi scolpiti rozzamente nella cartapesta.

Erwan decise di non fare commenti sulla morte di Sergent. Il modo migliore per rendere omaggio al collega era trovare l'assassino. Uno scambio di sguardi con Kripo funse da orazione funebre. Doveva un favore all'alsaziano: era stato lui a farsi carico di avvertire i genitori.

Provando a essere conciso, Erwan riepilogò i suoi sospetti. I nomi di Lartigues, Redlich e Irisuanga furono messi in cima alla lista. Senza riuscire a spiegare che ruolo quei tre perversi potessero avere in quella faccenda, chiese comunque un'indagine approfondita su ciascuno di loro entro il pomeriggio.

Da quando si era svegliato c'era un'idea che lo rodeva, ma per il momento non poteva parlarne con nessuno perché era troppo vaga. Un club di assassini. Uomini che avevano ucciso a turno, seguendo lo stesso modus operandi e ispirandosi al medesimo maestro: l'Uomo Chiodo. Il metodo era quello classico: ogni killer copriva i compagni colpendo quando gli altri non avrebbero potuto essere sospettati. A sostegno di quest'ipotesi non aveva niente, tranne un fatto: a ciascuno dei tre mancava un alibi. Lartigues avrebbe potuto uccidere Anne Simoni, Redlich Ludovic Pernaud e Irisuanga avrebbe potuto essere al Sainte-Anne. E perché no, al quadro si sarebbe potuto aggiungere anche Di Greco come assassino di Wissa. Erwan non escludeva che il suo club inizialmente fosse formato da un quartetto.

Storicamente non si erano mai verificati crimini seriali commessi da assassini diversi; l'unico precedente cui faceva riferimento era molto più che nebuloso: un vecchio film di Henri-Georges Clouzot, *L'assassino abita al 21*, dove tre omicidi si coprono a vicenda. Al contrario, le possibili obiezioni a questa ipotesi erano numerose: le competenze chirurgiche del killer, la sua esperienza come marinaio. Né Lartigues né Redlich né Di Greco né Irisuanga corrispondevano al profilo. Senza contare gli handicap fisici dei primi due e la malattia del terzo...

Così preferì tacere e lasciò la parola ai suoi uomini. Ma per l'ennesima volta si sentì ripetere lo stesso ritornello. Nessun risultato al Sainte-Anne (né tracce né testimoni). Nessun segno d'effrazione al padiglione Broca. Nessuna registrazione video dell'intruso. Sembrava un sortilegio.

In compenso il Sardina e Kripo avevano fatto una scoperta interessante. Uno aveva indagato su Pernaud, l'altro su Redlich. Confrontando i risultati delle loro ricerche, era emerso un inatteso collegamento fra i due sospettati.

«Pernaud era proprietario di diverse armi da fuoco», spiegò Favini. «Era iscritto al poligono di Galaney, negli

Yvelines, dove anche Redlich andava ad allenarsi tutti i fine settimana.»

Erwan si ricordò che quel vecchiaccio arcigno li aveva accolti con un fucile in mano.

«Redlich è un appassionato di tiro a volo», confermò Kripo. «Possiede almeno cinque armi da fuoco. Stando a quello che raccontano i suoi colleghi, ha una pessima reputazione. Quando era giovane, in Africa, era noto per avere il grilletto facile. Ha perso perfino il diritto di soggiorno in tutto il Congo.»

«Abbiamo confrontato giorni e orari delle loro visite al circolo», proseguì Favini. «È tutto registrato su computer. I nostri due uccellini si sono incontrati diverse volte nel corso degli anni. Secondo me andavano a sparare insieme.»

Redlich avrebbe dunque potuto avvicinare Pernaud senza destare in lui nessun sospetto (e forse era per questo motivo che aveva messo a soqquadro il suo appartamento, per cancellare ogni traccia della loro relazione). Quello che era certo era che Lartigues conosceva Anne Simoni e probabilmente le aveva anche fatto da mentore. Il suo ascendente su di lei era abbastanza forte da convincerla, martedì sera, a seguirlo sul suo Zodiac? Rimanevano ancora Irisuanga, sorpreso nelle vicinanze del Sainte-Anne, e l'incursione di Di Greco nella brughiera...

I fatti sembravano delinearsi, ma restava comunque un problema decisamente ingombrante: tre dei sospettati non avrebbero potuto fisicamente compiere quegli omicidi.

Kripo tornò proprio su quell'argomento. «Ho ricevuto le cartelle cliniche dello scultore e dell'etnologo. Su quella di Lartigues non risultano trattamenti per la sclerosi a placche e su quella di Redlich non c'è traccia di infezioni. Ho stampato la lista delle cure cui si sono sottoposti negli ultimi vent'anni: Lartigues non è quasi mai stato malato mentre Redlich ha assunto farmaci per le sue vecchie febbri africane. O il loro handicap è finto o non ricorrono al sistema sanitario nazionale e non chiedono rimborsi alle assicurazioni. La cosa non ha senso.»

Erwan era d'accordo: in Francia nessun malato si sarebbe mai dimenticato di battere cassa. A meno che l'artista e l'etnologo si facessero curare da un *nganga*... o si fingessero invalidi. Per avere un alibi? Non lo credeva. Quei due erano molto più furbi di così. «Continua a indagare», disse a Kripo. «Cerca di scoprire se sono davvero malati e che medicinali prendono.»

«Chiediamo un mandato di perquisizione?»

«No. Dobbiamo muoverci in punta di piedi.»

L'alsaziano fece una smorfia. Significava che gli sarebbe toccato tornare a rovistare tra i rifiuti dello scultore e dell'etnologo e perquisire le loro abitazioni di nascosto. «Sei sicuro che ci sia tempo per una cosa del genere?»

«Non mi pare che abbiamo molto altro di cui occuparci...»

«Non potremmo far mettere i loro telefoni sotto controllo?» propose Favini.

«Troppo complicato. E se anche avessero qualcosa da raccontarsi, non ne parlerebbero al telefono.»

«Li facciamo pedinare? Entriamo nei loro computer?»

«Non voglio né appostamenti né sorveglianza informatica. Mettiamogli alle costole soltanto un uomo, il più discretamente possibile. Sono già all'erta e possiedono un'intelligenza fuori dal comune. Cosa mi dici di Irisuanga?»

Tonfa aprì il fascicolo: pagine stampate da Internet, presentazioni di esposizioni recenti curate dal nigeriano, immagini di ciò che l'arte contemporanea è in grado di produrre di più oscuro e grottesco. «Sulla Onyx niente di sospetto. Secondo questi articoli, si tratta di una galleria molto in voga. Sono in attesa di un riscontro del suo alibi, ma la compagnia aerea ha confermato date e orari del volo a Lagos.»

Il Sardina alzò la mano. «Un'altra cosa: mi avevi chiesto di trovare le minute del processo di Thierry Pharabot. Ci sarebbe un fascicolo, ma è scomparso.»

«Com'è possibile?»

«Non si sa. In archivio mi hanno detto che capita spesso che si perdano interi faldoni.»

Pensò a suo padre. Una volta lo chiamavano il Ripulitore. Era stato lui a farlo sparire? «E in Congo?»

«Ho contattato la Corte d'appello di Lubumbashi. Mi hanno assicurato di avere ancora tutti gli atti. Dicono che ce li manderanno "quanto prima".»

«Ci credi?»

«Neanche un po'.»

«E in Belgio?»

«Il nostro ufficiale di collegamento mi ha promesso che avrebbe cercato.»

«Ti sembra affidabile?»

«Un pelo di più dei congolesi.»

Erano solo le nove del mattino. Erwan sapeva molto bene che cosa lo attendeva quel giorno: sfuriate da incassare, giustificazioni da dare e vuoti impossibili da colmare. Quello che aveva erano solo ipotesi, fantasmi e un enorme spazio bianco alla voce «prove». «E i corpi del Sainte-Anne?»

«Le autopsie sono in corso ma...»

«Levantin?»

«Nessuna notizia.»

«Al lavoro», concluse alzandosi in piedi. «Il punto a mezzogiorno.»

I poliziotti si guardarono: al lavoro su cosa, di preciso? Li salutò con un cenno del capo e tornò nel suo ufficio.

Si sentiva male. Nausea, fame, capogiri... Ma sapeva che non sarebbe riuscito a buttare giù niente. Aprì il frigo, afferrò una Coca-Cola Zero e si immerse nelle cartelle cliniche di Lartigues e Redlich. Appassionanti come un prontuario farmaceutico.

Bussarono alla porta. Apparve Levantin, con il suo atteggiamento da allegro contadino, circondato da un alone di luce degno dell'*Angelus* di Millet.

«Lo sai che possiamo anche sentirci al telefono, vero?» gli disse Erwan, irritato. «Non sei obbligato a venire qui ogni volta.»

Il coordinatore gettò sulla scrivania un fascicolo. «Il DNA del campione di sangue estraneo sul corpo di Anne Simoni appartiene a Thierry Pharabot.»

119.

Delle due cose l'una: o Pharabot era ancora vivo o – ipotesi più probabile – prima che morisse qualcuno aveva prelevato il suo sangue per conservarlo fino a quel momento. Erwan non era uno specialista, ma doveva essere possibile congelarlo senza alterarne la composizione.

Quell'idea lo ricondusse all'ipotesi di un fanatico che avrebbe potuto avvicinare Pharabot allo Charcot. Un medico? Un infermiere? Lassay, il direttore dell'istituto, aveva scartato quella possibilità, ma forse non ne era al corrente. Oppure aveva cercato di nascondere qualcosa di grosso.

Altra congettura: uno o più seguaci dell'Uomo Chiodo avevano pagato un secondino dell'OPG o un dipendente delle pompe funebri per prelevare il sangue dell'assassino prima della cremazione. Perché non Lartigues o un altro dei sospettati? Il club di assassini avrebbe sicuramente potuto voler conservare un souvenir del maestro. In generale, tutti i fanatici di villa du Bel-Air sarebbero stati capaci di spingersi fino a quel punto. «Prendete e bevetene tutti: questo è il calice del mio sangue...»

Di fronte a quell'ipotesi Levantin aveva mostrato qualche riserva. Gli aveva spiegato che normalmente il sangue non veniva mai congelato così com'era: prima dovevano essere separati i globuli rossi, il plasma e gli altri elementi corpuscolati... E il campione non aveva subito quel processo. In ogni caso, sempre secondo l'esperto, per conservare i globuli rossi bisognava aggiungere un crioprotettore, che avrebbe sicuramente lasciato qualche traccia. Sempre che non fosse stato eliminato in un secondo momento, ma un procedimento simile avrebbe richiesto un laboratorio attrezzato in piena regola. Dunque, per Levantin, Pharabot era ancora vivo. Erwan ne dubitava, e l'idea di un assassino capace di compiere operazioni così complesse non gli sembrava da escludere. Dopotutto sapevano già che il killer possedeva conoscenze in campo medico.

Comunque doveva tornare al più presto a occuparsi dell'origine del problema.

«Kripo?» disse al telefono. «Buona notizia: si torna in Bretagna.»

«Cosa? Ma...»

«Ho bisogno del mio Scriba preferito. Conto di riuscire a strappare qualche confessione circostanziata.»

«A chi?»

«Te lo spiego dopo. Tu intanto compra due biglietti sul primo volo per Brest.»

«Erwan...»

«Non voglio discussioni!»

«Non sto discutendo: volevo solo dirti che Michel Clemente, il medico legale della Cavale blanche, mi ha appena chiamato.»

«Perché non ha contattato me direttamente?»

«Sostiene che tu non rispondi mai.»

«Cosa voleva?»

«Si è rifiutato di dirmelo.»

Erwan aveva salvato il numero di Clemente sul cellulare. Chiamò subito.

«Dottore? Comandante Morvan, squadra Omicidi.»

L'altro lo salutò con cortesia. Dal tono di voce Erwan intuì che aveva ripreso il suo quotidiano trantran e ritrovato la sua dignità di medico legale di provincia. I giorni dei cadaveri fatti a pezzi dovevano essere ormai solo un ricordo.

Anche se forse un ricordo non così lontano.

«Volevo segnalarle un particolare veramente... sorprendente», disse Clemente.

«La ascolto.»

«Sto raccogliendo la documentazione relativa al caso di

Kaerverec. Se non ho capito male, dobbiamo farvi pervenire tutto quanto.»

«E dunque?»

«Mi sono ritrovato fra le mani un estratto della cartella medica di Jean-Patrick di Greco. Mi era stato mandato per l'autopsia e...»

«Non aveva la sindrome di Marfan?»

«Sì, certo. Perché me lo domanda?»

«Niente. Vada avanti.»

«Ho notato una discrepanza rilevante fra i miei riscontri durante l'autopsia e quanto riportato nella cartella. Riguarda il gruppo sanguigno. Sui documenti che ho ricevuto è A positivo. Secondo le mie analisi, invece, è zero negativo.»

«Si può cambiare gruppo sanguigno?»

«Solo in un caso.»

«Ovvero?»

«È piuttosto complicato da spiegare per telefono...»

«Ne parleremo di persona. Sarò alla Cavale blanche oggi pomeriggio. Mi aspetti all'istituto medico legale.»

«Vuole tornare solo per questo? Forse non è così importante. Potrei...»

«A tra poco.»

Riappese e si accorse di essere madido di sudore. Non era la prima volta che durante un'inchiesta assisteva a una simile accelerazione degli eventi. Dopo giorni di completa immobilità i fatti si moltiplicavano all'improvviso come cellule tumorali.

Guardò l'orologio: già le dieci. Non aveva tempo di passare da casa. Controllò gli effetti personali che teneva nell'armadio dell'ufficio. Beauty, camicia di ricambio, caricatori. Il kit del piccolo poliziotto in gita.

Bussarono alla porta.

«Avanti.»

Audrey si infilò dentro, con in testa la bandana nera.

«Cosa c'è?»

«Ti volevo dire una cosa a proposito di Pernaud. Abbiamo identificato un numero.»

Erwan mise giù la borsa da viaggio e le si avvicinò. Quando si diceva Pernaud, si diceva servizi segreti. E quando si diceva servizi segreti...

«Aveva un cellulare speciale che usava per chiamare sempre lo stesso numero.»

Si infilò le mani in tasca. Aveva già capito. «Quello di mio padre?»

Audrey esitò. Non l'aveva mai vista perdere il suo sangue freddo. «No, quello di tua madre.»

120.

Il volo Parigi-Brest decollava alle 13.40. Erwan aveva giusto il tempo di passare da Maggie. Impossibile rispondere alla convocazione di Fitoussi. Si era limitato a mandargli un SMS di scuse: «Un'urgenza».

Lungo il tragitto (guidava Kripo), nel caos che regnava nel suo cervello si moltiplicavano le supposizioni più assurde. Tra le più folli: Ludovic Pernaud era l'amante di Maggie. Oppure, non male nemmeno quella secondo la quale lei era complice di Morvan nell'organizzazione delle missioni segrete e delle altre manovre occulte al servizio dello stato. Ci sarebbe stato da ridere, anche se gli ci sarebbe voluto un cric per disserrarle le mascelle.

Non era facile tracciare un ritratto oggettivo della madre. Nei suoi confronti Erwan provava una sorta di esasperazione trattenuta. Le voleva bene, certo, ma in modo automatico. Quando pensava *veramente* a lei, sentiva montare dentro un'irritante miscela di compassione e di rancore.

Perché era rimasta con quel pazzo sadico?

Maggie viveva la propria condizione con un orgoglio mistico. Era il suo martirio, la sua crociata, sopportata in nome dei figli e dell'ordine borghese. Lei, che era stata una hippie spensierata e sfrontata, lei, che da giovane aveva sputato su tutti quei valori, ora li rispettava con una scrupolosità degna di una monaca benedettina.

Aveva lasciato il marito più volte. Aveva chiesto il divorzio. Aveva giurato che non sarebbe mai più tornata. Ma poi era bastata qualche promessa per ricondurla all'ovile. Il loro destino ricordava quello dei protagonisti delle tragedie greche o degli eroi della mitologia: qualsiasi cosa facessero, non riuscivano mai a sottrarsi al fato predetto dall'oracolo.

Avenue de Messine, domenica, ore 11.10. La tranquillità dei quartieri bene. Il sole filtrava tra le cime degli alberi. La calma di Parc Monceau rifluiva fin lì come un fiume le cui acque lambivano gli ingressi dei palazzi.

«Aspettami qui», disse Erwan a Kripo. «Non ci metterò molto.»

Rinunciò a prendere l'ascensore. Mentre saliva le scale, lo assalì un ricordo: sua madre in ospedale dopo un misterioso incidente. Lui, a nove anni, seduto nella sala d'attesa a leggere una rivista di arti marziali comprata dal padre. Sente il Vecchio spiegare al medico che sua moglie è caduta dalle scale. Capta la risposta del dottore: nonostante le fratture multiple, riusciranno a salvarle il braccio.

Erwan si concentra sulla sua lettura, stupito che nessuno evochi un'altra versione, quella che collimerebbe con i colpi e le grida che lui ha sentito e con le urla della madre quando lo stronzo l'ha buttata giù dalla tromba delle scale. Vede le parole fluttuargli davanti agli occhi. Stringe la rivista fra le mani. Ironia della sorte, si tratta di un numero speciale, dedicato alle star del cinema di kung-fu: Bruce Lee, Jackie Chan, Jet Li... Avrebbe voglia di scappare via. O di uccidere tutti quanti. Ma non riesce a muoversi. Confuso, si dice che se quel giorno non succederà nulla – se suo padre non finirà dentro e sua madre tornerà a casa –, allora la guerra sarà perduta per sempre.

Una settimana dopo Maggie era tornata con il braccio ingessato.

Suonò il campanello e si asciugò le mani sudate sulla giacca. Sua madre gli aprì dopo quasi un minuto, avvolta nel suo grembiule di stoffa riciclata. Si era sempre rifiutata di assumere qualcuno che l'aiutasse: un altro grande ideale che per lei si era risolto in una vita da sguattera.

«Erwan?» chiese in tono stupito. «Cosa succede?»

«Va tutto bene. Posso entrare? Non ci metterò molto.»

Maggie fece un passo indietro per lasciarlo passare. La bellezza le aleggiava ancora sul viso come un ricordo ormai logoro. Una radio gracchiava da qualche parte. Il salotto era un campo di battaglia: tappeti piegati, cuscini sfoderati, sedie impilate... In due giorni sua figlia si era buttata dalla finestra ed era scampata a un tentato omicidio, ma evidentemente niente poteva alterare il mandala dei lavori domestici.

«Mi serve per schiarirmi le idee», si giustificò lei. «E siccome oggi il nostro pranzo è saltato, ne approfitto per fare le pulizie di fino. Vuoi bere qualcosa?»

«Grazie. Resto solo qualche minuto. Devo prendere un aereo.» Non aveva tempo per frasi di circostanza e giri di parole. «Nel corso delle mie indagini è saltato fuori il tuo numero di telefono.»

«Come?»

«Una delle vittime ti ha chiamata tre volte il giorno prima di essere uccisa.»

Sua madre spalancò gli occhi sporgenti. A Erwan sembrò di poter distinguere ogni capillare in quel bianco vitreo. «Chi?»

«Ludovic Pernaud.»

«Mai sentito nominare.»

«Come te lo spieghi?»

«Lavorava con tuo padre?»

«Dimmelo tu.» Prese una sedia e si mise in mezzo al salone spoglio.

Maggie spostò con un piede l'aspirapolvere e si sedette su una chaise longue di velluto. «A volte usa il mio cellulare...»

«Per fare cosa?»

«I suoi uomini lo cercano sul mio numero solo per segnalargli che deve richiamarli.»

Quella confessione collimava con quanto aveva potuto constatare dai tabulati telefonici: tutte le chiamate di Pernaud erano durate appena qualche secondo. Ciò nonostante sentiva che gli stava mentendo. «Lo sai cosa fa il papà in place Beauvau?»

«È già molto tempo che ho smesso di chiedermelo.»

«Quando hai deciso di... smettere?»

Sua madre agitò il braccio, come a dire: "L'ho dimenticato". Erwan la osservava: quella mattina non riusciva a vedere nessuna delle due Maggie, né la svaporata che sgranocchiava semi messicani sognando un mondo migliore né la creaturina impaurita che rasentava i muri non appena sentiva il marito girare la chiave nella serratura. Tutt'a un tratto si domandò se non ne esistesse una terza: un essere glaciale che dietro quell'aspetto fragile celava una forza misteriosa e chissà quali segreti.

«Cos'è successo tra voi due a Lontano?»

«Non ricominciare con queste vecchie storie.»

«Rispondi.»

«Ci siamo incontrati durante la sua inchiesta.»

«Nel 1970? Io sono nato nel 1971.»

«Nel '69. È stato un vero colpo di fulmine.»

«Un colpo di fulmine. Tra te e il papà?»

«Ne abbiamo già parlato. I nostri... rapporti attuali non cambiano quello che è stato.»

«Mi ha detto che la vostra storia è stata segnata dalla violenza...»

«Non la nostra, quella dell'Uomo Chiodo. Le vittime si moltiplicavano. La cosa lo mandava... fuori di testa.»

Lui gli aveva propinato le stesse balle: testimonianze concertate, nel gergo della polizia giudiziaria. «A parte l'indagine, era coinvolto in qualche altro traffico?»

«Tuo padre cercava l'assassino e manteneva l'ordine a Lontano. Non si è mai occupato di nient'altro.»

«Finché non ha ereditato le miniere di manganese.»

«Questo è successo molto dopo, quando ormai aveva risolto il caso.»

«Cosa sapevi delle sue indagini?»

«Niente. Non me ne parlava. Non si fidava di nessuno.»

«Nemmeno di te?»

«*Soprattutto* di me. Era convinto che i bianchi proteggessero l'assassino perché era uno di loro, un colonialista sfruttatore. Per quanto possa sembrarti strano, all'epoca tuo padre era un idealista di sinistra. Voleva liberare l'Africa.»

«Durante l'inchiesta ha commesso qualcosa di illegale?»

«In Africa niente è illegale, e comunque ne aveva tutto il diritto. C'era una sola cosa che contava: trovare l'assassino.»

Erwan cercò di provocarla. «L'uomo che ti ha chiamato, la vittima del mio assassino, era anche lui un killer.»

Nessuna reazione. Si disse con ironia che Maggie aveva qualcosa in comune con Ludovic Pernaud: la passione per la pellicola da cucina.

«Qualche giorno prima di morire ha fatto un lavoretto», continuò. «Credo che abbia agito su ordine del papà.»

Non le parve sorpresa. Non aveva bisogno di quel genere di sospetti per sapere che suo marito era un assassino. Lei stessa era una sopravvissuta.

«Un lavoretto che riguardava un tizio impegnato a scrivere un libro sulle ex colonie africane», insistette Erwan.

«E tuo padre avrebbe ordinato la sua... eliminazione soltanto per questo?»

«Avrebbe potuto scoprire qualche segreto su di lui.»

«Sei diventato pazzo.»

Maggie aveva pronunciato quelle parole in tono sincero ma era chiaro che stava fingendo. Non poteva non essere al corrente delle attività segrete del marito. In quel momento Erwan pensò che magari era coinvolta.

Le undici e mezzo. Doveva andare. Si alzò e si diresse verso la porta.

«Non capisco perché mi fai tutte queste domande», disse lei seguendolo verso l'ingresso.

Si voltò bruscamente. «Da dieci giorni c'è qualcuno che crede di essere l'Uomo Chiodo. Ci sono già state tre vittime. Cinque, contando quelle del Sainte-Anne. Per la maggior parte collegate al papà. L'assassino sta vendicando Pharabot, capisci?» Le afferrò il braccio. «Sicura che non devi dirmi niente? Qualcosa che mi permetterebbe di identificarlo, di evitare altre morti?»

«No, ti giuro che...» Maggie si interruppe di colpo. Aveva gli occhi sbarrati, il collo tirato. In un attimo si era rimessa la maschera della vittima consenziente, pronta a incassare.

Erwan la lasciò andare provando un senso di disgusto: si era appena comportato come suo padre.

Scendendo le scale richiamò Audrey e le ordinò di trovare, a qualsiasi costo, qualche elemento che implicasse suo padre nel caso di Marot.

«Oltre a tutto il resto?» chiese lei, riferendosi all'inchiesta in corso sull'Uomo Chiodo.

«Oltre a tutto il resto, sì. Dobbiamo incastrarlo, porca puttana!»

Mentre usciva dal palazzo, ripensò alle parole della madre e si disse che doveva assolutamente procurarsi gli incartamenti del processo di Pharabot. "È l'unico modo per saperne di più su questa faccenda."

Un minuto dopo era in macchina.

«Tutto bene?» si informò Kripo.

«Fila. Ne ho piene le palle di perdere tempo.»

121.

Nella sua corsa contro il tempo, Erwan non era sicuro di avere fatto la scelta giusta.

Fra l'attesa in aeroporto, i controlli di sicurezza e il viaggio aveva buttato via altre due ore. Come se non bastasse, in aereo si era anche addormentato. Il sonno di un epilettico: tremori, convulsioni, bruschi risvegli, per ripiombare poi in uno stato di incoscienza fino alla crisi successiva. Non aveva letto nemmeno una riga.

L'impatto con la pista lo risvegliò completamente. Sull'asfalto piovevano lame di vetro. Agli arrivi ritrovò i suoi partner preferiti nell'immancabile cerata nera: Archambault, Verny e Le Guen.

Erwan non aveva rivelato loro il motivo per cui lui e il suo vice erano tornati così presto. Attraversarono un'altra volta la città, pigiati in una macchina della gendarmeria. In poche parole Erwan riepilogò la situazione. I nuovi omicidi. I suoi sospettati feticisti. Il DNA di Pharabot sul corpo della Simoni.

Nell'abitacolo regnava un silenzio eloquente. O non avevano capito nulla, o avevano capito tutto, cosa che era anche peggio.

La Cavale blanche. I suoi cubi appoggiati sui piloni. Le aiuole vaste come praterie. I parenti in visita. Al secondo seminterrato ritrovarono i lugubri affreschi lungo le pareti di cemento.

Clemente li ricevette nella sala d'attesa, dove i pesci rossi e il distributore per il caffè non si erano mossi di un millimetro. Chissà perché invece i neon sul soffitto non funzionavano più e l'unica luce rimasta era quella azzurrognola e tremolante dell'acquario.

«Caffè?» chiese il medico legale. Senza il camice, aveva ritrovato il suo fascino da seduttore cinquantenne: chioma argentata e abbigliamento casual chic.

Erwan non si degnò nemmeno di rispondere. «Cos'è questa storia del cambiamento di gruppo sanguigno?» domandò.

Clemente indicò loro le poltrone e il divanetto. La brutalità del poliziotto non lo dispensava dalle buone maniere. Tutti si sedettero, senza togliersi le cerate.

«C'è solo una spiegazione possibile: un trapianto di midollo osseo.»

«Per curare la sua malattia?»

«No. Trapianti di questo tipo si eseguono soprattutto per trattare le malattie tumorali del sangue.»

«Di Greco aveva un cancro del sangue?»

«Dalla cartella clinica non risulta. Non è menzionato nemmeno il trapianto di midollo. È davvero strano...»

«Quindi si sarebbe sottoposto a un'operazione clandestina?»

«Non necessariamente: potrebbe essersi fatto curare all'estero.»

«Perché?»

«Non saprei.»

Clemente non distoglieva lo sguardo dal distributore del caffè. Alla fine, non riuscendo più a trattenersi, si alzò e andò a prendersene uno.

«C'è un'altra cosa», aggiunse poi. «Un intervento del genere, anche quando non c'è rigetto, richiede la somministrazione di immunosoppressori. Ho fatto altre analisi e ho trovato tracce evidenti di questi medicinali nel suo sangue. Di Greco ha subito un trapianto, direi negli ultimi tre anni.»

«Ha trovato cicatrici?»

«Queste operazioni non ne lasciano. Il trapianto viene effettuato mediante un'iniezione.» Tornò a sedersi e bevve qualche sorso di caffè. «Un altro particolare strano è che, secondo il fascicolo dell'inchiesta, nella sua cabina non è stata trovata traccia della ciclosporina, l'immunosoppressore. Per qualche oscura ragione voleva mantenere segreto l'intervento.»

Erwan lanciò uno sguardo a Verny, che confermò.

«Perché questo genere di trapianto modifica il gruppo sanguigno?»

«Il midollo osseo produce i globuli bianchi, i globuli rossi e le piastrine. In altre parole, quando si trasfonde il midollo di un altro individuo, si modifica la modalità di produzione delle cellule del sangue.»

«Anche il DNA del soggetto?»

«Certo. Ripeto: il midollo osseo condiziona la produzione di tutte le cellule. È l'intero sistema, nel suo complesso, che viene modificato. Ma, attenzione, occorre che non vi sia rigetto.»

Erwan pensò al sangue ritrovato dietro l'orecchio di Anne Simoni. Forse il DNA non era di Pharabot bensì di qualcuno che aveva ricevuto il midollo dell'assassino. "Non saltare alle conclusioni..." si intimò. «Come viene effettuato un trapianto di midollo?»

«Come lo ho detto, l'intervento serve soprattutto per curare le malattie tumorali del sangue. Il midollo patologico produce sangue dalla composizione alterata. Viene distrutto tramite chemioterapia o radioterapia, poi in genere un parente dona un campione sano del prorpio midollo in grado di produrre correttamente le linee cellulari.»

«Questo tipo di trapianti si effettua sempre tra membri della stessa famiglia?»

«No. Può esserci compatibilità anche tra persone che non hanno rapporti di parentela. In ogni caso, è necessario somministrare ciclosporina. Il paziente dev'essere seguito con estrema attenzione perché la carenza di anticorpi lo espone ad altre malattie.»

Erwan stava affondando in una foresta oscura, ma una luce brillava, molto lontano, tra i rami intrecciati degli alberi. «È un'operazione complessa?»

«La tecnica si è molto evoluta. Una volta i trapianti erano meccanici. Si prelevava il midollo del donatore con una grossa siringa e poi lo si impiantava direttamente nel sangue del paziente.»

«E oggi?»

«La coltura cellulare ha fatto progressi incredibili. Ormai è sufficiente un prelievo di cellule staminali dal donatore che vengono poi coltivate e a tempo debito trasformate in midollo osseo.»

«La procedura richiede attrezzature sofisticate?»

«Strumenti che si trovano negli ospedali.»

«Di fatto, come funziona?»

«Si estraggono cellule staminali da alcune parti del corpo, per esempio dal derma, e le si congela a meno centottanta gradi in attesa di averne bisogno. È una pratica molto in voga. Si prospettano incredibili progressi in campo terapeutico. Si sta cominciando anche a prendere in considerazione l'idea di conservare il cordone ombelicale dei neonati.»

«Perché?»

«È ricco di cellule staminali. L'idea è quella di conservarle nell'azoto liquido per poterle utilizzare in caso di problemi di salute. Una specie di assicurazione sulla vita. Il più grande vantaggio di queste cellule è che sono eterne. Se vengono tenute al freddo, non muoiono. Per questo sono dette linee cellulari immortalizzate.»

Sentendo quella definizione Erwan capì di aver trovato la chiave di volta dell'inchiesta.

L'ipotesi: quattro uomini tributano un culto perverso a un anziano serial killer. Una volta che è morto, riescono a procurarsi le sue cellule staminali. Contattano uno specialista che accetta di metterle in coltura per ottenere del midollo osseo che in seguito si fanno trapiantare. Perché? Semplicemente per diventare, nel senso genetico del termine, l'Uomo Chiodo.

Se aveva ragione, i quattro uomini in questione erano Jean-Patrick di Greco, Ivo Lartigues, Sébastien Redlich e Joseph Irisuanga... Dal giorno precedente sull'inchiesta aleggiava la parola reincarnazione. Un termine che gli sembrava sempre più appropriato.

Ma Pharabot era un *nganga* dotato di superpoteri. Le cellule del midollo non erano sufficienti. Bisognava anche sacrificare feticci umani per ereditare la sua forza. Pertanto tutti avevano ucciso a turno seguendo il modus operandi del killer.

Era questa la natura di quel patto.

La medesima logica aveva guidato la scelta delle vittime nell'entourage di Grégoire Morvan, in modo da poterlo accusare degli omicidi o farlo soffrire. Dopotutto, era lo stesso Pharabot che si stava vendicando attraverso di loro.

Soltanto un elemento non sembrava collimare: ammesso che Di Greco avesse ucciso Wissa Sawiris per aprire le danze, perché aveva contattato Morvan? Era stata una provocazione? La sua telefonata equivaleva a una dichiarazione di guerra. Ma allora perché poi si era suicidato? Forse aveva provato un improvviso rimorso, o si era reso conto che Erwan l'avrebbe scoperto. Oppure il trapianto gli provocava dolori o effetti collaterali intollerabili. In ogni caso, la parola Lontano era un avvertimento rivolto a suo padre: Pharabot era tornato.

Erwan accantonò per un istante tutti quei pensieri in un angolo della mente e tornò alle questioni pratiche. «È possibile prelevare queste cellule da un cadavere?»

«A patto di farlo entro poche ore dalla morte.»

Lanciò uno sguardo ai compagni seduti sulle poltrone. Avevano l'aria di non capire nulla.

«Ha parlato di trapianti fra consanguinei. In altre circostanze è più rischioso, vero?»

«La maggior parte delle volte l'innesto fallisce.»

«In caso di rigetto ci sono segni visibili?»

«Non sono un esperto, ma credo che spesso i pazienti sviluppino malattie della pelle.»

«Non problemi alle articolazioni?»

«Non l'ho mai sentito.»

«Ma la ciclosporina potrebbe danneggiare le ossa?»

Clemente fece un gesto vago. La luce azzurra dell'acquario gli conferiva l'aspetto di un attore di teatro in una pièce dalla regia modernista e crepuscolare. «Dovrei verificare. Pensa a una patologia in particolare?»

«Qualcosa che potrebbe costringere il trapiantato su una sedia a rotelle o farlo zoppicare.»

«Controllerò.»

I visitatori si alzarono in un fruscio di plastica.

«Spero di esserle stato d'aiuto», aggiunse il medico legale.

«Non mi è stato d'aiuto: ha risolto il caso. Mi ha fornito il movente, la logica degli omicidi e l'identità degli assassini.»

I gendarmi si lanciarono un'occhiata. Il treno era partito senza di loro.

«Sono più di uno?» si arrischiò a domandare Verny.

«Vogliono essere uno.»

122.

Non era più il momento della diplomazia. Erwan decise di fare irruzione all'istituto Charcot con due furgoni blindati, ciascuno dei quali aveva a bordo due squadre di gendarmi. Come minimo quaranta uomini, riuniti in tempo record, considerato che era domenica. Alle quattro del pomeriggio il battaglione era pronto ad attaccare.

Affidò a Le Guen e Archambault il compito di gestire l'operazione: dovevano bloccare tutte le uscite per impedire ai pazienti, al personale medico, alle guardie e ai visitatori di lasciare il perimetro dell'istituto prima di essere stati ascoltati. Il vantaggio all'OPG era che chi si trovava all'interno di fatto era già rinchiuso.

Quanto a lui, assieme a Kripo avrebbe interrogato il sospettato numero uno: Jean-Louis Lassay, primario di psichiatria e direttore dell'istituto. Si fecero scortare da Verny, garante dell'ordine e della legalità nel territorio bretone. In realtà, nessuno aveva l'autorità per ordinare un simile intervento, ma quello spiegamento di uniformi equivaleva a un salvacondotto.

Lassay, sempre abbigliato come uno studente di un college inglese, andò loro incontro con passo marziale mentre le forze dell'ordine prendevano d'assalto il complesso.

«Cosa significa questa invasione?» protestò lo psichiatra, a testa alta.

Un minuto dopo erano nella sala riunioni, come tre giorni prima. Erwan spinse Lassay su una sedia ed estrasse la pistola. Non era sicuro che quello fosse l'atteggiamento giusto, ma decise di giocarsi il tutto per tutto dando un ulteriore giro di vite. «Io e te dobbiamo fare quattro chiacchiere.»

«Ah, adesso mi dà del tu? Ma cosa...»

«Chiudi il becco. Parlami della morte di Pharabot.»

«Le ho già detto tutto, ho...»

«Mi serve sapere il giorno, l'ora e le circostanze esatte.»

Lassay era sempre il bell'uomo brizzolato che li aveva ricevuti qualche giorno prima, ma ora sembrava essere stato irradiato: aveva la pelle di un rosso acceso e i lineamenti gonfi. Si passò una mano sul volto e balbettò: «Non capisco... Questa irruzione le costerà caro, lei...».

«Rispondi», lo incalzò Erwan rinfoderando l'arma. Si sentiva un coglione con la pistola in mano.

«Thierry Pharabot è deceduto nella notte del 23 novembre 2009», cominciò lo psichiatra.

«Dov'è il certificato di morte?»

«Nel nostro archivio. È stato redatto la notte stessa da un medico della Cavale blanche.»

«Perché non da te?»

«È la legge. La morte dev'essere constatata da un medico esterno all'istituto. Il giorno dopo un commissario di Brest è venuto a convalidare le circostanze del decesso. Abbiamo tutti i documenti. Posso farle delle fotocopie.»

Erwan lanciò a Verny uno sguardo interrogativo: non sapeva che ci fosse un commissariato a Brest. Il gendarme confermò con un cenno del capo.

«Verificheremo», disse il tenente colonnello.

Il decesso di Pharabot non poteva essere stato inscenato. I prelievi erano stati effettuati prima che morisse? O subito dopo?

Erwan osservò Lassay: riusciva benissimo a immaginarselo mentre eseguiva esperimenti psichiatrici non troppo ortodossi, ma i trapianti di midollo richiedevano altre competenze. Inoltre, sentiva che lo stupore del medico era genuino: Lassay non capiva nulla di quello che stava succedendo.

«Poi cosa ne avete fatto del corpo?»

«Thierry Pharabot non aveva famiglia. L'abbiamo... l'abbiamo bruciato.»

«Dove?»
«Al crematorio di Brest, nella zona industriale di Le Vern. Le sue ceneri sono state disperse nel cimitero di Kaerverec. Di nuovo, potrà trovare tutto quanto nel fascicolo.»
Altra occhiata a Verny, altro cenno di conferma. Dietro di lui, Kripo gli fece un gesto discreto. Ora si ricordava: l'alsaziano si era già informato.
Ma le cellule avrebbero potuto essere prelevate prima che il corpo fosse incenerito.
«Sia più preciso», riprese. «Tra la constatazione del decesso da parte del medico e la convalida del commissario il corpo è restato nell'OPG?»
«Sì. Ma perché mi fa queste domande?»
«Dove?»
«Nell'obitorio del nostro ospedale.»
«Niente di particolare da segnalare a riguardo?»
«Del tipo?»
Erwan liquidò la domanda con un gesto. «Chi si è occupato del trasporto del cadavere? Voi o le pompe funebri?»
«Noi. In ambulanza.»
«I nomi degli infermieri incaricati?»
«Posso verificare. Perché le interessano tanto questi particolari?»
«Sai cos'è un trapianto di midollo osseo?»
«Sono un medico...»
«Qui c'è l'apparecchiatura necessaria per effettuare un intervento del genere?»
«Questo è un istituto psichiatrico!»
«La volta scorsa mi avevi parlato di un centro di ricerca.»
«Per il cervello. Non facciamo prelievi di cellule!»
«Alcuni strumenti potrebbero essere stati utilizzati per qualcosa di diverso dalla loro funzione specifica, no?»
«Penso di sì, ma...» Lassay aggrottò le sopracciglia. «Cosa vuole insinuare?»
«Un innesto di midollo per modificare il gruppo sanguigno e il DNA del trapiantato. Per alcuni fanatici il corpo dell'Uomo Chiodo avrebbe rappresentato una grandissima opportunità.»

«Che genere di opportunità? Pharabot ha passato due terzi della sua vita in manicomio. Chi potrebbe volere le sue cellule? Sta delirando.»

Erwan misurava a grandi passi la stanza – il poliziotto cattivo –, Verny sorvegliava la porta e Kripo prendeva appunti.

«Cosa sai dirmi delle linee cellulari immortalizzate?»

«È una pratica che va di moda. Congelare cellule staminali per coltivarle in caso di bisogno.»

«Avete un posto refrigerato in cui potrebbero essere conservate?»

Lassay non sembrava più provare né paura né collera: le insinuazioni di Erwan lo lasciavano semplicemente sgomento. «In che lingua glielo devo dire? Questo è un istituto per malati pericolosi. Cosa crede, che qui conduciamo esperimenti alla Frankenstein? Facciamo già abbastanza fatica a tenere tranquilli i pazienti!» Si alzò e lo squadrò con disprezzo. «Adesso ne ho abbastanza.» Lanciò un'occhiata alla finestra. «Questa irruzione, questi uomini armati... È tutto ridicolo! Sta solo perdendo tempo, il mio e il suo.»

«È tutto quello che hai da dirmi?»

«Vada a farsi fottere.»

Erwan gli tirò un ceffone violentissimo. Lassay dovette aggrapparsi al tavolo per non perdere l'equilibrio. Strinse i pugni e fece per affrontarlo. Era più alto di lui di qualche centimetro e ben piazzato.

Esistono due categorie di uomini: quelli che sono terrorizzati dalla violenza fisica e gli altri. Psichiatra o no, Lassay era pronto a spaccargli il muso.

Verny si frappose tra i due, pistola alla mano. «Fermatevi subito.» Con il braccio teso teneva a distanza Erwan mentre si rivolgeva al medico. «Voglia scusare il comandante Morvan per il suo gesto... inqualificabile.»

Quelle semplici parole servirono a smorzare la tensione. Lo psichiatra sembrò tornare alla realtà: il mondo civilizzato e le sue regole. Erwan fece qualche passo indietro, brontolando.

La porta si aprì di colpo: Le Guen.

«Un infermiere è scomparso», annunciò. «Pare che se la sia data a gambe quando ci ha visto arrivare.»

«Come si chiama?» chiese Lassay.

«José Fernández.»

«Plug?» disse di rimando lo psichiatra. «È uno degli infermieri che lavora qui da più tempo.»

I soprannomi sono sempre rivelatori. Questo in particolare ricordò a Erwan l'incontro con il medico punk di quella mattina. «Perché lo chiamate così?»

«Per le estensioni in silicone ai lobi delle orecchie.»

«È un fanatico della body art?»

Lassay si lasciò sfuggire una risatina sfregandosi una mano sulla guancia. «È coperto di tatuaggi e piercing.»

Erwan passò davanti a Le Guen e uscì nel corridoio. Verny e Kripo gli corsero dietro. Il gendarme aveva ancora la pistola in mano.

«La rimetta via», ordinò Erwan, «o finirà per spararsi in un piede.»

«È scarica», ribatté l'altro, livido.

«Troviamo l'infermiere. Priorità assoluta.»

123.

Plug non andò lontano.

Fu arrestato nei dintorni di Porspoder, a meno di cento chilometri dallo Charcot, verso le cinque di sera. Aveva senz'altro intenzione di scappare via nave o di fare qualche altra cazzata del genere. Un'ora dopo si trovava nella caserma centrale di una gendarmeria di cui Erwan non aveva capito il nome.

Avevano dovuto aspettare che fossero sbrigate tutte le pratiche e ora erano in un ufficio spoglio e freddo, con metà delle luci spente (la classica sindrome bretone: in pieno pomeriggio pareva già notte).

José Fernández sembrava una versione meno estrema di Joseph Irisuanga. Completamente rasato, a eccezione di una cresta nera che gli divideva in due il cranio come un colpo d'ascia, era ricoperto di ornamenti applicati su varie parti del corpo: piercing, chiodi e anelli di tutti i tipi. Stagno e ben piazzato come una seconda linea di rugby, ammanettato alle sbarre di ferro della sua gabbia sbuffava quanto un bufalo o un radiatore sul punto di esplodere.

Erwan congedò gli altri. Voleva restare solo con l'infermiere. E con Verny, che gli sembrava il partner ideale se avesse voluto andarci pesante. Fece sloggiare anche Kripo: a letto senza dolce.

Camminando nervosamente per la stanza partì all'attacco, senza abbassare la guardia. «Sei stato tu a occuparti del trasferimento del corpo di Pharabot?»

«Cosa?»

Erwan non aveva tempo di verificare tutti i suoi sospetti.

Decise di forzare subito la mano. «Sei andato al crematorio di Le Vern?»

«E allora?»

«Cos'è successo per strada?»

«Niente... Non capisco che...»

Erwan afferrò il cilindro di silicone nel lobo sinistro e lo strappò. L'infermiere urlò tenendosi l'orecchio.

Il poliziotto gettò il plug per terra. «Quando hai prelevato le cellule?»

«Lei è pazzo!»

L'uomo con la cresta gemeva di dolore, ma Erwan nel suo lamento avvertì un fondo di piacere. Era sicuramente il tipo che gradiva farsi appendere a un gancio come una carcassa di vitello.

«Cos'hai fatto con il corpo?» urlò afferrandogli l'altro orecchio. «Chi ti ha ordinato di fare i prelievi? Dove hai portato i campioni?»

Stava improvvisando, ma dallo sguardo di Plug capì che aveva preso la strada giusta. Accentuò la stretta all'orecchio. Fernández si piegò in avanti squittendo. Oltre il velo rosso che gli appannava la vista, Erwan notò Verny, pronto a intervenire.

«Rispondi, porca puttana, o ti strappo anche questo!»

Il tizio sorrise e lui capì che il dolore non era la soluzione più adatta. Fece cenno a Verny di passargli la pistola. Il gendarme obbedì con un brivido. Erwan impugnò l'arma e premette la canna sull'orecchio sano di Plug.

«Sai cos'è la roulette afghana? È come quella russa, solo che si fa con una pistola automatica.»

«Cosa? È pazzo? Non... non ho alcuna possibilità!»

«A meno che io abbia deciso di non armare la camera.»

Con un gesto azionò la culatta per far salire in canna un immaginario proiettile e premette il grilletto. Un fiotto di urina inondò l'inguine dell'infermiere.

Erwan restituì la pistola al gendarme pietrificato. Fernández si coprì il viso con le mani ammanettate e cominciò a singhiozzare.

«La notte del 23 novembre 2009», ripeté il poliziotto. «Ti ascolto.»

«Il mattino dopo... Ho... ho trasportato il corpo a Le Vern insieme a un collega.»

«Come si chiamava?»

«Michel Leroy. Non lavora più qui. È andato in pensione.»

«Era tuo complice?»

«No. Ha solo accettato di partire in anticipo quella mattina.»

«Perché?»

«Perché volevo operare nella sala dell'inceneritore, prima che arrivassero gli addetti.»

«Poi?»

«Siamo arrivati al crematorio all'alba. Abbiamo posizionato il corpo e ho chiesto a Michel di aspettarmi in macchina.»

«Con quale scusa?»

«Nessuna. Leroy non si è fatto pregare. È andato a farsi un sonnellino. Io ho preso gli strumenti che avevo portato e ho prelevato i campioni.»

«Su quale parte del corpo?»

«Le cosce. Sono il punto migliore dove prelevare fibroblasti.»

«Prelevare cosa?»

«Cellule situate nel connettivo del derma trasformabili in cellule staminali pluripotenti indotte.»

«Parla come mangi.»

«Cellule che possono essere trasformate in staminali. Poi le si mette in coltura per ottenere ciò di cui si ha bisogno.»

Le linee immortalizzate. Erwan vide scorrere, tra i fumi dell'azoto liquido, l'eterna linfa del male.

«Quindi sapevi quello che stavi facendo?»

«Sapevo che si trattava di cellule. E non di cellule qualsiasi. Quelle dell'Uomo Chiodo!»

Erwan si chiese se il quartetto avesse promesso un'iniezione al galoppino in cambio dei suoi servizi. «Continua.»

«Ho messo i fibroblasti in un contenitore isotermico e me ne sono andato.»

«Quelli delle pompe funebri non hanno detto niente notando le ferite?»

«Avevo preparato Pharabot. Gli avevo messo il suo vestito più bello. Non hanno avuto niente da eccepire. A ottocentocinquanta gradi, un corpo nudo e uno vestito bruciano allo stesso modo.»

Erwan vide le fiamme passargli davanti agli occhi. Dopo il freddo delle cellule, l'escursione termica più violenta della sua vita. Il corpo era bruciato per quasi due ore – il tempo previsto dalla normativa – ma l'assassino non era morto: le sue cellule erano sopravvissute. «Poi?»

«È tutto.»

Erwan gli assestò un colpo violentissimo sulla nuca. Fernández cadde in ginocchio. «Dove hai portato le cellule?»

«In Svizzera. Mi ero preso la giornata libera. Dovevo seguire delle istruzioni precise. Passare il confine a Vallorcine e raggiungere una clinica nei dintorni di Verbier.»

«*Chi ti ha dato queste istruzioni?*»

«Può anche farmi saltare il cervello, tanto non le dirò i nomi.»

Erwan li sapeva già. «Dov'è la clinica.»

«Non me lo ricordo.»

Con un movimento fulmineo gli lacerò l'altro lobo. «Dimmi il nome della clinica», gridò per coprire i gemiti dell'infermiere. «Altrimenti ti giuro che ti strappo tutti i piercing, uno alla volta. Tanto la troverò comunque. Parla. Io risparmierò un po' di tempo e tu non ti farai spaccare quella faccia da buffone che ti ritrovi.»

Fernández singhiozzava facendo tintinnare le manette. Verny stava sulle spine.

Erwan afferrò il tizio per una spalla e lo rimise seduto. «IL NOME, MALEDIZIONE!»

«La clinica della Vallée... Un centro oncologico...»

Erwan uscì dalla stanza, che ora puzzava di urina e di sangue. Verny lo seguì. Il gendarme avrebbe voluto dirgli qualcosa, ma la sua voce era talmente tremolante che riuscì a produrre soltanto un chiocciolio di gallina.

«Lo sbatta dentro», ordinò Erwan dirigendosi verso le toilette.

Lasciò scorrere l'acqua fredda, strappo un po' di salviette di carta e provò a togliersi le macchie di sangue dalla cravatta.

«I suoi... metodi sono piuttosto...» farfugliò Verny.

«Se ne dimentichi», tagliò corto Erwan chiudendo il rubinetto. «Trascriva la deposizione e avverta la procura di Rennes. Inoltri tutto a Parigi. Domani la Bretagna tornerà a essere un'oasi di pace.»

«E lei?»

«Io vado in Svizzera.»

124.

Nella sua camera, Morvan stava verificando a computer le operazioni effettuate on-line da Loïc. Quasi metà della sua quota aveva già trovato un acquirente. Preferiva non guardare i prezzi. Del resto, non aveva mai saputo di preciso quanto valessero le azioni. Ma di una cosa era certo: i suoi soldi colavano come sangue su un campo di battaglia. La Coltano. Le sue terre. I suoi minerali...

In sovraimpressione gli scorrevano davanti agli occhi gli episodi della caotica vita della figlia. Le sue porcherie ripugnanti. Il maldestro tentativo di distruggerlo. La caduta libera attraverso le foglie autunnali. L'aggressione al Sainte-Anne...

Com'era stato possibile arrivare a tanto?

Era disposto a perdere quanto restava della fortuna che aveva accumulato per rimediare a quell'errore. Nel naufragio della sua vita criminale contava soltanto una cosa: la responsabilità paterna. Nessuno l'aveva mai capito, e la cosa lo rendeva particolarmente orgoglioso: la missione sarebbe dovuta restare segreta, invisibile, onnipotente...

Conosceva soltanto un altro uomo come lui, un bruto che non aveva mai smesso di mettersi in gioco per un'unica ragione: la felicità dei propri figli. Il Condottiero. Morvan lo aveva chiamato per spiegargli la situazione: nessuna esitazione. Anche Montefiori stava senza dubbio svendendo le azioni attraverso la Heemecht. Due vecchi farabutti che avevano deciso di rovinarsi con le loro stesse mani al crepuscolo della vita.

La porta si aprì di colpo: Maggie, tutta ossa e occhi.

«Dobbiamo parlare.»

Tutti pensavano che Maggie vivesse nel terrore. Sia lui sia lei però sapevano che non era così. La paura delle botte naturalmente c'era. Ma le vere minacce non provenivano da dove si credeva.

«Come se non avessi già abbastanza problemi...» brontolò Morvan.

«Appunto. Questa storia è durata abbastanza.»

Chiuse lentamente la porta. Indossava una delle sue tenute ridicole: tunica color malva, jeans sformati, ciondoli di tutti i tipi.

«Erwan continua a farmi domande su Lontano. Finirà per scoprire qualcosa.»

«È quello che vuole l'assassino.»

«Mi ha chiesto anche di Pernaud.»

«Per le chiamate?»

«Tu cosa dici? Questa volta hai esagerato!»

«O così o il nostro passato sbattuto in prima pagina sui giornali.»

Maggie sospirò. Non provava compassione per i morti, non temeva il killer che minacciava la loro famiglia né i generali africani che li volevano fare a pezzi. L'unica sua paura era che qualcuno scoprisse la verità su loro due. «Chi è l'assassino?»

«Non ne ho la più pallida idea.»

«Perché imita l'Uomo Chiodo?»

«Perché lo venera e anche perché lo vuole vendicare.»

«Vendicarlo? E chi vorrebbe colpire?»

«Me. Te.»

Lei fece qualche passo nella stanza, accompagnata da un confuso rumore di chincaglieria.

«Erwan lo troverà prima che venga fuori un macello.»

«Dov'è adesso?»

«Non lo so. Mi evita.»

Maggie gli rivolse un sorriso duro. Le sue labbra sottili ricordavano un laccio strangolatore. «Sei proprio cambiato.»

Come per trovare un diversivo, Morvan indicò lo schermo acceso davanti a sé. «Il nostro patrimonio sta per accusare un tracollo. Puoi ringraziare tua figlia.»

«Me ne frego dei soldi.»

«Perché li hai sempre avuti.»

«Abbiamo fatto un patto col diavolo», sussurrò lei. «A essere in gioco è la nostra anima, non i nostri quattrini.»

Questa volta fu lui a sorridere. «È la stessa cosa. La nostra anima sono i nostri figli, e voglio lasciare loro abbastanza perché non si debbano preoccupare di niente.»

«Hai previsto tutto, no?»

«Parlo arabo o cosa? Ti dico che il patrimonio...»

«Risolverai anche questo, come sempre. Ci sono i nuovi giacimenti.» Con voce dolce Maggie citò Baudelaire: «"Tu m'hai dato il tuo fango, e io ne ho fatto oro..."».

La moglie gli sembrava sempre più assente.

«C'è anche il problema di Sofia», riprese lui per riportarla alla realtà. «Ha scoperto del matrimonio combinato. Vuole farci la pelle, a me e a Giovanni.»

«Si calmerà. È una donna ragionevole.»

Per qualche oscuro motivo Maggie dava sempre ragione all'italiana.

«Nel frattempo, credo che sia abbastanza perfida da...»

«Prima di tutto risolvi il problema con Erwan.» Andò verso la porta e ritornò alla carica. «Altrimenti gli parlerò io.»

«Mi avevi promesso...»

Con la mano sulla maniglia, Maggie gli lanciò uno sguardo carico di disprezzo. «Promesse tra noi, tesoro?»

Morvan stava per risponderle quando il telex dello stato maggiore cominciò a vibrare. Istintivamente lanciò un'occhiata al verbale, memorizzando l'ora di emissione: 19.10. Prese il foglio e lo lesse con maggior attenzione.

«Cos'è?» chiese la moglie avvicinandosi.

«Potrebbe essere la soluzione a tutti i nostri problemi.»

125.

A fine giornata i due poliziotti erano rientrati a Parigi. Niente pensieri durante il volo. Ma nemmeno sonno. Erwan aveva fissato per tutto il tempo il finestrino, come se dall'intensità del suo sguardo dipendesse la possibilità di arrivare prima in Svizzera.

Verso le otto era riuscito a prendere un aereo per Ginevra mentre Kripo si precipitava in commissariato. La sua missione: mettere in stato di fermo i tre sospettati e fare loro un prelievo di sangue per i test genetici. Alle dieci Erwan atterrò a Ginevra e chiamò immediatamente l'alsaziano per assicurarsi che i tre uccellini fossero già in gabbia. Si erano volatilizzati.

A quanto pareva Fernández aveva trovato il tempo di avvertirli prima di essere arrestato. I discepoli di Pharabot avevano capito che il loro segreto era stato scoperto. In preda al panico, avevano preso il largo.

Lentamente la voce di Kripo tornò a risuonargli all'orecchio: «Secondo le testimonianze raccolte da Audrey tra i vicini, gli handicap di Lartigues e Redlich non risalirebbero a più di un anno fa. Prima saltellavano come conigli».

Cronologia. Nel novembre del 2009 muore Thierry Pharabot. José Fernández preleva le cellule e le porta nella clinica della Vallée. Comincia il trattamento per i quattro fanatici. Distruzione del midollo osseo, coltura delle cellule di Pharabot e loro trasformazione. Il procedimento doveva avere richiesto almeno un anno. Le iniezioni risalivano dunque al 2011. Non tutti e quattro gli uomini avevano reagito positivamente al trattamento. La ciclosporina li aveva indeboliti. Lartigues e Redlich probabilmente avevano contratto dei virus in grado di danneggiare le articolazioni o qualcosa del genere. Per Di Greco le cose non sarebbero potute andare peggio. Soltanto Irisuanga era in perfette condizioni fisiche.

A quel punto erano cominciati gli omicidi.

Di Greco aveva ucciso Wissa Sawiris in circostanze che dovevano ancora essere chiarite. Lartigues aveva torturato e mutilato Anne Simoni dando sfogo al suo feticismo. Redlich aveva pensato a Pernaud, che conosceva perché frequentava lo stesso circolo di tiro a segno. Irisuanga se l'era vista con Gaëlle... Omicidi che procedevano a cerchi concentrici, avvicinandosi ogni volta di più al vero obiettivo: Grégoire Morvan, l'uomo che aveva arrestato il loro maestro e l'aveva fatto incarcerare a vita.

«A quest'ora», aggiunse Kripo, «potrebbero essere già in rotta per il Brasile o chissà dove.»

«No. Sono in Francia o in Svizzera. Uno di loro avrà una casa da qualche parte. Trovala.»

«Non mi pare molto furbo come sistema di difesa...»

«Il loro sistema di difesa è l'arsenale di Redlich.»

Un istante di silenzio. Kripo capì ciò a cui stava pensando Erwan. Una proprietà fortificata in stile setta: un suicidio collettivo o uno scontro a fuoco. Il 18 novembre 1978, in Guyana, il predicatore Jim Jones, circondato, aveva ordinato ai membri della sua comunità – quasi mille persone – di suicidarsi con il cianuro. Nel 1993 David Koresh e i suoi seguaci avevano resistito quasi due mesi ai tentativi di irruzione delle forze armate americane. Bilancio: quasi cento morti. Tra il 1994 e il 1997, sentendo la propria setta minacciata, l'Ordine del tempio solare aveva ucciso o organizzato il suicidio di più di settanta persone.

Erwan sapeva che quegli uomini non si sarebbero fatti arrestare. Lo spirito del Maestro non contemplava la resa. Inoltre, ora che avevano fatto propri i poteri di Pharabot e si erano ulteriormente fortificati sacrificando le loro vittime, dovevano credersi invulnerabili.

«Trovali e richiamami.»

Si fiondò in un'agenzia di noleggio auto. Stava calando la notte. Faceva freddo. Si infilò in una berlina superaccessoriata con un cruscotto che scintillava come il quadro comandi di un'astronave. Messa in moto. Fari. GPS.

Trovò subito le coordinate della clinica della Vallée, situata non lontano dalla stazione sciistica di Verbier. Kripo aveva già indagato al riguardo e gli aveva mandato un SMS: «Niente di sospetto». L'istituto era un centro rinomato per i trapianti di midollo e al contempo un ricovero per malati terminali che offriva cure palliative di lusso. Quel genere di indirizzo che va per la maggiore nelle alte sfere. Il rifugio segreto capace di fare miracoli, a poche cellule dall'eternità.

Lungo la strada si alternavano gole strette e sinuose, circondate da pini, e vallate nere e dritte. Di tanto in tanto, alle pendici di una parete rocciosa, si distendeva un villaggio completamente piatto, le cui vetrine erano illuminate come per Natale. I lampioni diffondevano un alone bianco e immobile, simili a globi di cera fredda.

Quale sarebbe stato l'esito di quel viaggio? Sarebbe arrivato intorno a mezzanotte in una clinica dove tutti dormivano. Non aveva né prove ne fondamenti legali a suffragare i suoi sospetti. Si era rifiutato di contattare la polizia svizzera e non aveva la pazienza di aspettare l'indomani per effettuare una visita in pieno giorno, con i medici nei loro studi e i pazienti in sala d'attesa.

Il GPS lo riportò alla realtà: non sapeva dove si trovava ma gli restava solo qualche chilometro da percorrere. La clinica della Vallée, come indicava il suo nome, sorgeva in una vallata tappezzata di abeti. Se in quel momento gli si fosse rotto il navigatore, avrebbe dovuto aspettare che spuntasse il sole per orientarsi.

Gli edifici del complesso comparvero circondati da un alone di luce: linee basse, tetti a terrazza, pareti di legno che ricordavano tante assi accatastate. Per qualche ragione a lui ignota molte stanze erano ancora illuminate e risplendevano nell'abisso nero della valle. Mentre parcheggiava, pensò a una sala da ballo abbandonata a causa di un allarme: molte luci ma nessuna presenza umana. Avvicinandosi alla porta a vetri, tirò fuori la pistola e preparò un colpo in canna. Assurdo.

L'ingresso era deserto. Pareti, pavimento e soffitto erano tutti bianchi. Le luci al neon delle plafoniere si riflettevano sul linoleum. Gli spazi erano delimitati da piante verdi. Una centralinista – o un'infermeria – sonnecchiava dietro un bancone. Si avvicinò. La donna si raddrizzò.

«È per un'urgenza?» gli domandò in tono vagamente preoccupato.

Erwan nascose la pistola e tirò fuori il distintivo tricolore. «Voglio parlare con il capo.»

«Lei è francese?»

«Squadra Omicidi.»

«Intende il professor Schlimé?»

«Esatto.»

Aveva letto quel nome sui siti che aveva consultato. Jean-Louis Schlimé. Referenze internazionali. Pubblicazioni in prestigiose riviste scientifiche. Proprietario della clinica dal 1993, insieme ad altri investitori elvetici.

«Cos'è venuto a fare qui?»

Erwan si voltò in direzione della voce. Gli bastò un'occhiata per capire che quello che gli stava davanti era proprio l'interessato. *Troppo bello per essere una semplice coincidenza...*

Sulla cinquantina, l'uomo era tarchiato, rosso e sorridente, del tipo che ispira subito confidenza, anche e soprattutto quando ogni speranza sembra perduta. Indossava un pile e un paio di pantaloni da sci.

«Sono il dottor Schlimé. Che cosa vuole a quest'ora della notte?»

Erwan mostrò nuovamente il distintivo. «Solo parlarle.»

Accanto al medico c'era un gigante impassibile infilato in un piumino, più una guardia del corpo che un infermiere.

«L'hanno informata male. Il suo distintivo non ha valore qui da noi.»

«È una visita amichevole.»

«A mezzanotte?»

«Esatto. Anche se fossimo in Francia, nonostante io sia un poliziotto, non avrei alcun diritto di essere qui. La consideri in un altro modo: facciamo una chiacchierata adesso, e in meno di mezz'ora sarà tutto finito. Se invece mi sbatte fuori, domani o dopo torno con la cavalleria, un giudice e tutto il casino che ne consegue.»

«Sta bluffando.» Schlimé sorrise. «Qui per ottenere l'autorizzazione le ci vorranno settimane. Nel frattempo i miei avvocati penseranno a bloccare tutto. Ma mi dica lo stesso di cosa si tratta, tanto non ho niente da temere.»

Erwan aveva ritrovato la fiducia in sé stesso assieme alle sue doti migliori: giocare a fare il duro, agire d'istinto, contare sulla prestanza fisica più che sul curriculum. «Novembre 2009. Jean-Patrick di Greco. Ivo Lartigues. Sébastien Redlich. Joseph Irisuanga. Quattro al prezzo di uno.»

Schlimé gli fece un cenno con la mano rosa e grassoccia. «Venga con me. In un certo senso è da quando è cominciata questa storia che la sto aspettando.»

126.

«Le linee immortalizzate!»

La sala era una via di mezzo tra una biblioteca e un laboratorio polare. Scaffali in acciaio inox refrigerati e numerati. Piastrelle bianche su pavimento e soffitto. La luce fredda dei neon era perfetta per rischiarare i contenitori di azoto liquido mantenuti a meno centottanta gradi.

«Sono anni che raccogliamo cellule.»

«Cellule staminali?»

«Non sempre lo sono all'inizio, ma le resettiamo per poterle riprogrammare geneticamente.»

Parevano tutti astronauti di carta: tuta, cuffietta in testa, copriscarpe ai piedi. Ogni loro movimento era accompagnato da un gran fruscio. Indossavano una mascherina da chirurgo e occhiali per proteggersi da eventuali schizzi: l'azoto è così freddo che brucia come una fiamma.

«A chi appartengono le cellule?»

«A pazienti previdenti ai quali, quando sarà il momento, potremo salvare la vita.»

Avanzarono lungo file di scaffali scintillanti. Stranamente, quel luogo di vita eterna assomigliava a un obitorio.

«Un giorno cominceremo a conservare sistematicamente un frammento del cordone ombelicale a scopo terapeutico.» Il medico appoggiò la mano guantata su una porta cromata. «Ogni individuo disporrà di uno stock di cellule staminali con cui rigenerare il sangue, il midollo osseo e gli organi stessi.»

Erwan pensò al Mercoledì delle ceneri, un giorno di astinenza e digiuno, in cui il prete traccia una croce sulla fronte del fedele pronunciando le parole della Genesi: «Polvere tu sei e in polvere ritornerai». Quell'epoca si era conclusa: l'uomo non era più polvere, ma cellule immortali.

«Mi parli di Di Greco, Lartigues, Redlich e Irisuanga.»

Schlimé non si fece pregare. «Sono venuti da me con un progetto completamente folle, che ho subito appoggiato.»

«Perché?»

«Innanzitutto per i soldi. Poi per l'esperienza. La loro idea era affascinante: diventare qualcun altro grazie a un trapianto di midollo.»

«Sapeva da dove provenivano le cellule? Quale modello avevano scelto?»

«No. E non mi importava.»

Quell'uomo aveva riprodotto un assassino in quattro esemplari e ne parlava come se si trattasse di un normale progetto di ricerca.

«Lo sa che potrei incriminarla per esercizio illecito della professione medica?»

Il chirurgo abbassò la mascherina e rise di cuore. Dalla bocca gli uscì un pennacchio di vapore. «Lei è impagabile. Non può incriminarmi e lo sa bene. E di certo non qui, dove non ha alcuna autorità.»

«Chiederò ai miei colleghi svizzeri di intervenire.»

«Chi proverà queste accuse? Lei? Potrei presentare non importa quale documento per dimostrare che questi uomini soffrivano di leucemia. La terapia radiante ha distrutto completamente le vecchie cellule e il trapianto ha rigenerato il loro organismo.» Alzò in aria le piccole mani guantate. «Nessuna traccia, e chi s'è visto s'è visto!»

Erwan cominciava a battere i denti in quel *cellularium.*

«Non posso credere che abbia approvato un progetto del genere.»

«Minacciavano di iniettarsi qualcosa per costringermi a prenderli in cura.»

«E lei ci ha creduto?»

«No, ma quel ricatto era la prova della loro determinazione. Tanto valeva intascare i soldi e tentare.»

«Lo sapeva che quelle cellule provenivano da un morto?»

«Non ho voluto conoscere i particolari.»

«Sono convinto che i suoi "volontari" abbiano ucciso almeno cinque persone credendosi l'assassino al quale appartiene il DNA che gli ha iniettato.»

Schlimé inarcò per un istante le sopracciglia, ma ritrovò subito la sua espressione da rossino allegro. Un po' miserello come epitaffio di cinque vittime. Discutere con lui di morale e responsabilità non sarebbe servito a nulla: sembrava freddo tanto quanto i suoi armadi, tanto folle quanto i suoi reincarnati.

«Mi dia le date, i nomi, le circostanze.»

«Perché dovrei?»

Erwan abbassò a propria volta la mascherina. «Checché ne dica, sappia che già domani posso mandare qui una squadra di poliziotti svizzeri. Non sottostimi il mio potenziale di danno.»

Respirando Schlimé continuava a emettere sottili sbuffi di condensa, che attorno a lui sembravano diventare rosa. «Mi segua», disse alla fine. «Qui si gela.»

Lasciarono le tute di carta in un'anticamera e si infilarono in altri corridoi. Il colosso era scomparso. Si ritrovarono in un minuscolo ufficio traboccante di libri e faldoni, che ricordava quello di Lassay allo Charcot.

«Quindi aveva già incontrato questi criminali prima di ricevere i campioni?»

Schlimé si versò un tè verde. Evidentemente ne teneva un thermos pieno in ufficio. «Chiamiamoli "pazienti" se non la disturba. Tutto era stato programmato con largo anticipo, è ovvio. Non sono terapie che si possano improvvisare.»

«Le cellule dovevano arrivarle a una data precisa?»

«Avevamo sempre parlato della fine del 2009. Quando sono arrivate, sono state congelate e abbiamo iniziato a sottoporre a trattamento radioterapico i... volontari. Poi si è proceduto alla coltura.»

Dunque la morte di Pharabot era programmata. José Fernández non aveva soltanto prelevato le cellule dal cadavere, ma l'aveva anche soffocato nella notte, inscenando un ictus o una crisi cardiaca. I fanatici avevano ordinato l'assassinio del loro modello per potersi reincarnare nella sua pelle.

«A quando risale il trapianto?»

«All'ottobre del 2010.»

«Le sedute di radioterapia sono durate così tanto?»

«È un protocollo molto pesante. Si tratta di distruggere completamente il midollo osseo.»

«Tutti e quattro l'hanno subito nello stesso momento?»

Schlimé fece cenno di sì. Teneva la tazza di terracotta con due mani. I modi affettati di quell'allegro chirurgo gli davano sui nervi.

«Alla fine hanno dovuto essere ricoverati, vero?»

«Sì, l'ultima fase è quella più delicata. Il paziente è molto debole, in condizioni di salute precarie. È allora che vengono iniettate le nuove cellule. A poco a poco, il corpo si rigenera.»

Erwan immaginò quei quattro che, circondati dalle pinete svizzere, si trasformavano nell'Uomo Chiodo. Chi aveva pagato? Di sicuro Lartigues e Irisuanga, i due benestanti del clan.

«Secondo le mie informazioni, Di Greco ha cambiato gruppo sanguigno.»

«Anche gli altri. Il midollo osseo produce globuli e piastrine.»

«E il DNA?»

«Le due cose vanno di pari passo. Ormai possiedono tutti quello del donatore.»

«Erano compatibili con le cellule trapiantate?»

«No, è questo il problema. Li avevo avvertiti: non si può scegliere il proprio donatore. Ho dovuto prescrivere loro forti dosi di ciclosporina, che li ha indeboliti. È così che Lartigues e Redlich hanno sviluppato un'artrite settica.»

Erwan ci aveva visto giusto. Schlimé sembrava contrariato: quei trapianti erano il suo capolavoro e ora cominciavano a mostrare segni di cedimento.

«Che speranza di vita hanno?»

«Non sono ottimista. Per il momento sopravvivono tra

due minacce: da un lato il rigetto, dall'altro le malattie che potrebbero contrarre.»

Erwan si ricordò dell'ispezione della spazzatura di Lartigues. «Non abbiamo trovato né ricette né medicinali a casa loro».

«Sono io a occuparmi di tutto. Assistenza postvendita, per così dire.»

«Vengono fin qui?»

«Ci arrangiamo in qualche modo.»

«Quando li ha visti l'ultima volta?»

«Un mese fa. Di Greco non c'era.»

Il Grande Corpo Malato, bloccato sulla portaerei, roso dalla malattia e dai suoi giochi crudeli.

«In che condizioni li ha trovati?»

«Molto agitati. Lartigues e Redlich consideravano il rigetto come un segno del... biasimo del loro idolo. Non facevano che ripetere che sarebbero passati allo stadio successivo, che tutto sarebbe andato a posto, che la fusione si sarebbe completata... Non ho capito niente.»

"Guarda un po'..." Nel loro delirio, dovevano aver pensare che per realizzare la grande simbiosi bisognasse sacrificare delle vittime, dei feticci. O forse era accaduto il contrario: nonostante il fallimento del trapianto, si erano comunque sentiti investiti dallo spirito dell'assassino, come se una parte della sua anima perversa, distillata dalle sue cellule, fosse penetrata in loro.

Erwan si alzò e squadrò l'omino in pile. Non riusciva a stabilire quali fossero i suoi sentimenti nei confronti di quell'apprendista stregone. Avrebbe dovuto rompergli tutti i denti, sbatterlo dentro o limitarsi a ringraziarlo per la sua onestà?

Alla fine optò per la scelta più civile. «Grazie, dottore.»

«Quindi nessun arresto? Niente interrogatorio in questura?»

«Questo lo deciderà la polizia del suo paese.»

«Come dite voi in Francia, "a ciascuno la sua merda"...»

«Proprio così.»

Attraversò l'atrio senza incontrare anima viva. Anche l'infermiera se n'era andata. Una volta uscito, mentre avanzava di sbieco per proteggersi dalle raffiche gelate, gli sembrò di fendere la notte nuotando alla marinara.

Prima di accendere il motore controllò i messaggi. Kripo, dieci minuti prima. Lo richiamò subito.

«È successa una cosa», disse l'alsaziano trafelato. «Due gendarmi sono stati uccisi questa sera verso le sei sulla N165, a pochi chilometri da Brest.»

«Cosa?»

«Un controllo di routine. Due individui a bordo di una monovolume. Il conducente ha sparato sei colpi e poi si sono dati alla fuga. Abbiamo la targa: il veicolo appartiene a Ivo Lartigues. Secondo quando riportato dai testimoni, al volante c'era Redlich. È stato lui a sparare. Lartigues era il passeggero.»

«E lo sappiamo soltanto ora?»

«È sempre la solita storia. I gendarmi hanno prima lanciato un'operazione di ricerca a livello locale e...»

«Li hanno trovati?»

«Sì. Grazie alla targa sono risaliti a un indirizzo nel Finistère: una casa di proprietà di Lartigues vicino a Locquirec.»

Il villaggio distava appena qualche chilometro da Kaerverec e ancora meno dallo Charcot. Come avevano fatto a non pensarci prima? In fondo era lì che Wissa Sawiris era stato ucciso. Probabilmente Lartigues aveva comprato quella casa per la sua prossimità con l'OPG. Lo scultore voleva stare il più vicino possibile al suo maestro.

«I gendarmi si trovano già sul posto», continuò Kripo, «e sono stati ricevuti a colpi di fucile d'assalto. Si profila un assedio in piena regola. È stata ritrovata anche una macchina con la targa diplomatica. Appartiene all'ambasciata della Nigeria. Sicuramente Irisuanga è con loro.»

Due handicappati e un gigante cornuto. Tre trapiantati posseduti dallo spirito di un serial killer. Tre disperati in trappola come topi.

«C'è anche Verny?»

«Con tutta la sua cricca. Aspettano l'arrivo del gruppo d'intervento della gendarmeria nazionale.»

Erwan non poteva credere che la faccenda si sarebbe risolta in quel modo. Un'ultima mano della partita dove i punti si sarebbero contati in morti e feriti. «Chi li ha chiamati?»

«Ordini dall'alto. Da Parigi.»

«Chi comanda l'operazione?»

Kripo tossì. «Tuo padre.»

Ancora una volta il Vecchio al posto di comando. Ma come faceva a essere già informato?

L'alsaziano indovinò i suoi pensieri. «Un cablogramma dello stato maggiore. Ha subito preso in mano la situazione. Non conosco i dettagli, ma a quanto pare è stato Valls in persona a consegnargli le chiavi dell'operazione.»

Ecco perché dal tardo pomeriggio suo padre non aveva più provato a chiamarlo. Preferiva gestire la situazione da solo, senza l'aiuto né la complicità del figlio.

«Vi ha contattati?» si informò Erwan, mosso da un'intuizione.

«Sì, immediatamente. Ha parlato con me.»

«Cosa ti ha detto?»

«Che non voleva vedere le nostre brutte facce.»

«È tutto?»

Kripo esitò. «Mi ha chiesto un resoconto dettagliato sull'inchiesta».

«E tu gliel'hai fornito?»

«Sì... Gli ho spiegato tutto. La storia del trapianto, José Fernández, la clinica della Vallée. Insomma, ogni cosa...»

Erwan scosse la testa. Quel finale obbediva a una logica profonda: l'Uomo Chiodo si era reincarnato nel corpo di quei tre folli e ancora una volta, quarant'anni dopo il primo scontro, sarebbe stato Morvan a occuparsene. «Posso essere a Chamonix tra un'ora. Mandami un elicottero alla stazione della gendarmeria.»

127.

Al sorgere dell'alba Morvan, con un fucile a pompa Ithaca in mano e il giubbotto antiproiettile che gli comprimeva la pancia, si ripeteva che non aveva più l'età per quel genere di cazzate. Ciò nonostante non aveva nemmeno preso in considerazione l'idea di dirigere le operazioni a distanza, barricato dentro un'auto blu.

Aveva trascorso le ultime ore della notte nascosto in una trincea, accanto ai gendarmi più coraggiosi, rimuginando sulle informazioni raccolte. Dentro di sé ammirava la follia e la temeraria audacia dei quattro uomini – tra i quali il povero Di Greco – che, ossessionati da Thierry Pharabot, avevano deciso di reincarnarsi in quello spirito del male. Facendo seguire le azioni al loro delirio, avevano sacrificato il loro midollo osseo per sostituirlo con quello dell'assassino. *Chi offre di più?*

I tre sopravvissuti erano ora barricati in una casa di pescatori con le imposte azzurre che assomigliava in tutto e per tutto a quella che anche lui aveva comprato a Bréhat alla fine degli anni Ottanta. Tutta la faccenda trasudava ironia.

Il vero colpo di fortuna – se così si poteva definire – era stato ricevere l'informazione dell'uccisione dei due gendarmi nel tardo pomeriggio del giorno prima da un cablogramma dello stato maggiore. Erwan ne era venuto a conoscenza solo diverse ore dopo, così lui aveva potuto assumere il controllo. In ogni modo, quando la situazione aveva cominciato a profilarsi come una catastrofe – edificio sotto assedio con esplosioni di armi da fuoco, media accorsi sul posto –, il ministro gli aveva affidato ufficialmente la direzione delle operazioni. Era decollato a mezzanotte da Bourget e si era fatto più di due ore e mezzo su un Eurocopter Dauphin, comunicando via radio con il procuratore della repubblica di Rennes e il prefetto di Quimper. Il GIGN, il gruppo d'intervento della gendarmeria nazionale, l'aveva seguito a ruota nel Finistère.

I gendarmi del posto non avevano atteso il suo arrivo per entrare in azione. Avevano evacuato le case vicine (si trattava di una zona molto turistica) e interdetto l'accesso al sito nel raggio di un chilometro. Si erano anche accertati che intorno all'edificio non ci fossero trappole – nessuno sapeva esattamente quanto fossero pericolosi gli assassini – e avevano scavato trincee per disporvi uomini e materiali (il campo non recintato che circondava la casa era piatto, senza nemmeno un albero o una roccia a offrire riparo). Ora, alle sette del mattino, erano quasi tutti appostati nelle trincee. Un paio di squadre della gendarmeria dipartimentale e una brigata mobile formavano due semicerchi intorno alla zona per bloccare ogni via di fuga.

Morvan aveva di che leggere. Tra i documenti che si era procurato c'era la lista delle armi possedute da Redlich. L'etnologo e lo scultore stavano sicuramente trasportando quell'arsenale quando erano stati fermati dai gendarmi. Lo zoppo si era fatto prendere dal panico e aveva sparato alla cieca. Nessun dubbio sul loro profilo psicologico: fanatici della morte, terroristi.

Il giorno stava nascendo, il cielo era azzurro pastello. La mattinata si preannunciava serena. Morvan mise fuori la testa e osservò la casa muta a duecento metri. Non un movimento, imposte sbarrate, porte chiuse. Intorno a sé vedeva spuntare le teste dei gendarmi, la maggior parte dei quali indossava il berretto d'ordinanza, con una granata fiammeggiante ricamata sulla fronte. Poteva avvertire la collera di quei soldati per caso. Nessuno aveva voglia di beccarsi una pallottola

Si rimise al riparo e osservò i compagni di trincea. Aveva accettato di portare con sé un poliziotto dell'OCRVP, l'Ufficio centrale per la repressione della violenza contro le persone, specializzato in questioni riguardanti le sette religiose. Una concessione al ministro, che aveva insistito perché fosse presente un esperto. *Lasciamo perdere.*

C'erano anche tre combattenti che non erano sconosciuti a Morvan. Il tenente colonnello Verny aveva diretto le indagini su Kaerverec insieme a Erwan. Gli altri due, che non avrebbero dovuto trovarsi lì, erano dell'esercito: Simon Le Guen, capitano istruttore presso lo stato maggiore della Kaerverec 76, e Luc Archambault, tenente della gendarmeria dell'aeronautica, incaricato della sicurezza militare della base. Anche loro avevano collaborato alle indagini di Erwan e quell'ultimo scontro rappresentava la fine della loro inchiesta. Erano gli unici a non avere la tremarella e a fissare l'obiettivo con determinazione. Non erano contenti di come si era concluso il caso Di Greco e ora avrebbero avuto la loro rivincita.

Le sette e venti. Che cazzo stava facendo il GIGN? Morvan aveva seguito via radio lo spostamento del reparto da Parigi. Gli uomini avevano fatto tappa a Brest per studiare il piano d'attacco. Carta dello stato maggiore della regione, planimetria della casa trovata al catasto, profilo psicologico dei sospettati, software contenente tutti i dati eccetera. Anche lui aveva fatto lo stesso, ma nascosto nel suo buco. Non era sicuro di essere giunto alle medesime conclusioni. Il GIGN avrebbe privilegiato la negoziazione. *Tempo perso.* Da quando si erano barricati nell'edificio, i tre squilibrati non avevano contattato nessuno. Non avevano ostaggi e di sicuro volevano morire armi alla mano.

Quell'assedio era un vero e proprio *suicide by cops.*

Morvan era di buonumore. Aveva appena perso una fortuna – Loïc glielo aveva confermato nella notte –, forse si sarebbe beccato una pallottola sparata dalle reincarnazioni del suo peggior nemico, ma con il fucile in mano e una 9 mm infilata dietro la schiena si sentiva leggero, energico. I cospiratori erano stati identificati: nessuna vendetta divina. Una questione tra comuni esseri umani, uomini che contava segretamente di eliminare nella confusione dello scontro.

Dopodiché sarebbe potuto andare serenamente incontro ai pochi anni che gli restavano da vivere

Si accorse che stava canticchiando a bassa voce il motto dei marinai bretoni: «*Chi vede Ouessant vede il suo sangue, chi vede Molène vede la sua pena, chi vede la Senna vede la sua fine...*».

«Sono arrivati.»

Verny ascoltava all'auricolare. Morvan sollevò la testa e in lontananza, lungo la piana imperlata di rugiada, vide i gendarmi che avanzavano in formazione perfetta, agili come danzatori. Giubbotto antiproiettile in kevlar, casco con visiera rinforzato, Glock alla cintura e fucile d'assalto in mano. Dalla sua postazione non riusciva a scorgere bene il modello: Famas, Sig Sauer o Heckler & Koch.

«Chi dirige le operazioni?»

«Lo chiamano il "numero uno". Durante le incursioni non usano mai i loro veri nomi.»

Cominciavano le cazzate.

«Gli dica di venire qui.»

128.

Nonostante il passamontagna riconobbe subito Philippe Gallois. Lo aveva incontrato durante una dimostrazione del gruppo d'intervento a Versailles e lo ricordava come un bifolco campione di tiro e fanatico di Sarkozy. Infilato nel giubbotto antiproiettile, auricolare all'orecchio e pistola in mano, il colonnello aveva dalla sua una qualità fondamentale: la calma.

Presentazioni. Una curiosa miscela di rispetto e disprezzo reciproci.

«Come vede la situazione?» chiese Morvan per cortesia.

«Non è favorevole. Non ho nessun punto sopraelevato dove posizionare i cecchini né la possibilità di avanzare restando al coperto.»

«Non parlavo del posto. Come pensa di intervenire?»

«Bisogna prima negoziare.»

«Sono d'accordo», mentì Morvan.

«I nostri psicologi...»

«Lasci perdere gli psicologi. Conosco questi stronzi e l'assassino al quale si ispirano. Si credono protetti da forze magiche. Dobbiamo parlare la lingua che anche loro...»

«Il nostro negoziatore sta arrivando.»

«Sono io il negoziatore.»

«Sta scherzando? Lei è qui come inviato del ministro degli Interni. Non dovrà intervenire sul campo...»

«Conosco il caso. Conosco la loro psicologia. Posso...»

Gallois guardò l'orologio. «Aspettiamo il nostro uomo.»

Il passamontagna gli conferiva un'aria se possibile ancora più ottusa. A Morvan sembrava di stare a discutere con Fantômas in una trincea di Verdun. *Fantastico.*

«Secondo il mio rapporto», ricominciò l'altro, «da diverse ore non viene registrato nessun movimento, nessun rumore. Forse si sono fatti saltare le cervella.»

«Non hanno messo in piedi tutto questo per ammazzarsi così.»

«Cosa vogliono allora?»

«Lasci che mi metta in contatto con loro.»

«È fuori questione. Non siamo pagati per far sparare ai civili.»

«Ci vado io», si offrì Verny. «Sono a capo dell'inchiesta. Sarò più credibile. Voi copritemi le spalle.»

Gallois lo squadrò per un istante. Anche Morvan lo osservò: un tipo ben piazzato e dall'aria determinata che non parlava alla leggera. Quegli squilibrati gli avrebbero sparato come a un coniglio. Sarebbe stato ordinato l'assalto. A quel punto lui avrebbe potuto fare ciò che doveva.

Ma era davvero il caso di rischiare in quel modo la vita del gendarme?

«Se si avvicina, da solo e disarmato», chiese Morvan al colonnello, «come potrà coprirlo?»

«Il retro della casa è a picco sulla scogliera. Impossibile prenderli alle spalle. Possiamo soltanto accerchiarli dai lati. Dopodiché lanceremo fumogeni, lacrimogeni e granate *multibang* per neutralizzarli.»

Quella del rumore era l'ultima novità in fatto di armi d'attacco: le granate, oltre alle scintille e ai gas, producevano anche detonazioni di più di centottanta decibel, quanto bastava per paralizzare il nemico.

Gallois lanciò un'occhiata in direzione dell'edificio. Il giorno che stava sorgendo rendeva sempre più evidente la difficoltà dell'obiettivo, piazzato su un terreno completamente aperto.

«Poi c'è il problema del muretto.»

La casa era circondata da una cinta alta circa un metro. Dopo averla superata, Verny sarebbe sparito dal loro campo visivo. Impossibile proteggerlo.

«È sicuro?» insistette il capo del gruppo.

Il tenente colonnello depose la propria arma e si accovacciò sulle ginocchia, pronto a uscire dalla trincea.

«Tengo il giubbotto sotto la giacca.»

«Avverto i miei uomini. Le do l'okay via radio.»

Senza attendere risposta, Gallois si issò e raggiunse di corsa la trincea successiva.

«Possiamo trovare un'altra soluzione», tentò ancora Morvan mentre Verny si chiudeva la giacca a vento.

«No, lo sa bene anche lei.»

Grégoire si voltò verso Le Guen e Archambault. Visi tesi, muscoli e ossa che guizzavano sotto pelle. Dietro di loro, gli uomini in assetto da combattimento si moltiplicavano lungo la piana, dilagando sul terreno come una pioggia nera.

Verny fece un gesto che avrebbe voluto essere rassicurante. «Al minimo segnale di ostilità, faccio dietrofront.»

Il gendarme si chinò per ascoltare meglio dall'auricolare: l'operazione cominciava. Si alzò in piedi e uscì. Nel medesimo istante due ombre sbucarono da un'altra trincea e scivolarono in mezzo all'erba. Morvan si decise a infilarsi l'auricolare e ascoltò le direttive del numero uno: ormai tutti quelli che avanzavano verso la casa con le imposte azzurre erano sotto i suoi ordini.

Verny era arrivato a cento metri dall'edificio quando il primo sparo lo fece cadere a terra. Il secondo colpo sibilò nell'aria come una freccia di cristallo, subito seguito da una raffica. Gli stronzi avevano fucili mitragliatori.

Morvan stava per lanciarsi fuori dalla trincea per recuperare l'ufficiale quando vide che gli uomini del GIGN si erano già precipitati. Nuove detonazioni. Pregò che i tre psicopatici non utilizzassero cartucce in carburo di tungsteno, capaci di penetrare nel kevlar.

A testa bassa, i gendarmi trascinavano Verny per le cinghie del giubbotto antiproiettile. Dalla sua postazione, Morvan notò che era ancora cosciente. Nessuna traccia di sangue. Avevano mirato al petto, protetto dal giubbotto. Un segno di buona volontà?

La squadra di soccorso si buttò nella trincea. Verny stava

soffocando. Gli strapparono le cinghie di velcro. Morvan aveva visto male: il gendarme era stato colpito, il sangue gli colava dalla gola. Osservò la ferita. Sembrava che il proiettile avesse soltanto sfiorato la carne del collo, sul lato sinistro. Qualche millimetro più in là c'era la carotide: Verny aveva avuto fortuna. La guerra era stata dichiarata.

Quasi a conferma nell'auricolare gli giunse l'ordine di Gallois: «Lanciamo l'assalto».

La sua voce soffiava nel ricevitore come una turbina.

«Mi mandi un medico, piuttosto», ruggì Morvan mentre Le Guen prestava i primi soccorsi a Verny.

I gendarmi sarebbero morti come mosche. Vittime, provvedimenti disciplinari, settimane di critiche sui media. Si prospettava una valanga di merda senza uguali.

Si alzò e vide Gallois – o almeno sembrava lui – che faceva ruotare il braccio in aria. Le ombre si misero in movimento ai quattro angoli del campo. Almeno una ventina di uomini che avanzavano a coppie, i primi con uno scudo antiproiettile, i secondi armati con un fucile d'assalto.

Morvan non sentiva più niente. Erano passati al linguaggio dei segni. Una volta conosceva il significato di quei codici ma ormai aveva dimenticato tutto. Era condannato a seguire l'operazione come un comune spettatore.

Nuovi colpi furono esplosi. Breve fermo immagine. Poi tutto si rimise in moto, con i gendarmi che cominciavano a rispondere al fuoco. Le raffiche crepitavano nell'aria. Frammenti di materiali vari esplodevano volando dappertutto: zolle di terra dalla parte del commando; granito, legno e ardesia intorno alla casa.

Morvan si arrischiò a dare un'altra occhiata: stavano portando via Verny. I colpi piovevano da ogni direzione. Archambault e Le Guen sparavano con la sicurezza tipica dei militari ben addestrati. L'esperto di sette se ne stava paralizzato sul fondo della trincea, le mani strette intorno alla 9 mm. Anche Grégoire si sentiva sopraffatto: l'ultima volta che aveva partecipato a un'operazione simile era stato negli anni Ottanta. Che cazzo ci faceva lì?

"No. Il cadavere si muove ancora, mio generale." Si raddrizzò, si strappò l'auricolare, caricò un colpo in canna nel suo fucile a pompa e cominciò a sparare. Gli bastò un istante per sentirsi parte dello scontro. Avrebbe ucciso o sarebbe stato ucciso: la decisione ormai era presa.

La sparatoria continuò. L'aria era attraversata dai fischi dei proiettili. L'odore di polvere da sparo riempiva le narici. Ricaricò. Stava per esplodere un altro colpo quando si accorse che gli assalitori erano arrivati all'altezza del muretto di cinta. Due coppie erano disposte sui due lati del passaggio d'ingresso, un ginocchio a terra e il fucile appoggiato sulla guancia. Ora veniva il difficile: raggiungere la casa.

Dagli spiragli delle imposte uscivano di tanto in tanto delle fiammate, senza che si riuscisse a distinguere i tiratori. Difficile credere che avessero a che fare con un uomo in sedia a rotelle, uno zoppo e un mutante con una cresta di metallo.

Le teste di cuoio penetrarono nel giardino, due alla volta, i primi prendendo a destra, i secondi a sinistra. Un istante più tardi da dietro il muretto cominciarono a salire nuvole di fumo. Le granate lacrimogene avrebbero allontanato quei folli dalle finestre, consentendo agli artificieri di piazzare cariche esplosive sugli stipiti e sulle intelaiature.

Una detonazione improvvisa coprì ogni altro rumore. Si sollevò una gigantesca fiammata. Il muro di cinta si dissolse in una nuvola di calcinacci e polvere. Inizialmente Morvan pensò a un errore dei reparti d'assalto: il plastico doveva essere esploso loro tra le mani. Ma il boato era stato troppo forte. I detriti di pietra nera e i cocci di vetro piovevano dall'alto misti a resti umani e frammenti di kevlar.

«Cristo santo!» gridò Archambault alzandosi di scatto. Un attimo dopo un proiettile gli portò via mezza faccia. Crollò sul fondo della trincea. Al posto delle mascelle c'era ora una massa nerastra. Morvan mollò il fucile e premette con le mani sulla ferita. Le dita gli si colorarono di rosso. Gli occhi del gendarme si fecero bianchi. Era andato.

Morvan aprì i palmi imbrattati di sangue, frammenti di denti e saliva e li osservò. Lentamente, tornò ad accorgersi degli altri: Le Guen si era gettato sul corpo farfugliando qualche preghiera. Il poliziotto di Parigi stava vomitando.

Ma soprattutto, attraverso il fumo e i fili d'erba bruciata, scorse Erwan, suo figlio. In piedi sul ciglio della loro trincea con la pistola in mano, pronto a buttarsi nella fossa, si era bloccato davanti allo spettacolo di Archambault sfigurato. Ora se ne stava immobile come l'obelisco di place de la Concorde.

«STA' GIÙ!» gridò Morvan afferrandolo per la falda della giacca.

Erwan cadde nella buca senza distogliere lo sguardo dal cadavere di Archambault. Sembrava sotto shock. Il padre gli abbassò la testa mentre le pallottole continuavano a fischiare.

Lanciò un'occhiata in direzione dell'edificio: il muro era scomparso, l'orto aveva preso fuoco, le fiamme cominciavano a divorare l'edera e le ortensie. Un uomo si trascinava in mezzo al fumo tenendosi la coscia, che terminava con un moncone. Grégoire si accorse che il figlio se n'era andato.

Afferrò il fucile a pompa, raccattò qualche caricatore e se lo infilò in tasca. Un attimo dopo accorreva in aiuto di Erwan, che stava correndo verso la casa.

129.

L'aria era ormai un agglomerato di polvere e fumo. I proiettili fischiavano da tutte le parti, tracciando un reticolato invisibile sopra le loro teste. Erwan stava scavalcando i detriti del muro quando Morvan lo afferrò per la spalla.

«Che cazzo fai?» gridò voltandosi verso di lui.

Grégoire si infilò il fucile sotto il braccio sinistro, estrasse la Beretta e gli sparò un colpo all'altezza dell'anca, proprio quello che serviva per metterlo fuori gioco durante l'operazione. Erwan si premette la ferita con le mani prima di crollare tra i calcinacci.

Gaëlle.

Loïc.

Milla.

Lorenzo.

Non poteva lasciarli senza un uomo in famiglia.

Rinfilò la pistola dietro la schiena e partì senza voltarsi, armando il suo Ithaca. La porta d'ingresso, sventrata, ricordava una bocca irta di zanne. Varcò la soglia con un'unica convinzione: nessuna pietà.

Si ritrovò in un ambiente rustico – mattonelle, travi a vista, mobili in legno cerato – completamente devastato, coperto di pezzi di intonaco. Aveva a disposizione meno di due minuti per uccidere tutti o farsi ammazzare. Mosso dall'istinto voltò la testa a sinistra: un diavolo nero, FIM-92 Stinger in spalla, stava in un angolo della stanza.

Fece fuoco buttandosi a terra. Il suo fucile consentiva lo *slamfire*: bastava tenere il dito premuto sul grilletto per cominciare a sparare a raffica...

Quando toccò il pavimento, aveva già vuotato il caricatore. In quello stesso istante il missile lanciato dal nero raggiunse la parete dietro di lui. Big bang di luce e di pietra. Si alzò di scatto: le fiamme gli bruciavano la schiena. Gettò via il fucile ed estrasse la 9 mm. Zero visibilità. Agitò il braccio sinistro per disperdere il fumo e avanzò. Il nigeriano non aveva più la testa, il suo addome vomitava viscere che la polvere aveva già seccato.

Mise il colpo in canna.

«Dove siete, stronzi!» gridò muovendosi in direzione della stanza accanto. «Venite fuori!»

Sparò in aria per rimarcare le proprie parole e per poco un pezzo di soffitto non lo colpì in testa. Non sentiva più niente da un orecchio ma era decisissimo a continuare anche in modalità mono.

«DOVE CAZZO SIETE?»

Barcollava nella tormenta, le mani strette intorno al calcio della pistola, quando udì uno sparo alle sue spalle. Si girò tendendo le braccia in avanti: nessuno. Abbassò lo sguardo. Era stato il suo Ithaca. Una cartuccia era rimasta in canna e le fiamme, avvolgendo l'arma, avevano fatto partire il colpo. Ucciso dal suo stesso fucile, proprio un bel modo di morire...

In quell'istante una sagoma comparve da dietro una tenda biancastra alla destra di Morvan: Redlich gli puntava contro una calibro 45 la cui canna pareva larga quanto la bocca di un lanciafiamme. La postura e la saldezza del braccio erano quelli di un tiratore ben addestrato.

Grégoire premette il grilletto senza nemmeno pensare ad abbassarsi (le reazioni ora si succedevano come palle di un cannone, una dopo l'altra). La forza del rinculo lo spinse nuovamente oltre la soglia. Continuò a sparare, senza vedere niente. Quando il fumo si dissolse, Redlich era steso per terra, molto lontano da lui, coperto di calcinacci e di sangue.

E due. Quegli stregoni non erano poi così potenti.

Un cerchio di fuoco lo stava circondando. Lo scavalcò e partì per controllare la cucina. Nessuno. Il terzo doveva essere al piano di sopra. Si lanciò su per le scale, si toccò le tasche e trovò un caricatore. L'arma era calda come un mattone appena uscito dal forno. Lui stesso stava soffocando sotto il giubbotto antiproiettile.

Corridoio sopra il salotto. Sotto di lui il fuoco imperversava ma per il momento non sarebbe riuscito a raggiungerlo. *Vamos.*

Prima stanza: niente.

Seconda stanza: niente.

Terza stanza: il bagno, inspiegabilmente fresco.

Aveva controllato tutto il piano: dov'era Lartigues? Si immaginò il disabile che stringeva in mano un fucile d'assalto o qualche altro strumento di guerra. Doveva ucciderlo, anche se per farlo fosse stato costretto a gettarsi nelle fiamme insieme a lui e alla sua sedia a rotelle.

Quarant'anni prima aveva risparmiato l'Uomo Chiodo, e quello era il risultato.

Tornò sui suoi passi. Aveva gli occhi pieni di lacrime, il volto ormai ridotto a una maschera di polvere rovente. Si asciugò le palpebre e si fermò: Lartigues stava davanti a lui, in fondo al corridoio, rattrappito sulla sedia. Le sue mani erano artigli avvinghiati su un fucile Remington. Ammesso che sapesse come usarlo, dopo averlo ricaricato sarebbe riuscito a sparare al massimo un paio di colpi prima che Morvan gli piombasse addosso.

Avanzò. O il fucile era caricato a pallettoni, nel qual caso Lartigues avrebbe avuto qualche chance di beccarlo, anche se soltanto con qualche piombino, oppure sparava cartucce normali, di quelle usate per la caccia al cinghiale, che riducevano notevolmente le probabilità di fare centro. D'altro canto, se lo avesse colpito in testa con quella roba, Morvan sarebbe stato decapitato.

Lartigues fece fuoco e fu proiettato all'indietro. Sul muro alla sinistra di Grégoire si aprirono una decina di buchi. Pallettoni. Si gettò sul disabile il quale, bloccato in un angolo, ricaricò e sparò un'altra volta. Bersaglio mancato, di nuovo. Lo scultore, che rideva e piangeva allo stesso tempo, sembrò rimpicciolirsi a vista d'occhio. Azionò la culatta e premette ancora il grilletto: il Vecchio era ormai a meno di tre metri.

La sventagliata lo raggiunse alla spalla sinistra, ma Morvan riuscì a non cadere. Stava per fare fuoco a propria volta quando fu colto da un'ispirazione. Gettò la pistola, si lanciò conto Lartigues, afferrò i due braccioli della sua sedia e la tirò verso di sé per metterla in posizione. Poi con un calcio la spinse giù per le scale in fiamme. Un remake *on fire* della celebre scena del *Bacio della morte*, dove Richard Widmark uccide una disabile buttandola giù dalle scale. Lartigues gridò, ma lui udì soltanto l'urlo del fuoco che lo divorava.

Sarebbe voluto scoppiare a ridere, ma in quell'istante le assi del pavimento si aprirono sotto i suoi piedi e l'unica cosa che gli riuscì di fare fu precipitare di sotto.

Atterrò in uno spazio già bruciato, in mezzo alla cenere, e attraverso il calore rovente avvertì un soffio di aria fresca. Era in ginocchio, praticamente illeso. Riuscì a rimettersi in piedi davanti a una parete sfondata che gli regalava la vista dell'immenso sorriso del cielo, puro e azzurro. Senza sapere come, si ritrovò a correre per la china pietrosa sul retro della casa. Erba grigia, rocce verdi, ciottoli color malva...

Si fermò all'ultimo momento, appena prima dell'abisso.

Pensò a suo figlio, dall'altra parte della casa, che avrebbe dovuto soccorrere. A Gaëlle, al sicuro nella clinica di Chatou, sorvegliata da poliziotti armati. A Loïc, che probabilmente ora dormiva, dopo avere svenduto la fortuna di famiglia. Pensò ai due nipotini, Milla e Lorenzo, assieme alla loro madre, la Vergine di ghiaccio, che dava loro tutto il calore di cui era capace.

Solo allora si accorse che anche lui aveva preso fuoco. Per essere più precisi, il suo giubbotto antiproiettile. Si sentiva bruciare i fianchi e le spalle. Infilò la mano tra le fiamme e riuscì a strappare le bande adesive del corsetto. Lo lanciò nel vuoto, ricordandosi che secondo il manuale di istruzioni il kevlar era ignifugo. *Col cazzo.*

Scoppiò a ridere: non poteva contare su niente e nessuno se non su sé stesso.

III

L'ALTRO

130.

Da quanto Gaëlle aveva capito, Erwan era stato raggiunto da un colpo esploso da chissà chi durante la sparatoria di cui tutti i media stavano parlando da quella mattina. Era stato trasferito in elicottero a Parigi, all'ospedale della Salpêtrière. La ferita non era grave: il proiettile gli aveva soltanto sfiorato l'anca sinistra, al di sopra dell'osso iliaco.

Anche suo padre, il vero eroe dell'operazione, se l'era cavata con poco. Aveva approfittato dell'elicottero del pronto soccorso per filarsela, lasciando che fossero il procuratore della repubblica e il prefetto a rilasciare una dichiarazione su quella irruzione dal bilancio particolarmente pesante. Gaëlle non ricordava già più il numero delle vittime, né da una parte né dall'altra, ma gli psicopatici erano tutti morti.

La cosa più piacevole ora era vedere il clan riunito in una stanza d'ospedale, proprio come due giorni prima, soltanto con Erwan nel ruolo del paziente da coccolare. Aveva avuto il permesso – "Grazie, papà" – di lasciare la clinica delle Feuillantines per andare a dare un bacio al fratello e li aveva trovati tutti là, fedeli a loro stessi, degni di una canzone di Jacques Brel. Morvan, con il braccio sinistro steccato, parlava al telefono. Loïc leggeva i suoi SMS sprofondato in poltrona. Maggie, più svanita del solito, bisbigliava all'orecchio del ferito, steso sul suo letto come un califfo.

Gaëlle si chinò su Erwan e lo baciò sulla guancia. «Come stai?»

«Come dopo un incontro di boxe.»

«In tribuna, vero?»

Aveva letto che era stato ferito prima dell'assalto condotto in solitaria dal padre.

«Molto divertente...»

Anche se aveva abbandonato i suoi progetti di parricidio, di suicidio e altre simili amenità, non poteva trasformarsi dalla sera alla mattina in una sorella modello. Lo abbracciò e si scusò per quella frecciata gratuita.

«I miei uomini non sono venuti con te?» le domandò il padre a mo' di buongiorno.

«Sono da basso. Si stanno fumando una cicca. E comunque non c'è più pericolo, vero?»

Morvan le lanciò un'occhiata torva e riprese la sua conversazione telefonica. «Hai ragione», disse al suo interlocutore, «non mi servirà a niente.»

Agitato, sembrava dibattersi in un pantano inestricabile, mentre lei si sarebbe aspettata di vederlo sommerso di complimenti. La situazione era senz'altro più complicata di quanto avesse creduto. Ciò nonostante il grande Morvan aveva dimostrato per l'ennesima volta di essere un eroe capace di ottenere i migliori risultati ricorrendo ai metodi peggiori.

Un padre giustiziere, un fratello ferito. L'onore del clan era salvo.

Seduta sul bordo del letto, si decise finalmente a formulare una domanda che sapeva essere stupida. «Allora, è tutto sistemato?»

«Sono morti, se è questo che vuoi sapere.»

«Quanti erano?»

Erwan le fece un breve riassunto parlandole dei quattro adoratori dell'Uomo Chiodo (i media ne avevano menzionati soltanto tre, non contando nel gruppo un certo Di Greco...), di trapianti di cellule, magia nera, omicidi rituali, vendetta... Un po' difficile da seguire, ma il fratellone sembrava in gran forma, pronto a rimettersi subito al lavoro. Solo allora, a ventinove anni suonati, Gaëlle cominciava ad ammettere a sé stessa di avere sempre più bisogno di lui.

«Quindi è tutto finito?» insistette.

«Non per quanto mi riguarda. Io ho ancora un sacco di rotture di palle...»

«Non essere volgare.»

«Voglio dire che mi devo sciroppare tutti i verbali, le scartoffie.»

«Scherzavo.»

Erwan sorrise con un attimo di ritardo, come al solito.

«Non farlo stancare.»

Gaëlle si voltò verso la madre e in un istante perse tutto il suo buonumore. Diede un ultimo bacio al fratello e uscì senza salutare gli altri. Nel corridoio le tornò in mente il Sainte-Anne. La corsa nel reparto sotto chiave, la fuga attraverso il passavivande... Non sapeva più se ridere o piangere.

Chiamò l'ascensore – più che altro un montacarichi lurido – e le porte si aprirono. Un infermiere spostò una barella per lasciarle un po' di spazio. Per fortuna non c'era nessuno steso sopra. Non avrebbe sopportato di vedere un vecchio ancora intontito dall'anestesia diretto in reparto. L'infermiere però indossava una mascherina chirurgica, e quel particolare bastò a riempirla d'angoscia.

Mentre scendeva il malessere si accentuò. Nel giro di qualche secondo le mancava il respiro. "Che cazzo mi prende?" Forse non sarebbe mai più riuscita a mettere piede in un ospedale.

Giunta al pianoterra si precipitò fuori passando per le porte a vetri che davano sul parco. La sua guardia del corpo, un nero di nome Karl, stava fumando tranquillamente nell'aria già carica d'ombra.

«Tutto bene?» le domandò con un sorriso.

Fece cenno di sì. Le sembrava di avere il cuore stretto in una morsa. La gola era un nodo di funi. «Allungami una paglia», gli ordinò con il fiatone.

131.

Due ore in compagnia della sua famiglia erano bastate per fargli venire una spaventosa emicrania, come quando, agli esordi della carriera di poliziotto, era stato costretto a passare intere giornate appostato in un furgone che puzzava di piscio e di cibo di McDonald's con le cuffie sulle orecchie. La madre e i suoi rimedi da sciamano, il padre e i suoi sguardi del tipo: "Diventerai un uomo, figliolo", il fratello che imponeva a tutti un documentario televisivo sui problemi di doping al Tour de France...

Solo Gaëlle era rientrata nelle sue grazie. Malgrado le cazzate che aveva combinato, gli era apparsa in tutta la sua purezza e la sua complessità. Come il profumo che portava, un miscuglio di Chanel e un'altra fragranza, più legnosa, quasi cinerea, che la faceva sembrare sempre appena uscita da una prima a teatro o da un funerale. Riccioli d'oro nella terra delle ombre.

Poi erano ricominciate le seccature: il commissario Fitoussi era andato a congratularsi con lui, accompagnato dal prefetto e da qualche politico il cui nome Erwan aveva subito dimenticato. Parole, complimenti, promesse di promozione... La sua posizione era migliore di quella del padre: essendo stato ferito prima dell'irruzione, non potevano rimproverargli nulla.

Ora era solo, seduto sul letto, con addosso un camice da ospedale, dopo aver sbocconcellato una cena infame. La televisione, senza volume, trasmetteva a ciclo continuo immagini della casa di Locquirec e foto dei morti.

L'ideale per riflettere un po' sul sinistro bilancio di quell'inchiesta. Per l'ennesima volta era il caso di dire: «L'operazione è riuscita, ma il paziente è morto».

Non provava nessun rimorso per i trapiantati, nonostante la loro scomparsa lo privasse di tutta una serie di risposte. Rivedeva soprattutto Archambault agonizzante, con il volto maciullato. Archambault, lo spilungone con gli occhiali e l'aria svagata, i talenti da marinaio e il suo personalissimo modo di contribuire alle indagini. L'uomo che gli aveva salvato la vita nelle docce della K76. Avrebbe avuto senz'altro diritto a una medaglia alla memoria, a struggenti funerali e al rapido oblio dei colleghi: Kaerverec doveva tornare al più presto al trantran quotidiano.

Erwan pensava anche a Verny, il quale, come dicevano i telegiornali, «era fuori pericolo di vita», e a Le Guen, in lacrime sul cadavere dell'amico. Ricordi di guerra sui quali non avrebbe potuto rimuginare all'infinito. Era un poliziotto e doveva essere contento che il caso fosse stato chiuso e gli assassini neutralizzati.

Alle sette di sera aveva ricevuto via e-mail il bilancio dell'operazione Beg an Fry (dal nome di un ponte nelle vicinanze) firmato da Verny in persona, decisamente indistruttibile. Il gendarme aveva allegato diversi documenti, fra i quali i certificati di morte di Ivo Lartigues, Sébastien Redlich e Joseph Irisuanga, le cui autopsie erano in corso, e la lista dei caduti tra gli uomini del GIGN: Arnaud Savec, trentadue anni, Nicolas Granaudet, ventinove, Philippe Astier, trenta. Si contavano anche cinque feriti tra i gendarmi, di cui due gravi. Erwan non aveva mai preso parte a un'operazione dall'esito così devastante.

Verny gli aveva trasmesso anche una sintesi sullo stato delle indagini. Le ricerche proseguivano tra le macerie della casa. Per il momento era già stato scoperto un vero e proprio arsenale: Colt 45, 356 Magnum a sei colpi, fucili d'assalto, ai quali si aggiungevano esplosivi, detonatori, granate... Gli esperti di balistica avrebbero avuto il loro bel daffare.

Da un punto di vista burocratico, del caso si stavano occupando diverse autorità: una squadra della gendarmeria di Brest, il servizio regionale di polizia giudiziaria di Rennes, gli agenti dell'OCRVP, specializzati nella lotta contro le sette. Il procuratore della repubblica di Quimper aveva assegnato un giudice per accertare le circostanze di fatto sul posto. La procura di Parigi, dal canto suo, avrebbe incaricato un magistrato di istruire un processo sulla serie di omicidi di cui erano sospettati «i tre folli di Locquirec», come titolava «Le Monde» quella sera.

Erwan lasciò ricadere la testa all'indietro e chiuse gli occhi. Aveva pensato che quell'inchiesta sarebbe stata la più importante della sua vita, l'equivalente del caso dell'Uomo Chiodo per il padre, ma i fatti non erano così chiari e ancora meno lo era il suo ruolo. Aveva smascherato i colpevoli, scoperto la loro trasformazione – nessuno ancora conosceva quel particolare –, tuttavia l'attenzione dell'opinione pubblica si era concentrata sull'impresa di Grégoire Morvan, che a sessantasette anni suonati aveva eliminato da solo i tre assassini.

Le scartoffie non potevano nulla contro le pallottole. Lui era un funzionario, suo padre un eroe.

Non aveva più ripensato al gesto della vecchia volpe, che l'aveva ferito per salvargli la vita. L'ennesimo abuso di potere paterno. Morvan non sapeva comportarsi altrimenti.

Bussarono alla porta.

Erwan aprì gli occhi e accese l'abat-jour. Audrey, il Sardina e Tonfa entrarono in fila indiana, ciascuno con un raccoglitore di cartone.

«Che roba è?»

«La sintesi degli atti del processo di Thierry Pharabot preparata dagli avvocati belgi», spiegò Favini.

«La sintesi?» si stupì squadrando i faldoni.

«Il processo è durato diverse settimane. Tutto è stato archiviato a Namur, non chiedermi perché. Il nostro agente di collegamento li ha trovati ieri. Si è sbattuto per riuscire ad averli, ha caricato tutto in macchina e ce li ha portati personalmente in commissariato questo pomeriggio. E brava la polizia!»

A turno, deposero i raccoglitori sull'unica sedia della stanza, formando una specie di torre di Pisa che pendeva pericolosamente.

«Abbiamo pensato che così avresti avuto qualcosa da leggere.» Audrey sorrise.

«Grazie. Dov'è Kripo?»

«Si sta occupando dei verbali. Assegneranno un giudice. Ci conviene finire i compiti...»

Non era un'impresa facile far coincidere nomi, date e luoghi con i loro sospettati senza andare a pescare dal fascicolo delle prove dirette o indirette.

«Ognuno di noi si è scelto un sospettato», spiegò Audrey, «e cercherà di incriminarlo dell'omicidio per il quale non ha un alibi.»

«Io mi occupo di Di Greco», disse Tonfa.

«Io di Lartigues», gli fece eco Audrey. «Nico sta lavorando su Redlich e Kripo su Irisuanga.»

Il nero era perfetto per l'alsaziano. Tra immunità diplomatica e relazioni sempre più tese con l'ambasciata nigeriana era il caso più difficile da trattare, almeno dal punto di vista burocratico. Una sfida per lo Scriba.

I poliziotti non sapevano già più che cosa raccontare. L'abat-jour, il letto sfatto, gli avanzi freddi di purè e pesce impanato. Alle sette di sera la stanza di Erwan annunciava il coprifuoco imminente.

«Bene, ce ne andiamo», concluse Audrey. «Quando ti dimettono?»

«Domani, spero.»

Tutti si guardarono: nessuno lo credeva possibile, ma non avrebbero mai osato contrariare il boss reduce da una battaglia mancata.

Un minuto dopo Erwan era di nuovo solo, con le palpebre pesanti e la mente offuscata. Allungò un braccio e afferrò un raccoglitore. Il peso gli strappò un grido di dolore. Mollò la presa e la cartella finì per terra. Non ebbe la forza di raccoglierla.

E comunque aveva davvero bisogno di rivangare il passato? Era il presente a preoccuparlo. Troppe questioni in sospeso: come si erano conosciuti quei fanatici? Come avevano organizzato tutto? In che modo spiegare quegli omicidi in cui nessuno dei sospettati era mai stato visto né riconosciuto? Come avevano potuto un uomo in sedia a rotelle e uno zoppo compiere simili prodezze? E Di Greco, così debole, com'era riuscito a uccidere Wissa Sawiris? Avevano agito insieme? Dove si trovava la stanza degli orrori nella quale le vittime erano state sacrificate? Che fine avevano fatto gli organi asportati?

Altre domande lo assillavano: qual era il movente degli stupri, che sottacevano un'ossessione privata, personale? Perché Di Greco si era suicidato quando la vendetta era appena all'inizio? Chi aveva tentato di ucciderlo a Fos? Cosa volevano davvero quegli squilibrati? Avevano previsto di eliminare tutto il clan Morvan?

Il *baby blues* dello sbirro, senza dubbio. Non sopportava l'idea dei verbali che gli sarebbe toccato redigere, dove tutto si sarebbe ridotto a un problema di orari, di analisi del DNA, di testimonianze dei vicini, senza contare il fatto che non ci sarebbe mai stato un processo, dal momento che i sospettati erano morti.

Un'altra idea gli attraversò la mente. Prese il cellulare e scrisse un SMS a Audrey: «Non dimenticarti di Marot». Suo padre gli aveva salvato la vita e aveva risolto a modo suo il nuovo caso dell'Uomo Chiodo, ma Erwan voleva ancora incastrarlo, fargliela pagare. Dopo una breve esitazione, premette INVIO avvertendo un sapore amaro in gola.

Stava per spegnere la luce quando qualcuno bussò alla porta. Prima che potesse rispondere, la vide sulla soglia, calma e regale. Occhiaie, sudore, volto tirato: una versione sgualcita di Sofia, ma pur sempre scolpita nel marmo di Carrara.

«Non ci speravo più», le disse sorridendo.

«Non volevo incrociare quei perfidi...»

«Chi?»

«Il resto della tua famiglia, angelo mio.»

Erwan sorrise e sollevò pudicamente il lenzuolo per coprire il camice di carta.

132.

Le undici di sera, avenue Matignon. Loïc dormiva ma era lui, Morvan, a sognare. Un bel colpo di stato in Congo.

Qualcosa che terrorizzasse tutti gli azionisti della Coltano e gli permettesse di riacquistare le sue azioni a un prezzo conveniente. Trader e broker avevano richiamato, Serano in testa, per confermare che le posizioni erano cambiate. Il valore del titolo calava e il portafogli di Morvan si svuotava. Non avevano ancora ricevuto notizie dalla Heemecht, ma il Vecchio non era preoccupato: Montefiori avrebbe fatto come concordato.

Nonostante avesse ancora da parte un sacco di soldi, considerato il potenziale di sfruttamento delle miniere e il prezzo di mercato delle azioni, quella massiccia cessione equivaleva a un suicidio finanziario. Una svendita totale dell'opera della sua vita.

Non rimpiangeva nulla. Quando i generali avessero notato il crollo del titolo, l'avrebbero chiamato per ottenere spiegazioni. Lui avrebbe finto di non saperne nulla, incolpando l'instabilità del mercato. Paradossalmente gli sarebbe stato più facile difendersi in questa brutta situazione, perché nessuno avrebbe mai sospettato che si stesse rovinando con le proprie mani.

I tre banchieri responsabili dell'accaduto avrebbero venduto le azioni. Kabongo le avrebbe ricomprate. Montefiori avrebbe fatto lo stesso. Anche Morvan avrebbe recuperato quanto poteva e il titolo sarebbe tornato al valore normale. Niente di più. I congolesi avrebbero dimenticato tutto e lui avrebbe potuto continuare lo sfruttamento lampo dei nuovi giacimenti, raddoppiando le milizie e l'esercito regolare sul territorio. Si sarebbe riempito di nuovo le tasche per poi lasciare tutto ai figli. Alla sua età si lavorava soltanto per il mondo a venire...

Si alzò (si era già tolto la stecca) e scompigliò affettuosamente i capelli di Loïc, che russava sulla poltrona dell'ufficio. Avevano lavorato tutto il giorno a quella cessione in perdita nei locali della Firefly Capital, come ortolani impegnati a rifilare verdure marce ai propri clienti. Nonostante la disfatta, era stato felice di trascorrere quelle ore insieme a suo figlio. Avevano riscoperto un barlume di complicità, come all'epoca della vela e delle regate.

Morvan andò alla finestra e osservò il traffico che disegnava strisce di rame ed effetti rosso rubino nell'oscurità della notte. Di tanto in tanto aveva dovuto prendersi qualche pausa per rispondere alle domande dei superiori sugli avvenimenti di Locquirec. La sua eroica impresa aveva attirato sia lodi sia critiche. Come sempre.

Era tutta la vita che doveva giustificare le proprie azioni, spiegare le proprie decisioni a una banda di incapaci che seguivano il gioco da bordo campo. Aveva ucciso a sangue freddo tre uomini: tre assassini, due dei quali, però, erano anche disabili. Ci sarebbe sempre stato qualche giornalista, qualche politico o qualche impostore pronto a pontificare che avrebbe potuto (e dovuto) comportarsi diversamente. Quando era giovane, critiche come quelle lo ferivano. In seguito lo avevano galvanizzato. Ora lo lasciavano del tutto indifferente. Erano il prezzo da pagare per una vita d'azione.

No, come sempre, il vero shock era interiore.

Quando ci si isola dal genere umano – ossia dalla massa – si diventa dei mostri, nel senso letterale del termine. Come diceva Nietzsche: «Se vuoi avere la vita facile, rimani sempre presso il gregge. Per il gregge dimentica te stesso». Morvan era ripiombato per l'ennesima volta in quegli abissi gelidi che conosceva così bene. Aveva dimostrato di essere diverso dagli altri. Di saper restare in equilibrio sull'insidioso confine tra la vita e la morte.

Ancora una volta era toccato a loro. Ma sarebbe benissimo potuto toccare a lui. Gli bastava aggrapparsi a quell'idea per vincere le vertigini. Quando si ha il vuoto dentro, non si avverte più il suo richiamo.

Restava un ultimo problema: il silenzio di Loïc. Suo figlio non aveva fatto nessun accenno al matrimonio combinato. Morvan percepì un leggero fruscio alle sue spalle. Girò la testa per dare un'occhiata.

Chi sa aspettare ottiene sempre ciò che vuole...

Seduto in poltrona, Loïc gli stava puntando addosso una pistola.

133.

Da quando Gaëlle era tornata dall'ospedale della Salpêtrière, l'angoscia non l'aveva più abbandonata. Per essere più precisi, dopo l'episodio dell'ascensore. Quella cabina sudicia e l'infermiere con la mascherina in piedi dietro di lei. Sul momento non era riuscita a capire le ragioni della propria inquietudine. Ora però lo sapeva: l'uomo del montacarichi le aveva ricordato l'assassino del Sainte-Anne. Anche se non aveva visto il viso né dell'uno né dell'altro. Il loro odore, forse. O più semplicemente il fisico...

Uscita dall'ospedale, aveva preteso che Karl l'accompagnasse a casa anziché alla clinica di Chatou. Il nero aveva chiamato Morvan: permesso accordato. Giunta sul pianerottolo, gli aveva chiesto di controllare l'appartamento e poi aveva chiuso a chiave la porta, confinando entrambi in quella «zona sicura». Karl doveva essersi fatto delle idee (sicuramente era al corrente della fama di Gaëlle), ma per quanto la riguardava poteva pure continuare a sognare: lei ormai aveva cambiato rotta. In quel momento era soltanto terrorizzata.

Subito dopo si era buttata sui canali d'informazione. Per ore non aveva fatto altro che seguire i telegiornali e le edizioni speciali sulla sparatoria di Locquirec – che alcuni avevano ribattezzato il massacro della Costa di granito rosa – come per convincersi che tutto fosse davvero finito. Aveva visto le barelle, i sacchi con i cadaveri, le macerie carbonizzate. Aveva seguito la cronologia degli avvenimenti. Secondo la versione ufficiale Ivo Lartigues, Sébastien Redlich e

Joseph Irisuanga erano stati uccisi nel corso dello scontro a fuoco da un solo uomo: suo padre.

Ma il caso era stato risolto? Gli assassini in realtà erano quattro (gliel'aveva detto Erwan), tuttavia chi poteva affermare con sicurezza che non ce ne fossero altri? Aveva provato a chiamare il fratello. Niente. Suo padre, la stessa cosa. *Stronzi.* Quando si trattava di sbatterla in manicomio o metterla alla gogna si facevano sempre trovare, e adesso che aveva bisogno di loro...

Andò a prendere una Coca-Cola Zero. Si sentì ingiusta: Morvan padre e figlio erano sempre presenti, anche quando non li cercava.

Per arrivare in cucina dovette attraversare l'anticamera che fungeva da minuscolo salotto, dove Karl stava di sentinella. Compresso su una poltrona a giocare a *Candy Crush*, sembrava avere accettato il fatto che quella sera non avrebbero rimesso in scena *Bodyguard*, il film con Kevin Costner e Whitney Houston.

Gaëlle prese la lattina e tornò in camera da letto. Bevve un sorso ghiacciato osservando il colosso con la coda dell'occhio. Anche quella presenza la disturbava: se davvero era tutto finito, che motivo aveva Karl di restare ancora lì?

Si mise davanti alla finestra e osservò la strada deserta. Nella luce fioca di un lampione le parve di scorgere un'ombra proprio sotto il suo palazzo. Aprì il vetro e si sporse in fuori con il busto. Immediatamente un paio di mani la afferrarono e la scaraventarono sul divanetto della stanza.

«Sei pazzo?» Gaëlle ridacchiò nervosamente. Si era appena ricordata che Karl doveva proteggerla soprattutto da sé stessa.

Il nero richiuse lentamente la finestra, senza risponderle.

«Fuori c'è qualcuno. Mi sembra che stia sorvegliando il palazzo.»

La guardia del corpo le lanciò un'occhiata carica di scetticismo.

«Te lo giuro!» gli gridò rimettendosi in piedi. «Non mi sento sicura. È da quando sono uscita dall'ospedale che ho l'impressione di essere seguita.»

Karl si voltò lentamente verso di lei. Aveva un modo di muoversi e di respirare adeguato alla sua massa muscolare, che non era cosa da poco.

«Non puoi scendere a controllare?»

«Non se ne parla neanche. Devo restare con lei.»

Le parole nella sua bocca producevano il rumore di grossi massi che rotolavano lungo un pendio.

«E vedere se c'è un tipo qui sotto? Quello non fa parte del tuo lavoro?»

Karl scosse la testa. Gaëlle sapeva che riceveva ordini direttamente da suo padre. Il vantaggio: le decisioni erano prese in un istante. L'inconveniente: ci pensava due volte prima di disturbare il «padrone».

Alla fine, malvolentieri, infilò la mano sotto la giacca e tirò fuori il telefono.

134.

Quando gli squillò il cellulare, Morvan indicò la tasca della giacca. «Posso?»

Suo figlio lo teneva ancora sotto tiro. Da circa dieci minuti erano impegnati in una conversazione senza capo né coda con una 9 mm sbucata da chissà dove a fare da mediatore.

I suoi peggiori timori erano stati confermati: Sofia aveva già parlato con Loïc il quale, per strategia o per qualche altro strano motivo, aveva trattenuto la sua collera fino a quel momento. Era rimasto tutto il giorno accanto al padre per svendere le azioni e ora, mentre i fumi della coca stavano evaporando nel suo cervello, minacciava di ucciderlo.

Il telefono continuava a squillare.

Morvan non aveva paura di Loïc. Come tutti i bambini abituati ad avere qualsiasi cosa vogliano, suo figlio non avrebbe fatto del male a una mosca. Particolarmente adesso che seguiva gli insegnamenti del buddhismo. E comunque per riuscire a sparare a qualcuno bisognava avere superato una certa linea dalla quale lui si era sempre tenuto lontano, pur senza saperlo.

«Posso rispondere o no?»

Finalmente Loïc acconsentì con un cenno della testa.

Karl. L'uomo al quale aveva affidato Gaëlle.

«Problemi?»

«No. Insomma... sua figlia crede di aver visto qualcosa.»

«E cioè?»

«Un uomo... che starebbe sorvegliando il palazzo...» Esitò. «Non è chiaro...»

«Dove sei?»

«Nell'appartamento. Con lei.»

Morvan si immaginò la scena, quasi divertito: Gaëlle, in parte spaventata e in parte arrabbiata, in piedi davanti al nero a braccia conserte, che lo osservava con i suoi occhi di ghiaccio, mentre il vecchio legionario si trovava fra l'incudine e il martello.

«Non hai qualche collega di sotto?»

«Sono solo. Me l'ha detto lei...»

«Lo so. Hai visto qualcosa?»

«Dalla finestra niente. E non voglio scendere per non lasciarla da sola.»

«Chi altri è disponibile?»

«Ortiz.»

«Digli di venire. Uno di voi resta di sopra, l'altro dà un'occhiata nei paraggi.»

«Vuole parlare con sua figlia?»

«No. Richiamami quando siete pronti.»

Riappese e guardò Loïc, che non si era mosso. Il suo volto era scosso dai tic e le palpebre erano impercettibilmente abbassate. Uno strano mix di nervosismo e sonnolenza.

«Se avessi avuto intenzione di sparare, lo avresti già fatto da un pezzo. O mi sbaglio?»

«Chiudi il becco. Voglio capire.»

«Cosa?»

«Com'è che puoi servirti di noi per i tuoi traffici.»

Quando Morvan fece per avvicinarsi, il dito di Loïc si contrasse sul grilletto. Si fermò: gli incidenti erano questione di un attimo. «Ascolta», gli disse con voce tranquilla. «Eri alcolizzato all'età in cui gli altri fumano la prima sigaretta. Sei diventato eroinomane mentre i tuoi compagni si facevano gli spinelli. Quando sei diventato maggiorenne, eri già morto.»

«Dimentichi il mio viaggio in Tibet.»

«Quel vecchio frocio non ti ha salvato.»

«Non parlare di lui in questo modo!»

Morvan fece un gesto di scusa. «Voglio dire che sei rimasto fragile. Il matrimonio era un modo per proteggerti, per lasciarti la mia eredità.»

«Decidendo della mia vita?»

«Farti incontrare Sofia è stata una buona idea. La prova è che vi siete innamorati. Era la ragazza... ideale.»

«Sei tu che lo dici?»

«Sei stato felice con lei.»

«Chi vi credete di essere tu e suo padre? Degli dei?»

«Che importanza ha adesso? Non state divorziando? E non ho più nemmeno le azioni della Coltano...»

La mano di Loïc era scossa da tremiti. L'ipotesi che partisse un colpo involontario diventava sempre più probabile.

«Non te la caverai in questo modo! Non stavolta!»

Facendo finta di niente, Morvan si era ulteriormente avvicinato. Con un fendente della mano colpì il braccio che impugnava l'arma. Loïc gridò. Aveva mirato al tunnel carpale e al nervo mediano: il marmocchio avrebbe fatto fatica a scrivere per qualche giorno. La 9 mm volò all'altro capo della stanza. Afferrò il figlio per il collo e lo tirò in piedi. «Ascoltami bene, ragazzo mio. È da quando sei nato che ti proteggo, soprattutto da te stesso. Quanto a Sofia, ha sempre guardato la vita dal finestrino di una Mercedes. Non sapete niente, non avete mai dovuto lottare per ottenere qualcosa, quindi adesso è un po' tardi per farmi la lezioncina o atteggiarti da duro.»

Lo lasciò ricadere sulla poltrona. Loïc si rannicchiò massaggiandosi il polso.

«Potrei anche suicidarmi, uccidere Sofia e i bambini...»

«Intanto comincia a imparare come si usa una pistola.» Nel frattempo aveva raccolto l'arma: la sicura non era stata disinserita e non c'era nessun colpo in canna. «Vediamo di dimenticarci tutta questa faccenda», aggiunse in tono conciliante. «Da domani bisognerà cominciare a ricomprare. Ti devi mettere al lavoro e ottenere le...»

«Non hai capito?» gridò Loïc. «Me ne sbatto delle tue cazzo di azioni! In un'ora guadagno più di quello che tutte le tue miniere messe assieme ti fruttano in una giornata. Hai una visione da schiavista, completamente sorpassata! Ci si può arricchire senza far scorrere sangue né sfinire di lavoro intere generazioni di uomini. Colonialista del cazzo!»

Morvan incassò. Forse il figlio aveva ragione. Forse apparteneva davvero a un'altra epoca. Ma Loïc non era così stupido da ignorare che anche dietro la borsa e le operazioni finanziarie c'erano sudore, sangue e lacrime.

«Calmati», gli disse, come avrebbe ordinato a un ragazzino di occuparsi delle cose adatte alla sua età. «Il capitolo Coltano è chiuso. Le vostre fortune non si uniranno mai, dal momento che divorziate. Tutto è male quel che finisce male.»

Il figlio si alzò e si stirò: sembrava aver già sbollito la sua collera ed essersi scordato della pistola e delle minacce. Povero piccolo, capace di battere ogni record di incoerenza. «Potrebbe essere il tuo epitaffio», lo prese in giro.

«Quando la smetterete di giudicarmi, anche solo per un giorno?»

Loïc afferrò l'edizione serale di «Le Monde» che aveva sulla scrivania e gliela sventolò in faccia. Il titolo in prima pagina riguardava la sparatoria di Lacquirec e l'eroismo di Grégoire Morvan.

«Ce la metti tutta, vero?»

Stava per colpirlo un'altra volta quando si rivide mentre sparava a Erwan e fu subito colto da un profondo senso di nausea.

Infilò la pistola dietro la schiena e si mise la giacca.

«Adesso va' a dormire e domani mattina controlla i nostri conti. Ti richiamo.»

«Vaffanculo.»

Quando fu in strada, Morvan ispirò una boccata d'aria parigina: gas di scarico, odore di asfalto umido, vapori di benzina. Per lui era come aria di montagna. Compose il numero di Karl per sapere se con Gaëlle era tutto a posto.

Aveva una gran voglia di addormentarsi e di non svegliarsi mai più.

135.

Erwan apprezzava una sola cosa dell'ospedale: gli orari. Colazione alle sei del mattino, sostituzione delle bende alle sette: nessun problema. Poi aveva atteso che aprisse l'ufficio amministrativo per firmare la liberatoria per la dimissione, con cui sollevava l'ospedale da qualsiasi responsabilità.

La sera prima un agente della polizia giudiziaria gli aveva portato la sua macchina e, nonostante la fasciatura che gli stringeva l'addome, era riuscito a guidare senza difficoltà. Alle otto e mezzo stava percorrendo boulevard de l'Hôpital in direzione della Gare d'Austerlitz.

Il fatto che si fosse rimesso così in fretta non era dovuto al riposo ma soltanto a Sofia. I momenti che avevano trascorso insieme la sera prima erano stati, come dicono gli intagliatori di diamanti, *flawless*, «privi di difetti». Avevano fatto l'amore e ogni movimento gli aveva strappato un gemito di dolore. La cosa gli aveva dato un piacere intenso che forse aspettava da tutta la vita. Quello del giansenista incapace di godere senza la sofferenza del castigo.

Dopo che Sofia se n'era andata, intorno a mezzanotte, non era più riuscito a dormire. Si era immerso negli atti del processo ed era stato sveglio tutta la notte a leggerli. Senza concludere niente, o quasi. Ma ora si sentiva purificato, percorso da una sorta di eccitazione febbrile.

Stava risalendo lungo il quai de Montebello quando Kripo lo chiamò.

«A che punto siete?» gli domandò Erwan senza lasciargli il tempo di parlare.

«Non abbiamo scoperto un bel niente. Nessun rapporto,

nessun collegamento specifico fra i nostri uomini e gli omicidi.»

«Spiegati meglio.»

«In ciascun crimine, uno qualunque dei sospettati potrebbe essere stato l'assassino. Nessuno di loro ha un alibi. Ma è tutto quello che abbiamo. Di Greco sarebbe potuto scendere a terra per ammazzare Wissa Sawiris nella notte del 7 settembre ma, per quanto ne sappiamo, potrebbe benissimo anche essere andato a pescare. Lartigues era solo la sera dell'11 settembre, però non vuol dire che si trovasse sotto Pont d'Arcole. Redlich conosceva Pernaud, anche se nessuno lo ha mai visto in rue de la Voûte e così via.»

«Le prove materiali?»

«Durante la perquisizione dell'atelier di Lartigues e della casa galleggiante di Redlich non è stato trovato niente.»

Quai des Grands-Augustins. Quai de Conti. Quai Malaquais. Non aveva nemmeno dato uno sguardo al commissariato, sull'altra sponda della Senna, da dove Kripo gli stava parlando. «E tu, con Irisuanga?»

«La muraglia cinese. Appartamento e galleria sono protetti dall'immunità diplomatica. Domenica era di sicuro alla festa di Lartigues, ma a che ora se n'è andato? Mistero.»

«È tutto?»

Kripo rispose in un tono che non gli aveva mai sentito usare: «È tutto? Sto provando a spiegarti che forse ci siamo sbagliati, che tuo padre ha accoppato tre sciroccati nessuno dei quali era l'Uomo Chiodo, che il vero assassino è ancora a piede libero... e tu mi domandi se è tutto? Stai diventando davvero incontentabile in fatto di grane...».

Erwan non replicò. Quelle nuove informazioni confermavano, misteriosamente, quanto aveva appreso dalla lettura degli atti processuali. Si era sciroppato i compendi delle testimonianze, le dichiarazioni allucinate di Pharabot, le sintesi delle arringhe, tutto senza trovare niente di importante.

Non erano le righe scritte di quei documenti ad avergli parlato, bensì i loro spazi bianchi. *Qualcosa non quadrava.* C'era un particolare che gli sfuggiva, un dettaglio che, pur riguardando crimini commessi quarant'anni prima, avrebbe potuto aiutarlo a comprendere meglio quel caso.

«Mi ascolti? Cosa facciamo?»

«Continuate a indagare, frugate nel loro passato, trovate un cazzo di movente.»

«Ma comunque non avremo prove dirette.»

«Per questo possiamo fare ben poco. Chiuderemo il fascicolo soltanto con le indirette.»

«Non ti riconosco più.»

«Si chiama "principio di realtà".»

«Okay. Lo comunico agli altri.»

Kripo riagganciò mentre Erwan attraversava il Pont Royal in direzione di rue des Pyramides. Quartiere dell'Opéra: cambio di scena. All'accademia di polizia insegnavano che le grandi arterie dell'epoca del secondo impero, larghe e dritte, erano state concepite per controllare le rivolte popolari, sparare cannonate e lasciar passare la cavalleria. «La dimostrazione», gli aveva confermato suo padre, «è che il '68 è scoppiato sull'altra sponda della Senna!»

Era giunto il momento di far tremare il Vecchio.

«Sei ancora in ospedale?» gli domandò Morvan in tono preoccupato quando Erwan lo chiamò.

«Sto tornando a casa.»

«Ti hanno dimesso?»

«Mi hai fatto solo un graffio...»

«Dobbiamo parlarne. Ho dovuto...»

«Non ho più nemmeno la forza di avercela con te.»

«Vittoria per abbandono!» Morvan rise. «Ti dovresti riposare.»

«Sono in partenza.»

«Posso darti le chiavi di Bréhat.»

«Vado in Belgio.»

Breve pausa.

«Perché in Belgio?»

«Questa notte ho letto gli atti del processo di Lubumbashi. Tre raccoglitori di quattro chili ciascuno.»

Nuovo silenzio. Erwan passò accanto al Palais Garnier, sontuoso e dorato, per poi prendere una traversa in direzione di rue Lafayette, un altro vialone progettato su misura per la cavalleria leggera.

«Dove te li sei procurati?»

«A Namur: avevano in archivio le trascrizioni degli avvocati.»

«Cosa cerchi di preciso?»

«Ci sono alcuni elementi che mi sembrano poco chiari. Per non dire strani.»

«E allora? Il caso è chiuso e i colpevoli sono morti.»

«Forse no. Restano ancora molte domande senza risposta. Il fatto che quegli squilibrati si siano fatti impiantare il midollo osseo di un morto non li rende automaticamente degli assassini.»

«Hanno ammazzato due gendarmi.»

«Vero. E si sono barricati a Locquirec con un arsenale. Ma voglio essere sicuro che siano stati loro a uccidere Wissa Sawiris e gli altri.»

«Continui a non rispondere alla mia prima domanda: perché il Belgio?»

«Voglio interrogare alcuni testimoni del primo caso.»

«Quali?»

«Non lo so ancora.»

Preferiva non fare nomi.

«Non ti porterà da nessuna parte, ragazzo mio. Sta' attento: c'è mancato poco che questa storia mi facesse diventare pazzo.»

Decise di stuzzicare un po' il Vecchio. «Però al processo sembravi esserci perfettamente con la testa.»

«Cosa vorresti dire?»

«Leggendo le tue testimonianze ho avuto l'impressione che tu ce l'abbia fatta soprattutto grazie alle tue capacità oratorie.»

«Non credi che Pharabot fosse colpevole?»

«Non dico questo. Avevi *vere* prove e *vere* confessioni. Ma per quanto riguarda i fatti e le circostanze restano ancora diverse cose da spiegare.»

«Che cazzo vorresti insinuare? Che non ho fatto il mio lavoro?»

«Mi pongo soltanto una domanda. L'Uomo Chiodo aveva colpito nove volte...»

«Se non l'avessi arrestato, sarebbe toccato a tutte le studentesse di Lontano.»

«Appunto. Nel clima di paranoia che si era creato, come ha fatto ad avvicinarle? Quando c'è un assassino a piede libero a Parigi, una città di più di due milioni di abitanti, nessuna donna esce più di casa. Lontano aveva soltanto qualche decina di migliaia di anime...»

«Hai visto la sua foto?»

«No. Non ho trovato nessun documento antropometrico.»

«Pharabot aveva il terrore delle macchine fotografiche. Una superstizione africana. Era un ragazzo biondo, con i capelli tirati all'indietro e una faccia d'angelo. Un'espressione che era un misto di dolcezza e sgomento. Perché avrebbero dovuto diffidare di lui?»

Quella risposta non aveva senso. Erwan immaginò il panico delle studentesse e delle segretarie dell'epoca. Anche un vecchio con una gamba sola sarebbe riuscito a terrorizzarle.

Stava percorrendo rue Cadet. Presto sulla destra avrebbe trovato rue de Bellefond. Mentalmente stava già preparando la valigia.

«Forse in Belgio troverò qualche risposta. E, se non dovesse bastare, andrò in Africa.»

«Quali risposte? Sei impazzito?»

«No, sono solo ferito... Pharabot e i suoi omicidi sono l'albero che nasconde la foresta.»

«Quale foresta? All'epoca...»

Erwan era entrato nel parcheggio del suo palazzo. Si accorse che era caduta la linea.

Il cemento aveva i suoi lati positivi. Era l'unica cosa che riusciva a far chiudere il becco al Vecchio.

136.

Un'ora e mezzo di treno ad alta velocità. Erwan aveva fotocopiato gli estratti più interessanti del processo per poterli rileggere. Tutta Lontano si era presentata alla sbarra dei testimoni: genitori, inquirenti, datori di lavoro, missionari, operai... Nessuno sapeva niente, oppure le trascrizioni erano incomplete. L'unica cosa evidente era la paura: una sorta di terrore sacro accompagnava la scoperta di ogni nuovo cadavere. Tra quelle righe si indovinava una comunità che aveva quasi smesso di vivere in attesa che la bestia venisse neutralizzata.

I capi di Pharabot descrivevano invece un dipendente senza passato, scrupoloso, sempre in missione nella foresta. L'ingegnere era un vero e proprio psicopatico, un mostro glaciale perfettamente mimetizzato. Aveva trovato una sorta di equilibrio tra le sue paure e i suoi crimini. Assassino organizzato, meticoloso, coscienzioso, la sua «opera» era stata per lui una sorta di centro di gravità, di bacino di raffreddamento che gli aveva impedito di crollare travolto dal proprio terrore.

Alcune risposte:

«Perché ha ucciso quelle donne?».

«Un attacco superiore esige una reazione superiore.»

Oppure: «Ha deposto il corpo della vittima sulla pista di Ankoro?».

«Gli unici sentieri che percorro sono quelli dello spirito. Mi muovo nel secondo mondo.»

O ancora: «Le donne che ha ucciso erano feticci?».

«Dentro la carne il *bilongo* ha caldo. È più potente.»

Erwan si era informato: il *bilongo* era lo spirito che si attivava all'interno della statuetta piantando un chiodo e sputandoci sopra o facendoci colare su del sangue.

Alcuni psichiatri belgi e francesi, ormai morti, erano stati convocati in Africa. I loro pareri contradditori non avevano permesso di stabilire se l'ingegnere fosse capace di intendere e di volere e nemmeno se soffrisse di una malattia psichiatrica in senso stretto, a meno di non voler considerare degli alienati anche san Giovanni Battista e Kōbō-Daishi. A sentire gli esperti, il confine tra fede e follia era estremamente labile.

La parte del processo che Erwan aveva trovato più interessante era quella riguardante le pratiche di stregoneria. Il più grande specialista in materia pareva essere un prete bianco, Felix Krauss, anche lui psichiatra, che aveva vissuto nel Basso Congo, residente a Lubumbashi dal 1969. Il giovane missionario aveva spiegato che il *nganga* era un giustiziere, un vendicatore in lotta contro gli stregoni che facevano il malocchio, diffondevano malattie ed esacerbavano le passioni fino a provocare la morte delle loro vittime. Il suo ritratto di Pharabot come un «*nganga* bianco» al servizio dei neri aveva scioccato tutti quanti, ma Krauss aveva ragione: l'ingegnere godeva di un enorme rispetto nella comunità operaia di Lontano.

Erwan aveva cercato notizie di Krauss su Internet. Il missionario ora insegnava etnologia e scienze religiose all'università cattolica di Louvain. Prima di prendere il treno, il poliziotto lo aveva avvertito della sua visita. Il prete bianco, che parlava francese con un accento spigoloso come le facciate degli edifici di Gand o di Bruges, gli aveva assicurato che sarebbe stato felice di aiutarlo. Era la sua unica pista: Erwan aveva provato a fare qualche ricerca anche sulle famiglie delle vittime, ma i de Vos, i de Momper e i Verhoeven erano numerosi in Belgio, e lui non aveva né il tempo né la possibilità di contattarli tutti, chiedendo a ciascuno di loro se avessero un passato africano.

Erwan concluse il viaggio osservando una foto di Thierry Pharabot che aveva scovato sul fondo di un raccoglitore: un rilievo antropometrico risalente a qualche giorno dopo l'arresto. Suo padre aveva detto la verità. Era un bel ragazzo dal viso stretto, i tratti regolari e l'aria gracile. Capelli e sopracciglia biondi, un'espressione sognante: difficile credere che quello fosse il ritratto del sovrano di un inferno le cui porte forse non si erano ancora chiuse...

Bruxelles, le sei di sera. Taxi. Ci sarebbe voluta mezz'ora per arrivare a Louvain. Erwan aveva sempre fantasticato sulle Fiandre, senza mai trovare il tempo di andarci. Considerava quella regione una sorta di scrigno contenente tutti i pittori che venerava, dai primitivi fiamminghi a maestri del diciassettesimo secolo come Rembrandt e Rubens.

Per il momento il paesaggio non l'aveva deluso. Orizzonte completamente piatto, crepuscolo dalle tonalità bronzee, ombre lunghe e languide. Per non parlare delle case e delle chiese, che sembravano tutte scolpite nella medesima pietra dai riflessi sanguigni. Nozze d'oro e di sangue...

«Non gira?»

Il tassista aveva lasciato passare l'uscita Leuven, in direzione est, per proseguire sulla N3, verso sud.

«Lei non sta andando a Louvain.»

«Le ho detto che...»

«Mi ha detto Louvain-la-Neuve.»

«Non è lo stesso?»

«No. È nella zona francofona.»

Erwan faticò a dissimulare la propria irritazione. «Mi spieghi: risparmieremo tempo.»

«Il Belgio è diviso in due: la parte vallona, dove si parla francese, e quella fiamminga, dove si parla neerlandese. Più o meno, insomma, ma...»

«Questo lo sapevo anch'io.»

«Fino alla fine degli anni Sessanta l'università cattolica di Louvain si trovava a Leuven, nella zona fiamminga, ma la metà degli studenti era francofona. Per quei fanatici sostenitori del principio "ogni lingua nel suo paese", la situazione era diventata intollerabile. Ci sono state manifestazioni, disordini. Quella che da noi si chiama una "crisi linguistica", e la parola d'ordine era: *Walen buiten!*, "Fuori i valloni!".»

Erwan si figurò una sorta di guerra di religione in cui si combatteva per la lingua.

«E poi?»

«Si è deciso per la separazione delle due università ed è stata costruita in tutta fretta una nuova città nel Brabante vallone.»

«Louvain-la-Neuve?»

«Proprio così. È molto particolare. Si è sviluppata nel giro di qualche anno.»

Erwan si aspettava edifici gotici, tetti spioventi, finestre a crociera. Scoprì invece una zona pedonale costellata da edifici anonimi e isolati dall'aspetto sinistro. Il tipo di agglomerati urbani che capita di trovare in periferia, tra un centro abitato e l'altro, e che accolgono caffetterie, lavanderie e supermercati.

«Ho un appuntamento alla facoltà di filosofia.»

«Si trova al Collège Érasme. Non posso entrare con la macchina.»

Si fece lasciare all'ingresso di una spianata grigia, ai piedi di un campanile in stile modernista. I suoi passi risuonarono sul sagrato. Le linee dell'edificio che si trovò di fronte si ispiravano vagamente all'architettura antica: finestre a punta, colonne con capitelli a V. Il risultato era strano, come se il costruttore avesse fatto colare del cemento nuovo dentro un vecchio stampo.

«Padre Krauss, per favore.»

Dietro al bancone dell'accettazione, uno studente flaccido indicò con l'indice verso il soffitto. Erwan sollevò lo sguardo: la biblioteca si sviluppava su più piani. Gli scaffali correvano attorno alla sala centrale. Pilastri bianchi e pannelli di legno chiaro si alternavano creando un regolare motivo bicolore.

Cercò le scale. Padre Krauss doveva aggirarsi nella sezione di psichiatria o di etnologia.

137.

Aveva settant'anni passati, ma i capelli bianchi tagliati a spazzola gli conferivano un'aria incredibilmente energica. Basso di statura, indossava un completo nero a buon mercato. Bisognava avvicinarsi per notare il colletto bianco, immacolato come un'ostia. Tra due file di libri, chino su un trattato di etnomedicina, padre Krauss offriva l'immagine rassicurante di un animale di una specie protetta che stia cercando di sopravvivere nel suo habitat naturale.

Erwan era sfinito per il viaggio, la notte in bianco e tutto il resto. Non aveva né il tempo né le forze per i convenevoli. Si presentò e chiese se ci fosse un angolino tranquillo dove poter parlare.

«Certo», rispose il missionario riponendo il libro nello scaffale. «Dopo la sua telefonata ho riguardato i miei appunti dell'epoca.» L'accento tedesco conferiva alle parole un timbro particolare.

«Posso vederli?»

«No. Segreto professionale. Venga con me, prego.»

"Cominciamo bene." Erwan lo seguì. A quell'ora la biblioteca era quasi deserta. Gli inserti in legno davano un'idea di movimento: se li si guardava a lungo, sembravano prendere vita e mettersi a danzare.

«Prima vorrei mostrarle una cosa.»

Avanzarono lungo il parapetto finché Krauss, servendosi di un tesserino magnetico, aprì una porta. Si ritrovarono in un'infilata di piccole sale senza finestre con le pareti di mattoni intonacati di bianco. Ogni stanza conteneva statuette africane, di legno o di argilla, coperte di chiodi, di fibre vegetali e di corde.

«Questa collezione è dedicata a Leo Bittremieux, un missionario della congregazione del Cuore immacolato di Maria degli inizi del ventesimo secolo; era uno studioso della cultura yombe e spediva enormi quantità di questi oggetti sacri in Belgio. Un vero fiammingo che si rifiutava di parlare francese anche davanti al re e detestava i coloni. Sosteneva che i bianchi non fossero andati in Africa per civilizzarla ma per passarle la sifilide.»

Erwan avrebbe preferito accelerare i tempi di quella visita guidata ma si disse che, in un certo senso, era andato lì anche per impregnarsi di quella cultura. Si fermò davanti a un feticcio vendicatore con un mantello di iuta, il petto irto di chiodi, minuscoli denti aguzzi e il cranio romboidale.

«Uno dei nostri pezzi più terribili», spiegò Krauss appoggiando la mano sulla testa della statuetta come avrebbe fatto un domatore con una belva addomesticata. «Questo *nkondi* liberava i bambini posseduti che mangiavano la terra.»

«Per la mia inchiesta ho già studiato abbastanza queste credenze e...»

«Non sono semplici credenze! È un vero e proprio sistema metafisico, la trama stessa dell'esistenza. Per i neri non esistono né il caso né fatti inspiegabili. Tra Dio e gli uomini esiste un mondo di mezzo: quello degli spiriti, delle forze occulte. Versione occidentale: un congolese muore di AIDS. Verità africana: uno dei suoi figli è uno stregone e l'ha ucciso facendolo ammalare.»

Stanza dopo stanza, i *minkondi* cambiavano d'aspetto fino a ridursi a pezzi di legno scolpiti rozzamente, sacchi di tela decorati con sassi, pietre legate con funi. Un semplice dettaglio bastava a trasformarli in oggetti sacri, pieni di potere e di significato.

«Quindi», riprese Krauss, «immagino che suo padre l'abbia iniziata a questo universo.»

«Sa chi è mio padre?»

«Ho controllato su Internet. Il suo nome non poteva essere una coincidenza.»

«Lo ha incontrato all'epoca?»

«Stranamente no. L'ho conosciuto molto tempo dopo, negli anni Duemila, quando ci ha prestato la sua collezione per un'esposizione.»

Erwan ignorava che i *minkondi* di Morvan avessero viaggiato.

«L'ultima volta che ci siamo visti», confessò Krauss raggiante, «mi ha fatto capire che li avrebbe lasciati in dono alla nostra università.»

Buona notizia: né lui né Loïc né Gaëlle avrebbero ereditato quelle statuette spaventose, cariche di energie negative. Erwan si fermò davanti a un bastone di legno di palma alla base del quale era attaccata una conchiglia, una sorta di pugnale mezzo vegetale e mezzo minerale.

«Qual è la differenza tra follia e fede?» proseguì Krauss. «La credenza che Gesù Cristo camminasse sull'acqua potrebbe essere oggetto di riflessione per uno psichiatra...»

«Pharabot ha ucciso ben nove persone in nome della sua fede.»

«Quanti massacri si sono consumati fra cristiani, musulmani o buddhisti in nome della religione? Siamo arrivati.»

Krauss aprì la porta della stanza e si scostò per lasciarlo passare.

138.

I neon si accesero sfarfallando e rivelarono una serie di tavoli da lettura.

«Si accomodi.»

Erwan si sedette a una delle scrivanie. Il prete prese posto di fronte a lui. Per l'occasione il poliziotto estrasse un registratore.

«Le dispiace?»

«Faccia pure, ma prima devo rivolgerle una domanda.»

«Prego.» Non era nella posizione di recitare la parte dello sbirro taciturno.

«Mi ha detto che sta indagando sulla serie di omicidi a Parigi.»

«Esatto.»

«Ho letto questa mattina sui giornali che i presunti colpevoli sono stati uccisi in una sparatoria in Bretagna...»

Erwan decise di raccontare una mezza verità. «Sì, ma per poter completare il mio rapporto ho bisogno di farmi un ritratto il più completo possibile dell'uomo che li ha ispirati: Thierry Pharabot.»

«Dunque sta ancora frugando nel passato dell'Uomo Chiodo alla ricerca di indizi sul presente. C'è forse qualche elemento che le sfugge?»

Erwan sorrise. Era abituato ad attribuire ai religiosi una sorta di innocenza beata, un'ingenuità che rasentava la stupidità. Krauss però non rientrava in quella categoria. «È vero. Le cose sono più complicate del previsto. I tre uomini uccisi nel Finistère veneravano l'Uomo Chiodo e siamo convinti che abbiano commesso gli omicidi di queste ultime due settimane. Ma ci mancano prove concrete. Può darsi che indagando sul loro modello riusciremo a trovare qualche nuovo indizio.»

Il belga non aveva smesso di sorridere. «Metta in funzione il suo aggeggio.»

Prima domanda. «Ricorda il suo incontro con Pharabot?»

«Certo. Quando fu arrestato, ero il responsabile di un dispensario a Lubumbashi. Mi convocarono e andai fino a Lontano per una prima perizia psichiatrica. Ero l'uomo adatto: oltre a essere un medico e un prete, conoscevo le credenze yombe.»

«Com'era?»

«In stato di shock.»

«Per gli omicidi?»

«Per la caccia che gli aveva dato suo padre.»

Erwan avvertì una stretta allo stomaco. «Cosa... cosa può dirmi a questo riguardo?»

«Non ne so molto. Era durata diverse settimane. Potremmo definirla... intensa.»

Erwan ripensò alla foto di Pharabot, indenne. «Crede che mio padre lo avesse torturato dopo la cattura?»

«Credo che l'inseguimento stesso fosse stato una tortura... mentale. Per entrambi. Pharabot conosceva la foresta. Grégoire Morvan, invece, non l'aveva mai vista. Ma nonostante questo non si era arreso. Aveva braccato la sua preda. L'aveva affamata e messa in trappola finché non era riuscito a catturarla e a riportarla a Lontano.»

Nella voce del vecchio missionario si percepiva una sorta di ammirazione. Quell'uomo, che avrebbe dovuto essere contro ogni metodo brutale (in quanto psichiatra) e credere nella compassione (in quanto prete), provava rispetto per l'audacia e la tenacia del cacciatore.

«Non era stata soltanto una questione di resistenza fisica», aggiunse. «Nel cuore della giungla, Pharabot si trovava nel suo territorio: il mondo delle forze occulte. Suo padre era solo davanti a un universo potente e ignoto.»

«Lo crede davvero?»

«Credo che fosse in una pessima posizione e che abbia avuto due palle così, se mi passa l'espressione»

Non era andato fin lì per starsene ad ascoltare il panegirico del Vecchio. «Prese in cura lei Pharabot?»

«Con i mezzi che avevo a disposizione. Era in uno stato di totale prostrazione. Una specie di catalessi. Dovetti somministrargli dei calmanti, che lo rilassarono e lo ricondussero alla realtà. Nel frattempo, riuscii a interrogare qualche testimone.»

«Ero convinto non ce ne fossero.»

«Non degli omicidi, ma dell'atmosfera generale che si respirava in città. Gli abitanti di Lontano venivano da due anni di puro terrore.»

Erwan si pose ancora la domanda: com'era riuscito l'assassino a guadagnarsi la fiducia delle sue vittime? Forse era quello l'indizio che stava cercando. "Più tardi." «Ho letto negli atti del processo che Pharabot era noto per essere un *nganga.* La popolazione avrebbe dovuto sospettarlo fin dal principio, no?»

«I neri senz'altro, ma nessuno di loro avrebbe parlato. Innanzitutto per paura, e poi per rispetto. Su di lui circolavano diverse leggende. Si diceva che di notte girasse per la foresta nudo e ricoperto di argilla, che parlasse con i demoni. Raccontavano che sapesse trasformarsi in ogni sorta di animale... Storie africane.»

«Avrebbero dovuto denunciarlo.»

«No. Un *nganga* che scolpisce i suoi *minkondi* nella carne dei bianchi sa quello che fa ed è dotato di enormi poteri.»

«Si direbbe che anche lei propenda per questa versione dei fatti. Quindi Pharabot non era soltanto un pazzo?»

«Si sentiva minacciato da ogni parte: dagli stregoni, da forze tremende. Io gli diagnosticai una schizofrenia con tendenze paranoiche. Ma altri colleghi psichiatri non erano dello stesso parere. Secondo loro si trattava di semplice fervore religioso.» Il suo accento si era fatto più gradevole: un *rubato* musicale che dava alle sue frasi un tono altalenante.

«Poté anche interrogarlo?»

«Riuscii a conquistarmi la sua fiducia. Mi raccontò la sua storia. Cioè, quella della sua infanzia. La conosce?»

«A grandi linee. Abbandonato a sé stesso, aveva vissuto fra i braccianti agricoli del Basso Congo dove era stato iniziato alla magia yombe.»

«Esatto. A dodici o a tredici anni era già un guaritore ritenuto capace di far vomitare agli stregoni le anime che avevano divorato, di spezzare le loro mascelle invisibili.»

«Secondo lei, quand'è che precipitò nella follia?»

«Impossibile dirlo. A forza di affrontare gli spiriti, a poco a poco si era sentito assalito, assediato. Udiva le voci, soffriva di allucinazioni. Doveva uccidere, non aveva scelta.»

Erwan si decise a entrare nel vivo dell'argomento. «Nel mio caso, ho quattro assassini e numerose vittime.»

«I giornali dicono tre...»

«I giornali non sono la polizia. Il mio problema è che questi assassini hanno colpito senza lasciare traccia. Nessun indizio, nessun testimone. Come se non bastasse, sembrerebbe che le vittime non abbiano opposto resistenza.»

«E quindi?»

«È successo esattamente come a Lontano. Anche laggiù nessuno aveva visto niente, ma soprattutto le donne avevano seguito Pharabot fidandosi ciecamente di lui, qualcosa di inconcepibile in un luogo in cui in teoria avrebbe dovuto regnare il panico.»

Felix Krauss non replicò. Sulle sue labbra aleggiava un sorriso. Il silenzio era così profondo che Erwan sentiva – o credeva di sentire – il rumore della ventola del condizionatore.

«Lei conosce il segreto di Pharabot?» insistette. «Cosa faceva per avvicinare le sue prede e convincerle a seguirlo? Perché nessuno lo aveva mai visto?»

«La risposta è molto semplice: aveva un complice.»

«Come?»

«Non proprio un complice, diciamo più un assistente.»

«Ma di cosa parla, maledizione?»

Krauss non era il tipo da scandalizzarsi per un'imprecazione. Anzi, sembrava divertito dallo stupore di Erwan, come qualcuno che stia per raccontare il finale di un film. «Era un bambino di strada, un orfano di una decina d'anni.»

«Nero?»

«Bianco.»

«È ancora vivo?»

«Non lo so.»

Erwan si lasciò andare contro lo schienale della sedia. Il suo umore era completamente cambiato. Gli sembrava di aver vinto alla lotteria. «Racconti.»

«Il sapere di un *nganga* si trasmette da iniziato a iniziato. A Pharabot, prima di finire in prigione o linciato dai bianchi, serviva un discepolo, un erede. Aveva trovato Nono, un bambino che probabilmente gli ricordava la sua infanzia.»

Nelle trascrizioni non c'era nemmeno una parola al riguardo.

«Io non seguii troppo la faccenda», continuò il prete. «Nono venne trasferito subito in un dispensario a Lubumbashi. Domandai di potergli parlare, ma la richiesta fu respinta, esattamente come quella di visionare il suo fascicolo. Al processo lui non venne mai menzionato.»

Erwan aveva già capito che l'artefice di quella sparizione era suo padre. L'apostolo delle seconde occasioni, del «chi ben ama, ben corregge». L'aveva sempre visto perdonare, passare colpi di spugna, rilanciare carriere in prefettura. E fare esattamente lo stesso anche con i criminali.

«Poliziotti, avvocati e giudici decisero di comune accordo di escluderlo dal processo», proseguì Krauss. «Aveva già sofferto abbastanza: inutile riesumare i suoi traumi.»

«Sofferto in che senso?»

«Innanzitutto aveva subito un'iniziazione *khimba*. Lo sa cos'è?»

Erwan si ricordò delle spiegazioni di Redlich: circoncisione senza anestetici, carne cruda, a volte umana, vita selvaggia nella foresta, punizioni fisiche... «Me ne hanno già parlato, sì.»

«A questo aggiunga i riti... magici.»

«Cioè?»

«Tutto lascia pensare che fosse presente agli omicidi.»

Gli girava la testa: se Nono fosse stato ancora vivo, ora avrebbe avuto una cinquantina d'anni e sarebbe stato un perfetto Uomo Chiodo numero due. Perché suo padre non gliene aveva mai parlato?

«Secondo lei il ragazzino gli serviva per adescare le sue vittime?»

«Senz'altro. Cosa c'è di più inoffensivo di un bambino? Può essere che il suo compito fosse di attirare la preda in un luogo isolato. Magari invece Pharabot girava in sua compagnia, come se fosse il fratello maggiore, o chissà...»

«Può dirmi qualcos'altro su di lui?»

Krauss frugò in una tasca e fece scivolare sul tavolo un foglio di carta piegato in quattro. «Sono sicuro che troverà questa pista molto interessante. Il dispensario era diretto da una certa suor Marcelle. Una vallona. Mi sono informato: è ancora viva e risiede a Courtrai, a pochi chilometri da qui.»

Erwan sentì il suo cuore accelerare i battiti. Troppo bello – troppo folle – per essere vero: un bambino complice dell'Uomo Chiodo, oggi un uomo, senz'altro traumatizzato a vita, a portata di interrogatorio. Aprì il foglio e lesse. «Suor Marcelle. Beghinaggio di Courtrai, porta 17.»

«Cos'è un beghinaggio?» chiese a Krauss.

«Un'antica tradizione belga. Nel nostro paese, a partire dal medioevo, alcune pie donne, vedove o nubili, facevano vita di comunità in edifici costruiti intorno alle chiese. Erano specie di villaggi a sé stanti all'interno delle città.»

«Suore?»

«Non in senso stretto. Erano laiche e indipendenti. Oggi non ne esistono più. Mi pare che l'ultima beghina sia morta di recente. Ma i complessi ospitano ancora religiose in pensione, come Marcelle.»

Erwan si alzò. Non riusciva a contenere l'eccitazione.

Krauss guardò l'orologio. «A quest'ora non le aprirà nessuno. Dove dorme?»

«Non ci ho ancora pensato.»

«Resti qui. Abbiamo delle stanze.»

Non ebbe la forza di obiettare. E comunque trascorrere la notte in un'università cattolica gli sembrava di buon augurio. La chiave per la soluzione del caso, per quanto potesse sembrare paradossale, forse si trovava proprio all'ombra di Dio.

Attraversarono il sagrato. In lontananza si udì uno scampanio.

«Sia gentile con Marcelle, è una donna molto sensibile.»

«Non ho l'abitudine di trattare male le vecchie signore.»

«Intendevo *davvero* gentile. È in convalescenza a Courtrai. Soffre di amebiasi.»

Erwan immaginò vermi che brulicavano all'interno di intestini stremati da decenni passati in Africa. Non ne sarebbe mai uscito.

139.

Ora erano in due a proteggerla: Karl, il colosso nero, e un bianco, Ortiz, testa rasata e mascella quadrata. Entrambi davano l'impressione di essere usciti da un fumetto e non sembravano avere nessuna chance contro un criminale perverso e solitario.

Il genere di assassino al quale Gaëlle non riusciva a smettere di pensare. Un uomo inguainato in una tuta *zentai* come un coltello nel suo fodero. Lui stesso uno strumento capace di penetrare nelle carni, di perforare un corpo fino a ucciderlo.

Apriva gli occhi e lo vedeva dappertutto: per strada, sulle scale, in ogni angolo buio del suo appartamento.

Li chiudeva ed era ancora peggio: si trovava lì, fra le palpebre e la retina. Si aggirava attorno a lei, era sotto la sua stessa pelle. Una presenza diffusa che la elettrizzava e violentava la sua percezione del mondo esterno.

Aveva trascorso una giornata tremenda: gola secca, respiro affannoso. Prendeva ancora le medicine, ma quelle le servivano soltanto per curare le sue malattie, i suoi problemi mentali... Stavolta invece il pericolo era reale, concreto. Era lì, pronto a colpire. Prima o poi sarebbe successo e tutto avrebbe avuto fine.

Non faceva che ripetersi quella litania, come una bambina che giochi a mondo usando il proprio cuore come sassolino.

Uno, due, tre: passava un'ora.

Quattro, cinque, sei: raggiungeva il cielo.

L'inferno, in realtà.

Nell'ora successiva cercava di uscire da quelle tenebre, per poi ricominciare ogni volta da capo.

«Tutto bene, signorina?»

I due colossi giocavano a carte, stretti nel minuscolo salotto. Lei se ne stava dalla parte opposta della stanza.

«Erwan», borbottò, «perché non mi richiami?»

140.

Marrone, nero, rosso.

Erwan aveva dormito come un sasso. Senz'altro doveva avere sognato, ma la sua coscienza non ne conservava alcun ricordo. Doccia gelata all'alba – l'ora della preghiera – e colazione frugale: caffè nero, pane gommoso, tazza in acciaio inox. Ovunque aleggiava un profumo di seminario, anche nel refettorio i cui tavoli ricordavano quelli di un vecchio convento.

Ora stava andando a Courtrai. Campi incolti si intervallavano a villaggi in mattoni. Marrone. Nero. Rosso.

«Non sarà difficile trovarlo», gli aveva detto Krauss. «Vada nella città vecchia. Il beghinaggio è davanti alla chiesa di Saint-Martin.» Arrivato in città, mentre attraversava la Lys, Erwan individuò il campanile del centro storico. Non avrebbe saputo dire dove si trovasse il confine linguistico, ma all'improvviso Saint-Martin era diventato Sint-Maartenskerk. Ora era circondato da *straat* e *steenweg*. Non fece in tempo ad accendere il GPS che si ritrovò per caso davanti alla porta del beghinaggio. BEGIJNHOF SINT-ELISABETH annunciava l'insegna.

Il complesso era pedonale. Parcheggiò vicino all'entrata e si infilò nei vicoli, procedendo lungo le case intonacate a calce. Una sensazione di solitudine e di silenzio gli si posò addosso come un cumulo di neve ghiacciata su un tetto.

Mentre camminava, notò alcuni particolari all'apparenza inconciliabili: i muri bianchi evocavano quelli di un pueblo spagnolo, i ciottoli delle vie i vicoli di Montmartre; i portoni di legno scuro, sormontati da un numero nero su fondo bianco, sembravano importati direttamente da Londra. Ciò nonostante l'atmosfera generale era indiscutibilmente fiamminga. Nel quartiere si respiravano la solidità, l'asprezza e il senso di artigianalità tipici di quel paese piatto e del suo passato manifatturiero. Raggiunse una piazza dove alcune case con i tetti spioventi davano conferma del copyright: si trovava senza alcun dubbio nelle Fiandre.

Seguendo la numerazione degli edifici, giunse in un altro vicolo. Faceva freddo e camminava con la testa incassata nelle spalle, con il colletto della giacca rialzato. Sebbene in giro non ci fosse anima viva, aveva la sensazione di essere sfiorato dai fantasmi di tutte le donne vissute in quel luogo: le mogli dei crociati nel medioevo, le vedove dei secoli successivi, dedite alla preghiera e al raccoglimento.

Al 17 suonò il citofono. Non rispose nessuno ma la porta si aprì. Krauss doveva aver avvertito suor Marcelle. Erwan entrò in un'anticamera ingombra di cappotti, stivali di gomma e ombrelli.

«Le dispiace togliersi le scarpe?»

Una voce tremula e stridula: stava entrando in una fiaba di Perrault. Si levò gli scarponcini Timberland che aveva indossato per l'occasione – come se dovesse partire per un'escursione – e vide una serie di pattine e pantofole che non ebbe il coraggio di infilare. Con le calze, fece il suo ingresso in una stanza che pareva appartenere a un altro secolo: pavimento a scacchi, un alto camino ricoperto di mattonelle di ceramica sulla parete di fondo, credenze cariche di stoviglie di rame. Su tutto aleggiava un odore di caffè. Sotto i piedi avvertiva le piastrelle fredde mentre il calore del fuoco gli arrossava il viso.

Seduta accanto al camino, suor Marcelle gli dava la schiena. Non era in una fiaba di Perrault, bensì in un racconto dei fratelli Grimm. In visita presso la strega di Hänsel e Gretel.

«Vuole un caffè?»

«Volentieri, grazie.»

Quando la donna si voltò, Erwan non provò alcuna sorpresa. Sembrava uscire da una foto di gruppo di missionari del secolo precedente: mantellina grigia, camicia bianca, cuffia color ardesia, occhiali dalla montatura essenziale. Sul volto mascolino, scuro come cuoio invecchiato, spiccavano le sopracciglia ancora nere; i capelli sotto il velo erano bianchi. Perfetta per una sfilata di moda sul tema: «La vita è rinuncia».

«Sono venuto a parlarle di una storia molto vecchia, sorella.»

«È venuto a parlarmi di Nono», replicò lei porgendogli una tazza. «Padre Krauss mi ha telefonato.»

«Si ricorda qualcosa al riguardo?»

«Mi ricordo tutto.»

141.

Gli indicò una sedia accanto a un tavolo ricoperto da una tovaglia cerata. Erwan si rivide bambino, in visita presso la fattoria che sorgeva accanto alla casa che i suoi genitori affittavano per le vacanze. Ogni cosa aveva un che di triste, di brutale, ma emanava anche un'autenticità e una concretezza sconosciute al piccolo parigino.

«Quando di preciso conobbe... Nono?» chiese per aprire le danze.

«Quando suo padre arrestò Thierry Pharabot.»

«Sa anche questo...»

La religiosa sorrise. Sul suo volto comparvero una miriade di rughe; la maschera bruna si trasformò in una ragnatela. Reggeva la tazza con le due mani, come se fosse un'offerta. «Leggo i giornali francesi. Sapevo che prima o poi lei sarebbe venuto a suonare alla mia porta.»

Erwan bevve un sorso di caffè bollente. Aveva la gola anestetizzata. Tirò fuori il registratore e lo appoggiò sul tavolo. «Posso?»

«Prego.»

Premette il pulsante. Secondo interrogatorio.

«Pharabot viveva in una baracca isolata a due chilometri da Lontano», cominciò suor Marcelle. «Lì dentro i militari zairesi trovarono tutti i suoi strumenti, gli ingredienti magici, gli appunti e anche un bambino di undici anni, in uno stato pietoso. Reagirono all'africana. Bruciarono la baracca, interdissero l'accesso alla zona e sbatterono il piccolo in una prigione schifosa. Mancò poco che bruciassero anche lui.» Parlava con un accento diverso da quello di Krauss: puro vallone che, alle orecchie di un parigino, suonava piuttosto comico.

«Credevo che tutti temessero e rispettassero Pharabot.»

«Finché non venne arrestato. Il potere bianco aveva spezzato la sua forza. In questo senso, un complice bambino era il peggio che potesse capitare. Un piccolo stregone da linciare. Cominciarono a esibirlo durante le loro messe. Organizzarono esorcismi. Quando lo vidi per la prima volta, stavano per mettergli un copertone in fiamme intorno al collo.»

«Dov'era mio padre?»

«Si stava occupando di Pharabot e del suo trasferimento a Kinshasa. Non era al corrente della situazione.»

«Ne è sicura?»

«Più che sicura. Fui io a contattarlo.»

«Come reagì?»

«Come me. Era convinto che il bambino fosse innocente. Una semplice pedina in tutta quella storia. Ci mettemmo d'accordo: lui avrebbe pensato alla burocrazia, io nel frattempo avrei preso con me il piccolo.»

«Come riuscì a farlo? Tecnicamente, intendo.»

«Lo Zaire non era né la Francia né il Belgio. E comunque non fu incriminato. Se anche aveva aiutato Pharabot ad attirare in trappola le ragazze, quelle non erano più lì per poterlo raccontare. Pharabot non disse nulla su di lui.»

Erwan abbassò lo sguardo: la spia del registratore sembrava un ferro arroventato. «Mi parli del bambino. Me lo descriva.»

«Si chiamava Arno, con la O, alla fiamminga. Arno Loyens. Era biondo e gracile. Anche lui era un orfano, veniva da Mons. Come fosse finito a Lontano non l'ho mai saputo. Pharabot lo aveva preso a vivere con sé. Tutti credevano che fosse un suo parente: un po' si assomigliavano.»

Erwan pensò agli stupri. «Crede che Pharabot avesse abusato di lui?»

«Sono sicura di no. Nono non aveva subito sevizie sessuali. Fui io a raccogliere la sua testimonianza. Lo scopo era un altro. Pharabot voleva trasmettergli i suoi poteri prima di essere arrestato. Aveva iniziato Nono...»

«Padre Krauss me l'ha raccontato.»

La religiosa scosse la testa, come a dire: "Vale la pena parlarne ancora". «Nono aveva vissuto da solo nella foresta per diversi mesi. Ogni giorno, o meglio ogni notte, Pharabot si recava da lui per portargli da mangiare. Lo andava a trovare nella sua tenuta da *nganga*.»

Prese una scatola di biscotti in metallo dal tavolo, la aprì e tirò fuori alcune vecchie foto in bianco e nero. Ritratti di stregoni, o di guaritori (soltanto un occhio esperto sarebbe stato in grado di distinguerli). Uomini con copricapi di piume e maschere di legno che reggevano scettri intagliati o campanacci decorati. Quelle immagini trasudavano orrore.

«Stando a quello che raccontava Nono», proseguì suor Marcelle prendendo una foto, «Pharabot indossava una maschera di questo tipo.»

Indicò un ovale di legno chiaro che riproduceva i tratti di un neonato paffuto dalla pelle coriacea. Grandi occhi neri, bocca piccola e stretta, quasi una fessura, un'espressione dalla quale traspariva un'irresistibile e palpitante crudeltà.

«Nono era traumatizzato, naturalmente, ma possedeva una forza d'animo fuori dal comune. I bambini hanno sempre una riserva d'innocenza che consente loro di superare indenni le peggiori abiezioni.»

Suor Marcelle rimise la foto nella scatola. Dietro la montatura degli occhiali, che sembrava fatta con le graffette, era leggermente strabica. "Quelli che nessuno vuole, Dio se li piglia", si disse Erwan suo malgrado.

«Rimasi con lui a Kinshasa», continuò la religiosa. «Dopo sei mesi aveva imparato a mangiare con le posate e una volta alla settimana mi raccontava qualcosa su quegli anni tremendi. Quasi una psicoanalisi. Solo allora cominciò a tornargli in mente il peggio.»

«Il peggio?»

«Gli omicidi. Nel corso dei sacrifici era lui a passare gli

attrezzi al maestro, a pulire il sangue, ad aiutarlo a deporre la vittima lungo le piste nella foresta.»

«Sugli omicidi che cosa le disse?»

«Preferisco non ricordarlo.»

Il poliziotto immaginò i due – l'uomo e il bambino – che, ricoperti di argilla bianca e polvere di legno rossa, officiavano i loro riti intorno a quei corpi martoriati. «Non ha una sua foto?»

«No. Non ha mai voluto farsi fotografare. Era...» Si interruppe per poi aggiungere in tono accorato: «Non è lui l'assassino di oggi!».

«Come fa a dirlo?»

«Quando lo lasciai, Arno era completamente guarito. Due anni di terapia, di dolcezza, di studi. Era dotato, intelligente ed estremamente gentile. Una semplice vittima delle circostanze.»

«Sorella, sono pagato per credere che simili circostanze non si cancellino mai del tutto...»

«Sono d'accordo con lei, ma noi lo allontanammo dall'Africa, dalla stregoneria, dalla violenza. Non testimoniò al processo.»

«Noi chi?»

«Suo padre e io. Grégoire aveva un amico influente a Bruxelles che si occupò di mettere Arno in una struttura di accoglienza nel Belgio francofono. Riuscì anche a fargli cambiare nome e procurargli documenti falsi.»

«Perché?»

«Non voleva che nessuno potesse più risalire a lui né collegarlo in un modo o nell'altro a quella faccenda. Diceva che ogni nuova occasione comincia sempre con la totale distruzione del passato.»

«Quindi non conosce il nuovo nome di Arno?»

«No. E nemmeno suo padre. Per lui l'importante era che ricominciasse da capo. Arno non avrebbe più dovuto tornare né contattarci. Noi stessi non avremmo dovuto essere in grado di rintracciarlo.»

Erwan non poteva credere a quella storia: un apprendista assassino lasciato andare così, e nessuno che sapeva il suo nome o il suo indirizzo? Quello non era un messaggio in bottiglia, bensì una molotov pronta a esplodere. E comunque conosceva troppo bene suo padre per bersi la storiella che aveva deciso di ignorare una simile minaccia. Il Ripulitore aveva la fama di saper fare molto bene il suo lavoro... «Grazie, sorella.»

Quando si alzò, l'anziana donna gli si aggrappò al braccio. «Non lo cerchi. Lo lasci in pace. Non c'entra niente con tutto questo. Negli ultimi tempi diceva: "Sono un *nganga.* Posso volarmene via su un guscio di arachide. Posso scomparire con il vento dopo la pioggia". Sono certa che è diventato un medico, o magari un prete. Un uomo che ha fatto soltanto del bene per tutta la vita.»

142.

«È una storia triste.»

«Mi prendi per il culo?» replicò Erwan.

Morvan si fermò in un androne all'angolo tra rue Danielle-Casanova e place Vendôme, che proprio in quel punto diventa una breve arteria prima di fondersi, qualche civico dopo, con rue de la Paix. Era uscito da Charvet, dove aveva comprato qualche camicia. Ci aveva messo anni, addirittura decenni per accettare l'idea che si potesse fare shopping nel bel mezzo della giornata. Ora per lui era diventata una forma di terapia: quando non gli restava altro, poteva sempre contare su quello.

Suo figlio urlava nell'auricolare: «Come hai potuto tenermi nascosta tutta questa storia?».

«Non te ne ho parlato perché non ne valeva la pena.»

«Un complice dell'Uomo Chiodo che ora dovrebbe avere una cinquantina d'anni... Sai bene che cerchiamo da giorni un sospettato a conoscenza del suo modus operandi! Hai l'Alzheimer o cosa?»

Morvan sospirò: era sicuro che andando in Belgio Erwan avrebbe ritrovato le tracce del bambino. «Il tuo assassino non può essere Arno Loyens.»

«Perché?»

«Perché è morto nel 1973.»

Silenzio all'altro capo del telefono. Forse Grégoire avrebbe davvero dovuto parlargliene. Perché raccontargli altre bugie? Troppe piste confondono il cammino...

«Parla», ordinò Erwan.

«Suor Marcelle non conosce tutta la storia. In realtà non

gli feci cambiare nome. Non è così facile ottenere documenti falsi. Mi limitai a metterlo in un orfanotrofio del Belgio francofono, nella provincia di Hainaut. Un istituto religioso molto noto all'epoca...»

«È morto lì?»

«Nel novembre del '73, il giorno della festa di Ognissanti. Ci fu un incendio. Un gruppo di ragazzi bruciò insieme ad alcuni sorveglianti.»

«E questa che storia sarebbe?»

«La verità. La puoi leggere sui giornali dell'epoca. La notizia fece molto scalpore perché l'edificio che prese fuoco era un prefabbricato costruito alla bell'e meglio, che non rispettava nessuna norma di sicurezza.»

Il silenzio di Erwan era come un pedale del freno premuto fino in fondo. A Morvan sembrò di sentire il suo scetticismo vibrare nell'auricolare.

«Arno Loyens era tra le vittime?»

«Andai al suo funerale. Stai soltanto risvegliando ricordi dolorosi.» All'epoca Grégoire aveva pensato che, dopo il supplizio dell'Uomo Chiodo, il piccolo fosse destinato a morire prematuramente. Quella storia non poteva avere un lieto fine.

«Il ragazzo aveva partecipato a nove omicidi», riprese Erwan, imperturbabile. «Era traumatizzato dalla magia yombe. Passava il martello a Pharabot, gli preparava i chiodi... Sarebbe l'uomo perfetto per gli omicidi di oggi...»

Morvan attraversò l'immensa place Vendôme, le cui vetrine, come feritoie di un bunker tedesco, erano cariche di gioielli preziosi. Il figlio cominciava davvero a stufarlo con i suoi sospetti del cazzo. «Il fascicolo d'indagine è stato chiuso ieri», lo interruppe. «Avresti già dovuto passarlo al giudice.»

«Prima mi assicurerò che Arno Loyens sia morto davvero.»

«Cazzo, Erwan, ho letto i referti dell'autopsia, ho visto i corpi dei ragazzi all'obitorio, ho parlato con i poliziotti incaricati dell'inchiesta!»

«Recupera il certificato di morte, i verbali e le testimonianze. Dammi le prove che questa storia è davvero chiusa. Altrimenti ti fàccio sbattere dentro per intralcio delle indagini.»

Suo padre non badò troppo a quel numero da sbirro. Era arrivato in rue de Rivoli, dove il traffico raggiungeva un'intensità sconcertante. «Certo che oggi sei proprio in forma», disse in tono sarcastico. «Dove ti trovi?»

«Alla Gare du Nord. Sto scendendo dal treno.»

«Dovresti passare da tua sorella.»

«Cosa c'è ancora? Mi ha lasciato tre messaggi ma non l'ho richiamata.»

«Fallo. Questa storia l'ha scioccata. La faccio tenere d'occhio da due dei miei uomini, ma lei è ancora preoccupata.»

«Per cosa, di preciso?»

Grégoire aspettò a rispondere, alimentando la paranoia galoppante del figlio. «Crede di essere seguita. È diventata una fissazione.»

«Passerò da lei questa sera.»

Erwan riagganciò senza salutare.

Morvan nel frattempo era giunto all'altezza del giardino delle Tuileries. Dopo qualche passo si lasciò alle spalle il frastuono di rue de Rivoli per inoltrarsi nel silenzio ovattato del parco. Tutt'a un tratto si accorse che stava arrivando l'autunno: l'aria frizzante, le foglie rosse, i rami spogli che ricordavano capillari di pietra. Un paesaggio contratto, come un corpo in apnea che consumi lentamente la propria riserva di ossigeno.

Non aveva detto tutta la verità al figlio, e all'epoca nemmeno a suor Marcelle. Era stato lui a guidare i soldati zairesi alla baracca di Pharabot, lui a scoprire il bambino tremante di paura, sepolto sotto i feticci e gli strumenti di tortura... Gli era parso di vedere un angelo: capelli quasi bianchi, fronte alta, occhi incantevoli. In quel corpo a suo modo trasparente si potevano leggere le fonti cristalline delle origini seguite dall'abiezione dell'uomo. La cosa più inquietante era la somiglianza con Pharabot.

Nono.

Mentre tutti si congratulavano con lui per aver risolto il caso e Mobutu gli faceva il regalo avvelenato di una concessione mineraria, Morvan cercava un luogo sicuro dove sistemare il piccolo. Lo aveva trovato in Belgio, vicino al villaggio di Honnelles: l'istituto religioso di Malapanse. Nessuno lo sapeva, ma all'epoca era stato quello il suo unico vero trionfo: salvare un bambino dalle grinfie del diavolo e da un procedimento giudiziario.

L'anno successivo non era andato a trovare Arno, temendo che la sua visita potesse ricordargli l'incubo di Lontano. Quando aveva saputo dell'incendio, la notizia lo aveva sconvolto, senza però sorprenderlo davvero: dall'Uomo Chiodo e dai suoi complici non poteva venire niente di buono. Il fuoco rappresentava la degna conclusione di tutta quella storia. *Letale.*

In quel momento, calpestando un tappeto di foglie secche, ebbe l'impressione di schiacciare mani di bambini. Rivide i corpi anneriti all'obitorio, i referti delle autopsie, i certificati di morte. Aveva verificato: era stato sicuramente un incidente, alla peggio un caso di omicidio colposo: i circuiti elettrici, come tutto il resto, erano stati installati con estrema incuria. Uno sbalzo di tensione era bastato a ridurre in cenere il dormitorio...

Provò un moto d'odio nei confronti di suo figlio. Quel ficcanaso era riuscito a fargli tornare in mente il tragico epilogo della vicenda. Sull'altro lato del parco scorse il complesso del Musée d'Orsay, sormontato dal colossale orologio. La *rive gauche* non aveva niente da offrirgli. La sponda degli artisti, dei *bobo,* dei perdigiorno. Doveva tornare indietro e raggiungere al più presto il suo appartamento, nell'VIII arrondissement.

Era diretto verso la grande rotonda della Concorde quando fu colto da un ricordo improvviso. Rivide il bambino rannicchiato nell'antro dell'assassino, il suo corpo esile, la testa piena di episodi abominevoli, di fatti indicibili. Poi, senza soluzione di continuità, i cadaveri dei ragazzini carbonizzati nei carrelli refrigerati. Poteva essere successo qualcosa? Un imbroglio? Un equivoco?

Accelerò il passo. Forse suo figlio ci aveva visto giusto. In ogni caso, doveva verificare ancora una volta l'elenco dei morti e dei sopravvissuti di quella notte. A Erwan aveva taciuto che alcuni bambini erano scampati all'incendio.

Forse Arno Loyens era tra loro?

Non si finiva mai di imparare. Quando fu in place de la Concorde, fermò un taxi sventolando il distintivo.

143.

La prima cosa che Erwan vide lungo le scale che portavano al suo piano fu un enorme nero seduto sui gradini. Dietro di lui stava un altro gigante, appoggiato al muro del pianerottolo: muscoloso, testa rasata e faccia da parà. Uomini di Morvan fatti e finiti. A sorprenderlo maggiormente però fu ciò che occupava lo spazio tra i due colossi: Gaëlle, che sembrava rimpicciolita e ringiovanita di dieci anni. Una ragazzina seduta con le braccia strette attorno alle ginocchia e la borsa di Louis Vuitton che, in quella scena, faceva le veci di una valigia di cartone.

«Cosa ci fate qui?» domandò con voce calma.

«Vengo a stare da te.»

«A cosa devo questo onore?»

«Da te mi sento al sicuro.»

Quando Erwan arrivò alla loro altezza, il nero si alzò di scatto tributandogli il medesimo rispetto che avrebbe riservato a suo padre. Lui lo salutò con un cenno della mano e notò che anche l'altro si era messo sull'attenti. Provò subito simpatia per quei due: si sciroppavano il Vecchio tutti i giorni e ora dovevano sorbirsi anche la figlia.

Gaëlle non si muoveva. Con la testa incassata nelle spalle gli lanciò un'occhiata di sfida. Erwan riconobbe all'istante la piccola insolente che guardava con disgusto alla vita degli altri.

«Come avete fatto a entrare?» chiese ai due mastini.

«I ferri del mestiere...» rispose il nero, incerto se mostrarsi fiero per quella prodezza o aspettarsi una ripassata.

Erwan tirò fuori le chiavi. «Già che c'eravate, potevate accomodarvi.»

«È quello che gli ho detto io», commentò la piccola capricciosa.

«Adesso tornatevene pure a casa», li congedò il poliziotto aprendo la porta.

Le guardie del corpo si scambiarono uno sguardo, incerte sul da farsi.

«Non preoccupatevi, avviso io mio padre. Da adesso lei è sotto la mia protezione.»

I due indugiarono ancora qualche secondo, poi salutarono Gaëlle come se fosse stata l'infanta di Spagna e sparirono giù per le scale con passo allegro, senza più tentare di nascondere il loro sollievo.

Gaëlle entrò nell'appartamento e andò a buttare la borsa nella stanza da letto di Erwan. Senza la minima esitazione si diresse in cucina e spalancò il frigo. Prese una birra e la tese al fratello. «Ne vuoi una anche tu?»

Quando lui fece cenno di sì, gli lanciò una lattina, in stile cowboy. Dietro quell'eccessiva disinvoltura si capiva che era paralizzata dalla paura. Bastava guardarla.

«Cosa succede?»

Gaëlle fece saltare la linguetta di alluminio. «Boh... So solo che ho sbroccato.»

«Perché?»

Lei si sedette sul divano e bevve un sorso, senza rispondere. L'occhiata con cui squadrò la stanza e i suoi mobili tradiva un pesante disprezzo nei confronti di quella vecchia mummia del fratello e dei suoi gusti di merda.

«Hai visto qualcosa?» insistette Erwan prendendo una sedia e mettendosi di fronte a lei.

Gaëlle scrollò le spalle continuando a guardare fisso davanti a sé. «No... Non lo so. Quando sono uscita dalla tua camera alla Salpêtrière, ho preso l'ascensore con un infermiere che indossava una maschera da chirurgo. Mi ha fatto una brutta impressione...»

«Com'era?»

«Robusto. Alto più o meno un metro e ottanta. Camice bianco.»

«Ti ha parlato?»

«No.»

«Ha fatto un gesto, qualcosa?»

«No.»

«Tutto qui?»

«Dopo mi è sembrato di vedere qualcuno aggirarsi sotto casa. Ma i miei angeli custodi non hanno avvistato niente.»

«Secondo te chi poteva essere?»

«Che ne so? Magari l'uomo che mi ha inseguita al Sainte-Anne, o uno degli assassini dei chiodi, quelli che dovrebbero essere stati eliminati.»

«Ti ho già detto che sono morti.»

«Basta guardare te e il papà per capire che questa storia non è ancora finita.»

Erwan bevve un sorso e la fissò finché lei non si decise a guardarlo in faccia. Non erano le sopracciglia bionde a sottolineare le sue arcate. Era soprattutto la delicatezza dell'ossatura a determinare la bellezza di Gaëlle. La vittoria della scultura sulla pittura. «Non sai dirmi niente di più preciso?»

«No. E tu?»

«Io cosa?»

«Puoi giurarmi che non c'è più pericolo?»

«Il caso è chiuso.»

«Risposta da funzionario. Dimmi quello che pensi davvero.»

Lui tergiversò. «Gli squilibrati di Locquirec hanno reagito come avrebbero fatto dei colpevoli.»

«Colpevoli di cosa, però? Sei sicuro che siano loro gli assassini?»

«Devi fidarti di noi. Il tempo ci darà ragione.»

«Cosa vuoi dire?»

«Che non ci saranno altri omicidi.»

«Davvero rassicurante...»

Tutt'a un tratto Erwan pensò a Sofia. Non la sentiva dal giorno prima. Era arrabbiata? Indifferente? In preda alla collera? «Vuoi mangiare qualcosa?»

«No. Voglio soltanto dormire qui. Con te mi sento al sicuro.»

«Grazie.»

«Non c'è di che.»

Lui sorrise e prese un set di lenzuola da un armadio. «Sistemati in camera mia», le disse passandogliele. «Io sto sul divano.»

«Posso usare il bagno?»

«Fa' come se fossi a casa tua.»

Gaëlle scomparve. Erwan chiamò Kripo, l'uomo che avrebbe dovuto chiudere i rubinetti e staccare i contatori dell'inchiesta.

«Hai mandato il fascicolo al giudice?»

«Allo stato attuale, credo che rimangano ancora molti testimoni da sentire e...»

«Kripo, ti svelo uno scoop: un'istruttoria è l'inizio dell'inchiesta, non la sua conclusione.»

«Il giudice non sarà contento quando...»

«Hai chiuso il fascicolo o no?»

«Manca solo la tua firma.»

Erwan aveva l'impressione di essere un dirigente d'azienda al quale ogni giorno veniva portato il registro delle fatture: i suoi assegni e i suoi pagamenti si contavano in prove, indizi e confessioni. «Domattina provvederò, così ce ne liberiamo.»

«Il Belgio?»

«Ti racconterò.»

«Ci sono ragioni per preoccuparsi?»

Rivide la maschera livida del *nganga*. Immaginò i corpi dei bambini carbonizzati all'obitorio. Impossibile rispondere. «Il punto domattina alle nove. Avvisa tu gli altri.»

«E questo cos'è?»

Erwan riagganciò e si voltò. Gaëlle era davanti a lui, in tuta e con i capelli avvolti in un asciugamano. Aveva preso da una mensola un coltello da combattimento con l'impugnatura e la lama forgiate in un unico pezzo di metallo.

«Un coltello al quale tengo molto», le rispose.

«Un trofeo?»

«Quasi. Un agente del GIGN me l'ha regalato dopo un'operazione... movimentata.»

«Gli hai salvato la vita?»

«Esatto», disse lui togliendoglielo di mano.

«Cos'ha di tanto speciale?»

«È stato forgiato nell'acciaio del World Trade Center.»

«Squallido.»

Osservò il coltello che luccicava debolmente fra le sue dita. «È l'acciaio della memoria.»

«L'arma della vendetta», mormorò lei in tono ironico.

«Solo del ricordo. Nessuno deve dimenticarsi dell'11 settembre.»

La sorella si allontanò da lui come una bimba che all'improvviso non abbia più voglia di giocare. «Guardiamo un film?»

Erwan dubitava fortemente che Gaëlle avesse i suoi stessi gusti. Lui non faceva che rivedere serie poliziesche. A dispetto di quanto si sarebbe potuto pensare, riuscivano sempre a distrarlo. Irreali fino all'assurdo, davano al suo lavoro quel tocco di fantasia che nella realtà mancava completamente. Aveva anche una raccolta di film polizieschi degli anni Settanta e Ottanta, che di tanto in tanto tirava fuori come un buon vino d'annata: *Bullitt*, *Ispettore Callaghan: il caso Scorpio è tuo!*, *Il braccio violento della legge*, *Il maratoneta*, *L'anno del dragone*...

Gaëlle lo trasse d'impaccio: era già alla tastiera del computer per controllare i suoi ultimi download illegali: «L'hai già visto *Skyfall*? È il miglior James Bond».

144.

Un viso era chino su di lui.

Quello di un bambino cadaverico, intagliato in un legno levigato duro come porcellana. Anche se la forma della faccia lo qualificava come africano, il pallore della fronte, gli occhi stretti e la minuscola bocca irta di denti ricordavano una maschera giapponese. Era l'espressione di una vita abortita, il residuo di un embrione che anziché nascere avrebbe continuato a svilupparsi nel limbo della morte. Brillava nell'oscurità come una luna di ghiaccio.

Erwan si rendeva conto che stava sognando, ma questo non attenuava la sua paura. Si sentiva inerme nei confronti dell'assassino che lo osservava. Non poteva urlare né tantomeno fuggire: il suo sonno profondo era una bara di piombo che gli gravava sulle membra e sulle palpebre.

Ora era diventato Nono, il bambino-*nganga*. Viaggiava nel secondo mondo, guidato da Pharabot, pronto per l'ultima iniziazione. Reggeva gli attrezzi arrugginiti: martello, sega, tenaglia...

Nudo e ricoperto di argilla, era in trance. Percepiva (e allo stesso tempo si rifiutava di sentire) i rumori che lo circondavano: chiodi che perforavano la scatola cranica di una donna, frammenti di specchio che si incastravano nelle sue orbite, una sega che le apriva il petto, le grida della vittima... Con mano tremante tendeva unghie, capelli – forse i suoi – a Pharabot, che li prendeva con precauzione prima di infilarli nella ferita aperta sul ventre.

All'improvviso la maschera bianca si metteva a soffiare. O forse era un urlo della vittima...

Erwan si svegliò: il cellulare stava squillando a pochi centimetri dal suo orecchio. Immerso nell'oscurità, lo cercò a tentoni ai piedi del divano. Prima di rispondere diede un'occhiata allo schermo luminoso.

Suo padre. Alle tre e dieci del mattino.

«Pronto?»

«Sei con Gaëlle?»

Gli ci volle un secondo per riscuotersi. «Sì.»

«A casa tua?»

«Sì.»

«Hai chiuso bene la porta?»

«Certo. Cosa succede?»

«Ho ricostruito la storia di Arno Loyens. Ho rintracciato i poliziotti che indagarono sull'incendio, i testimoni dell'epoca. Ma soprattutto ho avuto la lista dei bambini sopravvissuti.»

«Qualcuno si è salvato?»

«Qualcuno sì...»

Erwan si sintonizzò sulla vicenda: cancellò l'immagine del *nganga* per raggiungere le macerie fumanti dell'orfanotrofio. «E dunque?»

«In questa lista ho trovato un nome che ha attirato la mia attenzione: Philippe Kriesler.»

«Chi?»

«Hai capito bene. Uno dei tuoi uomini si chiama così, vero? Quello soprannominato Kripo.»

Si disse che probabilmente stava ancora dormendo. Delle scosse gli attraversarono il corpo, come se stesse scivolando giù da una scala sulla schiena. Philippe Kriesler. Non poteva essere una coincidenza.

Il tenente alsaziano. Lo Scriba. Il suonatore di liuto.

Suo padre stava ancora parlando, ma Erwan ora era oppresso da un'altra sensazione. Gli sembrava che nella stanza buia l'aria si fosse fatta più densa, più pesante.

D'un tratto capì.

«Ti richiamo», mormorò e riappese.

Vide ergersi davanti a sé una figura. Avrebbe riconosciuto tra mille quella coda di cavallo, la corporatura da atleta affaticato, la giacca di velluto liso.

Kripo stava in piedi davanti al divano, immobile, con la pistola in mano. La stessa arma che una volta aveva detto di aver perso in commissariato e che, a quanto sosteneva, sapeva usare a malapena.

Erwan pensò che il profilo del poliziotto sognatore e musicista sarebbe stato adatto per un libro giallo. Ma quello dello sbirro completamente fuori di testa, che aveva una doppia vita da stregone e aspettava solo il momento giusto per distruggere la famiglia di cui voleva vendicarsi, sarebbe stato decisamente perfetto.

Se quello dello sbirro è un mestiere da pazzi, chi lo fa non è immune dalla follia.

«Quando sei andato in Belgio», disse lo Scriba a bassa voce, «ho capito che ero fregato.»

Erwan pensò a Gaëlle, che dormiva nella stanza accanto. Kripo aveva controllato l'appartamento? L'aveva già uccisa? Si era accorto della coperta, del cuscino, del letto di fortuna che si era preparato in salotto? «Più fregato di quanto tu creda», ribatté, cercando di pensare il più rapidamente possibile. «Mio padre ti ha identificato. Puoi anche uccidermi. Domani, qualunque cosa accada, per te sarà finita.»

«Forse, ma tu sarai morto.»

Erwan lo provocò. «Mio padre però sarà ancora vivo.»

«Il sangue delle nuove vittime ha risvegliato forze potenti, Erwan. Non serve più che ti spieghi niente al riguardo. L'energia che si è dispiegata è straordinaria: basterà a rovinare la vita di tuo padre fino alla sua morte. Non sarà mai più in pace.»

I suoi occhi si erano abituati all'oscurità, e ora Erwan poteva distinguere la mano che impugnava la 9 mm. Non nutriva più alcun dubbio che Kripo fosse capace di usarla.

Guadagnare tempo.

«Come sei riuscito a farti passare per morto?»

L'altro rise sommessamente. «Eravamo orfani. A chi cazzo poteva interessare? I sorveglianti che sarebbero stati in grado di identificarci erano bruciati nell'incendio. Quando all'ospedale mi hanno chiesto come mi chiamavo, ho dato il nome di un ragazzo che era arso vivo sotto i miei occhi. Mi hanno trasferito in un altro istituto, sul confine francese. Nessuno mi ha mai più chiesto di confermare la mia identità...»

«Ma... perché?»

«Avevo un piano. Sparire per rinascere. Viaggiare nel secondo mondo restando invisibile.» Si mise a canticchiare sottovoce: «*Posso volarmene via su un guscio di arachide. Posso scomparire con il vento dopo la pioggia...*».

Erwan cercava di ricordare dove avesse messo la pistola. Fuori portata. Al minimo movimento, Kripo gli avrebbe sparato. «Perché sei diventato un poliziotto?»

«Dovevo restare vicino al clan Morvan. In un certo senso voi siete la mia unica famiglia...»

La sua voce gli sembrò lontana, come se provenisse da un'altra dimensione. «Come hai fatto a nascondere la verità per tutti questi anni? I tuoi piani? Perché...»

Kripo cambiò bruscamente tono. «Le confessioni si fanno ai preti. E non mi pare che tra noi ci sia un rapporto di questo genere. Ci vedremo nel secondo mondo. Allora capirai.»

Erwan vide l'indice premere il grilletto. Si era sempre ripromesso che quando fosse giunto quel momento avrebbe tenuto gli occhi aperti. Suo malgrado, li chiuse.

Un colpo sordo, seguito da ticchettii, rumori soffocati, fruscii di tessuto. Riaprì gli occhi e si ritrovò nella più completa oscurità. Gli ci volle qualche secondo per abituare di nuovo la vista. Kripo non c'era più. Al suo posto, una presenza spettrale, gracile e livida.

Si alzò di scatto e trovò l'interruttore. Gaëlle era in piedi oltre il tavolino basso, con gli occhi fuori dalle orbite, coperta di sangue. Soprattutto i suoi capelli biondo chiaro ne erano zuppi.

Ai suoi piedi, Kripo si dibatteva in un ultimo spasmo. Erano bastati pochi, potenti fiotti di sangue sgorgati dalla ferita alla gola, nel punto esatto in cui passava la carotide, per stroncarlo. Ora giaceva in un'immensa pozza color terracotta.

Gaëlle era stata più rapida del suonatore di liuto. Aveva usato il coltello forgiato nell'acciaio del World Trade Center per vibrare il colpo, come aveva visto fare dall'Uomo Chiodo al Sainte-Anne. La piccola imparava in fretta.

Nonostante il calore sprigionato dal sangue che si spandeva tra lui e sua sorella, quel pensiero lo raggelò fin nelle ossa.

145.

Arno Loyens nasce il 18 aprile 1960 a Mons, in Belgio. Sua madre, Léonie Stutzmann, all'epoca ventiseienne, prostituta occasionale a Maubeuge, in Francia, appena oltre il confine, abbandona la famiglia per tornare a esercitare la professione. Suo padre, Gérard Loyens, ventotto anni, parrucchiere, ruffiano e gestore di un bar vicino a Tournai, decide di andare a cercare fortuna in Congo. Il progetto: aprire un locale di striptease in una città di coloni, dove non ci sono molte distrazioni. Il tocco di originalità: tutte le spogliarelliste saranno bianche. Loyens arriva a Lontano nel 1965. Sei mesi dopo si ammala di malaria e muore. Arno si ritrova senza famiglia, circondato da ballerine malate, devastate dalle febbri e sfinite dal caldo. Le vede morire o partire una dopo l'altra, mentre comincia ad andare a scuola con i neri. A sette anni viene preso da alcuni missionari fiamminghi che abusano di lui. (Non c'erano prove a conferma di vicende tanto vecchie, ma nelle settimane trascorse a indagare sulla storia del suo sinistro vice Erwan aveva raccolto numerose testimonianze.) In quel momento Arno è rachitico, anemico, malato. Parla male il francese, conosce qualche parola di fiammingo e si arrangia con il lingala.

Nel 1968 si perdono le sue tracce. Vive con i minatori, gli operai delle società minerarie, gli agricoltori: il mondo nero. È allora che Pharabot lo trova. Lo nutre, lo cura, gli offre un tetto, lo educa. (Erwan non si era soffermato troppo su questo episodio. Ne aveva già parlato con i testimoni più attendibili: Felix Krauss e suor Marcelle. Gli interessava ciò che era successo dopo gli omicidi e l'arresto dell'Uomo Chiodo.)

1971. Mesi di rieducazione, parole, affetto. Marcelle ascolta la sua storia e si affretta a insabbiarla. Grégoire Morvan fa in modo di rimandare il bambino in Belgio senza che nessuno lo sappia.

Ritorno al punto di partenza. Arno viene accolto nell'istituto di Malapanse, vicino a Honnelles, nella provincia di Hainaut. Un anno dopo nell'orfanotrofio scoppia un incendio. Muoiono otto bambini. Tre si salvano. Tra questi Philippe Kriesler, in realtà Arno Loyens. (Erwan dapprima aveva sospettato che l'incendio fosse stato provocato dallo stesso Nono. Quindi era andato a Honnelles. Aveva letto gli articoli, interrogato i religiosi ancora vivi, senza però trovare traccia di dolo. Aveva dovuto concludere che evidentemente la sorte poteva sorridere anche al demonio.)

Dopo qualche settimana in ospedale, Philippe è ammesso al pensionato di Notre-Dame-de-Sion, vicino a Overijse, un istituto francofono nella regione fiamminga. Probabilmente subisce nuovi abusi sessuali. È la questione linguistica a salvarlo. In seguito alla separazione delle due università di Louvain, alcuni fanatici di lingua neerlandese ordinano la chiusura del pensionato: *Walen buiten!* I ragazzi sono trasferiti in altre strutture. Philippe attraversa la frontiera e viene accolto in un istituto a Saint-Omer. Più nessuno gli darà fastidio: a tredici anni è già un adolescente robusto e alto quasi un metro e novanta.

1980. Kriesler prende la maturità. Dopo l'incubo africano e gli anni catto-perversi, trova il proprio ritmo: università, borsa di studio, cittadinanza francese. Discute una tesi in lettere e filosofia ad Amiens. Comincia a studiare musica da autodidatta: prima la chitarra, poi il liuto. Fa diversi viaggi in Africa, unendosi a missioni umanitarie e tornando sui luoghi del suo passato. È lì che probabilmente acquisisce le basi delle sue competenze mediche.

Erwan era andato nel Nord, e poi ad Amiens. Aveva frugato negli archivi, ritrovato i professori, i compagni di corso, i responsabili del campus. Tutti avevano un ricordo positivo di Kriesler: sognatore, simpatico, appassionato di musica barocca e strumenti tradizionali. Ciò nonostante nella zona erano accaduti strani episodi. A Saint-Omer alcuni cavalli avevano subito mutilazioni ed era stato ritrovato il cadavere di un cane con pezzi di specchio conficcati nelle orbite. Nei dintorni dell'università di Amiens erano stati sgozzati alcuni montoni, che avevano i fianchi trafitti da chiodi. Il colpevole non era mai stato individuato. Kriesler, studente brillante, solitario e tranquillo, non aveva destato sospetti. Una sola volta si era tradito. Diventato maggiorenne aveva cominciato a frequentare una comunità di giovani artisti: pittori, scultori, registi... Durante una performance a base di sangue e interiora di animale aveva perduto la testa e cercato di uccidere una donna nuda che era parte dell'esibizione. Lo avevano ricondotto alla ragione e si era giustificato dicendo che aveva preso una droga dagli effetti poco controllabili. Non era più stato invitato alle performance artistiche.

In tutti quegli anni non si hanno notizie di rapporti sentimentali o relazioni sessuali. Alcuni lo credono un omosessuale non dichiarato. Gentile, sorridente, non si affeziona a nessuno e non ricerca alcun tipo di contatto. Solo un ensemble di appassionati di musica barocca può vantare il privilegio di vederlo regolarmente per le prove.

Nel 1987 consegue la seconda laurea e si iscrive alla scuola superiore di polizia. Nel 2001, dopo una decina d'anni di tranquillo e onorato servizio, entra al commissariato del 36 di quai des Orfèvres. Ironia della sorte, si unisce alla squadra Omicidi prima di Erwan, che all'epoca è ancora nelle teste di cuoio. Molto probabilmente comincia già in quel periodo a tenere d'occhio il suo futuro capo: i due reparti in commissariato sono separati soltanto da qualche porta.

Erwan aveva anche inviato alcune foto di Kripo agli infermieri e ai secondini degli istituti in cui era stato rinchiuso Pharabot, prima in Belgio e poi in Francia. Molti lo avevano riconosciuto. Il discepolo non aveva mai smesso di gravitare intorno al suo maestro. Fatta eccezione per quelle visite e per le intemperanze di gioventù, Erwan non aveva trovato nessun indizio che tradisse la vera natura di Kriesler. Poliziotto in gamba, liutista appassionato, collega senza passato, il bambino-*nganga* aveva vinto la sfida più importante per un serial killer: confondersi nella massa.

In compenso, il suo appartamento – un monolocale in rue de Bagnolet acquistato una decina di anni prima e per cui pagava ancora il mutuo – era valso da confessione. La stanza, interamente dipinta di nero come la casa galleggiante di Redlich, era disseminata di sculture cosparse di chiodi, vetri e ferro – realizzate da lui medesimo –, e in ogni angolo si ammassavano oggetti di altra provenienza carichi di poteri magici. Alle pareti, una rassegna stampa esaustiva riassumeva le imprese del nuovo Uomo Chiodo: i suoi trionfi... Altra confessione indiretta: il suo corpo. L'autopsia di Kripo aveva rivelato la presenza di una cinquantina di aghi – da cucito, per uso medico, da agopuntura... – infilzati sottopelle. Alcuni erano stati spinti tanto in profondità e si trovavano lì da così tanto tempo che il medico legale aveva rinunciato a estrarli.

Erwan e la sua squadra non avevano trovato il luogo dove Kripo aveva massacrato Anne Simoni. Non erano nemmeno riusciti a mettere le mani sui suoi strumenti di tortura né individuato alcun collegamento con le vittime. Quando aveva prelevato le unghie e i capelli? Nessuna traccia degli organi asportati. Una stanza degli orrori doveva pur esistere da qualche parte, ma dove? I poliziotti non erano stati in grado di scovare l'ETRACO utilizzato dall'assassino (avevano scoperto che Kripo possedeva la patente nautica per tutte le categorie di natanti).

L'unica traccia di DNA incriminante era stata rinvenuta nelle sculture di Pharabot conservate sotto sigillo nella sala riunioni del commissariato. Kripo aveva messo le proprie unghie e i propri capelli nelle statuette di cartapesta mentre queste si trovavano al distretto. Stava cercando di proteggersi? Voleva autodenunciarsi?

Kriesler non aveva alibi per gli omicidi. Avrebbe potuto uccidere Wissa Sawiris (si trovava ancora in vacanza). Era a Parigi per eliminare Anne Simoni (Erwan aveva controllato:

si era regolarmente presentato al colloquio all'ispettorato generale). Nessun problema nemmeno con Pernaud: Kripo conduceva le sue indagini in solitaria, come un cane sciolto; telefonava, rispondeva, informava, ma nessuno sapeva mai esattamente dove fosse. Erwan ne aveva ricostruito parzialmente gli spostamenti. Il suo vice l'aveva seguito a Marsiglia e, colmo dell'ironia, doveva avere acquistato i due biglietti, per il capo e per sé, nello stesso momento. Si era prodigato affinché Levantin ottenesse il permesso di accedere al database delle esclusioni, in modo che Erwan sapesse che la vittima successiva sarebbe stata sua sorella. Si era travestito apposta da marchese de Sade per farsi rimandare a casa e, cosa ancor più incredibile, quella notte aveva risposto alla telefonata del capo dal Saint-Anne, infilato nel suo *zentai*, mentre era sulle tracce di Gaëlle, nascosta fra i cespugli.

Restava ancora una domanda importante: Kriesler conosceva i membri del quartetto? Sicuramente sì. Sapeva che avevano prelevato dei frammenti dal cadavere di Pharabot prima della cremazione? Anche in questo caso non sembrava esserci ombra di dubbio. Era l'unica spiegazione possibile per giustificare la presenza del DNA dell'Uomo Chiodo sul corpo di Anne Simoni: Kripo doveva essersi procurato in qualche modo campioni di sangue di uno dei fanatici e averli piazzati sulle sue vittime. Per confondere le tracce? Per essere più fedele al rituale originale? Per incriminare i trapiantati? Aveva portato quel segreto con sé nella tomba...

A questo proposito, Erwan aveva deciso per una sepoltura nel cimitero di Saint-Mandé, il primo dove aveva trovato un posto disponibile. Stranamente Kripo gli aveva lasciato in eredità il suo monolocale. Il testamento era perfettamente valido, dal momento che l'estinto non aveva famiglia. Quel gesto lo aveva particolarmente turbato. Pur accettando il lascito, aveva subito incaricato un notaio di rivendere l'immobile e devolvere il ricavato (dopo aver dedotto le spese per le esequie) all'orfanotrofio di Saint-Omer, il luogo dove forse il bambino-*nganga* era stato meno infelice...

Erwan, che in genere non provava alcuna empatia per gli

assassini, nei confronti del suo vice nutriva sentimenti ambigui: lo conosceva bene, aveva trascorso migliaia di ore con lui, l'aveva considerato un amico. Il suo tradimento lo mandava fuori di testa. Allo stesso tempo, concedeva a Kripo il beneficio della follia e soprattutto l'attenuante di un'infanzia devastante. Quel passato atroce era il suo unico vero movente. Aveva tenuto botta per tutta la vita, ma alla morte di Pharabot non ce l'aveva più fatta. Ritrovatosi di nuovo solo, perduto di fronte agli spiriti, ai demoni, si era sentito obbligato a passare all'azione, a scolpire feticci potenti per proteggersi dai suoi nemici. Aveva dovuto vendicare il Maestro.

Ma perché aprire le danze uccidendo Wissa Sawiris nel Finistère? Erwan non amava tirare in ballo il caso, ma per questo non esisteva un'altra spiegazione. Kripo era andato in cerca di una vittima nelle vicinanze di Kaerverec – o piuttosto dello Charcot – e aveva incontrato sulla propria strada Wissa, nudo e allo stremo delle forze. Una preda ideale. L'aveva portato sull'isola di Sirling per eseguire il sacrificio, senza dimenticare di lasciare sulla scena del crimine l'anello di Morvan e quasi sicuramente anche altri indizi che lo accusavano. Il suo obiettivo con ogni probabilità era stato quello di approntare una camera delle torture che portasse la firma del vecchio poliziotto. Il missile però aveva confuso le tracce e fatto precipitare la situazione. Il suonatore di liuto non poteva sapere che il tobruk sarebbe stato bombardato ma era a conoscenza dei rapporti fra Di Greco e Morvan (la storia di Lontano non aveva segreti per lui). Era certo che l'ammiraglio lo avrebbe chiamato in aiuto dopo la scomparsa di Sawiris. Con un po' di fortuna il Vecchio, in nome dei tempi andati, avrebbe inviato in Bretagna il suo poliziotto migliore, il figlio, che a propria volta avrebbe chiesto a Kripo di accompagnarlo...

Nonostante la storia del missile lo avesse sicuramente colto alla sprovvista, aveva saputo reagire. Seguendo il suo piano alla lettera, aveva messo in ogni cadavere le unghie e i capelli della vittima successiva e tentato di incriminare il suo principale nemico: Grégoire Morvan. La destrezza con cui aveva compiuto gli omicidi, la precisione nella cronologia, l'invisibilità: era chiaro che aveva agito con premeditazione. E siccome era un poliziotto non aveva avuto difficoltà a conquistarsi la fiducia delle vittime, a evitare le videocamere di sorveglianza, a localizzare Gaëlle...

Erwan aveva deciso di dedicare la fine del fascicolo d'inchiesta alle incredibili capacità dissimulatrici del colpevole, non esitando a ricordare che lui stesso, comandante dell'Anticrimine, aveva lavorato per dieci anni fianco a fianco con l'assassino senza mai nutrire il minimo sospetto.

Il dossier era costellato da punti ancora tutti da chiarire: che significato avevano quegli stupri, di una violenza così sconcertante? Kriesler poteva essere un omosessuale represso talmente torturato dalle passioni che lui stesso aborriva da utilizzare delle lame per soddisfarle? Un impotente? Qual era il suo obiettivo ultimo? Uccidere tutti i membri del clan Morvan? Erwan non cercava più risposte. Aveva soltanto voluto chiudere il caso con la massima accuratezza, sommergendo quegli interrogativi con una valanga di fatti. Ironia della sorte, privato del suo burocrate personale, si era dovuto sobbarcare da solo la redazione dei verbali (non aveva permesso a nessuno della squadra di occuparsene, a parte Audrey, che aveva raccolto la testimonianza sua e di Gaëlle sulla morte di Kriesler). Gli ci erano volute tre settimane per ricostruire tutte le circostanze, colmare le lacune e far coincidere eventi e date. A metà ottobre aveva consegnato il fascicolo al giudice incaricato.

In realtà, «la morte del reo estingue il reato» e «il procedimento non ha più oggetto in caso di inapplicabilità della pena». In altri termini, non ci sarebbe mai stato un processo Kriesler e quell'ingombrante fascicolo sarebbe finito negli archivi dell'oblio. Inoltre, la squadra Omicidi e il magistrato avevano deciso di comune accordo di non divulgare l'identità del nuovo Uomo Chiodo ai media. Gli sciacalli avevano già avuto le loro vittime da spolpare: il terzetto di Locquirec. Nessuno nella polizia giudiziaria voleva che si sapesse che il vero assassino era un poliziotto dell'Anticrimine apprezzato dai superiori e prossimo alla pensione.

Caso archiviato. Ma dimenticare una storia del genere era

impossibile. Erwan non riusciva a digerire l'idea di aver frequentato per tutti quegli anni un potenziale assassino. Amico, nemico: non lo sapeva più nemmeno lui. E la sepoltura, alla quale aveva assistito da solo in compagnia dei becchini, gli aveva dato il colpo di grazia.

Un'ultima domanda lo tormentava: davvero Kripo non aveva mai colpito prima dei cinquant'anni? Aveva passato diverse notti a verificare se tra le morti sospette degli ultimi decenni nell'Île-de-France ce ne fosse qualcuna che poteva essere accostata, seppur alla lontana, al modus operandi del suo uomo. Aveva fatto lo stesso anche con gli omicidi in Bretagna. Conosceva l'artista, ma cercarne le opere senza indizi né circostanze era come cercare un ago nel pagliaio.

A fine ottobre aveva deciso di lasciar perdere. Alla vigilia di Ognissanti preparò la valigia per raggiungere la sua famiglia sull'isola di Bréhat.

Il giorno dei morti. Niente poteva essere più appropriato.

146.

Mare sordo e azzurro, mimose sgargianti, il calore delle pietre al sole: Erwan aveva sempre odiato Bréhat. Non poteva proprio sopportare quell'isola che, con i suoi sentieri di sabbia, le scogliere di granito, le casette troppo belle per essere vere, era la sintesi perfetta delle presunte origini bretoni del clan. Gli sembrava tutto completamente finto.

Anche se sapeva di essere ingiusto, traeva comunque piacere da quell'idea: la sua malafede faceva parte dell'eterna lotta contro il padre e tutto ciò che lo riguardava. L'inchiesta non aveva contribuito a sistemare le cose. Le ricerche che aveva condotto sulla storia dell'Uomo Chiodo gli avevano restituito un'immagine di Morvan se possibile ancora più fosca. Perfino il suo unico atto di brillante e inequivocabile eroismo era costellato da enormi buchi neri.

Dopo la morte di Kripo Erwan aveva riletto più volte gli atti del processo di Pharabot. Se li era addirittura portati a Bréhat. Non esisteva luogo migliore per rivivere un'ultima volta i fatti, insieme all'eroe principale di quell'epopea. Era come leggere l'*Odissea* seduti accanto a Ulisse in persona.

Non aveva abbandonato il piano di incastrare il padre, ma né lui né Audrey erano riusciti a trovare qualcosa che lo collegasse alla morte di Marot o anche solo che smentisse la teoria del suicidio. Poteva contare soltanto sul passato, sull'eventualità di scoprire un errore remoto...

A Bréhat c'erano tutti, ligi al dovere. Erwan non li guardava: li respirava. Associava ciascuno di loro a un odore.

Loïc a quello della roccia cotta dal sole di mezzogiorno. Il fratello era avvolto nel suo parka da marinaio dal quale sbucava soltanto la testa, come un uccello nel nido. Sembrava bruciato dalla droga, consumato dal denaro. Diceva di aver risolto i problemi patrimoniali del clan, e anche se il Vecchio sosteneva che invece li avesse mandati sul lastrico non dava l'impressione di esserne particolarmente dispiaciuto. Non pareva preoccuparsi più di tanto nemmeno del suo divorzio. Osservava il mare. Guardava i giorni passare. E, chiuso nella sua stanza, doveva sniffarsi autostrade di coca.

L'odore di Gaëlle era quello dell'erba bagnata cresciuta nella notte. Dolcevita nero, capelli biondi e ispidi, leggermente abbronzata, era magnifica. Le sue battaglie le avevano scavato i tratti del viso e affilato i lineamenti. Purificata dall'aria salmastra, si era levata di dosso il fango in cui si dibatteva a Parigi. Gli antidepressivi avevano fatto il loro lavoro: sembrava placata, come se avesse ritrovato il proprio equilibrio. Un mattino Erwan fece una passeggiata con lei sulla spiaggia durante la bassa marea.

«Ti ricordi quando ti ho detto: "Una donna che ha un orgasmo si è già fregata da sola"?»

«Come potrei dimenticarlo?» Le sorrise.

«Io, pur non avendo mai avuto un orgasmo, mi sono fregata con le mie mani tantissime volte.»

«Mi hai salvato la vita.»

«Non sto parlando di questo.»

Fumava una sigaretta dopo l'altra. Le donava. Quel soffio bruciante le conferiva un briciolo di ruvidezza che contrastava con la sua bellezza ancora giovanile. Erwan non capiva a cosa alludesse: ai suoi sogni infranti di attrice, alle provocazioni sessuali, a tutti quegli anni trascorsi con l'idea di distruggere la sua famiglia... Tuttavia sapeva che la sorella, uccidendo Kripo a sangue freddo, oltre ad avergli salvato la vita aveva anche liberato sé stessa. Quella coltellata nella carotide aveva arrestato definitivamente la fuga dalla realtà di Gaëlle. Il sangue dell'assassino l'aveva purificata. Nessuno comunque conosceva la verità sulla morte dell'Uomo Chiodo: ufficialmente era stato Erwan a ucciderlo, per legittima difesa.

L'odore di Maggie era quello degli scalini bretoni, della

pietra bagnata: esci dalla porta e scivoli, finendo per terra sulla soglia di una casa che sembra fregarsene completamente di te. Erwan aveva capito nel corso dell'inchiesta che sua madre non era una vittima innocente, che il rapporto con il marito era molto più complicato di quanto avesse sempre creduto. Andò da lei una sera. In piedi sul fresco tappeto d'erba compatto, Maggie scuoteva il suo vecchio scolainsalata, una specie di gabbia che schizzava il cielo di goccioline rosate.

«Non sei pentita?»

«Di cosa?»

«Non lo so... Per esempio di non avermi aiutato nell'inchiesta, di non averne approfittato per rivelarmi certe verità sulla famiglia o sul Congo, di aver dato legittimità alle bugie del papà con il tuo silenzio...»

«Piantala di dire cretinate.»

La casa era immersa nell'ombra e l'oscurità che incombeva ricopriva le lugubri forme delle rocce con macchie ancora più nere, che parevano emergere dalla terra stessa. Erwan osservò per un istante lo scolainsalata volteggiare nell'aria e abbandonò Maggie alle sue tenebre. *Da lei non avrebbe saputo niente.*

Quella sera stessa, dopo cena, raggiunse il padre, appostato fuori dalla porta come se attendesse l'arrivo della sua flotta personale. Morvan aveva comprato quella casa di pescatori sull'isola più a nord, «la più selvaggia, la più cazzuta», come amava ripetere. Anche se la spiaggia era lontana, si poteva vedere il faro roteare nell'oscurità come un occhio che qualcuno avesse strappato dall'orbita. Il vento era carico di odori di sale e di alghe che facevano fremere le narici e liberavano i bronchi. Erwan non aveva mai creduto alle origini bretoni del Vecchio, ma quegli effluvi iodati gli si addicevano.

«Come ti senti dopo tutto questo puttanaio?»

«Felice.»

Erwan capiva cosa intendeva: tutti i membri del clan erano sopravvissuti, lui ne era uscito da eroe e aveva evitato di essere implicato nella morte del giornalista Jean-Philippe Marot. *Missione compiuta.*

Il 1° novembre era un giovedì. I francesi avrebbero fatto vacanza fino al 5.

Sofia arrivò sabato mattina, con Milla e Lorenzo. Si sarebbe potuto pensare che fosse andata a Bréhat per trascorrere qualche giorno con Loïc e la sua famiglia. Oppure per vedere l'altro, il fratello, con il quale aveva appena cominciato una relazione segreta e sconveniente. Erwan capì tuttavia che non era lì né per lui né per Loïc, bensì per il Comandante. Voleva osservare la sua preda, scegliere l'angolo d'attacco, studiare la strategia migliore.

Dopo pranzo le si avvicinò, sperando in un cenno di complicità – non aveva dimenticato il loro incontro rovente all'ospedale –, ma ottenne soltanto un gesto di fastidio.

«Tu non lo sai ancora», gli sussurrò, «ma sei esattamente come loro.»

In un certo senso si sentì sollevato: Sofia sarebbe rimasta la sua madonna. In quanto oggetto d'amore doveva essere inaccessibile, immateriale. Il suo odore era quello del marmo in fondo alle cripte. Un aroma di incenso che faceva pensare alla morte e all'assoluto.

Erwan si rituffò nella montagna di documenti del processo Pharabot. Li riprendeva in mano ogni pomeriggio come un testo sacro, una bibbia nera.

Gli era sfuggito un particolare. Un'anomalia che aveva avuto davanti agli occhi. Non si trattava di una risposta, bensì di una domanda.

La trovò la domenica, qualche ora prima di partire.

147.

Suo padre stava caricando il carretto a mano, l'unico mezzo di trasporto consentito a Bréhat (sull'isola è vietata la circolazione dei veicoli a motore).

Carciofi, barbabietole, pastinache e rutabaghe raccolti nell'orto.

«Partite anche voi con me?» domandò stupito Erwan.

«No, ma devo spedirli in terraferma. Sei pronto? Hai preparato la valigia?»

«Tutto a posto.»

«Spicciati, o perderai il motoscafo dell'alta marea.»

«Volevo parlarti di una cosa.»

Morvan spalancò le sue mani giganti. «Ti ascolto.»

«Catherine Fontana ti dice qualcosa?»

Il Vecchio si chinò per prendere una cesta di ostriche che sistemò nel carretto. Effluvi di acqua di mare e di alghe si sollevarono intorno a loro in colonne umide. «Non ricominciare», brontolò.

«Catherine Fontana. Lo sai chi è?»

«E come potrei non saperlo? La settima vittima dell'Uomo Chiodo.»

«Secondo le minute del processo fu uccisa tra il 20 e il 30 aprile del 1971. Il suo corpo venne ritrovato due chilometri a sud di Lontano, vicino a un cantiere della segheria SICA, dove all'epoca lavorava Pharabot.»

Morvan gli si piazzò davanti con le mani piantate sui fianchi. «Ti ricordo che è la mia inchiesta.»

«Ho fatto qualche telefonata. Lo sapevi che la segheria esiste ancora oggi?»

«È una delle più grandi del Katanga. Dove vuoi arrivare?»

«Nell'aprile del 1971 Pharabot fu mandato nei dintorni di Mwanziga, un villaggio a più di cento chilometri a sud di Lontano.»

«La sua missione terminò il 28 aprile. Potrebbe essere rientrato a Lontano il giorno successivo.»

Erwan sorrise. «Facciamo due passi sulla spiaggia?»

«Dammi una mano con queste, piuttosto.»

Caricarono ancora un paio di cassette di zucchine e qualche zucca. Morvan appoggiò sopra tutto i mazzi di crisantemi e di agapanti che aveva raccolto per Maggie. Poi si tolse i guanti da lavoro e guardò l'orologio. «Perderai il motoscafo.»

«Prenderò quello che parte con la bassa marea.»

Arrivarono su una spiaggia di ciottoli neri. In lontananza, i raggi del sole risplendevano come dardi attraverso uno squarcio tra le nuvole.

«Ho contattato la SICA.»

«Non dirmi che hanno ancora i registri dell'epoca.»

«Ovviamente no, ma l'azienda è più o meno rimasta la stessa negli ultimi quarant'anni.»

«Quindi?»

«Pharabot era in missione a nord di Mwanziga. In questi casi si devono aprire delle piste lungo le quali viene fatto passare il legname.»

Morvan sbottò: «Oh cazzo! Sei qui per spiegarmi come funziona la giungla? Vieni al dunque!».

«In un mese Pharabot non dev'essere riuscito ad avanzare per più di una ventina di chilometri in direzione di Lontano. Quindi a fine missione si trovava ancora a ottanta chilometri dalla città.»

«Bene. E quindi?»

«È impossibile che ci abbia messo meno di una settimana a tornare.»

«Avrebbe potuto prendere un aereo.»

«Non c'è mai stata una pista di atterraggio in quella regione.»

«In macchina non avrebbe impiegato più di due giorni.»

«Ma era la stagione delle piogge. Oggi esiste una strada asfaltata, invece allora c'erano soltanto piste di laterite.»

«Vieni al punto.»

Erwan lo provocò. «Ti devo spiegare come funziona la giungla? Su strade del genere, quando piove, è impossibile fare più di venti chilometri al giorno, senza contare i guasti, gli alberi caduti sulla strada, le ruote che si bloccano nel fango... Pharabot non poteva essere a Lontano il 30 aprile.»

Morvan scosse la testa e si fermò, osservando i raggi del sole che si ritiravano al di sopra delle nubi come le dita di una mano che si stia chiudendo.

«Non è stato lui a uccidere Catherine Fontana», concluse Erwan.

«Non ci capisco niente.»

«Invece credo che tu capisca tutto, e molto bene. Sei stato proprio tu il primo a renderti conto che non era stato Pharabot ad ammazzarla. E sono convinto anche che tu conosca l'identità del vero assassino e che lo abbia sempre coperto.»

Il Vecchio abbassò lo sguardo sul mare, sulla linea dell'orizzonte, su quel paesaggio così austero, fatto di rocce e risacca coalizzate contro il vento. «Parli di fatti che risalgono a quarant'anni fa: c'è la prescrizione.»

«La prescrizione è per i giudici, non per gli uomini.» Erwan rivide come in un flash il laboratorio refrigerato della clinica della Vallée. *Le linee immortalizzate.* Lui non aveva bisogno dell'azoto liquido per preservare le proprie cellule: nelle vene gli scorreva lo stesso sangue del padre, il suo azoto era l'odio... «Mi sono preso un periodo di ferie», proseguì. «Vado in Africa per riaprire il caso Fontana.»

«Se lo fai, ci perderai per sempre.»

«Chi?»

«Me, tua madre, tuo fratello e tua sorella.»

«Se non lo faccio, sarò io a perdermi per sempre.»

Finito di stampare nel mese di ottobre 2016
da Grafica Veneta s.p.a., Trebaseleghe (PD)